中国比较文学年鉴

2010

曹顺庆　王向远　主编

中国社会科学出版社

图书在版编目(CIP)数据

中国比较文学年鉴. 2010年 / 曹顺庆, 王向远主编. —北京:中国社会科学出版社, 2022.9
ISBN 978-7-5227-0607-8

Ⅰ.①中… Ⅱ.①曹…②王… Ⅲ.①比较文学—中国—2010—年鉴 Ⅳ.①I0-03

中国版本图书馆CIP数据核字(2022)第137045号

出 版 人	赵剑英
责任编辑	郭晓鸿
特约编辑	杜若佳
责任校对	师敏革
责任印制	戴 宽

出　　版	中国社会科学出版社
社　　址	北京鼓楼西大街甲158号
邮　　编	100720
网　　址	http://www.csspw.cn
发 行 部	010-84083685
门 市 部	010-84029450
经　　销	新华书店及其他书店

印刷装订	北京君升印刷有限公司
版　　次	2022年9月第1版
印　　次	2022年9月第1次印刷
开　　本	880×1230　1/16
印　　张	28.5
字　　数	679千字
定　　价	228.00元

凡购买中国社会科学出版社图书,如有质量问题请与本社营销中心联系调换
电话:010-84083683
版权所有　侵权必究

《中国比较文学年鉴》编委会

名誉主编：乐黛云

主　　编：曹顺庆　王向远

组　　编：四川大学双一流学科中国语言文学与中华文化全球传播

四川大学2035先导计划文明互鉴与全球治理

四川大学国家级重点学科比较文学研究基地

北京师范大学文学院　比较文学与世界文学研究所

学术委员会：（以姓氏笔画为序）

卫茂平（上海外国语大学）	张西平（北京外国语大学）
王　宁（上海交通大学）	陈　惇（北京师范大学）
王向远（广东外语外贸大学）	陈思和（复旦大学）
王晓平（天津师范大学）	陈建华（华东师范大学）
王晓路（四川大学）	陈跃红（北京大学）
方汉文（苏州大学）	杨乃乔（复旦大学）
叶舒宪（上海交通大学）	杨慧林（中国人民大学）
乐黛云（北京大学）	金柄珉（延边大学）
朱栋霖（苏州大学）	金惠敏（四川大学）
许　钧（浙江大学）	孟庆枢（东北师范大学）
刘介民（广州大学）	孟昭毅（天津师范大学）
刘洪涛（北京师范大学）	赵毅衡（四川大学）
刘象愚（北京师范大学）	赵渭绒（四川大学）
汪介之（南京师范大学）	饶芃子（暨南大学）
宋炳辉（上海外国语大学）	高旭东（中国人民大学）
李伟昉（河南大学）	徐新建（四川大学）
严绍璗（北京大学）	钱林森（南京大学）
张　辉（北京大学）	曹顺庆（四川大学）
张　法（四川大学）	黄维梁（香港中文大学）
张隆溪（香港城市大学）	蒋承勇（浙江工商大学）
张汉良（台湾大学）	傅其林（四川大学）
张哲俊（四川大学）	

主编助理： 乐　曲　寇淑婷

编　　者：（姓氏笔画为序）

　　　　　古婷婷　乐　曲　苏　筱　寇淑婷　曾　诣
　　　　　樊雅茹

目 录

编者说明 …………………………………………………………………………（1）
2010 年度中国比较文学概观 …………………………………… 曹顺庆　寇淑婷（1）

Ⅰ　分支学科研究综述

一　2010 年度比较文学学科理论与学科史研究综述 …………………… 乐　曲（3）
二　2010 年度比较诗学研究综述 ………………………………………… 曾　诣（20）
三　2010 年度东方比较文学研究综述 ………………………………… 樊雅茹（38）
四　2010 年度中西比较文学研究综述 ………………………………… 苏　筱（54）
五　2010 年度翻译文学研究综述 ……………………………………… 古婷婷（90）

Ⅱ　重要论文摘要

一　比较文学学科理论论文摘要 ……………………………………… 乐　曲摘（115）
　比较文学：文学史分支的学理依据 ………………………………… 李伟昉（115）
　从学科层面反思比较文学 …………………………………………… 肖四新（116）
　比较文学·比较诗学·人文之道 …………………………………… 张　沛（117）
　祈向"本原"：对歌德"世界文学"的一种解读 ……………………… 丁国旗（118）
　"世界文学"从乌托邦想象到审美现实 ……………………………… 王　宁（119）
　比较文学学术系谱中的三个阶段与三种形态 ……………………… 王向远（120）
二　比较诗学论文摘要 ………………………………………………… 曾　诣摘（121）
　"后理论时代"中国文论的国际化走向和理论建构 ………………… 王　宁（121）
　"文学社会学"的历史、理论和方法 ………………………………… 方维规（122）
　中国古代文论与西方当代文论的对话 …………………… 曹顺庆　王　庆（122）
　中国文论的西化历程 ……………………………………… 曹顺庆　邱明丰（123）
　回顾结构主义与中国文论的相遇 …………………………………… 钱　翰（124）
　文学人类学的中国化过程与四重证据法
　　——学术史的回顾及展望 ………………………………………… 叶舒宪（125）
　中国文论意象论话语的"他国际遇"
　　——意象论话语在日本、朝鲜、美国 …………………………… 徐扬尚（125）

— 1 —

异域中国文论西化的两种途径
　　——世界主义文论话语探究 ……………………………………………… 代　迅（126）

三　东方比较文学论文摘要 …………………………………………… 樊雅茹摘（127）

《古事记》文体特征与汉文佛经
　　——语体判断标准刍议 …………………………………………… 马　骏（127）
池田大作与俄罗斯文学 ……………………………………………… 谭桂林（129）
对东方古典文学的翻译和研究
　　——当代北欧学界重建世界文学中的趋势 ……………………… 宋　达（130）
封闭的开放：泰戈尔1924年访华的遭遇 …………………………… 彭姗姗（131）
海外华文文学研究关键词的阐释边界辨析
　　——以黎紫书短篇小说创作为例 ………………………………… 彭　程（133）
论佛教与古代汉文学思想 …………………………………………… 普　慧（134）
日藏汉籍与敦煌文献互读的实践 …………………………………… 王晓平（136）
百年中国文学的朝鲜叙事 ……………………………………… 常　彬　杨　义（138）
存在主义文学的东方化表述
　　——论村上春树和王小波的小说 ………………………… 杨经建　李　兰（140）
《游行柳》与中日墓树之制 …………………………………………… 张哲俊（142）
朝鲜李朝古体汉诗论 ………………………………………………… 严　明（143）
中亚华裔东干文学与俄罗斯文化 …………………………………… 杨建军（145）
昭君出塞故事的中外文学演绎 ……………………………………… 李　琳（147）
松本清张的推理小说与改革开放后的中国 ………………………… 王　成（149）
日本文学中陶门柳的隐士融合 ……………………………………… 张哲俊（150）
日本近代《楚辞》研究评述 …………………………………………… 王海远（152）
《徒然草》与老庄思想的影响 ………………………………………… 陆晓霞（153）
日本俳句与中国"小诗"的生成 ……………………………………… 罗振亚（155）
印度佛教创世神话的源流 …………………………………………… 陈　明（159）

四　中西比较文学论文摘要 ……………………………………………… 苏　筱摘（163）

20世纪俄罗斯文学经典的重新认识 ………………………………… 汪介之（163）
1920年代：冯至与中德浪漫传统的关联 …………………………… 张　辉（164）
国内贝克特研究述评 ………………………………………………… 张和龙（165）
弥尔顿在中国：1837—1888，兼及莎士比亚 ……………………… 郝田虎（166）
狄金森在中国的译介与本土化形象建构 …………………………… 康燕彬（167）
摩尔诗歌与中国美学思想之渊源 …………………………… 钱兆明　卢巧丹（168）
政治东欧与文学东欧：论东欧文学与中国文学现代性的内在关联 … 宋炳辉（169）
晚清旅美华人文学的美国形象和中国形象 ………………………… 向忆秋（170）
文学作品中的近代来华美国女传教士
　　——以《异邦客》、《战斗的天使》、《相片》及《河畔淳颐园》为例 … 刘丽霞（171）
"中心—边缘"双梦记：海外华语语系文学研究中的流散/离散叙述 …… 杨俊蕾（172）

五 翻译文学论文摘要 ……………………………………………… 古婷婷摘(174)

形式的复活:从诗学的角度反思文学翻译 ……………………… 王东风(174)
译,还是不译:文学翻译中的反复现象及处理 ……… 孙会军 郑庆珠(174)
傅雷的对话翻译艺术:以傅译《都尔的本堂神甫》为例 …… 宋学智 许 钧(175)
现状、问题与建议:关于中国文学走出去的思考 ……… 高 方 许 钧(175)
《哀希腊》的译介与符号化 ……………………………………… 廖七一(176)
意识形态与文化诗学的一面镜子:
　　多丽丝·莱辛在中国大陆的译介与接受 …………………… 胡安江(176)
清末民初(1891—1917)科幻小说翻译探究 ……………… 任东升 袁 枫(176)
新时期英美文学在中国大陆的翻译(1976—2008) ……… 孙会军 郑庆珠(177)
文学翻译中意境的伪证性认识范式研究 ………………… 包通法 刘正清(177)
艾青诗歌的英文翻译 …………………………………………… 北 塔(178)
论误译对中国五四新诗运动与英美意象主义诗歌运动的影响 …… 王东风(178)

Ⅲ　重要论著简介及要目

一 比较文学学科理论论著简介 …………………………………… 乐 曲摘(183)

大卫·达姆罗什·新方向
　　——比较文学与世界文学读本 ……………………… 陈永国 尹 星(183)
跨越边界:从比较文学到翻译研究 …………………………… 张 旭(184)
简明比较文学原理 ………………………… 孟昭毅 黎跃进 郝 岚(186)

二 比较诗学论著简介 ……………………………………………… 曾 诣摘(191)

中法近现代诗学生成之道比较研究 …………………………… 侯 洪(191)
语言的困境与突围:文学的言意关系研究 …………………… 张 茁(193)
中英诗艺比较研究 ……………………………………………… 朱 徽(195)
叶维廉与中国诗学 ……………………………………………… 闫月珍(196)
跨文化的文学理论研究·第3辑 ……………………………… 周启超(199)
审美体验的重建
　　——文论体系的观念奠基 …………………………………… 田义勇(200)
环境批评的未来:环境危机与文学想象 ……… [美]劳伦斯·布伊尔著 刘蓓译(203)
文学人类学教程 ………………………………………………… 叶舒宪(204)
话语权力与20世纪90年代后中国文论转型 ………………… 葛 卉(207)

三 东方比较文学论著简介 ………………………………………… 樊雅茹摘(209)

日本中国古典诗学研究500家简介与成果概览 …………… 胡建次 邱美琼(209)
黑塞与东西方文化的整合 ………………………………… 张 弘 余匡复(210)
东亚汉文学关系研究 ……………………………………… 高文汉 韩 梅(212)
中国古典小说在韩国的研究 …………………………………… 闵宽东(214)
日本古代汉文学与中国文学比较研究 ………………………… 于永梅(216)
话语转型与诗学对话:泰戈尔诗学比较研究 ………………… 侯传文(218)

事件与翻译:东亚视野中的台湾文学 ………………………… 黎湘萍 李 娜(222)
民族主义视野中的中日文学研究 ……………………………………… 刘 舸(224)
日本文学研究:历史足迹与学术现状
　　——日本文学研究会三十周年纪念文集 ………………………… 谭晶华(225)
佛教文学概论 …………………………………………………………… 吴正荣(227)

四　中西比较文学论著简介 …………………………………………… 苏　筱摘(232)
跨学科视野下的诗经研究 ………………………………………………… 陈 致(232)
跨文化的传播与接受:20世纪中国文学与外国文学的关系 ………… 龙泉明(233)
拉夫卡迪奥·赫恩文学的发生学研究 ………………………………… 牟学宛(235)
文学接受与当代解读:20世纪中国文学语境中的俄罗斯文学 …… 汪介之(238)
中国晚明与欧洲文学:明末耶稣会古典型证道故事考诠 ……………… 李奭学(240)
传教士汉文小说研究 …………………………………………………… 宋莉华(242)
经典的嬗变:《简·爱》在中国的接受史研究 ………………………… 徐 菊(244)
跨学界比较实践:中美学界的丁玲研究 ……………………………… 任显楷(247)
中外文学的交流互润 …………………………………………………… 袁荻涌(248)
近三十年中国大陆背景女作家的跨文化写作 ………………………… 周颖菁(250)
民族性·世界性:中国当代文学专题研究 …… 牛运清　丛新强　姜智芹(252)
叶嘉莹谈词 ……………………………………………………………… 叶嘉莹(254)
敦煌及海外文献中的李白研究 ………………………………………… 王国巍(255)
古典诗的现代性 ………………………………………………………… 江弱水(256)

五　翻译文学论著简介 ………………………………………………… 古婷婷摘(258)
中西诗比较鉴赏与翻译理论(第二版) ………………………………… 辜正坤(258)
翻译:理论、实践与教学
　　——郭建中翻译研究论文选 ……………………………………… 郭建中(268)
文学翻译漫谈与杂评 …………………………………………………… 何 悦(271)
翻译审美与佳作评析 …………………………………………………… 马 蓉(272)
文学中的科学翻译与艺术翻译:文学作品中言外之意的翻译研究 …… 卢玉卿(274)
创造与伦理:罗蒂公共"团结"思想观照下的文学翻译研究 ………… 赵 颖(277)
文学翻译批评:理论、方法与实践 …………………………… 赵秀明　赵张进(279)
文学翻译批评论稿(第二版) …………………………………………… 王宏印(281)
译逝水而任幽兰:汪榕培诗歌翻译纵横谈 …………………………… 蔡 华(286)
多元调和:张爱玲翻译作品研究 ……………………………………… 杨 雪(287)
浙江翻译家研究 ……………………………………… 温中兰　贺爱军　于应机(291)
翻译话语与意识形态:中国1895—1911年文学翻译研究 …………… 王晓元(292)
生成与接受:中国儿童文学翻译研究(1898—1949) ………………… 李 丽(294)
中国近代翻译思想的嬗变:五四前后文学翻译规范研究 …………… 廖七一(297)
译坛异军:创造社翻译研究 …………………………………………… 咸立强(299)
幻想与现实:二十世纪科幻小说在中国的译介 ……………………… 姜 倩(301)

译不尽的莎士比亚:莎剧汉译研究 ······ 李春江(303)
翻译与文化身份:美国华裔文学翻译研究 ······ 刘 芳(306)
文化可译性视角下的"红楼梦"翻译 ······ 李磊荣(307)

Ⅳ 大事记

2010年度中国比较文学大事记 ······ 张雨轩(313)

Ⅴ 文献索引

一 2010年度期刊论文索引 ······ (327)
 (一)比较文学学科理论 ······ (327)
 (二)比较诗学 ······ (329)
 (三)东方比较文学 ······ (335)
 (四)中西比较文学 ······ (344)
 (五)翻译文学 ······ (350)

二 2010年度集刊论文索引 ······ (367)
 (一)比较文学学科理论 ······ (367)
 (二)比较诗学 ······ (368)
 (三)东方比较文学 ······ (369)
 (四)中西比较文学 ······ (374)
 (五)翻译文学 ······ (385)

三 2010年度比较文学专题文集及要目索引 ······ (389)

四 2010年度比较文学专著索引 ······ (396)
 (一)比较文学学科理论 ······ (396)
 (二)比较诗学 ······ (396)
 (三)中西比较文学 ······ (397)
 (四)东方比较文学 ······ (398)
 (五)翻译文学 ······ (399)

五 2010年度中国各主要大学比较文学博士、硕士论文索引 ······ (401)
 (一)博士论文索引 ······ (401)
 (二)硕士论文索引 ······ (403)

六 2010年度港澳台期刊论文论著博硕论文索引 ······ (421)
 (一)期刊论文 ······ (421)
 (二)博硕论文索引 ······ (426)
 (三)专著 ······ (430)
 (四)2010年度港澳台比较文学专题文集及要目索引 ······ (432)
 (五)2010年度港澳台相关会议提交的比较文学论文 ······ (433)

七 2010年度海外学者发表在中国刊物上的中文论文论著索引 ······ (435)

编者说明

比较文学在中国已有一百多年的学术发展史，20世纪80年代以来，成为中国学术中最具前沿性、国际性和最具活力的人文学科之一。为中国比较文学编纂《年鉴》，是中国比较文学学科建设的需要，也是中国比较文学及学术文化进一步繁荣发达的必然要求。

1987年，北京大学出版社出版了杨周翰、乐黛云主编，张文定编纂的《中国比较文学年鉴（1986）》，编辑整理了1985年以前中国比较文学学科史上的重要文献，但由于种种原因，《中国比较文学年鉴》此后一直未能续编。有鉴于此，四川大学双一流学科中国语言文学与中华文化全球传播，四川大学2035先导计划文明互鉴与全球治理，四川大学国家级重点学科比较文学研究基地和北京师范大学比较文学与世界文学研究所与有关方面专家教授协商，决定继北大版《年鉴》后继续编纂，到2012年底前，分别以一年一卷（2008，2009）、二年一卷（2004—2005，2006—2007）、三年一卷（2001—2003）、五年一卷（1986—1990，1991—1995，1996—2000）的体式，用三四年的时间，以共八卷的规模，陆续编完1987—2009年各年度《年鉴》，补齐二十多年来年鉴编纂的空缺，陆续出版发行。自2010年后，可做到按部就班一年一卷。

《中国比较文学年鉴》的编撰宗旨，是为读者系统全面地提供和保存中国比较文学的信息资料。本着明确学科边界、恪守学术规范、甄别轻重、去粗取精、科学定性、恰当定位的原则，对严格意义上的比较文学成果加以初步的整理、筛选与评介。为此，本《年鉴》将比较文学分为五个分支学科。

一 比较文学学科理论与学科史研究。包括：①比较文学学科基本理论与方法；②比较文学学术史与学科史研究；③民族文学、区域文学、世界文学的理论与实践问题。

二 比较诗学研究。包括：①中外文论与诗学的平行比较研究；②中外文论与诗学交流史研究；③文化与诗学的跨学科、跨文化研究及相关理论问题。

三 东方比较文学研究。包括：①中国与东方各国文学关系研究；②东方各国文学之间的关系研究；③东方文学的综合研究与总体研究。

四 中西比较文学研究。包括：①中西作家作品比较；②中西各体文学比较；③中国与西方各国文学关系研究（含华人文学的跨文化问题、各国汉学中的比较文学问题）；④西方文化文学思潮与中国文学；⑤西方各国文学之间的文学关系与比较研究。

五 翻译文学研究。包括：①翻译文学基本理论与方法论；②翻译文学家及其译作的评论与研究；③中外翻译文学史的研究。

在此基础上，本《年鉴》除卷首的年度概观外，共分五个栏目：一、分支学科研究综述；二、重要论文摘要；三、重要论著简介及要目；四、大事记；五、文献索引。其中，各分支学科研究综述力求眉目清晰重点突出，重要成果的遴选力求科学公正，成果摘要与简介力求简明扼要，文献索引的收集编排力求齐全可靠。

在今天的电子化数字化时代，信息资料的查阅越来越便捷，但即便如此，资料查寻的电子化仅仅是文献资料收集工作的一种方便快捷的手段。在人文科学的研究中，如果仅仅依赖电子途径查阅资料，就不免造成许多莫名其妙的遗漏。因此，在文献目录的齐全、信息的可靠、编纂的系统化方面，纸质本的《年鉴》及其文献索引仍然是无可替代的。我们希望《中国比较文学年鉴2010》能为学习者与研究者提供方便，也能为今后的中国比较文学学术史与学科史保存基本史料并奠定研究基础。

2019 年 9 月 9 日

2010年度中国比较文学概观

曹顺庆　寇淑婷

在21世纪的第10年，中国学者在比较文学各个领域的研究都取得了新进展。回顾这一年来的学术发展，既是对本年度研究的总结和省思，也是对未来学术研究的推进与展望。

第一，本年度关于比较文学学科理论与学科史的讨论，延续了之前的一些话题。在学科理论方面，研究的焦点集中在"变异学"、"形象学"、"译介学"与"间性"研究上。同时，面对"比较文学学科的危机论"，中国学者试图通过翻译研究探寻解决路径。另外，世界文学也是本年度讨论的热点。

自2005年曹顺庆提出"变异学"以来，变异学一直是中外学者关注、讨论和研究的热点。本年度的变异学研究凸显了其方法论的价值，体现了变异学作为学科理论的系统性和科学性的特点，强化了变异学在当下比较文学中的作用与地位。除了变异学以外，本年度的形象学研究，则试图探索新的研究路径，将形象学与传播学相结合进行跨学科研究，使形象学理论得以丰富和深入。此外，谢天振提出的"译介学"也一直是学界关注的焦点，本年度的译介学研究，表现出试图将译介学作为独立学科加以建构的努力，并强调其在比较文学研究、翻译文学研究和民族文学史书写上的价值。另外，在"间性"研究方面，体现出将"主体间性"视为比较文学的学科特征的理论思考，研究者强调应该以"主体间性"为核心，从不同研究主体之间、研究主体与研究对象之间、不同研究对象之间三个层面对比较文学的学科理论进行重新整合与建构。这些研究，彰显出中国学者在比较文学学科理论建构过程中的独特见解与理论思考，对于促进比较文学学科体系的完善具有重要意义。

面对西方学者提出的"比较文学学科的危机论"，中国学者表现出从学理上加以应对的机智和试图扭转危机的责任担当，认为翻译文学研究就是破除比较文学危机的新视点，呈现出比较文学研究向翻译文学研究转向的特征。本年度学者们的翻译文学研究从比较文学与翻译文学"跨越边界"的共性出发并将二者结合，拓展了比较文学的研究对象，破解了比较文学陷入的危机僵局，使比较文学这门学科焕发出新的生机。

另外，学界关于世界文学的探讨从未停止，美国学者大卫·达姆罗什在其《新方向：比较文学与世界文学读本》一书中也强调：由于世界文学在全世界范围内形成于截然不同的地方，因此对世界文学进行比较研究很有意义。本年度学者们对世界文学在中国的起步、发展的动机与脉络进行了梳理与研究，这对于了解世界文学在中国语境下的特殊含义及对日后发展的经验和教训具有重要的参考价值。另外，还有学者对世界文学进行了再建构。例如：王宁从世界文学社会现实性和审美意义出发，归纳出三重含义：第一，世界文学是东西方各国优秀文学的经典之汇总；第二，世界文学是我们的文学研究、评价和批评所依据的全球性、跨文化视角和比较的视野；第三，世界文学是通过不同语言的文学的生产、流通、翻译以及批评性选择的一种文学历史演化，这为重新审视世界文学提供了理论视野。

在学科史建构与研究方面，本年度我国学者继续对当代中国比较文学三十年历程（1979—2009）进行经验总结和理论反思。乐黛云先生从跨文化对话的角度出发，对中国比较文学发展中存在的问题进行了深入的分析与总结。她指出：中国比较文学已经超越以法国比较文学、美国比较文学为核心的第一、第二阶段，进入以不同文化体系文学的"互识""互证""互补"为核心的第三阶段，并就中国比较文学的历史基础与现实成绩对未来作出了乐观的展望。此外，还有学者从"中国学派"的视角出发，对学界三十年间围绕"中国学派"争论折射出的中国比较文学的发展史进行了广泛而深入的探讨和展望。

此外，在比较文学学术史和学科史方面，本年度的一项重要成果是曹顺庆、王向远主编、由中国社会科学出版社出版的《中国比较文学年鉴2008》，这部比较文学年鉴无论对于学科基础的建设还是学术史、学科史的史料保存都有着重大且深远的意义。另外，王向远在对世界比较文学学科发展史的纵向梳理的基础上，提出将比较文学的学术理论系谱分为三个时期，即第一期是古代的朴素的"文学比较"；第二期是近代的"比较文学批评"；第三期是现代的"比较文学研究"。在这三个分期的基础上，又将学科化之后比较文学的发展分为三种形态，分别为：法国学派的"文学史研究"形态；美国与苏联学派以理论研究和体系建构为宗旨的"文艺学"形态；以及当代中国超越学派分歧，将文学的文本属性与历史文化属性结合，从而走向文化与诗学的融合的"跨文化诗学"形态。由此，作者认为："世界比较文学发展到当代中国，已经进入了一个新的历史阶段。"从以上研究可以看出，中国学者致力于比较文学学科史建构、学科理论更新等方面的努力与贡献。

第二，比较诗学是比较文学发展研究的最高阶段，其不仅包括对比较文论的研究，也包括对各国文学总体美学风貌和共同美学规律的研究。本年度中国学者的研究主要集中在文学理论的跨文化比较研究上，既有关于比较诗学学科理论的探讨，也有对中外诗学的比较研究，以及中外诗学关系中的传播、接受研究等。

中国学者对比较诗学学科理论的研究，体现在对中西比较诗学之"名"与"实"的反思上，认为中西诗学比较的依据在于二者在把握人类艺术之审美本质规律上具有一致性，而比较则是寻求事物间的同异关系，因而认为，中西诗学比较的路径具体可分为"求同"与"别异"两个方向。

与前述比较诗学学科理论研究相比，中国学者在中外诗学的比较研究中取得的成果较为丰硕。曹顺庆等在其论文《中国古代文论与西方当代文论的对话》《中国文论的西化历程》中，针对中国古代文论"失语症"的问题指出：在中国文论的百年建设中呈现的西化历程可分为四个阶段，中国文论西化的本质是对西方科学观念的持续盲从。因此，要从话语研究的角度开展中国古代文论与西方当代文论之间的对话，因为二者无论从影响关系上来说，还是从异质性差异上看都具有充分的可比性，这对于深化中外文论对话、重建中国文论话语具有重要意义。也有学者从"后理论时代"中国文论的国际化走向和理论建构方面提出了可行性建议，王宁指出：在"后理论时代"，经过改造并重新阐释的后现代"新儒学"完全有可能成为我国学界与国际同行进行对话的重要理论资源。代迅从中国文论在异域传播的角度指出：摆脱以西方中心论为基础的世界主义观念，吸收包括中国在内的不同国家、民族的跨文化资源，是通向世界主义的必由之路。中国文论在异域的传播并富有建设性地融入西方文论体系，在世界主义文论话语的建构过程中具有不可替代的特殊作用。

此外，在中法比较诗学研究中，本年度出版的《中法近现代诗学生成之道比较研究》值得关注，该书是国内第一部集中对中法近现代诗学做出整体性比较研究的学术专著，挖掘出长期被忽视的中法诗学现代性生成及其文学之空间意识表达和审美经验的内在相似性与个性特征，体现了比较文学研究的对话性特质。同时，本年度出版的《中英诗艺比较研究》则尝试用现代西方语言学和文学批评理论作为指导，将中国古典诗歌和英美诗歌放在纵向的历史发展脉络和横向的跨文化、跨语言体系中进行多维度考察，对中英诗歌的艺术技巧和语言特点进行了较为系统且科学的比较研究。此外，《叶维廉与中国诗学》一书，从三方面对叶维廉诗学进行了系统深入的研究：一是比较诗学理论的问题，展示了叶维廉对文化模子问题、历史整体性问题和文学诠释学问题的深刻见解；二是其对道家美学的现代解读和发明；三则是叶维廉对中西诗学理论的综合。

在西方文论中国化研究方面，马克思主义文论中国化问题一直是研究的焦点，本年度的研究主要探讨了马克思主义文艺批评在中国形成的三种具有代表性的话语系统、中国化马克思主义文艺理论体系的话语张力与内涵等问题，深化了我国学界对马克思主义文论中国化问题的认识。

另外，在中外诗学的传播与接受方面，中国学者在西方话语权力理论及其在中国的接受与传播、"解严"后在中国台湾理论界存在的种种分歧背后所隐含的"阐释台湾"的紧张与焦虑、后殖民理论及其中国效应的比较文化学分析等研究中收获颇丰。这些研究对于追溯后殖民理论的本源、清理中国后殖民批评的阐释逻辑和文化语境、发掘中国文论话语当前所面临的问题以及构建中国文化批评研究等均具有重要意义。

相较于中西诗学研究，东方诗学比较研究的成果明显少之又少。本年度出版的《中国文论意象论话语的"他国际遇"——意象论话语在日本、朝鲜、美国》是一部代表著作，该书认为中国文论意象论话语的"他国际遇"是中国文学乃至中国文化之"他国际遇"的一个方面，民族文化风骨以语言文字为根基，日本、朝鲜、美国、英国对中国文论意象论话语的接受、借用、化用、误读，正是立足于对汉字的接受、借用、化用、误读。因此，作者立足汉字传播与应用的龙文化圈，对中国文论意象论话语的"日本际遇"和"朝鲜际遇"和"美国际遇"进行了充分论述。此外，在个案研究中，学者们对韩国朝鲜后期诗坛接受袁枚诗学之状况、日本文艺理论家本间久雄的《新文学概论》对中国20世纪初文学原理文本书写的影响等问题进行了深入细致的探讨。

第三，中西比较文学一直是中国比较文学研究中人数最多、成果最丰硕的领域。本年度中国学者在中西文学总体比较研究、中西各体文学比较研究、中国与欧洲文学的比较研究、中国与美洲文学的比较研究、西方文化与中国文学的比较研究等方面成果显著，呈现出东西学术贯通的图景。

在中西文学总体比较研究方面，本年度出版的《跨文化的传播与接受：20世纪中国文学与外国文学的关系》一书，通过对20世纪中国文学与众多重要国家的文学关系的梳理，勾勒出20世纪中国文学与世界文学的完整图景，为21世纪中国文学与外国文学的相互交流提供了宝贵的经验。本年度出版的另外一部专著《中外文学的交流互润》，对中国文学与外国文学之间的相互影响和浸润进行了清晰的梳理和概括，描绘出一幅中外文学之间交流交往的示意图。该书从"中外文学"的宏观视野出发，并没有单纯地将视野局限在东方或者西方，而是将与中国有密切交往的重要国家，如印度、日本、俄国、德国、英国、法国、美国等都包含在内，体现了"世界文学"的广阔胸怀和宏大视野。此外，还有学者从外国文学对中国现代文学的影响、海外汉学与海外华文文学等方面进行了广泛深入的研究。

在中西文学各体比较研究中，中国学者在诗歌、小说、戏剧、童话和神话等领域的研究中取得了一定的成绩。本年度出版的《敦煌及海外文献中的李白研究》一书，将敦煌文献和海外文献作为主要材料来源，研究发现敦煌遗书所存诗歌抄卷，多为唐代诗人的专集、选集残卷，或者是佚篇残句，为辑补《全唐诗》之佚提供了许多珍贵的材料，该书作为海外汉学研究的一个成功案例，在进一步深化和推动我国李白研究上具有重要价值。还有学者的研究从跨学科视角出发，对《诗经》以及中国古典诗歌进行了再阐释。中西小说比较研究则主要表现在对中国现代"重写型"小说研究、中国现代历史小说文体研究、后现代英语女性文学译介描述性研究等方面。在中西戏剧比较研究中，本年度的成果主要集中在莎士比亚在中国的接受与翻译、布莱希特剧作体系对中国剧作家的启示、李健吾戏剧与法国文学等领域。此外，本年度在童话与神话的中西比较中，研究成果集中在对英国作家卡洛尔的童话《阿丽思漫游奇境记》和古希腊神话的研究上。

在中国与欧洲文学的比较研究中，中国与俄罗斯文学的比较研究是重心，本年度出版的《文学接受与当代解读：20世纪中国文学语境中的俄罗斯文学》一书，对20世纪中国文学对俄罗斯文学的接受进行了细致的梳理，20世纪中国文学的成长和发展，始终伴随着俄罗斯文学对其的深远影响，该书在当代文学语境中对20世纪俄罗斯文学进行了重新审视，并结合具体作品对中国文学视野中的俄罗斯经典作家作品进行了解读，同时还留意到了对俄罗斯文学进行文化阐释的必要性，对俄罗斯民族文化心态展开了批判性分析，是一部具有重要学术价值的著作。还有学者从俄罗斯文学研究的"蓝英年现象"、左翼文学创作中的"马雅可夫斯基情结"、普希金与维吾尔现代文学等方面进行了研究。所谓"蓝英年现象"是指在苏联解体后新的历史条件下，在中国学术界和文化界所出现的一种超文学、超学科的文化思潮，是对苏联社会与苏联文学的深层反思。此外，中国学者在中英、中法、中德等文学的比较中，多以个案研究为主，例如，《简·爱》在中国的接受史研究、狄更斯在中国的接受与影响、莎士比亚"十四行诗"

和李商隐《无题》诗的比较研究、对我国学界贝克特研究的述评、1920年代冯至与中德浪漫传统的关联研究以及歌德在中国的译介与接受等，表现出研究的丰富与深入。

在中美文学的比较研究中，本年度出版的专著《跨学界比较实践：中美学界的丁玲研究》，以中国学界和美国学界的丁玲研究为对象，对两个学界的研究进行了清理和比照，是对研究的再研究。《拉夫卡迪奥·赫恩文学的发生学研究》一书，则以"文学发生学"的思维与方法，在欧洲、美国与日本的文化视野中对"小泉八云"——即拉夫卡迪奥·赫恩的文化身份进行了分析考证。此外，《近三十年中国大陆背景女作家的跨文化写作》一书，则以跨文化写作为切入点，对多位中国大陆背景却深受留洋生活影响的女作家进行了梳理和考察。在个案研究中，美国作家作品在中国的译介与影响、美国华裔作家及其文学研究成为焦点。例如，对狄金森在中国的译介与本土化形象建构、福克纳短篇小说在中国、美国学者高友工的杜诗研究、华裔美国英语叙事文本中的中国形象、谭恩美代表作品对中国神话传说的运用与改写探讨等方面的研究具有代表性。

对于中国文学与西方文化的比较研究，集中体现在西方宗教与中国文学研究、西方文化思潮对中国现当代文学的影响两个方面。本年度出版的著作《中国晚明与欧洲文学：明末耶稣会古典型证道故事考诠》《传教士汉文小说研究》等值得关注。

第四，本年度中国学者在东方比较文学研究方面，也取得了令人瞩目的成就。首先，在东亚比较文学研究方面，本年度出版的《东亚汉文学关系研究》一书，探明了中国文学对韩、日汉文学的影响，韩、日汉文学在接受过程中的变异以及它们之间的内在联系等，对于推进总结、归纳东亚汉文学发展的共同规律具有重要贡献。另外，本年度出版的《日本古典诗歌的文体与中国文学》一书也很有代表性，该著作注重文史结合、以及形式与内容、概念与实例的结合，呈现出较为完整的日本古典诗歌文体的面貌。《中国古典小说在韩国的研究》也是本年度值得关注的一部著作，该书运用丰富的文献资料，从接受国韩国的视角审视中国古典小说的接受及影响情况，为中韩文化交流做出了重要贡献。此外，本年度发表的《百年中国文学的朝鲜叙事》一文是中朝文学关系研究的代表性论文，探讨了近代百年来中国文学作品特别是小说中表现出的对朝鲜半岛民族国家的注目与认知，拓展了中朝文学研究的视角。在个案研究中，值得关注的学术成果也较为丰富，例如中国学者在日本短歌与中国唐诗中的"心"的比较研究、柿本人麻吕的"天皇即神思想"与古代中国的神仙思想、《古事记》文体特征与汉文佛经、《游行柳》与中日墓树之制、日本文学中陶门柳的隐仕融合、明代文学东传与江户汉诗的唐宋之争、托尔斯泰与武者小路实笃、日本文学与大连、日本近现代小说翻译史的特征及其对中国文学的影响、《三国演义》与韩国传统艺术盘索里、朝鲜时代《燕行录》所见中国古典小说初探、李长之《鲁迅批判》对竹内好《鲁迅》的影响等具体研究中，体现出学界对学理性的探求，描绘了东亚比较文学的丰富景象。

其次，在南亚、东南亚比较文学研究方面，本年度出版的《话语转型与诗学对话：泰戈尔诗学比较研究》一书，是对泰戈尔诗学思想的研究，是一部跨文化的比较诗学研究著作，既体现了东方诗学从传统向现代的话语转型研究，又表现出印度诗学、西方诗学和中国诗学之间的诗学对话研究的特点。该书对于总结东方诗学话语转型的规律，推进中国文论话语的研究与重建具有重要的借鉴意义。另外，本年度出版的《佛教文学概论》一书是目前中国学界第一部全面梳理佛教的文学色彩和研究文学的佛教精神的专著，堪称一部集学术性、实用性和创新性于一身的学术专著。

在印度古典诗学研究中，本年度发表的《梵语诗学在中国的译介、研究和批评运用》等论文，从梵语诗学的译介、梵语诗学的研究和梵语诗学在中国的批评运用等角度进行了研究，强调在目前中国语境下引入梵语诗学批评的合理性和必要性。在印度两大史诗与中国的比较中，《〈格萨尔〉与印度两大史诗的言语模式比较》一文，讨论了《格萨尔》史诗与印度两大史诗《罗摩衍那》、《摩诃婆罗多》在视角模式、韵律模式、语言结构模式三方面的异同。在东南亚研究中，学者们对越南汉文学中的东南亚新世界、泰戈尔1924年访华的遭遇、《水浒传》侠女复仇与佛经故事母题、越南贡使与中国伴送官的文学交游、20世纪初壮族韦杰三与越南黄玉柏文学创作比较、马华诗歌对中国的地理想象、海外华文文学研究关键词的阐释边界辨析、马华文学与中国现当代文学关系研究、武侠小说《神雕侠侣》在缅甸的传播等问题的探讨，体现出研究内容的丰富与研究方法的多元。

再次，在西亚和北非文学研究方面成果相对较少，本年度发表的《阿拉伯文学在新中国的六十年》是具有代表性的学术论文，该文将新中国建国以来学术界阿拉伯文学研究分为三个阶段，对于厘清和认识阿拉伯文学发展的历史具有重要价值。另外，本年度发表的《〈阿吞颂诗〉译注》一文对篆刻在古埃及大臣阿伊墓墙上的《阿吞颂诗》进行了注释与翻译，并对该诗涉及的埃及传说、历史事件、宗教习俗背景等进行了解释。此外，中国学者还探讨了阿拉伯文学、印度文学和日本文学这三大东方文学基石、塔哈·侯赛因的《山鲁佐德之梦》与鲁迅《补天》的异同，以及古代两河流域的智慧文学等问题。

第五，中国学者在翻译文学研究领域也取得了很大进展。首先，在翻译文学基本理论与方法论研究方面，本年度出版的《中西诗比较鉴赏与翻译理论（第二版）》一书，创造性地提出了中西诗歌鉴赏和翻译标准系统，从宏观的角度俯瞰了东西诗歌，以典型的中国阴阳理论首次在学术界归纳了东西诗歌阴阳对立七大潮；系统总结出了中国诗歌鉴赏诗歌角度，并逐一界定讨论，探讨了诗歌的五大功能及于此相应的诗歌鉴赏五大标准，提出了翻译标准多元互补论；同时辩证分析了若干翻译经典命题；探讨了中西诗歌与当代人类命运以及翻译与学术文化，得出了若干独特的意义深远的结论。另外，本年度出版的《创造与伦理：罗蒂公共"团结"思想观照下的文学翻译研究》一书，从批判文学翻译中存在的"逻各斯中心主义"倾向入手，对文学翻译中想象的作用加以研究，从而可以更加准确地把握文学翻译的"诗化"本质。该书进而指出文学翻译在想象的呵护下，由于能促成"他者"的伦理，促成"自我"与"他者"的"团结"，同时显现出文本"诗化"的本质，因此，它可以保证文学作品在新的语境中生机勃发，生意盎然。此外，《文学翻译批评：理论、方法与实践》一书，从翻译批评的性质、观念、原则、标准、形态、角度、方式、方法、实践等九个方面入手，系统而全面地探究文学翻译批评。除此以外，学者们在文学中的科学翻译与艺术翻译、从诗学的角度反思文学翻译、文学翻译中的反复现象及处理、文学翻译中意境的伪证性认识范式等个案研究中也取得了一定的成绩。

其次，在对翻译文学家及其译作的评论与研究方面，本年度出版的《多元调和：张爱玲翻译作品研究》以较少被人关注的张爱玲翻译作品及其译者角色为探讨对象，运用多角度分析方法对其进行了全方位的探讨，为读者展示出张爱玲翻译实践所特有的价值和贡献，并指出张爱玲翻译的总体特征表现为"多元调和"。另外，本年度学者们还对翻译家汪榕培先生的诗歌翻译、中国近代翻译家、浙江翻译家等的翻译活动及其翻译思想进行了深入透彻的研究。除此以外，学者们还对创造社翻译研究、傅雷译《都尔的本堂神甫》、艾青诗歌的英文翻译等问题进行了探讨。

再次，在中外翻译文学史研究方面，本年度出版的《翻译话语与意识形态：中国1895—1911年文学翻译研究》一书，是对晚清文学翻译与翻译文学的研究，属于断代史研究。该书在考察中国近代的社会文化基础上，以时间为经，以具有代表性的个案为纬，史论结合，以论为主，分析了翻译与意识形态的互动关系。另外，本年度出版的《生成与接受：中国儿童文学翻译研究（1898—1949）》一书，不仅是中国儿童文学翻译研究的重要著作，也是中国翻译史不可或缺的组成部分。该书对儿童文学翻译活动的生成过程进行了描述与分析，并展望了今后中国儿童文学翻译研究。《幻想与现实：二十世纪科幻小说在中国的译介》一书，是对科幻翻译史的专题研究，该书着重考察了中国在20世纪对科幻小说这一通俗小说门类的译介与接收状况，指出作为最早介绍到中国来的现代小说的类型之一，科幻小说在中国文学的现代化进程中所起到的积极作用是不容忽视的。中国科幻文学的萌生与成长，同外国科幻小说的翻译有着直接的关系，该书对二十世纪中国翻译文学史研究具有一定的意义。除此以外，中国学者在莎剧汉译研究、美国华裔文学翻译研究、文化可译性视角下的"红楼梦"翻译研究、论误译对中国五四新诗运动与英美意象主义诗歌运动的影响等研究中也取得了进展。

综上可见，本年度中国比较文学研究成果丰硕。学者们在学科理论方面，沿袭并深化了之前的理论成果，对学科史的建构则将中国比较文学放置于世界文学发展的广阔视野中，深入探究其内在发展规律，彰显出中国比较文学独特的发展道路和学术特征，并在整体上将中国比较文学视为继法国学派、美国学派之后比较文学发展的第三阶段或中国学派。在比较诗学、东方比较文学、中西比较文学和翻译文学研究方面，选题丰富，虽然部分成果具有填补学界空白的价值，但还有相当一部分研究存在前沿性和创新性不足的弱势。在研究方法上，学者们表现出试图通过跨学科研究加以创新的努力。在研究内容方面，无论从学科理论到教学实践，还是从整体性研究到个案研究，都涉及古今中外的诸多领域，可谓一幅中国比较文学发展的壮丽画卷。总之，中国比较文学研究正在稳步向前，持续为世界文学发展和东西方文明互鉴贡献中国方案。

Ⅰ 分支学科研究综述

一 2010年度比较文学学科理论与学科史研究综述

乐 曲

2010年度,有关比较文学学科理论与学科史的研究依然是以对比较文学基本理论问题的论析为主。较之2008年、2009年,其研究成果不管是专著还是论文,数量都有所下降,然而所涉及的问题则要集中得多。由于许多有关比较文学的核心问题都已经有了相对充分的论述,而全新的研究范式或视角还未提出,2010年比较文学学科理论与学科史的研究总体上呈现一种对先行成果的总结、反思和深化的趋势。

(一) 对比较文学基本理论问题的论析

比较文学作为学科成立以来,有关其身份、内涵、学科地位等根本要素的争论就不曾停止。可以说,比较文学的发展正是伴随着这些争论进行的。在有关本体的争论中不断对自我进行调整、修正可以说是比较文学的学科特色,也正因为此,比较文学才有经久不衰的生命力与愈加广阔的发展空间。2010年度,这样的争论虽然相较之前呈统合化倾向,但依旧十分激烈。

在比较文学的发展史上,法国学派与美国学派之争可以说是一个重大的转折点,也是许多年来比较文学家们反思、阐发的焦点。本年度,这样的研究依旧在进行着。李伟昉在《比较文学:文学史分支的学理依据》(《文学评论》2010年第5期)一文中对于韦勒克有关法国学派将比较文学当作国际文学史的批评提出质疑。通过对有关法国学派主张的详细文本梳理,他指出以梵·第根为代表的法国学派提出国际文学关系史是站在从影响层面将各个彼此不相连的国别文学史打通联合的立场之上的,由此,各种在国别研究视野下被忽略的文学影响因素就可以被发掘出来,得出更深入、完整的认识。这种通过有机整体实现描绘世界文学网络的做法无疑是符合比较文学设立的初衷的。作者认为,韦勒克之所以严厉挞伐法国学派乃是因为他始终站在新批评的立场之上。20世纪上半叶是国际文学研究由外部研究到文本细读的内部研究的转变时期,韦勒克作为美国新批评的代表对于忽略内在"文学性"的做法自然无法容忍,但是其在新批评立场上对法国学派的批评却存在着矛盾和狭隘之处:他一边为了扩大比较文学的研究范畴而批评法国学派,一边却试图排斥其他学科与比较文学研究的关联;他一边指责法国学派的爱国主义倾向，一边却表现出对美国文学研究的倾斜。据此作者归纳道："无论是向内转还是向外转都只能起到纠偏的作用，单纯的或者是纯粹的内转和外转都是有缺陷的。"由此，在过分注重差异的二元对立的观念之外，作者提出美国学派与法国学派之间的一致性和共融性：国际文学关系史的提出是有着学理性依据的，法国学派与美国学派一样重视创造性，也没有排斥或批评。另外，他们都认为比较文学是在文学史和文学批评二者的基础上建立起来的。这样的结论无疑对一边倒倾向美国学派的研究现状具有重要的纠偏作用。从这个层面上说，文学史和文学批评之间本没有绝对的界线，而美国学派与法国学派的理论内涵和价值亦需要重新进行客观的分析、评价。

相较李伟昉分析法国学派的学理依据以打破美法二元论的传统思维，李琪在《韦斯坦因的比较文学"中道"及其学理价值》(《学术交流》2010年第2期)中则介绍了韦斯坦因"超学派"的对美、法学派取长补短的"中道"论，并认为其学说一方面代表着一种健康公允的比较文学思维方式，能够促进比较文学学科和谐、积极地发展；另一方面蕴含着一种宝贵的文化相对主义立场，为公正客观地研究异质文学和文化提供了一种保证。与此类似，对国外比较文学理论进行介绍、分析的还有陈丽英的《比较文学的"身份漩涡"刍议——读狄泽林克〈比较文学导论〉》(《中国比较文学》2010年第1期)，这是对狄泽林克《比较文学导论》的书评。在文章中她对狄泽林克的理论做出了概括性介绍并特别阐述了其"超国界"概念的三层意义。同时她还指出了狄泽林克理论中的矛盾及其"西方中心主义"的缺陷，对此书之于比较文学发展的地位及意义做出了客观评价。

在美法学派之争后，比较文学的研究范畴得到了很大的扩展，然而历史遗留的理论上的含糊与片面在新的时代语境下使得比较文学又一次处在了发展的瓶颈。2008年第4期《中国比较文学》刊载了苏珊·巴斯奈特《二十一世纪比较文学反思》的中译文。在该文的刺激下比较文学"危机论"的相关问题又一次成为热议的中心。继2009年各种期刊登出了许多有关这一问题的讨论之后，本年度相关的反思、批判、展望依旧在继续。需要提到的是曹顺庆主编的《比较文学——东方与西方》的第十二辑（四川大学出版社2010年版）。本书是承续2009年《中国比较文学》有关巴斯奈特的笔谈之后进行的又一次英文笔谈。该笔谈共由六篇文章组成，除了已经在2009年第1期《中国比较文学》上刊登的中国学者的论文外，还增添了佛克马（Fokkema Douwe）《苏珊·巴斯奈特不必要的努力》一文和蚁布思（Ibsch Elrud）《巴斯奈特的堂吉诃德之战》一文。这两篇文章都是针对巴斯奈特将翻译研究独立出比较文学的观点而言的。佛克马的文章首先指出了巴斯奈特在三个方面存在的自相矛盾。一方面，她后悔自己曾经声称翻译研究应该在比较文学研究的中心地位；另一方面，却急于将翻译史置于任何比较文学研究的中心。其次，她将翻译学研究与跨越不同语言的文学研究对立起来，最后，将之与被其称为早已过时的传统比较文学方法和摒弃的过渡规定性对立起来。蚁布思的文章也指出虽然巴斯奈特在翻译学研究领域做出了卓越的贡献，但是由于其对翻译学的研究与对比较文学研究的态度严重失衡，致使她的"较劲"注定只能是堂吉诃德的风车之战。

在"危机论"的长久刺激下，比较文学一直处在一种"自我焦虑"之中，为了突破这种困境，对于本体的梳理和反省就显得尤为必要。张沛在《比较文学·比较诗学·人文之道》[《北京大学学报》（哲学社会科学版）2010年第5期］一文中将比较文学的发展分为三个阶段，分别是：对异质文化及其语言载体的译介与阐述；对这些译介、阐释所构成的文学—文化关系的研究，其时历史意识和学科意识产生；关系研究上升为理论，阐释实践进入新的文化互动的自为的比较诗学。通过历史的梳理、归纳，作者将第三阶段的比较诗学作为比较文学的"灵魂、核心机制和根本原理"，并认为比较诗学是比较文学向人文学科总体方法论的具体落实。在这样的层面上，作者将比较文学的本体进一步提炼使之哲学化：因人类经验的整合即指向对更高自我的肯定，那么比较文学的终极目标就在于"发现更高自我或实现自我的更高存在"。于是作者得出结论：比较文学是哲学，是人文之道，是新时代人文主义的标志和先锋，因此其作为人文学科的价值和意义也得到了保证。

相对于从比较诗学中寻找比较文学的未来，比较文学研究的翻译转向亦是针对"危机论"所热议的焦点。2010年度有关这方面的研究成果较有代表性的是张旭的《跨越边界：从比较文学到翻译研究》（北京大学出版社2010年版）。正如王向远先生在《翻译文学导论》一书中所指出的那样，翻译研究与比较文学因其共有的研究及研究对象的跨越性而具有极其密切的关系，在翻译研究中翻译文学的研究则是比较文学不可忽视的组成部分。本书同样由二者"跨越边界"的共性入手，将比较文学与翻译研究联系起来。针对世纪之交围绕比较文学危机论所展开的讨论，作者认为所谓危机与终结是针对比较文学研究中那些旧有的机体而言的，而在新的视点之下，比较文学仍然能够有所作为，翻译研究即是这样的视点。巴斯奈特曾言明比较文学将让位于翻译研究，虽然这样的判断不免偏颇，但也足见比较文学研究对于翻译方面的侧重趋势。正是在这样的背景之下，作者试图通过本书从自身的研究历程出发，对比较文学研究向翻译研究侧重的历史、趋势以及未来做出完整的呈现。全书总共分为十四章，前五章集中于比较文学的相关议题，以第六章交叉的可能："比较文学视野中的译介学研究"为转折，后八章集中于翻译研究的相关议题。每一章的章名都是由总结性的概括加上章节内容的具体说明构成的。这十四章章名的总结概括部分分别为："学科的反思""借鉴的起点""建构的设想""观念的更新""视界的融合""交叉的可能""传统的反拨""时空的跨越""他者的反观""两难的抉择""规范的重建""意象的把玩""文本的游戏""未来的憧憬"。有对问题的剖析，有对现状的反省，也有对未来的展望，由此不难看出作者以比较文学研究的翻译转向为核心的写作脉络。然而具体到各章的内容，却将这种预期的系统性打破了。在后记中作者提到这本书"有宏观的描述，有个案的分析。从表面上看，各章之间的跨度大，涉及面广，彼此联系似乎不太紧密，实则注意了'点'、'面'的结合，在深层次上始终扣紧现代跨越性特征"。这固然不错，然而除了在第一章和第六章中确实从跨越性入手分析了比较文学当下的问题和以译介学为代表的翻译研究转向之外，其余则论比较文学即是单纯的阐释其理论、个案，论翻译则单纯阐释翻译的理论、个案，例如第五章"视界的融合"，谈的是象征派诗人沈宝基的诗艺活动，而第十一章"规范的重建"，讲的是英诗汉译中新格律体的实验考察，虽然在方法论上也有比较文学与翻译研究相渗透的痕迹，但并不明晰，目录中所设计的系统性并未能在具体的个案和写作安排中体现出来，固然有"点"有"面"，但并未能很好地结合，这实在是很可惜的。然而就这本书的整体来看，确实涉及了比较文学的发源、教育、现存的理论问题诸如：危机论、"失语症"以及翻译研究中"可译与不可译""翻译研究与译介学之争"等核心部分，具有一定的涵括性，但以三十万字的篇幅论述如此广阔的内容，还要致力于详细的个案研究，在论述上不免失之粗简，如能集中精力于翻译转向的系统呈现或某一个案具体的延伸则要从容得多。

无论是归向比较诗学还是翻译研究都是从研究对象与方法论着眼的思考，方汉文的《中国化比较文学理论体系的营构》（《中国文学研究》2010年第4期）则是从宏观的比较文学理论体系的更新出发试图厘清模糊，打破困境。他认为当下比较文学陷入危机之中是缺乏学科理论体系创造的缘故。没有一个明确的学科理论体系，因此带来学科范围、理论观念不明，认识论、方法论不确定的问题，而在本文中作者即试图营造这样一个体系。所谓"中国化"的比较文学理论体系即立足于中国传统的辩证逻辑之上结合现实由中国人提出的普适性理论体系。具体则分为原道论、原诗论、方法论与学科形态三部分。原道论即认识论，法国学派的认识论是决定性地将比较文学当作单向的历史影响看待，而美国学派则根本没有提出认识论，于是作者提出同一性与差异性结合的以中国传统辩证观念为主导的认识论；在原诗论（本体论）方面，作者提出在多元化的时代背景下，立足于多元主体、多元客体之间的关系及文本间性的研究是比较文学本体论研究的主体；在方法论与学科形态方面，作者将比较文学的方法系统分为四种：文学关系实证研究、审美评价比较研究、价值评价比较研究、阐释比较研究。除却理论体系的主体成分，作者还将比较诗学及世界比较史学史作为理论体系的扩展成分，以此达到跳出中心主义，谋求视域乃至思维更新的目的。纵观方汉文所论述的"中国化比较文学理论体系"，其内容、成分即是近20年来中国比较文学发展成果的整合。比较文学诞生于西方，而这里的"中国化"并非中国特色的"异化"，而是包含了中国研究立场、中国传统思维基础、中国创造的理论更新等多重内涵。虽然作为一个理论体系还欠具体，但这个体系却是一个统合的平台，使得以后的中国比较文学能够在中国化的思维模式下以这个平台为基础不断加固、细化，也正是在这样的立场之上，比较文学才有可能从危机中解脱以至于稳定和明晰。

理论上的思考只是应对危机的一个方面，本年度还有一些学者则试图从学科层面自身出发对比较文学进行考察。在一片声讨巴斯奈特的声音中，肖四新则提出应注意巴斯奈特等人是在何等层面上认为比较文学"气数已尽"。在《从学科层面反思比较文学》（《学术研究》2010年第1期）一文中，肖四新认为虽然比较文学确实是一个很有价值的领域，但却没有必要作为一个学科存在。虽然比较文学本体论之上的"跨界视野"同时可以被视为其特有的研究方法，但它却没有自己特定的研究对象。之所以将比较文学与世界文学合并在一起成为一个二级学科，实际上是为了强调"世界文学"或"总体文学"的比较的"跨界视野"，使得世界各民族文学得以互相参照。从这个角度看，比较文学只是一种"跨界"的研究方法和研究意识。它可以作为一个研究领域、一门课程或一种课程体系甚至一种研究方向，但就是无法成为一个学科。因此作者认为，为了避免误会应该将"比较文学与世界文学"改为"世界文学"或"总体文学"才是解决争议、推动比较文学及其他相关学科发展的上策。这样的论断无疑在几乎一边倒的对巴斯奈特的声讨中是特异的。回顾近年来对巴斯奈特的抨击，确乎是在不断声称现已取得的成就及阐释、完善比较思维和跨界方法的有效性的层面上进行的，但对于一个学科的成立而言，方法论及思维上的确立的确是不够的。因此，不管比较文学到底能否作为一个学科成立，肖文都是一个警醒，提醒我们尽管对比较文学学科认识很早就已经开始，但至今依旧在根本的问题上存在模糊与漏洞。只要这样的问题不厘清、不解决，那么危机论的阴影就会一直伴随甚至成为现实。

在2010年度的研究成果中，除了美、法学派的历史之争以及比较文学危机论这样宏观上的焦点，比较文学的基本问题也集中着落于一些具体的方面。其实，仔细联系起来，这些具体方面的纠葛与美、法学派之争及危机论的兴起都有着密不可分的关系。例如跨学科比较。自从美国学派明确提出跨学科比较之后，文学的文化学研究就变得格外兴盛，而文学性却稀薄下去，甚至于有消解比较文学自身之虞。而可比性的问题也由于一直未得到统一、清晰的界定，而带来简单比附以至于取消学科科学性的危机。然而本年度，这方面的研究成果却格外稀少，其中较有代表性的是何云波的《越界与通融：论比较文学跨学科对话的途径与话语的通约性》（《中国比较文学》2010年第3期）与徐扬尚的《论比较文学的可比性》（《江西社会科学》2010年第6期）。前文将概念范畴以及话语规则的整理作为跨学科研究的基本条件，认为应该以其他学科为参照解释文学独特的话语规则，以及文本是如何被叙述出来的，如此发挥多元学科互通的优势，而寻找学科之间通约性的立足点则是日后比较文学跨学科研究的重要课题。后文则从同一平台、同一标准、同一目标三原则出发确立了同源类同性、另类异质性、证释发明性的可比性"三元素"。并指出其对消除简单比附的作用，是变异学着落于可比性范畴上的一次全面的内涵梳理。

与前几年一样，有关世界文学的讨论与研究一直是比较文学基本问题的核心之一。2010年度有关这方面的成果最为突出，首先要提到的是中国社会科学院文学研究所编著的《世界文学中的现实主义问题》（知识产权出版社2010年版）一书。该书是由中国社会科学院文学研究所编著的《学术汇刊》的第14卷，是对以往出版的断版书的再整理。《世界文学中的现实主义问题》即1958年中国科学院文学研究所苏联文学组所集，在1957年4月由苏联科学院高尔基世界文学研究所在莫斯科举行的"世界文学中现实主义问题"学术讨论会上发表的11个报告的汇编。这11个报告虽然带有强烈的社会主义意识形态色彩并以反对扩大或缩小"现实主义"的内涵为核心，但其中不乏有关当下世界文学讨论核心的内容。例如在捷林斯基的《民族形式和社会主义现实主义》一文中很早即认识到阐明文学中民族因素的重要性，他认为"民族因素不是作为使这一民族同另一民族隔离开的形式提出来的，相反地，而是被看作创造具有全人类意义的、富有思想性的美学珍品的手段"，"民族形式和民族内容决定着文学的美学"。在这样的认识之下，他又分析了在语言艺术中突出民族独特性的方式以及民族性如何在普遍全人类的艺术中产生作用。又如，阿尼西莫夫的《现实主义问题与世界文学》指出："直到最近还保存着的关于世界文学的概念，实在说来只是指的欧洲文学，而不是指的世界文学"，"如果不广泛地、历史对比地研究东方和西方的文学，那就不可能充分地说明世界文学发展的规律性"。在强调现实主义地位的时候，作者给出的理由是"现实主义文学的确是文学在世界历史上发展的结果"，这即是试图通过世界文学上的普适性和规律性来对现实主义进行定位。不难发现，苏联对于世界文学的关注是有着极为具体的在文学上推行社会主义合法性的目的。虽然其得出的结论在现在早已不新奇，但作为特殊环境下对于世界文学的论述仍然具有很重要的历史和心理研究价值。自歌德提出世界文学以来，不同的国家、地区在不同的时期都在进行讨论，而他们所讨论的世界文学往往与所处环境密切相关，是具有很大差异性的。虽然世界文学反对中心主义，但其确实是从各式各样的中心主义中开始的。在这层意义上，本书所展现的有关世界文学的定位、研究对于进一步明晰世界文学的发展历程及研究者的认识变化有着重要的参考作用。

另外值得关注的是在2010年度《中国比较文学》第2期起开设的有关"世界文学再思考"的专题讨论。在这个讨论之下，本年度出现了许多有关"世界文学"的有价值的成果。关于"世界文学"，最早提出的是歌德，学界对此的引用大多是《歌德谈话录》中的一段，而查明建则将散见于书信、谈话和期刊文章中的歌德关于"世界文学"的散论集合起来译出为《歌德论世界文学》一文，刊于2010年度《中国比较文学》第2期，为学界对歌德"世界文学"思想进行更加全面的了解、剖析有着重要的意义。歌德提出"世界文学"的概念时是将其作为一种理想，这也许是简单的，而在现实中，尤其是在当下全球化的背景之下，世界文学的实现却面临着诸多的挑战和问题。在《世界文学面临的三重挑战》（《探索与争鸣》2010年第11期）一文中，希利斯·米勒即对当下世界文学所面临的困难做出了概括：如何避免因翻译语言偏向而致使世界文学被某种单一的国家学术文化所主导；如何避免选择文本时带来的表述上的偏见与歪曲；在文学的概念不断迁移的历史背景下，文学研究的全球化转向了对被认作经典的综合性个体文本的逐一阅读，而在这种研究模式之下，我们所依据的文本的分期或类属是否真的可靠。这样的担心并非一种消极的否定论，而是说我们在从事世界文学的界定与研究时必须是警醒的，不能为"世界文学"概念的宏大所迷惑。美好的展望固然需要，但必须建立在清晰认识的基础上。事实上，在当前时代背景之下，有关世界文学的认识在学界仍存在本体论之上的分歧。有关这一方面较有代表性的文章是王宁的《"世界文学"从乌托邦想象到审美现实》（《探索与争鸣》2010年第7期）和丁国旗的《祈向"本原"：对歌德"世界文学"的一种解读》（《文学评论》2010年第4期）。

王宁认为在当前的现实下，世界文学已经逐步摒弃原先的乌托邦色彩，而带有了更多的社会现实性和审美意义。在这样的认识下，他归纳出世界文学的三重含义：世界文学是东西方各国优秀文学的经典之汇总；世界文学是我们的文学研究、评价和批评所依据的全球性和跨文化视角与比较的视野；世界文学是通过不同语言的文学生产、流通、翻译以及批评性选择的一种文学历史演化。在这三层含义的基础上，王宁又提出了评价世界文学的准则：它是否把握了特定的时代精神；它的影响是否超越了本民族或本民族语言的界线；它是否收入后来的研究者编选的文学经典选集；他是否能够进入大学课堂成为教科书；他是否在另一语境下受到批评性的讨论和研究。作者认为，在这样的原则之下，可以跻身世界文学的中国文学作品与其应有的价值和意义是不相称的。为此，相比于之前的外译的工作，当下的翻译更需要转向中译外，以促进中国文学走向世界。

与此相对，丁国旗却认为世界文学的形成不是已经成为现实而是绝对不可能实现的一个理想。通过对歌德"世界文学"论述的再分析，他认为世界文学并不是趋同的，而是建立于彼此对话和交流基础上的一个共同的体系。其提出不仅是要走出民族经验的局限，创造本民族的经典，更是确立一个标准，确立民族文学的"范本"。在这层认识的基础上作者提出：世界文学即是民族文学的"本原"化或民族文学的"本原"追求。他认为在全球化的背景下，存在一种理论建构与生活实际的脱离，因事实上的"世界"和"世界公民"并不存在，所谓"全球民族性""超民族主义""国际化小说"同样是虚幻的，一体化是一种理想，更多的冲突与斗争才是现实，因此世界文学的形成是不可能的，然而各国文学的交往却是日益增多的。由此，作者提出建立在一种"外位性"立场上的对话，即在"他者"的地位之上进行文学交往，不融合、不混淆，在保持各国文学统一、开放的同时相互获得充实和繁荣。

不难看出，二人都认为世界文学是一种范式、视野、标准，之所以得出相反的结论是因为出发点的差异。王宁是从各民族文学不断超越自身的趋势看出世界性的加强，而丁国旗则是从各民族文学差异性的不可磨灭看出统一的理想性。无论是前者还是后者，都在各自的立场上为全球化背景下的世界文学的发展做出了很具体的预期。

同样为世界文学发展提出具体建议的是弗兰科·莫莱蒂。2000年，他在《新左派评论》上发表了《对世界文学的猜想》一文，此文在国际比较文学界产生了重要影响，2010年度《中国比较文学》第2期刊登了其译文。本文由"世界文学不是研究对象，而是问题"的观点出发，探讨了世界文学在全新批评方法上的面貌与意义。首先，世界文学虽然同为一体，但仍然是有中心、有边缘，并非是平等的。其次，因为涉及范围及视野的广泛性，研究者面对的就不再是少量的经典文本，庞大的对象数量限制了对文本的细读，也要求认知时与文本保持距离。再次，世界文学虽然是一整体，但内部并非是整一的，差异性是一种现实存在。为了把握这样的存在，就需要以形式分析的方式进行批评研究，去研究综合性的文化历史产物中民族的和世界的因素作用。

对世界文学的清晰认识除了通过对其本体、现状以及未来的分析，还着落于对世界文学历史的梳理。2010年度，此方面的成果有潘正文的《世界文学观在20世纪上半叶中国的发展与演变》(《中国比较文学》2010年第3期)和刘洪涛的《世界文学观念在20世纪50—60年代中国的两次实践》(《中国比较文学》2010年第3期)。前者对世界文学观在20世纪上半叶中国的曲折发展历程进行了经验总结，揭示了晚清以来由民族救亡的政治意识主导的世界文学意识到"五四"运动"世界人"的意识促使的世界文学观的成熟再到一战后民族危亡意识崛起，世界文学意识再度转移的变化过程。后者则具体阐述分析了20世纪50—60年代中国全盘接受苏联"世界进步文学"体系及因参加亚非作家会议将视野扩大至东方文学，并初步建立东方文学知识系统和具有中国特色的"东西二分"世界文学观的两次世界文学观念的实践。两篇文章在时间上相承接，呈现了"世界文学"在中国起步、发展的动机与脉络，对进一步了解"世界文学"在中国语境下的特殊含义及对日后发展的经验和教训具有重要的参考价值。

除了以上所及，2010年度有关比较文学基本理论问题论析的成果还有两部论文集值得一提。相较之前提到的成果，这两部论文集涉及了有关当下比较文学基本理论问题的诸多方面。第一部是张健主编的《全球化时代的世界文学与中国："当代世界文学与中国"国际学术研讨会论文集》（中国社会科学出版社 2010 年版）。该书是 2009 年北京师范大学文学院与美国学术杂志《当代世界文学》共同主办的"当代世界文学与中国"国际学术研讨会的会议论文集。除了具体论述中外文学关系以及翻译问题的文章，值得关注的是一组有关"世界文学"概念的发言。因有一部分发言已经在 2009 年公开发表，故此处略去不谈。在剩下的发言中，张汉良通过对西方世界文学发展及其与比较文学关系的历史回顾，指出沿用政治划分将中国文学划归为"第三世界文学"与实际情况的差异，提出重新审视中国文学在世界文学中位置的必要性；达姆罗什的发言则延续其一贯的观点认为不同地区对世界文学的感受是迥异的，通过从一国文化机制环境出发对不同国家世界文学的构建进行考察，他指出美国与亚洲的案例都表现出既有可能性又有局限性的特征，其方法有许多值得相互学习的地方。除此之外陈跃红的题为《学术处境与范式重构——浅议中国比较文学的身份认同与问题意识》的发言同样值得关注。在发言中，针对近几年一直盛行的比较文学"危机论"她指出："出于非西方文化语境和中国学术现代性问题意识中的本土比较文学研究"应该在"实践中形成自己的学术主体身份、范式结构和方法学特点"。因比较文学自身即是多元文化时代从文学研究的立场参与跨文化对话的理想途径之一，所以对于比较文学学科而言，其问题的核心在于"我们是否真正意识到了这种现代意义上的比较需求和由此衍生的一系列问题意识"。只要文化碰撞的现实境遇所带来的问题意识不消失，中国比较文学就始终有事可做，也不会"死亡"。不可不说，这样的论断是很有力的，比较文学研究的可能性与必要性与时代现实紧紧相连，比较文学研究当然不会结束。然而紧接着的问题在于以比较文学学科的性质进行比较文学研究是否是必要的，要解决这个问题就需要同样有力地论证比较文学学科存在的必要性和合理性。关于这一部分内容，以上提到的肖四新的文章已经言及，这是针对"危机论"的反驳中学界所尤其应该注意的。

另一部需要提到的论文集是陈永国、尹星、大卫·达姆罗什主编的《新方向——比较文学与世界文学读本》（北京大学出版社 2010 年版）。自比较文学诞生至今，经过北美和西欧的长期实践，已经在数十个国家有了追随者，而同时，这门学科新近扩展的全球规模和潜在的广泛影响所带来的一些重大挑战和困惑也是众所周知的。本书即是出于帮助 21 世纪的比较文学研究者面对挑战、抓住挑战带来的机遇的目的之上编纂的，所谓"新方向"正是就这样的引导而言。全书共分四章，对应涉及比较文学重大问题的四个部分，分别是：学科谱系；跨文化比较；翻译；全球化。每章分别收录了四篇来自美国学者的相关论文，纵观这些论文所得出的结论，的确是当下国内比较文学界同样热衷讨论也有所涉及的。例如有关"跨文化比较"，苏源熙在其文章中认为对"文学性"的一种新的理解可以成为跨文化比较的基础；而有关翻译，艾米丽·阿普特则提出建立一种以文学翻译和跨文化运动，而不是以民族—国家为基本分析范畴的比较文学。虽然这些文章在结论上较国内比较文学研究并未有所突破，但从得出相似的结论可以说明国内的比较文学研究确实已经与世界接轨。相似结论不同研究的参照对于新的研究角度的发现和思维的互补、完善有着重要的作用。正如达姆罗什在该书前言中所说：

"希望本读本将促进中西文化间的学术对话,期待读者能在字里行间发现将在自己的研究中予以探索的众多路径。"

(二) 中外比较文学学术史与学科史研究

1978 年到 2008 年是当代中国比较文学从引进发展到独立成熟的三十年,有关这三十年历程的研究对了解当前中国比较文学取得的成绩以及总结中国当代比较文学发展的经验和教训具有重大的意义。2008 年、2009 年之后,本年度有关比较文学学术史和学科史的研究仍然集中在对三十年历程的梳理上,而对国外比较文学学术史的系统研究则没有涉及。

有关对中国比较文学三十年历史的研究,首先要提到的是刘介民编译的《见证中国比较文学 30 年 (1979—2009) ——John J. Deeney (李达三)、刘介民往来书札》(广东高等教育出版社 2010 年版)。该书由 188 封信件组成,是刘介民与李达三 1979 年至 2009 年三十年间往来书札的汇编。从 80 年代迄今的三十多年是中国比较文学取得重大推进、发展,也是成果最为丰硕的阶段。刘介民是较早将西方比较文学介绍给中国学界的学者之一,而李达三是长期立足于中西比较文学的推进以及建设"比较文学中国学派"主张的提出者,二人的学术通信涉及中外比较文学的重要事件以及有关方法论、翻译、文化研究等比较文学重要范畴的内容,因此这本通信集就不仅是私人的学术交流呈现,还是可以见微知著的极具代表性的历史文献。对于了解中国学界对西方比较文学的接受,以及中国比较文学的建立、发展乃至繁荣无疑具有重要且特别的史料价值。

除此之外值得注意的是孟昭毅的《中国当代比较文学三十年:寻找文学性原点》(《广东社会科学》2010 年第 5 期)。该文详细回顾了中国当代比较文学发展历程上经历的冲击与挑战,及其最后重新回到初始研究时文学性的原点,继而达到新的学理高度,从新起点出发的历程。从回顾中,作者总结了中国比较文学发展的特征和趋势:首先,从初始的比较文学研究走向文化研究,经过三十年的发展找回了文学性,使文学研究在文化研究中得以重生;其次,当代比较文学自复兴之日起,就与西方的文化浸润有着密切的关系;再次,中国当代比较文学的发展经历了由"显学"到"隐学",由"张扬"到"收敛",由"重理论"到"重实绩",由"重西方"到"重东方"的过程。这三点特征贯穿了中国比较文学的勃兴、发展与成熟,将"危机论""中国学派"等中国比较文学发展历程上的焦点涵括在内,清晰揭示了三十年历史下的规律性,对清晰把握当代中国比较文学发展脉络起到了一定的推动作用。

除了对有关三十年中国比较文学发展史的梳理、回顾,本年度同样引人注目的是王向远的《比较文学学术系谱中的三个阶段与三种形态》(《广东社会科学》2010 年第 5 期)一文。该文是从 2009 年出版的《比较文学系谱学》一书中抽取出的有关比较文学历史分期的具体论述。有对世界比较文学学科发展史的纵向梳理,作者将比较文学的学术理论系谱大致划分为三个历史时期:第一期是古代朴素的"文学比较",该时期没有比较文学自觉的意识与方法论,仅仅是一种以自我为中心,在有限的国际区域视野中进行的地域性、偶发性的异同对比；第二期是近代的"比较文学批评"，在这一时期，比较文学以文学批评的形态存在，批评家本国文化中心论的思想淡化，能够平等、多元地认识文学的民族性与多民族构成的区域性文学关系，并在此基础上产生了"世界文学"的观念；第三期是现代的"比较文学研究"，在相关学科提出并部分解决了基本理论问题之后，比较文学的学科理论形成，比较文学实现了"学科化"。在这三个分期的基础上，作者又将学科化之后比较文学的发展分为了三种形态，分别为：法国学派的"文学史研究形态"；美国与苏联学派以理论研究和体系建构为宗旨的"文艺学"形态；当代中国超越学派分歧，将文学的文本属性与历史文化属性结合，从而走向文化与诗学融合的"跨文化诗学"形态。由此，作者认为"世界比较文学发展到当代中国，已经进入了一个新的历史阶段"。通过对于历史发展的分期以及当代研究形态的区分，作者不仅对世界比较文学的发展历程做了明晰、清楚的揭示，而且对于中国比较文学所取得的成绩、地位及现阶段发展的状况做出了有效、凝练的评析和判断。体系宏大却不空泛，定位高举却不盲目，这样全新的呈现无疑是本时期相关研究成果中的亮点，对于更好地把握中国乃至世界比较文学的发展状况及未来指向有着相当重要的推动作用。

除了以上提到的成果，本年度中国比较文学学术史与学科史的研究主要是围绕具体的人物进行的。董洪川、许梅花在《胡适与比较文学》（《中国比较文学》2010年第1期）一文中提出，胡适是中国比较文学的先驱之一，然而他这方面的实绩却处在一种长久被遮蔽的状态。通过对其理论文献及日记、书信等资料的发掘、整理，作者认为胡适在其构建文学革命的理论中表现出了深刻的比较意识，其本人也进行了较为深入的中西文学平行研究、阐发研究和中外文学影响研究，并得出了一些可贵的结论。关于这一点作者给出了详细的文献证明，例如胡适所言"文学进化论"的第四层即指明一国文学需要其他文学相接触受了影响才能跳脱局限取得进一步发展。在同时代诸多学者无意识地进行比较文学的研究时，胡适已经明确提出自己是在从事"比较文学研究"，这是极其可贵的。这篇文章不仅从具体文献出发阐述了胡适对比较文学发展的推动，更从其生平经历出发解明了其革新中国文字、文体、文学内容所采用的比较文学方法论的形成缘由，对于填补研究空白、引起后续研究继而确立胡适在中国比较文学研究史上的应有地位起到了重要的作用。本时期另一篇同样重要的以具体人物为中心进行比较文学史整理的是乐黛云的《朱光潜对中国比较文学的贡献》（《社会科学》2010年第2期）一文。该文对朱光潜毕生对比较文学做出的贡献做了全面、系统的阐述。作者以朱先生"一切价值皆由比较得来"这一观念为核心，着重分析了其中西比较诗学的开山之作《诗论》，对其从比较对象互相印证的角度对中西文论所作出的宏观视野下的比较阐释给予了高度评价，并从中总结出一些比较文学研究上的优点，例如详细的例证、现象背后深入的原因分析以及避免片面性和绝对化的努力。在对朱先生的研究进行评价与判断时，作者皆是由其研究实绩出发，进行深入的分析和阐释，并不着落于单纯、空泛的褒扬与抬升，对于切实认识朱光潜在中国比较文学研究中取得的实绩及指导作用具有重要的意义。

除此之外，陈惇的《季羡林：中国比较文学的引路人》（《南京师范大学文学院学报》2010年第1期）、曾繁仁的《乐黛云教授在比较文学学科重建中的贡献》[《北京大学学报》（哲学社会科学版）2010年第5期]、何明星的《钱钟书比较文学研究的特质》（《学术研究》2010年第11期）等成果也对进一步客观评价重要人物在中国比较文学发展史上的地位及以核心人物为线索揭示中国比较文学的发展历程做出了一定的推动作用。

在比较文学学术史和学科史方面，本年度最后还需要提及的一部重要成果是由王向远、曹顺庆主编的《中国比较文学年鉴（2008）》（中国社会科学出版社2010年版）。本书是《中国比较文学年鉴》系列中最先出版的一卷。1987年，北京大学出版社出版了杨周翰、乐黛云主编，张文定编纂的《中国比较文学年鉴（1986）》，其书编辑整理了1985年以前中国比较文学学科史上的重要文献，由于种种原因，一直未能续编，而本书则是承其之后由北京师范大学比较文学与世界文学研究所继续编纂取得的相关成果之一。有关本书的结构与编写意义，在编者说明部分已经有了清晰的界定，此处不再赘述。经年历时，重新整理、确定新的框架体例以及尽可能全面地搜罗资料，殊为不易。就已出版的"2008年卷"来看，确实达到了清晰、全面地反映、评价学科成就的初衷，希望待2010年之前剩余几卷出版之后，中国比较文学年鉴的编纂能顺利、持续地进行，这个工作不管是对于学科基础的建设还是学术史、学科史的史料保存都有着重大且深远的意义。

（三）比较文学理论建设的开拓

比较文学理论建设的开拓是本年度比较文学研究实绩中的另一个主要的方面。就具体领域上看，本时期取得的成果主要集中在对先前理论建设的反思与深化上。

与往年一样，变异学仍然是有关理论开拓研究的重点内容。本年度有关变异学最为详尽的研究是由南昌大学杜吉刚指导的，由任孝霞撰写的硕士学位论文《比较文学辨"异"研究》。除引言与结语之外，该文主要由四部分构成，分别为：对国内外学术界比较文学辨"异"研究的历史与现状的梳理；比较文学辨"异"研究的学理依据；比较文学辨"异"研究的范畴、方法与原则；比较文学辨"异"研究的价值意义。不难看出，该文涉及变异学的方方面面，是对以往研究的一次整合，具有完整、全面的体系性，确实是以"学"的定位在对变异学进行深入的阐释与研究。在历时的层面上，叙述的材料丰富，线索明晰；在共时的层面上，涉及广泛，有点有面。在结语部分更是对辨"异"研究加以反思，以清醒的认识指出片面求"异"可能带来的文化相对主义甚至文化孤立主义的危险，以及片面关注文化研究可能带来的文学性的丧失，难能可贵。可以说本文不仅是对变异学的一次整合亦是以变异学立场对比较文学发展史的一次阐述，对于更好地展示变异学作为"学"的系统性、科学性，以及变异学在当下比较文学发展中的作用与地位有着很大的推动作用。除此之外围绕变异学取得的研究成果还有孔许友的《比较文学中平行研究的得失与变异学维度的提出》[《山西师大学报》（社会科学版）2010年第3期]一文和李丹《跨文化文学接受中国的文化过滤与文学变异》（《湖南师范大学社会科学学报》2010年第6期）。前者在总结平行研究功绩、特点以及存在问题的基础上，提出变异学维度的必要性，并由此立场出发重新审视影响研究、平行研究以及不同文明体系中文学现象的差异、变异，从而进一步突出变异学在方法论上对于以往研究的补充、修正以及其对展开跨文化文学对话所起到的作用。后文则将变异学理论与接受理论结合起来对跨文化文学接受中的文化过滤与文学变异现象进行了研究，并进一步总结了影响文化过滤的几个因素：现实语境、语言翻译、传统文化因素、接受者的个体接受效果。在此基础上对文学接受中的变异机制做出了考察与归纳。

除了变异学，本领域另一整合性的成果是有关形象学的研究。其中最有代表性的是由南昌大学孟广明指导、石黎华撰写的硕士学位论文《传播视野下的比较文学形象学研究问题初探》。针对中国现有形象学研究从文学角度出发分析中外形象的单一视角、领域，该文将传播学的"议程设置"与"说服"理论引入形象学进行跨学科研究，试图在方法与视角上取得突破，并进一步使形象学理论更加系统和深入。该文共分为四章：第一章具体介绍比较文学形象学研究的现状及传播视野的开辟；第二章则从传播视野出发审视形象的传播过程及其形成、接受与改造；第三章具体运用"议程设置"理论、"说服"理论对具体的形象传播示例加以分析，以对传播理论的引入提供具体可操作的范例；第四章为总结，对传播视野之下形象学的超越性以及空间开拓的可能做出展望。在传播学理论上，信息的传播是一个系统的过程，而该文所做的就是将比较文学形象学理论中由文化、情感、思想主导的形象的传播放入一个系统过程中去考察，由此对其产生的历程、背景以及形成、发展等规律进行总结。在中国比较文学的发展史上，形象学无疑是新的，而在形象学已经被普遍接受甚至有僵化之虞时，该文又从传播学的视野为"新的"形象学打开"新的"空间，这正是学科理论的开拓之所以生生不息的原因。在这样的意义上，该文可以说是跨学科研究在理论更新层面上的一次成功的尝试。

除了变异学与形象学，译介学是近年来比较文学理论开拓的又一大阵地。本时期有关译介学的研究主要是对2007年由北京大学出版社出版的谢天振所著的《译介学导论》的评论、反思构成的。其中较有代表性的是贺爱军、方汉文的《比较文学研究的学术创新：评谢天振〈译介学导论〉》（《外国文学研究》2010年第2期）一文。该文将译介学的本体研究归纳为译介学的定义及其与传统翻译理论的区别性特征和"创造性叛逆"两个维度。又将译介学的客体研究归纳为"文化意象的传递与文学翻译中的误译"以及翻译文学史两个维度。在对主体、客体研究维度的论述分析中认为译介学已经具备了独立学科的初步形态，并且对其在比较文学研究、翻译研究、民族文学史书写上的意义做出了肯定的评价。

另外值得一提的是从哲学层面上进行的"间性"研究。这样的研究早在2007年就已经开始，本年度相关的研究成果则以赵小琪的《比较文学的主体间性论》[《安徽大学学报》（哲学社会科学版）2010年第2期]为代表。在先行研究对比较文学"间性"关系的强调的基础上，赵小琪进一步将以"主体间性"作为比较文学的学科特征的观点进行发挥。她认为"比较文学的学科特征不应仅仅限定为研究者的主体性，而应该扩展为不同研究主体之间、研究主体与研究对象之间、不同研究对象之间的主体间性关系"。在这样的认识之上，她以"主体间性"为核心，从不同研究主体之间、研究主体与研究对象之间、不同研究对象之间三个层面对比较文学的学科理论重新进行整合，简而言之即在这三个层面进行一种去"中心化"的努力,并试图以"间性关系"在比较文学各研究要素之间建立起一种客观、科学的联系。除此之外,她又将作为比较文学研究范围的间性关系具体划分为国别文学之间的间性关系、异质诗学之间的间性关系、文学与文化理论的间性关系、文学与其他学科的间性关系四个部分,与宏观理论层面上的"间性"联系相呼应,是对比较文学理论开拓中"间性"研究的一次有力推进。然而,纵观由"间性关系"所统摄的比较文学理论体系,除了突出、统一了"去中心化"的主旨,更多的是对以往研究方法、对象的整合,虽然在表述上有所差异,却并未有自己独特的研究领域,因此只能算作阐释上的开拓,并不能算是本体论或方法论上的创新。作为引入哲学概念而进行的一种全新的阐释,间性理论当然是很有价值的,然而在具体的应用甚至教材编写层面则存在一些无法避免的问题,这也是值得相关学者进一步思考的,有关这一部分的内容在该文第四部分"课程与教材建设研究"将会进一步谈到,此处不再赘述。

除了以上提到的整合性的理论,本年度还有一些文章对先前一些有价值的理论开拓做出了总结。陈绍荣的《评〈香港中文大学比较文学文化丛书〉:兼论港台比较文学的研究策略》(《外国文学研究》2010年第32期)以近期出版的《香港中文大学比较文学文化丛书》为例,对以阐发研究为特色的港台比较文学研究做出回顾与概括,并从双语(或多语)的文化身份、视角以及文化心理上身份认同的焦虑等方面论述了港台学者的研究路径、重点之由来。袁玉梅、王彤的《中国比较文学研究的新思维:读邹建军〈多维视野中的比较文学研究〉》(《外国文学研究》2010年第1期)和刘立辉的《构建中国比较文学研究的新视野:评邹建军〈多维视野中的比较文学研究〉》(《中国比较文学》2010年第3期)两篇文章以对2009年长江文艺出版社出版的邹建军《多维视野中的比较文学研究》一书的评论为核心,论述了其研究中的问题及创新意识,并对其提出的文化对话下的多维视野进行了重点的评价。

本年度还需要重点提及的成果是高旭东主编的《多元文化互动中的文学对话》(北京大学出版社2010年版)一书。本书是中国比较文学学会第九届年会暨国际学术研讨会的论文集,因其内容对比较文学基本理论问题的论析、比较文学学术史与学科史、比较文学理论建设的开拓三方面都有涉及,故放在此处——对这三方面研究成果概述的末尾予以介绍。本书共分上、下两册,涉及有关比较文学研究的方方面面。其中与本综述相关的主要是上册的第一章"跨文化对话与中国比较文学三十年的反思"以及第二章"总体文学、世界文学与比较文学的理论和方法"。在第一章中,乐黛云首先从跨文化对话的角度出发,总结了中国比较文学发展的几个问题。在中国比较文学的发展史上,有关跨文化的讨论一直没有停止,而乐先生此文即是对现有跨文化讨论的一次总结。对于跨文化对话所面临的困难,乐先生将其概括为四个方面,分别是:普适性和差异性的关系、坚守传统文化与接受外来影响的关系、自我与他者的关系、不同文化对话的话与问题。在对这四个方面进行论述的过程中,乐先生立于历史和时代现实的广阔视野之上,给出了清醒、中肯的分析。例如近几年热议的有关不同文化对话时的话语问题,她认为虽然以西方话语为核心形成起来的当代话语确实压制了地区本土话语的发展,但片面强调"失语症",将现代话语代之以前现代的"本土话语"或某种并不存在的"新创的话语"是不现实的。绝对纯净、本土的话语是不存在的,为了正确地诠释、沟通,就需要以平等的心态寻找双方话语都感兴趣的"中介"。乐先生的判断是明智的,所谓过犹不及。打破西方或欧洲中心主义一直是中国比较文学界热衷的话题,然而纵观当下的研究现实,仓促的话语建立实践不仅未能使本土话语取得与西方话语一样坚实的基础,反而从一种中心主义掉入另一种中心主义之中,这是很值得警醒的。在文章中乐黛云还提出,中国比较文学已经超越了以法国比较文学、美国比较文学为核心的第一、第二阶段,进入了以不同文化体系文学的"互识""互证""互补"为核心的第三阶段的结论,并就中国比较文学的历史基础与现实成绩对未来作出了乐观的展望。

相比乐黛云从跨文化角度的宏观总结,孙景尧、严绍璗、刘耘华则从历程回顾、教学业绩、学术研究以及不足反思四个方面细致梳理了1978—2008年三十年中国比较文学的复兴和发展。文章涉及会议的举办、专著的出版、学科的建设、新兴研究领域的开拓等多个方面,为了解这三十年中国比较文学的概况提供了直观的呈现。同样对中国比较文学三十年发展历程进行总结的还有曹顺庆和王蕾。继承其一贯的观念,他们的论述是以中国学派为核心展开的。文章从"中国学派"概念的提出说起,梳理了三十年间围绕这一概念引发的学科推进和争论,继而在比较文学第三阶段的背景之下进一步论述由阐发法为核心向以变异学为核心转变的中国学派的立身依据,不仅呈现了由"中国学派"争论折射出的中国比较文学的发展史,更对未来的研究提供了具体的展望。

相较于第一章对比较文学的历史反思,第二章的内容主要集中在比较文学的基本理论问题方面。其中,有关世界文学的论述是最为值得关注的。大卫·达姆罗什在其《比较的世界文学:中国与美国》中指出相比亚洲比较文学研究对于本国文学的重视,美国比较文学研究虽然在学科建设方面以己为中心,但在文学方面却常常忽视本国的情况。由这种差异他认为:"由于世界文学在全世界范围内形成于截然不同的地方,因此对世界文学进行比较研究很有意义。"可以说,这是很睿智的见解,对于各地学者认识自己的民族传统与世界文学研究的关系很有裨益,也对学者们重新审视自己世界文学研究内容与方式上的缺陷有着很重要的意义。如达姆罗什所说,只有在整体的比较研究之中才能更好地认识自身的研究现实,方汉文的文章即是将中国比较文学置于世界文学的大背景之中,对有关世界文学的概念争论及马克思、黑格尔对世界历史的认识进行了梳理。由此他认为,中国学者对世界比较文学的突出贡献在于提出了完整的比较文学学科理论体系的建构,而其结论正是建立在马克思与歌德的世界文学观念之上的。相比于达姆罗什、方汉文对世界文学的宏观认识,岳峰和宋德发、张铁夫则将世界文学史的撰写置于比较文学学科的背景之下进行了考量。岳峰由对现有世界文学史缺陷的爬梳,论证了为了去中心化,必须将世界文学史的撰写置于比较文学学科的语境之下进行的结论。而宋德发、张铁夫则在具体分析了现有世界文学史的书写模式后,对张世君的"外国文学史"继比较文学式的书写模式之后更进一步的"立体化书写"做出了细致的剖析和评价。

除了有关世界文学的论述,该章中还有一些成果值得注意。徐扬尚在其文章中进一步阐明了以文学关系为研究对象的比较文学,并从属性关系、范畴性关系、方法性关系三个方面对文学关系的内涵和外延作出了细致的区分。而扎拉嘎则以文学的平行本质为中心，对比较文学与东西方对话中的平行论哲学作出了系统的阐释和解读。

（四）课程与教材建设研究

在课程与教材建设方面，本年度也取得了较为丰硕的成果。首先要提到的是比较文学的课程建设。在本年度比较文学的课程建设与人才培养方面，复旦大学的成果是最为引人注目的。首先要提到的是陈思和的文章《比较文学与精英化教育》（《中国比较文学》2010年第1期）。在文章的一开始他就指出，由于涉及的方面以及所要求的知识范围的广泛，比较文学在人文学科中是"天然地具有乌托邦色彩"的。比较文学的学习成效与学习时间的长短成正比，因此在短暂的学习时间内只能作为一种学习精神渗透进其他学科，只有长期的学习之后才能展示出视野的优势。因此在研究生有限的教育时间内，比较文学教育的目标并非培养具体的专业技能，而只是培养一种资格和能力让学习者日后可以胜任各种相关的学术研究。在这样的认识之下，相比现在通行的职业化教育，作者倡导比较文学要实施一种精英化的教育理想，具体则是：要求学生拥有多种外语能力；要求掌握多种学科知识；用人文理想指导道德修养，追求完善人格；不随波逐流，在学习中寻找快乐的人生境界。作者指出，这种精英化的教育是与比较文学特殊的学科性质相连的。要使精英化教育得以实施就必须确立比较文学作为纯科学的定位，同时打破原来的学科界限，调动中文一级学科的条件，整合原先个别学科的师资和资源。在这样的认识之下，复旦大学又制订了详细的硕博培养规划。这个规划由杨乃乔执笔，以《复旦大学比较文学与世界文学专业硕士与博士生精英化培养规划》为题，同样发表在本年度《中国比较文学》第1期上。这份规划涉及工作基础、专业方向分布、培养宗旨、培养规划及课程设置等诸多方面，全方位展示了复旦大学比较文学精英化培养规划的细节，对于国内其他院校比较文学课程安排及培养规划的制订具有重要的参考作用。

除了复旦大学的精英化培养规划，有关于"双语教学"的讨论也是本时期的热点。较有代表性的是方艳的《高校比较文学专业课程双语教学改革的理论与实践》（《武汉科技大学学报》2010年第12期）和刘燕的《"双语教学"：高校比较文学专业研究生培养模式探讨：以北京第二外国语学院跨文化研究院为例》（北京第二外国语学院学报）2010年第12期）。前文从专业设置的本体论角度以及比较文学研究的方法论角度论述了双语教学的重要性，并借此指出了当下双语教学实践中存在的问题及针对这些问题所给出的具体的教学建议。后文以北京第二外国语学院跨文化研究院比较文学与世界文学专业的研究生教学为例，从教育理念、师生结构、课程设置等方面阐述了双语教学的实践，并在此基础上指出缺乏有效而系统的双语教学体系、对教育中英语与专业教学比例的处理不当、缺乏外语水平与专业素质俱佳的双语教学师资、缺乏合理的双语教学评价指标这四点是当前双语教学实践中面临的首要问题。对于这些问题作者也给出了一些具体的改进措施，对于日后双语教学有着现实的推进意义。

本时期在教材建设方面也取得了可喜的成果，其中最重要的便是三部比较文学教材的出版。首先要提到的是孟昭毅、黎跃进、郝岚编著的《简明比较文学原理》(北京大学出版社 2010 年版)。这是一部踏实而精练的教材,正如其题定位的"简明"。与之前的主流教材相比,本书删去了以往占很大篇幅的学科史梳理和案例举隅,而是将法国学派、美国学派相关的内容放入第三章"比较文学的学派"中,与俄苏学派、中国学派并立。虽然中国学派是否成立在学界仍然存在争议,但这种并立的做法无疑是与当下比较文学研究的进程相同步的。这种紧跟学科动态的写作思路同样表现在将影响日益扩大的译介学加入媒介学的部分以及独立设置"文学的文化研究"一章。虽然本书只有 28 万字,但对近年来比较文学研究之中的关键问题却都有涉及。不只如此,在某些历来叙述模糊的地方还较之以往更加具体,例如在第二章"比较文学与可比性"之中,阐述完何谓可比性、比较方法的思维特点以及可比性依据后专设"比较文学可比性举隅"一节以具体实例说明可比性所在,这就使得读者对于可比性的认识更加直观。因为篇幅的限制,所涉及的内容只能是介绍性质的,但作为一本简明的教材,只要在内容上能及时、全面地反应学科情况,起到引导深入、发散思维的目的,那就是合格的。该书在每章之后都附有供学生消化、理解的思考练习题以及方便学生进一步深入了解的学习参考书目,正符合了一本教材的定位。因此,在教学使用上,该书无疑是优秀的。另外值得一提的是,该书最后独立列出一章"当代比较文学三十年",对我国比较文学的演变轨迹和实绩进行梳理,对于学生系统理解我国比较文学的发展历程以及展望继而参与到未来的可能之中很有助益。

第二本需要提到的教材是赵小琪主编的《比较文学教程》(北京大学出版社 2010年版)。这本教材是 2010 年度编写最为特殊的。早在 2007 年就有学者从哲学的角度对比较文学的"间性"问题进行了关注。邹建军在其论文《文学间性:比较文学学科存在的前提》[《海南师范大学学报》(社会科学版) 2007 年第 6 期]中即指出:比较文学研究的对象是民族之间、国家之间、语种之间的关系,文学与其他学科之间的关系,文学与其他艺术形式之间的关系,文学与文化、文明之间的关系。由此,他得出了"文学间性"是比较文学的学科特性的观点。另外,周宁也在《走向"间性哲学"的跨文化研究》(《社会科学》2007 年第 10 期)一文中提出,比较文学的研究范式正从影响研究、平行研究转向"间性研究",认为走向"间性哲学"的跨文化研究,"是汉语学术界目前面对西方现代性主流思潮与后殖民主义文化批判的合理反应"。而赵小琪主编的这本教程其特殊性也在于其以"主体间性"作为比较文学的学科特征。在这层认识上,她将教材划分为"不同国别文学的间性关系""不同诗学的间性关系""文学与其他学科的间性关系""文学与其他文化理论的间性关系"四个版块,具体落实到章节上则又将第一版块分为"事实材料间性关系研究"和"美学价值间性研究"两章。"主体间性"是一个哲学词汇,而这本教材所做的就是试图以此概念统摄的哲学体系去解释比较文学的研究活动。作为解释、指导研究实践的学科理论体系,简单易行当然是最好的,可若是非复杂不足以统摄却也是无可奈何的。"主体间性"等哲学化概念的引入固然达到了统摄之效,却并不是非如此不足以说清。这一点从绪论中引入场域理论及符号的斗争来阐述比较文学学科的发展史即可看出。发展史可以如此阐述,但并非如此复杂才能阐述不可,这一点之前的许多的比较文学史著作已经证明。或许作为一种对于学科实践的反思、再阐释，这本书是很有价值的，但作为一本教材，不必要的复杂却使其价值打了折扣。然而作为一本教材，本书依然有其优越之处，它每一章之下的每一节都是一个小的版块，每一个小版块都包含基础知识、导学训练、研讨平台、拓展指南四个部分，很好地将教材内容与教学实际结合了起来，这样细致的设置对于教师的教学实践以及学生的接受效果都是很有裨益的。总的来说，不管从编写的内容还是编写的方式上来看，这本教材无疑都是"新"的，然而在教学的本体目的之下，两者的"新"却对立了，可见一味地求"新"是不够的。在当下形形色色的学科理论研究中，这样的现象是需要学者们加以关注、警醒的。

本时期需要提到的第三本教材是曹顺庆主编的《比较文学教程》（高等教育出版社2010年版）。该书是对作者2006年主编的同名教材的再版修订。在纠正错漏的基础上，本书对"变异研究"等章节进行了补充和修改，并对"接受学"一节进行了重写。该书可谓既具有"学术性"，又具有"教材性"。就"学术性"而言，该书既继承了国外比较文学既有的理论成果，又汲取了国内同行的新研究成果，从比较文学的名称与实质、定义与可比性到基本特征与四大研究领域，打破了以往比较文学研究中以学派来划分、建构比较文学学科理论的框架，构造出了一个新的学科理论范式。从"教材性"来看，每章都有"本章导航"，各节都有黑体字概要和楷体字简介，在编写上注重对重要知识的强调，有助于学生学习。全书在绪论之外共分四章，对应作者主张的不同以往比较文学学科理论的四大研究领域，具体是"实证性影响研究"、"变异研究"、"平行研究"与"总体文学研究"。其中"变异研究"的提出，将译介学、形象学、文化过滤与文学误读纳入比较文学变异学的研究范畴，重新规范了比较文学的研究范式，成为该教材最富创新性的一章。同时，教材将比较文学的基本特征概括为"跨越性"，包括跨国、跨学科和跨文明三个层次，虽然"跨文明"的提法在学界仍然存在争议，但因其站在东西文明通约的基础上，在可比性的划分方面仍然具有重要的指导价值。

关于建材的编写，除了实践性的成果之外还有一部分理论性的研究也值得注意。其中较有代表性的是石阮航的《也谈比较文学教材建设》[《西南交通大学学报》（社会科学版）2010年第3期]一文。该文首先对国内比较文学教材的编写实绩以及有关教材编写的研究做出了梳理和趋势的概括。在此基础上他指出了一些当下比较文学教材编写所存在的问题：学术界没有对教材建设给予充分重视；热门教材执笔人众多，执笔水平不一造成教材水准的不平衡；片面追求大而全，内容冗杂，表述重复；教材建设滞后于教学改革的实践；教材表述不严密，前后矛盾；对新教材的评介、推广、使用不够；教材的编写和精品课建设结合不够。这些问题涉及当下国内比较文学教材编写的诸多方面，虽然作者并未逐条提出解决方案，但也给予了一些切实的建议，例如建立高水平的以老带新的教材编写队伍；教材的编写者应为教学与研究者，从而突出个性化；吸纳国际比较文学的最新成果；等等。这些建议对于进一步推动比较文学教材的编写与革新也具有一定的参考意义。

二 2010年度比较诗学研究综述

曾 诣

比较诗学，作为比较文学研究的最高阶段，不仅包括"比较文论"的研究，也包括对各国文学总体美学风貌和共同美学规律的研究。而在中国的实际研究中，比较诗学主要被理解为文学理论的跨文化比较研究。同时，与文学理论、文学批评的基本原则与方法密切相关的文化与诗学的跨学科研究，也属于比较诗学范畴。本文将参照这一界定，从以下五个方面对2010年度中国比较诗学的研究状况加以综述和考察。

（一）比较诗学基本理论问题的探讨与学术史总结

2010年度比较诗学基本理论问题探讨与学术史总结的成果主要体现在期刊文章方面，并且具体的研究内容又集中在学科理论和中外文论交流转化这两大领域内。

首先是学科理论的情况。诸如马建智的《中西诗学比较的依据和路径》（《名作欣赏·中旬》2010年第3期）和李昕的《反思中西比较诗学之名与实》（《名作欣赏》2010年第4期）都是针对中西诗学比较的基本理论问题展开具体论述的。其中，马建智的文章认为中西诗学的比较依据在于二者把握人类艺术之审美本质规律的根本目的一致，由于比较是寻求事物间的同异关系，所以中西诗学比较的路径就具体分为"求同"与"别异"两个维度。李昕的文章则从"'诗学'之名的界定""中西比较诗学的现实""当代中西比较诗学研究的意义"三个方面展开，对中西比较诗学其名其实做出一定反思，为构建更良性发展的中西比较诗学研究提出了一些看法。

席建彬的《走向汉语比较诗学——关于当代海外华文文学诗性品质的思考》[《暨南学报》（哲学社会科学版）2010年第3期］不同于上述关注中西比较诗学问题的文章，从海外华文比较诗学的维度切入，就海外华文文学诗性品质以及构建汉语比较诗学之具体思路的问题展开了相关论述。文章指出，海外华文文学作为域外汉语文学的重要部分，体现出了明显的文化诗学特质。诗学的比较不仅表现在吸纳外来影响的层面，更表现为汉语内部文化生态的互动关联。走向汉语比较诗学，不仅有利于突破当前研究中存在的过于倚重西方文化资源而相对轻视汉语文化资源的局限，也有利于彰显华文文学的诗性美学品格，提升其意义的覆盖性。在比较诗学的视域下，华文文学构成了古典诗学精神的跨界呈现，同时也存在着与国内文学现代性体验的截然差异。因此，本土性的诗性文化精神就凸显为建构华文比较诗学的基本维度。可以说，该文章选取了海外华文文学这一具体的对象，对汉语比较诗学的相关问题进行了深入的分析，在一定程度上丰富了比较诗学领域的整体研究成果。

至于中外文论交流转化的探讨，主要体现在三个方面：中外文论对话、"中论西化"以及"西论中化"。其中，中外文论对话方面，主要有以下几篇文章尤为值得关注，分别是曹顺庆和王庆的《中国古代文论与西方当代文论的对话》（《当代文坛》2010年第3期）以及王宁的《从单一到双向：中外文论对话中的话语权问题》（《江海学刊》2010年第2期）和《"后理论时代"中国文论的国际化走向和理论建构》[《北京大学学报》（哲学社会科学版）2010年第2期]。曹顺庆和王庆的文章主要是针对如何改变中国古代文论"失语"状态继而让中国古代文论恢复活力的问题，从话语研究的角度展开中国古代文论与西方当代文论之对话具有充分可比性和重要学术意义的论述。文章指出，中国古代文论与当代西方文论共存于我国的文学理论学术话语中，彼此的对话与交流成为无可避免也不应忽视的问题。从纵向看，二者存在着实际的影响关系，中国古代文论是西方当代文论或隐或显的思想来源，而西方思维反过来又影响着中国古代文论的研究；从横向看，二者虽有异质性差异，但却指向文心人性，具有平行研究的可比性，中国古代文论与西方当代文论的对话有助于解决当前世界学术的前沿问题，也有助于中国文学理论的话语重建。可以说，该文章角度新颖、材料分析充分，对深化中外文论对话、中国文论重建等问题的思考具有重要意义。而王宁的两篇文章，前一篇也是从话语权问题切入，但是具体的论述角度则集中在中国学者或学界如何争取走向世界之话语权的问题上。该文章指出，过去三十年间中外文论的交流与对话十分频繁，但这种交流与对话主要是单向度的，即大量西方理论著作进入中国，而极少有中国理论著述走向世界，这显然是中国学者缺乏话语权意识所致。因此，针对当前中外文论交流与对话的不平衡状况，中国学者首先应该掌握国际中国研究的话语权，进而在一些具有普遍意义的理论话题上发出自己的声音，最终才能全方位地拓展自身与国际学术界的平等对话与交流。而鉴于目前客观存在的美国文化霸权和英语强势地位，中国学者需要通过英语直接著述和翻译中介两种途径来实现上述中国文学理论研究的国际化战略，从而使中外文论对话的路径由单一逐步过渡到双向乃至多元。该文章并不是理论维度的剖析，而是实践层面的探讨，可以说为我国学者进行中外文论研究提供了方向性的指引。而王宁的后一篇文章，首先讨论了不同理论思潮多元发展之"后理论时代"的状况，继而对全球化语境下的"新儒学"理论建构及意义问题展开论述，并指出在此背景下经过改造并重新阐释的后现代"新儒学"完全有可能成为中国学界与国际同行进行对话的重要理论资源。最后文章还谈道，"后现代时代"的来临给中国文论建设的国际化带来重要意义和启示。可以说，该文章结合当前的国际学术语境对中国文论走出国门的问题进行了有益的探索与思考。

而"中论西化"方面，本年度亦出现了一批颇具学术价值的成果。如曹顺庆和邱明丰的《中国文论的西化历程》[《西南民族大学学报》（人文社会科学版）2010年第1期]。该文章指出中国文论在当下患上了严重的"失语症"，这与其在现代转型时盲从西方话语的选择具有内在联系。中国文论的百年建设呈现出一种西化的历程，具体可以分为四个阶段。而从这些标志性的时代入手，作者剖析出西方理论话语对中国文论的规训，以及其所造成的中国文论更新乏力、逐渐失去与当下文学之联系的事实。另外，文章还揭示了中国文论西化的本质：对西方科学观念的持续盲从，并且具体表现为科学化、体系化、范畴化这三个基本维度和对现实主义的倾向性。可以说，该文章对中国文论在百年发展过程中所体现出来的西化历程进行了一次梳理和评价，启发了学界对中国文论之未来发展问题的思考。又如杨剑龙的《论西方文艺中心论与中国文学批评传统》（《文艺理论研究》2010年第1期）。该文章指出，20世纪的中国文艺学发展离不开域外文学理论批评方法的引入，却离开了对中国文学理论、文学批评传统的继承与弘扬，以至于形成了中国文艺学西方中心论、数典忘祖、缺乏本土色彩、理论与创作实际脱节的尴尬状态。所以，面对中国文学理论与文学批评的悠久传统与丰富资源时，当下学者应该从中国古典文学批评的思维、范畴、方法等方面进行挖掘，在充分研究继承中国文学批评传统的同时，推进中国当代文艺学的真正创新。可以说，这篇文章指出了当下西化色彩过度之中国文艺学的发展困境与局限，重申了学界内要求立足本土、采纳中外众长之态度的中国文论建设与现代转型的观点。

至于"西论中化"方面，如高楠的《全球化语境中文艺学建构的西论中化》（《文艺理论研究》2010年第1期），该文章指出新时期文艺学建构的30年，也是在全球化语境中西论中化的30年。全球化语境及文艺学的西论中化，不仅是文艺学建构置身其中的时代背景，更是文艺学理论建构过程本身和文艺学理论形态本身。而全球化语境中文艺学西论中化的理论意义可归纳为五个方面：一是作用于文艺学建构的全球化双面影响，即全球化在提供全球性理论构建之视野及理论资源的同时，还形成了被动的主体性压抑；二是传统在全球化中成为民族自我的身份根据；三是问题式研究是30年来文艺学主体性建构的身份标志；四是文艺学理论构建在全球化中体现出边缘化倾向；五是文艺学理论构建在全球化西论中化中形成复合性话语表述。

另外，值得一提的是，在"西论中化"这一命题下的马克思主义文论中国化问题是历年来研究的重点。如彭修银、侯平川的《试论中国化马克思主义文艺理论的话语张力》[《中南民族大学学报》（人文社会科学版）2010年第1期]，该文章分别从经典马克思主义文艺理论话语体系的逻辑结构张力、中国化马克思主义文艺理论话语哲学基础的支撑张力、中国化马克思主义文艺理论话语的实践性张力和中国化马克思主义文艺理论话语的包容吸纳张力四个方面展开论述，概览了中国化马克思主义文艺理论这一体系的话语张力内涵，一定程度上丰富了学界内关于该命题的思考。又如王小强的《意义追寻中的价值生成与流变——马克思主义文艺批评中国化历程的多重视角探析》[《中国海洋大学学报》（社会科学版）2010年第6期]。该文章指出，马克思主义文艺批评在中国的历史建构形成了三种具有代表性的话语系统：《在延安文艺座谈会上的讲话》、"美学—历史"批评、"文化诗学"批评。这三种批评话语系统的构建，随着时代的发展而变化更替，显示出马克思主义文艺批评中国化在意义追寻中的价值生成及其流变过程。而正是这一历程对我们当下的马克思主义文艺批评理论建设具有重要启示作用。还有诸如熊元义的《推进马克思主义文艺理论中国化、时代化、大众化》（《学习与探索》2010年第1期)、张永清的《从"西马"文论看当代马克思主义文论话语形态的建构》(《文学评论》2010年第5期)、葛红兵和许峰的《文化产业振兴、新媒介热升温与马克思主义文论中国化进程——2009年文艺理论批评的三个热点问题》(《当代文坛》2010年第1期)、马建辉的《〈讲话〉：马克思主义文艺理论中国化、时代化、大众化的典范》(《湖南社会科学》2010年第6期)等文章也从不同的角度切入，深化了学界对马克思主义文论中国化之问题的认识。

(二) 中外诗学的平行比较研究

中外诗学的平行比较一直是比较诗学研究的重镇，本年度这一方面的成果大致可分为个案性研究、整体性研究以及阐发研究三大类。

所谓个案性研究，主要是指中外诗学概念或具体命题之间的平行研究。这方面的成果比较集中体现在期刊文章方面。如王萍和王冬梅的《空灵意境的营造与动态结构的平衡——中西诗学话语中的空白观对比研究》[《东北师大学报》(哲学社会科学版) 2010年第2期]，该文章通过语境还原和观照历史意识的方法，对中西诗学理论的共享术语"空白"进行了深入的比对分析。文章指出，中西两种空白观都关注言意关系，并且均研究读者审美视角中空白的辅助性功能，体现作家认识世界和表现世界的维度。不过，文化语境的差异决定了中西空白内涵的不同。其中，中国的空白观深受道教与禅宗文化的影响，以营造艺术的空灵境界为目的，以达到天人合一为旨归。而西方学界对空白的理解则受到结构主义的影响，主要研究空白与作品意义的关系，审美旨归是建构一个动态结构的平衡。又如苑英奕的《中国"底层叙事"与韩国"民众文学"的概念比较》(《文艺理论与批评》2010年第22期)从产生背景和具体概念内涵等问题切入，对中韩两国相似的文学样态进行了比对分析。而孔怡和杨全的《中西诗学的"象"与禅观的意义》[《首都师范大学学报》(社会科学版) 2010年第5期]则简述了中西方立"象"、取"象"的渊源和发展，并就中西方对言、意、象关系的不同认识展开比较，继而指出二者在美学追求方面的差异特征。

另外，中外诗学平行比较之个案性研究还包括一部分学位论文的成果。如江英的硕士学位论文《中西意象理论比较初论》(南昌大学，比较文学与世界文学)对中西意象理论做了一次较为系统化的专题比较研究，基本克服了以往研究中零散比较的局限及由此带来的整体感和历史感的缺失，是一次建立完整当代意象诗学体系的有益探索与尝试。而肖祥的硕士学位论文《"他者"与西方文学批评——关键词研究》(华中师范大学，文艺学)则采用比较有创新性的关键词研究方法，考察了"他者"在西方语境中的哲学渊源和历史发展，并且在此基础上对当代西方文学批评中"他者"的多重内涵展开了梳理与辨析，最后还兼及探讨了"他者"的启示与接受问题。又如王彦的硕士学位论文《试析中西文论中情景关系的不同内涵》(内蒙古大学，文艺学)在梳理中西文论中情景关系之不同理解的基础上，对二者的差异原因进行了分析。一方面丰富了现有情景理论研究的成果，另一方面则对实现中西文论对话做出了尝试。而杨晓丽的硕士学位论文《庄子与克尔凯郭尔痛感比较研究》（四川师范大学，文艺学）则从人类普遍痛感的角度切入，对庄子和丹麦宗教思想家克尔凯郭尔二者不同的痛感体验展开比较。还有，廖天茂的硕士学位论文《孔子与柏拉图之功用诗学比较》（云南大学，比较文学与世界文学）尝试从系统文艺价值的角度切入，来探讨和比较孔子与柏拉图二者功用诗学的问题，具体包括对二者诗学中所体现的社会功用和个体功用的分析与阐释。

与个案性研究相对，中外诗学平行比较之整体性研究也是颇为值得关注的一大范畴。所谓整体性研究，主要是指中外诗学中诸如国别、思潮、流派等对象之间的宏观比较。这方面的专著主要有以下几部。

田义勇的《审美体验的重建——文论体系的观念奠基》（复旦大学出版社2010年版）一书其根本思想可以归结为"不：生生不息的否定力"这一崭新命题，并且全书重点强调了理解文学应该从关注生动鲜活之审美体验本身出发的方法论指向。该书一如题目所示，是一次观念奠基的尝试，即对文学理论体系的根基进行哲学层面的先行性讨论和观念层面的彻底性批判。在广泛吸收古今中外优秀思想成果的基础上，创造性地熔铸出新的理论形态，在对既往文学理论和观念进行理性审视、甄别取舍之后，大胆开拓全新的文论体系建构基础，具有一种总体诗学的视野和理论创设的勇气。

侯洪的《中法近现代诗学生成之道比较研究》（光明日报出版社2010年版）是国内第一部对中法近现代诗学做出整体性比较研究的学术专著。该书除去绪论和结语部分，共分为四章展开，分别从发生学比较、文本分析、发展比较和潜对话四个方面对中法近现代诗学之生成与发展予以立体式的观照与探寻。可以说，该书采用多视域的文化诗学研究范式，史论结合，点面兼顾。在展示和论述中法近现代诗学演进与追求之特质以及二者异质性同构之关联与位相差异的同时，还聚焦于主体性、文艺和话语领域，挖掘出长期被忽视的中法诗学现代性生成及其文学之空间意识表达和审美经验的内在相似性与个性特征，体现了比较文学研究的对话性特质。

张茁的《语言的困境与突围：文学的言意关系研究》（中国社会科学出版社2010年版）一书从中西两条线索切入，尝试融汇中国传统语言哲学与西方现代语言哲学的理论思想，让中国古代的儒释道与西方现代的海德格尔、维特根斯坦等语言哲思相互碰撞。在综合辨析中西言意问题之理论渊薮与新近发展的同时，通过哲学、语言学和文艺学相结合的手段，从语言哲学本体论的高度观照文学话语言意关系的核心命题。并且，作者在一般话语的言意二重性之间突出了尚不为学界所重视的"象"范畴，进而构建起独特的文学话语之审美层次结构。所以说，该书立足于当下哲学、语言学理论发展的背景之中，通过引入西方现代语言哲学、美学的方法论，使之与中国传统丰富的语言哲学、文学理论形成对话与交流，为深入解析文学话语言意关系之命题提供了新的创见。

朱徽的《中英诗艺比较研究》（四川大学出版社2010年版）一书尝试用现代西方语言学和文学批评理论作为指导，对中英诗歌的艺术技巧和语言特点进行了较为系统且科学的比较研究。全书除去绪论，共分为上下两编。上编"诗艺与诗语"分别从意象、语法、格律、修辞、描摹、通感、象征、张力、复义、意识流、用典、悖论、想象、移情、变异与突出、汉诗英译的语法问题、中英十四行诗这十七个方面设专章展开对比与论述。而下编"诗人与诗作"则从具体的问题切入，对十三个中英、中美诗歌之命题展开相关的讨论。可以说,全书除了其中有部分章节涉及影响研究以外,主要是中英美诗艺的平行研究。作者把中国古典诗歌和英美诗歌放在纵向历史发展脉络和横向跨文化、跨语言体系中进行多维度的考察,分析其异同之处的同时又积极寻求某种诗艺的契合,着实是一部重要的比较诗学专著。

而除了专著以外,整体性研究的成果还包括部分期刊文章。如靳义增的《异质性与通约性:法国古典主义文论与中国复古主义文论比较》[《广西师范大学学报》(哲学社会科学版)2010年第5期]指出法国古典主义文论与中国复古主义文论是在不同文化传统中孕育而成的异质文论。二者的异质性体现为:前者以唯理主义哲学为基础,具体表现出对历史题材的偏爱,具有规范化的创作要求;后者则是以儒家文化为思想基础,具体表现出对经典的偏爱,对创作要求没有严格规范。而二者的通约性主要凸显在生成条件和理论形态两个维度。所谓生成条件是指,二者均与悠久文化传统中固有的复古文化基因密切相关,且都是作为最高统治者稳固政权之需要而被有意识地倡导与推动。至于理论形态则在于二者的理论色彩皆具有鲜明的政治倾向性,理论发展呈现出复古中创新、与反复古同行的轨迹。又如潘明霞和曹萍的《"系统诗学"与"语录体诗话"——古希腊与中国先秦文论比较》(《学术界》2010年第12期),该文章首先对古希腊和中国先秦时代之文艺理论的内容与特色进行了论述,认为前者从理论内容到理论形态都是比较完整的系统诗学,而后者则是相对片段式的语录体诗话。随后,该文章进一步就二者特色之成因进行了较为深入的剖析,在各自不同的社会文化背景中挖掘差异性。另外,这方面的期刊成果还有方新蓉的《"以意逆志"与英美新批评》[《东北师大学报》(哲学社会科学版)2010年第1期]、杨一铎的《文学特征论:形式、文笔与诗法——俄国形式主义与中国古代文论之比较》(《江西社会科学》2010年第5期)等。

阐发研究是平行研究具体实践中比较常见的一类,成果较为丰富,集中体现在期刊文章和学位论文方面。首先是期刊方面。如宋希芝的《明清传奇双线模式的结构主义叙事学解读》(《东岳论丛》2010年第11期),该文章根据法国格雷马斯和斯特劳斯等人的"结构主义叙事学"理论,从明清传奇双线模式的"二元对立"、"角色模式"、"符号矩阵"、"结构类型"和"结构系统"五个方面展开论述,呈现出了与传统研究方法不同的创新角度和阐释内涵。具体来讲,"二元对立"的角度下,政治与爱情的主题显示出相互关联的密切性,从而消解了以往政治主体主导文本的解读模式;而"角色模式"理论则澄清了出场人物在推动情节发展方面的功能;"符号矩阵"理论有助于辨清角色之间的矛盾关系;"结构类型"则是指明清传奇可按照契约型、完成型、离合型的组合关系对其叙事结构作整体把握;而"结构系统"是指"一生一旦"分领两线、"戏胆"串联、"大团圆"结局收拢这三个方面,构成了明清传奇双线作品的深层逻辑结构。又如曾小月的《中国古代诗歌用典的符号学分析》[《重庆大学学报》(社会科学版)2010年第3期],作者主要从三个层面对典故与符号学之间的内在关系展开论述:一是梳理典故在中国古代文学作品,尤其是在古代诗歌中的使用情况;二是从西方符号学的角度分析典故的理论内涵;三是借助符号学的知识揭示典故在诗歌创作中规避弊端的方法。该文章尝试用西方符号学的理论视野阐释中国古典诗歌的用典问题,丰富了相关研究的内涵。另外，这方面的成果还有诸如张广奎和李燕霞的《"诗无达诂"的艾柯诠释学思考》[《兰州大学学报》（社会科学版）2010年第6期]、陈莉的《元代散曲中的狂欢化色彩》[《内蒙古民族大学学报》（社会科学版）2010年第6期] 等文章。

而学位论文方面，如刘小梅的硕士学位论文《从发生现象学阐释中国古典意境》（西北大学，美学）借用西方现象学理论，通过引入"视域"的概念，侧重从意境现象的发生过程对其展开深入的阐释。又如袁永平的硕士学位论文《拉康理论视域下的〈文心雕龙〉枢纽论》（兰州大学，比较文学与世界文学）是在拉康理论的观照下，对《文心雕龙》理论总纲所提出的道、圣、文及其关系的解读，是对《文心雕龙》之"文之枢纽"问题作出的新阐释。

最后值得一提的是，本年度中外诗学的平行比较研究还体现在部分论文集中。如由周启超主编的《跨文化的文学理论研究·第3辑》（北京大学出版社2010年版）是一部收录了刘象愚、车槿山、周启超、徐德林、乔雨等多位重要学者共18篇文章的论文集。该论文集主要关注于法、德、俄苏、英、美、意、日、希腊以及印度等国之文论名家名说与中国文论之多向度跨文化的比较，是诗学领域跨文化研究的重要成果。又如由王柯平主编的《中国现代诗学与美学的开端》（上海锦绣文章出版社2010年版）是一部跨文化研究的论文集，该论文集分为"中国现代诗学与美学的开端"、"经典译读"、"跨文化之旅"和"美学探幽"四部分，共收录了23篇优秀论文。这些论文主要出自外国学者之手，为国内比较诗学学界提供了一扇透视不同文化研究视角的窗口。

（三）中外诗学关系史研究

在比较诗学领域内，关于中外诗学关系史的成果主要是中外诗学传播与接受的研究。本年度该部分的成果较往年偏少，但仍具有引人注目的实绩，这集中体现在个案性研究、整体性研究和中国与东方诗学之关系三个方面。

首先是个案性研究。这一方面的成果主要是以某一文论家与他国诗学之关系为研究对象，分析其对外来诗学的接受情况或对他国诗学所产生的影响。如赵建红的《理论旅行：赛义德文论与当代中国语境》（《文艺理论研究》2010年第5期），该文章重点关注中国学者接受和研究赛义德文论思想的相关成果，借助英国"文化研究"之奠基人之一、著名文化理论家斯图亚特·霍尔所倡导的再语境化观念，对赛义德文论在中国这一不同语境中的"尚未完成的旅行"进行重新阐释，继而为重新思考和建构中国文学与文化批评话语提供更多的可能性。又如付建舟的《泰纳文艺理论在现代中国的传播与接受》（《天津社会科学》2010年第5期），该文章较为详尽地考察了泰纳文艺理论中"艺术三要素"理论在现代中国的传播接受情况，指出该理论体系在中国学界产生了深刻影响，或被译介与宣传；或被改造与吸收；或被辨析与批判。另外，该文章还指出泰纳的文艺理论存在一定的局限性，许多学者对其进行了思考，并试图消除由此产生的消极作用。还有，如黎兰的《钱钟书与前期海德格尔》[《厦门大学学报》（哲学社会科学版）2010年第1期]，该文章指出早期海德格尔的思路从"此在"进入"存在"，其着重点在于"此在"的"生存结构"——诸如"被抛""烦""畏""死"等基本情绪极具现象学意味的分析中。而钱钟书对被抛、良知、独在、忧虑等海氏词汇和语句的引述与评判，说明其思想与海德格尔现象学在精神层面存在深度的契合。可以说，该文章通过考察钱钟书与海德格尔的关系，对钱钟书的学术思想进行了再一次的深入理解和独特把握。此外，诸如胡明与赵新顺的《关于新俄文学理论的接受与传播：瞿秋白与弗理契》（《鲁迅研究月刊》2010年第10期）、庄桂成的《钱谷融接受高尔基文学思想之反思——以〈论"文学是人学"〉为例》[《江汉大学学报》（人文科学版）2010年第5期]、孔帅的《艾·阿·瑞恰兹与中庸之道》（《宁夏社会科学》2010年第6期）和徐立钱的《穆旦与燕卜逊的诗学渊源》（《求索》2010年第3期）等文章也分别以不同的命题展开论述，丰富了中外诗学关系范畴的研究。

另外，这一方面的成果还体现在部分学位论文中。如殷珊的硕士学位论文《论王国维的悲剧美学思想》（牡丹江师范学院，文艺学）结合王国维之悲苦独特的人生境遇、"性复忧郁"等性格特征以及接受中西方哲学影响等主客观因素，系统阐述了其悲剧美学思想的形成原因、构成内容和特殊价值追求。在深入开掘王国维美学思想内涵的同时，对其熔铸中西的美学贡献作出了相应的梳理和总结。何倩的硕士学位论文《西式的古典——论梁实秋对西方文艺思想的接受与改造》（四川师范大学，中国现当代文学）立足于梁实秋文艺理论研究的薄弱环节，从亚里士多德、马修·阿多诺、欧文·白璧德三个与之相关的古典主义思想代表切入，具体探讨了梁实秋文艺理论接受与改造西方古典主义文艺思想的问题。王佳佳的硕士学位论文《弗洛伊德精神分析批评在中国的发展与实践研究》（安徽师范大学，文艺学）尝试从史论结合的角度对中国现代精神分析批评研究做出一定概述与评价，即具体探讨了弗洛伊德精神分析批评在中国的具体实践历程、发展特点和成败得失的问题。包兴星的硕士学位论文《本雅明艺术生产论对中国文学理论的影响》（内蒙古大学，文艺学）以中国各时期有代表性的文学理论教材为主要分析范本，在中国市场经济发展的语境中对文学基础理论的发展状况展开了考察。该论文在对马克思艺术生产论、法兰克福学派艺术生产论以及本雅明艺术生产论三者进行比较分析的基础上，通过运用实证方法和历史逻辑方法重点论述了本雅明艺术生产论对中国文学理论之发展变化的影响。樊丽的硕士学位论文《马尔库塞艺术形式论对中国文学批评美学观念的影响》（内蒙古大学，文艺学）主要分为三部分：首先是从分析马尔库塞艺术形式论之内涵与特点入手，揭示其与形式主义文艺理论的区别；其次是在梳理马尔库塞艺术形式论在中国之传播过程的基础上探讨其影响；最后则是结合中国文艺创作与批评的现状，就如何确立文艺批评美学标准进行初步的思考。杨音的硕士学位论文《伍尔夫诗学对中国现当代文学的影响》（哈尔滨理工大学，英语语言文学）主要从女性主义理论、意识流理论和双性同体理论这三方面切入，具体探讨了伍尔夫诗学思想对中国现当代文学的影响。

与个案性研究相对，本年度中外诗学关系史的研究还出现了一批颇有价值的整体性研究，即宏观把握中外诗学关系问题的成果。如范丽娟的《穿越时空的对话：中英浪漫主义诗学比较研究》（黑龙江人民出版社2010年版）一书主要探讨了中国五四浪漫主义诗学同英国浪漫主义诗学之间在影响和接受过程中所呈现出来的关联性、差异性以及在影响和接受过程中所呈现出来的复杂文学机制。全书分为六部分，分别论述了比较诗学视域下的浪漫主义研究、文艺思潮语境中的浪漫主义、中英浪漫主义的发生和诗学特质、影响与接受：中英浪漫主义诗学本体论阐释、女性的崛起与中英浪漫主义女性诗学构建、浪漫主义在中国：走向现代的五四浪漫主义诗学。其中西方文学影响和接受的关系研究体现出了中外对比和契合全球化时代背景这两方面的学术价值。又如李玮炜的硕士学位论文《跨文化语境下的自然诗学观比较——新月诗派与英国浪漫主义自然诗学观比较研究》（四川师范大学，比较文学与世界文学）从中国新月诗派与英国浪漫主义诗派之诗学观的可比性切入，首先谈及新月诗派对英国浪漫主义诗歌的译介与接受问题，继而就二者"自然与诗"的基本诗学观进行辨析，最终探讨二者在自然诗学观方面的异同及成因。该论文从实证出发，在具体的影响研究中突出"求同明异"的主张，展示了跨文化研究的广阔视野。

值得注意的是，整体性研究中关于外来诗学在中国之接受与影响的成果一直是学术界研究的热点，同时这些成果往往具有较高的学术价值。首先是专著方面：

由杨华基、刘登翰主编，刘小新著述的《阐释的焦虑——当代台湾理论思潮解读》（福建人民出版社 2010 年版）一书以话语分析的方法具体阐释了"解严"后台湾文化场域中各种理论思潮的发展演变与复杂关系，将一系列理论问题：后现代与后殖民话语转换、后殖民论述在台湾的分歧、殖民现代性的幽灵、"本土论"的兴起与演变、传统左翼的困境与复苏、后现代与新左翼思潮的关系、宽容论述问题，都置于整体结构和脉络中予以理解和考察，对错综复杂的台湾当代理论场域作出较为深入的脉络化、结构性分析，进而呈现出"解严"后台湾理论界种种分歧背后所隐含的一种"阐释台湾"的紧张与焦虑。可以说，该书对台湾"解严"后之理论思潮的论述深化了现有学界关于台湾文学研究的成果，丰富了我们关于中西诗学交会的认识。

吴作奎的《冲突与融合：中国现代批评文体论》（武汉大学出版社 2010 年版）一书是当下文体学研究，特别是仍处于探索阶段的批评文体研究范畴的一项重要成果，其研究的对象主要是 20 世纪前三十年中现代文学的批评文本。该书运用综合比较研究方法、历史学研究方法和文体学研究方法，以整体研究与个案研究相结合的形式，在西学东渐、中西文化交流的大背景下，梳理了批评文体现代转型的特点，考察了批评文体的古今冲突与中西融合，在总结出现代批评文体发展之经验教训的同时，为当代中国文学批评文体的重建历程提出有益启示。

葛卉的《话语权力与 20 世纪 90 年代后中国文论转型》（中国社会科学出版社 2010 年版）一书借助话语权力的思维方式，全面考察和分析了西方话语权力理论及其在中国的接受与传播，发掘出中国文论话语当前所面临的问题，进而扩展解决相关问题的新思路。该书除绪论和结语以外，分成四章展开。第一章是在西方社会历史、思想背景的维度下对话语权力所进行的理论梳理。第二章则是讨论 90 年代以来中国文论对于话语权力理论的接受及其限度。第三章按照时间顺序对"中华性""失语症""日常生活审美化"这三个命题的论争进行了话语权力视角的考察与反思。而第四章是在话语权力"本土化"的引导下对西方话语权力理论自身及其在中国的应用进行反思，并在反思中凸显出"中国文论话语"建设的可能。可以说，前三章是对话语权力理论与中国 90 年代以来文论有关问题的阐释性研究，而第四章则注重对前者的反思性批判。该书是专题研究与流派研究交融下的反思性研究，其理论表述清晰严密，评判中肯、简明而有力。不仅深化了国内关于西方话语权力理论的研究，还丰富了学界对中国文论自身问题的认识。

章辉的《后殖民理论与当代中国文化批评》（河南大学出版社2010年版）一书分为上下两编。上编的四章内容以后殖民理论代表性作家文本为焦点，解读后殖民理论的文化背景、思想资源、基本主张和逻辑矛盾，并且进一步讨论了马克思主义、民族主义与后殖民理论的关系，力求从多方面把握后殖民理论的视域。而下编的四章内容则分别选取了第三世界文学理论、中华性、文论失语症、张艺谋电影批评等个案，分析中国后殖民批评产生的文化语境、理论逻辑和阐释限度，并讨论了中国后殖民批评理论建设的若干问题与发展趋向。该书是后殖民理论及其中国效应的比较文学分析，是理论思潮的跨文化个案研究。其对追溯后殖民理论的本源、厘清中国后殖民批评的阐释逻辑和文化语境、构建中国文化批评研究等方面均有重要意义。

而期刊文章方面，如钱翰的《回顾结构主义与中国文论的相遇》（《法国研究》2010年第2期）。该文章主要回顾了新时期以来中国文论界对结构主义的引入、接受和融入之过程，并且还反思了其得失问题。即一方面结构主义为中国文论提供新的视野和方法，对中国文论在新时期的发展起到了重要作用；另一方面中国文论坚持人文主义立场，虽没有落入部分西方结构主义过于偏颇的陷阱，但也使得结构主义的一些核心特征被遮蔽。可以说，该文章较为系统地梳理了结构主义在中国的传播与接受情况，并且其关于中国结构主义文论之得失问题的延伸讨论深化了学界的认识。又如俞兆平的文章《浪漫主义在中国的四种范式》（《天津社会科学》2010年第6期）和《论林语堂浪漫美学思想》（《天津社会科学》2010年第1期），这两篇文章主要论述了西方浪漫主义在中国文艺界的接受过程中分化出来的四种范式。一是以早期鲁迅为代表的尼采式的哲学浪漫主义，它倾向于从强力意志的角度激发悲剧性的抗争精神，并影响至40年代陈铨等的"战国策派"。二是以沈从文为代表的卢梭式的美学浪漫主义，它偏重于从美的哲学角度对人类在现代化进程中所产生的异化状态进行抗衡，并影响至后来的京派和当代的汪曾祺等。三是以1930年之后郭沫若为代表的高尔基式的政治学浪漫主义，它侧重于从政治角度对无产阶级功利价值的追求，并影响至今天的文艺理论体系。四是以林语堂为代表的克罗齐式的心理学浪漫主义，它着眼于从心理角度对表现性之创作本质的推崇，并影响至当下的创作理论体系。这两篇文章关注到以往国内学界并未涉及的角度，对中国文艺界接受西方浪漫主义的四种形态集中起来论述，不仅以论纲的形式深化了前人的研究，还增加了鲁迅与尼采、沈从文与卢梭、郭沫若与高尔基、林语堂与克罗齐之间的关联比较，为厘清不同理论间的渊源问题作出贡献。此外，诸如张玉能的《接受美学的文论与当代中国文论建设》[《福建论坛》（人文社会科学版）2010年第2期]、张华的《伯明翰文化学派对中国当代文论的影响》（《学习与探索》2010年第5期）、陈希的《论中国现代诗学对契合论的接受》（《学术研究》2010年第12期）、宓瑞新的《"身体写作"在中国的旅行及反思》（《妇女研究论丛》2010年第4期）和文浩的《论中国马克思主义文论对接受美学的接受》（《文艺理论与批评》2010年第3

期）等文章也分别选取了不同的角度，对中国接受外来诗学影响的命题进行了不同主题的论述。

本年度整体性研究中关于外来诗学在中国之接受与影响的成果还包括一批优秀的学位论文，如文浩的博士学位论文《接受美学在中国文艺学中的"旅行"：整体行程与两大问题》（湖南师范大学，文艺学）共分为四部分：导论部分主要介绍了选题的研究背景；第一编则主要探讨了接受美学在西方的兴起及其在中国的理论"旅行"；第二编研讨了接受美学与重写文学史的历史关联问题；第三编则重点围绕接受美学和中国古代文论现代转换间的接受史关联展开。该论文借鉴了萨义德"理论的旅行"模型提出"问题域研究模式"，以"接受美学对当代中国文论建设作用何在？"为核心命题，探究接受美学在中国文艺学领域接受的整体行程，并进一步选取"重写文学史""中国古代文论的现代转换"两大问题域展开相关论述。可以说，该论文尝试深入中西文论整体对话的层面展开研究，深化了现有西方接受美学之中国接受史的研究。

本年度中国与东方诗学的交流史研究成果不多，而且成果主要集中在期刊方面。如崔日义的《韩国朝鲜后期诗坛接受袁枚诗学之状况》［《苏州大学学报》（哲学社会科学版）2010年第2期］主要按照时间的顺序，从四个方面对韩国朝鲜后期诗坛接受袁枚诗学的状况进行了相关论述：一是18世纪朝鲜诗坛接受清朝诗学之状况；二是1778年入燕以后四家诗人接受袁枚的状况；三是19世纪初期至19世纪中期朝鲜诗人之性灵观与袁枚的关系；四是19世纪末期至20世纪初期朝鲜诗人接受袁枚的状况。该文章关注中国诗学在海外传播与接受的情况，并且作者的身份体现了外国学者研究中国诗学的视角，是一项具有不错学术价值的成果。又如盖生的《本间久雄的〈新文学概论〉对中国20世纪初文学原理文本书写的影响》（《湖南社会科学》2010年第3期），该文章指出本间久雄的《新文学概论》是较早介绍西方文学理论的教材之一，也是最先被引进中国的文学理论著作之一。其对中国20世纪文学原理的影响主要表现在书写体例、理论视域和思想资源的拓展与启发等方面，但是由于《新文学概论》的学理性较弱，其对中国学界的误导也颇为明显，主要表现在偏执于文学之社会学视野的理论构建、原理文本没有"创作论"的位置、僵硬地恪守片面的哲学认识论等方面。而正是这正反两面的影响，使得《新文学概论》成为研究与反思中国20世纪文学原理文本写作史所绕不开的话题。此外，还有诸如马来西亚学者李树枝的《现代主义的理论旅行：从叶芝、艾略特、余光中到马华天狼星及神州诗社》（《华文文学》2010年第6期）等文章。

（四）海外中国文学理论研究

海外中国文学理论的研究是比较诗学必不可少的一大版块，这一部分的研究往往立足于中国诗学本身，对其在海外的传播和变异情况予以梳理与分析，是整合国外研究资源以期丰富国内相关研究领域的重要成果。纵观本年度于海外中国文学理论版块的研究情况，其成果数量相较往年要少，但在为数不多的专著和期刊文章中仍体现出了积极的学术价值。

　　首先是关于海外汉学家的研究情况。该部分本年度的专著和期刊主要谈及叶维廉的诗学理论和宇文所安的中国文学史研究。如闫月珍的《叶维廉与中国诗学》（中国社会科学出版社2010年版）一书除去导言和结语部分，正文共分为十二章内容展开，并且全书最后还收录了作者整理的叶维廉研究资料汇编。该书成功地归纳出了叶维廉诗学的三方面重点：一是比较诗学理论的问题，展示了叶维廉对文化模子、历史整体性问题和文学诠释学问题的深刻见解；二是其对道家美学的现代解读和发明；三是叶维廉对中西诗学理论的综合。全书逻辑严谨、富有创见，是丰富现有学界叶维廉诗学研究的重要成果。又如王瑛的论文《历史意识与文学史写作——论宇文所安的中国文学史研究》（《当代文坛》2010年第4期）首先指出宇文所安深受新历史主义理论的影响，具有独特的历史意识。其文学史写作强调批判性的审查，即在真实还原事实本身的基础上，对历史呈现之空白予以合理的想象补充。同时，宇文所安的文学史写作消解了宏大的历史叙事与边缘化的个人书写之间紧张的对立，使叙事的张力得到扩张。并且，他认为历史不能排除当下，此二者的连接枢纽是"体验"，而文学史的写作正是对事件的三度体验，即事件原初的体验、历史上不同读者的多重体验以及文学史书写者对前两种体验的体验。而正是在上述历史意识的指导下，宇文所安的中国文学研究呈现出了不同于国内学者的提问方式和思路展开方式，还有"回到诗作本身"与"追忆，抵达历史本真"这两种具体的研究方法。可以说，该文章主要从"历史意识"和"文学史写作"这两个维度切入，对宇文所安的中国文学史研究进行了一番论析，丰富了学界对相关问题的认识。

　　除了上述关于不同汉学家的研究成果以外，本年度海外中国文学理论研究在具体问题之探索方面亦略有收获，如代迅的《异域中国文论西化的两种途径——世界主义文论话语探究》（《江西社会科学》2010年第6期）实际上是关于中国古代文论在西方理论旅行及其变异问题的论述。文章开篇指出，在世界主义话语的发展背景下，中西文论之冲突与交汇的历史经验可概括为"两种西方文论与两种西化"，而在"西化"的进程中，又体现了两个研究群落和两种途径。随后，该文章从"'世界文学'概念的发生（歌德）与中西诗学观念的融合（庞德）"、"中国戏曲表演体系与布莱希特戏剧理论的交汇"、"刘若愚：'世界性的文学理论'的拓荒者（《中国文学理论》）"和"宇文所安：在中西文论'双向阐发'中走向普遍主义（宇文所安中国诗学研究的方法与理论主张）"这四个方面切入，具体展现中国文论在异域的传播接受情况以及建设性地融入西方文论体系的问题，凸显出中西文论对话交流的进程对构建世界主义文论话语的重要作用。作者立足于"世界主义"这一概念展开相关问题的论述，抓住文论交流中的变异问题，着实体现出了创新性。又如徐扬尚的《中国文论意象论话语的"他国际遇"——意象论话语在日本、朝鲜、美国》（《华文文学》2010年第2期）指出中国文论的意象论话语在"他国际遇"主要有三种情况：一是被他国文论借用与化用，如日本文论的"幽玄说""心资说""境趣说"；二是被他国文论移植与套用，如朝鲜文论"天机说""意趣说""悟境说"；三是被他国文论误读与增殖，如美国学界的汉字诗学、意象派诗论、旋涡主义。该文章抓住话语问题这一切入点，认为"中国文论意象论话语的接受、借用、化用、误读，正是立足于对汉字的接受、借用、化用、误读"。并且，在具体论述的时候，还注重分析不同意象论话语背后的文化异质性问题，角度新颖，资料翔实，观点清晰合理。另外还有任增强的《海外孔子诗学思想研究略览》（《东方论坛》2010年第3期）主要从孔子对《诗经》的评论切入，概述了海外汉学家对其诗学思想的研究情况。该文章指出，孔子关于《诗经》的评论一直以来都是汉学家探究其诗学思想的一个重要维度。其中，刘若愚、海伦娜、雷蒙德·道森认为孔子对《诗经》的评论具有极强的实用目的；费威廉认为孔子提出的"文质"问题影响了中国文学批评的发展；范佐伦则动态地梳理了孔子论《诗经》的三个阶段：音乐、修辞、学习的对象；柯马丁则探析了上博简《孔子诗论》中孔子对《诗经》的评价与讨论；而格雷厄姆·桑德斯认为孔子论《诗经》体现出了儒家的"诗歌能力"观。可以说，这些汉学家对孔子诗学思想进行了多方位的分析，大都认为孔子并不着意于解释《诗经》的意义，而是将其用于道德教化，重视诗歌的实用功能。该文章尝试以时间为序，对英、美、加等英语国家众多汉学家的相关研究成果进行梳理与考察，具有积极的研究意义。

（五）跨学科研究

比较诗学不仅是文学理论的跨文化比较研究，也是寻求文学与其他学科共同规律的总体研究与综合研究。跨学科研究一直是学界关注的焦点，本年度依旧有大量的成果，其中"宗教与文学"的跨学科研究、文化研究和生态批评或生态美学研究这三类最为突出。

首先是"宗教与文学"的跨学科研究。相较往年的情况，本年度跨学科研究出现了一批关于"宗教与文学"之跨学科研究的成果，其中专著方面的情况尤为突出，主要有以下几部。

马奔腾的《禅境与诗境》（中华书局2010年版）一书从诗禅趋近的思想背景、文人与禅、禅与诗歌意境创作的新变、禅与诗歌意境理论的发展、面向未来的意境理论和禅美学这五大方面切入，多角度地揭示出诗歌意境创造和意境理论与禅之间的深层联系。该书通过对跨学科、跨文化等研究方法的运用，尝试超越单纯的美学束缚，从中华文化之宏观背景下的动态历史发展中把握诗与禅的关系，促进了禅美学和诗歌意境研究的深化。

张晶的《禅与唐宋诗学》（新星出版社2010年版）一书主要讨论了唐宋时期禅宗思想与相关诗人心态的关系，即通过分析禅对唐、宋诗的渗透，探讨审美心理之下禅使唐宋诗歌创作形成独特风貌的问题。虽然该书仍旧围绕文人心态的视角展开论述，并没有呈现过多的创新之处，但其最后一章"禅宗公案与诗的因缘"主要以公案的角度切入，谈到了禅与诗的相互影响问题，其中作者关于诗对禅之反作用的分析颇有新颖之处，是禅与诗关系之命题的重要补充。

张成权的《道家、道教与中国文学》（安徽大学出版社2010年版）一书以中国古代文学为主体，从文化学视角讨论道家、道教与中国文学（主要是汉语言文学）的关系，是一次跨越不同学术领域的综合研究。该书的叙述着眼于"文体"，各章内容分别以现代文学文体分类中的散文、辞赋、诗歌、小说、戏剧和文论这六个角度展开。可以说，这部著作不是关于道家、道教与中国文学关系史的系统论述，也不是道家或道教文学史的全面呈现。而且，其讨论的对象以及所采用的文化学视角并没有体现出太多的新意，只是对这一命题提出了一些独特的看法。

由陈奇佳和宋晖合著的《被围观的十字架：基督教文化与中国当代大众文学》（中国社会科学出版社 2010 年版）一书在全面梳理基督教对 20 世纪以来中国精英创作之影响的基础上，揭示了中国大众文学与基督教文化发生关系的独特历史文化背景。该书以网络文学创作为主要分析对象，考察当前中国各种形态的大众文学作品，研究基督教文化对中国大众文学从形式创造到意识形态立场等诸多方面的影响，讨论中国大众文化接受基督教文化的独特立场以及此种立场对中国本土神学建设（超越问题）的启发意义。全书面向当代大众文学写作的整体情况，分析基督教文化对中国大众文学创作的影响，填补了以往学界过分偏重精英文化所存在的研究空白，有助于人文学界从宏观上理解、把握中国大众文化，乃至涵盖精英文化在内的中国文化与基督教文化的关系。

万晴川的《中国古代小说与民间宗教及帮会之关系研究》（人民文学出版社 2010 年版）一书共分为五章。第一章绪论部分首先介绍了课题相关的概念，随后分别就民间宗教及帮会的发展历程，课题开展的学术背景与前景，古代小说与民间宗教及帮会的关系这三方面展开概述。而正文的四章内容则具体研究了民间宗教及帮会对古代小说的渗透，以及古代小说对民间宗教及帮会的反向影响。可以说，该书将古代小说和民间宗教及帮会作为一个彼此互动存在的整体去展开研究，试图打通文学、宗教、历史、社会学之间的疆域。不仅拓展了古代小说史的研究空间，也从文学的角度丰富了学界对民间宗教及帮会文化的认识，体现出学术视野、思维模式等方面的跨学科价值。

季玢的《野地里的百合花——论新时期以来的中国基督教文学》（中国社会科学出版社 2010 年版）一书以新时期以来中国基督教文学作为研究对象，全面系统地整理了大量一手材料，夹叙夹议地评点了一批基督教文学作家及作品。该书对中国基督教文学的书写形态展开了全面的分析，不仅专章论述了圣经文学、灵修文学与救赎文学，还对母爱文学、游记文学和大地文学予以梳理阐释。而在此基础上，该书还对中国当代基督教文学的精神价值进行了较为深入的探讨。可以说，中国的基督教文学还没有得到足够的重视，但是中国基督教文学确实是对中国文学言说方式和精神世界的重要补充，该书无疑于此层面体现了突出的学术价值。

关于"宗教与文学"的跨学科研究，除了上述提及的专著以外，还有一些重要的期刊文章。如王洪岳的《基督教神学与中国现代主义诗学》（《贵州社会科学》2010 年第 1 期）、北塔的《后期象征主义诗歌中的拯救话语和印度宗教哲学》（《外国文学》2010 年第 6 期）、刘彦彦的《评陈洪〈结缘：文学与宗教〉》（《文学评论》2010 年第 2 期）。这些文章或从宗教与文学之整体关系把握，或从宗教与文学之具体课题切入，丰富了该领域的学术研究。

其次，文化研究一直是跨学科研究的重要组成部分，本年度该领域成果最为丰富的当属文学人类学。如专著方面，叶舒宪的《文学人类学教程》（中国社会科学出版社2010年版）是国内文学人类学学科第一部研究生层面的教材。该书较为系统地梳理了文学人类学在20世纪国内外学术发展中的产生脉络，针对各学科所形成的本位主义弊端，揭示重新打通文史哲及宗教学、心理学的可行途径，进而提出重建文学人类学的中国文学观。另外，该书还重点阐述了文学发生与文学文化功能的问题，并且还强调了文学人类学方法与国学传统相结合的四重证据法，突出其对研究生教育的推广应用价值。

而在学位论文方面，袁梅的博士论文《中国古代神话中智慧导师阿尼玛原型及其承传移位》（曲阜师范大学，中国古代文学）从阿尼玛原型理论切入，以中国古代神话中智慧导师阿尼玛原型及其承传移位为研究对象，对其发生、典型、特征、发展变化及其内在成因和人类文化学意义加以深入全面地分析。该论文的正文分为五章：第一章主要是对阿尼玛原型理论的综述，并提出了相关的研究思路；第二章是重点对中国古代女神中四个智慧导师阿尼玛原型之代表意象进行的深入分析；而后三章则分别就智慧导师阿尼玛的特质及其成因、阿尼玛原型在后世的承传移位，中国文化之阴性特质与女神之历史祛魅这三方面问题展开了具体论述。可以说，作者尝试运用神话—原型批评、心理学批评、女性主义批评等跨学科、跨文化研究方法，对中国古代神话中智慧导师阿尼玛原型及其传承移位问题作了横向跨文化分析和纵向历史变化考察，具有一定的开创性和突破性。代云红的博士论文《中国文学人类学基本问题研究》（华东师范大学，文艺学）其总体思路是从现象梳理入手，辨析分歧，探寻原因，发现"同一性"，进而在理论阐释中提出文学人类学之理论整合及建构的问题。该论文除去前言和结语部分，正文以概念、历史、理论、方法、价值观的认知框架来展开对文学人类学基本问题的分析，分别论述了文学人类学之内涵与边界、历史发展状况、理论与书写、证据与方法、功能与价值观这五个方面的问题，对现有文学人类学的相关研究是一次重要补充。

至于期刊方面，本年度收获一批期刊文章，如叶舒宪的《文学人类学的中国化过程与四重证据法——学术史的回顾及展望》（《社会科学战线》2010年第6期），该文章从学术史的角度具体且深入地回顾了文学人类学的由来，并且在总结历史经验的基础上，对文学人类学在中国的发展历程、其与国学传统汇通而成的四重证据法以及相关学术实绩与拓展应用的前景作出了展望。又如方克强的《文学人类学与鲁迅研究》（《文艺理论研究》2010年第6期）、安琪的《史学、文学与人类学：跨学科的叙事与写作》（《文艺理论研究》2010年第1期）等。

当然，除了文学人类学以外，本年度文化研究的成果还体现在文学地理学和文学社会学这两个方面。其中文学地理学方面，如刘小新的《文学地理学：从决定论到批判的地域主义》[《福建论坛》（人文社会科学版）2010年第10期]指出传统的文学地理学在地域与文学关系的认识上存在地理环境决定论的倾向，而当下的文学地理学则必须从这种决定论转向文化地理的生产理论。同时，在全球化和后殖民的知识语境中，文学地理学还应该辩证地思考"批判的地域主义"这一重要课题。又如梅新林的《世纪之交文学地理研究的进展与趋势》[《浙江师范大学学报》（社会科学版）2010年第3期]，该文章首先揭示了文学地理研究发展进程中的三个阶段，然后依次从区域性、专题性、整体性、个案性、理论性这五个重点领域总结出文学地理学研究的进展情况，最后对文学地理学研究的未来趋势和相关问题提出相应见解。

而文学社会学则如方维规的《"文学社会学"的历史、理论和方法》(《社会科学论坛》2010年第13期)。该文章主要分成五部分,第一部分先从文学社会学研究的语境切入,尝试在"文学性"与"社会性"这两种对立的研究取向中呈现该研究范畴的困难前提。而随后的第二、三、四部分是文章的主体,主要梳理了文学社会学的"系谱"及其来龙去脉,从该研究的"历史发展"看其"主要方法",继而检视"文学社会学"在不同时期和学者处的认识程度与方法论上的思考。最后的第五部分是在历史考察的基础上,对文学社会学之定位问题展开探讨,并对全文进行总结性思考。该文章是对"文学社会学"研究范畴的一次整体性把握,对学界认识该研究方向具有重要意义。

另外,文化研究还有部分重要专著值得我们关注。如权雅宁的《文化自觉与三十年文学论稿》(中国社会科学出版社2010年版)一书篇幅不大,除去绪论部分,共分为四章内容展开。第一章是关于文化研究的内容,主要论述了文学研究中文化、神话、虚构、道德、治疗这五方面的多样元素。第二章则是重点讨论文学人类学创作与理论之跨学科视野的相关问题。第三章内容论及全球化时代背景下中国文学与文论的历史境遇问题。而第四章则是三十年文学文本的个案研究,具体涉及对叶广芩、贾平凹、赵宇共、叶舒宪和冯玉雷的评论。可以说,前三章是对文化自觉相关理论的探讨和对三十年文学的宏观研究,而第四章则是选择了部分有助于拓展中国文学经验的文本进行具体分析。该书理论探讨与文本分析相结合,是从文化自觉的维度对新世纪中国文学风貌的一个方面所展开的文化研究。又如费小平的《家园政治:后殖民小说与文化研究》(北京大学出版社2010年版)一书篇幅不大,共分为三章内容展开。第一章"家园政治与后殖民小说"主要是系统梳理和讨论了"家园政治""后殖民迁徙小说"这两大概念的内涵与整个研究命题的学术意义。第二章"英国家园政治小说传统"则分别从"发轫期""形成期""成熟期""高潮期"这四部分切入论述。第三章"华裔美国小说中的家园:思念/迷失/拒斥/恐怖/批判/尴尬"则重点谈及不同阶段华裔美国小说家及其创作的情况。该书着眼于大量一手英文文献的收集与整理,以后殖民批评和女性主义批评为其主要研究方法,注重宏观理论阐释与微观文本分析的有机结合,对国内后殖民批评研究进行了有力补充。

生态批评或生态美学研究也是跨学科研究的重要领域,本年度相关成果的数量依旧非常可观。专著如由刘蓓翻译的美国学者劳伦斯·布伊尔(Lawrence Buell)的《环境批评的未来:环境危机与文学想象》(北京大学出版社2010年版)一书主要分为五章,分别讨论了三部分的内容。第一部分是关于当代环境批评的出现问题;第二部分是涉及环境批评中最具特色的三个关注点——对环境想象和再现问题的探索,对于作为艺术和生活经验中一个基本维度的地方(place)的接受兴趣,强烈的伦理与政治责任感;而第三部分则是谈及环境批评的未来。劳伦斯·布伊尔是美国乃至国际生态批评领域的重要开拓者和领军人物,他的这本专著以"环境批评"代替"生态批评"一词,既具有创新性,又蕴含了深刻的学术用意,着实是一项富有价值的文学与生态环境科学的跨学科成果。又如王惠的《荒野哲学与山水诗》(学林出版社2010年版)一书首先在导论部分对生态批评、荒野哲学以及山水诗进行了大略的介绍和理论辨析,提出用生态批评的方法研究中国古代山水诗的必要性和可能性,并揭示出内在于山水诗的是人类自然属性和荒野精神的结论。随后正文部分的五章内容则对荒野进行了哲学层面的思考,并在此基础上深入挖掘和细致梳理出了中国古代山水诗的荒野精神,即荒山野水的意象世界,趣在荒野的审美理想,情近荒野的情感指向以及魂归荒野的回归主题。最后的结语部分是立足于人类文化的后现代反思,指出荒野凸显、东方浮现和诗歌再生都是这一反思的精神成果,而诗歌为我们提供了展开反思的归家之途。可以说,作者以跨学科的视野、中西文化比较的方法将荒野哲学的范畴与理论导入中国山水诗的研究,从而在中国传统的自然精神、天人关系与现代生态运动之间开辟出一条通道,为世界生态运动提供了一份中国的乃至东方式的经验。

至于学位论文方面,主要有常如瑜的博士学位论文《荣格:自然、心灵与文学——荣格生态文艺思想初探》(苏州大学,文艺学)主要从自然、人类心灵以及文学的角度研究荣格的文艺心理学思想,这三者的地位及相互关系问题正是荣格生态文艺思想中最为核心的部分。该论文首先概述了荣格文艺心理学的思想,具体谈及集体无意识理论和情结理论,并且从生态的角度初步考察了这些思想对文学艺术的价值与意义。随后则分别从"自然在荣格心理学中的地位""荣格心理学中的自然与心灵""荣格心理学与文学的生态转向"三方面设专章展开论述。最后,论文以魔幻现实主义文学(马尔克斯的小说和博尔赫斯的诗歌)为具体分析对象,就荣格生态精神的文学实践问题进行了相关讨论。另外还有陈莹的硕士学位论文《文学活动的生态审美视域与生态伦理叙事——以陈应松神农架小说为个案》(山东理工大学,文艺学)等。

而期刊方面,则如党圣元的《新世纪中国生态批评与生态美学的发展及其问题域》(《中国社会科学院研究生院学报》2010年第3期)主要在梳理了生态批评理论之勃兴和中国生态批评、生态美学之发展进程的基础上,对21世纪生态批评与生态美学研究中的相关问题进行了探讨,并就其在中国文化、文论建设中的任务做出了简要的说明。又如李江梅的《生态审美视域中的当代文学的自然生命》(《当代文坛》2010年第3期)主要是从生态审美的角度考察当代文学中自然生命的审美地位与审美意义,具体表现为文学中的自然生命描写确证了自然生态的主体性、建构了人的生态自我和走向人与自然之生命融合境界这三个层面。另外还有诸如罗瑞宁的《论文学的生态关怀》(《文艺理论研究》2010年第3期)、曹瑞娟的《宋代哲学生态观与宋诗中的生态伦理精神》(《学术论坛》2010年第6期)、李贵苍与江玉娇的《文学与自然的对话:自然文学与环境文学的异同》(《外国文学》2010年第2期)等文章。

综观2010年度中国比较诗学的情况,成果数量颇丰,研究质量亦多有值得称许之处。大部分学者视野宏阔,能立足于翔实的文献考证和合理的论证分析,带着反思批判的精神和突出的问题意识切入跨文化的中外比较诗学研究中。一些优秀的平行研究成果,或纵古通今地展开宏观诗学问题和总体诗学问题的分析,或引入外来诗学理论对相关诗学命题进行别具一格的阐释。而在影响研究方面,中外诗学交流的实证性成果也能够很好地依托于具体材料与历史语境,对相关情况予以深入考察。然而,纵观本年度的比较诗学研究成果,我们还应该注意到其中所显现出来的问题,主要体现在以下五个方面。一是个案性研究。较往年而言2010年度大部分比较诗学个案性成果能够有意识地关注到深层次的可比性联系，一定程度上避免了简单比附的情况，但是这些研究依然有流于表面的情况，剖析深层联系内涵的笔触不多、力度不够。二是整体性研究。2010年度该方面的研究热度有上升趋势，特别是平行研究领域，出现了相当数量宏观把握的中外诗学问题成果，但是，比较诗学在总体层面的宏观把握意识仍有待增强，实际操作整体性研究的时候亦需注意规避"大而空"的问题。三是东西研究失衡的问题。长期以来比较诗学的研究多集中在中西诗学问题上，而对于东方诗学之间的问题则关注较少。这是比较诗学领域一直存在的问题，需要学术界在一个长远的规划中持续予以纠正。四是海外中国文学理论研究的问题。这是近年来逐渐兴起的一个研究范畴，往往也是成果最为凸显的领域，但是相较往年而言，2010年度的海外中国文学理论研究成果较少，而且这些成果多为资料层面的整理与较为浅层的分析，对于挖掘中国文学理论于海外研究中的变异情况仍有很大空间。五是跨学科研究的问题。跨学科研究一直是比较文学学科内部讨论的热点，避开那些学科争辩不谈，单就具体研究实践而言，该领域的成果数量一直很可观。从2010年度的情况来看，跨学科研究具有一定的创新潜力，但仍需时刻注意偏离文学性的情况，防止跨学科研究的泛滥。

另外，2010年度比较诗学的研究凸显了中外文论对话、中国文论转型的问题意识，对话语问题的关注亦显示出国内学界逐渐扭转"西学日炽，中学日衰"的局面。而且，随着"求异"思维的逐步建立与实践，比较诗学的研究也开始在研究相似性的同时，关注变异与异质的存在，"求同存异"或"求同明异"的意识与实践不断深化。当然，面对上述的诸种问题还有当下国内外不断变化的学术环境，中国的比较诗学研究如何更好地融通中外资源，进而在世界诗学之林中找准位置、发出声音、实现交流进步，仍将是摆在比较诗学学者们面前需要面对和反思的问题。

三 2010年度东方比较文学研究综述

樊雅茹

（一）东方总体研究及学科史研究

2010年，在比较文学学科整体研究蓬勃发展的良好趋势中，作为其间重要分支的东方比较文学研究，也取得了颇有价值的成果。中国比较文学学术界围绕东方比较文学的研究现状与未来东方比较文学的研究范畴等问题，既有宏观概念入手的总结与展望，亦有细节问题出发的分析与阐述。本年度出版相关著作二十余部，硕博及期刊论文共计三百余篇。除了在中日文学比较、中朝（韩）文学比较、中印文学比较等传统东方比较文学研究领域的进一步深入外，许多研究者的视域转向中越文学、马华文学以及中亚东干文学等研究，推陈出新，在注目新鲜研究对象的同时，丰富与完善了东方比较文学的研究体系。

《对东方古典文学的翻译和研究——当代北欧学界重建世界文学史的趋势》[《首都师范大学学报》（社会科学版）2010年第3期]一文中，学者宋达对东方古典文学在欧洲的翻译研究进行了整体的梳理。论文以瑞典国家学术委员会耗时近十年的项目"全球化语境下的文学和文学史"及其成果四卷本《文学史：全球视角》为研究对象，重点考察了其中东方古典文学与欧洲文学之间的联系，整理了目前北欧学界重新认识东方文学的具体情况。宋达教授认为，通过对研究对象的分析，可以看出北欧学界在全球化的时代正力图改变近代以来欧洲传统的文学观，开始正视东方不同区域文学的不同特征，指出东方文学在世界文学史上的不可替代性，客观上打破了唯西方文学中心论的标准，使东方文学逐渐获得相应的位置。

（二）中日文学比较研究

无论是从历史上的政通文继，还是近代以后的相生相怨，中日文学以及中日作家间千丝万缕的联系始终是东方文学、东方比较文学学界研究关注的重点。在2010年度关于中国文学与东方各国文学的比较研究中，中日比较文学研究、日本文学研究，无论从数量上还是质量上都保持了一贯的研究优势。通观这些研究论文及著作，不难看出，自现代学科研究建立以来，数量丰富且成果不菲的先行研究为当下中日比较文学研究、日本文学研究提供了充分的资料，奠定了坚实的基础。同时，中国学者在中日比较文学研究中的语言文化优势，以及相对完善的学科研究体系，也是其他东方文学研究分支所不具备的。另外，从发表的论文、著作内容来看，中国古代文学、中国现当代文学的研究也越来越关注中国文学与世界文学的联系，尝试将中国文学放置于世界文学的大背景中分析研究。比较文学学科的相关研究方法，已经逐渐深入中国古代文学、中国现当代文学研究领域。这也是2010年度中日比较文学研究的一个显著特点。

在中日比较文学的探讨中，梳理古代中日文学渊源，考证中国文学对日本文学发展的影响，整合日本接受中国文学过程中的流变等问题，仍然是本年度学者关注的重点所在。日本古典诗歌是日本古典文学的重要组成部分，是在一千余年日本古代的历史进程中产生、发展，进而形成的其特有的诗歌文体。在日本古典诗歌研究方面，由张晓希教授编著的《日本古典诗歌的文体与中国文学》（南开大学出版社2010年版）一书，较为全面地介绍了日本古典诗歌文体的种类、形式、创作主体、文学性、思想性、文学的审美维度等方面的特点，同时对各种文体产生的历史时代、社会形式、文化民俗等背景进行了分析和挖掘。文与史、形式与内容、概念与实例相结合的叙述方式，给读者展现了一个较为完整的日本古典诗歌文体的原貌。值得一提的是，这部著作以日文编著，足见编撰者日语功底之深厚，同时也是中国学界日语掌握程度的一个缩影。另有陈访泽、张继文两位合著的《古典诗歌中的实体隐喻认知对比研究——以日本短歌与中国唐诗中的"心"为例》（《西安外国语大学学报》2010年第2期）一文，以实体隐喻的表现为切入点，综合分析日本短歌和中国唐诗中的"心"意象，通过大量诗句，总结出"心"的实体表现形式、"心"与动词构成的实体隐喻、"心"的容器表现等。论者认为，中日古典诗歌中的隐喻表现，并不完全是简单地模仿或诗人的臆想，而是以人的主体认知经验为前提的，主体对实体认知的结果。学者张忠锋的论文《柿本人麻吕的"天皇即神思想"与古代中国的神仙思想》（《西安外国语大学学报》2010年第3期），从柿本人麻吕和歌中"天皇即神思想"与日本传统"人神分离"神仙观的矛盾入手，认为其思想的产生是受到了古代中国神仙思想的影响。另有王贺英《论日本西行法师和歌中的佛教思想》[《沈阳师范大学学报》（社会科学版）2010年第6期]，分析了西行法师通过和歌表现的佛意。

作为日本最早的文学作品，《古事记》一直以来都是中日学界关注研究的重点。这些研究既包括对其来源、形成的考证，也包括对其内容的梳理，还包括对其语言、文体的辨析。《古事记》的特殊文体在形成过程中，受到了《法华经》、《释迦谱》和《经律异相》等佛典词语的巨大影响。2010年，对外经济贸易大学日语系马骏教授针对《古事记》文体特征与汉文佛经的相关联系，做出了系列考察，发表数篇论文，分别是《〈古事记〉文体特征与汉文佛经——语体判断标准刍议》（《日语学习与研究》2010年第3期）、《〈古事记〉文体特征与汉文佛经——佛典双音词考释》（《日语学习与研究》2010年第5期）、《〈古事记〉文体特征与汉文佛经——佛典句式探源》（《日语学习与研究》2010年第6期）。马骏教授立足于具体的细节问题，一步步探讨推进，形成了关于《古事记》文体特征研究的一个重要脉络。在《〈古事记〉文体特征与汉文佛经——语体判断标准刍议》一文中,马骏教授就研究起因进行了说明。他指出"有关《古事记》特殊文体成因的探讨,始终是日本上代文学研究的热点问题之一;汉文佛经因而成为解决这一悬案的必读文献,佛典特有的措辞与句法格外引人注目;在趋之若鹜的研究氛围中,理性地确立汉文佛经语体判断标准愈显重要"。首篇刍议介绍了《古事记》与汉文佛经之间影响关系的先行研究,拟在充分梳理先学成果的基础上,围绕先行研究从佛典中析出的47个词语,重点从理论与实践两个方面考察其是否属于汉译佛经词语,为之后的系统研究提供方法论上的支持。其后,马骏教授从佛典双音词角度,考释《古事记》。依据汉文佛经语科,从词汇学、语用学和文体学的角度,对新发掘的疑似佛典双音词做出归纳与辨析。研究结果表明,《古事记》的书录者在以汉字为载体记过日本先民神话传说时,吸收了大量佛教词、口语词和新义词。一些词语在用法上产生了一定程度的变体。这些佛典双音词也因此成为《古事记》特殊文体的显著标识之一。由此,发现佛典双音词也是《古事记》特殊文体的显著标示之一。马骏教授还指出,汉文佛经的文体特征,不仅体现在其有别于中土文献遣词造句的方法上,还体现在用于叙述佛经故事以及便于记忆传送的特殊句式。与佛典词语研究相比,句式研究是《古事记》文体特征与汉文佛经比较研究中相对滞后的部分。《〈古事记〉文体特征与汉文佛经——佛典句式探源》一文,立足于《古事记》研究前贤时彦的学说,从词法结构和句法链接两方面,对《古事记》中出自汉文佛经的句式进行深度发掘,归纳并分析其类型特征,阐述其在表达上存在的"和习"问题,力求从而更全面地揭示《古事记》风格独特的问题特征与佛典句式之间的密切关系。

此外,张哲俊教授的《〈游行柳〉与中日墓树之制》(《国外文学》2010年第1期)、《日本文学中陶门柳的隐仕融合》(《外国文学评论》2010年第3期)等论文,从民间故事、诗歌文句等文献记载,详细考证了以"杨柳"为代表的中国墓制文化在日本的传播、接受与改变。王晓平教授的《日藏汉籍与敦煌文献互读的实践——〈镜中释灵实集研究〉琐论》(《艺术百家》2010年第4期),围绕日本敦煌学原文研究进行相关介绍。论文以充实的资料和扎实的文献学、考据学功底为支撑,是传播学研究的优秀典范。司志武的《中日三篇"牡丹灯记"的对比分析》(《日语学习与研究》2010年第3期)则是平行研究中较为新颖独特的一篇。

日本文学、文化对中国文化的接受,还表现在日本学者对中国诗学研究和汉诗创作的热衷方面。由胡建次、王乃清共同撰写的论文《20世纪以来日本学者中国古典诗学研究的特征》[《南昌大学学报》(人文社会科学版)2010年第2期],通过对20世纪日本学者在中国古典诗学领域研究成果的梳理,归纳总结了20世纪日本学者在中国古典诗学研究方面表现出的五大特征:一是在研究分布上"南重北轻";二是在研究方向上呈现出专而精;三是在研究内容上重点突出并以考论见长;四是在研究时段上三阶段稳步发展;五是在研究方法上重视文本细读与分析。另有江西人民出版社2010年2月出版的《日本中国古典诗学研究500家简介与成果概览》,由胡建次、邱美琼编著。这是一部全面介绍日本中国古典诗学研究的著作,其中涉及的学者起于明治时期的开山巨匠,止于当下活跃的学术新生,既有对学者个人成果的收集与评述,也有对前后承继关系的梳理和总结,展示了近代一百年间日本汉学研究在古典诗学方面的发展脉络。王兵的《论近藤元翠的中国诗学批评》(《日本研究》2010年第1期)从日本汉学家近藤元翠的总体诗学倾向、对清代诗的批评以及试论主张三个方面概述了日本汉学家近藤元翠的学术成果。论者指出,近藤元翠以一个国外汉学家的视野分析点评中国历代诗歌的得失,对中国历代诗学进行了梳理,辨别良莠,总结规律,为当代中国诗学研究提供了借鉴。

在日本,用汉字书写的中国古典诗歌被称为"汉诗"。日本汉诗是勾连中日文化的重要途径。江户汉诗是日本汉诗创作的鼎盛期,作为日本近世文学的重要组成部分,它是日本文学由中世文学向近代文学过渡的桥梁。复旦大学中国古代文学研究中心学者陈广宏的《明代文学东传与江户汉诗的唐宋之争》[《上海师范大学学报》(哲学社会科学版)2010年第6期],以江户汉诗坛的唐宋之争为案例,考察其中所反映的自身社会条件下人文主义思潮的发展,同时通过其与所摄取相关明代文学资源关系的比较考察,在整个东亚文学范围内,观照各民族在上述共趋历史进程中的互动、思想链接以及各自表现的特色。卜朝晖的《遣唐留学生阿倍仲麻吕和唐代的诗人们——阿倍仲麻吕和王维》[《广西大学学报》(哲学社会科学版)2010年第5期],以诗文为线索,向我们介绍了阿倍仲麻吕与王维的来往互动、诗歌唱和等史实。《日本当代汉诗概况及课题》(《日本研究》2010年第3期)作者金中介绍了当代以石川忠久为代表的日本汉诗创作研究发展情况,指出日本当代汉诗存在的内容题材陈旧、语言依赖日语训读、知识背景狭窄以及体裁单一等缺陷。同时指出,日本当代汉诗的发展亟待解决如何在年轻人中推广汉诗创作、加强与中国诗词界的合作交流等问题。除了汉诗,关于日本汉文小说的研究也可圈可点。孙虎堂的论文《日本汉文小说的研究现状与研究理路》(《国外社会科学》2010年第4期)指出,从20世纪20年代起至20世纪90年代,在日本学者对汉文小说研究的基础上,以中国台湾学者王三庆教授、日本学者内山知也教授和中国大陆孙逊教授为代表的学者,在这一领域都取得了一定的成果。论文立足于对该领域目前研究现状的梳理,同时提出了"重建文化语境"和"还原创作场景"的研究理路。相关著作还有于永梅的《日本古代汉文学与中国文学比较研究》,由辽宁大学出版社出版。中日古代戏曲交流亦十分频繁。《两种日本现存"传奇汇考"抄本考》(《文化遗产》2010年第3期)一文,学者李庆通过翔实的资料,以严谨的实证考据方法,分析了该文献对中国戏曲研究的重要意义以及在考察中日戏曲流播途径研究方面的参考价值。论文涉及文学问题的各个层面,更有涉及历史、宗教、哲学等跨学科的研究。比较文学的理论和方法在更广阔的范围得到了实践和完善。仝婉澄的《久保天随与中国戏曲研究》(《文化遗产》2010年第4期)一文向国内研究界介绍了关注度较低的日本汉学家,以《西厢记》为例介绍了该汉学家的研究成果,为古代戏曲研究提供了海外视域与借鉴。另有关于两国代表戏剧家的平行比较研究《关汉卿"士妓恋"作品与近松门左卫门"町妓恋"作品之比较》(《日本研究》2010年第3期)。

日本明治维新以后,中日整体关系日趋复杂,在联系渐多的同时矛盾也日益增加,而中日文化关系则发生逆转,日本近代文学在一定程度上成为中国近代文学的重要启蒙之一。这一时期留下的文学作品、文化现象,为后世研究提供了广阔的发展空间。2010年度,鲁迅依旧当仁不让成为第一研究重点。学者王初薇的《多维文化视域中的鲁迅——"中日视野下的鲁迅"国际学术研讨会述要》(《中国现代文学研究丛刊》2010年第3期)一文,向我们展示了2009年中日鲁迅研究交流国际学术会议的盛况。浙江大学陈力君的《师者与他者——鲁迅笔下日本形象之镜观》(《学术月刊》2010年第7期)将鲁迅笔下呈现的日本形象化为景象、印象和映象三重空间,渐次深入,进而研究近代知识分子在面对他者强势文化时的矛盾心理。日本学者与国内学者的研究略有不同,坂井建雄作《关于鲁迅在仙台上的解剖学史课》,由解泽春翻译,发表于《鲁迅研究月刊》2010年第4期,以考据学的相关方法,整理分析青年鲁迅在仙台学医时的历史情况,从一个中国国内研究界较少关注的角度,对鲁迅形象进行了进一步的补充丰富。文章对当时的任课教师、使用教材、同窗笔记等细节资料的整理,反映了日本学界研究重考证的特点,有助于从细节研究这一时期鲁迅思想情绪的变化。刘伟的《李长之〈鲁迅批判〉对竹内好〈鲁迅〉的影响》(《中国现代文学研究丛刊》2010年第5期)以及靳丛林、李明辉合作的《竹内好:凭借鲁迅的历史反省》(《中国现代文学研究丛刊》2010年第3期)两篇论文,都是围绕日本学者竹内好的《鲁迅》进行的研究。前者侧重于考察李长之对竹内好的影响,认为两位研究鲁迅的学者有着深刻的精神渊源,共同的"文学立场",奠定了竹内好与李长之精神相遇的契机。后者则关注竹内好与研究对象鲁迅间的精神交流。同是受留学日本影响,周作人的创作与鲁迅风格迥异。《"风物"的怀念和演绎:论周作人对日本地方文学的寄情书写》(《中国比较文学》2010年第4期),论者石圆圆选择"风物"一词,从发掘其文化符号的角度入手,意图梳理周作人和日本地方文学之间的关系。将永井荷风与周作人相比照,通过整理永井荷风文学理想中对江湖文化和风物的追求与强调,反观周作人的风物观,进而总结周作人对地方文学的文化诉求。与其他留日作家相比,周作人以相对轻松自然的心情接触了日本文化。论者认为,从他的作品中可以看出,很少有政治或个人的焦虑,更多的是面对一衣带水、同中有异文化时候的新鲜与品味。永井荷风是周作人日本文化审美趣味形成的引导与关键。夏目漱石、川端康成等是日本被关注的重点作家。延边大学安勇花的《由汉诗解读夏目漱石的〈草枕〉》[《延边大学学报》(社会科学版)2010年第4期]从汉诗剖析夏目漱石受到的中国文学思想影响。《试论川端康成初期文学中的佛教思想》(《日语学习与研究》2010年第2期)由陈多友、谭冰合作完成,将研究中心论者集中于对川端影响巨大的"万物一如、轮回转生"观念,探求其对川端创作的作用。通过一系列例证,论者指出川端认为佛教只应该用文学的眼光来评价,和伦理学、社会学等无关。文学中的佛教思想,已经脱离了佛教的教条,迈向了神秘主义。这对川端文学表现形式新颖、人物内心塑造细腻风格的形成产生了重要影响。《东方的"忧郁":川端康成与20世纪中国文学》(《江苏社会科学》2010年第3期)一文由川端康成的几个文学特征入手,全面把握了其文学在中国的传播及影响。另有平行比较研究《川端康成和张爱玲的悲剧意识比较——从百子与曼璐的悲剧历程说起》(《名作欣赏》2010年第33期),由周密、肖玲合作完成,重点关注两位作家的女性观。《卢隐与宫本百合子笔下女性形象之比较》[《郑州大学学报》(哲学社会科学版)2010年第3期]著者牛水莲则选择了近代两国重要的女性作家,同样以平行比较的方式关注作家在自由、事业和婚恋等方面表现出的不同的女性观。日本文学在近代发展过程中广泛接受了俄罗斯文学的影响，许多作家的文学情怀和创作观都与俄罗斯作家有着千丝万缕的联系。可以说，俄罗斯文学在一定程度上是日本近代文学的重要启蒙。学者谭桂林的论文《池田大作与俄罗斯文学》[《湖南大学学报》（社会科学版）2010 年第 2 期］针对池田大作的文学作品、文学思想进行了总结梳理，介绍了池田大作有关俄罗斯文学特征、宗教特征的评论，进而指出池田大作对俄罗斯文学"守护苦难者"传统无比欣赏，从而以俄罗斯文学传统和宗教传统中的和平主义、博爱精神作为自身的一个重要精神支柱。《托尔斯泰与武者小路实笃》（《日本研究》2010 年第 2 期）一文中，作者刘立善透过托尔斯泰作品及文学观在日本的传播，整理出对武者小路实笃及白桦派文学创作的重要影响。

值得注意的是，随着研究的深入，日本战前文学与海外，特别是与亚洲的关系问题在这一年成为学者关注的重点。文学与地域的联系作为一个新的切入点，生发出系列重要研究。大连外国语大学学者柴红梅选择"日本与大连"课题，进行了一系列开拓与探索，成果斐然。论文《大庭武年侦探小说与大连之关联——以〈小盗儿市场杀人〉为例》（《学术交流》2010 年第 6 期）将视角聚焦于殖民地都市大连成长起来的日本侦探小说家大庭武年创作的小说《小盗儿市场杀人》，研究分析小说与大连的关系。论者认为，这部小说可以看作大庭文学创作转变的尝试，与同时期其他作家一味描写大连的异国情调和摩登时尚不同，大庭武年关注摩登背后的黑暗，真实表现挣扎于底层的中国人的悲惨生活，剖开殖民地摩登都市的本质。除了对大庭五年侦探小说的分析研究，学者柴红梅的文学与地域系列还包括了对日本殖民统治时期在大连生成的诗刊《亚》的探讨。《日本现代主义诗歌的发生与大连——以诗刊〈亚〉为中心》[《沈阳师范大学学报》（社会科学版）2010 年第 3 期］中提出，诗刊《亚》孕育了日本现代主义诗歌的发生。诗人们在摩登都市大连的"生活空间"和"摩登体验"，成为其诗歌创作的现实基础和灵感来源。相比于近代日本本土的诗歌，这些诗歌的文学书写蕴含了错综复杂的情感表达。这其中既有西方、日本、中国等多重民族文化在一处交汇的纠葛，又浸透着西方现代主义、殖民主义和日本传统文化等诸多特性。学者张蕾发表的《日本近现代作家与大连》（《日本研究》2010 年第 3 期）集中展示了多位日本作家作品中表现的在大连的生活体验。

在翻译研究方面，孙立春的《日本近现代小说翻译史的特征及其对中国文学的影响》[《重庆工商大学学报》（社会科学版）2010 年第 3 期］是对日本近现代小说翻译的宏观把脉，概括总结了 20 世纪中国日本近现代小说翻译的四个特征：随中日关系而变化，意识形态的影响较大，纯文学与通俗文学并重，译者个人因素突出。同时指出，对日本近现代小说的翻译，在词汇、观念和文学体裁等多方面，对近代中国白话文文学的发展产生了重要影响。是比较文学翻译研究中的重要资料。另有关于村上春树翻译作品的研究《论村上春树的翻译》（《日语学习与研究》2010 年第 2 期），论者杨炳菁避开关于村上文学创作研究的热点，主要关注了村上春树作为翻译家的相关著作。论者认为，想要更全面深入的了解和研究村上春树的研究，就不能忽视其翻译活动。从数量上看，村上的翻译作品并不亚于其创作；从质量上看，村上的译作一样受到日本读者的青睐。论文主要以村上春树的翻译行为为考察对象，尝试对其翻译及翻译与创作之间的相互关系进行初步的探讨。同时考察美国作家雷蒙德·钱德勒对村上翻译、创作的影响。论文是在大量平行比较、文本分析等研究之外,从翻译学角度关注日本作家村上春树的一个亮点。北京师范大学王志松教授的《90年代出版业的市场化与"情色描写"》(《日语学习与研究》2010年第4期)从翻译学角度,通过探讨《挪威的森林》和《失乐园》两部日本当代小说的翻译状况,以及村上龙等其他日本作家的翻译作品,考察日本翻译文学与90年代出版业的市场化与中国文学情色描写变化之间的关系。论者条分缕析,线索明确,既有对文学雅俗微妙变化的考量,又有与时代背景相连的时效性,更加全面地展现了90年代以来中国读书界对日本文学的接受。关注同样内容的还有复旦学者李振声,其论文《中国当代文学阅读视野中的日本现当代小说》(《中国比较文学》2010年第3期)就20世纪八九十年代中国的日本文学翻译的整体情况进行了总结概括。

学者施晔从事的是中国古代文学研究,主要关注清末留日中国人创作的小说。《从〈东京梦〉到〈留东外史〉:清末民初留日小说的滥觞与发展》(《明清小说研究》2010年第1期)一文将研究目光投向清末最早的留日中国人,考察其小说反映的早期清人在海外的生活百态。作为谴责小说,小说作者不遗余力地揭露了身边国人的失格言行。施晔认为,作为首开中国文坛留日小说先河的《东京梦》,虽然是平面的叙述,但保留了当时的真实情况,记录了首批赴日留学生的日常生活,对于读者了解清末民初日本风情及两个民族的劣根性,都有积极的意义。日本学者松浦恒雄从民国初年纸媒体特刊与戏剧的关系出发,发表论文《特刊在中国现代戏剧中的作用》(《学术研究》2010年第3期)。既有对两类代表性特刊书写特点等历史资料的介绍,又有通过特刊对戏剧文学性的探究,从而梳理特定时期下特定媒介对中国近代戏剧发展的影响。

中国台湾香港文学与日本文学近来也引起大陆学界关注。沐昀的《本土立场与东方视野》(《中国现代文学研究丛刊》2010年第5期)以日据时期台湾最杰出的日语作家吕赫若为研究对象,通过对其日记的梳理,试图从作家在特殊时期坚持的本土立场和东方视野出发,挖掘其创作高峰时期的思想变革,同时为日据时期台湾作家的相关研究开拓新的研究点。《台湾香港当代文学中"日本形象"比较》[《湖南大学学报》(社会科学版)2010年第1期]由学者刘舸、成希合作,对当代台湾、香港文学作品中的日本形象进行了总结,归纳出了其中最大的差异,同时尝试找出产生差异的原因。这些研究都为中日文学比较研究开拓了新视角。

(三) 中朝、中韩文学比较研究

进入21世纪,韩国的饮食、服饰、时尚等相关文化通过影视作品、网络共享等现代化传播媒介,迅速进入中国市场,掀起波涛汹涌的"韩流",越来越多的人将目光投向这个神奇的岛屿,引发对其文化文学的关注。

2010年,对中国文学与朝鲜半岛文学比较研究的发展,如火如荼,不仅在数量上而且在研究对象与研究质量上,都上升了一个新的高度,已然成为东方比较文学中仅次于中日文学比较研究的第二大组成部分。从研究情况的分布来看,延边大学保持了一贯的传统，凭借得天独厚的地域、民族以及语言优势，继续在该研究领域发挥着先锋作用。同时延边大学与境外学者的交流增加，使国内学界更多地看到了韩国汉学学者对中朝（韩）文学关系的发声。值得注意的是，中央民族大学以及山东大学的研究者在这一年也发表了一系列相关研究，打破了延边大学在中朝（韩）文学比较研究方面一枝独秀的局面。从研究对象来看，与之前相比，研究者们在一定程度上突破了单一的古代文学比较研究，研究目光开始更多的涉及近代以及现代中国文学与朝鲜半岛文学的联系。大量陌生而新鲜的研究对象被引入大众视野，为东方比较文学开辟了全新的研究领域。

在中朝（韩）文学比较研究热点集中的古代文学比较中，多数的研究都立足于从朝鲜社会、朝鲜文学对汉文学的接受，探究汉文学、汉文化在朝鲜半岛的传播、影响与变异。明清小说在汉文化圈传播广泛，影响巨大。特别是对朝鲜小说的发展，起到了重要的推动作用。上海学林出版社2010年版的《中国古典小说在韩国的研究》，是一部由韩国学者闵宽东以中文书写的关于中韩文学交流研究的著作。全书由两部分组成，第一部分是韩国之中国古典小说总论，第二部分是目前为止传入、翻译、出版、研究论著的目录。该书涉及文献资料极其丰富，从接受国的视角审视文学传播的接受影响情况。为国内学界提供了大量资料。韩国汉文小说是指古代韩国人用汉语创作的小说作品，可分为文言短篇、文言中篇以及文言长篇，针对这一领域，现有研究成果颇丰。学者汪燕岗的论文《论韩国汉文小说的整理及研究》（《社会科学战线》2010年第5期），全面梳理了现有研究成果，对其中来自中国大陆、台湾的相关论文论点进行了归纳总结。以《三国演义》为代表的中国古典小说，是朝鲜文学模仿、改编的主要对象。因而，针对《三国演义》等在朝鲜的传播、影响研究，一直以来都是学界关注的侧重点。北京大学肖伟山的《〈三国演义〉与韩国传统艺术盘骚俚》[《内蒙古民族大学学报》（社会科学版）2010年第2期]，考察盘骚俚作品在创作的过程中受到《三国演义》这一外来文化因子影响的表现，分析文化传播过程中在接收方作用下的变异。运用原典实证的方法对《赤壁歌》等韩国盘骚俚作品进行考察，从另一个方面加深了中国学界对盘骚俚作品的理解。学者刘世德的《〈三国志演义〉韩国翻刻本试论》（《文学遗产》2010年第1期），承接2002年的研究成果，运用文献学的实证考据法，梳理整合了《三国志演义》在朝鲜流传的版本的情况，考察辨析了各版本间的差异与真伪，为后续研究提供了便利。赵维国《论〈三国志通俗演义〉对朝鲜历史演义汉文小说创作的影响》（《文学评论》2010年第3期）根据史料文献记载，梳理了《三国志通俗演义》在朝鲜的最早传入时间，总结了《三国志通俗演义》的传播接受背景，在一定程度上解释了作品在朝鲜半岛广受欢迎的原因。论者特别将朝鲜文学《壬辰录》的创作与《三国志通俗演义》相比较，考察朝鲜文学在本民族英雄、将领塑造中的特点及对关羽形象的认可与接收。另一本与《三国志通俗演义》联系密切的朝鲜小说是《兴武王演义》，从名称看，这部小说的名目显然源自中国历史演义小说。在文本细读的基础上，论者指出这本书无论是从思想内涵、人物塑造还是故事情节设置上，都是对《三国志通俗演义》的模仿。韩国学者金敏镐则通过《燕行录》考察《三国志演义》等中国古代古典小说的传播接受情况，作有《朝鲜时代〈燕行录〉所见中国古典小说初探》[《上海师范大学学报》(哲学社会科学版) 2010年第2期]。明清小说的另一大特点是出现了评点本。山东大学外国语学院韩梅认为,正是在金圣叹小说评点的影响下,朝鲜文人开始了评点本小说的创作和评论,并且从对金圣叹评点的模仿中,借鉴了金圣叹关于结构方式、人物形象化等方面的文学思想。论文《韩国古典小说批评与金圣叹文学评点》(《解放军外国语学院学报》2010年第3期)通过对韩国三部评点本小说的评点与金圣叹评点的比较分析,指出金圣叹对小说和戏剧赋予的重要价值引起朝鲜文人的共鸣,从而成为促成韩国古典小说批评主要载体诞生的诱因。

另外一个广受关注的领域是汉诗词赋等。学者孙玉霞关于杜甫与丁茶山的平行比较研究《杜甫与丁茶山诗歌内容管窥:时代的画卷与诗人的忧思》(《北京第二外国语学院学报》2010年第4期)是其攻读博士学位的研究成果《朝鲜诗人丁茶山的诗歌创作研究——兼论与杜诗之比较》(旅游教育出版社2010年版)中的一部分。朝鲜诗人丁茶山被誉为"杜甫还生",作为朝鲜18世纪末19世纪初的著名实学派代表诗人,丁茶山目睹了朝鲜王朝末期混乱不堪的政治经济,并以诗记录一切。相似的经历使二者都选择了"以诗传史",而对现实的关注点又各有侧重。学者孙玉霞认为,杜诗主要描写了安史之乱给国家和百姓带来的灾难,而丁茶山则更多地展示了李氏朝鲜时期混乱的政治造成的凋敝现实和民不聊生的惨状。面对黑暗现实,杜甫更多的是对安史之乱的反思,表现出对统治者的讽谏;而丁茶山则以实学家的眼光对整个社会体制做出了审视与省察,其汉诗作为丁茶山实学的重要构成,表现出鲜明的改革意识。《朝鲜前期成侃〈真逸遗稾〉与其诗的王维诗风考》(《社会科学战线》2010年第7期),学者刘晟俊向中国学界介绍了朝鲜半岛重要的诗人诗作。延边大学学者孙德彪的《朝鲜诗人对元好问诗词、诗选的接受与评价》(《民族文学研究》2010年第2期)等,都是从接受研究和影响研究考察朝鲜诗人与中国诗人的关系。汉诗是朝鲜汉文学的一个重要部分。严明的《朝鲜李朝古体汉诗论》[《上海师范大学学报》(哲学社会科学版) 2010年第6期]指出李朝是朝鲜本土文化得到确立并蓬勃发展的时期,也是中朝文化交流包括汉诗交流深入发展的时期,明清诗坛的风气对李朝的汉诗创作产生了很大影响。论者力图通过引用并分析大量李朝诗歌,说明李朝汉诗中的古体诗歌成果颇丰。同时,通过对大量诗歌的引用和研究,论者总结了李朝诗歌的特点突出地表现为:古体诗突出了叙事功能,内容丰富,有极强的艺术表现力,同时生动地说出诗人作为创作主体的个性特征以及在时代背景影响下表现出的朝鲜社会文化特色。论者指出,朝鲜李朝成熟的古体诗在东亚汉诗发展史上占有重要地位,是日后研究关注的重点。

地理实物往往在文学描写中变得内涵丰富,得到升华。杨雨蕾的论文《明清朝鲜文人的江南意向》[《浙江大学学报》(人文社会科学版) 2010年第6期]指出,明清朝鲜文人的江南意象深受唐代以来中国诗歌作品的影响,但同时也发展出自己的特点。一方面,是沿袭歌咏江南风情,借以抒发自己的愁思;另一方面,将中国文人的江南之意与朝鲜本土的江南实景相融,赋予江南以新的地理内容。除此之外,政治信仰上的尊明攘清,使朝鲜文人笔下的中国江南更具备了感念明朝的政治和文化意义,更多了朝鲜文人自身的生活感知和经验。

学者杨焄的《韩国历代拟朱熹词探微》[《华东师范大学学报》(哲学社会科学版)

2010年第3期〕认为，对朱熹理学成就的过分重视，掩盖了其在词文学上的成就。朱熹词作对韩国词文学发展起到了重要的示范和引导作用，通过对韩国文人拟仿朱熹词作情况的初步分析和探讨，从和韵类、拟仿类等作品剖析仿作者的创作特征及创作心态，挖掘朱熹在韩国的传播影响。说明韩国历代文人一方面努力效仿、遵从原作，另一方面也不乏根据自身具体情况的突破和创造。另外一篇关于词研究的论文是赵维江的《汉文化域外扩散与李齐贤词》（《民族文学研究》2010年第2期），论者以元代两地交流为基础，既是区域文化交流的历史脉络梳理，也是对自身文化发展变迁的反观。通过他者的模仿，折射出他者眼中不同的形象和重点认知。《朝鲜文人许筠赋作论析——兼论与中国赋体文学之关联》〔《广西师范大学学报》（哲学社会科学版）2010年第2期〕，论者杨会敏认为，许筠的赋作通过直抒胸臆，虚幻式的梦幻神游及写实性的纪游征行、寄情景物、怀古伤今及友情酬唱的方式表达了他遭受贬谪、感士不遇的骚怨精神，并且通过自身的遭遇与经历，写出对当时现实独特的感受与把握，具有丰富而深刻的现实意义。许筠善于从中国辞赋中取众家之长，又不盲目蹈袭他人，自成一家，其辞赋在朝鲜赋坛上独树一帜。其辞赋表现出鲜明的崇情色彩和载道思想，既与他在接受中国传统诗论基础上形成的自己独特的"性情观"和"载道观"这一内因有关，也与明代前后七子辞赋复古这一外因有关。

近代以降，两地文学交流虽不及古时频繁，但也一直延绵不断。《百年中国文学的朝鲜叙事》（《中国社会科学》2010年第2期）是研究近代中朝文学关系的较有代表性的论文，其关注点在于近代百年来中国文学作品特别是小说中表现出的对朝鲜半岛民族国家的注目与认知。论者常彬、杨义指出，百年间的认知可分为四个阶段：以朝鲜亡国为鉴，反省危机四伏的中国近代状况；与朝鲜共同抗敌；在南北分裂的情况下与北方结盟时南方处于缺席；新时代中的新认知。作为中、日、韩三国合作研究的一部分，论文篇幅宏大，材料充实，分析中肯，开创了中朝文学研究的新角度。赵杨的《中韩近代新小说的"新"与"旧"》（《解放军外国语学院学报》2010年第2期）考察了近代相似历史背景下两国小说的发展。

有关韩日两国文学文化情况的比较研究也是出现较多的一个研究热点，这其中既有两国作家之间的平行比较，也有对中国文学在两国传播影响异同的共举。《李光洙和川端康成作品中的女性形象比较》〔《中央民族大学学报》（哲学社会科学版）2010年第2期〕是学者金明淑博士论文的阶段性成果。从"母爱"和"初恋"两个角度，分析两者作品中的女性意识。同时指出两者的区别在于前者将作品中的探讨与时代趋势相结合，后者则更多是内向的怀疑与绝望。《论〈西厢记〉在朝鲜半岛和日本的流传与接受》（《戏剧》2010年第1期）则是学者郭燕对元杂剧在朝鲜半岛和日本流传与接受情况的探讨，从市民文学兴起、民族审美意识差异等方面解释其共通与不同。

（四）中印文学比较

作为比邻而立的两大文明，中印文学的交流悠久而绵长。从语汇到修辞，从题材到素材，中国文化与中国文学都从印度文化、印度文学中吸收了大量的营养。然而受语言限制的影响，中印文学比较研究仍旧集中在几个固定的研究点上。无论是研究领域还是论文数量，都有待于进一步拓展和提高。

学者尹锡南着力于印度文学、中印文学比较研究，在为数不多的研究中，其想法见解独树一帜。学者尹锡南在2010年发表了一系列文章，既涉及印度古代梵语诗学研究，又涉及近现代殖民主义文学研究。印度梵语诗学在中国的译介虽然已有较长的历史，但并未能引起广泛的重视和研究。尹锡南与朱莉合著的论文《梵语诗学在中国的译介、研究和批评运用》（《南亚研究季刊》2010年第1期），总结梳理了到目前为止的梵语诗学研究成果。从梵语诗学的译介、梵语诗学的研究和梵语诗学在中国的批评运用三个角度，对各类论文、著作进行分类总结，指出其间的成就及不足，强调在目前中国语境下引入梵语诗学批评的合理性和必要性。在论文《芭拉蒂·穆克吉的跨文化书写及其对奈保尔的模仿超越》（《国外文学》2010年第1期）中，论者尹锡南将芭拉蒂·穆克吉的创作分为三个时期，即从探索第三世界自我流放者的流亡意识，到考察其向移民定居意识的转变过渡，再到探索这种定居意识的扎根，亦即完成自我身份的"文化翻译"和文化定位。论者认为，相比于奈保尔创作中移民者的灰色心态，芭拉蒂·穆克吉的创作更多表现出移民定居者的十足信心，乡愁被淡化到了次要位置。显然这是以芭拉蒂·穆克吉自认为代表的新一代移民在新世界定居后对自身的"文化翻译"及新身份定位的尝试与争取的映射。同样关注东方主义、民族主义文学的论文还有曾琼的《略论东方现代宗教民族主义文学》[《湘潭大学学报》（哲学社会科学版）2010年第5期]。宗教民族文学是在东方近现代反殖民主义斗争中出现的一种民族主义文学。曾琼指出，这种文学的核心是以本民族固有的宗教文化为依托，通过讴歌本民族精神，在反殖民斗争中起到鼓舞号召的作用。对本民族文学乃至民族国家独立具有深远的影响。在南亚次大陆出现的印度教民族主义文学和伊斯兰教民族主义文学是这种宗教民族主义文学的典型代表。

印度近代文学史上最重要的作家泰戈尔仍旧是研究热点。北京大学彭珊珊的《封闭的开放：泰戈尔1924年访华的遭遇》[《清华大学学报》（哲学社会科学版）2010年第4期]是其中颇有分量的一篇。论文由泰戈尔访华引起的舆论骚动入手，把当时学界针对其访华一事的跨文化对话与争辩看成一种难得的外部投射，以透视出当时的本土文化语境，论者以清晰的逻辑分析，提炼概括出论辩为自身观点立论的断章取义，从而使我们领悟到近代中国文化界在中西交汇是面对的困境，以及由此导致的文化实践的偏颇。论者使用了大量的报纸、杂志等历史资料，条分缕析，对于研究泰戈尔与近代中国学界的关系，有重要的参考价值。同样以此次泰戈尔访华对文学影响为研究对象的还有学者尹奇岭的《泰戈尔访华与革命文学初潮》[《安徽大学学报》（哲学社会科学版）2010年第3期]。

西北民族大学《格萨尔》研究院的学者王恒来从视角模式、韵律模式、语言结构模式三个方面，初步梳理了《格萨尔》史诗与印度两大史诗《罗摩衍那》《摩诃婆罗多》的异同。在《〈格萨尔〉与印度两大史诗的言语模式比较》（《西藏研究》2010年第4期）一文中，他认为，在视角模式上，《格萨尔》史诗中，交替使用了全知全能视角与内视视角，而内视视角占主导地位，《罗摩衍那》虽然也是两者的交替使用，但彼此交融，没有明显的诗节区分，《摩诃婆罗多》一方面表现出以具体形象呈现的全知视角模式，另一方面又以内视视角推动整个故事的进程。在韵律模式上，《格萨尔》史诗合辙押韵，更朗朗上口。在言语结构模式上，《格萨尔》史诗的韵文表现出了程式化特征，印度两大史诗则不十分明显。另外，《摩诃婆罗多》中出现大量敬语，反映了印度史诗言辞委婉的柔情特质。这一平行比较既利于学界对《格萨尔》史诗的深入了解和整理，也有利于印度两大史诗研究的推进。

在中国古代文学与印度文学的关系研究上，学者陆凌霄就孙悟空形象的来源提出新观点。广西民族大学教授陆凌霄在论文《孙悟空形象塑造与印度神话无关》[《中央民族大学学报》（哲学社会科学版）2010年第6期]中指出，孙悟空形象的塑造与印度神猴哈奴曼没有关联。论文梳理了孙悟空形象从《补江总白猿传》《陈巡检梅岭失妻》《大唐三藏取经诗话》的逐步演变和建立，到最终小说《西游记》中行者孙悟空形象的完成，是中国本土文化的产物。通过对文献记载及相关民间传说的分析，陆凌霄教授认为孙悟空形象的产生受到了道教文化的影响，是中国本土文化的产物，与印度神话无关。这是近年来关于《西游记》研究的较为不同的声音。《〈水浒传〉侠女复仇与佛经故事母题》[《山西大学学报》（哲学社会科学版）2010年第5期]由王立、刘畅合著，在论文中，论者考察了女性复仇与汉译佛经母题的具体关系，从而指出《水浒传》女性中琼英的完美，与她能成功雪报家仇最为有关，体现了社会认同的伦理期待。

改革开放以来，随着学者研究积极性的提高和学科建制的完善，在佛教与中国古典文学的跨学科研究领域，相继出现了一批卓有研究成果的代表学者。复旦大学中文系陈允吉教授就是其中研究成果突出的一位。学者李小荣就其著作《佛教与中国文学论稿》所涉及的七个方面进行了详细的介绍，发表论文《陈允吉先生的佛教文学研究》[《武汉大学学报》（人文科学版）2010年第63卷第4期]，对陈允吉先生的研究特点进行了归纳总结，可以概括为"觊文澜迄不离文，援佛法未尝皈佛"、"纳须弥入尘毛芥子"以及"寓义理于考据文章"。讲究融通，既有文史哲的融通又有文学与艺术的融通。另外，论著对论题主旨的概括和论著的文采都十分精彩，颇能开阔广大读者的眼界。许云和著《〈通志〉"梵竺四曲"考略》[《江西师范大学学报》（哲学社会科学版）2010年第6期]考察了郑樵《通志》中所录的"梵竺四曲"的来源、演变及特征。同时探讨了这些曲目对中国古代文学特别是诗词创作的影响。

（五）中国与东南亚等东方国家文学比较

以新加坡、马来西亚为代表的东南亚地区生活着大量的华人，他们带着民族的记忆，经历过时代和社会的巨大变革，于新的环境中谋求生存。他们借助文学将这一过程中的心理变化、意识纠葛以及文化冲突表现出来。通过关注东南亚华人华文文学，是归纳海外华人情感变迁，梳理海外华文文学发展历史的重要途径。2010年度中，针对越南文学、马华文学的研究都有大幅增长。

越南文化、文学与中国有着不能割舍的联系。两地地域相接，历史交流丰富悠长。

19世纪中叶前，汉文一直都是越南官方提倡的正式文字。1885年法国全面侵占越南后，越南与中国的交流受到阻碍，汉文、汉字的使用日渐式微，但这并未能完全切断越南文学与中国文学的关系。特别是与广西壮族在民族信仰、传统风俗方面，相互交融的情况一直存在。这一特殊的历史文化背景，使得对越南文学的考察研究，无论是在梳理古代中国与周边关系、中华文化传播，还是在研究少数民族原生态族群特征，推进现代交流等方面，都有重要意义。针对少数民族古老文学形式的整理是其中重要的组成部分。《旦歌：跨越中越边界的骆越天谣》[《广西民族大学学报》（哲学社会科学版）2010年第2期]一文，由农瑞群、梁伟华、何明智三位学者合著，从艺术表现形式、内容题材，语言形式等方面介绍了古老壮族民歌的重要组成部分——旦歌，是对原生态文学艺术的拯救发掘，进一步推动了少数民族文化的总结与发展。学者黄可兴的论文《20世纪初壮族韦杰三与越南黄玉柏文学创作比较》[《广西民族大学学报》（哲学社会科学版）2010年第5期]通过平行比较研究，认为韦杰三和黄玉柏两人在世纪变革的大环境中，都积极投身时代的文学变革活动，不同程度地接受了西方文学的影响，使得其文学创作成为具有先锋意义的代表作品。黄可兴的研究，既是对韦杰三、黄玉柏两位作家的介绍推广，同时也是在两国文学比较研究大背景下对少数民族文学发展的开掘与梳理。台湾学者对越南汉文学的研究也颇有成果。《越南汉文学中的东南亚新世界——以1830年代初期为考察对象》[《深圳大学学报》（人文社会科学版）2010年第1期]以1830年代初期为考察对象，通过李文馥、邓文启、何宗权、潘清简等四位越南文人的东南亚游记作品，透过文学反观当时文人学者在时代变迁背景下对周边世界的认识，体会其中对新世界混杂着鄙夷与惊奇的矛盾情感，理解其对自身无法凭个人之力阻挡历史前进现实的无可奈何。论者认为，这一阶段的越南汉学是未来研究要继续开拓下去的领域之一。《越南贡使与中国伴送官的文学交游——以裴文禩与杨恩寿交游为中心》（《学术探索》2010年第4期）是对光绪年间中越文学文化交流的关注。论者张宇指出，在当时复杂的世界局势背景下，越南使臣裴文禩与中国伴送官杨恩寿的文学交游唱和，不免负载一定的政治意义，因而成为透视当时中越上层社会、文人微妙心态，感知中越文化交流特征与变化的重要途径，也是考察中国文学在向外传播过程中所表现出的特点和依据。

马来西亚是近现代海外华文文学发展最繁荣的地区，始终与中国现代文学有着无法割舍的联系。马来西亚独立后，其中学华文教学主要选择中国现代文学作品为教材。这些文学作品深深地影响了马来西亚的文学爱好者，成为他们通向文学创作的启蒙读物。通观整个马华文学发展史，不难看出1945年之前的作品中布满中国元素，受中国文学影响显而易见。1945年后两地交流受阻，但并没有中断。马华文学更多接触香港、台湾文学界，并以此关注中国文学的发展。近年来随着交流的恢复和加强，马华文学以其独特的书写特征、与中国文学的紧密联系，引起了学界的广泛关注。以暨南大学、华侨大学为代表的学者，立足地缘血脉、文化背景优势，在马华文学交流、研究领域取得了丰富的成果。《论方修的〈马华文学史研究〉》（《华文文学》2010年第2期）以马华文学诞生以来系统深入研究的第一人方修为研究对象。论者古远清综合整理了学者方修关于马华文学颇有建树的理论观点，细致分析了其从马华文学概念、历史建立之初的重要贡献，依次梳理了马华文学以及马华文学研究的发展历史，为未来马华文学及研究的发展指出方向。《"差异的面纱"——早期马华小说"异族"想象方法的透视》(《世界华文文学论坛》2010年第2期）从比较文学形象学角度入手，通过梳理早期马华小说中富有代表性异族形象类型，学者马淑贞指出这种对异族魔化的书写过程，实质上是一种自我保护的表现，是族群性的文化焦虑和对异文化的抵抗。除了对异族形象的想象，马华文学对中华想象的书写也颇有特色。《论马华诗歌对中国的地理想象》［《安徽大学学报》（哲学社会科学版）2010年第1期］指出，文学虽然只能描述地域，但却可以在无形中协助创造特有的地域形象，构成固有的意向表达和书写系统。马华社会中由记忆与认同所组成的感觉结构决定了马华诗歌对地理"中国"的想象。《马华文学中的三江并流：论中国性、本土性与现代性的微妙同构》（《华文文学》2010年第1期）则从宏观角度考察了在多重文化交会下的马华文学文本中复杂的情感特质。作者许文荣分三个时期，论述了马华文学文本在不同时期对三者表现的侧重。另有学者彭程关于马来西亚华裔女作家黎紫书的研究《海外华文文学研究关键词的阐释边界辨析》［《暨南学报》（哲学社会科学版）2010年第3期］，以黎紫书为例，探讨了"女性书写""族裔身份""离散经验"等随着时代语境和华裔形态的变化而产生的变迁。马来西亚华文文学深受台湾文学的影响，马来西亚学者金进以马华文学杂志《蕉风》为对象，在《台湾与马华现代文学关系之考辨》（《中国比较文学》2010年第2期）一文中，整合《蕉风》自出版以来的相关资料，通过分析刊物编者、读者、作者之间的互动交流，总结了马华文学与台湾文学在文学精神上的沟通与互渗，为后世认识马华文学的发展建立一个新的参照体系。另有关注《蕉风》杂志的论文《从〈蕉风〉（1955—1959）诗人群体看马华文学的现代性进程》（《外国文学研究》2010年第2期），由伍燕翎、潘碧丝和陈湘琳三位学者合作，以马华文学诗歌代表刊物《蕉风》为着眼点，通过诗歌群体研究，窥探马华现代诗派逐步形成的轨迹，同时梳理在政治变革时期外部环境对马华现代诗的影响。亦有学者把眼光投向马华文学与中国现当代文学的关系。《疏离与沿袭：马华文学与中国现当代文学关系研究》（《外国文学研究》2010年第2期）以马华文学的建立、发展、繁荣为基础，论者潘碧华利用比较文学传播学理论，通过梳理中国现当代文学在马来西亚的传播过程与形式，分析马来西亚华文文学与中国现代文学既疏离又密切的关系。

另有关于中国文学在缅甸的传播影响研究《武侠文化在缅甸的传播——以〈神雕侠侣为例〉》（《华文文学》2010年第2期），由中国学者孔庆东与缅甸学者黄娇娇合作完成。关于中国文学与菲律宾文学交流研究的《传媒带领下的菲华文学与寻找新媒介的努力》（《世界华文文学论坛》2010年第2期），作者为菲律宾学者云鹤，透过文学的传播途径、传播方式，考察华文报纸、话语出版界和当代平面传媒、新传媒对菲华文学发展变迁的影响。总结了华文传播媒介的历史与现状，针对目前网络发达的现状，提出以传统文学的编辑方式为本，在网上发布前集中筛选。同时在菲华文学界推广对网络的认知。是与时代衔接紧密的文学研究。《从文学视角看当代新加坡华人的文化与社会变迁》（《世界民族》2010年第1期）是学者郭惠芳针对新加坡华语文学与新加坡华语世界变迁发展、相依相生关系的研究。

（六）阿拉伯文学

　　学者张思齐在论文《东方文学三大基石》(《广东社会科学》2010年第5期)中指出，阿拉伯文学、印度文学和日本文学是东方文学研究的三大组成部分，但由于语言、地域阻隔等种种原因，长期以来我国学术界对阿拉伯文学的研究都不够重视。统观2010年学界的研究成果，与阿拉伯文学相关的研究在数量上远远不及后两者，内容也多集中于单一的埃及文学的相关研究。学者仲跻昆在《阿拉伯文学在新中国的六十年》(《西亚非洲》2010年第4期)一文中，对中华人民共和国成立以来学术界阿拉伯文学研究的情况进行了宏观把脉，指出了仍待解决的相关问题。仲跻昆教授将其大致分为以下阶段：中华人民共和国成立初期，在政治推送下对阿拉伯文学的一次翻译小高潮，但研究成果凤毛麟角；改革开放后，随着高校东方文学学科建制的逐步完善，在一定程度上推动了译介和研究的系统化、学术化；近年来，相关专著逐渐增多，表明学界对阿拉伯文学的研究正在纵深发展。最后指出，阿拉伯文学研究还有待进一步发展。《阿吞颂诗》是篆刻在埃及十八王朝国王埃赫那吞统治时期的大臣阿伊之墓墙上的一篇颂诗。全文自上而下书写，共计13列，是研究古代埃及宗教和文学的重要文献。《〈阿吞颂诗〉译注》(《古代文明》2010年第3期)一文由郭丹彤、王亮两位学者合作，对该诗进行了注释与翻译，同时对翻译过程中涉及的埃及传说、历史事件、宗教习俗背景等进行了解释。来自埃及开罗大学的学者李哈布将埃及作家塔哈·侯赛因的《山鲁佐德之梦》与鲁迅的《故事新编》进行平行比较，发表论文《塔哈·侯赛因的〈山鲁佐德之梦〉与鲁迅的〈补天〉对比研究》(《东方论坛》2010年第5期)。她认为两者都重视从多个层面对神话人物进行塑造，神话人物凝聚了作者的哲学、政治思想以及对社会现实的关怀，是借助神话形象言作者所不能言。两部作品在形式上存在诸多相似点，但在主题和内容方面却大相径庭。论者从构思角度、内容角度比较了两者的异同。在大量的鲁迅研究中，将鲁迅与埃及作家相比较的研究较为少见，有较大的学术发展空间。李哈布的研究使读者看到了埃及文学与中国文学的可比性。《古代两河流域智慧文学研究综述》(《古代文明》2010年第4卷第1期)是一篇从宏观角度把握阿拉伯文学的论文。学者李宏艳认为，在两河流域文学研究中，关于"智慧文学""说教文学"等相关术语的界定和使用还有许多值得商榷的地方。他认为无论是"智慧文学"还是"说教文学"都不是一种文类，完全放弃对其中某一个概念的使用都是不可取的。作为一篇综述类的文章，论文归纳整理了国内外的研究成果。按照文献整理出版、分类归纳和多元化研究三个大致阶段，重点解读了海外研究情况。针对国内研究，指出尚缺乏系统研究，需要在未来进一步拓展深化。

（七）东干文学研究

　　东干文学研究是2010年东方比较文学研究发展中富有特色的一部分。东干民族是清末中国西北地区回民西迁移民的后裔,进入中亚定居以后,成为一个独特的民族,构建了独有的文学文化。这其中既有中国文化的基础,又受到周边以俄罗斯为代表的文化的影响,是研究中国文学文化与中亚、俄罗斯关系的重要桥梁。以兰州大学文学院为依托的一批学者在该研究领域发表了一系列研究成果,引起学界关注。一直以来,东方比较文学研究中的中国文学与中亚文学的比较研究始终处于缺失和弱势地位。东干文学的出现,具有重要的填补空白的意义。

兰州大学文学院常文昌教授主编的《世界华语文学的"新大陆":东干文学论纲》(中国社会科学出版社 2010 年版)一书,是 2010 年较为全面介绍东干文学的著作。全书分为三章,第一章讨论了东干诗歌的创作,第二章讨论了东干小说的发展,第三章集中展示了目前东干文学研究的成果。该书从东干语文献、俄语文献等资料入手,立足于俄罗斯现有研究成果,围绕东干语的来源、东干语的语言特点,东干语与中国西北方言的密切联系等问题,审视了东干文学的独特性,重新界定了东干文学的定位以及与中国文学的关系,梳理了中国文化通过东干人在中亚的传承和变异,将东方比较文学中的一个盲点引入读者的视野,拓展了新的学术研究区域。常立霓的《中华文化在中亚的传承与变异——吉尔吉斯斯坦作家 A. 阿尔布都〈惊恐〉之个案分析》(《名作欣赏》2010 年第 2 期)是关于吉尔吉斯斯坦作家 A. 阿尔布都的小说《惊恐》与中国唐代白行简《三梦记》的平行比较研究,研究对象仍有较大的开掘空间。该学者另有一篇论文《中亚东干文学中的韩信何以成为"共名"——中国文化在中亚的传承与变异之一例》(《华文文学》2010 年第 3 期),同时收入了《世界华语文学的"新大陆":东干文学论纲》。论文围绕"韩信"在中亚文学中为恶的"共名",通过形象研究、平行研究等,分析了东干民间故事的变异。

另有兰州大学文学院讲师杨建军在《中亚华裔东干文学与俄罗斯文化》(《北方民族大学学报》2010 年第 4 期)一文中指出,东干文学还受到了俄罗斯语言文学的巨大影响,他认为"中亚华裔东干文学是世界华裔文学研究中的一个新领域,东干文学与俄罗斯文化存在密切的联系,俄罗斯文化影响了东干文学的语言、题材和风格。研究东干文学与俄罗斯文化的特殊关系,对思考世界华裔文学的相关问题具有借鉴价值"。论文主要从华裔文学与客居国的话语关系出发,通过分析东干文学吸收俄罗斯文化的缺憾,探讨客观审视两重文化,构建跨文化创作视野的重要性。学者司俊琴则从讽刺文学的比较梳理东干文学与俄罗斯文学的关系,发表论文《中亚东干讽刺文学与俄罗斯讽刺文学传统》[《北方民族大学学报》(哲学社会科学版)2010 年第 4 期]。

同时我们也能看到,作为较为冷门研究领域的发声,有些研究在一定程度上不免略显生涩,而对于东干民族、东干文学的分类、定义等问题仍有待进一步细致地梳理,这都是日后逐步完善的重点。

四 2010年度中西比较文学研究综述

苏 筱

作为中国比较文学研究的重要组成部分，2010年度的中西比较文学研究继续稳步向前发展。2010年度的中西比较文学研究呈现出以下五个显著的特征：一、研究视角由以往的"中西比较"逐渐走向东西贯通的"中外比较"，同时特别注重民族性与世界性的统一，彰显出"世界文学"的宏大视角；二、具体作家的作品在异国的译介与影响研究得到了进一步发展，西方作品在中国的传播与影响研究已进入系统的总结阶段；三、西方海外汉学的研究成果，尤其是西方汉学家对中国古典文学的研究，得到了中国学界的广泛重视；四、北美华裔文学研究持续升温，成为中美比较文学研究的重点课题；五、作为传播西方宗教精神的特殊群体，西方来华传教士的相关文学研究开始受到学界瞩目。

本章从"中西文学总体比较研究""中西文学个体比较研究""中国与欧洲文学的比较研究""中国与美洲文学的比较研究""西方文化与中国文学的比较研究"五个部分入手，对2010年度中国大陆的中西比较文学研究进行梳理归纳，以期大致勾勒出2010年度中西比较文学研究的基本面貌。

（一）中西文学总体比较研究

与2009年相比，2010年的中西文学总体比较研究呈现出了显著的新特点。其一，研究者展现出了更加宏大的视野，其研究范畴不仅仅局限于"中西"而扩大到了"中外"，在世界范围内研究中国与外国的文学交流影响，展现出了"世界文学"的视角；其二，与以往的单方向的影响研究相比，更加注重中国文学与外国文学的双向互动，呈现出"中外互润"的积极态势和自信心理；其三，中国现当代文学对外国文学的接受，依然是中西文学总体比较研究的重点。

2010年度的中西总体比较研究领域共有三部重要专著：龙泉明等的《跨文化的传播与接受：20世纪中国文学与外国文学的关系》（人民文学出版社2010年版），袁荻涌的《中外文学的交流互润》（贵州民族出版社2010年版），牛运清、丛新强、姜智芹的《民族性·世界性：中国当代文学专题研究》（山东大学出版社2010年版）。

龙泉明的《跨文化的传播与接受：20 世纪中国文学与外国文学的关系》，以 56.9 万字的篇幅对 20 世纪中国文学与外国文学的关系进行了回顾和总结。通过从被动接受到积极主动地向西方开放、引进吸收西方先进文化和文学经验，20 世纪中国文学实现了由古代文学向现代文学转型的历史任务。从 20 世纪初梁启超的小说界革命、五四文学对西方文学的译介，到 20 世纪中期俄苏文学对中国文学影响的加深，再到 20 世纪后半叶中华人民共和国成立后的政治斗争和改革开放对中国文学流变的巨大影响，中国文学接受外国文学影响而形成的两大传统——自由主义文学传统和左翼文学传统——它们在中国的存在、发展以及所扮演的角色和所起的作用，归根到底是由中国社会的内在需要决定的，是中国各大政治力量博弈所产生的一个综合平衡的结果。20 世纪中国文学虽然受到了外国文学，尤其是西方文学的重大影响，但它不是外国文学的横向移植，而是在中国的土壤里生长起来的具有中国特色和中国风味的、充满活力的新的民族文学。实现文学的现代化，就必须借鉴外国文学的经验，吸收外国文学的营养；要保持文学的民族特色，又不能忽视中国民族文学传统的资源。因此，20 世纪中国文学所要解决的一个重大问题，就是如何处理好文学的现代化和民族化的关系。该书分为十二章，每一章专门探讨某个国家的文学与 20 世纪中国文学的关系，先描述这一国家的文学在 20 世纪中国的译介史，并在此基础上力图以新的眼光提出并深入研究它与 20 世纪中国文学关系中的一些重要问题，涉及的国家和地区有：古希腊、法国、德国、奥地利、意大利、西班牙、俄罗斯、英国、美国、拉丁美洲、日本、印度以及中国港澳台地区。通过对 20 世纪中国文学与众多重要国家的文学关系进行梳理，本书勾勒出了 20 世纪中国文学与世界文学的完整图景，为 21 世纪中国文学与外国文学的相互交流提供了宝贵的经验。

袁荻涌的《中外文学的交流互润》，以 28 万字的篇幅对中国文学与外国文学之间的相互影响和浸润做出了清晰的梳理和概括，描绘出了一幅中外文学之间交流交往的示意图。作者从"中外文学"的宏观视野出发，并没有单纯地将视野局限在东方或者西方，而是将与中国有密切交往的重要国家和地区，如印度、日本、俄国、德国、英国、法国、美国、南欧、北欧、东欧等都包含在内，体现了"世界文学"的广阔胸怀和宏大视野。全书分为七章，分别介绍了佛经翻译对中国文学的影响，中国古代文学在国外的传播，清末民初的文学变革与外来影响，"三界革命"与"欧西文思"，翻译文学的勃兴，西方文学在现代中国的传播，以及俄苏、日本、印度文学在中国的重要内容。在进行具体阐述之时，注意选取最有代表性的作品进行分析，如《水浒传》等中国古典名著在日本的传播、《红楼梦》在欧美的流传和研究等，具有条理清晰、重点突出、层次分明的特点，但由于框架宏大，一些问题来不及展开细致的讨论，因此显得不够深入。例如本书第六章"西方文学在现代中国的传播"，分别论述了英国文学在中国的译介、美国文学在中国的流传、法国文学在中国的传播、德国文学在中国的传播以及北欧、东欧、南欧诸国文学在中国的传播，显然论述得不够充分。

牛运清、丛新强、姜智芹的《民族性·世界性：中国当代文学专题研究》，全书分为六章，以 28.1 万字的篇幅，对双重性的时代文学、刘白羽对自然与人生的书写、张炜的文学世界、"新生代"小说写作、当代中国文学的世界宗教文化因素，以及中国当代作家在国外的现状进行了分析和阐述。在每一章的分析过程中，注意结合具体作品，层次分明，理据翔实，为中国当代文学的研究提供了比较文学的范式和全球化的视野。本书主要围绕三个关键词展开，即"中国当代文学""民族性""世界性"。在篇首，本书就对中国当代文学的价值和意义予以了充分的肯定，以德国汉学家顾彬先生的《20世纪中国文学史》为契机，指出中国文学是民族的，也是世界文学的坚实组成部分；中国当代文学在继承几千年文学传统的基础上，有新发展和新格局；中国当代文学史中没有出现世界级文学大师，并非稀奇，不能成为贬低或抹杀中国当代文学的理由。更重要的是，通过具体的作品分析，本书提出了一个重要的问题——在当今的全球化语境下，中国文学将走向何方？本书虽从具体文学作品入手进行分析，但可谓以小见大。中国文学如何在全球化语境下面临新的机遇和挑战，如何协调好"民族性"和"世界性"，如何在保有独特的民族特征的前提下融入世界文学之林，这是本书思考的重要问题，体现出了作者对"世界文学"的敏感力和洞察力。

在论文方面，"外国文学对中国现代文学的影响"和"海外汉学与海外华文文学"是2010年度两大重要的课题。有关中国现代文学对外国文学的接受的研究，往年也多有涉及，2010年则在以往的先行研究之上又有进一步的发展。本领域的研究成果较为丰富，但创新性稍显不足。

首先，"五四文学"依然是重点关注对象。刘静的《意识形态与"五四"前后外国文学经典的输入》（《中州学刊》2010年第4期），以安德烈·勒菲弗尔的意识形态操纵理论为切入视角，对五四前后的三十年间的两次主要的外国文学经典输入的动机、内容和政策进行了分析。由于此时的中国的社会意识形态处于转型期，五四革命特定的政治形势为外国文学经典的输入提供了一个极其独特的环境，更加凸显出外国文学经典输入与意识形态之间的关系，特别是意识形态对翻译的干预和控制，其中最为突出的是其对输入动机、输入内容和策略的操控。

其次，与往年相对较为笼统的中国现代文学的研究范畴相比，2010年度的研究更趋于具体化。马文颖的《论外来影响下中国现代文学中的海派和京派》（《中国比较文学》2010年第4期）从外来思潮对中国作家的影响的角度，对海派和京派的文学理念进行了深入的分析和阐释。本文认为，京派和海派虽然有很多不同，但有一个最大的共同点——接受西方现代主义的观念，承继五四文学传统的余绪，以及坚持个性化的创作。同时，两派在对中国文化现代性的开拓上，从不同的维度进行探索，在对立之中找到契合之处，极大地丰富了中国现代文学的内容。

2010年度有关"海外汉学"的研究成果，主要集中在对"英美的中国现代文学的选本"的研究上。作为"他者"的英美世界的西方人，在出版中国现代文学的选本时，以何种视角和何种需求来进行文本筛选，是十分有趣且有价值的课题。纪海龙、方长安的《1970年代美英的中国"十七年文学"选本论》（《福建论坛》2010年第9期），对于20世纪70年代美英出版的一批收录中国"十七年文学"的选本情况进行了分析和研究。这些编者或为地道的西方人，或为华裔学者，或为两种族裔人合作编辑，因此可以体现出一种独特的西方的视角。本文指出，在这批选本之中，有的试图以作品呈现新中国文学发展概况，具有以"选"代"史"的特点；有的从主题角度编选作品，力图以选本展示新中国社会状况；有的则注重从新中国文学与传统文学关系角度编选作品。有的选本中渗透着编者明显的政治意识形态观念；有的选本则因编者态度较为冷静，重视审美维度的考察，一定程度上展示了新中国文学的实绩。总的来说，这些选本虽各有特色，但也从不同程度上反映了西方社会共同的价值观念与审美趣味，因此毫无疑问成为研究那个年代西方文化取向的重要标本。顾钧的《哥伦比亚中国现代文学读本中的鲁迅》（《鲁迅研究月刊》2010年第6期），则对1995年美国哥伦比亚大学出版社推出的《哥伦比亚中国现代文学读本》（The Columbia Anthology of Modern Chinese Literature, 2007年出第二版）中的鲁迅作品进行了分析和研究。该读本分为小说、诗歌、散文三个文类，每个文类再划分为三个时期（1918—1949年，1949—1976年，1976年—当代），全书共分九个部分。在第一部分"小说，1918—1949"中，鲁迅共有三篇作品入选，分别是：《呐喊自序》《狂人日记》《孔乙己》。《哥伦比亚中国现代文学读本》是英语世界第一本以20世纪中国文学为研究对象的阅读文选。此前，英美的出版社推出过多种中国现代文学选本，但都局限在一种文类，特别是小说，有一定的局限性。因此，本文将那些旧选本中关于鲁迅小说的选目与《哥伦比亚中国现代文学读本》中的三篇进行比较，颇有助于从一个新的视角观察鲁迅在海外的接受程度。

此外，传统的"海外汉学"研究，尤其是海外学者对中国现代作家的研究，也取得了进一步进展。靳新来、彭松的《海外钱钟书文学研究的维度与启示》（《文学评论》2010年第5期），对几位美国著名的汉学家夏志清、王德威和耿德华等人的"钱学"研究进行了梳理和分析。在几十年间海内外庞大的"钱学"成果中，将研究的可能性开阔地拓展，以新颖的观点开辟新的思考维度，大胆移入各种研究观点、学术思潮来充实对于钱钟书的理解，这方面无可否认，海外学者的研究具有历史性的意义。从海外的中国现代文学研究整体状况来看，海外学者依据其西方学说的"近取"优势，在研究中以开阔多维的视角、新颖丰富的理论资源、动态活跃的话语方式，不断突破研究中固有的型构和视域，制造热烈的学术焦点和吊诡的思考路径，在迷离而驳杂的文化语境中发出生机。所以，面对钱钟书这个如同迷宫一般精邃深卓的文化存在，更加需要多维度的思考探勘、观点介入，海外学者的研究在这一领域可说获得了足够伸展的空间，也确实不断推出蕴有张力的思想观点和学术理路，在一次次思潮冲击中，为我们提供了丰富的启示，同时也为整个研究方向和思想格局开辟了维度。

2010年度有关"海外华文文学"的研究，受到了广泛的重视。海外华文文学充分体现出了超越国界、文化、作家身份的特点，展现出了"世界文学"的广阔视角。杨俊蕾的《"中心—边缘"双梦记：海外华语语系文学研究中的流散/离散叙述》（《中国比较文学》2010年第4期），对历史上由于政治、军事或经济等原因造成的大规模人口流徙现象所导致的离散主题进行了深入的剖析和讨论。该文认为，海外华语语系文学研究对于离散问题的关注构成了文学创作及文学史实践的新路向，在考察海外华语语系文学与离散叙述的关联之前，首先，需要对华语语系文学（Sinophone Literature）进行谱系学追问与地形学追踪，在全球化进程下的全景视野中理解华语语系的存在价值及其形态表现。华语语系文学应广泛涉及中国大陆、中国港台、星马、美加等多个地区，从而构成华语语系文学研究的空间维度，侧重分析不同地域政治文化与在地文学文本审美风格生成之间的互动关系。其次,在新的文化语境下,中国文论话语有必要对中心与边缘、主流理论与少数实践的二元格局作出反思,并以此催生全球化背景下中国当代文论话语的反思与回应。面对全球流动性、跨语言写作以及译介学等命题,这一独特的方法视角显示出多元而新鲜的生命力。

除此之外,颜敏的《拓展、深化与超越——2009年华文文学研究综述》(《世界华文文学论坛》2010年第3期),从作家与作品、述评与论著、术语与问题、视野与方法的角度入手,对2009年的华文文学研究进行了梳理和归纳,具有一定参考意义。该文认为,自20世纪末到21世纪初的数十年间,华文文学研究一直面临角色困扰,如研究对象与研究方法的边界的质疑等。在历经了数年的反思探讨之后,研究者才逐渐超越了焦虑彷徨的状态,趋向一种更为开放大气的研究境界,2009年的华文文学研究则清晰地传递了这一转向的讯号。综观2009年度的华文文学研究,仍然是作家作品的个案研究与整体观照的综述与论著并重的局面。在与学术潮流相呼应而形成新的学术增长点的同时,又对以往被悬置的学科基础问题作了更深层次的理性清理,既倡导了开放多元的研究视野,又注重对方法理论的自觉反思。其总体特色是在拓展深化中充分重视研究的整合性与新颖度,在研究视野的拓展与研究理念的更新方面作出了努力。

(二) 中西文学个体比较研究

在2010年的中西文学个体比较研究中,诗歌、小说、戏剧依旧是重点研究领域。同时,童话和神话的研究也取得了进一步的发展,而散文方面却较为冷清。与2009年文体研究中小说研究的繁荣相比,2010年度研究的最突出特点,在于诗歌研究的迅速崛起。尤其是关于中国古典诗词的研究,诞生了许多优秀的研究成果,充分展示了中西方文化的交流碰撞和海内外学者的世界文学视角,同时也体现出了中国学界对于海外汉学研究的重视。

值得注意的是,2010年度的中西文学个体比较研究依然以中国与英语世界的交流对话为主,对于欧洲的其他国家如法国、德国、俄罗斯等,尚未出现系统全面的研究范例。

1. 诗歌

诗歌研究是2010年度文体研究的重中之重,不论是古典诗歌还是现代诗歌,都取得了喜人的佳绩。本年度的诗歌研究领域共有四部著作,分别是:陈致的《跨学科视野下的诗经研究》(上海古籍出版社2010年版)、王国巍的《敦煌及海外文献中的李白研究》(巴蜀书社2010年版)、江弱水的《古典诗的现代性》(生活·读书·新知三联书店2010年版)、叶嘉莹的《叶嘉莹谈词》(南开大学出版社2010年版)。

陈致的《跨学科视野下的诗经研究》,是2009年"杰出学人讲席:跨学科视野下的诗经研究"国际学术研讨会的会议论文集。此次会议由香港浸会大学中文系与香港浸会大学传统文化研究中心联合主办、香港浸会大学陈致教授主持,邀请到了在《诗经》学方面有重要贡献、在方法上具有跨学科视野的中外知名学者,结合考古学、文献学、语言学、社会学、心理学等学科领域的学术发现，从不同角度对《诗经》研究展开了深入的讨论，启人思路，具有重要的学术价值。该书共收录了八位中外知名学者的研究成果，分别是：日本早稻田大学文学部的稻畑耕一郎教授对于周公庙遗址的发掘成果的介绍，香港浸会大学中文系的陈致教授对《周颂》与金文中成语的运用的辨析，山西大学文学院的刘毓庆教授从《诗经》水意象出发对古代性隔离的习俗进行的考察，台湾玄奘大学文学院的季旭升教授对于《诗经》研究走出疑古时代的呼唤，德国海德堡大学中国研究中心的梅道芬教授（Ulrike Middendorf）用心理语言学的一些关键概念来对《诗经》作出分析的尝试，美国普林斯顿大学东亚系的柯马丁教授（Martin Kern）对中古早期《诗经》的接受史的梳理，上海社会科学院历史学研究所的虞万里教授对清人四家诗的细致研究，以及"中央研究院"中国文哲研究所的蒋秋华教授对清代学者刘沅的《诗经恒解》的注解方式的探察。该书是《诗经》的跨学科研究的成功范例，具有阶段性总结的重要价值，不仅有益于《诗经》研究的进一步发展和整合，亦将为经学与古史研究提供新的研究方法和综合性视角。

王国巍的《敦煌及海外文献中的李白研究》，以敦煌文献和海外汉学为切入点，梳理了台湾学者及海外学者的李白研究，进一步深化和推动了中国的李白研究。该书共分为五章，分别从李白研究现状、敦煌文献中的李白诗歌研究、台湾及海外文献中的李白研究（具体包括中国台湾对敦煌文献中李白诗歌的研究，朝鲜、韩国、越南等的李白研究，日本的李白研究，德国的李白研究，法国的李白研究，英国、美国、加拿大的李白研究，俄罗斯的李白研究，其他国家的李白研究）、对敦煌及海外文献中李白研究的几点建议及思考、李白诗歌何以走向世界探因进行了分析和阐述。该书将敦煌文献和海外文献作为主要的材料来源，具有至关重要的意义。敦煌遗书所存诗歌抄卷，多为唐代诗人的专集、选集残卷，或者是佚篇残句，它的发现为辑补《全唐诗》之佚提供了许多珍贵的材料，其中李白的部分诗歌保存在敦煌 P.2567 卷子中。同时，作为海外汉学的一个有机组成部分，海外诸国对于中国文化的研究也取得了较大的成果。除了近邻日本、韩国之外，欧洲各国对中国文化的研究更是一直兴盛不衰。然而，与此兴盛的研究景况相比，我国对海外中国文化研究的反研究却长期处于较为冷淡的状态。虽然已有一些相关著作和翻译作品出版，但都比较零散，且缺乏学术研究的自觉意识。因此，中国学界对于海外汉学的研究，将是未来的重要发展方向之一。

江弱水的《古典诗的现代性》，以西方为参照物对中国古典诗进行考察，以现代诗学的观点对中国古典诗加以重读、复述与再解释。该书认为，自南朝文学开始，古典诗歌经唐诗中的杜甫、李贺、李商隐，到宋词中的周邦彦、姜夔、吴文英，已然形成一个有别于传统的连贯叙述及说教倾向的独特传统，体现出了文学精神的"颓加荡"、艺术理念的"讹而新"、语言形式的"断续性"和"互文性"的特点。而这些历久弥新的现代性的品质，为中国古典诗歌在当下的现代语境里的转生提供了新的契机。该书分为三个部分，分别对南朝文学、唐诗（以杜甫、李贺、李商隐为例）和宋词（以周邦彦、姜夔、吴文英为例）进行了分析和概括。作者认为，传统的活力来自不断地再解释，这是一种拂拭与擦亮的行为，它将使疏离的传统与当代重新发生关系，从而激发出活性并生成新的意义。该书正是试图以西方现代诗学的观点来透视中国古典诗，仿佛借着另一个方向打过来的光,来照亮我们所熟悉的中国传统诗词,以期发现其中隐含的一些因素、一组联系和一个序列。

叶嘉莹的《叶嘉莹谈词》,是由叶嘉莹先生目前在南开大学的部分弟子(安易、曹利云、黄晓丹、可延涛、李东宾、陆有富、靳欣、任德魁、汪梦川、熊烨、张静)编录而成。该书收录了叶嘉莹先生历年著作中词学理论论述的原文摘录,并在每段摘录后均标出了原文出处及页数,以便读者参阅其全篇。摘录书目中的16本专著,只是先生著作中涉及词学理论的一部分,书中最早的篇目发表于1970年,最近的发表于2008年,论文与演讲则是近期新作未及发表或已发表而未结集成书者。此外,该书仅收录先生词论中较为宏观的论点,先生论及具体词人词作的内容拟另外结集成册。将西方文艺理论引入中国古典诗词研究,是叶嘉莹对中国古典诗词研究的重要贡献,叶嘉莹结合西方文论中的阐释学、符号学和接受美学等理论对中国传统词学不断反思,将词分成了歌辞之词、诗化之词、赋化之词三大类别,并对词之美感特质进行了深入的探讨。该书由本体论、批评论、词史论和其他四部分组成。其中,本体论部分探讨了词之美感特质,如"言外之韵""弱德之美""诗词之别";批评论部分则分别从中国传统词学批评(如浙西派词论、王国维词论等)、西方文艺批评(如诠释学、现象学、女性主义等)角度解析词之文本;词史论部分向我们展示了词由歌辞之词到诗化之词再到赋化之词的演进历程,以及词与世变、词与性别的关系。该书条理清晰,资料翔实,对于读者了解叶嘉莹词学的主要观点很有帮助。

在论文方面,2010年度的诗歌研究体现出了影响研究和平行研究并重、对海外汉学的研究日益加深的特点。对于具体作家所受到的外来文化影响的考察,依然是影响研究的重点。钱兆明、卢巧丹的《摩尔诗歌与中国美学思想之渊源》(《外国文学研究》2010年第32期),通过大量的文献资料,论证了美国现代诗人玛丽安·摩尔在探索现代诗的过程中对以老庄哲学为基础的中国美学思想的接受和吸收。摩尔毕生爱好中国文化,有着特殊的中国情结,她在现代诗的创作中,明显吸收了中国艺术中的某些成分。目前国内对摩尔的评介还很少,国外仅有几部专著探讨中国文化对摩尔诗歌创作的影响。本文论证了中国传统美学思想对摩尔现代诗歌创作的影响,并以一首"九油桃"来解析摩尔是如何运用中国题材,模仿中国的创造力,在诗歌创作中"中为洋用,推陈出新"。一方面,中国的鸟虫走兽画让摩尔走出欧美蔑视动物题材作品的阴影,为她的创作提供了丰富的素材来源。在摩尔看来,中国画家的画笔下不仅真实的动物生机勃勃,连想象出来的奇异动物也惟妙惟肖,例如呼风唤雨的中国龙象征"道教奔放不羁的想象力",独角麟体的麒麟象征"瑞祥"等。另一方面,摩尔欣赏中国画最大的收益不是采集了东方独特的花卉动物素材,而是接触了以老庄哲学为基础的中国美学思想。中国美术家"天人合一"的美学思想和珍爱自然界每一棵草、每一个小动物的美学观为摩尔树立了表率,促使她走出以"人"为主的西方传统,能够"同伦勃朗画人物肖像一样一丝不苟"地去写心爱的动物。摩尔笔下的动物,不象征人类的任何理想或幻觉。她的跳鼠、水牛、蜥蜴不是人物的点缀和陪衬,而是不受人类支配,有独立生活习性、有血有肉的动物。20世纪20—30年代,摩尔不可能从西方找到这样客观、纯粹刻画动物的样板,这个样板只能是中国画。由此可见,摩尔在开拓新诗的过程中吸收了中国美学思想的养分,并且在 20 世纪 20—30 年代初步形成了一种"想象客观主义"的风格,即"想象的真实"。西方人既能通过中国诗歌也能通过中国艺术品了解中国。西方现代派和中国文化之间的对话并不限于文字语言,东西方的交流相当大一部分发生在视觉世界——域外中国艺术品,同英译汉诗一样是传播中国文化的重要手段。正是伦敦大英博物馆藏《罗汉渡海图》、纽约大都市艺术博物馆藏《归牧图》、私藏清瓷麒麟瓶,打开了摩尔的视野,让她走出了西方蔑视动物题材作品的阴影,大胆模仿中国艺术家的创造力。这也为比较文学影响研究的非文学资料的价值,即除了文学文本之外的绘画、音乐、历史等方面的多元资料,予以了积极的肯定。

在平行研究方面,2010 年度也取得了一定成果。潘蕾的《古英语诗歌的发展与中国新诗散文化之比较》[《山西大学学报》(哲学社会科学版)2010 年第 5 期],以"论新诗散文化"为题,以古英语诗歌的发展为参照,对中国新诗如何选择自己的道路进行了思考和探讨。覃丹的《威廉斯〈春日寡妇怨〉与王昌龄〈闺怨〉之比较——兼论〈春日寡妇怨〉的中国古典诗歌渊源》(《名作欣赏》2010 年第 8 期),将王昌龄的《闺怨》与威廉斯的《春日寡妇怨》两首中美脍炙人口的闺怨诗进行比较研究,揭示出两诗在抒发主题、意象使用、抒情主体等方面有着异曲同工之处,并分析和探索了《春日寡妇怨》与中国古典闺怨诗的渊源。

对于海外汉学的研究,得到了进一步的发展。郝稷的《霍克思与他的〈杜诗初阶〉》(《杜甫研究学刊》2010 年第 3 期),对英国学者戴维·霍克思的《杜诗初阶》进行了介绍和梳理。

其实戴维·霍克思最为重要的成就不是杜诗研究,而是翻译了一百二十回的《红楼梦》全译本,他的译本是英语世界第一个《红楼梦》全译本,是西方汉学史和翻译界一桩大事。同时,霍克思也以专研楚辞、杜诗著名,所译《楚辞·南方之歌——中国古代诗歌选》和《杜诗初阶》都影响不凡。《杜诗初阶》的受众主要是英语世界的一般读者,考虑到诗人地位、诗作特点,此前英语世界的相关研究介绍等诸多因素,强调语言与诗歌的密切关系,以一种学习课本的形式突显原诗风貌,并辅助以读音、题解、形式说明以及注释和散文式的翻译等多方位的支持,既较好地保存了原诗的韵味,又使英语读者易于欣赏和理解,因此在杜诗英译史上具有独特意义。研究霍克思的《杜诗初阶》,有助于了解杜甫诗歌和唐诗在英语世界的传播和接受过程。周建新的《庞德的〈神州集〉与中国古典诗歌现代化》[《华北电力大学学报》(社会科学版)2010 年第 3 期],对庞德的《神州集》进行了分析和梳理。《神州集》出版于 1915 年,收录了庞德翻译的 18 首汉语诗歌英译文。庞德主要以他提倡的英语现代诗歌的散文价值作为翻译的参考标准,对翻译中国古典诗歌进行了现代化,使中国古典诗歌以现代英语自由诗的形式进入英美文学界,并大放异彩。

2. 小说

在 2009 年的丰富成果的基础上,2010 年度的中西小说比较研究得到了进一步的发展,取得了不错的成就。2010 年与中西小说比较研究领域相关的著作共有三部,分别是:祝宇红的《"故"事如何"新"编:论中国现代"重写型"小说》(北京大学出版社2010年版)、闫立飞的《历史的诗意言说：中国现代历史小说文体研究》(天津社会科学院出版社2010年版)、张晔的《后现代英语女性文学译介描述性研究》(黑龙江人民出版社2010年版)。

祝宇红的《"故"事如何"新"编：论中国现代"重写型"小说》，以35万字的篇幅对中国现代"重写型"小说进行了阐述。"重写型"小说是对文学中恒常性的重写现象考察之后定义的小说类型，指以"前文本"为原型，在其基础上加工变型的小说。该书作者创造性地提出这一概念，并按照先秦诸子、中国神话、史乘、希腊神话等不同的前文本类型考察中国现代重写型小说，如鲁迅《故事新编》等，探讨在认知模式转变、学术转型的背景下前文本怎样被重写。其中第四章"启蒙叙事与本土化叙事：异域文本的重写"，对中国小说对古希腊神话的重写进行了较为深入的分析，分别从重写与希腊神话的译介及研究、"摩罗"式的盗火神、"本色化"耶稣三个方面进行了论述，其观点很有洞察力。

闫立飞的《历史的诗意言说：中国现代历史小说文体研究》，对中国现代历史小说的文体进行了分析和阐述。中国现代历史小说是中国现代文学中的一种特别的存在形式，但是直到20世纪80年代以来才开始得到较为系统的资料整理和理论研究。该书以现代历史小说文体作为研究的对象，意在从文体的角度对现代历史小说进行总体观照和理论总结。其中第三章"中国现代历史小说文体与外来影响"，梳理了外来文化对中国现代历史小说文体的影响，并从历史内面的发现——现代心理学与中国现代历史小说文体、"历史小说"与"历史的小说"——中国现代历史小说文体发生的日本因素、"纯粹的历史小说"——中国现代历史小说文体的史诗特征三个方面进行了重点论述。对西方历史小说方法和观念的引入对中国历史小说的影响，以及中国现代历史小说自身对外来文化思潮的接受和吸收做出了分析和归纳。

张晔的《后现代英语女性文学译介描述性研究》，以后现代英语女性文学为研究的主体内容，以女性文学批评理论为作品分析的理论支撑，以当代翻译研究中的描述性翻译理论为研究的切入点，对后现代英语女性文学的译介和研究进行了梳理和分析。全书分为上篇和下篇两大部分：第一部分是后现代英语女性文学文本特征研究理论篇，包括女性主义批评家对女性的认识、女权运动与女性文学、女性文学文本特征及基本范畴、美国后现代黑人女性文学文本特征及其在中国的译介、英国后现代女性文学的文本特征及其在中国的译介、加拿大后现代女性文学的文本特征及其在中国的译介、澳大利亚后现代主义女性文学的文本特征及其在中国的译介；第二部分是后现代英语女作家作品在中国的评介描述性研究，涉及的女作家有：玛格丽特·劳伦斯、托妮·莫里森、爱丽丝·沃克、凯瑟琳·安·波特、玛格丽特·阿特伍德、弗兰纳里·奥康纳、多丽丝·莱辛。

在论文方面，小说领域的研究以作家和作品的平行研究为主。黄燕的《从〈西游记〉和〈白鲸〉看中西文化核心价值之差异》(《中州学刊》2010年第4期)，通过对《西游记》与《白鲸》的文本分析，对中西文化价值观的异同进行了探讨。《西游记》与《白鲸》都是具有重要哲学意蕴的文学巨著，有效地展示出中西文化不同的核心价值取向。《西游记》展示出的中国传统文化的核心是"和""以和为贵""和而不同"，这种集体主义的价值取向，强调个人对社会和他人的责任，具有"主观为他人，客观为自己"的文化特征。相对的,麦尔维尔的《白鲸》所展示的西方文化的核心价值是"个人的自由",注重实现个人的人生价值,强调进取精神,具有"主观为自己,客观为他人"的文化特征。分析比较两种文化核心价值的差异,对面临现代性和后现代问题困扰的当代人具有一定的借鉴意义。林旭文的《意义的焦虑——〈丛林猛兽〉与〈伤逝〉之比较》[《海南大学学报》(人文社会科学版)2010 年第 4 期],通过对美国小说家詹姆斯创作的《丛林猛兽》和《伤逝》的文本分析,得出《丛林猛兽》与《伤逝》在叙事技巧和主题上具有相似性的结论。例如,两篇作品都通过控制叙事距离形成双重声音,达到反讽效果;聚焦人物与隐含作者、读者之间存在一种张力,呈现动态的变化过程;两篇小说都表现了爱情与救赎、逃避虚无的主题思想,折射出作者对意义的焦虑。何云贵的《老舍与哈代》(《当代文坛》2010 年第 5 期),则同时对两位作家进行了观照,本文指出老舍的悲剧小说在情节结构、悲剧观念、叙事技巧等方面,与英国作家哈代有较多的相似性,这种相似可能有向西方悲剧文学学习借鉴的原因,但也源于老舍自己独特的对社会人生的体验和思考,显示出了老舍作品独特的悲剧文学品质。

此外,影响研究也没有被忽视。李建梅的《从"新民"小说到"人的文学":清末到"五四"域外小说输入研究》(《河北学刊》2010 年第 2 期),对从晚清到五四时期的域外小说输入进行了梳理和研究。清末到五四时期正是中国文学从传统向现代转型的重要时期,不少学者从多种角度描述了这一转型的过程和特征,但对推动转型的动因没有给予充分观照。本文认为,在当时的历史文化语境中,国民性改造对文学格局的转型产生了重大影响,而其中的"新民"小说到"人的文学"的演变,带来了域外小说从题材到形式的变化,最终推动了中国文学格局的转型。

3. 戏剧

2010 年的中西戏剧比较研究,同样取得了一定的成果。2010 年度与戏剧研究相关的著作仅有一部:孙艳娜的《莎士比亚在中国》(河南大学出版社 2010 年版)。该书由英语书写而成,是作者在德累斯顿工业大学攻读博士学位的"博士论文",内容包括莎士比亚在中国的接受历史、翻译过程、戏剧演出、剧本分析及评论、莎士比亚的相似性和传统中国戏剧;莎士比亚在中国的翻译;莎士比亚批评中国;等等。

在论文方面,英国戏剧依然是被关注的重点。关于"莎士比亚"的戏剧研究,依然是该领域的主流。莎翁戏剧当然是挖掘不尽的经典宝库,但往往也容易流于俗套,难有创新。胡亮宇、侯业智的《试论莎士比亚对曹禺早期戏剧创作的影响》[《海南师范大学学报》(社会科学版)2010 年第 4 期],对曹禺对莎士比亚戏剧的接受和吸收进行了分析和梳理。该文认为,莎士比亚戏剧对曹禺有潜移默化的影响,读者在解读他们的剧作时可以发现诸多暗合之处,二人的戏剧表现出如下共同特征:男性主人公性格的懦弱犹疑,在潜意识层面都流露出强烈的"俄狄浦斯情结";情节安排上"复仇"主题的渗透;超自然的意象设置。这种借鉴与模仿是曹禺出于重建中国民族精神,唤醒国人自我独立意识需要的必然之举。李伟民的《重构与对照中的审美呈现——音舞叙事:越剧〈马龙将军〉对莎士比亚〈麦克白〉的变身》(《南京社会科学》2010 年第 10 期),认为越剧《马龙将军》实现了越剧与莎剧之间的对话,这种对话体现出互文性特点。

莎剧《麦克白》的狂乱精神世界在得到表现的同时，实现了越剧形式的替换与重构。从而在越剧形式的基础上，将中国戏曲意识、形式运用于《马龙将军》的表演。作者认为，《马龙将军》以音舞诠释"情与理"、人性中的丑恶，以唱腔、程式、身段对原作的叙事给予鲜明的美丑对比建构，以越剧形式成功实现了与莎士比亚的对话。此外，如佟迅的《〈牡丹亭〉、〈罗密欧与朱丽叶〉悲剧美学特征之比较》（《电影评介》2010年第12期）一类的戏剧平行研究，也不胜枚举。

除英国之外，德国、法国、挪威的戏剧研究也均有提及。蒋领敏的《布莱希特剧作体系对中国剧作家的启示》（《戏剧文学》2010年第10期），从生命力、"中国元素"、汲取创作营养这三个研究层面，对20世纪三四十年代形成的布莱希特剧作体系进行了系统的论述。张志青的硕士学位论文《李健吾戏剧与法国文学》（河北师范大学，2010），重点论述了李健吾的戏剧创作受到的法国文学的影响。张默瀚的《诗意掩映下的中西梦想典型的精神指向分析——以易卜生和曹禺典型"梦想"为例》[《海南师范大学学报》（社会科学版）2010年第1期]，针对易卜生和曹禺戏剧的"梦想"展开了平行研究。作者认为，易卜生和曹禺都以诗情勃发的激情在各自的剧作中塑造了一系列的"寻梦者"形象，来表达对现实的反抗以及对自我与他人拯救的理想情怀。他们梦想的指向旨趣迥异：易卜生坚持不懈地叩问人的生命之终极问题，他的梦想都指向人的最终的精神向往；而曹禺在诗意掩映下的梦想却都指向物质的或者现实的、世俗的归宿。虽然曹禺深受易卜生及其他西方剧作家和西方思潮的影响，而传统文化和宗教的积习却使曹禺在实质上选择了一条与易卜生迥异的审美之路，他们的典型"梦想"意象实际是中西两种精神指向的文化显现的代表，但如同前文所言，2010年度的戏剧研究多继承之前的研究路数，不免有重复之处，难有创新。

4. 童话

2010年的中西童话比较研究得到了进一步的发展，说明儿童文学领域的研究越来越受到学界的重视。其中，英国作家卡洛尔的童话《爱丽丝漫游奇境记》是2010年度的重点研究对象。

胡梦婕的《中国现代作家的童趣缺失：浅析三篇同名中西童话〈爱丽丝漫游记〉的差异》（《理论与创作》2010年第4期）指出：早在100多年前，卡洛尔的《爱丽丝漫游奇境记》是作为"荒诞文学"的巅峰之作而留名的。这部童话以奇幻的想象，风趣的幽默，多变的情景，突破了西欧传统儿童文学道德说教的刻板公式，被翻译成多种文字，在全世界风行不衰。此后还促成了它的两部中国仿作的诞生，即1928年沈从文的《阿丽思中国游记》和1931年陈伯吹的《阿丽思小姐》，然而中英不同的文化和时代背景导致了中国现代作家不同的创作心态，中国现代作家本着强烈的时代使命与社会责任感，借童话指斥现世，把童话当成一种成人理性化的教育工具，使作品产生出迥异的艺术特性来。该文对这三篇同名童话的差异和形成原因，进行了梳理和分析。彭丽萍、陈进武的《试论中国作家对〈爱丽丝漫游奇境记〉的接受——以沈从文与陈伯吹为例》（《名作欣赏》2010年第9期），则从中国作家对外国文学的接受角度进行了阐释。作者认为，中国作家沈从文和陈伯吹对卡洛尔的《爱丽丝漫游奇境记》接受的基础上，分别创作了《阿丽思中国游记》和《阿丽思小姐》，都部分放弃了原本蕴含的儿童狂野的想象力与释放的生命力。两部作品虽被视为童话，但是作家的此在的生存状况深刻影响着创作，作品呈现出的是现实世界的真实境遇以及对当时社会的辛辣讽刺，其价值与意义仍是不可忽视的。

此外，德语童话在中国的接受也是研究重点。高婧的硕士学位论文《德语童话的中国漫游——以格林童话为代表谈其在中国的译介、传播、接受和影响》（华东师范大学，2010），对格林童话在中国的译介和接受进行了梳理和分析。格林童话进入中国一百多年了，但是国内对它的研究还不能与它家喻户晓的地位相匹配，现在也还没有专门的论文对它在中国的百年传播接受史作一个梳理。本文以格林童话在中国的译介传播为研究对象，以符号学、后现代理论为主要方法论进行研究，主要分为四个部分。第一部分是对格林童话在中国的研究情况的综述，同时对德国浪漫主义时期的童话、格林兄弟及格林童话作一个简介。第二部分介绍格林童话在近现代中国的译介和传播，并着重分析在晚清、五四，以及20世纪30年代后，学者们对它的定位和接受，以及它在中国新文化建设方面发挥的功能。第三部分主要分析中华人民共和国成立后到"文革"前这段时期，格林童话遭受的两次批判。第四部分介绍格林童话在当代中国的译介传播情况。分析在当代这样一个多元文化语境中，格林童话与大众文化、流行文化的碰撞。在后现代语境下，格林童话在中国也遭到了改写和颠覆。在视觉媒体时代，格林童话又呈现出它的当代价值和永恒魅力。通过历史和事实的梳理，结合特定时期的意识形态的话语语境，事实与精神相结合，从而勾勒出格林童话在中国的漫游轨迹。随着时代精神的更替，格林童话的中国阐释仍将以未完成的状态继续它在中国的漫游历程。

5. 神话及散文

在中西神话比较研究方面，古希腊神话向来是重点研究领域，2010年度也不例外。吴童的《中国神话与希腊神话悲剧特征寻异》（《求索》2010年第7期），从悲剧特征的角度对中国和古希腊神话的异同进行了分析。本文指出，学界普遍认为中国是一个缺乏悲剧精神的民族，因而也缺乏纯正的悲剧传统。然而，事实上，在中国的太古神话中，悲剧性神话占据了相当大的比重。与古希腊神话一样，中国同样不乏悲剧传统和悲剧精神，反抗神祇的悲剧就是中希神话注重表现的一个共同内容。本文考辨了中国神话与古希腊神话的悲剧特征及其底蕴，分析了两者不同的悲剧意识与悲剧特征。研究认为，中希悲剧神话分别代表了西方的海上诸文明的聚合形式和东方的内陆诸文明聚合形式，这两种聚合的作用表现出的重伦理与重哲理之别，必定消解古希腊式悲剧在汉语世界出现的可能。徐艳的硕士学位论文《皮格马利翁之恋——周作人对古希腊神话的译介》（复旦大学，2010），对周作人对古希腊神话的译介进行了梳理和分析。周作人花很大力气从原文译介过劳斯的英语神话小书《希腊的神与英雄》，以及阿波罗多洛斯的古希腊神话手册《希腊神话》。该文首先梳理了周作人从原文译介古希腊神话的工作在我国翻译史上应占之重要地位，再通过精细比对原文与周译，厘清了他译介《希腊的神与英雄》之出发点是"儿童文学"，即看中此书简单风趣的语言风格和启蒙儿童的教育意义；而译介《希腊神话》之出发点则是看中此书的文献价值，以及深受文化人类学和神话与仪式学派理论影响。简言之，周氏在译介古希腊神话的过程中坚持了自己在五四时期所持"人的文学"之立场。本文虽然修正了周译的一些舛误，却也发现周氏很好地实践了"直译"法，即文字、语气皆与原文保持一致，同时又有适当的创造。尤其周译《希腊神话》非但不是照搬弗来译的"上好英译"，甚至可以说是锦上添花。因此本文得出结论，周作人的这项工作具有继往开来之意义：不仅使文化人类学以及神话与仪式学派理论逐渐为国人熟悉，亦以极具特色的"直译"法启示当代译者。

2010年度中西散文比较研究相对冷清，主要以游记为主。任俊经的硕士学位论文《瞿秋白游记中的苏俄形象研究》（山西大学，2010），就以瞿秋白的游记为文本资料，对瞿秋白心中的苏俄形象进行了梳理研究。1920年，北京晨报社选派记者远赴苏维埃社会主义共和国联盟采访，正在北京俄专学习的瞿秋白接受聘用，前往莫斯科。这一历程由1921年初至1922年底，长达两年，在此期间，瞿秋白写了《饿乡纪程》《赤都心史》两本游记记叙自己所见所想。目前为止，对瞿秋白游记中的苏俄形象尚无人进行系统梳理及分析，作者以《饿乡纪程》与《赤都心史》作为研究对象，并辅以瞿秋白的其他文学创作，以瞿秋白之自"非饿乡至饿乡"为线索，以他对真理的执着寻求及严格的自我审视为内核，探讨他笔下苏俄形象构筑的过程，并分析社会背景的影响及个体心理演变。异国想象在现代中国历史中发生影响的情形极为复杂，为了更明晰地讨论这一问题，作者在分析时适量加入与同期其他作家同类著述的比较。该文从比较文学形象学出发，并结合文化研究等理论进行外延意义上的讨论。全文共分三章：第一章分析瞿秋白自我身份定位，以及尚未至莫斯科时其笔下的苏俄形象。瞿秋白将自己定位为社会研究者，希望借此行找到中国社会及自我重生的道路，未至莫斯科时，苏俄形象主要是想象中的。第二章系统分析瞿秋白"看到"的苏俄形象，主要分为社会生活、人物形象两个方面。在分类分析苏俄形象的同时，穿插分析了瞿秋白在叙述苏俄时所使用的概括性叙述、类别化词汇的使用等方法，并指出其潜在的与当时中国比较的倾向。第三章对瞿秋白的主体人格及苏俄形象的内在本质进行分析，指出瞿秋白忧郁善感的个性对其叙述苏俄及个人道路选择时的影响，并从苏俄形象寄寓于未来，以及与当时中国现实的巨大差异方面，指出苏俄形象的本质是乌托邦。正是这样的苏俄，使瞿秋白认为找到了社会与个人的未来，引导着他"返于真实的'故乡'"。

（三）中国与欧洲文学的比较研究

中国与欧洲文学的比较研究，历来是中西比较文学的重要组成部分。欧洲各个国家之间各具文化特色，使得中国与欧洲各国的文化交往和文学交流呈现出丰富多彩的多元化特征。依照国家和地区，将对中俄比较文学、中英比较文学、中法比较文学、中德比较文学，以及中国与其他国家和地区的比较文学研究分别进行论述。其中，中俄比较文学研究和中英比较文学研究是2010年本领域的研究重点。

1. 中俄比较文学研究

作为中国的邻邦，中俄两国之间的文化交往十分密切，因此中俄比较文学一直是比较文学的热门领域。2010年度的中俄比较文学研究领域出现了一部专著：汪介之的《文学接受与当代解读：20世纪中国文学语境中的俄罗斯文学》（北京师范大学出版社2010年版）。该书以32万字的篇幅，对20世纪中国文学对俄罗斯文学的接受进行了细致的梳理，在当代文学语境中对20世纪俄罗斯文学进行了重新审视，并结合具体作品对中国文学视野中的俄罗斯经典作家作品进行了解读，同时还留意到对俄罗斯文学进行文化阐释的必要性，对俄罗斯民族文化心态展开了批判性分析，因此具有重大的学术价值。中俄文学在经历了从良师益友到停滞低谷，再到复苏回归的发展变化后，重拾经典、重评作家、重构文学史成为中国学者们思考的热点。例如，白银时代文学、俄罗斯侨民文学（俄罗斯域外文学）、在苏联存在的70余年中的不同时期遭到批判和封闭的大批作品，渐渐受到广泛的关注；"社会主义现实主义"及其名噪一时的"开放体系"显然已风光不再；包括俄国形式主义批评和巴赫金的诗学思想等在内的一度被忽略、被遗忘的理论流脉上升到文学的地表等。于是，中国读者心目中的20世纪俄罗斯文学面貌发生了变化。就中国学者而言，他们一方面急切地希望了解当代俄罗斯学界在重新考量、重新估价其本国文学时所发掘的新文献、新材料，所提出的新观点、新思路；另外，还忙于所发掘的新文献、新材料，所提出的新观点、新思路；另一方面，还忙于补读一部又一部的回归之作，同时还驱使自己重新面对他们早已熟悉的那些作品文本，力求经由这些阅读以获取关于俄罗斯文学的可靠的新认识。当然，由于诸种历史文化因素的制约和意识、思维的惯性，这种重新评价，这种文学上的价值重估究竟能够在多大程度上获得更广泛的社会认同，尚需要未来历史的检验。如作者所言，20世纪中国文学的成长和发展，始终伴随俄罗斯文学的深远影响。中国文学界和广大读者所面对的俄罗斯文学，其本身是一种丰富多样、异彩纷呈的客观存在，又是一个处于不断发展变化中的实体。而中国文学对它的接纳，则显示出作为接受主体（接受者民族）进行选择的目光。因此，考察这一接受过程及其偏重和遗落，正是梳理中国文学对俄罗斯文学的接受史，乃至整个中俄文学交流史的不可或缺的内容。

20世纪的俄罗斯文学，无疑是本研究领域的重点。汪介之先生在另一篇名为《20世纪俄罗斯文学经典的重新认识》（《南京师范大学文学院学报》2010年第2期）的论文中，对如何定义20世纪俄罗斯文学经典进行了深入的分析。文章指出，对于何为"20世纪俄罗斯文学经典"，西方、俄罗斯和中国评论界及广大读者的观点也不是一致的。在西方学者看来，被称为20世纪俄罗斯文学经典的作品十分有限。例如，英国学者约翰·坎尼在他主编的《最有价值的阅读：西方视野中的经典》一书中，所列出的只有一部《日瓦戈医生》。卡尔维诺的《为什么读经典？》也同样如此，他以"帕斯捷尔纳克与革命"为题对这部小说进行了评说。在俄罗斯学者看来，虽然苏联解体后俄罗斯学术界对20世纪俄罗斯文学经典的看法一直处在变动和调整之中，但仍然存在相当数量的公认的重要作家作品，如勃洛克、高尔基、安德烈耶夫、布宁、阿赫玛托娃、曼德尔什塔姆、叶赛宁、格·伊凡诺夫、茨维塔耶娃、扎米亚京、米·布尔加科夫、普拉东诺夫、肖洛霍夫、帕斯捷尔纳克、纳博科夫、索尔仁尼琴、拉斯普京、特里丰诺夫和布罗茨基等人的作品。在中国学界看来，这个问题也存在争议。而在作者本人看来，可以被称为20世纪俄罗斯文学经典的作品主要有：1.俄罗斯民族风情的艺术长卷：高尔基的自传三部曲；2. 俄罗斯庄园文化传统消逝的一曲挽歌：布宁的《阿尔谢尼耶夫的一生》；3. 关于一个文化母题的现代主义思索：别雷的《彼得堡》；4. 20 世纪俄罗斯民族的史诗性悲歌：阿赫玛托娃的《安魂曲》；5. 一代知识分子命运的抒情史诗：帕斯捷尔纳克的《日瓦戈医生》；6. 俄语—英语诗歌传统共同孕育的艺术果实：布罗茨基的《诗选》；等等。通过对文学经典的筛选，作者印证了南非作家库切关于文学经典的见解："历经过最糟糕的野蛮攻击而得以劫后余生的作品，因为一代一代的人们都无法舍弃它，因而不惜一切代价紧紧地拽住它，从而得以劫后余生的作品——那就是经典。经典通过顽强存活而给自己挣得经典之名……只要经典娇弱到自己不能抵挡攻击，它就永远不可能证明自己是经典。"

在论文方面，影响研究依然是中俄比较文学的主流。陈南先的《俄罗斯文学"文革"前在中国的译介和传播》（《当代文坛》2010 年第 5 期），以"文革"为时间点，梳理了"文革"前俄罗斯文学在中国的传播和影响过程。本文指出，中华人民共和国成立以后到"文革"前，中国翻译工作者除了翻译大量的苏联文学作品外，还翻译了许多俄罗斯经典作家的作品。普希金、果戈理、托尔斯泰、屠格涅夫、陀思妥耶夫斯基、契诃夫、莱蒙托夫、阿·奥斯特洛夫斯基等为代表的一大批文学大师，是 19 世纪俄罗斯文学的骄傲。他们的作品在中国大量传播，产生了广泛的影响。俄罗斯文学作品在中国大陆的译介出现了名著一书多译、"译者学者化"等特点。因此，对俄罗斯文学在中国的译介过程进行细致的梳理，是十分必要的。吴俊忠的《俄罗斯文学研究的"蓝英年现象"》[《深圳大学学报》（人文社会科学版）2010 年第 1 期]，则对"蓝英年现象"进行了阐释。"蓝英年现象"是在苏联解体后新的历史条件下，在中国学术界和文化界所出现的一种超文学、超学科的文化思潮，是对苏联社会与苏联文学的深层反思。它不是某个人的个体现象，而是以蓝英年先生为代表的一种整体性文化现象。"蓝英年现象"是在特定的社会历史文化背景下产生的，它对于改变俄罗斯文学研究的传统模式，揭示苏联文学的历史真相，开创俄罗斯文学研究的新局面，有着不可低估的重要意义。

杨经建的《左翼文学创作中的马雅可夫斯基"情结"》（《文史哲》2010 年第 5 期），则从中国左翼文学对无产阶级文学的接受的角度出发，论证了马雅可夫斯基对左翼作家群体的影响。本文指出，左翼文学在历史文化意识、艺术创作理念、主题话语诉求和审美精神气质上更多地受益于马雅可夫斯基及其创作。在作家的创作价值立场或身份认同、角色认定上，左翼作家群体与马雅可夫斯基具有明显的精神契合性；马雅可夫斯基诗作的主题话语是"革命"，左翼文学所倡导的"革命文学"亦可视为马雅可夫斯基式"革命"文学的创造性重构；马雅可夫斯基作品的大众化取向是苏联无产阶级文学"现代性信念"的审美转述，从文学大众化中寻求"现代性"精神也是左翼文学的基本创作诉求；马雅可夫斯基的诗歌"除了雄壮豪迈的主旋律之外，还存在着柔弱感伤的音调"，左翼文学在为暴风骤雨的时代倾情歌唱的同时，留下了知识分子自我"柔弱感伤的音调"的心灵记录。

此外，中国的少数民族文学对俄罗斯文学的接受，也受到了重视。克里木江·阿布都热依木的《普希金与维吾尔现代文学》（《俄罗斯文艺》2010 年第 3 期），对维吾尔族现代诗人对普希金的接受和吸收进行了梳理和归纳。本文认为，在现代文学阶段，不少维吾尔族诗人受到了俄罗斯著名诗人亚·谢·普希金思想和作品的深刻影响，维吾尔族现代诗人曾将他称为创作的精神导师，并学习和模仿他的诗文及创作特点、多题材创作。普希金创作的歌颂自由、歌颂解放的抒情诗对维吾尔族诗人起到了鼓励作用，在普希金多种文学体裁作品的影响下，维吾尔族诗人开始从事小说和戏剧创作。因此，普希金对维吾尔现代文学的发展起到了非常重要的作用。

2. 中英比较文学研究

与 2009 年中英比较文学以平行研究为主相比，2010 年度的中英比较文学研究更加注重于作家作品的译介和接受，从而为中英比较文学注入了新鲜的活力。2010 年中英比较文学研究领域，出现了一部著作：徐菊的《经典的嬗变：〈简·爱〉在中国的接受史研究》（上海文艺出版社 2010 年版）。全书共 26.6 万字，以接受美学理论和比较文学方法为基础，深入考察了《简·爱》在中国的接受史和嬗变史，梳理了《简·爱》在中国的译介、阅读、阐释和跨文化经典重构历程，并剖析了其历史、政治、社会等深层动因。本书还探讨了《简·爱》与中国作家作品的影响和互文关系、《简·爱》与《呼啸山庄》及女性主义思潮在中国的百年流变之间的内在关联等课题，揭示了其背后不同文化之间的误读、碰撞和融合，探究了不同时期中国文化语境的变迁。作者指出，《简·爱》在中国的接受，是靠不同时代不同读者的阅读、阐释乃至重构来推动的：在 20 世纪初叶反帝反封建的时代语境下，女性解放是我国读者对女性文学的期待视野，《简·爱》与这一期待视野相契合；在中华人民共和国成立初 50—60 年代特殊的政治语境下，文艺界对《简·爱》的期待视野则是以一整套阶级观念为主要内容；新时期开始后，随着思想禁锢的解除，读者对《简·爱》的期待视野则呈现多元化的色彩。此外，由于审美趣味、道德观念、知识修养等方面的差异，即便是同一时代的读者对同一作品的期待视野也会有分歧。综上所述，作者将《简·爱》在中国的接受主体分成普通读者、批评家和作家三种类型，其接受相应可分成三个接受层面：即普通读者的感性阅读欣赏、批评家的理性阐释研究和作家的接受和借鉴。《简·爱》在中国的接受史研究，因此可分成以普通读者为主体的阅读史研究、以批评家为主体的阐释史研究和以作家为主体的影响抑或互文研究。此外，还要考虑到它的跨文化经典重构问题，一部外国文学经典经由何种传播媒介进入中国，有哪些因素在其中起作用，作品发生了怎样的嬗变，以及嬗变背后所折射出的不同文化之间的对峙和碰撞乃至交融等。因此，在普通读者的接受之外，译者、批评家、教师、出版部门等对《简·爱》在中国的形象塑造起着非常重要的作用，这些因素也是本书重要的考察对象。本书将总体研究和专题研究相结合，勾勒出了一幅清晰的《简·爱》在中国的接受绘卷，为同类型外国文学经典作品在中国的接受史研究提供了一个良好的范例。

在论文方面，英国作家作品在中国的译介和接受，依然是研究的重点。郝田虎的《弥尔顿在中国：1837—1888，兼及莎士比亚》（《外国文学》2010 年第 4 期），对弥尔顿在中国的译介和接受做出了梳理和分析，并纠正了《中国大百科全书》中一个流传已久的关于莎士比亚的错误（即莎士比亚的名字是由中国人于 1839—1840 年介绍到中国的，而非《中国大百科全书》所言的传教士于1856年介绍到中国）。该文认为，晚清时西方在华传教士和中国开明的知识分子都为介绍莎士比亚和弥尔顿做出了贡献。弥尔顿在中国的接受，既是林则徐和魏源等中国先进知识分子主动拿来和批判接受的结果，也是西方在华传教士不懈努力的结果。由传教士主办的《东西洋考每月统记传》最早向中国介绍了弥尔顿。然而，作者的兴趣和重点不是谁最早向中国人介绍了弥尔顿，而在于通过两个典型例证——梁廷枏和杨象济对弥尔顿的阅读，分析中国知识分子如何解读西方传教士对弥尔顿的推介，并彰显他们在接受外来文化时开阔的心胸和批判的主动性。除了《东西洋考每月统记传》和《中西通书》外，1854年9月1日的《遐迩贯珍》在说教性文章《体性论》之后的"附记西国诗人语录一则"中，扼要介绍了米里顿即弥尔顿的生平，而且刊登了弥尔顿著名的十四行诗《论失明》（When I Consider how My Light is Spent）的汉译。另外，1850年代还有传教士的著作向中国读者介绍弥尔顿，如慕维廉和蒋敦复合作翻译的《大英国志》（1856）。《大英国志》对弥尔顿的推介虽然比较简略，但这本书在中国知识分子中的影响很大。邹振环称《大英国志》"使中国人第一次全面地了解了英国的政体演变、历史沿革和文化成就"。该书1856年初版问世后，在不到半个世纪中，刊刻至少九次，受到广泛的欢迎，影响远至日本。直到19世纪末，中国学者仍高度重视这部力作。总的来看，在华传教士对弥尔顿的介绍要比同时期的中国人更细致、更具体，而且由于他们熟悉弥尔顿的生平和作品，能够做出恰当的评价，甚至高水平的翻译。而以林则徐和魏源为代表的中国先进的知识分子，他们在接受外来文化时表现出开明的眼光和开阔的胸襟，以及批判的主动性，是中国对弥尔顿的接受的内在动因。

魏桂秋的硕士学位论文《狄更斯在中国的接受与影响》（山东师范大学，2010），对狄更斯在中国的接受做出了梳理。该文以狄更斯在中国的接受和影响为主题，追本探源，梳理史料，以期从译介学研究这一现象。全文共分三章，第一章"狄更斯在中国的接受"，分别从狄更斯的作品在中国的翻译出版情况和对其作品的研究情况两方面阐述。关于狄氏作品的翻译，按照长篇小说、中短篇小说、游记随笔等体裁的不同，分类梳理自清末民初直至今天狄氏著作的翻译出版。关于作家及其作品的研究，则分起步期、发展期、繁荣发展期三个不同阶段加以概括，勾勒并总结不同时期的研究特点。第二章"狄更斯在中国的影响"，分别阐述狄更斯对林纾、老舍、张天翼、萧乾、沈从文、巴金、钱钟书等人在创作实践中的影响，尤以对林纾、老舍、张天翼的影响论述更较详备。"林纾与狄更斯"一节主要阐述林纾在题材内容、心理描写、叙事方式、结构布局、政治功用等方面对狄更斯小说创作手法的借鉴与实践；"老舍与狄更斯"和"张天翼与狄更斯"，则在分析接受狄更斯的原因及所受影响的基础上，进一步探讨两人对狄更斯的超越。第三章则在前两章的基础上试图探究狄更斯广被接受及产生诸多影响的原因。在缕述现实主义创作理论、人道主义思想于中国百年文学史观嬗变历程背景下，批判现实主义和人道主义使得狄氏作品于近现代的中国找到了极相适宜的接受土壤，故能在自清末民初迄今的中国多变的社会环境中，始终占有一席之地。此外，狄更斯小说独树一帜的情节、人物、语言，以及通俗化、幽默感与感伤性特征等，也是他为中国大众广泛接受进而产生巨大影响的重要因素。

除了关于作家作品的译介和接受的研究之外，平行研究依然继续发展。杜娟的《张爱玲与伍尔夫女性主义之比较》(《山西高等学校社会科学学报》2010 年第 22 期)，从女性主义的角度进行切入，对张爱玲和弗吉尼亚·伍尔夫进行了研究。张爱玲与弗吉尼亚·伍尔夫分别为 20 世纪东西方著名女性作家，作为两位关注女性形象和男女关系的重要作家，女性聚焦、女性意识和女性自觉是张爱玲与伍尔夫作品的重要特色。他们的女性观有一定差异，但在探寻改善女性命运及和谐的两性关系方面又存在共性。作者认为，比较两人代表作品中的女性人物性格和命运，分析其女性观及其成因，可为我们重新思考女性的命运以及更好地欣赏二者的作品提供独特的视角。

胡怡晴的硕士学位论文《莎士比亚"十四行诗"和李商隐〈无题〉诗的比较研究》(东北师范大学，2010)，则对莎士比亚的"十四行诗"和李商隐的《无题》进行了平行比较研究。虽然李商隐和莎士比亚之间存在时空、国别、文化、社会背景上的差异，但他们之间在很多方面可以进行平行比较研究。莎士比亚所处的时代决定了他的诗歌的思想内容积极向上，语言清新优美，富有表现力，给人启迪。晚唐这一特定历史环境下的审美特质，也深刻地影响了李商隐创作的风格，他从现实与理想的落差之中体悟到的真情实感，委婉曲折地抒发在《无题》诗中。诗歌就其"真善美"来说是统一的。李商隐的"真"体现在他对儒家传统诗教守则和他个人性格的执着真挚上；莎士比亚的"真"与他所受的人文主义的影响有关，代表着真实与忠贞。李商隐的"善"融于诗歌的"纯净"之中，与同时代的诗人相比，他的诗篇纯净高雅，不流于艳亵；莎士比亚的"善"包含在他与朋友深厚友谊和他对朋友高尚品德的歌颂里。两个人的诗作无疑都是美的，区别是李商隐是一种悲剧之美，不仅写了爱情的间阻的痛苦，同时也慨叹自身命运的凄凉；而莎士比亚则高歌"生命之美"，是一种对永恒和光明的追求。莎士比亚的十四行诗和李商隐的《无题》都涵盖了很多的自然意象，虽然中外的语言不同，诗人的生存背景不同，甚至在时间上都没有任何交集，但两位诗人在自然意象的运用和把握上还是有着相似之处。以中西文化的源头为起点，即"天人合一"和"主客相分"中西哲学理论，来探求这些相似的"自然意象"背后的本质区别和根本原因。两种诗体在诗篇结构上存在很多相似之处，虽然英语和汉语是不同的语言，在表现形式上也有很大的差异，英语使用形合的衔接手段，汉语使用意合的衔接手段，但在整个诗篇结构的语义连贯方面呈现出了很多的相似性，都采取了"起承转合"的诗篇模式。莎士比亚诗歌的创新基于对传统十四行诗的继承，并赋予个人的特色和当时的时代精神。李商隐则独辟蹊径，选择创写《无题》诗，这更适合他含蓄阴柔、欲说还休的朦胧诗风，他将这种朦胧含蓄之美推向了极致。

3. 中法比较文学研究

2010 年度的中法比较文学研究，主要以平行研究为主，同时兼顾了法国作家在中国的接受和影响。关于法国作家在中国的接受的研究，成果虽不多，但质量很高。

张和龙的《国内贝克特研究述评》(《国外文学》2010 年第 3 期)，对贝克特在中国的接受和影响进行了梳理研究。本文主要探讨三个历史时期(20 世纪 60 年代、20 世纪 80—90 年代、21 世纪以来)国内贝克特研究的主要成就、特点与不足，并提出了作者的反思性的愿景。第一阶段，是20世纪60年代贝克特作为"反面材料"的早期译介与研究时期。1965年，贝克特的《等待戈多》作为"反动腐朽"的反面教材，第一次被翻译成中文。贝克特首先是以西方"先锋"剧作家的姿态，与法国作家尤奈斯库等人一道进入学界的研究视野的。尽管他的作品一开始就被当作资本主义"腐朽没落"的"反面教材"被猛烈批判，但其中也不乏有关戏剧艺术的真知灼见，较早地为国内学界打开了认识贝克特戏剧的一扇大门。第二阶段，是20世纪80—90年代"荒诞热"背景下的贝克特戏剧研究和筚路蓝缕的贝克特小说研究时期。这一时期，国内的贝克特研究蓬勃发展。在贝克特的作品中，《等待戈多》是学界研究和探讨的焦点所在，其他作品如《终局》和《美好的日子》也受到了一定程度的关注。与60年代的译介重在批判相比，新时期的批判和挞伐已经容纳了更多的学术内涵和非政治因素。虽然，不少研究成果仍然在一些旧框框中打转，例如在主题层面上仍然没有跳出"荒诞""希望""存在主义"等范畴，然而也有部分研究成果不断拓宽研究视野与研究思路，开始从语言、结构、叙事和对话等多个层面揭示贝克特戏剧更深刻的艺术内涵和艺术特质。关于贝克特的小说研究，则在90年代得到了长足的发展，例如对贝克特的早期代表作《墨菲》《瓦特》，以及三部曲《莫洛伊》、《马龙之死》和《无名者》等作品的分析受到了学界的重视，并表现出了相对客观、自由独立的批判立场。第三阶段，是众声喧哗的21世纪以来的贝克特研究时期。在此时期，关于贝克特的研究大量涌现，但是这些成果良莠不齐，平庸之作远远多于优秀之作。不过，贝克特的戏剧和小说研究仍然取得了较快的发展，例如何成洲的《贝克特的"元戏剧"研究》和《贝克特：戏剧对小说的改写》，均是具有开拓性的优秀之作。再如，王雅华的专著《走向虚无：贝克特小说的自我探索与形式实验》也是贝克特小说研究的优秀之作。总之，近30年来的贝克特研究所取得的成就有目共睹，也存在明显的不足：研究成果的数量可观，但总体质量欠佳，代表性或标志性的成果较少；研究方向不平衡，戏剧研究明显强于小说研究；炒冷饭者居多，具有突破性的研究成果不多；研究者之间有条块分割的倾向，相互交流与沟通欠缺，过于重视国外研究材料；在过分依赖国外材料的同时，对国外最新研究成果视若无睹；与国际贝克特研究界交往较少，未能有效参与国际贝克特研究热点或重点问题研究，缺少个性化或具有本土特色的研究成果。因此，如何与贝克特研究的国际化趋势接轨，如何更好地利用本土文学与文化资源，如何吸纳国外最新批评理论，如何摒弃浮躁、潜心研究出中文研究界的标志性成果或经典之作，是值得学者深思的重要问题。

2010年度中法比较文学平行研究的成果颇多，但鲜有新意。张碧、邢昭的《"两难"结构的中西变体与"大团圆"结构的文化社会机制——高乃依戏剧与元剧结构比较研究》[《西南民族大学学报》（人文社会科学版）2010年第7期]，对高乃依戏剧与元剧的结构展开了研究。作者认为，高乃依在其戏剧中设置了十分明显的"两难"结构模式，而在中国元代的许多戏剧作品中，也存在着相同的结构模式。造成这种现象的原因在于某种社会文化背景的相似，以及基于叙事必要的文本体制安排，即高乃依戏剧所遵从的"三一律"和元代某些结构严谨、篇幅相对短小的戏剧的文本体制。此外，高乃依的戏剧虽多为悲剧，却有许多被安排成"大团圆"式的结局，而这恰恰也是中国古典戏剧的传统。本文从中法戏剧各自的受众成分及其审美心态方面对造成这种相似现象的原因展开具体的讨论。此外,王澄霞的《借得西江水　催开东苑花——曹禺〈日出〉与小仲马〈茶花女〉之比较》[《扬州大学学报》(人文社会科学版)2010年第14期],以及王桢的《真爱的救赎与人伦的皈依——〈茶花女〉与〈杜十娘怒沉百宝箱〉之比较研究》[《西南民族大学学报》(人文社会科学版)2010年第31期],均对中法戏剧中的具体的作品展开了平行研究。

4. 中德比较文学研究

与中俄、中英、中法比较文学研究相比,中德比较文学研究稍显单薄。虽然成果不多,却从影响研究、平行研究的不同角度进行了多元化的研究。

张辉的《1920年代:冯至与中德浪漫传统的关联》(《国外文学》2010年第3期),对青年冯至对德国浪漫主义的接受和批判性吸收进行了梳理和分析。冯至青年时代与德国浪漫传统的关联,一直受到研究者的普遍重视,本文试图进一步准确呈现上述关联的具体构成及其重要特质。在细致分析20世纪20年代冯至生命历程以及他的大量诗歌与散文创作的基础上,该文认为,首先有两个问题需要澄清:一是将冯至与德国浪漫派的联系仅仅局限在诗歌艺术层面,是显然不够的,与浪漫派的对话关系事实上构成了冯至自我世界的某种难以忽视的底色或基调;二是简单地将冯至精神形成期的浪漫因素视为外来影响——特别是狭义地理解为德国浪漫派影响的直接结果也是不够的,还应将作家的个人际遇、现代社会文化氛围、中国审美传统,甚至歌德和尼采等并不典型的浪漫派作家都发挥了非常微妙的作用考虑在内。因此,与其说少年冯至的浪漫情怀是德国浪漫派催生的结果,不如更恰当地说,那是冯至自觉运用中德审美精神资源面对现代困境的一次历险。其次,通过具体的作品分析可见,浪漫主义对冯至的精神塑造影响极大。例如,冯至作品中"在昏黄的深巷,看见一个人儿如影"的意象,所表达出的内心的孤独、寂寞之感。然而,他与浪漫精神的关系,并不简单的是一种影响和接受的关系。他对浪漫精神的反思,就已经包含在他对浪漫派的学习和对话之中,"构造幻想"是冯至接受德国浪漫主义文学的重要心理动因。借助冯至的第一首叙事诗《吹箫人》和长诗《北游》,则可以进一步探究他对幻想世界的浪漫构想和对现实世界的深深失望——他的精神世界的双重构成。此外,在20年代末期冯至写给友人的信中,他也多次谈到自己在精神上更接近诺瓦利斯与蒂克而非施莱格尔兄弟及克莱斯特等人。冯至与浪漫传统的联系,一方面与他对以唐诗宋词为代表的中国古典传统的自觉继承有关;另一方面,也与他面对现代性困境对德国浪漫派的批判性吸收有关。大量事实证明,冯至在精神上更接近诺瓦利斯与蒂克而非施莱格尔兄弟及克莱斯特等人,他更强调自然与精神的同一性这一浪漫美学的维度。

王慧、孔令翠的《歌德在中国的译介与接受——以郭沫若为例》(《国外理论动态》2010年第10期),以郭沫若为例,对歌德在中国的接受进行了梳理。本文将郭沫若对歌德的认识按时间顺序大致划分为狂热期、低谷期和成熟期三个历史时期,并在此基础上就歌德对郭沫若的影响展开全方位的讨论。第一阶段,狂热期(1915—1924年)——顶礼膜拜期:盛赞歌德为德国的孔子。从开始接触歌德到1920年前后这段时间,郭沫若讨论歌德最多,对歌德也最为崇拜,可以说到了顶礼膜拜的程度。第二阶段,低谷期

— 73 —

(1925—1936年)——走下神坛跌入深渊期：从"人中的至人"到"萤火虫"。郭沫若对歌德崇拜有加的部分原因是拥有信奉泛神论的共同思想基础。一旦这个基础不复存在，对一个人的评价发生改变自然难免。俄国十月革命和马克思主义思想的传入，特别是中国社会发展的新形势，使郭沫若抛弃了泛神论。在郭沫若看来，与马克思相比，歌德简直可以说是太阳光中的一个萤火虫。第三阶段，成熟期（1937—1947年）——回归理性期：从"萤火虫"到"骨肉般的亲谊"。随着思想日趋成熟和理性，郭沫若看问题越来越全面和辩证，最终回归到客观评价歌德的道路上来。他从歌德那里不但再次得到共鸣和共感，而且对歌德还进一步产生了"骨肉般的亲谊"。之后，该文对郭沫若所受到的歌德的文艺思想与创作的影响，以及"自强不息"的精神感召等层面进行了深入探讨。同时，作者还对郭沫若对歌德在中国的译介与传播予以了充分肯定。

在平行研究方面，石燕京的《不一样的"海洋咏叹调"——郭沫若和海涅笔下的海洋意象之比较》（《郭沫若学刊》2010年第2期），对海涅的诗歌及郭沫若早期诗歌进行了分析和研究。该文从变异学的视角对郭沫若早期诗歌中的"海洋意象"与海涅诗歌中的"海洋意象"作比较解读，并重点探究其差异产生的多重原因。

5. 中国与其他国家和地区的比较文学研究

除了中俄、中英、中法、中德比较文学之外，中国与欧洲他国和其他地区的比较文学研究受到了广泛的关注。中国与东欧、北欧、希腊、南非等国家或地区的文学交流和影响，都是本领域的重点关注对象。

东欧文学作为一个整体，受到了中国学者的极大重视。宋炳辉的《政治东欧与文学东欧：论东欧文学与中国文学现代性的内在关联》（《中国比较文学》2010年第4期），对东欧文学与中国现代文学的关联进行了详尽的梳理和总结。"东欧"作为一个冷战时期形成的地缘政治概念，不仅意味着国际区域的划分，更包含着特定的政治、历史和文化内涵。自20世纪90年代初东欧剧变后，国际政治意义上的"东欧"或许逐渐被"中欧"或"巴尔干欧洲"所取代，但作为历史和文化意义上的"东欧"仍有其特殊的意义，中外文学关系视野中的"东欧"当属后者。近代以来的东欧虽分属不同的国家，但从地缘政治、历史遭遇到文化传统，都有明显的相似和关联性。相似的民族处境、历史体验、文化性格及其在文学中的表现，对于在列强压制和侵占下获得民族意识的觉醒，并在学习和反抗西方的矛盾中艰难走向独立和现代化的中国而言，不仅具有特殊的认同价值，更伴随了整个中国现代文学的进程。关于东欧文学在中国的译介及其影响，本文将其概括如下：东欧文学在中国的译介起始于20世纪初，具体指1906年吴梼从日文转译波兰作家显克维奇的小说《灯台卒》。之后经过近百年的翻译、介绍和研究的积累，中国读者、学界和文学界对于东欧的了解在整体上也更趋于全面和深入。这近一个世纪的译介历史，大致可以以中华人民共和国成立为界分为前后两个时期，其间前后出现了四次译介热潮，即五四新文学运动前后（民国前至20年代中期）、30年代初至抗战初期、中华人民共和国成立后的五六十年代和八九十年代的新时期。对于中国主体而言，"东欧"不仅是一个单纯的认知对象，它是中国现代民族意识觉醒的伴生物，与中国民族主体意识的生成和演变有着不可分割的联系。东欧诸国并称，也不只是一种简单的指陈行为，同时也表明了中国主体对东欧诸国共同的历史命运、文化处境和民族性格的身份认同。东欧作为一种镜像，同时折射了中华民族现代化历史境遇的认识。因为国际关系格局和意识形态等因素，东欧各国与中国之间关系的冷热亲疏、平坦曲折，不仅十分相似，而且往往相互牵连，这种关系状态，同样也反映在中国与东欧诸国的文学关系上。因此，居于中国主体立场讨论中国与东欧诸国文化和文学的关系，"东欧"不仅是对一种客观对象及其固有联系的认知，在文化价值意义上，更是一种借助他者的镜像对民族主体构成、性格特征的自我审视，是对民族文化的历史境遇和现代进程的反省，进而是对民族文学的现代转型及其内部特质，包括对汲取外来文学资源、传承与再创民族文学传统的内涵与方式的辩证与探索。

中国学界对于北欧的关注，主要是由诺贝尔奖引发的。宋达的《对东方古典文学的翻译和研究——当代北欧学界重建世界文学史的趋势》[《首都师范大学学报》（社会科学版）2010年第3期]，对北欧学界对东方古典文学的译介进行了梳理分析。从诺贝尔文学奖获得者的身份构成中可看出，东方文学在20世纪90年代之前是不被北欧重视的，哪怕北欧的亚洲学和非洲学研究颇有成就。随着全球化的进程，不重视东方文学的状况也正在改变：北欧学界在重建世界文学史观和结构过程中，试图把原本区域性的东方文学纳入整个世界文学框架下来考察。本文研究瑞典国家学术委员会耗时近十年的项目"全球化语境下的文学和文学史"及成果四卷本《文学史：全球视角》，集中探讨其中的东方古典文学和欧洲文学之间的不可替代性问题，分析北欧学界如何重新认识东方文学的具体情形，以及对西方学界重建世界文学史的意义。此外，谢群、李晶、李玮琳的《中国"十一五"期间北欧文学研究》（《外国文学研究》2010年第6期），对中国"十一五"期间北欧文学研究的长足进步进行了梳理，主要表现在以下几个方面：其一，易卜生研究实现了世界性对话，呈现出跨越"国界"之势；其二，国家人文社会科学基金对北欧文学研究给予立项资助，各种类型与层次的研讨会召开；其三，北欧文学研究数量递增，研究方法更趋多元化。然而，也有一些问题亟待解决，例如译本数量不足，涉猎范围不广，文学批评理论的使用僵化，批评视域狭窄，研究对象局限，等等。该文认为，在"十二五"期间，我们可以从以下几个方面加强北欧文学研究：1. 增加北欧严肃文学的译介，例如诺贝尔文学奖获得者作品的译介，文类上，在保持对北欧小说译介的同时，加大戏剧和诗歌的翻译介绍力度；2. 在外国文学史编撰中，注意加强北欧文学史部分的编写；3. 在各级立项上对于北欧文学研究应加大支持力度，并加强立项指导；4. 采用英语和北欧语言并重的研究策略，突破制约北欧文学研究的语言障碍。

其中，中国与丹麦、挪威的比较文学研究，依旧集中在经典作家的经典作品研究上。关于中国与丹麦的比较文学研究，重点是童话研究。刘汝兰的《郭风与安徒生》（《中国文学研究》2010年第3期），对两位童话作家进行了比较研究。作为中国现当代儿童诗发展史上颇有影响力的诗人，郭风的童话诗和儿童散文诗创作以及对新诗体的实验都深受安徒生的影响和启示。该文从生命写作、想象和诗体、语言等各个视角对郭风与安徒生的创作进行了深入的研究。

关于中国与挪威的比较文学研究，重点依然是以易卜生为代表的戏剧研究。罗闻的

《易卜生在中国的历史命运》(《传承》2010年第21期),梳理了易卜生在中国的接受过程,并对当前我国的易卜生研究做出了展望。自20世纪初"登陆"中国文坛后,易卜生在中国所形成的社会效应以及他在文学界与艺术界所赢得的广泛认同,以及对中国文学现代性产生的深远影响,是其他任何外国戏剧家所无法比拟的。五四时期受西方文化的广泛影响,易卜生被认为是"最受中国人关注的外国剧作家",并且出现了众多有关于他的理论著作或是其作品的中文译本,易卜生所谓的"社会问题剧"也成为了中国剧作家争相模仿的戏剧类型。然而进入抗战时期,在特殊的时代背景下,人们开始理性地分析易卜生,并就其思想和作品是否能够拯救当时正处于水深火热中的中国人民提出了众多疑问。其中,最大的疑问则主要是针对易卜生剧作在展现社会弊端的同时,并未提出哪怕一种合理有效的解决方法。"文化大革命"的十年令所有外来文化都被拒之于国门之外,那些刚刚才对易卜生有所了解,并期待深入研究的中国学者们也由于政治的干涉,不得不中途放弃。直到改革开放,学界才打通了中国文化与外国文化交流的瓶颈,易卜生重新进入了中国文学界的视野,易卜生不同时期的代表作开始在中国大城市如火如荼地上演,有关于他的理论著作更是层出不穷。在中国,易卜生在思想及戏剧艺术两方面为一代又一代的中国知识分子们所展现的启蒙与指导意义,并使这批艺术家们将易卜生作为现实生活与剧本创作双重领域的优秀楷模。此外,陈靓的《第十二届国际易卜生年会综述》(《外国文学动态》2010年第2期)对第十二届国际易卜生年会进行了介绍。第十二届国际易卜生年会于2009年6月14日至6月20日在复旦大学召开。此次大会由易卜生国际委员会主办,由复旦大学外文学院和复旦大学北欧文学研究所承办,会议得到了易卜生国际委员会、挪威驻上海领事馆、复旦大学北欧中心等单位的大力支持。大会的中心议题是"跨文化的易卜生",旨在讨论易卜生作品在不同文化中的研究和传播,来自美国、挪威、澳大利亚、丹麦、冰岛、孟加拉国、印度等十八个国家的八十余名与会代表就中心议题进行了广泛而深入的探讨。

关于古希腊文学经典的研究,也经久不衰。郎润芳、贾海娥的《惊人的美貌 坎坷的人生——海伦与珠牡的命运比较》[《西北农林科技大学学报》(社会科学版)2010年第10期],就对《荷马史诗》和《格萨尔王传》中最貌美的两位女性展开了平行研究。海伦和珠牡分别是两部英雄史诗中最貌美的女性,由争夺她们而各自引发了长期的残酷的战争。史诗充分说明了在人类早期的男权时代,男子处于主宰地位,女子成为附属于男性的被奴役、被支配、繁衍后代的工具。这种在利益的驱使下发生的婚姻关系最终使女性受到压制,人格受到歧视。女性没有把握自己命运的主动权,只是作为一种美的存在而物化为男性尊严的载体,是男人争夺的附属物,承担了礼物和荣誉载体的角色,同时也承担着战争的痛苦结果。女性作为人的价值只是反映在男人的标准上,按男人的要求活着,用男人的标尺看待自己。海伦和珠牡的遭遇反映出当时妇女的命运和归宿,折射出当时社会架构下对女性的认知。通过对两位貌美女性的命运品性比较,揭示了东西方民族在社会观念、精神信仰和婚姻制度等方面的相似和差异。

欧洲大陆之外,以约翰·马克斯韦尔·库切为代表的南非作家也受到了学界的关注。石杰的《鲁迅与库切小说的批判精神之比较》[《海南师范大学学报》(社会科学版)2010年第23期],从批判精神为切入点,对鲁迅和库切的小说进行了平行研究。

作者认为，鲁迅与库切小说的批判精神有着惊人的相似之处，尽管鲁迅解剖的是国民的劣根性，库切揭露的是殖民主义和种族主义在南非的罪恶，但二者在本质上是一致的。两位作家均暴露了文明的虚伪，展示了人性中的嗜血、奴性、瞒和骗。从而体现出作家深刻的思想、敏锐的洞察力和冷峻的民族自省精神，以及直面现实的勇气和对人类的大爱。

（四）中国与美洲文学的比较研究

2010年的中国与美洲文学的比较研究，以中美比较文学研究为主。其中，美国华裔文学研究成果颇丰，蒸蒸日上，大有蓬勃发展之势，是2010年度中美比较文学研究的重点。然而，就北美华裔文学研究而言，目前国内还是以美国华裔为主要研究对象，加拿大的英语文学和法语文学都没有得到应有的重视，这是目前中国学界的空白。至于拉丁美洲地区，拉美魔幻现实主义的经典作品依然受到了关注，但难出新意。

在2010年度的中美比较文学研究中，共有四部著作，分别是：牟学宛的《拉夫卡迪奥·赫恩文学的发生学研究》（北京大学出版社2010年版）、任显楷的《跨学界比较实践：中美学界的丁玲研究》（四川文艺出版社2010年版）、周颖菁的《近三十年中国大陆背景女作家的跨文化写作》（武汉大学出版社2010年版）、唐蔚明的《显现中的文学：美国华裔女性文学中跨文化的变迁》（南开大学出版社2010年版）。

牟学宛的《拉夫卡迪奥·赫恩文学的发生学研究》，以"文学发生学"的思维与方法，在欧洲、美国与日本的文化视野中对"小泉八云"——拉夫卡迪奥·赫恩的文化身份进行了分析考证，从而揭示了日本近代文化史中"小泉八云文学"的"虚影与实像"。或者更直截了当地概括为："小泉八云文学难道真的是属于'日本文学'吗？"该书的重要价值，在于用"小泉八云文学"多元文化语境中形成的哲学表述与美意识特征"还原"它的真相，把小泉八云从各种"虚影"中拯救出来而显现其"实像"。作者对小泉在美国时代与日本时代的写作原文本做了较为系统的梳理，并在梳理中特别关注了他的生成语境，特别考察了他的思想观念的欧洲源流，并做了细致的梳理和归纳，从而突破了以往这一课题研究中大量的以由英文转译的作品作为"作品论述"的传统的模式，从而为把握与解读小泉作品提供了真实的文化语境。该书详细阐述了小泉八云从对美国社会的失望转向日本，但日本本身并没有使他获得理想的满足的心路历程。作者把"赫恩"的日本写作归类为三大部分，一是把对日本的"异国情调感受"传递到英语世界；二是对日本民族的民族性进行的若干思考；三是依据中国和日本已有的传说和民间故事，用英语世界能够接受的写作进行"重组"。这一基本的解读，则揭开了一个世纪以来小泉八云被日本文化界特别是主流意识形态界塑造为"欧美崇拜日本之神"的"虚影"，几乎完全击破了把小泉八云作为日本"大和魂"精神的偶像的"虚影"，而以他自身的文本实证出他在文化史上的"实像"——英语世界中的"日本学"研究者。通过对"小泉八云"文学归属问题的深入探讨，作者向学术界提出了一个具有极深刻意义的问题，这也是作者依据"文学发生学"的观念对"文本"细读时必然遇到的不可回避的问题。这个问题的本质揭示的是，无论称之为"小泉八云文学"抑或是"赫恩文学",这一文学的本质归属实际上具有"双边文化"的基本特质。

任显楷的《跨学界比较实践：中美学界的丁玲研究》，以中国学界和美国学界的丁玲研究为对象，对两个学界的研究进行了厘清和比照，是对研究的再研究。在中国，丁玲研究贯穿了20世纪中国文学发展的各个时期，在特定历史语境下，学界对于丁玲的批评还极大地影响了丁玲的创作活动，这使得中国学界的丁玲研究同作家本人的创作之间形成了交互性的特征。在美国，对于中国现代文学作家们的考察，属于西方汉学研究的范畴。随着半个多世纪的发展，美国学界的丁玲研究也已有较为丰硕的成果。由于研究立场、思想方法的不同，美国学界的研究并不介入作家本人的具体创作，而是提供了一种异域的视角，并在一定程度上呈现出了客观性与超越性的特征。在作者看来，中美学界丁玲研究的本质是一种知识建构，通过考察该知识体系中的所选内容、话语方式以及理论方法，能够探察出在具体社会历史语境下影响这种知识建构的权力关系。中美学界的丁玲研究是在不同权力关系下形成的两种知识体系，两相参照能够更好地凸显各自知识建构中的问题。依据所采用的方法和对问题强调的侧重，作者将中美学界的丁玲研究划分为三个板块：一是对丁玲生平历史进行的传记式研究，二是从意识形态立场对丁玲创作做出的批评，三是从性别视角对丁玲问题进行的批判与反思。

周颖菁的《近三十年中国大陆背景女作家的跨文化写作》，则以跨文化写作为切入点，对多位中国大陆背景却深受留洋生活影响的女作家进行了梳理和考察。该书综合使用了叙事学、形象学、空间地理学、语言学等方法，对文本和作家心理进行了分析，以三十年内中国大陆背景女作家的跨文化写作为研究对象，从西方"他者"形象的塑造、中国"自我"形象的塑造、身份问题、女性问题、语言问题等方面对查建英、严歌苓、刘索拉、虹影等女作家的创作进行了分析和论述。这些女作家具体包括：查建英、严歌苓、虹影、刘索拉、陈丹燕、唐颖、张翎、周励、朱晓琳、王蕤、郁秀等。查建英，20世纪80年代赴美留学，现居北京和纽约，主要代表作有《丛林下的冰河》《到美国去！到美国去！》等。严歌苓，出国前主要代表作有《绿血》《一个女兵的悄悄话》等，90年代有《少女小渔》《人寰》《扶桑》等作品，近年来出版了《一个女人的史诗》《第九个寡妇》《小姨多鹤》《寄居者》《赴宴者》等作品。虹影，20世纪80年代开始创作，后赴英国，主要作品有《女子有行》《饥饿的女儿》《英国情人》《阿难》《孔雀的叫喊》《上海王》《好儿女花》等。刘索拉，20世纪80年代开始发表作品，具有影响力的作品有《你别无选择》《寻找歌王》《蓝天绿海》等，2003年出版长篇小说《女贞汤》，另有散文集《行走中的刘索拉》《曼哈顿随笔》等，现居美国和北京。陈丹燕，不定期出国，作品以描述上海风情和上海女性见长，注重对上海中西合璧、华洋杂处特点的挖掘，作品表现了中西接触对上海文明和上海精神形成所起的影响。唐颖，在新加坡和美国生活工作过，重要作品有长篇小说《美国来的妻子》《阿飞街女生》等。张翎，20世纪80年代赴加拿大留学，主要作品有长篇小说《邮购新娘》《交错的彼岸》《望月》，中篇小说《陪读爹娘》《花事了》《雁过藻溪》，短篇小说《团圆》《盲约》等，近期发表长篇小说《金山》。周励，20世纪80年代赴美留学和经商，著有《曼哈顿的中国女人》。朱晓琳，曾在法国留学，已出版中篇小说集《永远留学》、长篇小说《夕阳诺曼底》等。王蕤，20世纪70年代出生，90年代留学美国，赴美后出版作品

《哈佛情人》《从北京到加州》等。郁秀，中学期间出版《花季·雨季》，后赴美留学，在美完成的作品有《太阳鸟》《美国饭店》等。此外，本书也把一些年轻的作者如王蕤、郁秀、朱晓琳等人的创作纳入了评论范围。与查建英、严歌苓、虹影、刘索拉等上一代作家相比，这些年轻作者的创作还显稚嫩，创作数量也不多。他们和上一代作家群体相比还有很大的差距，但她们的写作反映出了中国女作家跨文化写作的进一步发展，也体现出了跨文化写作在全球化语境中的重要性。

唐蔚明的《显现中的文学：美国华裔女性文学中跨文化的变迁》，则从跨文化和身份认同的角度，对20世纪美国华裔女性文学进行了考察。该书集历史语境、理论研究与文学阅读实践于一体，通过多方位地采纳当今美国亚华裔文学及文化批评领域内外的研究理论，即美国亚华裔移民史、族裔与后殖民主义文学及文化研究、文化翻译、心理分析及女性主义理论等，来重点解析横跨20世纪后半世纪的美国华裔女性作家的作品，以及环绕着华裔文化认同及其文学所展示出的多维文化协商、抗争和跨文化的变迁。与此同时，本书亦从多方位的女性主义视角出发，对这些女性作品中所反映出来的性别、种族、社会阶层、时空及文化相交叉的女性问题进行单一的解析。

在论文方面，美国作家作品在中国的传播和影响，依然是中美比较文学研究的重点。作为海外汉学的重要组成部分，美国汉学家对中国古典文学的研究同样也受到了中国学界的重视。此外，平行研究、形象学的研究也均有涉及。最值得注意的是，美国华裔文学研究成果颇丰，是2010年度中美比较文学研究的重头戏。

美国作家作品在中国的译介和影响，是本年度的重点研究对象。康燕彬的《狄金森在中国的译介与本土化形象建构》（《中国比较文学》2010年第4期），借鉴译介学的相关理论，审视狄金森在中国（包括香港和台湾）的译介历程，从宏观层面考察汉语文化系统对狄金森翻译与形象构建的操纵。该文把狄金森译介的肇始时间追溯到1929年，并将其在中国的译介划分为两个时期：第一阶段，是80年代译介的肇始与排除在翻译选择之外的时期。在学界论及狄金森在中国的译介，常常认为肇始于80年代，具体地说是从江枫译本《狄金森诗选》开始。在此之前，新月派的代表人物叶公超与邵洵美都曾在权威刊物上对狄金森表示推崇。然而，在中华人民共和国成立后长达30年里，中国大陆没有对狄金森做进一步介绍。狄金森被排斥在大陆的"翻译选择之外"，是狄金森在中国遭遇的"最严厉"的"译文之外"的文化操纵。第二阶段，是狄金森热的兴起与个人化倾向的时期。80年代以来，"由于政治意识形态和文学观念的变化，逐渐形成了新的翻译选择规范和新的翻译文学经典库，与五六十年代的翻译文学'经典'出现了戏剧性的换位"，曾经遭批判的作品"从翻译文学系统的边缘走向了中心"。在这历史语境中，狄金森的命运也实现了翻转，并陆续出版了8种狄金森诗歌翻译选本。在此时期，"狄金森式"成为一个频频出现的典范式的标签，代表短诗的凝练、隐者的节制、精神的独立、对爱情的坚贞、对名利的拒绝、对写作的操守、对美的追求等。之前狄金森曾被视作"污点"的孤独、私密、疏离、内倾、内省，都得到了广泛认可与赞誉。本文认为，通过对狄金森在中国近80年的旅程的考察，可以发现狄金森在中国的译介与接受与她在西方的地位与研究有关，也受到汉语文化系统的制约。中国本土的意识形态与诗学观念深刻影响狄金森翻译从无到有与基本面貌，进而影响了狄金森的文学声誉与文化形象。与此同时，我们可以看到狄金森的本土化形象日渐清晰。该文在此重点考察"闺怨"和"道家"两种极具本土特色的文化形象：其一，闺怨模式体现了男性对一个美丽女人痴情等待自己的幻想。想象、重写狄金森，这种男性幻想得到充分释放——很多男性把自己当成狄金森生前苦苦等待的男人；其二，从道家角度书写狄金森，意味着把她的人生理解成渴求平静，并通过道家知足寡欲、弃区分、齐生死、哀乐圆通等消极智慧获得平静，而步入沉默、隐入无名。

朱振武、杨瑞红的《福克纳短篇小说在中国》[《上海大学学报》（社会科学版）2010年第17期]，对福克纳小说在中国的译介和研究进行了梳理。该文指出，在福克纳创作的129篇短篇小说中，有中文译本的40篇，大多数短篇小说还没有译介到中国，更没有得到深入研究。因此，与国际福学界的研究和国内对福克纳长篇作品的研究相比，中国福克纳短篇小说研究不论在广度上还是深度上都存在较大的差距，还需要加强对福克纳短篇小说及其国际研究成果的译介，同时不断拓宽研究的视野，探索新的研究视角。常润芳的《欧·亨利作品在中国的译介与影响》（《中州学刊》2010年第6期），对欧·亨利的译介进行了梳理，尤其对《麦琪的礼物》进行了重点考察。作者指出，作为中国读者最熟悉、最喜欢的美国著名作家之一，欧·亨利的作品在中国被译介的数量之多和影响之深都令人叹为观止，《麦琪的礼物》也是其中之一。然而令人讶异的是，《麦琪的礼物》是个由来已久的误译，这个"美丽的错误"在中国持续了半个多世纪，由此也暴露出了中国学界在作品译介中存在的问题。李杰的《海勒作品在中国的译介、研究及影响》（《河北学刊》2010年第30期），则从译介现状、评论现状以及对先锋文学的影响三个方面对21世纪以来的中国海勒研究作了述评，归纳并指出翻译界的成就和不足，总结并评论海勒研究者的研究视角、方法及成果，阐述分析先锋作家对海勒作品的模仿、变异和超越。苏鑫的《菲利普·罗斯研究在中国》（《广西社会科学》2010年第8期），对美国当代著名作家菲利普·罗斯进行了梳理。我国学界对罗斯的介绍和研究主要从20世纪八九十年代开始，但至今仍比较零散，主要是介绍性的文章、翻译作品和研究综述，相关研究成果与罗斯创作的数量和质量应具有的研究程度无法相提并论。总而言之，罗斯研究还有很广阔的研究空间，他的剧本、舞台剧、文论等都在美国很有影响，因此还有待于中国学者进一步的研究。

相对而言，中国作家作品在美国的译介和影响成果不多，但也受到了一定的关注。孟庆澍的《经典文本的异境旅行——〈骆驼祥子〉在美国（1945—1946）》[《河南大学学报》（社会科学版）2010年第5期]，就对老舍的经典作品《骆驼祥子》在美国的传播和影响进行了梳理和归纳。1945年《骆驼祥子》英译本在美国出版，使老舍成为少数具有世界影响的中国现代作家。美国各大报刊对《骆驼祥子》给予了高度的关注，对小说的艺术成就、悲剧内涵、批判主题、语言技巧等进行了准确而深入的评论。对于老舍本人，美国文坛也给予了具有针对性的介绍。通过这些评论，老舍及其笔下的人物不仅颠覆了美国大众文化对华人的偏见，而且还以其坚韧、真诚、耐劳的民族精神，成为战后中国新形象的一部分。

美国汉学家对中国古典文学的研究，作为海外汉学的重要组成部分，受到了中国学界的重视。任增强的《美国学者高友工的杜诗研究》（《杜甫研究学刊》2010年第3

期），就对美国汉学家高友工对杜甫诗歌的研究进行了梳理和考察。高友工运用语言学理论从音型、节奏的变化，句法的模拟，语法性歧义，复杂的意象，不和谐的措辞诸方面分析杜诗，拈出"潜含的美学"这一概念，从美学角度阐发杜甫自然力和历史力的诗歌境界，对于杜甫诗歌研究很有启发性。任增强的另一篇文章《美国汉学家论〈诗大序〉》[《贵州师范大学学报》（社会科学版）2010 年第 5 期]，则考察了美国汉学界对于《诗大序》的研究。本文认为，美国汉学界《诗大序》研究可分为三种代表性类型：一是刘若愚与吉布斯运用阿布拉姆斯艺术"四要素"理论剖析《诗大序》；第二类是范佐伦与宇文所安阐释《诗大序》中重要文论术语；第三类是以苏源熙为代表的关于《诗大序》与《乐记》承继关系的探讨。总而言之，美国汉学家为中国学者提供了一种来自不同文化的全新视角，为中国古典文学的研究注入了新鲜的活力。

此外，传统的平行研究、形象学研究等也有所涉及。在平行研究方面，陆维玲的《疯狂是理智的同义语——美国女诗人普拉斯和中国作家萧红对读》[《合肥工业大学学报》（社会科学版）2010 年第 24 期]，阐述了中国著名女作家萧红和美国著名女诗人西尔维亚·普拉斯的疯狂演变过程和文学创作经验，揭示了女性的社会性别内涵、扭曲的女性社会角色和家庭中传统意识所造成的后果，分析了她们的创作动力来自对女性的自我否定和对其肉体的嘲讽以及她们在社会和家庭中的"失败"，在某种程度上这种经历也对她们在文学创作上的成功有所裨益。

在形象学研究方面，向忆秋的《晚清旅美华人文学的美国形象和中国形象》[《海南师范大学学报》（社会科学版）2010 年第 4 期]，通过对容闳的《我在中国和美国的生活》、李恩富的《我的中国童年》、黄遵宪的《逐客篇》以及佚名作者的《苦社会》进行文本细读，梳理了晚清旅美华人文学想象美国（他者）和中国（自我）的几种模式：容闳自传中的美国和中国分别被建构为文明和落后的形象；李恩富自传中的美国和中国则分别被描述为纯粹的"异"和诗意传统的中国形象；在《逐客篇》和《苦社会》中，美国和中国则主要被表述为一个背信弃约的种族主义国家或苦难的中国形象。晚清旅美华人对"他者"和"自我"的文学想象，奠定了后来旅美华人文学想象美国和中国的三种模式。本文对"旅美华人文学"的创作主体"旅美华人"，予以了特殊关注。旅美华人包括"定居者"和"逗留者"，前者视美国为自己生命移植的安居地，后者指称那些因为劳务、留学、旅游、外交等目的短期滞留美国的华人。"旅美华人文学"超越文学文本的语种属性，开放地、动态地涵盖了自有旅美华人创作以来的汉语和非汉语文学，具有重要的文化价值。姜德成、仪爱松的《文学与他者：赛珍珠的两个世界和双重文化视角》（《前沿》2010 年第 16 期），对赛珍珠小说中的中国和中国人形象进行了分析和阐释。作者指出，"黄祸论"等民族歧视主义在文学中体现为西方文化的强势话语地位和对东方文化，特别是中国传统文化以及中国人形象的"模式化"处理。赛珍珠凭借写中国题材的小说成名并获得诺贝尔文学奖，然而她对于中国传统文化和中国人形象的描写始终体现了"本土"和"异域"、"自我"和"他者"的对立和冲突，这种双重文化视角影响下的中国印象终究是与事实相脱离的。这也是许多跨文化写作的作家所不可避免的情况。

美国华裔文学研究是 2010 年度的重头戏，成果颇丰。其中，美国华裔作家作品的解读和研究、美国华裔女性作家的跨文化写作和双重身份的研究，是本领域的两个重点研究对象。

关于美国华裔作家作品的解读和研究，以小说为主，且多是主题研究和形象研究。付江涛的《文化的冲突　身份的尴尬——〈吃一碗茶〉主人公斌来解读》（《名作欣赏》2010年第10期），通过分析著名华裔小说《吃一碗茶》中的主人公王斌来，探讨他与父辈即第一代移民之间的差异及他本人性无能的心理原因，从而对作品的深刻含义进行发掘，并阐述在两代移民面对中国传统文化和美国文化产生冲突之时所应有的合理解决办法。最终得出结论：全盘抛弃传统中国文化或者死板恪守信条都无法使得华裔移民在美国的生活有所改善，做适当的调整才是出路，从而深化小说的主题。范莹芳的《边缘族群的自我身份构建——析〈女勇士〉中主人公与作者的双重成长》（《名作欣赏》2010年第8期），对《女勇士》的主人公汤亭亭的形象和心理进行了分析。《女勇士》这部作品集中反映了华裔美国人的生活现实，在他们的成长历程中，身处的美国社会和文化、来自父辈的中国文化和传统都无时不对他们施加影响，文化背景的双重性直接造成了他们对自身身份的不确定性和不安全感；对所处文化和父辈文化是坚守还是摒弃，是困扰他们的重大问题。主人公汤亭亭通过对"我"的成长之路的描写给出了这些问题的答案，也反映出她作为华裔女性在美国社会中生活的心路历程。

詹乔的《论华裔美国英语叙事文本中的中国形象》[《暨南学报》（哲学社会科学版）2010年第4期]，主要运用比较文学形象学的研究方法，并借助于后殖民主义、女性主义及神话批评理论等，对华裔美国英语叙事文本中的中国形象之历史流变进行爬梳，跟踪、归纳由此所反映出来的华裔美国身份认同的同与异，及其历史成因。该文认为，鉴于华裔美国文学在中美两种文化观照下的特殊生成语境和跨文化性，其对作家的文化母国的表述，凸显出既区别于美国主流文学，又不同于中国本土文学的独特视角。受语言、意识形态等诸多因素的限制，华裔美国作家笔下的中国形象往往不是真实的中国形象，而是作家在继承祖居国文化和接受现居国文化的综合作用下，对中国的文学想象。美国华裔眼中的"中国"反映了他们对中华文化和美国文化及其意识形态的接受程度，继而折射出他们对自我文化身份的反思，因此对华裔美国作家笔下的中国形象的研究对美国华裔的文化身份建构，这一华裔美国文学批评中的重大议题具有非比寻常的现实意义。

其中，华裔作家谭恩美受到了广泛的关注。万永坤的《谭恩美代表作品对中国神话传说的运用与改写探讨》（《名作欣赏》2010年第8期），以美国华裔女作家谭恩美的《喜福会》和《灶神之妻》两部代表作品为文本，从多元文化视角入手探讨她在作品中对中国神话传说的创造性运用，以此揭示谭恩美借助中国传统文化改写建构自己身份、宣传中国文化的创作动机。张波的《美国华裔女性身份建构的心路历程——以谭恩美小说〈喜福会〉的母女关系为视角》[《青海师范大学学报》（哲学社会科学版）2010年第5期]，以母女关系为视角，分析了美国华裔女作家谭恩美在其作品《喜福会》中对构建美国华裔女性身份的探索。文章从民族身份、性别身份、文化身份三方面对华裔女性的身份做了分析，探究因文化冲突、语言隔阂，甚至阶级差异而造成的更复杂的母女关系，并进而讨论在双重文化处境里，这些女儿们在经历与母亲的冲突和摩擦过程之后，如何撷取中西文化上的特点来适应美国情境和完成女性主体认同的建构。万涛的《论美国华裔文学的沉默主题：以谭恩美小说为例》(《江西社会科学》2010年第7期)，以谭恩美的四部作品为例，借助米歇尔·福柯的权力话语理论和苏珊·兰瑟的女性叙述声音理论，探讨作品的沉默主题，分析沉默的原因、内涵以及作品中女性如何打破沉默。这有助于读者更好地解读谭恩美的作品，领悟她在作品中建构华裔女性话语权和多元文化共存景象的现实意义。

除了小说以外，诗歌和戏剧也均有所涉及。梁艳的《华裔美国诗人李力扬诗歌研究》(《黑龙江教育学院学报》2010年第10期)，对华裔美国诗人李力扬的诗歌进行了阐释和研究。李力扬是当代美国最有影响的诗人之一，由于特殊的家庭背景和经历，李力扬在题材选择和写作手法上有着独特的风格，并取得诗艺上的创新。作者指出，李力扬融合了传统的写作技巧和后现代派的手法，从他的中国家庭中寻找创作素材，表达爱和死亡的主题。同时，李力扬的思想理念深受中国道教、西方的《圣经》及美国超验主义的影响，他的诗歌是中西文化融合的产物。葛文婕的《华裔女作家林小琴的戏剧〈苦甘蔗〉中的中西悲剧元素》(《电影评介》2010年第14期)，对林小琴的戏剧《苦甘蔗》进行了考察。作为美国第二代华裔移民，林小琴接受的是美国的教育，内心深处却无时无刻不在接受中国文化的晕染，在她的悲剧创作中，同时体现着中、西方的悲剧创作元素，实现了东西方悲剧审美元素的合二为一。

关于美国华裔女性作家，研究重点依然集中在她们的跨文化写作和双重身份上。顾华的《局外人的不安与愤怒——试论当代美国华裔女诗人的创作》[《沈阳师范大学学报》(社会科学版)2010年第34期]，对华裔女诗人进行了群体考察。该文指出，在当代美国华裔诗歌界，女诗人的表现非常突出，这些华裔女诗人有的是第一代移民(如林玉玲、陈美玲)，有的是土生华裔(如林小琴、朱丽爱)，有的是华裔和其他亚裔、欧裔的混血儿(如吴淑英、宋凯西及张粲芳、白萱华)，但不管她们个人的成长经历如何，独特的中美双文化背景赋予了她们双重意识和视角。在面对来自美国主流社会和文化的歧视和压力时，她们不可避免地流露出作为局外人的不安、焦虑与愤怒。她们诗歌中体现出的中国文化传统与族裔性，既是她们区别于美国主流文化和其他诗人的标志，又是造成这种紧张情绪的原因之一，而女性诗人的身份，更是让她们在面对主流文化时多了几分边缘意识与危机感。刘志芳、郭静怡的《当代美国华裔女性自传体小说与文化批评》(《社会科学家》2010年第7期)，对美国华裔女性自传体小说进行了文本内涵和文化批评。基于当代多元文化共存的大背景，从文化批评视域下的"他者"、"亚文化"与"身份"三个维度来观照美国华裔女性自传体小说，会真实性地展现华裔女性身处的性别、族裔、人种、地理、国别和文化等多重"他者"际遇的复杂性，以及华裔女性如何在多重夹缝中拓展身份建构之路。

此外，女性作家中的"新移民海归文学"也受到了关注。刘俊的《"新移民海归文学"：新立场、新视野、新感受、新文学——以施雨和她的〈上海"海归"〉为例》(《华文文学》2010年第4期)，就对施雨和她的《上海"海归"》进行了分析考察。作者指出，如果一个作家经历了从"新移民"到"海归"的转变，那他(她)的立场、视野、感受无疑会受到极大的影响，而这种影响在很大程度上，也会使她的创作形态和文学风貌发生转换，如果一个作家率先将自己从"新移民"到"海归"的身份变化和人生轨迹在作品中加以表现，那他（她）很可能就此引领一种新的文学潮流并生发出一种新的文学品种，我们可以将这种新的文学品种命名为"新移民海归文学"。

除了美国，加拿大的北美华裔文学也受到了一定的关注，但仍有待于进一步深入发展。刘克东、段儒云的《〈残月楼〉中的女性形象——加拿大文化与中国文化的双重影响》（《世界华文文学论坛》2010 年第 3 期），对加拿大华裔女作家李群英的《残月楼》进行了分析考察。《残月楼》作为一部反映加拿大华裔移民历史的小说，将故事的背景设定在一个大家族，通过对王家四代女性命运的讲述，深刻地反映出了华裔女性在中国传统文化和加拿大文化相互冲突中生存的艰难状况及其艰辛的成长历程，具有深刻的现实意义和历史意义。邱瑾的《从〈传宗〉与〈吾家有女〉谈华裔的中国文化承袭》（《电影评介》2010 年第 11 期），对加拿大华人作家余曦的两部作品《传宗》和《吾家有女》进行了分析和考察。本文认为，《传宗》与《吾家有女》是两篇关注华裔精神与文化趋向的力作，两篇小说里，余曦均表现出对华裔身上中国文化危机与文化承袭的深层忧虑，两个文本用写实的手法娓娓道来，也反映了余曦写作艺术的逐渐成熟。

在拉丁美洲地区，以马尔克斯为代表的拉美魔幻现实主义依旧是中国学界的主要研究对象。李卫华的《文本旅行与文化建构——〈百年孤独〉在新时期中国的翻译、影响与误读》[《西安电子科技大学学报》（社会科学版）2010 年第 3 期]，对马尔克斯的经典名著《百年孤独》在新时期中国的译介和误读做出了梳理和分析。本文认为，文学文本在异域的经典化或者说翻译文学文本的经典化是文本的艺术品质，译入语的文化权力、文学观念和读者旨趣等多种因素合力的结果。对具体作品而言，也可能存在某一单一因素起主要作用的情况，《百年孤独》在新时期的迅速经典化，最主要的因素还在于其将西方文学现代性与本土文化传统相结合的模式，这种模式很大程度上契合了新时期中国文学现代性要求自主的诉求，并提供了一条现实的且似乎完全可以通达的道路。因此，《百年孤独》在新时期中国引发了接受热潮，它的译介和迅速经典化在于其将"拿来"的欧美文学经验与本土的文化传统相结合的方式契合了当时中国对文学现代性的整体想象与要求，由此引发了中国作家从形式、手法到内容、题材乃至观念、精神的全方位的借鉴，也不可避免地产生了一些误读。虽然外国文学经典提供了巨大的阐释空间，但这种阐释大多只是某种有利于本土、个人接受的定向阐释，本土具体的社会、文化语境从根本上制约着人们对外国文学作品的接受。当然，这种误读也可看作中国读者抵制经典的巨大影响焦虑，发挥自己自主创造的有意识的活动。

（五）西方文化与中国文学的比较研究

2010 年西方文化与中国文学的比较研究，主要集中在西方宗教与中国文学研究、西方文化思潮对中国现当代文学的影响这两个方面。此处的西方宗教，包括天主教和基督教。而 2010 年度此领域最为突出的特点，就在于来华传教士文学研究的兴盛。至于西方文化思潮对中国现当代文学的影响，则是多年来的重点研究对象。

来华传教士文学研究，是 2010 年度西方宗教与中国文学研究的重点。2010 年度来华传教士文学研究的相关著作共有两部，都取得了不错的成就，分别是：李奭学的《中国晚明与欧洲文学：明末耶稣会古典型证道故事考诠》（生活·读书·新知三联书店 2010 年版）和宋莉华的《传教士汉文小说研究》（上海古籍出版社 2010 年版）。

李奭学的《中国晚明与欧洲文学：明末耶稣会古典型证道故事考诠》，以 35.4 万字的篇幅，对晚明时期传入中国的天主教西洋古典型证道故事进行了梳理和考证。本书重点关注的对象有：利玛窦（Matteo Ricci，1552—1610）、高一志（Alfonso Vagnoni，1568—1640）、艾儒略（Giulio Meni，1582—1649）、卫匡国（Martino Martini，1614—1661），以及其他许多耶稣会士在华所写或传译的篇目等。耶稣会的证道故事是西方修辞学的产物，尤其关乎欧洲中世纪三大修辞学之一的"证道的艺术"。在导论与结论之外，本书按文类就寓言、世说、神话与传说分为四章。其中，寓言每每寄意幽微，在明末是耶稣会士首发的比喻体裁，有开山之功；世说是一种短小精练的历史逸事，所涉以希腊上古名人为主，故事中人讲话或许嬉笑怒骂，但机智隽永，每寓启示于讽谏之中；关于中文世界最早的欧洲神话，则以阳玛诺在《圣经直解》中所用者为主，以利玛窦或高一志等人在《畸人十篇》或《十慰》里征引的为辅；西洋上古传说，则取了三条故事试析"西学"或"天学"和儒家思想之间的分合。需要特别注意的是，第 6 章《另类古典》是唯一的例外，不能以上述四类文体加以分类，而是处理了耶稣会对佛教譬喻故事"不自觉"地借用的问题。该书于 2005 年已有繁体字版刊行，随后国内有出版社拟推出简体字版，不料延年宕月毫无音讯，作者只好取回版权，修订后改请三联书店送审付梓，2010 年本书终于得以面世。修订版在繁体版的基础上，对章节的编排进行了细致的修正，并增加了一些不可或缺的数据与讨论。同时，为方便学术研究，书中人名地名除了少数例外，大多和初版一致，并附上了欧语原文供读者进行参照。可以说，本书不仅填补了 17 世纪中欧文化交流研究工作上的空白，更在文学史和翻译史上打开一扇全新的视窗，具有重要的学术价值。

宋莉华的《传教士汉文小说研究》，以 34.5 万字的篇幅，对明末至晚清的传教士汉文小说分门别类，点面结合地作了详细论述，基本厘清了传教士汉文小说之起因、因承和发展线索，并对其文学地位与艺术价值做了客观的评价。此处的"传教士汉文小说"，是指西方来华传教士为了宣扬教义或改变中国人的观念，用汉语创作或翻译的小说。本书除了绪论之外，全书共分为十章，分别重点论述了：马若瑟与早期天主教传教士白话小说《儒交信》、早期基督教中文期刊的小说策略、第一部新教传教士汉文小说米怜的《张远两友相论》、高产的德国传教士郭实腊的小说创作与评点、《中国丛报》译介的中国古典小说及其对传教士的影响、宾为霖与《天路历程》的译介、街头布道家杨格非及其汉文小说、李提摩太与《回头看纪略》的译介、传教士与中国现代儿童文学的萌蘖，以及 19 世纪传教士小说的文化解读。全书资料翔实，持论有据，具有很高的学术价值。

在论文方面，刘丽霞的《文学作品中的近代来华美国女传教士——以〈异邦客〉、〈战斗的天使〉、〈相片〉及〈河畔淳颐园〉为例》[《云南大学学报》（社会科学版）2010 年第 9 期]，通过几部颇有代表意义的作品，包括赛珍珠的两部传记作品《异邦客》与《战斗的天使》、冰心的小说《相片》以及包贵思的小说《河畔淳颐园》,对近代来华的女传教士的传教活动及内心世界作探析和考察。本文梳理了三组表层的对话关系。其一,传教士之间的对话:传教方式及信仰认知。赛珍珠的两部传记作品《异邦客》与《战斗的天使》,详细记载了她母亲与父亲的出生、青少年生活、来华传教的经历,深入地解释了她父母的内心世界以及他们和周围世界的关系,揭示了赛珍珠对于基督教信仰的前后微妙的变化。其二,传教士与共产党人之间的对话:信仰与革命。包贵思在燕京大学有两位得意弟子,一位是著名女作家冰心,一位是女革命家杨刚。通过她的小说《河畔淳颐园》,不难发现包贵思作为一位外国传教士对一位献身祖国解放事业的共产党员的尊重和敬仰,作为一位老师对自己的学生所选择道路的理解和支持,那就是对苦难民众的深切同情、对自己所认定事业的牺牲精神和不畏艰难的勇气,以及对异见的宽容和理解。其三,母女之间的对话:爱的取与舍。在19世纪末20世纪初来华的美国单身女传教士中,一部分人采取了一种特殊的传教方式,即收养中国女孩,或认领中国孩子为义子、义女。冰心的小说《相片》,描述的就是一位倾注了一腔热柔的母爱之情的女传教士的故事。这种现象,是社会、宗教等深层因素共同推动的结果:一是18—19世纪的海外传教运动,以及19世纪流行于美国社会的"纯正妇女意识"的大背景;二是异质文化间的冲突,20世纪初美国社会对海外传教运动的质疑,以及传教士自身信仰认知过程本身的复杂所导致的挣扎心态;三是教会大学较强的文化影响力;四是基于社会承担意识,基督教与共产主义的有限认同。总而言之,清末民初来华美国女传教士是特殊时代中的一个特殊群体,具有很大的研究意义。

中国现代文学对西方宗教的接受,也受到了学界的关注。代步云的硕士学位论文《五四文学中宗教精神探析》(东北师范大学,2010),就重点剖析了五四文学所受到的基督教、佛教,甚至道教精神的影响。本文认为,五四时期对人道主义的提倡,使宣传"博爱"的基督教思想在作品中有着不同程度的表现:冰心、王统照幻想以"博爱"救世,在他们的早期作品中,"爱"具有驱逐苦闷、悲观、改造邪恶的神奇力量;庐隐、郁达夫、许地山等人则把对上帝的信仰与爱视为心灵的避难所,希望在这里寻求安慰与精神寄托。描写婚姻爱情方面,受基督教影响的作家也有着独特之处。到了五四运动的低潮期,一些作家与宣扬"人生是苦"的佛教思想有了共鸣。许地山的作品对这点作了充分的阐释,庐隐则表达了对人生的悲观态度。此外,道家宁静淡泊的人生态度,使废名、许地山、沈从文在观照自然时保持心灵的虚静。中国儒学重视道德价值而忽视个体生命价值,而五四时期"个人"成为人们关心的对象,宗教由于对"个体"的强调也为作家所接受,并表现出了独特的个体意识,佛学与《圣经》中包含有某些较强的平民意识,在五四时期的一些作品中,也浸染着一些具有宗教色彩的平等意识,宗教的博爱思想与人道主义的相同之处,使一些作家在表现博爱的同时在作品中注入了深沉的人道主义精神,正是由于作家对宗教精神有选择地接受,使他们的创作在整体上和反封建的时代精神保持了一致。宗教精神在五四文学中的出现,是具有多方面的原因的:首先,五四时期开放的社会风气为作家们接受各种思想、学说提供了一个自由的天地;其次,宗教中所包含的自由、平等、博爱精神与当时所提供的个性主义、人道主义、平民主义有着相通之处;宗教的文学价值也得到了肯定。宗教在五四文学中的发展呈淡化趋势，也有深刻的时代和社会原因，依靠提倡宗教精神来挽救中国的天真幻想随着时代的发展越来越显出它的苍白无力：在文化方面，自然科学的发展使宗教的创世说、原罪说不攻自破，基督教在中世纪对西方文明进程的阻碍以及它进入中国的强制性，使作家很难在理智和情感上完全接受它。西方文化的强烈冲击与对传统文化的批判使佛教的发展更显衰微，马克思主义对宗教的揭露使人们进一步认识到了它的虚幻性和欺骗性，相当一部分作家宗教意识的淡薄也使他们能够很快和宗教文化离异。总之，五四文学中的宗教因素是复杂而变化的，基督教、佛教、道教以及中国传统的儒家精神交相碰撞，相互影响。

西方文化思潮对中国现当代文学的影响，多年来一直是学界关注的重点。在众多西方文化思潮中，"现代主义"依旧是重点关注对象。宋剑华的《论现代主义文学的中国化阐释与运作》（《天津社会科学》2010年第5期），对中国文学界对现代主义的理解和诠释做出了梳理和分析。该文指出，现代主义是20世纪中国文学运动中的一种思潮，它借鉴西方现代主义文学的表现形式，又承载中国传统文化的美学思想，进而生成了一种貌似西方而神追传统的新潮假象。近百年来中国文学界对于现代主义的理解与诠释，几乎全都是以自己对于现代主义的个人感悟，去随意定论现代主义的美学特征。这种脱离现代主义历史语境的臆说，极大地影响了我们对于现代主义文学的本质认识，有必要做出细致的清理和研究。李建立的《1980年代"西方现代派"知识形态简论——以袁可嘉的译介为例》（《当代文坛》2010年第1期），对"西方现代派"的译介和产生过程进行了梳理和辨析。本文指出，"西方现代派"与中国"现代派"文学的关系问题一直是当代文学界的研究热点，以往多借助比较文学的方法探讨前者对后者的影响以及二者的差异。该文拟转换设问的方向，将20世纪80年代"西方现代派"知识的生产过程作为研究对象，通过对袁可嘉定义"西方现代派"方式及其内在逻辑的考察，提出作为20世纪80年代中国文坛重要资源的"西方现代派"不能完全等同于Modernism，其知识形态（历史分期、思想特征和艺术观点）需要放置在"文革"后的具体语境中才能得到更清晰的理解。这一清理为进一步认识"西方现代派"与"新时期文学"之间的复杂关系提供了可能。

除了现代主义之外，表现主义、象征主义、存在主义等文化思潮也多有提及。袁联波、穆兰的《表现主义与当代中国实验性话剧》[《西南民族大学学报》（人文社会科学版）2010年第31期]，对表现主义对当代中国话剧的影响做出了分析和考察。本文认为，由于对"人"的重新肯定和张扬，当代中国实验性话剧具有浓郁的"表现性"色彩。在东西文化的碰撞和交融中，民族写意艺术精神同表现主义戏剧的表现性特质相互修正、交会融合，内化于戏剧艺术创作之中。表现主义在当代中国并没有形成一个独立的戏剧实体，它往往只是作为依附性的亚结构融化于现实主义戏剧之中。表现主义戏剧对当代中国实验性话剧的影响更重要的是体现为一种深刻的表现性艺术气质。在直觉想象与观念呈现的戏剧思维中，同西方表现主义戏剧相比，当代中国实验性话剧少了些抽象化和观念性特点，而更多地表现为一种意象化方式。当代中国一些实验性话剧中，戏剧结构的基本构架被打破，而代之以一种表现主义戏剧中常见的意识流似的心理结构；同西方表现主义戏剧一样，镜头化的叙事方式使当代中国实验性话剧获得了一种对人物心理揭示的独特表现视角，给予观众以巨大的心灵震撼。

张智韵的《论冯乃超早期诗歌对魏尔伦诗歌音乐性的接受》（《西安外国语大学学报》2010年第3期），对冯乃超对法国象征主义的接受进行了梳理和分析。该文认为，中国现代诗人冯乃超的早期诗歌创作深受法国象征主义的影响，尤其是接受了魏尔伦提倡诗歌音乐性的主张。他的诗从诗歌的流动美、抛弃词语意义的朦胧美、主旋律与回旋韵的使用及诗歌中音与色的和谐交契四个方面与魏尔伦诗歌的音乐性有相似之处。冯乃超的诗在这一意义上表现出了中国新诗由摆脱旧体诗束缚的背弃，走向寻找传统与外来移植的契合点这一变化的倾向，在吸取传统与"拿来"之间寻求了平衡。此外，许晶晶的《论卞之琳诗歌中中国传统诗歌同西方象征主义的交融》（《西安外国语大学学报》2010年第3期）论述了卞之琳的诗歌创作受到象征主义的影响。

刘观女的《郁达夫与王尔德的唯美主义观比较研究》（《语文学刊》2010年第7期），对郁达夫与王尔德的唯美主义的不同理念做出了分析研究。作者指出，王尔德是唯美主义的倡导者和实践者，主张为艺术而艺术，醉心于追求艺术形式美，并体现在其服饰、装饰、语言上。郁达夫对唯美主义的接受受到王尔德的影响，却又作出了自己独特的诠释，因此具有本土化后的独特性。此外，张全之的《"国家的与超国家的"：无政府观念对郭沫若、郁达夫早期创作的影响》（《东岳论丛》2010年第31期）、马春光的硕士学位论文《论穆旦诗歌的存在主义思想》（山东师范大学，2010），分别对无政府主义、存在主义进行了探讨。总体而言，西方文化思潮流派众多，它们对中国现当代文学的影响历来是现代文学研究的重点，因此成果虽多，但新意较少。

综上所述，2010年度的中西比较文学呈现出稳步向前发展的良好趋势，取得了不少优秀的学术成果，但也无可避免地存在一些缺憾。笔者在此对中西比较文学研究中存在的一些不足进行简要的归纳和分析，诚请诸位方家批评指正。

一、创新意识不足。或者称之为"炒冷饭"现象严重，这是中西比较文学研究多年来一直存在的老问题。许多经典作家的相关研究已经形成惯用的固定模式，虽是老生常谈却依旧大有市场；相比之下，一些学术空白却富有创新精神的研究领域迟迟无人涉足。例如，但凡提到中西戏剧比较研究，年年都绕不开"莎士比亚"。莎翁戏剧无疑是世界公认的经典文学宝库，但中国学界研究了几十年，至今依然跳不开基本的平行研究模式，许多研究甚至还停留在"一加一"的比附层面，这就着实需要反思了。比起研究成果的"数量"，还应更多关注其"质量"。

二、缺乏原典阅读。许多研究者在进行中西比较文学研究时，对于文本本身缺乏应有的理解认知，往往望文生义，人云亦云，甚至以讹传讹。身为中国的比较文学研究者，首先，应具备基本的中国文学素养，熟读原典并准确理解其文化内涵；其次，对于所研究的西方文本，应尽量阅读其原文，获得第一手资料，而不是过度依赖其中文译本。例如，作《山海经》、《圣经》与《吉尔伽美什》的"永生"主题的比较研究，若不阅读其原著原文而只做简略性的大致分析，势必缺乏说服力。

三、语言水平受限。不难发现，中国与英语世界文学的比较研究，是中西比较文学研究的主流。这显然与中国研究者自身的语言掌握水平有关。作为比较文学研究者，掌握三种以上的语言是十分必要的。然而就目前而言，英语是中国研究者普遍掌握的语种，其他语言如德语、法语、西班牙语、葡萄牙语等受到的重视不足，更不用说芬兰语、瑞典语、冰岛语了。举例来看，为何北美华裔文学研究集中在美国华裔创作的英语文学上，而加拿大华裔创作的法语文学却无人问津？北欧文学研究为何一直受到冷遇？语言障碍显然是原因之一。

四、尚未与国际接轨。比较文学是开放的、兼容并包的学科，而非封闭的、闭门造车的学科。就中西比较文学研究而言，中国许多相关领域的研究比国外落后了十年不止。中国学界应扩大与西方学界的交流和交往，加强中西学界的最新学术成果的翻译和交流进程，唯有吸收世界上最先进的研究成果，并在此基础上进行自己的学术创新，中国比较文学才能真正赢得国际的认可。

五 2010年度翻译文学研究综述

古婷婷

翻译文学研究以其跨语言、跨学科、跨文化的特性作为比较文学的独特组成部分，得到了诸多学者的青睐。2010年度，在以往研究的坚实基础之上，翻译文学研究继续取得了长足进展，其广度和深度均得到了拓展。综合观之，2010年度翻译文学研究主要包括以下四方面：一、翻译文学基本理论与方法论研究；二、翻译文学家及其译作的评论与研究；三、翻译文学史研究；四、具体译本的分析研究。

（一）翻译文学基本理论与方法论研究

翻译文学研究自20世纪80年代起日渐繁荣以来，翻译文学的学科定位日渐明晰，学科地位日益巩固，翻译文学是比较文学的独特组成部分亦为学术界所公认。在学科构建的过程中，诸多学者为翻译文学的学科定位做出了重要贡献，如谢天振、王向远等。2010年度，部分学者再一次巩固了翻译文学的学科定位。王振平《论比较文学与翻译的关系》[《内蒙古民族大学学报》（社会科学版）2010年第5期]再次解析了比较文学和翻译的关系，认为文学翻译是比较文学得以进行的媒介，比较文学中的"影响"大多是通过翻译来实现的，而近年来翻译研究的文化转向则证明了翻译研究的发展也离不开比较文学。因此，文学翻译研究可以也应当属于比较文学的一部分。比较文学和翻译研究你中有我，我中有你；既相互独立，又相互重叠；既相互利用，又相互支持的关系。邓笛的《编译文学：也应该得到承认的文学》（《外语与外语教学》2010年第6期）修正了谢天振"复杂的混合体"的定义，认为"编译文学"是以民族语言为媒介，对外国文学作品进行边翻译边故意添加原作所没有的文学想象和对原作重新编创的文学样态与文学作品。编译文学与翻译文学既有重叠又有区别，编译文学和翻译文学一样具有外国文学和民族文学的双重属性，而编译文学基于翻译，其更深层的属性是翻译性和原创的文学性；和翻译文学表达的是原作的艺术意境不同，编译文学表达的是译者自己创造的艺术意境，并且由于历史、读者接受等原因，编译文学将一直存在。作者强调"编译文学"是完全可以独立存在并在文学之林中占有一席之地，并应该积极把"编译文学"和"翻译文学"一样纳入民族文学的范畴来考察。

在明确了翻译文学的学科定位之后，文学翻译批评的理论体系构建卓有成就。赵秀明、赵张进的专著《文学翻译批评：理论、方法与实践》（吉林大学出版社2010年版）共分九章，分别从翻译批评的性质、观念、原则、标准、形态、角度、方式、方法、实践等九个方面入手，系统而全面地探究文学翻译批评，建立了有关文学翻译批评教科书式的理论体系。并注重理论和具体实践的结合，在翻译批评实践一章列举了思想内容批评、翻译艺术批评、形式主义批评、形似与神似批评、翻译风格批评、意境批评、接受美学批评、阐释学批评、女性主义批评、生态批评、空间批评等具体批评实践案例，内容详细而全面。王宏印的《文学翻译批评论稿》（第二版）（上海外语教育出版社2010年版）在初版基础上有所修订，第二章：扩充了西方批评的晚近发展部分；第四章：扩充和加深了翻译批评方法各部分；第五章：增加了德国功能学派赖斯的批评观点；第六章：增加了互文的详尽分类和另类，增加了文本的封闭型和开放型结构，新增了附录语篇分析方法；第七章：读者反应一节新增了三种批评中心的转移，完善了附录意识形态运行模式；第八章：添加了文学翻译批评的文风问题一节；第九章：扩充和完善了朝向翻译批评学科的构建思路，新增了"翻译批评与翻译教学"一节。该书借鉴文学批评建设的路子来构想文学翻译批评的建设，抓住翻译理论、翻译批评与翻译史及其相互关系问题，把理论批评与作品鉴赏结合起来。全书九个部分构成了有逻辑关系的系统，而且每一部分既有著者自己研究的新成果，又提出了许多值得深入研究的问题。修订后的全书内容更加全面完善，理论体系更加完整。

综合观之，一些翻译文学理论的基本问题仍旧是2010年翻译文学基本理论与方法论研究的重点所在，如翻译策略、翻译标准、可译性、误译（文化误读）、复译、翻译风格、翻译美学等。

郭建中的《翻译：理论、实践与教学——郭建中翻译研究论文选》（浙江大学出版社2010年版）一书分为上编、下编、附录三部分。上编汇集了作者30多年来正式发表的大部分重要论文，共有32篇。其中"汉译英的翻译单位问题"、"汉英/英汉翻译：理念与方法"和"Pragmatic Translation in the Chinese Context"等文章，论证作者从不同的理论角度，从亲身翻译实践中总结出来的宝贵经验，是作者颇具匠心的文章，具有实际翻译操作的指导意义。论文按写作时间顺序排列，也可以追踪作者的学术研究轨迹。这些文章表达了作者对国内外一些翻译问题的深入研究和创新思维，有极高的学术价值。所探讨的问题包括直译/意译、可译性/不可译性、异化/归化等翻译文学理论的基本问题。下编选入了作者为自己的专著和重要译作写的序言、后记以及作者为学术界同行的专著写的涉及翻译方面的序言，共有11篇。这些文章，既中肯评议了朋友专著的学术价值，也阐述了作者本人的翻译（思想）观点，具有同样重要的学术意义。附录部分，选入了全国各地学者为郭建中教授的著作写的序言、评论及对他的访谈文章。作者把翻译纯理论的概念融入应用翻译理论的研究领域。具体来说，结合西方翻译纯理论的概念和中国传统翻译理论的观点，总结自己在汉英/英汉翻译中的实践经验，发展了汉英/英汉翻译在语言操作方面的五个层次和文化操作四个方面的系统的理念与方法。全书展示了作者明确的翻译观：不管是英译中，还是中译英，在忠实于原文意思的前提下，译文必须通顺易懂。在翻译过程中，必须用译入语的表达方式来替代原语的表达方式。在文化操作方面,"归化"抑或"异化",则视原作者的目的、文本类型、翻译目的、译文读者对象等可变因素而定,并认为,可以把归化与异化的概念纯粹作为话语策略来考虑,但不排除话语策略的选择对文化移植和译者对外国文化与外语文本道德态度的影响,因而提出了直译、意译、异化、归化的重新定义和组合,把语言与文化、形式和内容分开来处理;同时,撇开意识形态问题,只就方法论问题进行探讨。

在文学翻译的翻译策略问题上,归化与异化问题仍旧是讨论的重中之重。自劳伦斯·韦努蒂(Lawrence Venuti)在《译者的隐身》(*The Translator's Invisibility*)(1995)一书中系统论述了归化翻译和异化翻译两种翻译策略之后,结合20世纪90年代以来翻译的文化转向,翻译中的归化和异化问题的讨论愈演愈烈。至2010年学界仍对此问题紧抓不放,支持归化者有之,支持异化者有之,支持二者互补者亦有之。李丽华、严峻《政治立场与民族认同的选择:文学翻译归化与异化之争的本质》(《江西社会科学》2010年第12期)一文探讨了不同历史语境下政治、民族文化认同等问题对文学翻译策略选择产生的影响,作者认为忽略提出异化/归化策略的后殖民主义背景,而盲目推崇文学翻译中的异化是不可取的,在当下全球化语境中采取以归化策略为主导,归化/异化"和而不同"具有必然性。陈鹏文《异化:文学翻译的适选之路》[《青海师范大学学报》(哲学社会科学版)2010年第5期]和支持异化翻译的大多数文章一样,认为在翻译的文化转向大背景下,异化翻译更能体现原语国家语言、民族文化特性,因此在文学翻译中涉及文化翻译的时候应有意识地使用异化翻译。

2010年度关于文学翻译的标准问题,主要集中在"忠实"与"创造"上,同时并不局限于这两个概念本身,而是把它们和与之相关的其他诸多概念和问题置于一个有机的系统之中综合考察。何悦的专著《文学翻译漫谈与杂评》(大连理工大学出版社2010年版)从翻译实践的角度对文学翻译中存在的问题谈了自己的看法,特别是如何严格按照原文进行翻译,如何做到翻译的忠实提出了自己的见解,并从微观入手,探讨译作如何通过构成作品整体的一个个具体的"零部件"——词语、词组、句子乃至标点符号,表达再现原作的思想性和艺术性。杨镇源在《论德里达"延异"概念对文学翻译批评"忠实"伦理观之消解》(《当代文坛》2010年第1期)和《论"忠实"之后的文学翻译伦理重构》(《当代文坛》2010年第4期)两篇文章中先探讨了德里达的"延异"概念揭露了意义的不稳定性,从而消解了文学翻译中的"忠实"伦理,文学翻译的关注重心从"忠实"转移到文本外的诸多文化因素上。后讨论了解构主义消解了文本意义的确定性,翻译的"忠实"伦理也同样被消解了之后,译者由于失去了"忠实"制约而走向肆无忌惮的境地。而依托于主体间性重构的伦理框架,文学翻译既不禁锢于"忠实",又克服了解构主义对译者主体性的过度放纵,同时也明确"忠实"之后翻译伦理的重构途径和立足根基。王贵明《文学翻译批评中对译与作的"质"和"构"的认知》(《中国翻译》2010年第3期)认为长期以来,学界以"忠实"为标准对庞德翻译的《华夏集》有诸多批评,但是作者提出"译与作同构与异构和同质与异质"命题,倡导论者与译者比肩思维,感知译者的翻译美学、诗性思维和情感动态,对译作与原作思想情感和语言文化内在特质与形式结构进行多向度的比较,才能对译本进行真正中肯的评价。

此外，2010 年度所关注的文学翻译基本问题还包括可译性/不可译性、误译（文化误读）、复译、翻译美学、翻译风格等。关于可译性/不可译性问题，部分学者已经抛弃了简单的二元对立立场，而是在承认语言的某些不可译性基础之上来探讨文学作品的可译性，分析可译与不可译二者提出的背景和原因。王蕾《语言的"不可译性"与文学翻译变异的必然性》[《宁夏大学学报》（人文社会科学版）2010 年第 1 期] 就认为由于语言的不可译性在语言认识论和本体论层面都会顽固存在，但是这并不代表文学翻译是不可能的，反而为文学翻译中的变异提供了可能的空间。任淑坤《文学作品的可译性与不可译性——以五四时期的一场论争为中心》（《河北学刊》2010 年第 5 期）以 1921 年郑振铎和茅盾、沈泽民展开的文学作品是否可译的争论入手，探讨文学作品的可译性这一问题在 20 世纪 80 年代后的延续，其大致状况表现为论题具体化、文化的视角、跨学科意识、发展的观点、文本研究，但是这些论争很大程度上仍旧是五四时期那场论争的延续，作者进而分析了可译性问题论争的根源在于双方对翻译本质的不同认识、不同翻译标准的认定、不同的理论依据和不同的描述方法。诗歌的可译与不可译问题一直是学界争论不休的问题，钱静、陈学广《从语际翻译看文学语言的特性——也谈诗的可译与不可译》（《外语学刊》2010 年第 5 期）认为诗的可译和不可译主要在于诗歌语言和实用语言不同，实用语言只注重语义信息的传达，而诗歌审美则和其语言形式密不可分，因此实用语言的翻译是一种"有限翻译"，而诗歌翻译是既注重语义又关注形式的等值、等效的"完全翻译"，诗的不可译性主要体现在其语言形式上。自 20 世纪 90 年代翻译的文化转向以来，误译和文化误读问题一直是学界关注讨论的热点。王东风《论误译对中国五四新诗运动与英美意象主义诗歌运动的影响》（《外语教学与研究》2010 年第 6 期）研究了五四新诗运动和英美意象主义诗歌运动的发起人的翻译活动，证明在他们的翻译活动中有明显的误译，而这种误译打破了传统，使其影响下的新诗体出现了双重异化的现象：既不同于原语文学的诗歌样式，也不同于目标语文化的诗歌传统，通过翻译，一种新的诗体和诗学理念建立起来了。龙云《文化翻译中文化误读的类型剖析》[《西北民族大学学报》（哲学社会科学版）2010 年第 3 期] 围绕无意识、有意识误读，对文学翻译中产生的文化误读进行具体分类：作品形态转换中的文化误读、语言的深层意境造成的文化误读、文化意象造成的文化误读、价值标准和意识形态差异造成的文化误读、考虑目标读者"期待视野"造成的文化误读。关于复译问题，刘孔喜、杨炳钧在《文学作品复译的原型观》（《西安外国语大学学报》2010 年第 3 期）一文中从翻译原型论入手，认为文学翻译是在一定时空条件试图穷尽原作样例与译作样例，以期达到最佳样例甚至现实原型的整合过程，这一过程中必然存在大量的复译现象，而每一次复译都是译作原型的整合过程，是对译作"理想原型"的向往与追求。翻译美学亦是文学翻译的基本问题之一。马蓉编著《翻译审美与佳作评析》（宁夏人民出版社 2010 年版）一书在绪论中总结了中国古代、近代、现代和当代的翻译美学观，正文每一章凸显一个翻译美学问题：翻译审美意识之培养、汉语音律美、汉语四字格之美、汉语整饬美、汉语模糊美、汉语意合美、汉语简约美、英汉修辞美、语言文字功力之培养、英语音韵美、英语平行美、英语句式美、英语形合美、英语繁复美等，全书基本模式为译文评赏与翻译审美两大主线交错，将原文与译例相对照，进行综合性评析，涉及的译文包括《荷塘月色》《背影》《落花生》等。党争胜《从翻译美学看文学翻译审美再现的三个原则》(《外语教学》2010年第3期)一文梳理了翻译美学的渊源、发展及翻译美学和文学翻译的关系，总结了文学翻译审美再现的三个原则：象似原则——艺术模仿的原则；创作原则——艺术原创的原则；优化原则——艺术至美的原则。翻译风格同样是文学翻译的基本问题之一。魏家海《汉诗英译风格的"隐"与"秀"》(《天津外国语学院学报》2010年第5期)借用《文心雕龙》里的"隐秀"概念探讨了汉诗意象、谐音和飞白英译的"隐秀"美学特征，指出"隐秀"美学观是检验译诗忠实性的重要标准，原诗和译诗之间"谐""谶"关系的不同处理方式反映了译者不同的审美主体性。

2010年度翻译文学研究中，从西方文学理论入手研究翻译文学是另一个研究热点，主要是对接受美学、阐释学、关联理论等理论的借鉴与运用，既有理论上的探讨，也有具体译例作例证。赵颖《创造与伦理：罗蒂公共"团结"思想观照下的文学翻译研究》(中国社会科学出版社2010年版)从批判文学翻译中存在的"逻各斯中心主义"倾向入手，对文学翻译中想象的作用加以研究，从而可以更加准确地把握文学翻译的"诗化"本质。在新实用主义哲学家理查德·罗蒂（Richard Rorty）看来，想象可以成为实现公共正义、创造人类"团结"的力量，从这个角度来说，将想象引入文学翻译的研究，便有可能保有文学本身所特有的"反逻各斯"倾向，实现"自我"与"他者"的和谐共存，达成文学翻译的"团结"。该书采用理论探索和实例分析相结合的研究办法。首先，从学理上分析论证想象超越理性束缚的可能性和可行性，及其在文学翻译中发挥作用可能的表现形式。其次，在学理分析的基础上，通过剖析具体的翻译行为和个别译本，进一步阐释这种理论探索的合理性、必要性及其可能形成的结果。想象如何一步步实现文学翻译的"团结"，主要探讨想象在文学翻译的三个阶段中，如何发生作用。第一阶段，在面对"他者"时，想象通过移情"飞离在场"，实现"自我"对"他者""设身处地"的认同。第二阶段，想象的"居间统合"如何能够促成"自我"与"他者"的平等交流，继而达成翻译的"诗化"统一。第三阶段，如何通过"意象再造"来构建出文学翻译的"团结"，需要靠想象的创造来成就。最后，作者得出了结论：文学翻译在想象的呵护下，由于能促成"他者"的伦理，促成"自我"与"他者"的"团结"，同时显现出文本"诗化"的本质，因此，它可以保证文学作品在新的语境中生机勃发，生意盎然。一些学者从接受美学入手，探讨译者主体性在译本中的体现及读者接受效果对译者和译文产生的影响。兰军《论接受美学视角下译者的主体性——兼析莎士比亚第十八首十四行诗的四个汉译本》[《宁夏大学学报》（人文社会科学版）2010年第4期]和朱小美、陈倩倩《从接受美学视角探究唐诗英译——以〈江雪〉两种英译文为例》(《西安外国语大学学报》2010年第4期)分别以莎士比亚第十八首十四行诗的四个译本和《江雪》的两个英译本为例，从接受美学入手探讨读者接受对于译者和译文产生的影响，读者主体地位的增强有利于译者主体性的发挥，因此导致译文深深打上了译者主体创造性的烙印。而这种主体性是有"度"的，韦建华《接受美学与文学翻译之"度"的把握》[《西北工业大学学报》（社会科学版）2010年第2期]就对译者的创造性叛逆行为及其限度进行了探讨。从阐释学角度研究文学翻译，多数学者的关注点在于阐释学对于误译的阐释。孙雪瑛、周睿《诠释学视角下的误译——浅析当代哲学诠释学对文学翻译的启示》(《黑龙江教育学院学报》2010年第10期)和贾焕杰《阐释学观照下的复译和误译》(《前沿》2010年第6期)均探讨了阐释学视角下的误译问题,伽达默尔的视域融合理论为复译提供了合理性和必然性,其对前理解的肯定则为误译提供了研究价值,由于不同的前理解而造成译者理解上的不同,进而形成了合理的有意误译。朱益平《阐释学三大原则对文学翻译的启示——以〈德伯家的苔丝〉多译本为例》(《江西社会科学》2010年第1期)则以《德伯家的苔丝》为例证,具体解释伽达默尔阐释学的三大哲学原则——理解的历史性、视野融合、效果历史——对文学翻译的影响:由于文本意义的开放性和不确定性,凸显了译者理解的主动性,也更加明确了文本意义阐释过程的动态性和循环性,这在名著重译现象中得到进一步证明。关联理论亦是研究文学翻译的切入点之一,符赛男《关联理论在文学翻译中的运用及存在的问题》[《北京航空航天大学学报》(社会科学版)2010年第6期]一文中肯定关联理论对可译性、效度、重译等问题的解释力,但是同时关联理论不能为文学翻译中的文化缺省现象提供有效的解决办法。揭廷媛《诗歌翻译的文化缺省补偿——关联翻译理论阐释》[《云南师范大学学报》(对外汉语教学与研究版)2010年第1期]则认为关联理论为诗歌翻译中的文化缺省现象提供了一种途径:即遵循最佳关联原则对原文中的文化缺省进行补偿。

  从具体文学体裁入手,探讨诗歌、戏剧、小说的翻译亦是2010年度的研究重点之一。辜正坤《中西诗比较鉴赏与翻译理论(第二版)》(清华大学出版社2010年版)一书是2003年初版的修订版。修订版中作者补录了2003年之后发表的学术论文若干篇,修改或增添的内容占原书篇幅的40%左右。对全书进行了系统梳理和修订,删减若干与本书主题关系稍远的文字,将一些原来用英文写的文章改写为汉语译文,同时收录作者近年来的若干新作。经此两年多断断续续的修订,本书规模及体系结构均大为整理,理论框架亦进一步改善。全书一共分为四卷,第一卷"中西诗歌鉴赏与比较理论",第二卷"中西诗歌鉴赏举隅",第三卷"翻译理论与技巧",第四卷"翻译与学术文化"。修订的部分主要集中在第三、四两卷。在第三卷中,作者将第一版中用英文写作的"翻译理论部分"(第十一章)一章中的"玄翻译学引论"译成了汉语,包括"何为玄翻译学"、"翻译的定义与本质"、"对翻译理论术语的厘定"(第一原则:总要质疑译学界现行术语的合理性和合法性;总要挑战因袭、公认的观点和术语;第二原则:总要警惕自我辩解;第三原则:总要警惕修辞手段的误用)、"创建翻译批评标准的前导原则"等四节内容。将"翻译界现状略评"一章扩充为"翻译批评新论与翻译界现状略评"(第十七章),除了对当代译坛的诸多问题进行评述外,作者增加了"翻译主体论与归化异化考辨"一节,对2003年以后译坛出现的两个热点问题——翻译主体论和归化异化问题——进行了考辨,提出了自己对译者主体论和归化异化策略问题的见解。在"诗歌翻译对策与技巧"一章中,增加了"中西爱情诗翻译赘言"和"中国古代及近百年诗歌翻译概论与理论研究新领域"两节。在论述翻译对策与技巧时增加了中西爱情诗翻译的例子,丰富了例证。并在最后总结了中国古代诗歌翻译成就、中国近百年来诗歌翻译成就与翻译观,以及中国诗歌翻译理论发展的新领域,既肯定了中国诗歌翻译已

— 95 —

经取得的成就,又对中国诗歌翻译领域的新发展寄予了美好的憧憬。在第四卷"翻译与学术文化"一章中,增加了"翻译研究的文化转向与中国文化学派的兴起"一节。这也是 21 世纪中国翻译学界出现的热点话题,作者在本节中,对翻译研究的文学学派、语言学派、文化学派均进行了评价,并总结了国际翻译研究的文化转向和中国一百年前翻译领域的文化取向。最后,修订版增加了"《中西诗比较鉴赏与翻译理论》答疑"一章,主要针对第一版出版之后的各类问题进行了回答,针对美国诗人艾米丽·迪金森 *Wild Nights* 一诗的翻译问题进行答疑,并提及了诗歌翻译批评中的误译问题和汉语表达问题。修订之后,本书理论体系更加完整,建构起一个诗歌评价、阐释和翻译的理论体系,内容准确度更高,增加了作者对翻译中的热点理论问题的看法。2010 年度还有若干篇论文研究戏剧、诗歌、小说、神话的翻译,如任晓霏、毛瓒、冯庆华《戏剧对白翻译中的话轮转换:戏剧翻译研究的一项戏剧文体学案例分析》(《外语教学理论与实践》2010 年第 1 期);刘金龙、高莉敏《戏剧翻译的文化之维》(《四川戏剧》2010 年第 4 期);包通法、杨莉《古诗歌"意境"翻译的可证性研究》(《中国翻译》2010 年第 31 期);李晓红《诗歌翻译中的审美移情与艺术生成》(《浙江学刊》2010 年第 4 期);胡显耀、曾佳《翻译小说"被"字句的频率、结构及语义韵研究》(《上海外国语大学学报》2010 年第 3 期);洪溪珧《文学文体学管窥下小说中语言变异的文体功能及其翻译》(《前沿》2010 年第 4 期);王颉、王秉钦《漫话宗教神话与翻译》(《上海翻译》2010 年第 1 期);等等。

此外,2010 年度还有对其他特殊翻译问题的研究。卢玉卿《文学中的科学翻译与艺术翻译:文学作品中言外之意的翻译研究》(南开大学出版社 2010 年版),是在其博士学位论文《文学作品中言外之意的翻译研究》(南开大学,2010)基础之上修订出版的。该书研究的是言外之意的文学翻译,在于译界少有人涉猎和研究。以言外之意的文学翻译为研究对象,突出言外之意翻译的生成和表达问题。作者将言外之意分为四种:含蓄式、寄寓式、意象式和意境式。在此基础上,这四种形式又归纳为两大类型,即意向型和审美型。意向型言外之意的翻译,借助语用推理较为有利;而审美型言外之意的翻译,则有赖于审美意象图示的把握。因此,翻译过程中就体现了语用学理论的应用与审美心理艺术处理的结合。这样,在文学翻译这一领域内,科学翻译和艺术翻译就找到了契合点。在言外之意的文学翻译表达层面,也是言外之意翻译的实践层面,该书根据认知语境——推理机制和审美意象图示机制,借助赵彦春的一价译元推理翻译模式和二价译元推理翻译模式,提出了翻译意向型言外之意的语义、语义—语用、语用三个层面,以及受制于语境关联、基于三个层面的意向型言外之意的上下推移翻译原则,为直译、意译提供了依据。对于审美型言外之意的翻译,作者在霍姆斯双图示翻译模式和姜秋霞的格式塔意象再造审美翻译模式的基础上,提出了审美言外之意的审美意象图示翻译模式,从意义翻译的实际出发,确定翻译转换的中介是审美意象图示,原文和译文是这个图示的不同语言表述。审美意象图示翻译模式弥补了姜秋霞关于文本整体审美意象模式过于宏观和概括的不足,对翻译实践具有更强的指导力。

（二） 翻译文学家及其译作的评论与研究

翻译文学家及其译作的评论与研究是比较文学翻译文学研究的重要组成部分。2010年度，对翻译文学家及其译作的评论与研究可谓百花齐放，并未出现集中研究某一位翻译文学家的偏重现象，研究范围广、程度深。

鲁迅、林纾、傅雷、郭沫若、胡适等老一辈翻译文学家仍旧是研究热点之一。"硬译"是鲁迅翻译的主要表现之一，胡莉莉《从巴赫金对话理论看鲁迅文学翻译之"硬译"》[《西安电子科技大学学报》（社会科学版）2010年第5期]从巴赫金的对话理论来审视鲁迅之"硬译"，译者、文本、读者是一个多重的对话体，作者与读者、读者与文本主人公、文本主人公意识与社会意识、译本与读者之间均构成了对话关系，鲁迅的"硬译"是特定历史文化语境中各种对话的结果。欧化倾向同样是鲁迅翻译特色之一，李丽《鲁迅儿童文学译作中的欧化现象考察》[《湖北大学学报》（哲学社会科学版）2010年第6期]从鲁迅的三部儿童文学译作《小约翰》《表》《俄罗斯的童话》入手，探究鲁迅儿童文学译作中的欧化现象，发现鲁迅后期的儿童文学译作中的欧化现象并没有中期明显，同时后期的作品也有一定差异，因此有必要以一种动态的视角来研究鲁迅翻译中的欧化现象，并探究这种变化产生的原因。

林纾作为中国近代翻译的先驱，一直是翻译文学研究的重点和热点之一。2010年度有两篇博士学位论文以林纾为研究对象，分别是杨玲《林译小说及其影响研究》（福建师范大学，2010）和刘宏照《林纾小说翻译研究》（华东师范大学，2010）。前者从宏观角度研究林纾及其翻译。首先从林纾生平入手，探究林译小说的分期及其特点，以五四新文化运动为分期，林译小说的评价也由褒入贬，这主要是由于林译小说中的伦理道德观点和其所使用的古文和新文化运动格格不入。其次细致分析了林译爱情小说代表作《巴黎茶花女遗事》、政治代表作《黑奴吁天录》、社会问题代表作《块肉余生述》，总结了林译小说的影响：对文学翻译理论的影响，20世纪后半期以来，逻辑学范式向现象学范式转型，林纾和庞德的翻译价值重新被发现，证明了其翻译理论的合理与合法；对小说界的影响，林译小说在晚清民初时期契合了时代的要求，其语言、内容、题材、形式等都对五四新文学产生了巨大影响，是古代文学向现代文学过渡的中介；对林纾本人文学创作的影响，即其译作的语言、内容、题材、形式等对林纾本人文学创作的影响；对和谐文化的影响，林译小说契合了当时接受主体的期待视野和文化主流，达到了文化和谐发展的终极目的。后者主要从微观角度具体研究林译小说文本，探讨了林纾的翻译思想、翻译策略、林译的操纵因素、林译的成功原因、林译的贡献以及林译的不足和缺陷。其中林纾的翻译思想主要体现在其翻译的社会目的功能，对于译书和著书的区别也有充分认识。林译小说的翻译策略主要体现在语言上使用文言文；大部分采用归化策略，也采用了适当的异化策略；还采用了注释策略。操纵林译小说翻译的诸多因素主要有当时的意识形态、诗学、赞助者、林纾本人及其合作者。而林译小说的流行主要得益于林纾深厚的国学功底、正确的翻译策略以及对时代需求的充分融合。其影响主要在于改变了小说在中国文学系统中的地位,推动了中国小说的革新,传播了西方进步思想。最后林译小说的不足则主要在于误读误译颇多。此外还有部分期刊论文以林纾为研究对象。如文月娥《巴赫金对话理论视野下的林纾翻译解读》[《西安电子科技大学学报》(社会科学版)2010年第6期]从巴赫金对话理论角度,详细阐述了林纾在翻译过程中,与合译者、作者/原文、读者及时代语境的多重对话关系。还有论文同时以林纾和鲁迅的翻译为研究对象,探讨翻译批评的多重视野。刘云虹《从林纾、鲁迅的翻译看翻译批评的多重视野》(《外语教学》2010年第6期)指出任何拘泥于语言层面和文本比较或把"信"视为唯一衡量尺度的评价都不足以对翻译作品和翻译现象做出合理的阐释与客观的判断,翻译批评应从特定的历史环境出发,关注不同的文化、政治因素,并充分重视译者对翻译的认识和定位在翻译过程中的作用,构建翻译批评从表面走向深层,从单一走向多元,从静止走向动态的多重视野。

作为现当代文学史上成就卓著的翻译家,傅雷亦是研究热点之一,主要在于对其翻译理论的研究和探讨。宋学智、许钧《傅雷的对话翻译艺术——以傅译〈都尔的本堂神甫〉为例》(《外语教学》2010年第6期)以傅译《都尔的本堂神甫》为例,探究傅雷在翻译过程中如何处理"对话难题"。傅雷认为文学作品中的对话翻译首先不应注意语法的正确性,而更应符合其口语性,符合交际话语的表达习惯和谈吐方式;其次应该符合说话人的身份、地位、心理、心情和口吻,同时符合特定的场合和语境。这就要求译者平常留意中西方语言的差异,不断丰富自己的口语语料库。傅雷的对话翻译,不仅做到了恰当、得体,而且平淡之中见精彩,朴实之中显神韵。杨全红《傅雷"神似"译论新探》(《外语与外语教学》2010年第3期)对傅雷翻译理论的中心思想"神似"进行了新的考证与探究,认为"神似"论源自傅雷的绘画思想,而"神似"的内涵则可以用"精气神"三个字来概括,且"神似"与"化境"二论在旨趣上不乏大同。王云霞、李寄《论傅雷的后期翻译》(《外国语文》2010年第3期)主要研究傅雷后期翻译(1949—1966年),其翻译对象以现实主义大师巴尔扎克作品为主,采用传统白话为语体,其后期翻译受到了当时主流意识形态和出版体制的控制,呈现出苦闷孤独的心境。黄勤、王晓利《论傅雷的艺术翻译观》则探究了傅雷深厚的艺术涵养及其艺术鉴赏力对其翻译的影响,其艺术翻译观主要表现在译者的艺术修养、译本的选择和"神似"翻译标准的提出三个方面。

郭沫若除了是五四新文学运动的先驱之外,同时也是一位成绩斐然的文学翻译家,其翻译和创作的关系密不可分。2010年度有研究郭沫若的翻译对其文学创作的影响的论文,如曾祥敏《郭沫若翻译活动对其早期新诗创作之影响——以郭氏自述为考察视角》[《西南交通大学学报》(社会科学版)2010年第5期]以郭沫若的自述《论诗三札》为考察视角,以其译诗和新诗为对照,从形式和内容两个方面来梳理郭沫若创作中来自外国诗人和诗作的影响。文章得出结论:形式上,郭沫若实践了自由诗体但也有民族化成分的保留,并主要使用白话;内容上,郭沫若在情调和思想上均汲取了诸多有益的成分。颜碧宇《从译者移情角度看翻译对郭沫若创作的影响——以郭译〈浮士德〉为例》(《中国成人教育》2010年第17期)以郭译《浮士德》为例,从译者移情的角度来探讨翻译对郭沫若创作的影响。首先在内容形式上借古讽今、哲学色彩和悲壮情节；其次在创作技巧上的想象、象征、诗一般的语言。杨玉英《文学变异学视角下的郭沫若〈英诗译稿〉》(《郭沫若学刊》2010年第2期)则从变异学的角度探讨郭沫若《英译诗稿》的批注，由这八处"附白"可以看出，译者在作为翻译文本原文读者的时候，尤其是处在异质文化语境中的读者，在阅读和接受原语文本的过程中，因其异质文化传统、社会历史背景、自身审美情趣、社会意识形态的不同，而在翻译过程中对原文本进行有意无意的误读、渗透和选择，最终导致翻译文本的变异。

对胡适作为翻译家的研究，主要集中在对其翻译风格和翻译思想的探究上。禹玲、汤哲声《翻译文学的生活化——胡适与周瘦鹃翻译风格的共同性》(《中国文学研究》2010年第3期)研究了胡适和周瘦鹃在翻译风格上的共同性，即在清末以意译为主导的翻译潮流下，胡适、周瘦鹃采取了保留原作本意的直译，注重译作贴近生活、观照实际的策略，使得译作呈现了主题思想和翻译语言生活化的特点，其陌生化的译本吸引了众多读者的兴趣。王晶《胡适译诗思想嬗变之发微》[《中国石油大学学报》(社会科学版)2010年第2期]研究了胡适在其译诗生涯中翻译思想的发展嬗变，通过对胡适三个译诗阶段——第一阶段：1908—1910年，第二阶段：1914—1915年，第三阶段：1918—1925年——的描述性分析，探究胡适译诗的嬗变。首先，译诗形式由旧体诗逐渐过渡到白话诗；其次，译诗题材的选择逐渐趋于大众化，从早期以爱国为主题到后期充满人文关怀倾向；最后，总结了胡适译诗思想的特点：翻译目的的爱国性、翻译形式的革命性、翻译方法的科学性。邵斌《翻译即改写：从菲茨杰拉德到胡适——以〈鲁拜集〉第99首为个案》(《北京第二外国语学院学报》2010年第12期)以勒菲弗尔的总控理论作为理论基础，对比菲茨杰拉德和胡适的《鲁拜集》第99首的英译本和汉译本，证明了翻译即改写、创造性诗歌翻译的合理性和可行性。

近年来，学术界除了对张爱玲作为作家的研究仍旧火热外，对张爱玲的文学翻译家身份也逐渐重视起来，作为翻译家的张爱玲也逐渐得到研究和认可。2010年度，对翻译家张爱玲的研究在专著、学位论文、期刊论文等方面均有成果。杨雪的专著《多元调和：张爱玲翻译作品研究》(浙江大学出版社2010年版)以较少被人关注的张爱玲翻译作品及其译者角色为探讨对象，运用多角度分析方法对其进行了全方位的探讨，为人们展示出张爱玲翻译实践所特有的价值和贡献。研究范围包括张爱玲以翻译名义出版的作品，还有张爱玲同一部作品的中文版和英文版都纳入研究范围，研究作家自译这一独特现象。作者认为张爱玲翻译的总体特征表现为"多元调和"，"调和"不仅是张爱玲的美学追求，同时也是她的翻译追求。其对调和的追求体现在各个层面和各种因素上，因此称之为"多元调和"，并将其视为杂合的理想途径。如她对翻译与创作的调和，对翻译主体(译者主体与读者主体、译者主体与作者主体)的调和与对翻译策略的调和等。多元调和的翻译艺术使其翻译呈现出多种面貌：既有忠实于原作的译作，也有译、创结合的译作；既考虑读者的接受度，又不是一味迎合；虽关注译作的跨文化流传，却不屈从于正统的文学评判标准，从而为翻译实践和翻译研究提供了丰富的素材。王璟、罗选民《张爱玲翻译的〈老人与海〉》(《外语教学》2010年第6期)以张译《老人与海》为例，探究了张爱玲的作家身份对其译者身份的影响，即张爱玲的创作对翻译的影响，张爱玲悲剧主义的诗学观与原作是契合的，而张爱玲的面对悲剧命运的人生价值取向与原作的英雄主义却是背离的,其诗学观和价值观必然会影响其翻译策略的选择,译作中着重阐释原作的苍凉感而置英雄主义气概于不顾,深化其悲剧主题。此外,2010年度还有若干篇硕士学位论文研究作为翻译家的张爱玲。如付莹喆《张爱玲翻译活动研究》(上海外国语大学,2010)、蔡健《"多元调和":张爱玲翻译的女性主义视角研究》(复旦大学,2010)、尹秋燕《女性主义翻译理论框架下张爱玲译著中"女性意识"研究》(中南大学,2010)、王慧珍《论张爱玲"食人"式翻译特色及其心理成因》(安徽大学,2010)等。

  2010年度还有对许渊冲、钱钟书、辜鸿铭、卞之琳、蠡勺居士、李健吾、施蛰存、郁达夫、余光中、翁显良、郑振铎、林语堂、汪榕培、梁实秋等翻译家的研究。蔡华的专著《译逝水而任幽兰:汪榕培诗歌翻译纵横谈》(北京师范大学出版社2010年版)是关于翻译家汪榕培先生诗歌翻译的第一本专著。该书从声韵别样译、诗歌中西译、对话补偿译、借鉴开拓译、译者译而论等五个方面入手,以强烈的理论意识和清楚明了的概括倾向总结了当代诗歌翻译家汪榕培的翻译倾向:以"传神达意"为翻译纲领,以"诗体译诗"为翻译范式,以"非常译"为翻译策略,以"文化输出传播和交流"为翻译追求。其译诗特点主要表现为双行体式、形式整一、典故淡化、主题革新。并将汪榕培的翻译和国内外译者相比较,如国内和杨宪益相比较,国外以汪榕培的"浅化"翻译和戴维斯的"厚重""深化"翻译相比较,加强了研究的效果和深度。王厚平的博士学位论文《美学视角下的文学翻译艺术研究——许渊冲的翻译理论与实践》(上海外国语大学,2010)从美学视角入手研究许渊冲的翻译理论与实践,认为许渊冲的文学翻译理论是在吸纳了中国传统美学,尤其是文艺美学,适度借鉴了国外美学合理要素的基础上经由他扬弃和发展的中国传统译论和创造性翻译思维相结合的产物;作者同时认为从美学视角考察许渊冲的翻译实践,其作为审美主体在文学翻译中充分发挥了主体能动性,对审美客体(原文本)进行了创造性翻译,再现了文学文本内在的美感属性,在很大程度上实现了从文学翻译到翻译文学的转化,从而能较好地服务于传播中华文化的翻译目的。肖曼琼的博士学位论文《翻译家卞之琳研究》(湖南师范大学,2010)将卞之琳的翻译放在中外文化交流的大背景下,运用哲学、翻译学、文学等学科的理论知识对他的译介事业进行了较为全面、深入、细致的考察与研究,探讨了其翻译思想和译介特色,论述了卞之琳对中国文学翻译事业及中国新诗发展的贡献,阐明其创作世界和翻译世界之间的互动关系。论文分上、下两编,上编介绍了卞之琳译介活动中最具代表性的三个方面:卞之琳的诗歌翻译与诗歌创作之间的互补关系,卞之琳对莎士比亚的翻译与研究,卞之琳对纪德作品的译介以及纪德对卞之琳的思想与创作的影响;下编亦着重从三个方面介绍卞之琳的翻译思想及其翻译实践:卞之琳的翻译思想与翻译艺术,从卞之琳白话格律体译诗形式、原诗格律的忠实传达和原诗意象的忠实再现三方面探讨卞之琳的诗歌翻译,探讨卞之琳如何对待译事活动中两个重要的约束因素——原文作者与译文读者。卞杰、包通法《论钱钟书的"诱""讹""化"翻译观》(《江南大学学报》2010年第9期)和谭建香、唐述宗《钱钟书先生"化境"说之我见》(《语言与翻译》2010年第1期)探讨了钱钟书"化"的翻译思想。对清代翻译家蠡勺居士的研究主要集中于张卫晴、张政二位作者合写的三篇文章:《蠡勺居士〈昕夕闲谈〉诗歌翻译策略探析》(《解放军外国语学院学报》2010年第1期)、《文虽左右，旨不违中：蠹勺居士翻译中的宗教改写探析》(《中国翻译》2010年第2期)、《"巧笑倩兮，美目盼兮"：蠹勺居士译作中女性形象翻译策略探析》(《外语教学》2010年第4期)。还有部分论文研究翻译家的具体译作，如李明清《梁实秋〈威尼斯商人〉译本研究》(《外国语文》2010年第26期)，王静、兰莉《翻译经典的构建：以梁译〈莎士比亚全集〉为例》(《外语教学》2010年第1期)，黄宁夏、杨平《从〈葬花吟〉翻译透析林语堂的翻译风格》(《西安外国语大学学报》2010年第4期)，等等。

2010年度还有对域外翻译家的诸多研究，主要是进行中国文学作品外译的翻译家，包括葛浩文、赛珍珠、庞德、宇文所安等人。

葛浩文是致力于中国现当代文学作品英译的美国著名汉学家，翻译了莫言、萧红、张洁、白先勇、贾平凹、阿来、刘震云、刘恒、苏童等著名作家的作品，其翻译事业硕果累累。作为"中国现当代文学之首席翻译家"，学界对葛浩文的研究成果颇丰。吕敏宏的博士学位论文《手中放飞的风筝——葛浩文小说翻译叙事研究》(南开大学，2010)以葛浩文的小说翻译为个案，通过对其代表性译作《呼兰河传》《红高粱家族》《荒人手记》的文本分析，从叙事研究的角度出发，探讨其小说翻译的叙事策略和技巧，以及小说作为一种文类为翻译提供的再创造空间。作者认为葛浩文的《呼兰河传》译文对原文的橘状结构和无时性叙述的处理效果较好，但是对原文特殊的聚焦方式和叙述声音的处理效果则不尽人意；《红高粱家族》译本通过事件重组、省略非叙述评论、省略卫星事件等手段，使小说结构紧凑、情节连贯，强化了小说叙事时间的自然顺序，表现出译者和原作者不同的书写理念；《荒人手记》译本中尽管葛浩文十分尊重原文风格，但仍表现出对传统叙事规约的妥协，通过非标记化和叙事化手段弱化原文的奇异色彩，并在这一翻译行为之下，无意识地扭转了叙述者性别，再次彰显了男权话语的中心地位。纵观葛浩文的翻译历程，明显有一个从原文中心主义向译文本和译文读者倾斜的变化，并在这种变化发展的过程中形成了葛浩文自己的翻译风格：注重译文可读性，在尽可能保持原文风貌的基础上，通过各种方法简化译本，形成其小说翻译的易化原则。胡安江《中国文学"走出去"之译者模式及翻译策略研究：以美国汉学家葛浩文为例》(《中国翻译》2010年第6期)以葛浩文为例，探究中国文学在"走出去"的历史进程中，汉学家译者模式以及归化式翻译策略应成为翻译界的战略共识。宇文所安同样也是美国当代著名汉学家，不仅在中国古代文学研究上独辟蹊径，其在古代诗歌和古典文论翻译上也卓有成就。魏家海《宇文所安的文学翻译思想》[《北京理工大学学报》(社会科学版)2010年第12期]在文化视角的观照下，探讨了宇文所安翻译思想有关中国诗歌的"中国性"和"世界性"协调问题，站在"世界诗歌"的高度英译唐诗，承认中国古典诗歌具有可译性。宇文所安的翻译既重视再现中国文学语域和风格的多样性，又倾向于透明性和本土性，有利于中国文学和文化在当代美国的传播。

赛珍珠和庞德亦是2010年度域外翻译家研究的热点。董琇《中国传统哲学对赛珍珠翻译的影响》[《同济大学学报》(社会科学版)2010年第4期]一文致力于探讨中国传统哲学对赛珍珠翻译策略的影响、翻译风格的塑造和在翻译过程中所起到的作用。张志强《后殖民翻译理论观照下的赛珍珠〈水浒传〉译本》(《中国翻译》2010年第2

期)、董琇《赛珍珠以汉语为基础的思维模式:谈赛译〈水浒传〉》(《中国翻译》2010年第 2 期)、庄华萍《赛珍珠的〈水浒传〉翻译及其对西方的叛逆》[《浙江大学学报》(人文社会科学版)2010 年第 6 期]三篇文章则具体分析了赛珍珠的《水浒传》译本。对庞德翻译的研究仍旧集中于对其创造性翻译的讨论。如李林波《论创作取向的翻译——以庞德、斯奈德等人英译中国古诗为例》(《外语教学》2010 年第 3 期)着重研究庞德、斯奈德等美国现代诗人对中国古诗的创作性翻译,这种创作取向的翻译以促成新的文学形体的形成为目标,翻译本身即是创作的一部分,庞德、斯奈德等人的创作性翻译重建了中国古诗经典,并促进了美国现代诗歌的形成。杨平《创造性翻译与文化挪用——庞德的儒经译介评析》(《天津外国语学院学报》2010 年第 1 期)则探讨了庞德为了寄托自己的政治理想,在译介儒经时对儒经进行了大量的改写、创造和挪用,进而导致对中国文化的误读和歪曲。

(三) 翻译文学史研究

翻译文学史研究是翻译文学研究的重要组成部分,是梳理翻译文学发生、发展、流变的重要手段。根据研究的范围和角度不同,翻译文学史可以分为综合性的翻译文学史、断代性的翻译文学史、专题性的翻译文学史和某一国别、某一语种的翻译文学史。2010 年度翻译文学史研究在断代性翻译文学史、专题性翻译文学史研究方面均取得了瞩目的成就。

2010 年度断代性翻译文学史写作方面,主要集中于研究清末民初及五四新文化运动时期的翻译文学史。王晓元所著专著《翻译话语与意识形态:中国 1895—1911 年文学翻译研究》(上海外语教育出版社 2010 年版)研究晚清(1895—1911 年)文学翻译与翻译文学,作者率先在中国国内建立了翻译社会学模式,在考察晚清宏观文化语境的基础上,通过不同的典型个案,从翻译方式、翻译方法、翻译主体、翻译目的和翻译话语与意识形态等方面较为全面而又深入地研究了中国翻译史上的第一次翻译高潮。该书在个案选取上颇具代表性:翻译方法上,既有以林纾为代表的"译述"或"意译",苏曼殊、陈独秀为代表的"伪译",也有以周氏兄弟为代表的"直译";翻译方式上,有合译与独立翻译,既有直接从原文的翻译,也有转译;翻译主体上,既有一点不懂外语的林纾,也有通外语的周氏兄弟;翻译目的上,林纾从无意为之到具有明确意识形态追求的译述,苏曼殊、陈独秀假借翻译——"伪译"——鼓吹"无政府主义",周氏兄弟开始追求"文学性";文本类型上,长篇与短篇兼有;译本语言上,既有林纾与周氏兄弟的文言,也有苏曼殊、陈独秀的白话。该书将宏观的社会文化语境和微观的翻译文本结合起来,以时间为经,以具有代表性的个案为纬,史论结合,以论为主,分析翻译如何通过话语的形式,既受到意识形态的制约,又生产出新的意识形态,即翻译与意识形态的互动关系。即当原语的意识形态与译语的意识形态、译者的意识形态一致时,此时的译本意识形态功能起到"维护"译语社会主流意识形态话语的作用;当不一致时,翻译主体在翻译中则会采取删节、淡化、保留、增改等翻译策略来对译本进行改写。

廖七一的专著《中国近代翻译思想的嬗变：五四前后文学翻译规范研究》（南开大学出版社2010年版）试图用历史语境化的观念，还原清末民初翻译的历史场景，梳理和概括晚清翻译家有意无意遵循的翻译规范，探索在文化转型时期传统翻译规范的演变与消亡，人们在新旧过渡时期对翻译规范的探索、尝试，以及经典化翻译文本和社会体制与现代翻译规范话语的相互关系。揭示清末民初翻译家与既定翻译规范之间的互动，考察一些前卫的翻译家，如鲁迅与胡适等对新兴翻译诗学的尝试、探索和修正，并通过赞助体制推出的翻译范本，促进现代翻译规范确立的动态过程。作者将五四前晚清文学翻译的特点概括为："信"的失落与语言的"变格"，实用理性与强国模式，达旨与译意，形式因袭与归化，文学翻译语言的"正格"与"变格"，言、文与雅、俗的消长，文言的"回光返照"，"陆沉""睡狮""老大帝国"等公共概念叙述；而五四后的文学翻译特点则表现为：文学翻译对"信"的重构，现代白话规范的草创，从政治到艺术模式的演变（形式的异化、主题的泛化与多元、翻译诗学的确立）。

此外，2010年度还有周羽的博士学位论文《清末民初小说名著与中国文学现代转型》（上海大学，2010）和若干篇期刊论文研究断代性翻译文学史。孙会军、郑庆珠《新时期英美文学在中国大陆的翻译（1976—2008）》（《解放军外国语学院学报》2010年第2期）总结了1976年"文革"结束至2008年33年间英美文学翻译的三个阶段（解冻阶段、复兴阶段和活跃发展阶段）各自的特点，并描述了新时期英美文学翻译发展的总体趋势。王友贵《20世纪中国翻译研究：论共和国首29年法国文学翻译》（《外国语言文学》2010年第1期）考察了1949—1977年这29年间的法国文学翻译，从翻译选择、翻译需求和实际翻译、译者、作者和读者之关系评述这一时期的法国文学翻译活动。相对于这一时期外国文学翻译大起大落的总体特征而言，这一时期的法国文学翻译比较稳定，译者群、重点翻译对象、翻译品质、读者群、市场需求等都相对稳定。高兴《六十年曲折的道路：东欧文学翻译和研究》（《文学理论与批评》2010年第6期）以中华人民共和国成立60年来的东欧文学翻译为研究对象，60年来的东欧文学翻译从1950—1959年的翻译高潮到20世纪60年代和"文革"期间的停滞，到20世纪80年代改革开放时期的机遇、发展和兴盛，到1989年底东欧剧变带来的困境和随之而来的复苏，东欧文学在新中国的翻译和研究走过了一条曲折道路。

2010年度的专题性翻译文学史写作成果颇丰。姜倩的专著《幻想与现实：二十世纪科幻小说在中国的译介》（复旦大学出版社2010年版）。该书着重考察中国在20世纪对科幻小说这一通俗小说门类的译介与接受状况，通过对典型文本的分析，由点及面，对各时期科幻小说的译介背景和特征进行深入的探讨，考察译介过程中翻译与政治、经济、科技、文化、文学等不同系统之间复杂微妙的关系，从而揭示不同历史时期制约或推动科幻小说的翻译与接受的种种因素，以及科幻翻译对本土科幻文学发展的深远影响。通过对五个典型文本的分析，对1900—1999年100年间科幻小说这一通俗小说类型在中国的译介、传播和影响进行了考察，集中讨论了科幻小说在中国译介的四次浪潮：第一次科幻翻译浪潮（清末民初）、科幻翻译的相对沉寂期（20年代至40年代）、第二次科幻翻译浪潮（50年代）、第三次科幻翻译浪潮（70年代末至80年代初）、第四次科幻翻译浪潮（90年代），探讨这四次浪潮的产生背景和原因，以及在译介过程中产生的一些特有现象,从而勾勒出一百年间中国科幻小说翻译史的总体概貌。

李丽的专著《生成与接受:中国儿童文学翻译研究(1898—1949)》(湖北人民出版社2010年版)吸纳描述性翻译研究、儿童文学研究和比较文学的一些研究方法,对1898—1949年儿童文学翻译活动的生成、接受与影响进行考察,以作者编制的《清末民初(1898—1919)儿童文学翻译编目》和《民国时期(1911—1949)儿童文学翻译编目》为基础,首先对1898—1949年研究时段内的儿童文学概貌展开描述。研究发现,不同的时段,中国儿童文学翻译大致具有一些共同的特点:欧洲一直是中国儿童文学译介的中心,其中又以英、法及俄/苏为代表;亚洲的译介则主要以日本和阿拉伯(《一千零一夜》)为中心;美洲则主要以美国为中心;在1898—1949年时间段内,30年代(1930—1939年)是译介的最高峰。随后作者从诗学、赞助者、语言和译者性情等四个视角对儿童文学翻译活动的生成过程进行描述与分析。接受部分则以谢弗莱尔的比较文学接受学的研究模式为基础,选取了夏丏尊译的《爱的教育》、鲁迅译《表》和"俄罗斯/苏联儿童文学在中国"等三个具体个案,对儿童文学翻译作品在中国的接受进行考察。影响部分则利用比较文学影响研究中的渊源学和流传学,从技巧影响、内容影响、形象影响等三个方面具体考察儿童文学翻译作品对中国儿童文学创作所产生的影响。并对今后中国儿童文学翻译研究进行了展望。儿童文学翻译研究,不仅对儿童文学研究很重要,而且对中国翻译史来说也是一个不可或缺的研究构成。目前儿童文学翻译研究在国内外都处于边缘的位置,尤其在中国,对中国儿童文学翻译的研究,不仅数量不多,而且质量欠佳。该书的出版对于填补儿童文学翻译研究的空白具有重要意义。

此外,一些期刊论文也以专题性翻译文学史为研究对象。任东升、袁枫《清末民初(1891—1917)科幻小说翻译探究》(《上海翻译》2010年第4期)采用定量方法从原文本、译者群体、出版载体、翻译策略四个方面入手,考察清末民初(1891—1917年)科幻小说翻译的兴起和其"兴起—高潮—沉寂"的发展过程,并揭示此时期科幻翻译与科幻创作的互动关系,探究科幻小说译介与中国传统文化的关系。刘进才《圣书译介与白话文体的先声》(《理论与创作》2010年第4期)考察了西方传教士的圣书译介,也是现代白话文兴起的渊源之一,进一步丰富了对现代文学史图景的体认。方开瑞《宗教典籍汉译对于小说汉译的借镜作用》(《中国翻译》2010年第1期)一文梳理了中国翻译史上宗教典籍的汉译模式及翻译策略,并从删繁就简的限度、原作基本价值的传递、读者因素等三个方面考察宗教典籍翻译对后世小说汉译所产生的影响。宋莉华《近代来华传教士译介成长小说述略》(《中国现代文学研究丛刊》2010年第6期)研究了19世纪50年代以来西方来华传教士对成长小说的译介情况。传教士是中国现代儿童文学的拓荒者,他们通过对成长小说的译介将西方儿童观和教育理念引入中国,推进了中国教育的近代化进程,并与中国本土知识分子共同参与到中国现代儿童文学的萌蘖。

某一地域或某个社团流派的翻译家群体在某个历史时期的翻译活动研究,是2010年度翻译文学史研究的热点之一。温中兰、贺爱军、于应机编著《浙江翻译家研究》(上海交通大学出版社2010年版)一书以研究翻译家为"经",以研究催发翻译事业繁荣的经济、社会原因为"纬",聚焦于唐宋时期、清末民初、民国时期以及中华人民共和国成立后这几个历史阶段中所涌现出来的诸多浙江籍翻译家的翻译活动和译学观点，探究浙江作为翻译家故乡深刻的历史、经济及地缘原因。地域社会的离合变迁、"大传统"与"小传统"交互作用催生了灿若群星的浙江翻译家方阵。其主要生成原因有：深厚的地域文化积淀；频繁的对外交流；发达的留学教育和教会教育。其翻译特点有：有记载的翻译活动最早；历史上浙江翻译名人最多，尤其在近现代，就各类词典和传略的粗略统计，约占1/5；翻译内容涉及的领域最广。全书涉及的历史范围从唐宋佛经翻译到明清科技翻译、到五四运动至中华人民共和国成立前、中华人民共和国成立后，涉及释赞宁、李之藻、李善兰、王国维、鲁迅、茅盾、陈望道、朱自清、郁达夫、徐志摩、冯雪峰、柔石、朱生豪、梁实秋、朱维之、董乐山、夏衍、赵萝蕤、王佐良、冯亦代、吴景荣、叶水夫、李俍民、王道乾、草婴等25位翻译家。译家的群体研究和地域特色浓厚，在区域文化研究日益受到重视的今天，集中研究某一地区翻译家的翻译行为和译事贡献是必要的，借此可以进一步了解中国翻译史，研究中国翻译史，发展中国翻译史。

咸立强的专著《译坛异军：创造社翻译研究》（人民出版社2010年版）从社团流派切入研究现代文学史上的翻译问题，创造社不是最早关注文学翻译的群体，却是在相关领域最容易引起争议和麻烦，相比较而言也容易把问题引向深入的群体。在创造社前后近十年的历史发展进程中，译介实践始终都是创造社同人热衷从事的事业，是文学社团活动的重要组成部分。创造社的翻译从一开始就从译介者的个体感性出发，比较关注世界名著，对审美现代性的关注使其译介活动对《新青年》和文学研究会等既有的洋溢着工具理性色彩的译介活动构成了反动。全书共分五章。第一章介绍了创造社译介活动的历史进程，初期的个性之窗，中期的象征之风和后期的马列思潮。第二章介绍了创造社的翻译主张和其时其他流派、个人翻译主张的冲突，包括和文学研究会翻译问题的论争，与胡适的翻译纠葛，与鲁迅的译介分歧。第三章介绍了创造社鼎足三立的翻译观，即创造社三位代表作家和翻译家郭沫若、成仿吾和郁达夫的翻译观。第四章研究创造社翻译的互文性，以《流浪者之歌》和《孤寂的高原刈稻者》为例。第五章介绍了郭沫若与《鲁拜集》的翻译，对比研究了郭沫若和胡适的不同译文。

一些期刊论文也以翻译家群体为研究对象进行了研究探讨。梁志芳《翻译·文化·复兴：记上海"孤岛"时期的一个特殊翻译机构"复社"》（《上海翻译》2010年第1期）分析介绍了复社成立的缘由、组织结构及其性质，并以《西行漫记》的翻译出版为例，探究了复社翻译活动的特殊性：复社既是上海爱国知识分子组织的一个进步群众团体，也是一个团结各种力量集体翻译进步书籍的翻译机构，又是一个读者自发组织起来的翻译出版其所需书籍的读者组织，还是一个"出版社"。黄立波《新月派的翻译思想实践：以〈新月〉期刊发表的翻译作品为例》（《外语教学》2010年第3期）从选材、翻译策略、评论、翻译语言等方面分析《新月》期刊刊登的翻译作品，探究新月派的翻译思想，认为《新月》在翻译领域所进行的文化移植与创新体现了其唯美与实用的翻译观。张旭《融化新知与诗学重诂——白话文学语境中"学衡派"英诗复译现象考察一例》（《外语研究》2010年第6期）以学衡派众诗人兼翻译家为个案，以华兹华斯《威至威斯佳人僻地诗》(*She Dwelt Among the Untrodden Ways*, 1790)的复译为例，探讨在白话文学语境中，学衡派众译者在复译过程中如何受到各自的诗学观与接受文化中的文学规范等因素的制约而采取了不同的翻译策略，进而形成了不同的翻译风格。高志强《现代性张力结构与多重对话格局：〈小说月报〉（1921—1931）翻译文学与中国文学现代进程》（《天津社会科学》2010年第6期）探究了《小说月报》的翻译文学在社会历史文化语境中呈现出的复杂形态，主要表现为翻译文学在社会性和艺术性、民族立场和西方尺度、社会现代性和美学现代主义间的现代张力结构，以及编者与读者、外国文学译介与本土文学创作之间的多重对话格局。在这种张力结构和对话格局中，《小说月报》的文学翻译对中国现代文学进程起到了重要的影响作用。

某一作家及其作品或某个国别文学在中国的译介、传播、接受，中国作家在域外的译介、传播、接受也是翻译文学史研究的热点之一。李万春、王蕾《苏联卫国战争文学在中国的译介和传播》（《俄罗斯文艺》2010年第1期）介绍了苏联卫国战争文学在抗战时期、20世纪50年代、20世纪80年代在中国的译介和传播状况。抗战时期由于两国均处于战火当中，命运相关，因此此时译介苏联文学是中国文学翻译界的主要任务，抗日根据地和抗战胜利后解放区的苏联卫国战争文学的译介和传播十分红火。1949年中华人民共和国成立到50年代后期，苏联卫国战争文学中的爱国主义、英雄主义和中国形势十分契合，因此其时的苏联卫国战争文学的翻译出版十分火热。到60年代和70年代，由于各方面的原因文学译介活动几乎处于停滞状态。到1978年改革开放以后的80年代，苏联卫国战争文学的译介经历了数个小高潮，亦处于繁荣发展的状态。李梅英、张显翠《英美新批评派在中国的早期译介与接受》[《长春师范学院学报》（人文社会科学版）2010年第2期]研究以叶公超为代表的清华学人在英美新批评的发展之初就已经将其译介到中国，他们在译介过程中强调文学本体性，兼顾与中国文论的比较分析，并将它们灵活应用到中国文学的批评实践中，显示出与五四反传统风潮迥异的文学趣味。李洪华、周海洋《战争文化语境下的域外现代派文学译介：以里尔克、艾略特、奥登为中心》[《南昌大学学报》（人文社会科学版）2010年第1期]一文研究20世纪40年代以来战争文化语境下现代派文学的译介，现代派文学的译介在抗战初期几近缺失，抗战胜利后，现代派文学的译介开始增多，主要聚集在上海的《诗创造》和《中国新诗》周围的九叶派及其前辈诗人，其译介的主要对象为里尔克、艾略特、奥登等诗人，并结合自身实践提出了"新诗现代化"的主张。肖丽《美国华裔文学在中国的译介》[《长春师范学院学报》（人文社会科学版）2010年第3期]介绍了美国华裔文学在大陆的译介经历的三个阶段：20世纪80年代的零星译介到90年代译介数量大幅度上升，再到21世纪后的译介高潮。作者还指出了美国华裔文学在译介过程中的缺陷，即缺乏系统性和全面性。吴礼敬《元散曲英译：回顾与展望》[《合肥工业大学学报》（社会科学版）2010年第5期]回顾了18世纪以来，相对于元杂剧的英译繁荣状况，元散曲的英译显得十分不足。文章在分析散曲英译的国外主要译者和译作的同时，还评价了国内的散曲英译，以弥补散曲英译研究的不足。胡安江《意识形态与文化诗学的一面镜子：多丽丝·莱辛在中国大陆的译介与接受》（《南京社会科学》2010年第11期）分析了多丽丝·莱辛在中国的译介与接受，从20世纪50年代的即时译介，到六七十年代的彻底停滞，再到八九十年代的重新回暖，以及21世纪的炙手可热，其作品在中国的命运最大程度上响应了政治意识形态对主流文化诗学的影响。李凤《娜塔丽·萨洛特在中国的翻译和研究》(《经济与社会发展》2010年第2期)主要介绍了法国"新小说"的先驱——娜塔丽·萨洛特在中国的译介和接受情况。张曼、李永宁《老舍作品在美国的译介与研究》[《上海师范大学学报》(哲学社会科学版)2010年第2期]全面梳理1944年至今老舍作品在美国的翻译和1930年至今老舍及其作品在美国的研究，并和国内同时期研究进行对比分析，探究老舍作品在美国的译介特点：由于受到文学和超文学因素的影响，老舍作品在美国的译介与研究经历了与国内研究不谋而合到"反动"，再到互动互补的过程。

（四）具体译本的分析研究

具体译本的分析研究也是翻译文学研究的组成部分之一。2010年度，对具体译本的分析和研究成果颇丰，主要包括"中译外"（中国文学外译）和"外译中"（外国文学中译）两大类型。

"中译外"涉及的中国文学"走出去"问题一直是近年来各界关注的热点。中国文学如何通过翻译走向世界读者和世界文学，能否走向世界读者和世界文学是文学界十分重视的焦点问题。由谢天振指导的耿强博士的博士学位论文《文学译介与中国文学"走向世界"》（上海外国语大学，2010）主要以"熊猫丛书"为研究对象，探析"熊猫丛书"的推出背景及其在英、美的接受状况。作者认识到中国文学在译介过程中不仅要考虑译本选材、翻译方法、营销策略等内容，更需要时刻注意目标语文化系统内部的政治、经济和文化语境，才可能更有效地使中国文学"走出去"。高方、许钧《现状、问题与建议：关于中国文学走出去的思考》（《中国翻译》2010年第6期）一文仔细分析了中国文学走出去的现状、问题和建议。当下社会各界都强调文学的译介与传播，是中国文学走向世界的必经之路，但是在走出去的过程中，中国文学的译介存在诸多问题：文学作品译入与译出失衡、中外文学互动不足；外国主要语种的翻译的分布不平衡，英文翻译明显偏少；当代文学译介和传播渠道不畅，外国主流出版机构的参与度不高；现当代文学在国外的影响力有限，翻译质量需要提高。对此，作者提出了中肯的建议：文学界、翻译界、翻译研究界需要关注与文学交流和翻译相关的重大现实问题；重视海外汉语的教育和发展；加强传播途径和方式的研究；建立作家与译者、经纪人或出版家之间稳定的关系，就翻译、出版的各种问题进行深入而有效的交流；不能忽视国外文学研究界的研究与评论；等等。耿强《文学译介与中国文学"走出去"》（《解放军外国语学院学报》2010年第3期）一文从《熊猫丛书》译介、接受效果的不理想切入，认为中国文学若要凭借翻译走向世界，就要改变现有的译介模式，应该积极吸引国外译者及出版社参与中国文学的译介，翻译策略上尽量采取归化，才能使译本符合目标语国家的诗学标准、意识形态及阅读习惯，才能让目标语读者接受经过译介的中国文学。王长国《中译外：中国文学走向世界的瓶颈——兼与王宁教授商榷》（《探索与争鸣》2010年第12期）则认为在中国文学走向世界的过程中中译外工作忽视了中国译者的主体作用,不利于中国文学最终走向世界。中译外工作的顺利开展应采取国家向主要目标语言国派驻"文化大使",以及提倡优秀的中国文学作者创造条件参与翻译自己作品的策略,切实提高中译外工作的效能。

2010年度"中译外"的具体译本研究取得了不少成果。《红楼梦》的外译研究仍旧是2010年度的热点。李磊荣的专著《文化可译性视角下的"红楼梦"翻译》(上海译文出版社2010年版)以《红楼梦》的俄译本来论证文化的可译性。以《红楼梦》的俄译为语料,以语际对比为手段,揭示中俄文化的异同及其对翻译的制约,论述民族文化的可译性和可译性限度,在研究译者对各种文化现象的处理基础上总结译者的文化翻译策略。作者在讨论了理论问题之后,首先确定文化翻译的策略应为"异化为主,归化为辅",然后通过各种译本的对照,采用大量正面和负面的译例证明文化是可译的,但有限度。《红楼梦》是非常难译的,但是如果采用适当的翻译策略还是可译的。作者认为虽然文化的民族性给可译性带来一定的限制,但是文化的普同性和开放性则决定了文化的可译性,文化的时代性在一定程度上也会提高文本的可译程度,但是由于文化的民族性和时代性,可译性会受到一定的限制。目前,国内外俄语学界尚无中国古典名著翻译的系统研究,本研究在俄语翻译研究方面有一定的独创性,填补了古典文学俄译本研究的空白。《红楼梦学刊》2010年第6期是研究《红楼梦》外译的专刊,研究的译本包括英译本、俄译本、德译本、日译本、韩译本、罗马尼亚译本等,作者除了中国作者外,还有来自其他目标语国家的作者。这些文章的研究内容包括《红楼梦》的回目翻译、诗词翻译、文化翻译、宗教文化概念翻译、双关语翻译等。如谢金梅、杨丽《谁解桃花意:论〈红楼梦〉中"桃花行"的三种英译》;王鹏飞、曾洁《谁解一声两歌:〈红楼梦〉人物对话中双关语英译的比较分析》;李海振《〈红楼梦〉日文全译本对中医药文化的翻译》;[韩]崔溶澈《韩文本〈红楼梦〉回目的翻译方式》;唐均、王红《〈好了歌〉俄译本和罗马尼亚译本比较研究》;史华慈著,姚军玲译《〈红楼梦〉德译书名推敲》;华少庠《论〈红楼梦〉德译本"好了歌"中"神仙"一词的翻译》;俞森林、凌冰《东来西去的〈红楼梦〉宗教文化:杨译〈红楼梦〉宗教文化概念的认知翻译策略》;等等。此外,还有若干其他研究《红楼梦》外译的期刊论文。如洪涛《〈红楼梦〉翻译研究与套用"目的论"、"多元系统论"的隐患:以〈红译艺坛〉为论析中心》(《红楼梦学刊》2010年第2期),左耀琨《再谈〈红楼梦〉中古器物的汉英翻译问题》(《中国翻译》2010年第3期),周明芳、贺诗菁《〈红楼梦〉翻译中的文化差异》[《复旦学报》(社会科学版)2010年第1期],黄勤、王晓利《基于语料库的〈红楼梦〉中的元话语"又"及其英译对比研究》(《西安外国语大学学报》2010年第3期),李磊荣《〈红楼梦〉俄译本中的文化误译》(《中国俄语教学》2010年第3期),等等。

2010年度还有对其他古典小说外译的研究文章:洪涛《〈西游记〉的喜剧元素与英语世界的翻译转移现象》[《武汉大学学报》(人文科学版)2010年第2期],刘兆林《〈三国演义〉中人名英译研究:从归化和异化的角度》(《电子科技大学学报》2010年第12期),肖娴《〈世说新语〉及其英译本词汇衔接比较与语篇翻译》[《江西师范大学学报》(哲学社会科学版)2010年第6期],罗丹《从杨译〈老残游记〉看翻译中的交互主体性》(《北京第二外国语学院学报》2010 年第 8 期),彭劲松、李海军《早期西方汉学家英译〈聊斋志异〉时的误读》(《社会科学家》2010 年第 8 期)。

古诗词外译研究也是"中译外"研究的一大热点。王明树的专著《"主观化对等"对原语文本理解和翻译的制约:以李白诗歌英译为例》以认知语言学的主观性/主观化理论为框架,从"主观性理解"所包含的辖域、视角、突显、详略度、情感、情态等六个主要维度出发,通过对李白诗歌《送友人》《月下独酌》《长干行》的不同英译文本的对比分析,得出了以下结论:从广义来讲,翻译的过程实际上就是一个译者寻求与原语文本"主观化对等"的过程。译者要想理解原语文本的全部意义,就应该从"主观性识解"所包含的辖域、视角、突显、详略度、情感、情态这六个主要维度去理解原语文本,译者想要检验译语文本是否真正再现了原语文本的意义,即是否实现了翻译中的"主观化对等",也应该从这六个维度出发去检验译语文本是否真正再现了原语文本的意义。期刊文章主要有:杨柳、黄劲《历史视界与翻译阐释:以王维的〈鹿柴〉为例》(《中国翻译》2010 年第 6 期);李崇月、曾喆《汉语古诗词中的话语轮换及其翻译》[《贵州大学学报》(社会科学版)2010 年第 4 期];汪小英《叙事角度与中国古诗英译的文化意义亏损:以许渊冲的英译〈春江花月夜〉为例》(《外语学刊》2010 年第 4 期);杨锋兵、孙雪雷《寒山诗被"垮掉的一代"所接受之原因探赜:以加里·斯奈德英译本为例》(《社会科学论坛》2010 年第 3 期);朱纯深著,崔英译《从词义连贯、隐喻连贯与意象聚焦看诗歌意境之"出":以李商隐诗〈夜雨寄北〉及其英译为例》(《中国翻译》2010 年第 1 期);贾晓英、李正栓《乐府英译文化取向与翻译策略研究》(《外语教学》2010 年第 4 期);钟玲《中国诗歌英译文如何在美国成为本土化传统:以简·何丝费尔吸纳杜甫译文为例》(《中国比较文学》2010 年第 2 期);等等。

其他古代典籍外译研究还有施佳胜的博士学位论文《经典阐释翻译——〈文心雕龙〉英译研究》(上海外国语大学,2010)主要从微观即语言层面讨论《文心雕龙》的英译。期刊论文主要有刘艳青《〈文心雕龙〉中西方文论术语问题原因分析及对策》(《前沿》2010 年第 19 期),胡作友、张小曼《〈文心雕龙〉英译,一个文化的思考》(《学术界》2010 年第 9 期),王宏《〈梦溪笔谈〉译本翻译策略研究》(《上海翻译》2010 年第 1 期),吴健《借助〈浮生六记〉林译本看译者主体性的体现》(《山西高等学校社会科学学报》2010 年第 2 期),等等。

中国现当代作品外译亦是研究热点之一,涉及作家主要有鲁迅、朱自清、郭沫若、沈从文、老舍、钱钟书、艾青等。重要论文有陈吉荣《汉语重叠词的突显意义及其在翻译中的识解型式:〈干校六记〉重叠词英汉语料的比较分析》(《上海翻译》2010 年第 4 期),北塔《艾青诗歌的英文翻译》(《中国现代文学研究丛刊》2010 年第 5 期),聂玉景《可表演性:话剧翻译的座标:评〈茶馆〉两个版本的翻译》(《四川戏剧》2010 年第 1 期),王蓉、蔡忠元《试论小说〈围城〉中隐喻的翻译策略》[《南京理工大学学报》(社会科学版)2010 年第 1 期],徐敏慧《沈从文小说英译述评》(《外语教学与研究》2010 年第 3 期),杨玉英《评郭沫若〈立在地球边上放号〉的四个英译本》(《郭沫若学刊》2010 年第 1 期),余继英《评价意义与译文意识形态:以〈阿 Q 正传〉英译为例》(《外语教学理论与实践》2010 年第 2 期),杨坚定、孙鸿仁《鲁迅小说英译版本综述》(《鲁迅研究月刊》2010年第4期)，孙迪《从框架理论看杨宪益夫妇对鲁迅〈呐喊〉的翻译》[《北京航空航天大学学报》（社会科学版）2010年第3期]，母燕芳《翻译适应选择论中译者的适应与选择——以朱自清散文〈匆匆〉的三种英译本的语言维翻译为例》[《太原理工大学学报》（社会科学版）2010年第4期]，等等。

2010年度的"外译中"研究主要集中在对名著中译的研究上。莎士比亚作品的中译仍旧是研究的重中之重。李春江的专著《译不尽的莎士比亚：莎剧汉译研究》（天津社会科学院出版社2010年版）对莎士比亚戏剧的三个影响重大的全译本（朱生豪、梁实秋、方平）进行了系统的研究，探讨译者的文学主张、文学创作、戏剧观念和翻译思想对其翻译策略和翻译效果的影响，并对三个译本做出综合性评价。全书主要分为三个层面的内容：1. 对莎士比亚语言风格进行系统研究，并考察不同的译文是否反映了莎士比亚的这些语言特点。其中包括莎士比亚运用词汇与语法的特点，莎士比亚戏剧中修辞手段的运用，莎剧中的对话艺术，以及莎剧文体在翻译中的体现；2. 从文化传播的视角来探讨莎剧的汉译过程，主要包括莎士比亚戏剧中典故的运用，莎剧中涉及的日常生活习俗，莎剧中的意象、宗教因素与伦理问题；3. 从戏剧学的角度来研究莎剧中戏剧手段的翻译，首先从理论的角度考察戏剧翻译的重要问题，比如可说性和可演性等问题、戏剧翻译的特点与标准问题；其次具体分析莎士比亚戏剧中的戏剧手段的翻译效果，包括独白、开场白、戏剧称呼语、人物名称等艺术手段。还有若干期刊论文对莎士比亚作品的中译进行了研究。如刘冀斌《隐喻认知观对中国〈哈姆雷特〉翻译研究的启示》（《贵州社会科学》2010年第2期），王瑞、陈国华《莎剧中称呼的翻译》（《解放军外国语学院学报》2010年第1期），汪余礼《重新译解"To be, or not to be…"：兼析哈姆雷特的心灵历程与悲剧性格》[《江汉大学学报》（人文科学版）2010年第1期]，等等。

其他外译中作品研究还有：明明的专著《文学翻译与中西文化交流：以海明威作品翻译为例》（中国石油大学出版社2010年版）以海明威的作品及其翻译为研究对象。刘芳的专著《翻译与文化身份：美国华裔文学翻译研究》（上海交通大学出版社2010年版）以汤亭亭和谭恩美小说作品为个案，借用后殖民理论来研究美国华裔文学作品中的文化翻译及该类作品的汉译与文化身份之间的关系，以文化身份与翻译之间的关系为切入点来揭示美华文学文化翻译及汉译中所隐藏的权力问题，探讨翻译作为殖民与解殖民（decolonization）的重要手段发挥效用的途径，指出译者通过翻译对原语和目的语社会中的特定文化身份进行了塑造，而译者本人的文化身份则对此塑造过程具有一定的影响。王青的博士学位论文《基于语料库的〈尤利西斯〉汉译本译者风格研究》（山东大学，2010）以《尤利西斯》的汉译者风格为研究对象进行研究，对萧乾译本和金堤译本进行了对比，总结了二者的翻译风格。总的来看，萧乾的翻译风格比较透明，金堤的翻译风格比较晦涩。萧乾对原作进行了一定量的文化过滤，提高了译作的可读性；金堤则保持了原作的大部分风格特征，使读者和译作之间产生了一定距离。此外，一些重要的期刊论文有：涂卫群《文学杰作的永恒生命：关于〈追忆逝水年华〉的两个中译本》（《文艺研究》2010年第12期），胡曼莉《论波德莱尔〈腐尸〉的风格与翻译》（《法国研究》2010年第4期），刘泽权、陈冬蕾《英语小说汉译显化实证研究：以

〈查特莱夫人的情人〉三个中译本为例》(《外语与外语教学》2010 年第 4 期),徐欣《基于多译本语料库的译文对比研究:对〈傲慢与偏见〉三译本的对比分析》(《外国语:上海外国语大学学报》2010 年第 2 期),汪剑钊《生命的繁殖:一个原文本与五个目标文本:以帕斯捷尔纳克诗作〈二月〉的翻译为例》[《江汉大学学报》(人文科学版)2010 年第 3 期],周晔《"隐秀"美学风格之传译:以海明威〈永别了,武器〉汉译为例》(《外国语文》2010 年第 1 期),龚明德《郭译〈少年维特之烦恼〉一处"差错"之我见》(《郭沫若学刊》2010 年第 1 期),高方《翻译的选择与渐进的理解:勒克莱奇奥〈沙漠〉的译介与评论》(《南京社会科学》2010 年第 6 期),等等。

2010 年度还有一部分论文关注的是东方文学的中译研究。如孙立春《从〈罗生门〉的翻译看中国文学与翻译文学的关系》(《日语学习与研究》2010 年第 6 期),于桂玲《作者、译者及读者:从村上春树"ダンスダンスダンス"的翻译谈起》(《日语学习与研究》2010 年第 6 期)和《从〈舞,舞,舞〉的三种译本谈译者的翻译态度》(《外语学刊》2010 年第 6 期),任晓妹《石川啄木短歌"呼子と口笛"的翻译研究:周作人译著里存在的问题》(《日语学习与研究》2010 年第 1 期),赵玉兰《重译〈金云翘传〉的动因及对一些问题的思考》(《东南亚纵横》2010 年第 3 期),金中《古池,蛙纵水声传:一词加一句形式的俳句翻译》(《外语研究》2010 年第 1 期),王晓平《日本文学翻译中的"汉字之痒"》(《日语学习与研究》2010 年第 5 期),等等。

综上所述,2010 年度中国翻译文学研究在翻译文学基本理论与方法论研究、翻译文学家及其译作的评论与研究、翻译文学史的研究、具体译本的分析研究四个方面均取得了丰硕成果,研究内容广泛,研究方法和研究形式多种多样,其中亦不乏颇具深度之作,但在有所成就的同时也应该看到,翻译文学研究还存在一些遗憾和不足,如在翻译理论方面仍以西方翻译理论和国内译学界前辈的译论为主,在理论创新方面仍有很大可以开拓的空间。

II　重要论文摘要

一 比较文学学科理论论文摘要

《比较文学:文学史分支的学理依据》

长期以来,我们认同了韦勒克的批评,认为比较文学不应该是文学史的分支,应该属于文学批评,而恰恰忽略了或者没有认真追问比较文学是文学史分支这一观点的内涵与学理依据,也没有真正对韦勒克的批评提出任何质疑。于是有些问题仍然处于被遮蔽的状态,人们的疑惑也没有得到合理的解释。因此我们对相关问题有重新认识的必要。

梵·第根持比较文学是文学史分支的观点,有他自己的构想。他在《比较文学论》导言中,勾画了认识作品的一个认知视野不断开阔、深入的方式与价值指向:阅读—文学批评—文学史—比较文学。他认为,读者最初接触作品后,就开始了文学批评的阶段,只不过这种文学批评"有时是主断派的、争论派的或哲学派的,有时是印象派的,但往往总是主观而并非完全史料性的"。所以"文学史"的作用出现了,"它重新把作品和作者安置在时间和空间之中,把作品和作者之可以解释者均加以解释"。

对梵·第根的比较文学的认识应该有两个层面。第一,比较文学是不同国家文学之间的影响关系的研究,我们对这个层面的理解没有问题。第二,在前者研究的基础上,要描绘、呈现国际文学间相互影响的网络图,实现真正意义上的你中有我、我中有你的世界文学的理想。它有别于国别文学史但是不会取代国别文学史,而是要扩大国别文学史的范围,弥补国别文学史关注不到的范围和领域。国别文学史主要关注的是一国文学,一国文学的发展演变及其成就。比较文学是要把各个不同的国别文学史原来各自独立的世界打开一个窗口,从影响的层面将它们有机地联系起来。梵·第根等法国学者坚持比较文学是史的分支,国际文学关系史的立场就在于此。恰恰是这个非常重要的层面的认识,被我们长时期地忽视了。

韦勒克在肯定法国比较文学的同时又对其大加挞伐,究其根本,就在于他是站在新批评的立场来批评法国比较文学的。其实,无论是向内转还是向外转都只能起到纠偏的作用,单纯的或者是纯粹的内转和外转都是有缺陷的。孤立的文学内部研究不能真正全面深刻地理解文学,更不能真正说明价值和意义,因为它割裂了文学赖以产生的土壤和条件。只有内外前后相互参照,才能显示价值和意义。而一味地外部研究自然又脱离了文学，不再属于文学研究。真正的文学研究是内外高度结合的，只要外部研究是为了文学的目的，其最终价值指向的是文学，有利于文学的解读和认知，就仍然是文学研究的重要有机组成部分。这种外部研究是对有魅力的作品的延伸研究，是对构成一部成功作品诸多因素中的一些不易被人察觉或被人忽略的因素的研究。

韦勒克和梵·第根关于比较文学的观点，看似尖锐对立，但若细察，我们认为，他们两人的理论主张还是有共通之处的。第一，他们都注重文学研究；第二，他们都重视文学的整体研究。

总之，法国学者提出比较文学是文学史分支的观点，有其合理的学理依据，我们应该公正、理性地加以全面地认知。这不仅有利于我们站在一个客观公正的立场上，正确评价法美两国学者论争的是是非非，而且可以真正让我们获得一个更高的视点，来清醒审视矛盾双方内在追求的一致性与共通性，从而洞悉、肯定法国学者的可贵构想，提供建设性意见和建议，共同推动比较文学学科健康和谐地向前发展。

（乐曲摘）

李伟昉，原载《文学评论》2010年第5期

《从学科层面反思比较文学》

从克罗齐起，关于比较文学的争论似乎就再也没有停止过，争论的内容各有不同，但都是围绕比较文学的研究对象与研究方法展开的。而研究对象与研究方法恰好是一个学科是否能够存在的关键因素。

对待比较文学，应该理性地反思它是否可以作为一个学科存在。首先要说明的是，比较文学在中国从来都不是作为一个学科而存在的。那种认为比较文学在中国是作为一个学科存在的观念，其实是对中国语言文学之下的二级学科"比较文学与世界文学"的误解，人们对比较文学作为学科存在的合理性的追问，是假定在这种误解成立的基础上的。比较文学是否具有特定的研究对象与研究方法呢？一般认为，它作为学科存在的学理依据，不是"比较"而是"跨越"，即它的特定研究对象是具有跨越性的文学现象。跨越性本身就是各个学科随着研究的深入而自然延伸，而不应该是什么独立的学科。将比较文学视为学科存在，不仅限制了其他学科的发展与研究的深入，自身的合法性也会受到旷日持久的质疑，也会因其自身的悖论而尴尬。比如，既然"比较文学与世界文学"学科是比较文学学科，而比较文学是研究跨越性文学因素的，为什么要与各"中国古代文学""中国现代文学"等二级学科并列呢？这种具有跨越性的文学研究与它跨越的任何一边都是并列的，这显然不符合逻辑。还有，既然比较文学是个学科，为什么不叫比较文学，而要与"世界文学"连在一起？它们到底是一个学科还是两个学科呢？两者的关系是怎样的呢？还有，为什么不放在外国语言文学之下呢？假如认可它是一个独立的学科，将其放在外国语言文学之下，与"英语语言文学""法语语言文学"等并列成为独立的二级学科，是否合理呢？这也会出现同样的问题与同样的质疑。

由此可见，比较文学作为学科存在，从其研究对象看，既不合理，也没有必要，因为它并没有属于自己的特定研究对象，它的研究内容完全可以分解在其他学科之中，由其他学科来承担。

比较文学的研究对象不足以构成学科存在的理由，是否有自己相对独立的研究方法，以构成它作为学科存在的理由呢？将比较文学本体论意义上的"跨界视野"也同时理解为区别于其他学科的独特研究方法，这样是否可以呢？我看是可以的，因为它比其他论者所总结的各种各样的研究方法更有说服力，其他研究方法只是就某一研究类型而言的，并不能"普遍适用于比较文学的一切研究对象及研究课题"，但问题是，比较文学研究并没有属于自己的特定研究对象，它的研究方法或者说研究视野尽管是有价值与意义的，也不能作为一个学科存在的依据。

我国的学科设置之所以将比较文学与"世界文学"放在一起，包含着老一辈学者们的良苦用心。它并不意味着比较文学是一个学科，而是意味着要达到"世界文学"的目的，必须要有"文学对话"意识和"跨界视野"通过比较文学之途走向"世界文学"。如果我们这么理解的话，那么比较文学就不是一个学科，而是一种具有"跨界视野"的研究方法。如果我们认为它是一种方法的提法容易与人文科学中的其他比较方法混淆，没有体现它的"跨界视野"的话，我们也可以将它理解为一种视域、视角、姿态、思路、思维，或者全球化时代文学研究的一种发展趋势。如果这样的话，不仅不会削弱比较文学的研究，相反会使比较文学更加繁荣，达到一种真正的"跨界"，也可以使其他学科的研究走向深入。

（乐曲摘）

肖四新，原载《学术研究》2010 年第 4 期

《比较文学·比较诗学·人文之道》

与其他学科相比，比较文学更是一门自身反思的学科：通过自身反思，也正是通过自身反思，比较文学不断深化、提升了自身，并由此不断生成和展示着自身。

一般说来比较文学经历了三个历史发展阶段。第一个阶段主要表现为对异质文化及其语言载体的译介与阐述（包括评论、改写等），此即比较文学的自在或潜在阶段。第二个阶段，是对这些译介和阐释所构成的文学、文化关系的研究，即比较文学的关系史研究阶段。这一阶段以自在阶段的实践为研究对象，其特点是历史意识和学科意识的产生。比较文学研究的第三个阶段，是对文学、文化关系研究进行反思而上升为理论，同时作为阐释实践进入新一轮的文化互动。如果说比较文学第一个阶段是自在的译介阐发实践，第二个阶段是自觉的关系研究，那么第三个阶段就是自为的比较诗学。正是在这个阶段，比较文学真正成为一个按照自身逻辑发展的学科。这时，译介阐释、关系史研究和比较诗学形成三种相互支持—蕴涵、相互渗透—转化的共时研究模式：译介阐释实践必然同时构成关系史研究的对象，关系史研究必然在比较诗学的指导下进行，而比较

诗学的阐释（如诗学比较）必然作为理论实践进入关系史研究的视野。没有译介实践，比较文学的关系史研究将是无源之水，而比较诗学研究自然也就无从谈起；没有关系史研究，比较文学的译介实践将滞留在不自觉的前学科状态，而比较诗学将成为虚浮的海市蜃楼；而没有比较诗学，比较文学的译介实践和关系史研究则将是蒙昧的（即缺乏自我意识的）和他律的（即无法自我规定的）。在这个意义上，比较诗学是比较文学的自身反思的灵魂：正是通过比较诗学，比较文学成为一个自我立法、自我规定的学科。因此，比较诗学虽然在时间上是后来的、派生的，但在逻辑上却是先在的、本原的。

比较诗学既是对实践的理论反思，同时也是理论层面的实践；比较文学由此在更高层面回归自身并开始新一轮的演化（同时也是异化和延异）。这一进程不仅是比较文学的自身回归与重新出发，也是比较文学向人文学科总体方法论的具化落实。

"人类经验"的"整合"即指向对更高自我的肯定。相对性自我与超越性自我互为主体，这种内在而超越的主体间性构成了比较文学的人文内涵。比较文学的终极目标在于发现更高自我或实现自我的更高存在；在这个意义上，比较文学是哲学——不仅是单纯认识论意义上的哲学，更是作为"认识你自己"的实践哲学，即人文之道。通过此在的实践和实践的此在，比较文学成为新时代人文主义的标志和先锋。在这时，比较文学作为一门人文学科的意义和价值也得到了最终证明。

（乐曲摘）

张沛，原载《北京大学学报》2010 年第 5 期

《祈向"本原"：对歌德"世界文学"的一种解读》

在笔者看来，歌德谈"世界文学"是与他的整个美学思想相关联的，因此，我们只有从他的美学分析入手，才能获得对"世界文学"的新的看法——一种切近真实状况的理解。各民族的文学"经典"不过是"世界文学"属下的一个个"范本"，正是这些无数个"范本"向我们展现了"世界文学"所应该具有的存在方式。我们可以由此得出，歌德的"世界文学"并不是实体的，而是他为各民族文学悬设的一个必须追求的标准。因此，"世界文学"虽然不能作为实体而存在，但我们又可以通过无数个民族文学的"范本"认识它。这是歌德为"世界文学"提出的一个更高层次的意义。对歌德"世界文学"含义的理解，倘若没有这一更高层次的维度，那么"世界文学"这一概念也就会失去活力，就会是死的。

近些年，随着"全球化"思潮的兴起，学术界对"世界文学"话题的探讨又热了起来，然而，与这种研究热度极不相称的是，许多学者的研究越来越背离歌德"世界文学"的本有意义，在"全球化"观念的遮蔽下，通过对"民族"与"文学"概念的消解与解构，不断淡化着"世界文学"衡量民族文学发展水平的这种价值标准。我们既没有一个叫作"世界"或"国际"的世外桃源，也没有一个可以在其中安然生活的"世界公民"。任何人，无论作家或是作品中的人物，他首先都应该是携有民族符号的。

实际上，伴随着经济的"全球化"，我们不仅没有看到文化的一体化，反而看到了更多的文化之间的冲突与斗争。

当然我们不承认在经济全球化语境中，"世界文学"形成的可能性，但我们并不否定在全球化语境中，世界各国文学之间交往的日益增多，从而使各民族之间文学的影响，比以往任何时候都更加频繁，各民族的文学比以往任何时候都更多地具有"世界因素"。各国文学的交往"对话"从来都是可能的，而且是必需的，这也是歌德"世界文学"概念中的应有之义。当然，这种对话仍然需要建立在"外位性"立场上。始终保持一种"他者"的地位，这就是不同民族文学文化交往的真实情景。

由此，我们认为，对于各民族文学与世界文学的发展而言，全球化的到来并不能改变什么，而"世界文学"也绝非一个实体的、可存于现实世界的东西。"世界文学"并不是一个空间实体概念，它无法在现实中全然实现，但可以从民族文学的经典中透见它存在的气息。笔者认为"世界文学"是民族文学的"本原"化，或者说是民族文学的"本原"追求。当然，这一界定仍有待于专家学人进一步争论与探讨。

(乐曲摘)

丁国旗，原载《文学评论》2010年第4期

《"世界文学"从乌托邦想象到审美现实》

在今天的全球化语境下，随着欧洲中心主义和西方中心主义的解体和东方文学的崛起，比较文学发展到最高阶段自然进入了世界文学的阶段。因此，世界文学已不再是早先的乌托邦想象，而是一种展现在我们面前的审美现实。因而，在中文语境下讨论世界文学问题，理所当然地要体现中国学者的独特眼光和主体性建构。

在笔者看来，我们在使用"世界文学"这一术语时，实际上已经至少赋予它以下三重含义：1. 世界文学是东西方各国优秀文学的经典之汇总；2. 世界文学是我们的文学研究、评价和批评所依据的全球性和跨文化视角和比较的视野；3. 世界文学是通过不同语言的文学的生产、流通、翻译以及批评性选择的一种文学历史演化。

判断一部文学作品是否属于世界文学，仍然有一个相对客观公认的标准，也即按照我本人的看法，它必须依循如下几个原则：（1）它是否把握了特定的时代精神；（2）它的影响是否超越了本民族或本语言的界限；（3）它是否收入后来的研究者编选的文学经典选集；（4）它是否能够进入大学课堂成为教科书；（5）它是否在另一语境下受到批评性的讨论和研究。

不管我们从事文学研究还是文化研究，我们都离不开语言的中介，但是在形成中国现代文学经典的过程中，翻译所起的作用更多的是体现在文化上、政治上和实用主义的目标上，而非仅仅是语言和形式的层面上。因此，中国现代语境下翻译所承担的政治和文化重负大大多于文学本身的任务。全球化时代的到来导致了民族—国家的疆界以及语言文化的疆界变得愈益模糊，从而为一种新的世界语言体系和世界文学经典的建构铺平

了道路。在这方面，中国学者应该做出自己的独特贡献。

（乐曲摘）

王宁，原载《探索与争鸣》2010 年第 7 期

《比较文学学术系谱中的三个阶段与三种形态》

比较文学系谱学的建立，首先有赖于对世界比较文学学科发展史进行纵向梳理，在历史方法与逻辑演绎的双向运动中，可以将比较文学的学术理论系谱大致划分为三个历史时期：第一期，古代的朴素的"文学比较"，是比较文学的历史积淀期；第二期，近代的"比较文学批评"，比较文学以文学批评的形态存在，是比较文学的学术先声期；第三期，现代的"比较文学研究"，比较文学实现了"学科化"。

比较文学学科的体系性的学术理论，不是从古已有之的"朴素的文学比较"中产生，不是从近代的"比较文学批评"中产生，甚至也不是从文学自身的研究中产生，而是从 18—19 世纪的历史哲学、文化人类学、比较神话故事学等相关学科中借鉴过来的。

从"比较"的角度看，在比较文学学科谱系中，各国学者都发挥了自己的文化优势，为比较文学作出了特殊的贡献。例如，德国学者贡献给比较文学的主要是其思辨哲学的基础、先验的范畴与概念，强调的是精神史与比较文学的联系；英国学者贡献给比较文学的主要是其人类文化视野与历史纬度，强化的是文明史与比较文学的关联；法国学者贡献给比较文学的是实证科学的方法，注重的是比较文学的史学化、科学化与学科化；俄苏学者贡献给比较文学的主要是鲜明的意识形态立场与历史唯物主义态度。

20 世纪 80 年代后，中国比较文学继日本之后，将比较文学由一种西方的学术形态与话语方式，转换为一种东方西方共有的话语方式与学术形态，真正将文学的文本属性与历史文化属性结合起来，把比较文学提升为一种包容性、世界性、贯通性的学术文化形态，即"跨文化诗学"形态，中国比较文学也超越了"学派"性质。世界比较文学发展到当代中国，已经进入了一个新的历史阶段。

（乐曲摘）

王向远，原载《广东社会科学》2010 年第 5 期

二 比较诗学论文摘要

《"后理论时代"中国文论的国际化走向和理论建构》

文学和文化理论进入了一个"后理论"时代,这一时代具有不同于文化理论之"黄金时代"的一些新的特色:传统的文学理论已经演变成一种范围更广的文化理论,或曰批评理论;文化理论再也不像以往那样能够解释当今社会的所有问题;"欧洲中心主义"的思维定势随着美国的称霸世界早已解体,"西方中心主义"的思维模式也受到严峻的挑战;当代文学和文化理论已经没有一个占据主导地位的主流,不同的理论思潮沿着不同的方向发展,共同形成了"后理论时代"一道独特的景观。

如果说全球化对文化和文学研究产生了很大影响的话,那么我们完全可以进一步推论,全球化的到来不仅模糊了民族—国家的疆界,同时也模糊了学科的疆界,使得文学研究被纳入了一个更加广阔的文化研究语境之下,这样也就消解了文化研究与文学研究之间的对立。面对全球化的强有力冲击,一个有效的文化策略就是,我们中国的文学和文化研究者首先要顺应这一潮流,即承认全球化已经来到我们这个时代,我们对这一大的趋势是无法抗拒的,但是另一方面,我们又不能只是跟着它跑,因此实事求是的态度应该是,在不损害中国文化精神本质的前提下,我们完全可以利用全球化这个大的平台来加强中外文学和文化理论的交流和对话。另外,全球化在文化上的进程打破了固有的民族—国家之疆界,同时也拓展了世界上主要语言的疆界,所以我们也应该正视语言疆界拓展和文学史重新书写的问题。

在这样一个时刻,经过改造并重新阐释的后现代"新儒学"完全有可能成为中国学界与国际同行进行对话的重要理论资源,既然世界更加关注中国,中国的文学和文化理论研究者也应该思考如何促使中国文论走出国门进而在国际理论争鸣中发出中国的声音,这应该是"后理论时代"对中国文论家的最重要的启示,同时也是国际文论界对中国学者的期待。

(曾诣摘)

王宁,原载《北京大学学报》(哲学社会科学版)2010 年第 2 期

《"文学社会学"的历史、理论和方法》

本文第一部分先从文学社会学研究的语境入手，试图在"文学性"与"社会性"这两种对立研究取向的颉颃中呈现该研究的困难前提。文章从语言、文学性、内部研究的范畴切入，就文学与社会的问题展开了简要的理论梳理，并指出在以往的研究中，文学社会学一般被理解为对文学的外部研究，探讨文学的非文学层面。而与之截然不同的是对文学文本的内部研究，按照美学的、文学的、语言学的范畴探讨问题。作者还在文中呈现出两种并行共存且呈争衡之势的"文学社会学"概念。

主体部分（第二、三、四部分）梳理文学社会学的"系谱"及其来龙去脉。先是关于文学社会学思想之萌芽期的讨论，具体谈及卢梭、席勒及其"时代精神"的问题和19世纪"文学社会学"之滥觞的问题。随后是关于20世纪上半叶的理论思考，谈及"文学社会学"之概念的突破及认识、知识社会学影响下对于文学社会学之思考的问题。最后是第二次世界大战之后的发展情况论述，涉及价值理念与"价值中立"之对立的讨论、文学社会学之实证主义转向、新老马克思主义文学观以及各行其是之"文学社会学"的问题。可以说，这一部分是从这一研究方向的"历史发展"看其"主要方法"，并且检视"文学社会学"在不同时期和人物那里的认识程度和方法论上的思考。

在历史考察的基础上，亦鉴于文学社会学迄今在定义以及一些相关问题上还缺乏共识，第五部分既是对文学社会学定位问题的探讨，也是本文的总结性思考。具体讨论了相关定义之困境与共识之缺位，以及文学社会学作为文学与社会学之"跨学科"研究的问题。

（曾诣摘）

方维规，原载《社会科学论坛》2010年第6期

《中国古代文论与西方当代文论的对话》

中国古代文论与西方当代文论共存于我国当前的文学理论学术话语之中，自然而然地形成交流与对话。而中国古代文论与西方当代文论的对话是一种话语研究，即采用对话的方式而非传统文本研究，中西文论不再是被研究被阐释的对象，而是在言说在争辩的主体；不再是等待挖掘等待利用的资源，而是参与构造参与建设的力量。这种对话研究具体表现为以下两个方面。

从纵向来看，中国古代文论与西方当代文论之间存在着实际的影响关系，可以进行同源性比较。具体而言，中国古代文论是西方当代或隐或显的思想来源，相当部分西方文论流派的构型里体现着中国古代文论的催化和促进作用，20世纪西方文论从现代走

向后现代、从理性走向非理性主义、从中心走向边缘，在对文明的批判与反思的过程中不时能发现中国思想的深刻睿智，无论是现象学、存在主义、解构主义还是东方学等，都有中国古代文论或明或暗的影子。而西方思维反过来又影响着中国古代文论的研究。从时代先后来看，中国古代文论虽然不可能受到西方当代文论的影响，但现当代的中国古代文论研究却不由自主地受到西方的影响。可以说，中国古代文论研究一开始走的就是西化的路，通过学科化、体系化、范畴化的系统改造工作，硬是将古代文论重新阐释、梳理、分类、界定，套入西方的学科体制和思维模式，形成中国古代文论的新变。

从横向来看，中国古代文论与西方当代文论具备展开平行研究的可能。就主客二分的西方思维来说，研究对象从客体转向了主体、从自然转向了人本身，在这样一种非理性的转向中，当代西方文论不再以理性为唯一视角来评判中国古代文论，从而缓和了双方的尖锐对立。而其相互对话有助于解决当今世界前沿的学术问题，如语言与意义的问题；也有助于中国文学理论的话语重建。

（曾诣摘）

曹顺庆、王庆，原载《当代文坛》2010年第3期

《中国文论的西化历程》

中国文论在当下会患上严重的"失语症"，与中国文论在现代转型时盲目遵从西方话语是有内在联系的。中国文论百年来的建设呈现出一个西化的历程，文章从四个具有标志性的时代入手，剖析西方理论话语对中国文论的规训，及其造成中国文论更新乏力，逐渐失去与当下文学联系的事实。具体而言，第一个阶段是西学思维初步铺垫的阶段。可以说，20世纪初，西式话语成为重要的视角，审视着中国传统文学观念。当时，虽然还缺乏本土系统研究中国古代文论的相关著作，但是观念的改造、方法的更新已然为下个阶段中国古代文论学科的发展奠定了基础。西学思维的初步铺垫已然表现出成效，中国文论开始转型。第二个阶段是西学学科范式的正式确立。经过20世纪初以来在文学观念、研究方法上的西式启蒙，到20年代，中国古代文论学科获得了最重要的沉淀，成为一门独立的学科，一批突出的成果问世。第三个阶段是苏联模式的泛化及曲折。中华人民共和国成立后，理论界照搬苏联的文艺理论模式，注重社会历史研究，偏重阶级分析和文学的认识价值，同时高扬社会主义现实主义的创作方法和解释方式，共同组成了中华人民共和国成立后学术研究的政治文化语境。随着中苏两国关系的恶化，苏联模式逐渐有所改观，中国开始探究建立中国特色的社会主义文艺理论和批评，但仍深深烙着苏联模式的印子。第四个阶段是新时期学科复建与广引西学的西化历程。这过程主要从体制建设和思想观念两个层面展开，使中国古代文论学科取得了飞跃式的进步，在教材编写、学科建设、人才培养、梯队建设、研究方法等方面都超越了此前。另外，文章还揭示了中国文论西化的本质，即对西方科学观念的持续盲从，这具体表现出

科学化、体系化、范畴化三个基本维度，并对现实主义情有独钟。

（曾诣摘）

曹顺庆、邱明丰，原载《西南民族大学学报》（人文社会科学版）2010年第1期

《回顾结构主义与中国文论的相遇》

结构主义是西方二战以来的重要文论思潮，并在八十年代以后深刻地影响了中国文论。本文首先简要地梳理了法国和西方结构主义的主要思想，指出其与传统文论相比，结构主义文论具有三方面的特点：科学主义与内部研究、反人文主义和去中心化。

接着，文章试图回顾新时期以来中国文论界对结构主义的引入、接受和融入的过程。与西方一样，结构主义在中国最初的成功也是在语言学领域。从20年代开始，中国的语言学家就注意到西方的结构主义语言学，并应用其方法对汉语加以分析。但是，对于中国语言学界并不陌生的结构主义在其他人文学科中却知之甚少。70年代末80年代初以来，中国开始初步成规模译介结构主义哲学和文论。具体而言，1985年以前，中国文论的焦点是人文主义和美学的复兴，结构主义的影响相对有限。而从1984年开始，尤其是进入1985年，关于文学研究方法创新问题的讨论，在中国形成了"方法论"热。这表明中国文论开始从意识形态的争辩转向科学化道路，在为文学争夺人文主义的话语空间之后，开始转向寻找客观研究的知识基础。结构主义作为20世纪西方文论在方法上最重大的突破理所当然引起中国文论界的高度重视。进入90年代，中国文论界进一步远离意识形态和政治争论，方法、客观性和科学性成为重要的诉求，中国对结构主义文论的译介和转化在这一阶段更加深入，其中尤为突出的是叙事学和符号学。90年代以后，中国文论和批评界几乎复制了西方文论的一个重要现象，就是"文本"概念逐渐成为文学领域的中心词，而"作品"的概念渐渐边缘化，然而中西方所发生的过程并不完全一致，这也体现出了结构主义在中西方不尽相同的命运。到了21世纪初，中国文论界发生了一场影响至今仍未结束的争论，即关于"文艺学的边界"问题的讨论。而这一学科问题的深层内涵与结构主义文论密切相关。

最后，文章就中国结构主义的得失进行了一番反思。一方面结构主义为中国文论提供新的视野和方法，对中国文论在新时期的发展起到了重要作用；另一方面中国文论坚持人文主义立场，虽然没有落入西方结构主义的一些过于偏颇的陷阱，但是也使得结构主义的一些核心特征被遮蔽。

（曾诣摘）

钱翰，原载《法国研究》2010年第2期

《文学人类学的中国化过程与四重证据法
　　——学术史的回顾及展望》

　　文章先从学术史视角回顾文学人类学的由来，即作为现代以来文学研究史所催生的一种交叉学科的新研究范式，如何从19世纪中期以前的民族文学或国别文学（研究），发展到19世纪后期至20世纪初的比较文学，并在20世纪后期的跨学科潮流激荡之下拓展为文学人类学一派；分析其所产生的思想渊源（知识全球化）和学科渊源（文化人类学、比较宗教学、心理分析学和比较神话学）。

　　随后，文章针对现代大学制度中建构出的学科本位主义，借鉴人类学转型和思想史转型的大趋势观照，提示反思的必要性与超越的途径。还指出，西方知识体系的普世合法性问题的提出，使现代性建构出的文学学科的贵族化与精英化取向必然受到后殖民主义时代的反拨与纠正。后现代知识观倡导一种着眼于"地方性知识论"的本土观点，给文学观念及文学研究带来的根本性范式变革，突出体现在文学人类学的理论及实践诉求方面。

　　最后，文章在总结历史经验的基础上，对文学人类学派在中国的发展历程，它与国学传统的会通所激荡出的四重证据法及其学术实绩和拓展应用的前景作出展望。

（曾诣摘）

叶舒宪，原载《社会科学战线》2010年第6期

《中国文论意象论话语的"他国际遇"
　　——意象论话语在日本、朝鲜、美国》

　　相对倾向对自然的再现与模仿，以假设约定、归纳演绎、描绘叙述为意义生成方式与表述方式的字母文字书写的西方文论形象论话语，以立象尽意、依经立意、比物连类为意义生成方式与表述方式的汉字书写的中国文论，可谓倾向对自然的表现与隐喻的意象论话语。中国文论意象论话语的"他国际遇"自然是中国文学乃至中国文化之"他国际遇"的一个方面。我们可以清楚地认识到，民族文化风骨以语言文字为根基，日本、朝鲜、美英对中国文论意象论话语的接受、借用、化用、误读，正是立足于对汉字的接受、借用、化用、误读。

　　文章通过详细的材料论述具体指出，基于立足汉字传播与应用的龙文化圈，中国文论及其意象论话语的影响所致，形成了19世纪以前日本的幽玄说、心姿说、境趣说和朝鲜的天机说、意趣说、悟境说。反之，借用与化用中国文论意象论话语的日本文论幽玄说、心姿说、境趣说和朝鲜文论天机说、意趣说、悟境说，正所谓中国文论意象论话语的"日本际遇"和"朝鲜际遇"。而基于中西文化的另类异质，以及西方文化习惯以

自我的话语言说非我，自我中心的意义生成与表述、话语建构与解读模式，现代美国文论外求与接受中国意象论话语，形成了汉字诗学、意象派诗论、旋涡主义。反之，误读与增殖中国文论意象论话语的美国文论汉字诗学、意象派诗论、旋涡主义，正所谓中国文论意象论话语的"美国际遇"。上述这些都是中国文论意象论谱系钩沉不可或缺的部分。

（曾诣摘）

徐扬尚，原载《华文文学》2010年第2期

《异域中国文论西化的两种途径——世界主义文论话语探究》

与全球化相伴而行的是极具活力的世界主义话语的发展，而文论中的世界主义话语则构成了其中的一个重要方面。具有丰厚文艺传统的中国文论，已经介入这个历史进程中并留下了自己的辙印。百余年中西文论冲突与交汇的历史经验，可概括为"两种西方文论与两种西化"。"两种西方文论"即在西方本土的西语西方文论与进入中国跨文化旅行后产生的汉译西方文论。"两种西化"是指中国文论在中国本土参照西方文论的框架来建设中国现代文论，还有一种西化则是中国文论在西方的理论旅行中产生的影响和变异，也就是中国文论在西方的传播和影响。

文章主体分为四部分：第一部分主要以歌德和庞德为例，论述了"世界文学"概念的发生与中西诗学观念的融合问题；第二部分则具体谈及中国戏曲表演体系与布莱希特戏剧理论的交汇问题；第三部分是关于刘若愚及其"世界性的文学理论"的讨论；而第四部分集中论及宇文所安在中西文论"双向阐发"中走向普遍主义的学术追求。可以说，这些具体的材料论述明确地指出了中国文论在西方异域的西化主要通过两个途径：一是诗人和作家自觉地接受中国独特的文艺思想，有效地运用于文艺创作并产生重要影响；二是学者和理论家们从事中国文学理论研究，并尝试采用适当的译介策略，让西方学界理解中国文论。

文章最后还指出，摆脱以西方中心论为基础的世界主义观念，吸收包括中国在内的不同国家、民族的跨文化资源，是通向世界主义的必由之路。中国文论在异域的传播并富有建设性地融入西方文论体系，在世界主义文论话语的建构过程中具有不可替代的特殊作用。

（曾诣摘）

代迅，原载《江西社会科学》2010年第6期

三 东方比较文学论文摘要

《〈古事记〉文体特征与汉文佛经
——语体判断标准刍议》

1. 问题提出

按照学界通行的说法，《古事记》的文体特征为"变体汉文体"。一直以来，关于《古事记》的文体问题，始终是日本上代文学研究领域所关注的热点之一。其中，有关《古事记》与汉文佛经的影响研究更是方兴未艾。芳贺矢一、神田秀夫、西田长男、小岛宪之、太田善麿、西宫一民、瀬间正之等学者从微观和宏观两个层面进行了大量富有开创性的研究，内容涉及两者在文字表记、汉语词汇的来源、情节内容的摄取、散文歌谣体的创建等问题，不少研究成果已经成为当今《古事记》研究具有代表性的观点。不过，其中也存在一些值得商榷或有待发掘的问题。具体来说，仅就《古事记》的文体特征而言，先学在探讨《古事记》与汉文佛经的影响关系时，对如何建立判断汉文佛经词语的标准与方法的问题，不仅鲜有论及者，且难免有各说各话的嫌疑。事实上，关于汉文佛经词语的判断标准及方法的探讨，既是一个需要结合汉语中古词汇史与中日文学交流史来深思的理论问题，又是一个必须依据汉文佛经语料对《古事记》汉语词汇进行缜密甄别的实践问题。有鉴于此，本文拟在充分梳理先学的基础上，在尝试回答所面临的理论与实践两方面问题的同时，依据重新发掘与解读的确凿资料，从文体学的角度进一步阐述《古事记》与汉文佛经的内在联系，剖析《古事记》汉语词汇的语体特征。

2. 先行研究

最早对《古事记》与汉文佛经之间的影响关系进行系统性研究的是神田秀夫。神田先后发表了「古事記の文体に関する一試論」（『国語と国文学』27—6，1950 年）、「〈古事記の文体に関する一試論〉補説」（『国語と国文学』27—8，1950 年）、「古事記の文体に就いて」（『国語国文』20—5，1951 年）等数篇颇具影响力的论文，从文体学的角度详细论述了《古事记》与汉文佛经在词汇表达以及固有名词假借表记法等方面的近缘关系，并站在文学交流史的高度深刻剖析了两者产生关联的历史必然性。

神田论文发表后,在学界立即引起了巨大的反响。小岛宪之等学者在充分肯定神田学说价值的同时,提出了不少修正性的意见,并屡有新的斩获。小岛宪之「古事記の文章——漢訳仏典の文章をめぐって——」一文指出,《古事记》中"……故、……"的句式具有汉文佛经的体征,与上古经学和中土世俗文献中"……。故……"的文体句式形成鲜明的对比;围绕着异字同训的方法,撰录者借助丰富的佛教词汇做过种种有益的尝试。西宫一民「古事記と漢文学」一文对《古事记》与《释迦谱》在用词上的一致性做了数字统计,论证了不同佛典对《古事记》语体的具体影响。之后,濑间正之也结合佛典类书《经律异相》进行了量性考察。

由神田论文引发的连锁反应,同时促使研究者们开始从文学表现体裁和神话传说内容等方面关注《古事记》与汉文佛经的接受关系。西田长男认为,《古事记》体裁的特殊之处在于散文与诗句并存、传说中穿插歌谣,它与汉文佛经中穿插咒文、偈颂的体制颇为相似。因此以汉语为撰录载体的《古事记》追随汉文佛经体裁有其必然性。太田善麿认为,"海宫游行"传说与《法华经·提婆达多品》在情节上存在借鉴关系。濑间正之不仅论证了"海幸山幸传说""沙本毗壳传说"与《经律异相·卷三二》所录"长生欲报父怨后还得国""善友好施求珠丧眼还明"在内容上的关联性,还逐一阐述了它们之间在词语使用及文字表记上的对应关系。值得注意的是,以方法论而言,上述研究不约而同地都在关注《古事记》中汉语词汇所受不同佛典的具体影响,有的还采用数据统计的方法,希冀通过研究成果的不断发掘与积累达到整体把握汉文佛经对《古事记》产生影响的程度。

3. 佛典词语

《古事记》的语言风格是由其独特的文体所决定的,其文体特色的形成又受到来自词汇与句法两个方面的浸染。关于这一点,可以通过剩下的19个词加以论证。这19个词即"本土""此间""都不""端正""跌坐""恭敬""稽首""金银""思维""退坐""威仪""污垢""邪心""虚空""严饰""一时""亦名""游行""容姿"。下面,分作词汇和语法两部分展开讨论。这里,尽管有画蛇添足之嫌,但仍有必要强调一点,就是识别语体特征须以文献资料先后顺序为准绳,汉文佛经中的"本土""退坐""污垢""亦名"4个词就是典型的例子。

4. 归纳总结

《古事记》的特殊文体在形成过程中,《法华经》、《释迦谱》和《经律异相》等佛典以词语渗透的形式对其产生过巨大的影响。从文章表达史的角度看,撰录者大量摄入汉文佛经词语,既丰富了《古事记》的词汇量,又提高了语言表达的精练度;从中日文学交流史的角度说,它不仅为人们微观上了解汉文佛经对以神话传说为题材的《古事记》所产生的影响提供了书证,而且从宏观上折射出佛教文学对日本整个上代文学既广泛而又深刻的影响。

(樊雅茹摘)

马骏,原载《日本学习与研究》2010年第3期

《池田大作与俄罗斯文学》

池田大作与俄罗斯文学的密切关系是显而易见的，1975 年他到访苏联，应邀到莫斯科大学讲演，讲演的一半内容是关于俄罗斯的文学以及他对俄罗斯文学的认识和感觉，在这次演讲中，他明确地指出俄罗斯文学震撼了自己的心灵，是促使他决心毕生争取和平与创造文化的叙事诗的动力之一。他同戈尔巴乔夫的对话也有不少的篇幅涉及俄罗斯的文学大师，而且在后来他还专门同俄罗斯当代文学的改革派大师艾特玛托夫做过对话，畅谈过俄罗斯文学。所以，研究池田大作与俄罗斯文学的关系，对于我们深入了解池田大作文学观念的形成和特点具有很重要的意义。

一　日本文学与俄罗斯文学

要探讨池田大作与俄罗斯文学的影响，或许首先应该梳理一下近代以来日本文学与俄罗斯文学的关系。唐代以后，由于佛教从东土传入日本，日本文学有很长一段时间深受中国文学的影响。尤其是日本的诗歌，其情其韵都与中国的禅宗文化有深刻的精神联系，但明治以后，这种情况发生了很大的变化。随着国家政治经济和科学技术的西化改革，日本政府排斥佛教而将神道奉为国家宗教，日本的文化和文学思潮也迅速地挣脱中国的影响而倾向西方。"维新以后，西洋思想占了优势，文学也发生了一个极大的变化。明治四十五年中，差不多将欧洲文艺复兴以来的思想，逐层通过；一直到了现在，就已赶上了现代世界的思潮，在生活的河中一同游泳。"鉴于俄罗斯文化在 19 世纪末以来的世界文化中所占的重要位置和做出的巨大贡献，这里所言欧洲文艺复兴以来的思想资源当然也包括俄罗斯文学。到了 20 年代末，俄罗斯文学对日本文学的影响掀起了一个新的高潮，这就是苏联文学促进了日本国内左翼文学运动的兴起。

二　池田大作论俄罗斯文学特征

池田大作 1975 年 5 月 27 日在莫斯科大学做过一次讲演，讲演的题目是《东西文化交流的新道路》。这次讲演的内容分两个部分，第一部分的中心内容就是阐述池田大作对于俄罗斯文学的总体认识。他说："我认为，俄罗斯文学最大的特色是，始终把文学究竟能对全体民众的幸福、解放、和平的理想做些什么当作自己的目标，并把这一目标高高地举起。"池田大作引证俄罗斯文学中的一些代表人物阐述了自己的这一观点。从文学与民众关系的角度出发，池田大作对俄罗斯的民间歌谣表示了极大的兴趣。

三　池田大作论俄罗斯文学的宗教意识

在池田大作与戈尔巴乔夫的对话中，他们都谈到了俄罗斯文学的"守护苦难者"的传统，这一文学传统和宗教传统紧密地联系在一起。在池田大作与戈尔巴乔夫的对话中，曾有一章内容是两人专门探讨宗教问题。在这章对话中，池田大作特别注意到了托尔斯泰与东正教教会的斗争。他指出："以为自力可以做一切事的骄傲现代人，离开全身全灵投入的信仰太遥远了。所谓现代，一言以蔽之，就是——忘记祈祷的时代。"由此可见，池田大作的宗教观念是辩证的，既肯定了信仰的内在化，同时也主张在此基础上适当地保持一些合理的宗教仪式。

四 对话中的俄罗斯文学资源

池田大作在同戈尔巴乔夫对话时所显示出的对俄罗斯文学知识的丰富令戈尔巴乔夫十分地惊讶和赞赏，池田大作表示这是因为为了更好地进行对话，他在此前曾认真阅读过有关的资料文献。池田大作这一解释是实在而谦虚的，但我们在他们的对话中看到池田大作对一些俄罗斯文学的知识信手拈来，而且能够说出自己的精彩的意见，这是一般的为了对话而阅读的准备工作难以达到的，非得对俄罗斯文学有比较长期的关注才可能呈现出如此深厚的功底。池田大作努力奔走于世界各地，建立分会，发表讲演，倡导和平主义，张扬仁爱精神，激励人与人、民族与民族、国与国之间的相互"结合力"，这种思想的构成和坚定不移，除了日莲大圣人的启示、佛教理念的融入、日本文学的憨物宗情传统熏陶之外，俄罗斯文学中托尔斯泰、陀思妥耶夫斯基等人的和平主义、博爱精神无疑也是其中的一个重要精神资源。

（樊雅茹摘）

谭桂林，原载《湖南大学学报》（社会科学版）2010年第2期

《对东方古典文学的翻译和研究——当代北欧学界重建世界文学中的趋势》

斯堪的纳维亚半岛诸国文学是中国知识界和社会备感亲切的文学之一，如鲁迅编过和翻译过北欧文学作品，然而，北欧文学，本质上仍是属于西方文化的组成部分，以至于超过百年历史的诺贝尔文学奖，常常被欧洲之外的知识界诟病有西方中心论嫌疑，多次出现因诺贝尔文学奖引发东西方政治对抗的事件。论及北欧知识界近20年来改变东方文学认知的情况，且不论北欧诸国学界关于东方文学研究和教学的变化历程、东方各国文学作品被翻译情况、北欧和东方各国文学家交流、研究和翻译所产生切实效果（诺贝尔文学奖评委会加大对东方文学的关注）等，仅世界文学史建构中的东方文学比重变化而言，瑞典国家学术委员会联合北欧学界耗时近十年（1996—2004）的项目研究"全球化语境下的文学和文学史"（Literature and Literary history in Global Context's）及成果四卷本《文学史：全球视角》（Literary History: Towards a Global perspective）（2006）是特别值得关注的事件：检讨西方和北欧对东方各区域文学的地域性研究史，并对比西方的文学观和文学史研究，跨越空间和文化界限讨论文学观念、文类、文学互动等问题，显示出北欧在重建世界文学史结构上突出东方文学的趋势。

中国文学在18世纪的欧洲享有很高声誉。毫无疑问，东亚古典文学成为这个项目成果的重要内容。中国和日本古代文学不再是专门的知识，而是用来说明世界文学丰富

性的重要场域。与此同时，南亚文学也被纳入世界文学框架重新审视。因语言和文字的原因，文学在印度不是作为一个整体存在的，而是有超过百种语言的文学。同样突出的是用世界文学史视野重新审视传统阿拉伯文学，而不是把它看作阿拉伯问题的一个部分。既然看到阿拉伯文学元素之于世界文学史结构的必然性价值，自然也会把视野投向与之类似的传统非洲文学：因为20世纪初教会和非洲知识分子就开始搜集整理丰富的非洲口头文学，出版了大量的非洲神话故事集和传说故事集。

瑞典国家学术委员会项目"全球化语境下的文学和文学史"及其四卷本成果《文学史：全球视角》显示出，北欧学界在全球化时代正着力改变欧洲传统的世界文学史观：东方不同区域的"文学"得到了广泛的清理，呈现出每种文学的不可替代性，客观上打破了世界文学史构成一定只能根据西方文学观的标准，用后殖民批评眼光重审了西方关于东方文学研究的意识形态，从而在怀疑西方中心论的根据以后，使东方文学获得越来越高的地位，使西方对阿拉伯—非洲文学、南—东亚文学等进行地域化研究的成果及其意义得到了重新理解。

（樊雅茹摘）

宋达，原载《首都师范大学学报》（社会科学版）2010年第3期

《封闭的开放：泰戈尔1924年访华的遭遇》

20世纪初，在外来压力和内在动力的共同冲击下，中国在思想上逐渐走向了开放。作为这种自觉开放的显著路标，在20世纪10年代末与20年代初，先后有四位思想文化界的世界级人物访问过中国，他们是杜威（John Dewey）、罗素（Bertrand Russell）、杜里舒（Hans Driesch）和泰戈尔（Rabindranath Tagore）。他们的访问至今都传为佳话，而此种水平的文化交流迄今为止也堪称绝响，尽管当代中国在经济上的对外依存性已经如此之高。

晚近以来，对于杜威、罗素和泰戈尔的访华及其文化成果，学术界已经推出了一些专门著作。不过，尽管泰戈尔的来华以及他引起的风波已经成为中国现代史的常识，可是熟知却并不一定就是真知。远未真正引起深思的是，为什么自视为印度文明革命家的泰戈尔在中国却因为过于保守而遭到反对，同时又作为东方文明的保守者而受到欢迎？他到底带来了何种信息？由此，我们不免疑惑，尽管当时关于泰戈尔的争论如此沸沸扬扬以至于尽人皆知，然而，中国知识界真的曾经接近过这位诗人么？如果不曾，那么，这种表面理解之下的无知是如何形成的呢？我们又能从中获得什么教训或启示呢？本文希望在比较文学的意义上，把泰戈尔访华所引起的跨文化对话或争辩看成一种难得的外部投射，以透视出当时的本土文化语境，从而使我们领悟其中的困境，以及由此导致的文化实践的偏颇。

中国人最早是通过西方知道了泰戈尔。1913年，凭借其英文诗集《吉檀迦利》，泰戈尔荣膺诺贝尔文学奖。与泰戈尔一起获得诺贝尔文学奖提名的还有辜鸿铭。在一战及

战后欧洲悲观与幻灭的氛围中，在斯宾格勒西方没落之哀叹中，辜鸿铭、泰戈尔一起成为了东方圣哲的代表，受到西方人尤其是德国人的钦慕及追捧。由此便不难理解，泰戈尔访华之时，反对的人为何以"印度的一个顽固派""辜鸿铭一类老顽固"来揣度他，只差没明白说出"印度之辜鸿铭"了。实际上，虽然同样是批评西方现代文明之机械联合、扭曲人性，泰戈尔和辜鸿铭却采取了完全不同的言说立场。泰戈尔认定东西方文明应在相互学习的基础上联合起来，否则，任由西方文明继续在全世界扩张，不仅所有非西方文明将被吞噬，西方文明自身也必将破灭。泰戈尔是一位有宗教信仰的诗人，其主张坚定而平和。相形之下，辜鸿铭则生性偏激，语不惊人死不休。他几乎是恨不能样样都说中国文明好，西方文明坏。将泰戈尔与辜鸿铭混同起来，固然有论辩中意气夸张的成分，更有其深层的文化渊源。

泰戈尔即将访华的消息刚刚传出，争论便开始了。在1923年的论争中，玄学派已然失去了一般青年的支持，落于下风。论战对手们疑心泰戈尔访华是玄学派的又一次反攻，不待客人来到，便开始积极布阵，准备先发制人。这些文章并没有一个完全统一的立场，但它们都不满于泰戈尔在华讲演中批评西方物质文明、批评科学的言论，认为这不符合中国现实的国情。此外，印度所处的悲惨境遇也使得泰戈尔的这种言论缺乏说服力。文章的倾向表明，这些作者可能是科学派和唯物史观派的支持者和同情者。

那么，泰戈尔来华究竟所为何事？他又到底发表了何种言论？在具体的语境中，泰戈尔有时候特别强调东方尤其是印度宗教生活的优长，有时候又着意批驳西方科学技术所导致的人性扭曲、民族主义所激起的仇恨和分裂，但万变不离其宗：泰戈尔所反复重申的，不过是世界各民族的联合、东方与西方的统一。泰戈尔在中国的谈话跟之前的主张一脉相承，并无太大变化。这样的主张为何会引起中国知识界如此激烈的反对呢？或许不能苛求通过新闻报道来理解一个敏感的、有洞察力的心灵。然而，或许是出于无意的歪曲报道，却恰好吻合那幽灵一般无所不在的二分法。这种巧合本身不是恰恰反映出了当时舆论气候的某种病症么？在一定程度上，从专家学者到大众媒体，似乎都被那个幽灵催眠了。由此，出现了吊诡的一幕：许多人貌似关注泰戈尔的演说，但实际上他们从未真正听见泰戈尔究竟在说些什么；似乎争论得沸沸扬扬，但很大程度上不过是自说自话。

实际上，在所谓的"现代"与"过时"的面向中间，并不存在真正的矛盾，反而有着内在的关联。凭借其宽广的国际视野与殖民地臣民的身份，泰戈尔可能比那时任何的中国人都更清楚地意识到了一味模仿西方的危险："西方人把自己的生活作为标准，按照与之相似或者不同，来粗暴地划分人类世界的好与坏。这种带有歧视的区分标准，一直在伤害我们，而且给我们自己的文化世界造成了巨大损害。"

假如说泰戈尔的讲演过分强调了"保守的"一面，而非"现代的"一面，那也是为了与当时中国舆论气候的偏向达成某种平衡。泰戈尔本来就不是一个体系完备的哲学家。他所独具的，是诗人对现实生活的敏感，是跨文明的洞见。这样的敏感和洞见当然不见得全对，但本该可以激发出更有效的交流。抛开那些蛮不讲理的争吵和一味的谩骂不论，反对者们也提出了一些有价值的批驳意见。总结起来，大概有以下几条，第一，希望用爱来调和人类，这根本无法令东方民族获得解放。泰戈尔的这种愿望或许是诗人的天真，或许是亡国奴的自欺欺人。第二，泰戈尔误解了科学及物质文明的价值。魔鬼是驱使物质文明的帝国主义者，而非物质文明本身。第三，泰戈尔从未解释清楚他所倡导的东方文化或者说中国文化究竟指什么，也未解释清楚他所谓人类的美好未来究竟是怎样。最后，东西方文明根本不能调和，或者是由于东西方文明有着本质的区别，或者是因为西方文明与东方文明是一线发展中的两个阶段。

在泰戈尔看来，印度文明所能奉献给世界的最佳礼物来自印度古老的吠檀多哲学：所有的灵魂最终是同一的，只是表象存在不同；无限在尘世无数有限的事物中间展现自身。

泰戈尔的演说几乎没有得到中国知识界的理解，由于中西二元对立的比较逻辑影响深远，由于中国知识界的分裂，由于报刊的不确报道，由于印度亡了国，由于泰戈尔的棕皮肤。在将近一个世纪后，当我们忍受着交通阻塞、环境污染以及钢筋水泥环绕的居室时，当我们对全球的麦当劳化渐生不安时，当我们意识到英语的便利及其裹挟的巨大文化压力时，重新回顾泰戈尔当年的讲演，我们才醒悟到曾经错过了什么。今天，我们大概会承认泰戈尔拥有的不是一个缥缈的梦，而是一个伟大的理想。

（樊雅茹摘）

彭姗姗，原载《清华大学学报》（哲学社会科学版）2010年第4期

《海外华文文学研究关键词的阐释边界辨析——以黎紫书短篇小说创作为例》

对于所有海外华文文学的阅读经验来说，黎紫书的短篇小说都是相当边缘与陌生的文本——它们从文化精神、艺术特征、审美价值及作品的创作及传播语境等各个方面，对传统的海外华文文学理论阐释提出了挑战。不断变化的时代语境，已迫使我们不断规范理论阐释的边界，并对具体的阐释方法进行不断的细化和个人化。黎紫书的短篇小说创作不具有唯一的地缘性和性别特征，其美学风格断裂、叛逆、暴力，华人散居带来的文化危机、精神生存或性别压力、民族冲突和融合等，都不是她写作的源动力，而一般华文学作品都会涉及的主题，如华人的原乡想象与文化传统继承、华人族裔精神建构、华人本土性和种族关系，甚至更为"经典"的"离散/寻根"主题及乡愁主题等，在她小说中均鲜有反映。她的创作实际表明，传统的海外华文文学理论又出现了新的阐释空间，而作为集中体现海外华文学理论走向的海外华文文学研究"关键词"，其内涵和方法，正应对此现象进行敏锐而有效的反映。

女性主义文论在很长时间内被广泛运用于海外华人女性作家的创作，这种现象当然与不可忽视的华人女性作家群有关，但归根结底还是基于这样一种认识，即华文女作家身处海外，与异族（西方）文化交流更为直接和频密，所以其生存和写作必然受到西方女性主义文化思潮最为直接和深刻的冲击，因此，女性主义文论必然能在很大程度上，体现海外华人女性作家创作的独特性。无可否认，海外华文文学中确实存在以写作

体现女性自身意识觉醒或反抗男权社会的实例,然而,只要是女性作家创作的表现女性生活的作品都能适用于女性主义文论,这毫无疑问是一种理论运用的放任。笔者无意于否定用女性主义文论解读作品的合理性与合法性,只是强调对理论运用的精确态度。

"族裔身份"这个关键词及由其生发引申的各种关于华人(华族、华裔)身份的理论术语和阐释框架,在很长的一段时间内成为承载海外华文文学理论建构的主要力量。在很多研究者看来"族裔身份"可以成为整合海外华文文学作家及其创作的最佳尺度。产生这种结论的思维基点,无疑是将海外华文文学视为中华文化在海外的延伸,因而在共同族姓传统及利益的前提下,海外华文文学取得了以"族裔身份"为标签的合法化认同。

笔者认为,离散美学引入海外华文文学研究体现了理论的进步和研究视野的超越。然而,针对这一概念运用实际情况的深入研究,却揭示了其中可能隐藏的问题。"离散"理论的使用背景是对华人散居状态和后殖民理论的认识。

(樊雅茹摘)

彭程,原载《暨南大学学报》(哲学社会科学版)2010年第3期

《论佛教与古代汉文学思想》

佛教从两汉之际传入中国后,便影响了中国各个社会阶层。早期的佛教传播者非常机警,他们时常混迹于中国本土的方士中,以方士、道士的面目出现,经常与黄老道教一起进行宗教活动,并伴有行医、神通等法术协助传教,往往被中国人视为道教的一部分。早期的佛教传播,注重的是佛典的翻译、信仰的树立和修行的实践,虽不断寻求依靠官府的支持,但自身从未有过政治上的特殊诉求,更不搞世俗的独立王国。他们只要在信仰上成为世俗各阶层的精神支柱,就心满意足了。经过三百多年的传播和发展,到了南北朝时期,佛教已俨然渗透到了中国人社会生活的方方面面。他们不再需要依赖中国本土的任何思想做庇护,而是堂而皇之地恢复了佛教的本来面目,堂堂正正地伸张其不同于中国思想的教义、教理、教规、教仪。虽然在中国历史上不断出现灭法、反佛、排佛的事件,但其着眼点基本上是社会功利主义的,而对佛教的根本教义几乎未能撼动。在中古思想史的知识、信仰、实践、审美、语言的每一系统,每一环节,几乎都浸透着佛教智慧。随着佛教中国化的进程加速以及带有明显印度特色的佛教宗派(如三论宗、唯识法相宗、华严宗、律宗等)的消歇,宋明以后的佛教虽然不再被视为外来的宗教,但其思想精华已被宋明理学,尤其是被陆九渊、王阳明之心学所吸收、移植。佛教在哲学思想和宗教实践两条轨迹上几无创新。佛教世俗化的加剧,更加导致了佛教在思想世界和精神领域的独立意义渐趋消解。此种状况,虽然在宗教上处于被动地位,但却为文学,尤其是叙事文学创作提供了诸如题材、人物、场景、情节、结构等丰富的因素。不管是审美的甚或是审丑的,佛教在明清文学的创作中留下了太多太多的印迹。可以说,不论佛教在中国的发展轨迹如何,它从进入中国起,便与汉文学结下了不解

之缘。

　　汉文学应当是中国人"文学观念"下的文学。今天所谓的"文学"，实际上是按照西方近世"Literature"的意义而来的。在艺术内部，文学有别于其他艺术分支的特征和性质，则是文学用语言文字来塑造形象，表达情感，诉诸审美，抒写自然、社会人事。而塑造形象，表达情感，诉诸审美，抒写自然、社会、人事，乃是艺术各分支共有的特征。这样，真正体现文学有别于其他艺术的根本特征就是语言文字了。而语言文字只是记录文学思维和艺术表达所使用的材料、工具，最后却变成了文学的根本性质和特征。然而，如果用西方纯文学的观念来审视古代汉文学，就出现了很大的麻烦和隔膜。譬如，在中国人的观念里，文学是与政治捆绑于一起的，中国历代文人墨客，绝大部分是职业的政治家。"学而优则仕"几乎成了读书人的基本目标和赖以生存的动力。在古代中国社会，没有像西方那样长期存在着一批独立于政治之外、专以文学写作为生的文人。中国由文学取士到科举取士，把文人与政治的关系维系得难以分割。而诗文始终就是这种维系的纽带。因此，当我们以西方文学观念来看待古代汉文学时，似不应忽略、忘记古代中国文人历时性的文学观念。

　　文学思想，是文学审美、文学实践、文学意识等的高度概括，是文学的一种理论化了的形态。因此，文学思想总是与一定的哲学思潮密切相关。文学思想的形成、建构、丰富、发展、嬗变等过程，一方面是在直接总结文学创作实践经验的基础上进行的；另一方面，又是受到文化传统、社会风尚、哲学思想、时代精神等的深刻影响而推移。其中，不管是昂扬进取还是深邃适宜的哲学思想，往往是文学思想架构的理论基础，更是文学思想提升的思维前提，它往往引导着文学思想把握时代的脉搏，朝着真、善、美的方向行进。随意性、模糊性、感悟性、人伦性等成为中国哲学思想与社会结构的表征。肉身长存的理想与超脱现实的信仰回荡在精神领域，呈现出亦真亦幻的特点。当东汉末期儒家经学式微、道家道教本土思想难以为社会现实人生提供精神支柱的时候，佛教乘机而入，传播出了不同于本土的宗教思想：生命短暂，人生无常，空苦梦幻，因果轮回，性空缘起，真俗二谛，神识佛性，六度涅槃，万法惟心，美妙净土，等等，一系列系统、精深、超验、求真的理论思想和从概念到概念的缜密分析、精确推理的思维方式，为中国人尤其是文人打开了一座座思想宝库的大门。可以说，佛教至少在以下诸多方面对汉文学产生了重大、深刻的影响和启示，促进或改变了汉文学的发展：（一）文学观念的多重性；（二）改变了文人单一的世界观、人生观、价值观、道德观；（三）支持了文学集团、文学流派的发展；（四）丰富了文人的内在情感和心灵世界；（五）塑造了多姿多彩的超验的立体世界；（六）扩大和丰富了汉语的语汇；（七）促进了文人对汉语声韵的进一步认识，推进了近体诗歌的产生和成熟；（八）输入了叙事性的创作意识和奇特梦幻的想象；等等。

　　文学思想包括文学理论和文学批评，也包括文学创作、文学活动、文学现象、文学流派等方面。佛教参与下的汉文学思想大厦的建构，除了上述八大方面外，最具理论色彩的则是审美范畴。文学活动、文学现象、文学流派等亦是反映文学思想的诸多因素和环节。作为古代中国三大思想（儒、释、道）之一的佛教，不单是佛教僧侣在弘扬，还有一批影响颇巨的文人在佛教传播和阐发上，往往不遗余力，匠心独具，他们对佛教的贡献往往不亚于佛教僧侣。这些文人的许多文学活动，或以佛教为中心，或以佛教为背景，或以杂糅佛家为线索。研究佛教与古代汉文学思想，似乎应当侧重两个中心。（一）从历时性说，以中古时期为中心。中古是佛教与中国思想文化的播种、生根、开花、结果的时期。彼此的特点最初都很鲜明，但随着双方的会通、融合、共建，使得中古汉文学思想已经形成了具有暗含、潜存诸多佛教色彩的体系。（二）就文学思想体系本身而言，以审美范畴为中心，兼及文人的思想观念和思维方式。抓住审美范畴，就可以提纲挈领，把握其基本脉络。古代汉文学思想的审美范畴基本上是在中古时代提出的，近古时期加以完善。这其中，体大精思的《文心雕龙》浸润着佛教思想的滋养，是中古文学思想的集中代表，在诸多方面都能反映出佛教与文学思想融合的特点。

综上所述，研究佛教与古代汉文学思想的关系，是汉思想史、佛教史、文学史不可或缺的环节。不搞清楚二者的关系，许多问题就难以理解和说明。这一点学界早已达成共识。然因其分跨两大学科，涉及范围广泛，知识结构繁杂，难度甚大。长期以来，问津者以探路为多，持恒较少，故而研究成果虽不乏精审之作出现，但整体研究相对孤寂，留有的研究空间十分广大，有待于勇猛精进者进一步开掘、垦荒。

（樊雅茹摘）

普慧，原载《文艺研究》2010年第6期

《日藏汉籍与敦煌文献互读的实践》

《镜中释灵实集》见于日本奈良时代圣武天皇所书所谓《圣武天皇宸翰杂集》（以下简称《杂集》），有文30首，包括赞文、祭文和愿文，其中愿文约占一半，是我国散佚的佛教文学文献。东京女子大学古代史研究会积十四年之研究，将其诸篇注释，以《圣武天皇宸翰·杂集·镜中释灵实集》为题，自2000年2月以来，发表于《续日本纪研究》第325号以后各期。上述成果经过修改，终于于2010年由汲古书院出版，即《圣武天皇宸翰杂集释灵实集研究》（以下简称《释灵实集研究》）。此书不仅是《镜中释灵实集》研究的里程碑，而且对于敦煌写本的进一步整理研究也不乏参考价值。2006年，笔者读到《续日本纪研究》发表的各篇注解之后，曾为此撰《镜中释灵实集注解商补》一文，且撰两文对其中的俗字加以考察。前不久，笔者喜获东京女子大学古代史研究会寄赠《圣武天皇宸翰杂集释灵实集研究》，并附同一内容的中日文书信。其书后记中称"在本书最终校正阶段，看到王晓平《镜中释灵实集注解商补》，对我们先前的注解简要介绍之后，加以补正。虽然也有与我们的考虑未必一致之处，但本书吸收了可用的看法"。中日之间，沧海相隔，新书问世，即可切磋，新世纪学术交流之盛，实非往昔可比也。《镜中释灵实集》与敦煌所藏佛教文学写本不仅属同一时代之文献，而且和愿文研究有密不可分的联系。本文仅就书中涉及与敦煌写本整理研究相关的内容，提出初步看法。

一　《释灵实集研究》吸收的敦煌写本研究成果。《杂集》中的文章，包括诗、辞、颂、赞、铭、祭文、斋文、愿文等多种文体，占绝大多数的是佛教文学，《杂集》成书不久，即于日本养老二年（718）10月由返回日本的遣唐使带到日本，并由圣武天皇亲笔抄写。这是日本遣唐使带回的最新著述，也是他们带回的唐代文化的最新信息。《镜中释灵实集研究》对《杂集》中收录的《镜中释灵实集》进行了全面研究。《镜中释灵实集研究》积极汲取敦煌学研究成果。可以说，《研究》出现的本身，就是一种"敦煌学效应"的产物。20世纪50年代以来日本发表的有关《杂集》的研究论文大都注意到敦煌文书中的相关文献，如岩井大慧《通过〈广法事赞〉再论圣武天皇宸翰净土诗》便是从敦煌出土《广法事赞》的体裁和内容说起，进而展开对《杂集》中的净土诗的新探索的。日本学者对于《镜中释灵实集》的集中关注则是在敦煌愿文研究成果陆续发表，特别是《敦煌愿文集》出版之后。虽然迄今尚未见到关于释灵实集生平事迹的史料，但《释灵实集》却很早就传到日本，并给当时的文学以积极的影响。尽管《镜中释灵实集》撰写的地点是远离敦煌的江南一带，但我们细读其中的愿文和其他文体的文章，仍不难想象当时的佛教文化氛围。《镜中释灵实集研究》在校注过程中，时常引述敦煌文献的材料，反过来说，不论是敦煌佛教文学研究，还是语言文字研究，也都可以通过《研究》一书所做的资料工作，找到两者的密切关联。

二　《镜中释灵实集研究》体现的日本文献研究的学术惯例。《镜中释灵实集研究》在序和凡例之后，分为解题、本文影印、注解篇、研究篇几个主要部分，附录则包括主要引用史料文本一览、跋（附：初出一览）、语释·补注一览（附考说一览）、执笔者一览。《镜中释灵实集研究》的注解篇每一文皆有编号，以明确其在《宸翰杂集》中的位置，文章的每一句也都有编号，逐句录出，录文排于上，相应的训读列于下，使人一目了然。以下从题名开始，将文章分为几个段落，而后对各部分先以"语释"，按编号对各句的词语进行解释，继以"通释"将这一段落译成现代日语，在这些工作之后，有"对句"一项图示各句的对句关系，"补注"对有必要详尽说明的词语重点解说，"考说"则对文中涉及的相关问题进行集中考证。最后，还要详尽列出本篇研究的参考文献。文末则是"追记"，是对给予启示和提供意见指导的学者的谢词。这样的体例，是日本文献研究者习惯采用的。给我们深刻印象的，首先是对索引和目录的重视。一般的文献整理工作，都把索引看成整理工作不可缺少的部分，准确而翔实的索引和目录，给读者带来极大的方便。其次是技术处理的精细周到，处处为读者和后来的研究者着想。逐篇、逐句的编号，前后完全一致，不论是引用还是阅读，都能轻松找到原文。对句图示让人清楚看出句与句、词与词的对应关系，利于理解。最后值得我们注意的还有对现代翻译的重视。日本现代的古籍研究者对古籍校注，大都重视用浅近好懂的日语来做翻译工作，以此缩短其和现代读者的距离。

三　《镜中释灵实集研究》对敦煌写本整理的启示。日本学者《杂集》的深入研究，首先探讨的是其与中国佛教及对奈良时代佛教文化的深远影响。《镜中释灵实集研究》采用了一种堪称"互读"的研究态度。所谓"互读"，就是将中日这样两种语境中产生的同时代、同文类的文献放在一起来相互印证、彼此对照，来探索其间的关联和异同。在互读的过程中，《镜中释灵实集研究》将对词语的注释也作为研究中日文化交流史的入口。这种互读，为愿文词语研究提供了丰富的例证。《研究》对每一词语都在两国文献中寻找用例,可以说是在通过词语来进行日本文化史的考察。

四 日本敦煌学的汉译与研究。《镜中释灵实集研究》突破历史、语言、文学、宗教的学科界限,围绕一部写本展开全面研究,《镜中释灵实集》写本原文不过6千余字,而《镜中释灵实集研究》一书长达700页,约60万字。东京女子大学古代史研究会虽然经过长达14年的研究,但直到付印前还在修改,可谓精益求精。然而,书中仍然留下某些尚难确定的疑点。《镜中释灵实集》收录的愿文和敦煌愿文属于同时代、同文类、相同书写状态的写本,其中包含可以互证、互考、相互补充的内容。

以上著述,有些由日本专业大出版社出版,比较容易见到,有些则是大学出版社或某一学会的出版物,印数偏少,流通不广,国外学者不易找到。敦煌学论著的翻译,不仅需要译者具备高水平的翻译能力,还需要良好的专业素养,而一旦有了精品译著,受益的就不仅是不懂外语的学者,行内专家也会大有所获。日本学者作风细腻,而在语言感觉上有所不足;中国学者长于宏观把握,而对日本所存资料钻研日浅。翻译的意义不仅在于"借鉴",更在于扩宽切磋琢磨的路径,寻求学术的共同增长点。这样的译著如能及时面世,对于两国敦煌学界的直接交流一定会起到推动的功效。

(樊雅茹摘)

王晓平,原载《艺术百家》2010年第4期

《百年中国文学的朝鲜叙事》

文学是通过语言表述、形象呈现和结构形态,对外在和内在的世界进行审美把握与情感判断的。从文学认知上审视东亚各国的现实关系和未来命运,审视中国和朝鲜半岛极其紧密又不乏曲折的历史因缘,显然具有非常特殊和深刻的意义。首先,这是一个认知角度的重要调整与深化。文学认知是从知识界精神现象的角度,而不是从一般的意识形态的观念角度来切入历史变动和人生形态层面的。文学认知是审美、情感的认知,它往往携带着日常生活的现实体验、文化情感的深切感受、人类道义的真诚申述和未来理想的执着追求。也就是说,它可以更内在地触及民心民意,触及东亚现代历史发展之认识和反思的精神史。其次,所谓百年认知,就是要从较长的历史时段展示精神认识的丰富性、复杂性、曲折性,并从中厘清那些具有价值,或值得汲取教训的精神脉络。中国与朝鲜的文明借鉴和族群交往,从文字记载上看至少已有三千年的历史。然而最近一百年,东亚睦邻交往的根基受到严峻挑战,局势发生了天翻地覆的变动,由灾难惨烈到经济崛起,各国间的相互认知为这百年遗留的历史问题所困扰,使得东亚意识的整合成为共识与冲突并存的文化难题,这需要东亚各国付出巨大的真诚和智慧予以解决。在民族国家的多事之秋,中国文学总是和中华民族一道承担苦难,思考出路。这一百多年中国文学的叙事,采取的是一种开放性的视野,它在关注自己启蒙、救亡、独立和振兴的同时,也关注对自己的命运发生过深刻影响的国际力量,在此,苏联、日本、美国、朝鲜等国最有代表性。中国文学对朝鲜民族国家的关注和认知具有特殊的文化情感和命运体

悟。这种文学认知没有面对国际强权政治的恐惧感和愤怒感,更长时间是具有一种唇亡齿寒、兴衰与共的认同感。应该说,文学认知具有双构性,一方面它反映了中国知识界的朝鲜观,另一方面它借助对朝鲜的认识,反过来认识中国知识界的精神状态。即是说,朝鲜观可以反过来观中国,这样就可以在双重折射中透视中国和朝鲜在文化精神上的同异分合与内在联系。

中国文学除了早期反映甲午海战以及失平壤、哀朝鲜等大量诗文外,到了20世纪初的长篇叙事作品主要有三个关注的焦点:(1)继续关注清朝与日本的战争,如《中东大战演义》《中东和战本末纪略》《消闲演义》等;(2)关注朝鲜亡国的灾难处境和历史教训,如《朝鲜亡国演义》《朝鲜痛史》《日本灭高丽惨史》等;(3)歌颂朝鲜义士的英雄壮举,如《醒世奇文英雄泪》《爱国鸳鸯记》《韩儿舍身记》等。韩国学者李腾渊对此阐发较丰。总之,这些作品对朝鲜的亡国处境和反抗壮举采取的是同情、尊重和理解的态度。朝鲜亡国的悲剧命运潜在地牵系着中国知识界的神经。五四新文学运动后的作品对朝鲜的认知,凝聚成为一种具有坚强的复仇报国意志的青年漂泊者形象,他们家庭破碎、无国可归,却始终抱持着一颗反抗日本侵略、追求国家民族独立的坚强决心。

从1931年"九一八事变"到1945年抗战胜利阶段。当日本侵略者把战争由朝鲜推进到中国东北地区进而深入中国腹地,中国文学也就顺理成章地把来自朝鲜的义士和民众引为命运与共的战友。祖国一词对于亡国者和面临亡国者具有同样沉重的分量,成为二者间割不断的精神线索。这种文学认知方式,以崛起于20世纪30年代的东北作家群而得风气之先。作为东北作家群出现之标志的萧军的《八月的乡村》(1935),在描写东北抗日军在旷野密林与日本侵略者浴血苦战时,就出现了美丽多情的朝鲜女游击队员英勇奋击的身姿。对于这个时期的朝鲜叙事,无名氏的创作最丰,他留下三部长篇、八个短篇小说,散发着唯美而神秘的传奇风味,这给韩人题材作品增添了一抹奇异的色彩。无名氏将他的韩人抵抗题材的空间维度,由遭受日本铁蹄践踏的东亚推向广袤的西伯利亚和苏联,推向一战后刚刚复国新生的东欧波兰,推向到处摇漾着卍字袖章的德国柏林。空间的跨度既是漂泊者无以为家的失国之痛,也是被压迫民族共同遭遇的亡国危机,表现的是人类家园丧失、魂无所依的深刻苦痛。

从1945年抗战胜利到1992年中韩建交阶段。二战结束后的朝鲜半岛实行美苏南北托管,南北政权矛盾升级。1950年6月25日朝鲜战争爆发,6月27日美国第七舰队封锁了中国的台湾海峡,以美国为首的联合国军将战火烧到鸭绿江边,轰炸了中国的边境城市,严重危及中华人民共和国的安全,使东西方对立和冷战局面中的半岛问题国际化。大量出现的反映这场战争的作品表明,中国知识界是站在保家卫国的立场,歌颂志愿军的英雄主义。他们对美国支持蒋介石在中国打内战的行为记忆犹新,从而对美军在北朝鲜狂轰滥炸的焦土战略充满愤慨。通过一再重复的对美军丑化、鬼化以及对南韩军淡化、缺席化的书写,中国文学把南韩军作为敌对力量中受压迫和值得同情的一方来表现,就如同描写受美军欺压的其他成员军、受白人欺侮的黑人士兵一样。由此形成一种双构性的叙事模式,说明中国知识界的战争文学认知,虽然带有当时东西方对峙和阶级分析的思路,但总体上不是把朝鲜半岛的某方势力,而是着重把美军当作主要对手的。

正是在这种武器与意志的强强较量中，显示了中华人民共和国作为一种政治力量具有不容蔑视的分量，它应该成为世界政治对话中不可忽视的平等的一员。在中国作家的朝鲜叙事中，一个有趣的现象值得重视：对北朝鲜军民的描写，多集中于对不同年龄和身份女性（母亲、嫂子、妻子/恋人、女儿）的日常生活叙事，如苦难、坚韧、慈祥的阿妈妮，沉重负荷下微笑的阿志妈妮（大嫂），裙裾翩跹、巧笑倩兮的年轻姑娘，向志愿军叔叔撒欢、亲昵的少童幼女。而对北朝鲜男性的描写，除了偶然出现的老大爷形象，青壮年男性在文本中几乎消失，即便有所涉及，也多以他们曾参加中国革命战争的老战友身份定位。

从 1992 年中韩建立外交关系以来的历史时段。在这一时段，中韩两国经济、政治、文化交流频繁，战略伙伴关系得以确认，中国已成为韩国第一大贸易伙伴，韩国已成为中国第三大贸易伙伴，经商、留学、探亲、旅游的人员日益增多，这就使得两国相互间获得一个新的国际定位和历史认识的契机。这个时期中国人对韩国的认识已不限于纯粹的文学形式，它不可避免地带有经济和信息全球化与区域化的时代特点。应该看到，知识分子的精神认知，不仅包含精英知识层，而且拓展到大众文化层。自此，对韩国的认识更多地得自电视、电影、光碟，甚至还有服饰、饮食、足球、围棋、商业营销和媒体传播。

历史透过文学折射人的心灵，文学在打捞历史也打捞心灵。20 世纪及其略前略后的这一百余年，中国文学对朝鲜的叙事和认知，实际上是中国知识界精神史在朝鲜问题上的投射和返照。朝鲜故事中有中国人的心迹。百年的文学认知跨越了艰险、崎岖、转折，经历了以朝鲜的亡国为镜鉴，反省中国现状；引朝鲜人民为休戚与共、共同抗击日寇的战友；在东西方冷战、南北朝鲜分裂的局面下，引北方为同道而使南方处于缺席状态；在"华风"与"韩流"的互动中，把文学对韩国的认知推向一个穿透历史、牵连血性的深度等四个阶段，展示了认知过程的远、近、偏、正各个方面，终在峰回路转中豁然开朗。

（樊雅茹摘）

常彬、杨义，原载《中国社会科学》2010 年第 2 期

《存在主义文学的东方化表述
——论村上春树和王小波的小说》

20 世纪后半期有两位东方作家几乎同时掀起了阅读热潮——他们就是村上春树和王小波。他们虽然相隔万里且素昧平生，但却有着种种令人称奇的巧合之处。倘若对他们的创作观念和艺术理念稍加审视便可发现，存在主义文学的东方化正是将他们联系起来的纽带。

存在主义的东方化重构。无疑，存在主义是西方现代文明危机的产物。相对而言，对现代西方文明危机感受最强烈的是以海德格尔和萨特等人为代表的存在主义运动。存

在主义思想家从人的生存结构分析出发，直面被技术理性所异化世界中人的文化困境，他们不再把空虚、孤独、畏惧、烦恼、无意义、有限、缺憾等现象归结为暂时的历史现象，而是视其为现代人生存结构的内在要素。他们从生命存在的悲剧意识中挖掘反抗文化危机的力量，高扬和强调人之自由和历史选择的责任感。必须申明，本文所提出的"东方化存在主义"是指当存在主义从西方语境中被抽取出来放置于东方语境后，它不再是由西往东的移植而是对东方已有话语资源的整合、重构基础上的"新生"，存在主义文学由此获得合法性身份并表现出强烈的东方化或本土化意向。众所周知，中日两国的文化本身就具有亲缘性乃至同源性本质。日本明治维新以后，佛教和儒学已经不能适应社会现代性变革的迫切要求，于是西方的现代思潮开始涌入东瀛，尼采和克尔凯郭尔的名字逐渐为日本知识界所熟悉。而理解20世纪中国"现代性"危机的特性，也为原本作为一种危机意识出现的存在主义对于中国文学的影响提供了一个重要的观照视角。应该说，所谓东方化存在主义不是以哲学概念的方式呈现的，因为在东方，本就存在着以文学的方式来思考哲学的传统，譬如《道德经》《庄子》，在此意义上，它更多地展现在东方人的生存体验之中，尤其是呈现于文学创作中。由是，村上春树和王小波的具有存在主义倾向的文学作品的出现，无疑是存在主义在东方语境中"本土化"的一个表征，也表明了东方式存在主义文学在一定程度上的成熟。

以荒谬性存在为核心的主题话语。在存在主义哲学中，"荒谬"是现实世界真实的存在状态。在村上与王小波的作品中，荒谬的存在就寄身于日常生活形态中，但又处于被遮蔽的情形之下，人们对之漠不关心且视而不见。于是他们将现实中的荒谬进行了提纯和放大，从而使得世界的荒谬本相变得更加清晰，存在的荒诞性成为他们创作的基本主题话语。与西方存在主义作家不同的是，这种东方式书写所呈现的荒谬常常通过对历史的回忆和现实的重现来实现与世界的沟通。可以说，村上的小说所叙述的故事本身有许多都是荒诞而离奇的，并且极富寓言性。事实上，对于存在本相之荒诞性的曝光，村上和王小波存在着许多相似之处。首先，他们都着眼于现实。"二战"是一个经常飘忽于村上小说中的叙事背景，而"文革"则是王小波小说主人公的活动舞台。其次，他们都借助了超凡的想象力。在村上的小说中现实的世界和想象的世界往往会同时出现，而王小波也惯于神游时空隧道，在古代和未来的想象空间中挥洒恣肆。

孤独生存着的人物形象主体。在存在主义哲学中，"自由"也是一个处于核心地位的话语概念。虽然存在主义者对自由的解释各有其独异之处，但其共同指向则是，存在主义让人在一个"沉沦"的世界里意识到自己的责任和自由。个体在人世间的本然处境是绝对的孤独无助，"此在"融身于其中的实在世界无法为他的生存提供坚实的根基和意义根据，孤独个体想要获致本然的自我或本真的存在，只有独自担当生命的全部问题。而"自由"之于东方化存在主义却同时具有两个层面的意义。自由一方面仍是人内心深处的一种永恒的向往，另一方面还是人对抗荒谬现实、摆脱生存困境的方式。

对"存在"之"思"的东方式诉求。由于东方的历史文化和话语知识谱系缺乏宗教的终极关怀意识和神圣拯救情怀，东方式存在主义文学对"荒诞的存在"和"孤独的生存"的表达并不是一种深邃的哲学体悟，而是一种特定的东方化诉求方式。在王小波和村上的小说中这首先表现在其创作将经典存在主义对于"诗之思"的

"思"——知性思维的偏重转向对"诗"——偏重于创作的感性抒写层面。质言之,幽默之于东方式存在主义文学而言是一种必不可少的创作态度,正是借由着幽默,王小波和村上作品中的主人公们才卸除了掩藏于他们内心深处的沉重,实现了从存在的焦虑——"生命不能承受之重"向"生命可以承受之重"——生存的忧患的转换。

(樊雅茹摘)

杨经建、李兰,原载《湖南大学学报》(社会科学版)2010年第3期

《〈游行柳〉与中日墓树之制》

谣曲写杨柳的作品较多,《游行柳》《西行柳》《隅田川》《百万》《王昭君》等。《游行柳》是最具有代表性的作品,作者是观世小次郎,即观世信光。最早演出的记载是永正十一年(1514)三月,这是观世信光近80岁时的作品,是他去世前两年创作的。《游行柳》写的是一个云游的上人从上总国到陆奥国,越过了白河关之后,遇到了一个老翁。老翁告诉他,昔时曾有一个云游僧人也到过这里,那里有一座古坟,坟上有一棵枯柳。上人就向老翁打听古坟与枯柳的来历,过去西行上人在此柳树下休息,吟诵过"清水路边流,青柳垂阴翳"的句子,于是此柳成了名树。后来老翁消失在枯柳边。当天夜里,上人念佛的时候陷入梦幻,穿戴乌帽子狩衣的老翁再一次出现。原来他就是枯柳的柳精,老翁接受上人的诵佛,得知没有情感的草木也能够成佛,非常高兴。老翁讲述了中国与日本有关柳的传说,最后跳舞感谢。此时已近黎明,老翁消失不见,只留下了那棵枯柳。

《游行柳》的情节相当淡薄,没有太大的意义。上人来游览的是古坟枯柳,柳精讲述的也是古坟枯柳。从这个意义上说,古坟枯柳的景象比情节更为重要。枯柳古坟不是随意组合在一起,这是非常典型的画面。古代日本的坟冢常要种植树木,柳是常植于坟头的树木之一。柳与坟墓具有特定的关系,这是《游行柳》生成的基础。日益增多的坟冢与杨柳,落日夕阳中的坟墓,是俳人喜欢描写的景象。此外还有一些俳句也写到了墓柳。

日本的墓标之制源于中国,墓地中经常可以看到青松绿柏,有时也可以看到垂柳。中国的墓地也是常有松柏和杨柳,不过中国墓地的杨柳一般是白杨,而不是垂柳。垂柳与白杨通称杨柳,但两者有时又存在着极大差异。中国的墓冢也有种植垂柳的现象,这使得中日文学中的墓树关系显得相当复杂。树下文隆根据《古今事文类聚》认为"树以杨柳"实际上是指垂柳,但这是错误的理解,至少"树以杨柳"的杨柳是指白杨柳。

《白虎通义》是汉代的文献,下面根据《古诗十九首》来看看"树以杨柳"究竟是指垂柳还是白杨。《古诗十九首》是描写墓地最有代表性的诗歌之一,展现了较为完整的墓地风景。

驱车上东门,遥望郭北墓。白杨何萧萧,松柏夹广路。

此诗中的墓地具有典型性：第一，墓地位于郭北。郭北是指城外的北郊，古代很多墓地设在城外的北郊；第二，墓地道路交错，到处都是松柏与白杨，这些树种都是冢木，一片萧萧瑟瑟的景象。李善注的《文选》解释："古之葬者，松柏梧桐，以识其坟也。"墓穴种植树木，就是为了标记识别，称为冢木或墓树。在日本的墓地看到的是松柏与垂柳，但在中国的墓地看到的是松柏与白杨。垂柳与白杨同属杨柳，《白虎通义》的"树以杨柳"在中国是指白杨，《古诗十九首》证明了这一点。李时珍《本草纲目》记载："藏器曰：白杨北土极多，人种墟墓间，树大皮白。"中国的北方白杨遍布，更是多植于茔墓之间，这成了北方的特色景观。中国古代的冢木之制始于先秦。坟墓的高低大小，树种与树木的多少，都是身份等级的标志。冢木之制随时而变，最大的变化是冢木与身份等级的关系。白杨仍然是最有代表性的冢木之一，不只是庶民的冢木，后来也成了权贵的冢木。唐代文学中的松柏与白杨仍然是冢木，白杨的身份标志更为模糊了。在不少诗文中，白杨是侯门权臣的冢木，也是皇室成员的冢木，同时也是普通庶民的冢木，身份等极的模糊化已经相当普遍了。从庶民无坟，到庶民有坟。从普通庶民到相国大臣、皇室成员，皆以白杨为冢木，几乎打破了所有的身份等级。这种现象进一步发展，又破除了垂柳与白杨的界线，本来只以白杨为冢木，后来垂柳也成了冢木。不过垂柳作为冢木并不是普遍的现象，多是在娼妓与美人的坟前作为冢木的。实际上墓树之制因地而异，各地树种不同，墓树也会不同。

杨与柳通用，这给研究中国文学中的柳带来了极大的困难，坟头种植垂柳或白杨的问题也是由此而生。如果只是阅读中日文学作品，只是比较《游行柳》与《古今事文类聚》、《白虎通义》，可能只会认为两者是完全相同的，不会意识到中日文学之间的差异。但是突破文学文本的层面，深入物质事实层面，就会发现中日的物质事实存在着较大的差异。这一物质事实差异的发现，令人追思的问题是日本以垂柳墓标是如何形成的呢？是《白虎通义》传入日本之后，发生了由中国的白杨到日本的垂柳的变化呢，还是中国以垂柳为冢木的部分现象传入日本后形成的呢？两种可能性都是存在的。日本墓标之制的形成最迟可以追溯到奈良时期，奈良时期的古坟多植以松柏，这说明日本的墓标之制源于中国。从中国的墓树白杨到日本的墓标垂柳的变化，主要是与误读《白虎通义》等文献有关。

（樊雅茹摘）

张哲俊，原载《国外文学》2010年第1期

《朝鲜李朝古体汉诗论》

朝鲜半岛经过古朝鲜、三国时代、新罗、高丽等朝代后，李成桂灭高丽建新朝，取国号为朝鲜，是为李朝（1392—1910），也称李氏朝鲜王朝，时间上相当于中国的明初到清末。李朝与中国朝廷关系紧密，明清王朝的更替，并没有影响李朝的藩属关系。两国间的使臣来往频繁，产生了大量的汉诗文唱酬及交流，明清诗坛的潮流变化，也很快

被朝鲜汉诗人知晓，影响着朝鲜汉诗创作的发展趋向。在这样的背景下，李朝汉诗出现了各体皆荣的兴盛局面。从总体上看，李朝汉诗的各种诗体作品所取得的艺术成就是不平衡的。

古体诗篇幅长，容量大，格律要求较为宽松，自由发挥的余地较大，但同时对于诗人的语言能力及各种文史知识的要求相对来说就比较高，需要有能力运用广博的知识，形成丰富的诗料，组合成叙事性强、情感充沛的诗作。李朝汉诗人在古体诗创作方面取得了令人瞩目的成就，首先表现在大量古体诗作中刻画了朝鲜社会的真实景象。丁若镛（1762—1836）号茶山，是李朝19世纪实学派的代表性人物。他出生在京畿道的广州，少年时代便熟读儒家经典，中进士后位至高官，但秉持清高品性，对朝中两班贵戚采取敬而远之的态度。后受到镇压天主教事件的牵连，被流放到全罗南道的康津，度过了19年的谪居岁月。此间他潜心实学，关切农民生活实态，写下了不少实录民情的诗篇。李朝朝鲜汉诗人表现出了对于民生疾苦的强烈关切，对于朝政时局的自觉关心，这在东亚汉诗人群体中是较为突出的。正因如此，在近世朝鲜古体诗的创作中就出现了很多大型的纪事诗篇，诗人往往凭借史诗之笔，实录国计民生的大事，表达自己的见解。其中很多诗篇揭露社会不公平现象，如军队中的腐败也是十分惊人，一将功成万骨枯，民众生命财产毁灭，胜利者则得以获取财富，牟取私利。李朝朝鲜汉诗中记载军民抗击外族入侵的诗篇大都写得慷慨激昂，而古体长篇诗则有不少在记录时事的同时，洋溢着强烈的保家卫国的激情，成为纪事诗中的佳作。朝鲜民族有着英雄崇拜的传统，而其崇拜的英雄人物大多带有浓厚的悲情色彩，这样的精神传统及行为倾向在当今朝鲜、韩国社会中仍然有着十分明显的表现。究其由来，这种精神传统的形成与李朝500余年间的磨难经历息息相关。

朝鲜汉诗人在描写本土山水风光时，同样是充满着激情、浪漫的笔调，朝鲜半岛三千里江山在汉诗中尤其是在古体诗中得到了婀娜多姿的表现。诗中描写朝鲜东海岸的高耸峭壁甚为细致传神，如"嵌石呀成小空洞，春涛啮作黄熊穴。铁壁巉岩几百丈，飞云不到青崖上"。写海面气候突变风浪骤起也是极为生动，如"傍岩击鼓雷作骇，老鼍穿龟出狼狈。须臾风起寒浪涌，四座无言色颇动"。此刻众人皆惊，唯独诗人不但不惧怕，反而兴致愈加高涨，"数呼太白颠且狂，高歌激烈船低昂。我谓舟子莫仓卒，挂帆直去凌扶桑"。挂帆远航，乘风直赴传说中的扶桑蓬莱仙境，在那里"婆娑一醉三万年，下视金镧真蚁垤"。正是在这样浪漫的想象中，诗人的兴致达到高潮，精神境界得到了升华。实际上，描写山水时的富于激情及浪漫想象，在近世朝鲜汉诗中是常见的，不仅古体诗如此写法，近体诗中也时常可见。朝鲜古体诗的超现实色彩还表现在大量述怀抒情诗作中，诗人放达的个性往往在这些诗作中得到淋漓尽致的体现，而对于人生的哲理思考则往往采取超现实的浪漫笔法。朝鲜汉诗人还在长篇古体诗中阐述对于文艺诗学的看法，有些观点精辟，见解颇为深刻。比如李植（1584—1647）一首《江西行》，辨析江西学派与江西诗派的不同特点及地位，显示出在吸收接纳中国思想文学时的清醒态度，值得重视。这首古体诗针对宋明的江西学派和江西诗派，展现出历史观察的宽广视野，其中的哲理思考能够高屋建瓴，贯穿古今，进行透彻的分析，在东亚汉诗圈中是难得一见的力作。

李朝朝鲜汉诗创作繁荣的另一特点是大量描写民俗风情，记录朝鲜社会民众生活的千姿百态，以诗纪事，以诗补史，使得朝鲜古体诗成为记录近世朝鲜历史变迁的重要方式之一。如申光洙的《关西乐府》。朝鲜近世古体汉诗中，对于社会风习及民俗传统的描写不仅数量多，而且细致生动，形成一幅幅多姿多彩的百姓生活画面。

从上所论可以得出初步的结论，近世朝鲜汉诗中的古体诗创作人才辈出、丰富多彩，不仅达到了兴盛，而且还鲜明表现出朝鲜汉诗的独特风貌，形成了东亚汉诗发展史上浓墨重彩的一笔。朝鲜近世古体诗的创作成功固然与继承了中国诗歌的悠久传统经验直接相关，但是更为重要的一点是，近世朝鲜汉诗人中的佼佼者并没有被中国诗歌的光辉传统所淹没。在唐诗宋词的伟大艺术面前，他们没有放弃自创新意的信心和努力，自觉走汉诗创作本土化之路，运用汉诗的形式，记载朝鲜社会生活的内容，并坚持以畅达表现朝鲜内容为主导，而不去斤斤计较于汉诗形式方面的辨析争议。

（樊雅茹摘）

严明，原载《上海师范大学学报》（哲学社会科学版）2010 年第 6 期

《中亚华裔东干文学与俄罗斯文化》

东干文学是东干文化的重要组成部分，自 1931 年东干诗人第一部诗集《亮明星》出版至今，中亚东干族的书面文学已有近 80 年的历史。在 80 年的文学发展历程中，东干人先后创办了《东火星》《十月的旗》《东干报》《青苗》《东干》等发表东干文学作品的报纸杂志，东干文学也依靠汲取本民族民间文学营养和借鉴俄罗斯等民族的文学经典迅速成长。目前，年轻的东干文学界已走出了"吉尔吉斯人民诗人"亚瑟儿·十娃子、享誉中亚的小说家 A. 阿尔布都、融汇东西方文艺思潮的诗人伊斯哈尔·十四儿等一批作家。笔者拟通过剖析俄罗斯文化对东干文学的影响层面，进而探讨受俄罗斯文化影响的中亚东干文学在世界华裔文学研究中的特殊意义。

中亚东干族作为苏联的少数民族之一，其文学的发展明显受到了俄罗斯文化的影响。俄罗斯文化的起源，可追溯到 6 世纪至 9 世纪的东斯拉夫各种族时期。13 世纪的蒙古军队入侵以前，古代俄罗斯的文化具有鲜明的基督教文化特征。蒙古的入侵，中断了古代俄罗斯文化的发展轨迹，并把东方文化习俗传入了俄罗斯。当 17 世纪俄罗斯面向西方文化学习时，构成俄罗斯传统文化的基本要素是源于拜占庭的精神和艺术，以及源于蒙古征服者的社会结构和制度。17 世纪以来，近代俄罗斯新文化的形成和发展，则是在西方文化与俄罗斯传统文化的冲突和融合中实现的。俄罗斯文化的悠久传统，直接影响了中亚东干族的文化发展。我们知道，在东干族定居的中亚地区，俄罗斯文化是强势文化，作为归属沙俄及苏联的加盟共和国，东干族居住的中亚三国与俄罗斯在政治、经济、文化等方面保持着密切联系。东干族文学的发展，十分注重吸收俄罗斯文化的优秀遗产。东干诗人和作家专门研读了普希金、莱蒙托夫、托尔斯泰、契诃夫、高尔基、肖洛霍夫的作品，并将大量俄罗斯的经典文学作品译成了东干语。以作家个案为例

来看，东干诗人亚瑟儿·十娃子青年时代十分迷恋俄罗斯古典诗歌，他在谈到普希金对东干文学的影响时，写下这样的诗句："如今我的默默无闻的民族/认识了你，神奇的歌手/他称你为亲人。"

俄罗斯文化对东干文学的影响具体体现在文学语言、文学题材、文学风格三个层面。就文学语言受俄罗斯文化的影响而言，东干文字的俄语化倾向和东干作家采用"双语"创作是其重要的体现形式。早期的东干文字曾相继以阿拉伯字母、拉丁字母为主，斯拉夫字母化的东干文字的书写特征俄语化倾向已相当明显。大量新的政治、经济及科技文化术语以俄语借词的形式在东干文中出现。把"共产党"称为"卡木巴勒儿亚"，"农庄""称为""卡拉号子"，"机器"称为"马什那"等都是由俄语音译后直接引入东干文中的。举东干诗歌《电光局》中的一节为例来看："多少活它做着呢，/它的力量，/康拜因也走着呢，/连船一样。/把维木也叫得呢，/麦子它扬。/拖拉机它也摇着呢，/连人一样。"诗中的"康拜因""把维木"就是俄语"联合收割机"和"扬场机"的音译词。另外由诗句我们也可发觉，东干文的语法也受到了俄语语法的影响，中国学者林涛的《中亚东干语研究》等著作已对相关问题有深入细致的研究，笔者在此就不再赘述。就文学题材受俄罗斯文化的影响而言，农村题材和军事题材的繁荣是其具体表现。俄罗斯文学关注农村有着悠久的传统，果戈理的《死魂灵》、屠格涅夫的《猎人笔记》等都是其中的佳作。苏联时期的集体农庄化运动，使农村再度成为文学关注的焦点，出现了奥维奇金的《区里的日常生活》、肖洛霍夫的《被开垦的处女地》等一批优秀作品。受社会大文化氛围的影响，农村题材的繁荣，是东干文学的一个重要特征。A. 阿尔布都的中篇小说《头一个农艺师》《老马富》等就充分展现了东干族农庄集体化的历史进程。如果大致比较《被开垦的处女地》与《头一个农艺师》可见，肖洛霍夫的小说注重塑造达维多夫等农村"新人物"，小说语言是农民语调中渗透着革命语言；阿尔布都的小说也是着力塑造聪花儿等农庄"新人物"，小说语言也是农民语言中夹杂着革命语言。还有其他东干作家的短篇小说《天职》《归来》《在山里》等，从不同角度展示了集体农庄生活的方方面面。军事题材在经历过第二次世界大战的苏联文坛曾占有十分重要的地位，苏联军事题材文学以卫国战争为主体，以爱国主义和英雄主义为主导精神，出现了法捷耶夫的《青年近卫军》、瓦西里耶夫的《这里的黎明静悄悄》、肖洛霍夫的《一个人的遭遇》等一批杰作。中亚东干族曾为反法西斯战争奉献了大批的优秀儿女，东干作家A. 阿尔布都、亚库甫·哈瓦佐夫、亚瑟儿·十娃子等都直接参加过战争，书写战争也是东干文学常见的题材。东干文学对战争的叙写没有采取宏大史诗式的全方位、多场景结构，往往一篇小说集中塑造一个东干人物形象，同文坛的大氛围一样，东干战争题材文学同样洋溢着爱国主义和英雄主义热情。小说《英雄的战士》《命运》《天职》等就塑造了战争期间涌现的东干族英雄战士。战争题材的诗歌也是东干文学的一个焦点，《英雄之死》《给法西斯》《得胜》等就是爱国热情高涨的代表诗作。可以说，战争把苏联各族人民的命运联系在一起，战争也给俄罗斯文学与东干文学提供了共同的母题。耐人寻味的是，东干文学题材中还有受俄罗斯民间文化影响的痕迹，如东干诗歌《运气汗衫》就化用了俄罗斯民间的传说故事，诗歌副标题为"俄罗斯民人的古话儿"。就文学风格受俄罗斯文化的影响而言，社会主义现实主义风格和 19 世纪俄罗斯经典文学作品的风格是其两条主线。苏联曾在作协章程中明确规定："以党性和人民性为原则的社会主义现实主义，是苏联文学久经考验的创作方法，是在现实的革命发展中真实地、历史地、具体地描写现实的创作方法，社会主义现实主义保证了苏联文学的卓越成就，它具有极其丰富的艺术手段和风格，为天才施展个人才能和一切体裁的文学革新提供了可能性。" 20 世纪 30 年代至 80 年代，社会主义现实主义长期在苏联文坛占据统治地位，在受其影响的东干文学中，我们明显能感到党性和人民性至上的创作原则。如《楚河的怀念》中，就把共产党员身份和党性原则作为塑造正面人物马三成形象的重要手段。小说《思念》《归来》《头一个农艺师》等真实地再现了一大批为集体农庄忘我工作的人物形象。当我们统观东干文学的整体风格还可以发现，社会主义现实主义也正是东干文学创作的主要风格。

如果我们把中亚东干文学置于世界华裔文学的研究领域来看，东干文学受俄罗斯文化影响的现象，不仅能开拓世界华裔文学的研究领域，而且有助于我们思考华裔文学对客居国文化的吸纳问题和华裔作家的多语种创作问题。目前，世界华裔文学的研究领域已渐趋多元，东南亚华裔文学、澳大利亚华裔文学、美国华裔文学、日本留学生的华裔文学都已引起了学界的关注，俄罗斯文化与华裔文学之间的关系研究尚少有人涉足。仔细解读东干文学我们还会发现，东干文学不同于其他华裔文学的特性在于其浓郁的中国西北民间生活气息，探讨中国民间文化与俄罗斯文化的碰撞融合问题，这对世界华裔文学的研究来说应该是一个特殊领域。

（樊雅茹摘）

杨建军，原载《北方民族大学学报》（哲学社会科学版）2010 年第 4 期

《昭君出塞故事的中外文学演绎》

昭君出塞的故事正是因为有了历代文人的情感投入，流传极广，影响极大。这一流传了 2000 多年的故事成为作家、艺术家取之不尽的灵感源泉，它孕育了丰富的艺术作品，有文学，有音乐，有绘画，仅昭君出塞的文学作品就构成一道壮丽的文学景观，咏叹昭君的古今诗词有 700 余首，描写昭君故事的小说、戏剧有 200 多部，而大多昭君故事都是以"哀怨"为主要基调，这是由于古中国农耕文明的发达使得国人安土重迁之观念根深蒂固，而背井离乡自然就成了人生之大不幸。可以断言"昭君怨"虽未必为历史之真实，却必定是人性之真实，因而必定是最高最美的艺术真实。正是人类情感的可通约性促成了"昭君怨"主题之形成和发展，也促成了昭君故事的中外文学演绎。

昭君故事在古代日本广为流传，日本诗人们咏唱昭君，如 9 世纪初期日本君臣的昭君母题诗作等。昭君出塞形成各种故事传说，成为日本文学中为人熟知的悲剧故事，如《今昔物语集》王昭君的故事，日本谣曲《王昭君》更是脍炙人口。昭君的故事也流传至西方，19 世纪捷克著名的晚期浪漫主义、颓废主义作家尤利乌斯·泽耶尔（Julius Zeyer, 1841—1901）就曾根据昭君故事创作了他的第一篇东方悲剧故事《汉宫里的背叛》。

中国与日本，具有既广又深的文化因缘，因此王昭君的故事在日本文学中也广为流传。日本《今昔物语集》里就有如下记载：震旦汉元帝时……胡国有使来朝……朝中贤臣曰："胡国使者此来，于国极不宜也。若遣此人，宫女甚众，择一丑者相送可也。如此使者欣然而归，此为至善。"天皇闻言以为然……天皇以为可唤画师数人，令其观宫女绘形。天皇观像选一丑者，送于胡国……宫女皆惧被遣于遥遥陌生之国，以重金珠宝贿画师……其中有王照君者，姿容超群。王照君自恃貌美，不贿画师。故画师不如实绘貌，气貌劣下。天皇见此以为不美，遂定王照君。天皇略觉蹊跷，召见王照君。见她光彩四射，美如珠玉，妙不可言。其他宫女粪土无异。天皇惊叹不绝，懊恨送夷。数日之后，夷国亦闻此事，入宫相商，此事遂定，不可更改，只得送夷。王照君乘马将行，虽悲悲切切，然无济于事。天皇亦悲怜不已，思念之深，遂往照君居处。春风拂柳，莺鸣空响，秋叶飘落，厚积院中，屋檐无隙。悲怜无过于此，恋情弥深，悲伤之极。彼胡国之人得王照君喜不自胜，弹拨琵琶，吹奏诸乐，行离汉土。

捷克著名的晚期浪漫主义、颓废主义作家尤利乌斯·泽耶尔是中国文学及其他东方各国文学的热情读者，"泽耶尔作品里有大量东方素材和主题"。1881年，泽耶尔开始写作"中国风"系列作品，开篇之作是《汉宫里的背叛》。这个短篇故事主要取材于英国汉学家兼外交官德庇时爵士的著作《中国：中华帝国及其居民概述》的一章及其中国杂记的一篇散文，他还读了其他汉学家的著作或翻译著作。泽耶尔不能阅读任何东方文献，他依赖的是译本，但对主题进行了学术或艺术的演绎。泽耶尔还借重李白和常建（8世纪）题咏王昭君的两首小诗，在自有人物框架内按照其自身的创造性构想展开，所有对故事的演绎都完全有赖于他创造性的构思。在19世纪西方作家的笔下，昭君不再是一个传统的、性格单一的深宫中的幽怨女子，而脱胎成为一个有思想的、追求纯粹浪漫爱情的新女性形象，昭君故事成为带有颓废色彩的中式风格作品，但依旧讲述的是一个悲剧故事。

情节与细节：文本的异同。由于昭君故事流传久远，种类繁多，限于篇幅，现仅将昭君出塞故事中占主导地位的文学作品作为比较对象。通过比较，我们发现中国、日本、捷克三国昭君故事有着相似的情节元素：被选入宫、小人作祟、美而不遇、出塞和亲、香消玉殒。这些元素反映了人类生活境遇和精神心理的相通性。当然，三者之间也有着明显的细节差异。悲剧冲突之差异。中、日、捷克三国作家以同样的昭君故事创作悲剧，在构造悲剧冲突时，是通过赋予意义来创作的。三国作品都不断地赋予昭君故事以新的意义，并以此为基点构造冲突，塑造人物。"共同情节的相同性反而能够大大凸显变化部分所暗示的不同价值观与假设。"比较昭君故事的中外文学演绎，我们找寻到了昭君的不同命运之旅，同时我们必须承认，中、日、捷克三国昭君故事在从历史向悲剧作品的演变之中，都不断地赋予历史素材以新的内容、新的意义，并以此为基础构造了悲剧冲突。内容细节的差异，悲剧冲突的演变，使得三个国家的同一母题作品具有了各自不同的悲剧意义。

（樊雅茹摘）

李琳，原载《西北民族大学学报》（哲学社会科学版）2010年第3期

《松本清张的推理小说与改革开放后的中国》

改革开放之初，中国读者与日本现代文学的邂逅始于松本清张。20 世纪 70 年代末，"文化大革命"结束后，中国实施了改革开放的政策，西方资本主义的文化和文学被大量介绍到中国，很快改变了中国的文化锁国状况，但是，由于大众传播媒介受到诸多限制，文学作品不仅是阅读欣赏的对象，而且成为中国读者认识世界的手段。作为日本社会派推理小说的代表作家，松本清张成为中国读者最熟悉的外国作家之一。

20 世纪 80 年代，中国大陆有 30 多家出版社出版了 40 多部松本清张的推理小说，其中包括《点与线》《砂器》《零的焦点》《歪斜的复印》《隔墙有眼》等。文学杂志也纷纷刊载松本清张的中、短篇推理小说。这一时期，中国的出版业开始复兴，大量出版外国文学作品成为出版社的经营战略，拥有庞大读者群的松本清张备受重视。例如，山东文艺出版社出版的《歪斜的复印》第一版就印刷了 18 万册。随着松本清张的推理小说在中国的流行，推理小说这一题材开始受到读者关注。20 世纪 80 年代初期，中国读者看重的是松本清张小说中的社会批判主题。习惯了批判现实主义文学的中国读者从松本清张的"社会派推理小说"中体会到全新的艺术感受。中国的评论界看重的是"日本当代现实主义作家"松本清张，把评价的焦点集中在"社会派"这一关键词上。有评论指出，松本清张在小说中，描写了追逐名誉、地位、金钱，尔虞我诈的人物形象，揭露了二战后美军占领日本所犯的罪行。他的小说生动地再现了当代资本主义的社会现状，揭露了资本主义制度的腐败。松本清张的推理小说堪称了解日本社会的百科全书。由于松本清张继承了日本无产阶级文学的理念，具有鲜明的批判帝国主义和资本主义的立场，接近中国左翼文艺思想的标准。因此，"文化大革命"之前，中国就翻译出版过他的《日本的黑雾》（文洁若译，作家出版社 1965 年版），但是，1966 年，"文化大革命"开始以后，外国文学受到禁止，几乎没有人读过这本书。"文化大革命"结束后，文化上的"闭关锁国"被打破，中国读者如饥似渴地涉猎外国文学。日本文学也随之翻译出版，但是，是否开放推理小说的翻译出版，在当时的政治气氛下，还存在一些禁区。有趣的是，改革开放后，中国最早翻译出版的《点与线》也是松本清张的作品。1979 年 1 月，由群众出版社出版的《点与线》版权页上注有"内部资料"的字样，"出版社说明"中，有一段文字特别强调此书是作为警察的参考书出版的。这是因为改革开放初期，出版界依然受极左思想的束缚，当时侦探小说/推理小说被看作资本主义的文学形式，作为"内部资料"或者警察的参考书出版可以避免负政治责任。尽管这样，在书店和图书馆流通的《点与线》给读者带来的阅读冲击是可以想象的。小说围绕列车四分钟的间隙所展开的周密推理，让读者全神贯注，兴奋不已。为掩盖官僚贪污受贿的罪行而人为制造的自杀事件，随着故事的进展而真相大白。一般读者很容易从中读出批判资本主义社会的主题，这部入选世界十大推理小说的《点与线》受到一部分中国读者的追捧。1980 年电影《砂器》在中国上映，这部由松本清张同名小说改编成的电影，使松本清张在中国读者中的知名度进一步提升。

《大众电影》以"怎样看《砂器》?"为题,刊登一组文章讨论如何看待"父子的血缘"这一主题。一方观点认为,主人公和贺英良企图掩盖的是他和麻风病患者本浦千代吉之间的父子关系,但是,父子的血缘关系是不可能改变的,和贺的堕落就是因为企图否认这种血缘关系。另一方的观点认为,《砂器》这部电影批判了"血缘论"。血缘是封建社会身份制度的遗存,而不是资本主义制度的产物,资本主义社会的身份是由金钱决定的,血缘并不重要。不可否认,电影剧本是由桥本忍改编创作的,与原作有出入,但是,从这些讨论中可以看出20世纪80年代中国观众的接受心理。"文化大革命"给中国人留下的创伤还未抚平,"文化大革命"中因为政治立场不同,父子反目、背叛恩人、互相残杀的事情屡见不鲜。《日本的黑雾》是中国翻译的第一部松本清张的长篇纪实小说。20世纪60年代以来由文洁若翻译的《日本的黑雾》四次分别由不同的出版社再版,再加上台湾志文出版社(徐沛东,1987年)版,在中国大陆可以看到五种版本的《日本的黑雾》。几家出版社出版同一本书,今天已经不多见了,从中可以看出,当时松本清张在中国的影响力。纵观20世纪80年代中国的松本清张文学接受,可以看出如下特点。其一是大量出版推动了广泛阅读。其二,作为"社会派推理小说"家,松本清张的小说带有现实性和批判性,符合中国读者追求文学意义的习惯。其三,松本清张的推理小说吸引读者。他的小说内容通俗易懂、文体平易近人,具有思想性,也不失娱乐性。其四,松本清张的推理小说在中国的流行促进了中国推理小说的繁荣。

进入20世纪90年代,随着中国经济的持续增长,中国社会进入转型期。松本清张的推理小说在中国的接受情况也发生了变化。有人认为日本推理小说在中国的翻译介绍开始衰退。持这种观点的是译林出版社的前社长李景端,侦探小说或者说推理小说是现代城市文明的产物。其接受者也大都是城市读者。推理小说在中国受容的扩大与中国城市化的进程也是分不开的。20世纪90年代以后,中国社会在市场经济和全球资本主义的冲击下,发生了巨大的变化。伴随着经济体制的变化,社会体制也发生了变化,中国人的价值观也有很大变化。从积极的方面来看,自由、民主、竞争、效率等意识有所提高。在市场经济的大环境中,通过个人的努力能够获得成功。竞争意识使社会产生了活力,但是,市场经济的规则和社会制度的不完善,导致了社会公平原则失衡,贫富分化严重,弱势群体得不到帮助。20世纪90年代以后,读者继续喜欢20世纪80年代翻译介绍到中国的松本清张文学。其中引人瞩目的是不同译者重译的《点与线》、《零的焦点》和《砂器》等名著收入《世界推理小说名著文库》。松本清张的推理小说突破了传统的侦探小说专注设谜和推理游戏的做法,重视对于犯罪动机的剖析,以强烈的使命感审视社会,暴露资本主义社会的不合理性。松本清张的文学给迷失在高速经济成长期的中国文学提供了一面镜子。

(樊雅茹摘)

王成,原载《日语学习与研究》2010年第4期

《日本文学中陶门柳的隐士融合》

文章通过门柳探讨了陶渊明在日本文学中的影响,"万叶集"中的五柳是否与陶渊

明有关，是学术界一直存在的一个问题，直接关系到陶渊明影响的确认，陶门柳意义在日本文学中的变化既体现了日本文人对陶渊明的喜爱，也体现了日本文人的另一种生存体验。

门柳在日本文学中又被称为陶门柳，是日本文人接受陶渊明的一种方式。陶门柳最早出现于《万叶集》，但那首和歌与陶渊明究竟有无关系，歌中的门柳是否来源于《五柳先生传》，现今日本学术界尚无定论：

わが門の五株柳何時も何時も母が戀ひすす業ましつつも。

吾门五株柳，思吾母慈慈。劳作亦不止，时时复时时。

（右の一首、結城郡の矢作部真長、N4386）

泽泻久孝的《〈万叶集〉注释》认为此和歌与陶渊明的五柳没有关系，歌中的"吾门五株柳"与陶渊明的"五柳"只是巧合。木下正俊则认为这样的推断未免轻率，此歌的五柳其实与陶渊明有关。

在作者不详的情况下，研究只能围绕着和歌文本本身展开，从这首和歌来看，可以找到较为充分的理由否定此歌与陶渊明的关系。第一，在意义层面上，此歌中的五柳表现的是母子思念，陶渊明的五柳表现的却是隐逸，两者相距甚远，几乎不可能存在影响关系。第二，在物质层面上，此歌的五柳植于门前，是典型的门柳，而《五柳先生传》记载的五柳则是在宅边。宅边与门前位置差异太大，宅边五柳属于庭院树木，不是门柳。第三，歌中的五柳与陶渊明的五柳只是数字巧合，这不能作为两者之间存在关系的切实证据。不过，肯定此歌与陶渊明关系的理由也很充分。第一，在物质层面上，自从陶渊明提及五柳之后，五柳在日本已经成了指向陶渊明的特定符号，这在东亚古代文学中已经成为普遍常识。既然歌人矢作部真长在门前恰恰种植了五柳，表明他在一定程度上了解陶渊明。奈良平安时期，门柳是贵族官员的标志，相对偏远一些地方的贵族或官员，即使不如京城的贵族那样有精深的中国文学修养，也应当具有一般的知识水平，这个矢作部真长可能就是略通汉籍的下层小官。另，虽然在日本文学中，提到陶渊明的五柳多是在门前，很少有人写为宅边五柳，但如纪齐名《落叶赋》"陶彭泽之门前，烟暗五柳"，其中的五柳写的是陶渊明的五柳，不容置疑。第二，上述否定理由之一是此歌门前五柳象征的是思念情感，但陶渊明的五柳没有这种意义，但是，在中国古代，杨柳与思念情感有着特别的稳定关系，乐府歌题《折杨柳》的杨柳与思念之关联最为突出，这在《万叶集》中也有明显的表现。歌人矢作部真长对以柳寄思的中国文学传统应有一定的了解，这也正是由门前五柳而思念母亲的原因。从陶渊明的五柳所蕴含的隐逸到该和歌所传达的思念是巨大的意义变化，但这一变化并没有超越中国文学中杨柳的基本意义范围。第三，中国收载《五柳先生传》的文献非常多，如《陶渊明集》《昭明太子集》与沈约的《宋书》、唐太宗的《晋书》等，《文选》也收录了陶渊明的诗歌，可以说陶渊明应该在日本能够引起足够的关注。

陶渊明是平安文人最仰慕的中国诗人之一，不断地出现在他们的各类作品中。不过平安文人接受陶渊明的方式相当特别，他们喜欢以陶门柳表达对陶渊明的欣慕之情，但是，具体到"陶门柳"，仍有不少问题需要澄清。第一，陶门柳与陶渊明《五柳先生传》的关系。第二，陶门柳的物质因素与思想意义。陶门柳的物质因素由两点构成，一是杨柳的棵数，五棵柳是陶渊明的标志。二是杨柳的位置变化，几乎所有日本文人都把宅边五柳写成了门前杨柳。这些物质因素是陶门柳概念中的本质因素。五棵门柳是陶渊明生活方式的象征，诗中不需提及陶渊明，只要提到五棵门柳，就知道描写的内容必然远离富贵的生活。平安文人心目中的陶渊明形象总是通过门前五柳展现出来。陶门柳也不必标举五棵，在这种情况下，物质因素失去了标志性意义，陶门柳是通过隐逸的意义建立起来的。门柳是平安时期贵族官员的标志，贵族官宦将自宅的门柳称为陶门柳，但它其实也是权门柳。陶渊明宅边之柳与权门柳两者完全对立，因此，日本文学中的陶门柳（权门柳）就与中国陶门柳的意义大相径庭。不过，平安时期的贵族并不是都能够担任朝廷或地方官职，没有担任高官要职的贵族门前的柳树则更多暗含隐逸及渴求仕途的意味，门柳因此象征着亦官亦隐的生活状态。"柳门尘"是陶门柳的又一种标志，藤原周光《早春即事》载："韶景迟迟和暖晨，染毫操纸感怀频。冰消东岸先迎暖，梅发南枝始识春。雪尽已通葱岭路，风和自动柳门尘。才华独谢烟霞兴，性草将夸雨露仁。莺学迁乔应熨翅，花盈双袖欲分匀。赏心乐事熙熙处，诗是一篇酒一巡。""柳门尘"的意思是门柳上积满了尘土，表明门庭冷落，无人来访，宅主人也很少出门。只有到了春风吹拂之时，才会拂落门柳的积尘。门柳积尘是隐士的特征，在其他诗中也有出现。第三，陶门柳的事实状态与京都城南贵族别墅区的关系。陶门柳在奈良文学中仅见一例，在平安文学中突然流行，这与京都城南贵族别墅区的形成有关。平安时期的日本文人受到唐代文人的影响，喜欢建造或购置别业。这些别业大多集中在京都的南部，位于京都、大阪交界的淀川沿岸。城南的贵族别墅多植门柳，贵族文人描写城南别墅时也常会描写到门柳。

门柳是张扬富贵的标志，也是表明隐居的标志，两者在此合而为一。这是平安文学中陶门柳的延续。日本文学中的陶渊明似乎有两种，一是高贵隐逸的陶渊明，一是高洁隐逸的陶渊明。这两种陶渊明直接导致了陶门柳的两种意义。高贵隐逸的陶门柳似乎是日本文人创造出来的，与我们的陶渊明相距较远。陶渊明一生没有富贵过，也没有任过显耀的官职。这是在日本的富贵文人笔下被富贵化了的陶渊明，也似乎是日本化了的陶渊明。

（樊雅茹摘）

张哲俊，原载《外国文学评论》2010年第3期

《日本近代〈楚辞〉研究评述》

20世纪初期，日本学者的《楚辞》研究成绩可褒奖者并不多，这一阶段的研究主要以文学史的形式体现出来，代表人物及其著作主要有以下几位：古城贞吉的《支那文学史》，儿岛献吉郎的《支那大文学史——古代篇》以及《支那文学史纲》，狩野直喜的《支那文学史》。最值得我们注意的《楚辞》研究者，是西村时彦。

古城贞吉的《支那文学史》（日本经济出版社1897年版）共分为九个部分，另外

还有一篇绪论。其第一部分论述中国文学的起源;第二部分为诸子文学;第三部分为汉代文学,介绍贾谊、晁错、刘安、扬雄、司马迁、班固等作家的著述、文章等;第四部分为六朝文学;第五部分为唐代文学;第六部分为宋代文学;第七部分为金元文学;第八部分为明代文学;第九部分为清代文学。作为一部文学史著作,古城贞吉的《支那文学史》,早于林传甲的《中国文学史》好多年,但他对《楚辞》和屈原的论述仅仅是点到为止,并没有什么见解。

儿岛献吉郎的《支那大文学史——古代篇》以及《支那文学史纲》虽然性质和古城贞吉的《支那文学史》大致相当,但是,其涉及屈原和《楚辞》的内容要比古城贞吉的《支那文学史》多许多。这一时期日本学者中对《楚辞》研究最为有力者当数西村时彦。西村时彦《楚辞》研究之专精,我们可以从两个方面来考察:一是他对于中国和日本以及朝鲜历年来的各种《楚辞》文本的收集情况,二是他本人的《楚辞》研究著作。这一时期,还有一位《楚辞》学者值得我们关意,就是冈田正之。

明治维新是日本告别传统 MYM 走向现代的起点。在此过程中,思想文化方面最显著的改变:一是日本大力提倡学习西洋文化,包括西洋的价值体系和思想观念等;二是对日本以往的思想观念进行了一次全面的清理,出现了一股全面检讨和丢弃中国儒家文化的浪潮,但就在上述文化思潮逐渐抬头并显示出强大社会影响力的同时,一股要求立足于日本自身 MYM 立足于亚细亚,要求和西洋文化势力相抗衡的呼声也同时出现了。特别是一些民间知识分子,提出反对全面西化、保存国粹,弘扬日本的主张。这是在思想文化上抵御外来文化的侵袭,提高民族地位的追求。这股思潮对中国文化较为靠拢,从而在这一时期对于中国文化的研究,出现了一个小小的高潮。在本阶段后期,即战前和战中,研究《楚辞》的著作质量和数量都有很大提高。代表性著作有:儿岛献吉郎的《支那文学杂考》《毛诗楚辞考》;桥本循的《楚辞》;铃木虎雄的《支那文学研究》《赋史大要》;千阪弥寿夫编的《楚辞索引》;桥川时雄的《楚辞》;等。

要之,20 世纪上半期,以西村时彦的《屈原赋说》二卷标志着日本《楚辞》研究进入真正研究的时期,在保持注重纂集注释资料的同时,以《楚辞》专著和文学史著作这两种形式,进入对《楚辞》作出具体考证和理论论述的阶段,并由此而仍然关注着中国《楚辞》研究的进展。这一阶段,日本的《楚辞》研究在科学化、学科化方面,有了明显进步。

(樊雅茹摘)

王海远,原载《北方论丛》2010 年第 4 期

《〈徒然草〉与老庄思想的影响》

文章考察日本镰仓时期的著名随笔作品《徒然草》,认为作者兼好多次强调的名利否定论从内容到论述方法都是建立在老庄思想的言说上,并根据对文本第 63、184 等段内容的具体实证考察,进一步强调老庄思想在《徒然草》创作方面的重要意义。

遁世者兼好法师（1283—1352）的随笔《徒然草》出自镰仓时期，故该作品围绕名利的议论也随处可见，如第 74 段生动描写了世间人们为贪生求利营营碌碌如同蚁虫的样子；还有第 38 段多次提到为名利所役使的愚昧人生。总之，兼好对名利自始至终持否定批判态度。这里需要注意的是，《徒然草》中的名利否定论是依据中国的老庄思想逐步展开的。

首先来了解一下第 38 段的文章结构。正如许多注释书所指出的，第 38 段的主题思想是对"以迷妄之心求名利之要"的否定。这种把名利心看成迷妄之心的观点无疑来自佛教的世界观，但是，仔细观察本段内容，会发现论证的大部分其实是建立在老庄思想的言说上。这包括了历来对第一句话的各种解释。对于追求名利这件事，《庄子》在上面这段的结论部分提出"观之名则不见，求之利则不得"的看法；而兼好在《徒然草》中则概括为"为名利所役使"。至于追求名利的过程如何，《庄子》中形容为"缭意绝体而争"，意指为争名夺利令心乱体痛，丧失身心的自由；对此，《徒然草》则记述为"不得闲暇，一生劳苦"针对这种追求名利的行为，知和给予的评语是"此不亦惑乎"，而兼好则说"可谓愚矣"。两者在下结论时的强调口吻如出一辙。这样看来，《徒然草》的名利否定论在很大程度上是以《庄子》的盗跖篇为底本的。如果不限于盗跖篇，那么从第 38 段能找出更多与《庄子》相关联的内容。如其中论述"智慧亦宜舍弃"一段，可以说完全是用《庄子》及《老子》的理论武装起来的。众所周知，排斥智慧学识是老庄思想的一个重要内容特征，而《徒然草》的第 38 段结尾处显然吸收了这一特征。加之，从本段层层递进的行文构造来考虑，最后一节论述舍弃智慧的部分在整个段落中所占的位置非常重要，由此可得出一个结论，第 38 段的名利否定论整体上是贯穿着老庄思想内容的。

兼好在本书第 13 段中列举自己的爱读书目，其中有"老子之言，南华之篇"，即指老庄典籍。实际上，在饱读汉籍的日本古人当中，对老庄之言具有深厚理解的恐怕无出兼好之右者。而兼好在著述中，十分擅长动用各种学识积累，在各种宗教哲学典籍中选择"触动自己思想琴弦的话语"或"有利于锤炼自己思想的表现"，来增强文章的表现气势和说服力。在这些宗教哲学当中，老庄典籍便是重要的一种。上面通过对第 13 段的分析验证了这一点，接下来本文对第 217 段作一个考察，具体阐述兼好活用老庄思想的精到手法。第 217 段可分成两个小段，前一段主要介绍了一个大福长者（有钱人）的致富心得，后一段为兼好对前段心得作出的短评。兼好的看法大致可分四层意思来理解。首先，他评论说：按照世间一般的价值观，财产只有被使用时才显示出其价值；有钱不用的话，有钱人的各种欲望也得不到满足，那么与穷人便没什么两样。其次，承接第六条的"心常安乐"，兼好思考了对大福长者而言什么是快乐的问题，他得出结论认为"断绝欲望，不忧贫"才是前五条心得的真髓。再次，打一个比方说，痈疽患者拿水清洗患处会得到片刻的惬意满足，但是这不如从一开始就不长痈疽。所以说，如果用金钱换来片刻的满足，不如从一开始就没有钱财也不起欲望的好。最后，从消除欲望的意义上，兼好认为大福长者已经到达了贫富无别的境地，他以"大欲似无欲"一句来对自己的感想作了结尾。

乍看大福长者无非是个守财奴的典型，但实际上他的语录被认为是"作为生意人的经营心得，在现代社会还有不少依然适用的部分"，因而第217段本身作为了解中古日本人经济运用理念的难得资料，除了文学研究，在历史学和经济史研究领域也颇受瞩目。这当然也归功于大福长者的辩词条理清晰，具有充分的说服力，但是与此相反的是，兼好的评论显得缺乏逻辑性。上面试着分四层来理解他的评论，但不难发现这一段话语并没有一个贯穿到底的思路，评述中途时不时出现逻辑的跳跃或断裂，以致论旨不明。那么，兼好活用老庄的方法理论达到何种境地了呢？还值得注目的是"大欲似无欲"一句。关于这一句，安良冈注称出典未详，三木注则认为"似有出典，恐为兼好为讽刺自以为是的大福长者想出来的金言名句"。笔者以为，这句话不妨看作对《老子》的模仿。从上面这些比较分析可以看出，大福长者在对老庄哲学的理解上，比兼好是有过之而无不及的。而且，两人一致认为要得到生存的快乐，需先达到无欲的境地。对兼好而言，老庄是他爱读的书籍，他发一些类似"大欲似无欲"的感慨不足为奇。而大福长者是中古时期的富商，在当时是"为其他知识文人所不屑一顾的"，但他也能够恰到好处地援用老庄来表达自己的人生哲学，这一点十分耐人寻味。笔者推测，大福长者或许是兼好为了披露自己的禁欲论或经济论而特意虚构出来的一个人物，或者也可以说是兼好为了阐明"戒贪欲""舍弃名利"等相关的禁欲观点而设定的自己的一个分身罢。

除了上面讨论的两段，《徒然草》中还随处可以看到借用典型的老庄概念、观点来解释眼前现象的创作特征。这里择要分析几个例子。迄今为止这些内容的出典还未被考证清楚，也没有注释从老庄思想的影响角度提出见解。首先是对"圣人"概念的使用。在老庄道家的哲学世界中，"圣人"是最高的理想人格，这种圣人形象大概深深镌刻在兼好的记忆中。通过上面的考察，我们应该能够进一步理解他的这种心情，想象得到他是如何沉浸在老庄哲学的世界里，并游刃有余地拿老庄的话语来书写自己的文章的了。

（樊雅茹摘）

陆晓霞，原载《外国文学评论》2010年第3期

《日本俳句与中国"小诗"的生成》

"小诗"是中国现代非常重要的文体，它曾在20世纪20年代的中国风靡一时、家喻户晓。然而，对它的来源，学术界却早有定论，一直认为主要是受到印度泰戈尔的直接影响。其实，中国"小诗"域外传统的主体乃日本俳句，而周作人和泰戈尔只是俳句影响"小诗"的两座"文化桥梁"。俳句的精神浸染，使"小诗"擅长写景和注意纯粹的诗意建构，具有一种"冥想"的理趣和感伤的情调。俳句的形式导引，使"小诗"崇尚简约，以象写意，从而获得了淡泊、平易、纤细的审美趣味，也饱含了再造空间的瞬间"写真"风格。当然，"小诗"与俳句的理趣、禅悟倾向有很大距离，很多"小诗"也未真正获得俳句闲寂的精神和"以象写意"方法的要义，这就使得中国"小

诗"存在过于直白甚至肤浅随意的不足。

"小诗"虽然在1917年沈尹默的《月夜》发表时即宣告诞生,但作为一个特指概念,它的出现还是进入20世纪20年代的事情。1921年至1924年,用一到数行文字即兴表现一点一滴的感悟、一时一地的景色,成为当时诗坛十分走俏的一种写作潮流,人们习惯上将之称为"小诗"运动。对于"小诗"这种"风靡一时的诗歌体裁""新诗坛上的宠儿",学术界曾给予及时的关注。我认为,如同唐人绝句被视为"小诗"的本土传统一样,日本俳句乃是"小诗"域外传统的主体,至于一再被抬高的泰戈尔,只是俳句和"小诗"之间沟通的一座桥梁,这是必须澄清的一个历史事实。那么,日本俳句与中国"小诗"到底具有怎样的精神和艺术关联,它在"小诗"的生成和建构中扮演着怎样的角色,"小诗"对当下的中国诗歌和日常生活又具有哪些值得注意的重要启示呢?

鸦片战争后,中国开始睁开眼睛看世界。为推进传统诗歌向现代转换,一些有识之士出于增多诗体和提高新诗表现力的考虑,开始在艺术上"别求新声于异邦"。"小诗"的勃兴在某种程度上,就是对印度诗歌、日本诗歌译介与吸收的结果。东瀛俳句一翼的传入最早可追溯到18世纪后半叶。在引进俳句之时,新诗在胡适等人的拓荒下已闪出一条新路。周作人的倾心译介,一方面因运用白话,符合当时诗体解放的形式自由理念,一方面让人备感俳句自然、人文风味的清新,确为理想的小诗;很多作家、诗人也渐次意识到俳句的优长,称它"似空中的柳浪,池上的微波,不知所自始,也不知其所终,飘飘忽忽,袅袅婷婷",充满"余韵余情"。于是,在周作人等人译介的影响下,诗坛"模仿'俳句'的小诗极多"。

关于泰戈尔作品译介那一翼的人数众多,其中尤以郑振铎为最。1913年,泰翁以东方作家的身份首获诺贝尔文学奖后,引起中国诗坛的强烈关注。这期间,泰戈尔充溢哲理趣味和宗教意识的诗歌,因暗合五四退潮后很多青年孤寂迷惘的内省情感结构,接近初期新诗的言理思路,能给人一定的精神慰藉和思想启迪,遂产生了广泛的影响,其爱的哲学、泛神论精神与自由简洁的形式,在中国诗坛均激起了对应性的"涟漪"。正是以"享乐"为特质的俳句的译介和以"冥想"为特质的泰戈尔诗歌的译介两翼合流,开启了"小诗"运动的序幕。而后,批评家又从理论上加以总结。在翻译、批评与创作的"合力"作用下,"小诗"完成了自己的命名,关于"小诗"的来源"有两种潮流,便是印度与日本"亦成定论。

从表象上看,"小诗"运动的兴起的确由两翼东方诗歌的译介共同促成,周作人的判断也是客观公允的;但事隔八十多年后再仔细推敲,就会发现他的结论并不周延,在某些方面甚至偏离、遮蔽了历史的本来面目。严格意义上说,"小诗"的本质不是源于两翼,而是一翼,那就是俳句与和歌,至少是主要源于俳句与和歌。因为周作人当时置身于"小诗"运动的混沌之中,缺乏必要的审视距离,忽略了一个必须引人注意的重要事实:若追根溯源,曾被许多人奉为小诗影响源的泰戈尔的《飞鸟集》,其艺术故乡同样在日本的俳句,或者说"泰戈尔写小诗,也是受日本俳句的影响"。如果沿着这一线索推理,可以断定:那些自以为受惠于泰戈尔的冰心、郑振铎等诗人,实则是间接承受了日本俳句的影响和洗礼。周作人和泰戈尔,堪称现代史上中日交流的两座"文化桥梁",一显一隐地存在着,正是借助于他们各自的传导力,以往受过中国古典诗歌扶持的俳句,在1921年后又开始了"逆输入"的"出口转内销"进程,引渡出流行一时的"小诗"运动,并为其生长提供了丰厚的思想与艺术源泉。

延续朱自清"所影响的似乎只是诗形,而未及于意境与风格"的观点,一些论者再三申明俳句对"小诗"的影响只在"简洁"和"含蓄"。如果说朱自清在1922年下这番结论时,"小诗"还有待于全面展开,他未及看到对象全貌和观点出现偏颇,尚情有可原,"似乎"二字也隐含了猜测的成分;而当"小诗"运动尘埃落定后再重弹单纯形式影响的老调子,就值得深长思之了。事实上,俳句是一种有意味的形式,周作人的翻译也把握了它的精髓,它对"小诗"就势必产生"综合性影响"。俳句在艺术观念、精神内涵、审美情调等方面,对"小诗"都构成了深刻的精神浸染。一是对诗意纯粹性的构筑。从和歌中剥离出来的俳句,过于短洁的结构难以承载宏大的叙事含量,内容愈加纯粹,多数俳人将它定性为书写内心的艺术,主张从自然物象和日常生活攫取诗意,表现个人情感;甚至有人把观照社会现实看作俳句的自戕行为。受俳句观念的启示,中国"小诗"也不再以利、德为旨归,承载过重的行动功能,而注意构筑少与现实直接碰撞、淡化政治与实用情结的个人情思世界。"小诗"书写的不论是人间温情的回味,还是瞬间灵魂思绪的涌动,抑或是纯粹感悟的捕捉,都将个人作为诗的发源地,个体飘忽的意向与心灵感应,从而赋予了诗歌明显的内倾性,这种观念的革命在契合真正的诗皆"出于内在的本质"的特征,抵达普遍化和永恒化境界的同时,促成了诗从"言志"的载道传统向言我、言景观念的位移。这种观念转变的直接反映是写景诗异常发达。二是激发出"冥想"的理趣。中国诗歌整体上走的是感性化道路,抒情维度相对发达,可是在"小诗"中却隆起一种饱含理性因子的"冥想"特征,这种异质诗意的加入,不排除传统天人合一、神与物游的悟性智慧之影响,但主要受惠于泰戈尔诗歌,从根本上说是受惠于俳句的引导和催化。俳句最初以滑稽机智为主,作为捕捉瞬间情感和思想火花的利器已含思考成分。在俳句的熏染下,中国"小诗"虽未入禅宗堂奥,但仍滋长出一种以诗言理、通过诗歌思考之风。无意间得之于灵感的冰心小诗,常因顿悟、直觉突破事物的表面和直接意义,从平凡事物中发掘深邃的感受和哲理。三是精神情调上充满感伤的气息。"小诗"的感伤气息与下面几个方面不无关联:一是抒情主体处于"为赋新诗强说愁"的年龄,二是五四运动落潮后悲剧氛围的笼罩,三是古典诗歌悲凉抒情基调的定向支配。同时,更与俳句的"物哀"传统休戚相关。日本人的敏感纤细,使其在审美意识中觉得越是细小、短暂的事物越具有纯粹的美感,在他们看来,樱花灿若云霞的绽放和落英缤纷的凋谢同样美丽,绚烂的瞬间将美推向了极致,毁灭的片刻则是生命价值的庄重实现。这种带有悲剧趣味的"物哀"传统,决定了俳句常常选择空灵淡雅、清幽闲寂的物象,以显现季节的荣枯,咏叹生命的短暂无常。

形势与技巧的导引。如果说俳句对中国"小诗"诗意、诗质建构的影响,因为比较潜隐内在而使学者认识不一;那么俳句对中国"小诗"形式、技法的"输入"和导引则要清楚明显得多,评价也出奇的一致。几乎所有研究者都承认俳句短小的诗形和含蓄的抒情方式对小诗有启迪作用,只是较少说到具体的影响是什么,更未得出令人信服的结论。笔者认为俳句在"小诗"中催生的艺术相通处很多,如切字的运用、心物相应等,但最本质的特征大体上可从三个方面得以印证。一是崇尚简约,"以象写意"。其实以物化方式抒情,凝练蕴藉,原本也是中国古典诗歌的主要特征。但中国古诗还未简洁到一句成诗的俳句那个程度,也不像俳句那样更强调瞬间性,并且中国"一切好诗,到唐已经做完",之后虽依旧凝练含蓄,却被文言和格律束缚得逐渐凝定、僵化,至五四时期更因满足不了现代人的精神需求,失去有效性,成为新诗革命的对象。二是淡泊、平易、纤细的审美趣味。这种趣味显然源于中国古典诗歌和俳句内在精神的共同影响,本文无意论述绝句、小令在其间占有何种分量和位置,只想指出俳句在"小诗"审美建构上发挥作用的事实。结构空间的狭小,日语音节发音的平缓单纯,神道的真、情和佛教的清、幽观的深层制约,加上对政治的超然态度,使俳句在不求画面的宏阔纵深和主题的宏阔雄浑下,把淡泊、平易、纤细的审美趣味,日渐衍化为一种不自觉的"种族记忆"和艺术取向。受俳句风格的鼓动,中国诗坛20世纪20年代初出现大量体式、气魄、格局、情调均"小"的诗歌,甚至很多人不敢相信以往一直居于附属地位的零碎感或景致,"在古诗中难以独立的'比'、'兴'独立成诗了"。三是充满再造空间的瞬间"写真"。常有人将松尾芭蕉、与谢芜村的俳句和王维的古典诗歌相提并论,阐释其共有的画意美,其实这是一个认识误区。因为俳句与其说像绘画,不如说更像直感的"写真"(日语的摄影、照片之义),具有一种特别讲究瞬间凝聚的摄影倾向。从时间长度看,短小的俳句既难像中国诗那样用多重意象表现复杂的情思流动过程,也不比绘画那样注重起承转合、浓淡错落的工笔细描,而往往以一个瞬间、片段或场景的聚焦"写生",定格瞬间的思绪和感悟,不求升华,有时甚至不求语句、内容的完整。也就是说,它在很大程度上依靠读者进行审美再造。这种有广阔想象余地的"空白"艺术,正暗合了禅宗思维,灵动而有神韵。仿效俳句的"写真"倾向,中国"小诗"也纷纷将目光聚焦于情思、景象的瞬间、刹那和片段,以打造诗歌的余韵和"空白"之美。汪静之连意象、句式都日本化的《芭蕉姑娘》,深得俳句的此中三昧和天籁之妙。这种瞬间的"写真"追求,以不说出的方式造成让人说不出的奇效,再次证明:在艺术世界中,说得过多、过满,就会失去咀嚼的可能;越是凝练含蓄,可待驰骋的想象空间也就越大。

变易、消隐及启示。雷内·韦勒克说,"艺术品绝不仅仅是来源和影响的总和,它们是一个个整体。从别处获得的原材料在整体中不再是外来的死东西,而已同化于一个新结构之中"。俳句的影响使中国"小诗"出现了许多新质,并在20年代晋升为一种独立的审美形态和诗歌体式,风靡一时,其中有不少可圈可点之处。一是"小诗"作者明白,借鉴绝不意味着全盘吸收,面对异质文化系统时应各取所需,决不允许对方反客为主的同化;所以他们接受俳句影响时都做了中国化处理,如摆脱俳句的季语、切字、以名词结尾等规范的限制,更侧重艺术形式和手法的"拿来"等。这些主观的偏重取舍和变易,都使"小诗"在大多数情境下,只承袭了俳句的外衣,骨子里的意象体系乃至情感构成仍回荡着强劲的中国风,这种移植、借鉴的态度对后来者都不无启迪作用。二是接受渠道、视野和接受个体性格、趣味的差异,使俳句对"小诗"的影响并非整齐划一,而体现出一定的多元性,形成了"小诗"个人化的创作景观,如冰心的纯洁柔美、汪静之的直率真切、宗白华的清瘦理性、周作人的淡泊幽雅和潘漠华的凄婉缠绵，都各臻其态，增加了"小诗"机体的绚烂美感。三是如把俳句对"小诗"的影响置于当时特定的诗歌语境，它的价值也许更为清晰。"小诗"出现前后，胡适讲究科学精确的经验主义理论大行其道，人的情感、传统的情景交融观被不同程度地忽视，受俳句影响的"小诗"追求天人合一的和谐，"现代绝句"和"意象体操"的简约，即是对诗坛过度散文化、自由化流弊的一种补正、反拨，对诗坛冗赘诗风的一种"消肿"；而"小诗"与哲理自觉而成功的联姻，无疑又超越了初期白话诗中说理诗晶莹透彻但缺少余香和回味的状态，在提升思维层次时，正式开启了新诗知性化的艺术传统，但客观地说，"小诗"在接受俳句的过程中，也存有不少明显的局限和遗憾。首先，虽然俳句的滋养为"小诗"带来了理趣和禅悟的倾向，却还不够纯粹，也不到位，"小诗"对俳句幽深的余韵并没有很好的吸收，更未从深层获得俳句审美品质的核心——"闲寂的精神"。其次，"小诗"借鉴俳句的创作存在着严重的问题。很多作品因未真正领会俳句"以象写意"方法的要义，没把握俳句颇有禅意的精髓，所以或忽视"瞬间性"的集中凝聚，或弱于意象的选择和组接，经常混淆"小诗体"和"小诗形"的差别，把诗体的要求降格为大小体积的概念，只图"小诗"的方便而丢了它的含蓄。再次，随着现实语境的转换，俳句及中国"小诗"的品质愈加不合时宜，自身的缺陷也开始显露出来。1924 年以后，中国革命虽仍处于低谷，但已在酝酿一种新的高潮。正因为接受俳句影响的"小诗"创作弊端重重，才招来文学研究会的朱自清与叶圣陶、创造社的成仿吾与郭沫若、新月社的梁实秋与闻一多等理论家的实质性攻击。在内在危机和外来批评的夹攻下，1924 年后的"小诗"运动即告消退，后来它在中国的命运也基本上走向式微、停滞。需要指出的是，"小诗"运动的消隐并不意味着"小诗"真的消失灭绝，相反，"小诗"自身潜藏着蓬勃光大的可能性，它对同代乃至后来者的影响所及，构成了一脉绵长顽韧、不绝如缕的"小诗"诗学谱系。

（樊雅茹摘）

罗振亚，原载《中国社会科学》2010 年第 1 期

《印度佛教创世神话的源流》

印度是一个神话发达的国度，其多种宗教（婆罗门教、耆那教、佛教等）都有各自的神话，佛教典籍中所载神话亦不在少数。佛教的创世神话别有特点，体现了佛教有关天地初成的构想，从中也可以理解印度文明的多元面貌。与流传至今的梵语佛教典籍相比，汉译佛经卷帙浩繁，是研究印度古代文学的史料宝库。《中阿含经》《起世经》《大楼炭经》《摩诃僧祇律》《根本说一切有部毗奈耶破僧事》等近三十部汉译佛典（经、律、论），比较详细地记叙了佛教创世神话 MYM 本文利用出土的梵语佛典中古中土的佛教注疏以及敦煌吐鲁番文献，旨在对佛教创世神话的主体内容、结构、叙事模式及其功能进行分析并揭示佛教创世神话在西域和中原的传播情形。

一　书写创世神话的主要佛经：源头梳理。印度是一个神话发达的国度，其神话与

诸般宗教有密切的关系。佛教典籍中所载神话亦不在少数,其创世神话别有特点,体现了佛教有关天地初成的构想,从中也可以理解印度文明的多元面貌。(1) 佛教创世神话分布的经文涵盖佛教三藏的经、律和论部,其中经部文献数量居多。它最早出现在原始佛教的阿含经文献之中,如《长阿含经》《中阿含经》《增壹阿含经》中均有记载。大乘佛教的经文同样继承了这一神话模式并有所发展。(2) 佛教部派虽然因为所持戒律不同而出现差异,但是在三个部派的律文中出现了佛教创世这一神话,即大众部的《摩诃僧祇律》、说一切有部的《鼻奈耶》、根本说一切有部的《根本说一切有部毗奈耶破僧事》(以下简称《破僧事》)和《根本说一切有部毗奈耶》等,律部文献可能反映了不同部派对传持此则神话的不同态度。(3) 有关佛教创世神话的内容详略不一,多见于显教的三藏文献之中,密教文献中的相关记载很少,或许表明在佛教发展的后期,有关佛教创世神话的书写已经进入衰退的阶段。不仅同一部经或律文中有不止一处叙述到佛教创世神话(如《摩诃僧祇律》、《增壹阿含经》和《起世经》),而且属于平行异本关系的不同佛教经文——两部佛经属于不同的范畴,但其内容有相同之处,也同时记载了此创世神话。比如,《破僧事》的前九卷与《佛说众许摩诃帝经》就是平行异本,二者的第一卷中均详细地记载了此神话 MYM。需要注意的是,《破僧事》属于律部文献,而《佛说众许摩诃帝经》属于经部文献,两部文献的性质并不相同。仔细对读《破僧事》与《佛说众许摩诃帝经》的相关内容,也会发现二者有关此神话的叙事同样存在一些差异。这些差异并非不同的译者选择不同的译语所造成的,而是二者所对应的"底本"本身就有差异。这种"底本"差异的现象大多是由印度佛经的"口传"特点所决定的,即便是同一部佛经,在经历数代和数地的口口相传之后,如果不产生差异,那是难以想象的。上列佛经有些有异译本,《长阿含经》的《世记经》与《大楼炭经》《起世经》《起世因本经》为对应关系,而《大楼炭经》另有两种异译本,即法炬译《楼炭经》和竺法护译《楼炭经》。虽然《大楼炭经》的后两种异译本现已不存,但二经中曾经记录了佛教创世神话,在中土留下过痕迹,却是不可忽略的。

二　佛教创世神话的内容、结构与叙事模式

1. 佛教创世神话的内容主体

上述多部佛经有关佛教创世神话的叙述有详略之分,最详细的见于《长阿含经》的《小缘经》、《起世因本经》、《大楼炭经》和《破僧事》等,其叙事情节基本上不出下列的范畴。

（1）叙述或引出佛教创世神话的缘起

（2）时空之演变与天地的最初生成

（3）人性之善恶变化

（4）食物变化之链条

（5）种姓的起源

（6）世俗政权体系的出现及其组织

（7）佛法的生成

（8）结束神话,回到当下的叙述语境

2. 佛教创世神话叙事的二元结构

佛教创世神话中包含了佛教的宇宙观、种姓观等基本观念。其叙事基本上是采取了一个二元结构，或者两个阶段的对比结构。

3. 佛教创世神话的叙事模式与功能

（1）从对往古的描述中，引出神话叙事。

（2）用作本生故事的一部分。

（3）佛教创世神话与佛祖家族谱系的关联。

4. 佛教创世神话中的名物意象：以梵汉《破僧事》的对勘为例

佛教创世神话中的名物意象主要有如下几种。

（1）地味：prthiivirasa

（2）地饼、地皮：prthivirparpa！aka

（3）金色花、少女花、迦梨尼迦啰花：karnikurapuspa

（4）林藤：vanalatu

三 佛教创世神话的流传：以中土和西域为例

1. 根据文献分析，可见以下几个特点

（1）在中土信徒撰写的佛教经疏（《俱舍论颂疏论本》）或律疏（《四分律行事钞简正记》）中，引用与佛教创世神话相关的经文，但一般较为简短。

（2）将佛教创世神话编入中土的佛教传记或史传部著作（如《释迦谱》《释迦氏谱》《佛祖统纪》《佛祖历代通载》）中，作为叙述佛教缘起（或族源所起）的开头部分。

（3）中土佛教类书（如《北山录》《法苑珠林》）中也有对佛教创世神话的摘引。

（4）最令人惊奇的是，八思巴的《彰所知论》将蒙古国的血统谱系纳入佛教神话谱系之中，加以神化。

2. 西域出土文献中有关佛教创世神话的反映

丝绸之路是中印文化与文学交流的主要通道之一，汉译佛经中不乏敦煌或吐鲁番等地的写本，自然是印度佛教创世神话传承的主要媒介。此外，在出土文献中还可以找到下列涉及佛教创世神话的文本。

（1）吐火罗语A《国王五人经》中的片段。

（2）吐鲁番出土的残片《诸医方髓》。

（3）敦煌写本《天地开辟已来帝王纪》与佛教创世神话的关系。

（4）西夏时期抄写的汉文佛教文献《劫章颂》。

印度神话多姿多彩，多数与宗教有密切关联，其中的创世神话也有多种。婆罗门教的创世之说主要宣扬梵天是创世之主，婆罗门出自"原人"之口（《梨俱吠陀》的《原人歌》）。《摩奴法论》第一卷《创造》中就记载了在古代印度比较流行的梵天创世之说（包括《金卵》说）。佛教神话内容丰富，其创世神话与吠陀、《摩奴法论》中的论述差异极大。综上所论，佛教创世神话的特点可小结如下。

1. 从内容上看，佛教创世神话除描述天地初成的状况之外，还描述了王族谱系与种姓的起源。

2. 从叙事结构来看，包含创世神话的佛教经文多采用前后对比的二元结构，而且还有戒律文献将此创世神话置入本生故事之中，作为"前生"叙事的主体部分。

3. 从印度创世神话的传播来看，它们以汉译佛经作为媒介，主要在与佛教相关的文献中传播，但也被写入了医学文书、通俗的史学读物。

（樊雅茹摘）

陈明，原载《外国文学评论》2010年第4期

四 中西比较文学论文摘要

《20世纪俄罗斯文学经典的重新认识》

关于文学"经典",历来的批评家、作家们曾给出过许多不同的定义。对于何为"20世纪俄罗斯文学经典",西方、俄罗斯和中国评论界及广大读者的观点也不是一致的。作者对于何谓文学"经典"的问题提出了自己的看法,并根据对文学史的深入了解及相关的阅读经验,列举出了若干部可以当之无愧地被称为20世纪俄罗斯文学经典的作品并予以扼要阐释,认为这些作品印证了南非作家库切关于文学经典的见解。

在西方学者看来,被称为20世纪俄罗斯文学经典的作品十分有限。例如,英国学者约翰·坎尼在他主编的《最有价值的阅读:西方视野中的经典》一书中,所列出的只有一部《日瓦戈医生》。卡尔维诺的《为什么读经典?》也同样如此,他以"帕斯捷尔纳克与革命"为题对这部小说进行了评说。伦敦大学弗里伯恩博士等三位俄国文学研究者合编的《俄国文学观念:从普希金到索尔仁尼琴》仅对六位被认为是"俄国文学奠基者"的作家进行了评述,其中20世纪的俄罗斯作家只有高尔基、帕斯捷尔纳克和索尔仁尼琴三位。

在俄罗斯学者看来,虽然苏联解体后俄罗斯学术界对20世纪俄罗斯文学经典的看法一直处在变动和调整之中,但仍然存在相当数量的公认的重要作家作品,如勃洛克、高尔基、安德列耶夫、布宁、阿赫玛托娃、曼德尔施塔姆、叶赛宁、格·伊凡诺夫、茨维塔耶娃、扎米亚京、米·布尔加科夫、普拉东诺夫、肖洛霍夫、帕斯捷尔纳克、纳博科夫、索尔仁尼琴、拉斯普京、特里丰诺夫和布罗茨基等人的作品。

在中国学界看来,这个问题也有多方观点。看法之一体现在《中华读书报》1999年组织的一次名为"20世纪百部文学经典"的评选活动所公布的调查结果中,在入选的100部作品中,俄罗斯文学作品只有5部,分别是《日瓦戈医生》、《静静的顿河》、《古拉格群岛》、《钢铁是怎样炼成的》和《樱桃园》。

而在笔者看来,可以被称为20世纪俄罗斯文学经典的作品主要有:1. 俄罗斯民族风情的艺术长卷:高尔基的自传三部曲;2. 俄罗斯庄园文化传统消逝的一曲挽歌:布宁的《阿尔谢尼耶夫的一生》;3. 关于一个文化母题的现代主义思索:别雷的《彼得堡》;4. 20世纪俄罗斯民族的史诗性悲歌:阿赫玛托娃的《安魂曲》;5. 一代知识分子命运的抒情史诗:帕斯捷尔纳克的《日瓦戈医生》;6. 俄语—英语诗歌传统共同孕育的艺术果实：布罗茨基的《诗选》；等等。这些作品印证了南非作家库切关于文学经典的见解："历经过最糟糕的野蛮攻击而得以劫后余生的作品，因为一代一代的人们都无法舍弃它，因而不惜一切代价紧紧地拽住它，从而得以劫后余生的作品——那就是经典。经典通过顽强存活而给自己挣得经典之名……只要经典娇弱到自己不能抵挡攻击，它就永远不可能证明自己是经典。"

（苏筱摘）

汪介之，原载《南京师范大学文学院学报》2010年第2期

《1920年代：冯至与中德浪漫传统的关联》

青年时期的冯至与德国浪漫传统的关联，一直以来都受到我国学界的普遍重视。在细致分析20世纪20年代冯至生命历程以及他的大量诗歌与散文创作的基础上，本文试图进一步准确呈现上述关联的具体构成及其重要特质。

首先，有两个问题需要澄清：一是将冯至与德国浪漫派的联系仅仅局限在诗歌艺术层面，显然不够的，与浪漫派的对话关系事实上构成了冯至自我世界的某种难以忽视的底色或基调；二是简单地将冯至精神形成期的浪漫因素视为外来影响——特别是狭义地理解为德国浪漫派影响的直接结果也是不够的，还应将作家的个人际遇、现代社会文化氛围、中国审美传统，甚至歌德和尼采等并不典型的浪漫派作家都发挥了非常微妙的作用考虑在内。因此，与其说少年冯至的浪漫情怀是德国浪漫派催生的结果，不如更恰当地说，那是冯至自觉运用中德审美精神资源面对现代困境的一次历险。

其次，通过具体的作品分析可见，浪漫主义对冯至的精神塑造影响极大。例如，冯至作品中"在昏黄的深巷，看见一个人儿如影"的意象，所表达出的内心的孤独、寂寞之感。然而，他与浪漫精神的关系，并不简单的是一种影响和接受的关系。他对浪漫精神的反思，就已经包含在他对浪漫派的学习和对话之中，作者指出，"构造幻想"是冯至接受德国浪漫主义文学的重要心理动因。借助冯至的第一首叙事诗《吹箫人》和长诗《北游》，则可以进一步探究他对幻想世界的浪漫构想和对现实世界的深深失望——他的精神世界的双重构成。此外，在20年代末期冯至写给友人的信中，他也多次谈到自己在精神上更接近诺瓦利斯与蒂克而非施莱格尔兄弟及克莱斯特等人。

综上所述，浪漫传统对早期冯至的影响，不仅体现在诗歌艺术层面，更对其精神气质的形塑具有重要作用。冯至与浪漫传统的联系，一方面与他对以唐诗宋词为代表的中国古典传统的自觉继承有关；另一方面，也与他面对现代性困境对德国浪漫派的批判性吸收有关。大量事实证明，冯至在精神上更接近诺瓦利斯与蒂克而非施莱格尔兄弟及克莱斯特等人，他更强调自然与精神的同一性这一浪漫美学的维度。

（苏筱摘）

张辉，原载《国外文学》2010年第3期

《国内贝克特研究述评》

关于贝克特在国内的接受与研究，学界常有片面或偏颇之言。这些学者或出于主观臆测，或一叶障目，并没有对贝克特研究的历史与现状做全面的学术考察。从《等待戈多》的"内部发行"到《贝克特选集》5卷本的正式出版，从80年代的"荒诞热"到21世纪以来的"众声喧哗"，国内对贝克特的译介与研究不断发展，不乏可圈可点之处。本文则主要探讨三个历史时期（20世纪60年代、80—90年代，21世纪以来）国内贝克特研究的主要成就、特点与不足，并提出带有反思性的愿景。

第一阶段，是20世纪60年代贝克特作为"反面材料"的早期译介与研究时期。1965年，贝克特的《等待戈多》作为"反动腐朽"的反面教材，第一次被翻译成中文。《等待戈多》标有"内部发行"的字样，封面印成黄色，是专供少数文艺工作者阅读的"内部"参考书。在60年代的国内学术界，贝克特首先是以西方"先锋"剧作家的姿态，与法国作家尤奈斯库等人一道进入学界的研究视野的。尽管他的作品一开始就被当作资本主义"腐朽没落"的"反面教材"予以猛烈批判，但其中也不乏有关戏剧艺术的真知灼见，较早地为国内学界打开了认识贝克特戏剧的一扇大门。

第二阶段，是80—90年代"荒诞热"背景下的贝克特戏剧研究和筚路蓝缕的贝克特小说研究时期。这一时期，国内的贝克特研究蓬勃发展。据不完全统计，自1977年至1990年的十多年时间里，关于"荒诞派"戏剧的译介与研究论文在50篇以上，这些论文大多把贝克特当作这一流派的代表作家进行重点评介。同时，关于贝克特戏剧的专题论文也有20余篇。在贝克特的作品中，《等待戈多》是学界研究和探讨的焦点所在，其他作品如《终局》和《美好的日子》也受到了一定程度的关注。与60年代的译介重在批判相比，新时期的批判和挞伐已经容纳了更多的学术内涵和非政治因素。虽然，不少研究成果仍然在一些旧框框中打转，缺乏应有的新意，例如在主题层面上仍然没有跳出"荒诞""希望""存在主义"等范畴，在艺术层面上重弹"反戏剧"的老调等，然而也有部分研究成果不断拓宽研究视野与研究思路，开始从语言、结构、叙事和对话等多个层面揭示贝克特戏剧更深刻的艺术内涵和艺术特质。关于贝克特的小说研究，则在90年代得到了长足的发展，例如对贝克特的早期代表作《墨菲》《瓦特》，以及三部曲《莫洛伊》、《马龙之死》和《无名者》等作品的分析受到了学界的重视，并表现出了相对客观、自由独立的批判立场。

第三阶段，是众声喧哗的21世纪以来的贝克特研究时期。在此时期，关于贝克特的研究大量涌现，但是这些成果良莠不齐，平庸之作远远多于优秀之作。不过，在众声喧哗之中，贝克特的戏剧和小说研究仍然取得了较快的发展，例如何成洲的《贝克特的"元戏剧"研究》和《贝克特：戏剧对小说的改写》，均是具有开拓性的优秀之作。再如，王雅华的专著《走向虚无：贝克特小说的自我探索与形式实验》也是贝克特小说研究的优秀之作。

总之，近30年来的贝克特研究所取得的成就有目共睹，但也存在明显的不足：研究成果的数量可观,但总体质量欠佳,代表性或标志性的成果较少;研究方向不平衡,戏剧研究明显强于小说研究;炒冷饭者居多,具有突破性的研究成果不多;研究者之间有条块分割的倾向,相互交流与沟通欠缺,过于重视国外研究材料;在过分依赖国外材料的同时,对国外最新研究成果视若无睹;与国际贝克特研究界交往较少,未能有效参与国际贝克特研究热点或重点问题研究,缺少个性化或具有本土特色的研究成果。因此,如何与贝克特研究的国际化趋势接轨,如何更好地利用本土文学与文化资源,如何吸纳国外最新批评理论,如何摒弃浮躁、潜心研究出中文研究界的标志性成果或经典之作,是值得学者深思的重要问题。

(苏筱摘)

张和龙,原载《国外文学》2010年第3期

《弥尔顿在中国:1837—1888,兼及莎士比亚》

晚清时,西方在华传教士和中国开明的知识分子都为介绍莎士比亚和弥尔顿做出了贡献。

首先,本文纠正了《中国大百科全书》中一个流传已久的错误,即莎士比亚的名字是由中国人于1839—1840年介绍到中国的,而非《中国大百科全书》所言的传教士于1856年介绍到中国。正是在开眼看世界的中国人的努力下,莎士比亚等人悄然而至,登上了晚清中国的舞台。在林则徐和魏源的努力下,英国文学的代表人物被介绍到了中国。

其次,弥尔顿在中国的被接受,既是中国先进知识分子主动拿来和批判接受的结果,也是西方在华传教士不懈努力的结果。由传教士主办的《东西洋考每月统记传》最早向中国介绍了弥尔顿,本书也被称为"中国境内最早用中文出版的近代期刊"。然而,作者的兴趣和重点不是谁最早向中国人介绍了弥尔顿,而在于通过两个典型例证——梁廷枏和杨象济对弥尔顿的阅读,分析中国知识分子如何解读西方传教士对弥尔顿的推介,并彰显他们在接受外来文化时开阔的心胸和批判的主动性。除了《东西洋考每月统记传》和《中西通书》外,1854年9月1日的《遐迩贯珍》在说教性文章《体性论》之后的"附记西国诗人语录一则"中,扼要介绍了米里顿即弥尔顿的生平,而且刊登了弥尔顿著名的十四行诗《论失明》(*On His Blindness*)的汉译。另外,17世纪50年代还有传教士的著作向中国读者介绍弥尔顿,如慕维廉和蒋敦复合作翻译的《大英国志》(1856)。《大英国志》对弥尔顿的推介虽然比较简略,但这本书在中国知识分子中的影响很大。邹振环称《大英国志》"使中国人第一次全面地了解了英国的政体演变、历史沿革和文化成就"。该书1856年初版后,在不到半个世纪中,刊刻至少九次,受到广泛的欢迎,影响远至日本。直到19世纪末,中国学者仍高度重视这部力作。

总的来看,在华传教士对弥尔顿的介绍要比同时期的中国人更细致、更具体,而且由于他们熟悉弥尔顿的生平和作品,能够做出恰当的评价,甚至高水平的翻译。以林则

徐和魏源为代表，中国先进的知识分子在接受外来文化时表现出开明的眼光和开阔的胸襟，以及批判的主动性。实际上，在我们研究的这一时段，也有中国人阅读过莎士比亚和弥尔顿的作品。1847 年到 1849 年间，容闳在美国阅读了莎士比亚、狄更斯等英国作家的作品。1873 年到 1877 年间，辜鸿铭在爱丁堡大学背诵了莎士比亚、弥尔顿等人的作品等。

（苏筱摘）

郝田虎，原载《外国文学》2010 年第 4 期

《狄金森在中国的译介与本土化形象建构》

该文借鉴译介学的相关理论，审视狄金森在中国（包括香港和台湾）的译介历程，从宏观层面考察汉语文化系统对狄金森翻译与形象构建的操纵。该文把狄金森译介的肇始时间追溯到 1929 年，阐明了中华人民共和国成立后狄金森排除在翻译选择之外的历史缘由；结合 1978 年的权威评论对她的批判、译者 1984 年争取其合法性时对她的社会关怀的强调，以及 2000 年以来读者对她的个体特质的普遍推崇，揭示汉语文化系统如何影响了她的文学声誉，并考察了狄金森在汉语语境中的本土文化形象构建。

狄金森在中国的译介主要可以分为两个时期。第一阶段，是 80 年代译介的肇始与排除在翻译选择之外的时期。学界论及狄金森在中国的译介，常常认为肇始于 80 年代，具体地说是从第一个狄金森汉译本——1984 年出版的江枫译本《狄金森诗选》开始。在此之前，新月派的代表人物叶公超与邵洵美都曾在权威刊物上对狄金森表示推崇。然而，根据《1949—1979 翻译出版外国文学著作目录和提要》，在中华人民共和国成立后长达 30 年里，中国大陆没有对狄金森作进一步介绍。狄金森被排斥在大陆的"翻译选择之外"，是狄金森在中国遭遇的"最严厉"的"译文之外"的文化操纵。第二阶段，是狄金森热的兴起与个人化倾向的时期。80 年代以来，"由于政治意识形态和文学观念的变化，逐渐形成了新的翻译选择规范和新的翻译文学经典库，与五六十年代的翻译文学'经典'出现了戏剧性的换位"，曾经遭批判的作品"从翻译文学系统的边缘走向了中心"。在这历史语境中，狄金森的命运也实现了翻转，继江枫于 1984 年出版《狄金森译选》后，又陆续出版了 8 种狄金森诗歌翻译选本。在此时期，"狄金森式"成为一个频频出现的典范式的标签，代表短诗的凝练、隐者的节制、精神的独立、对爱情的坚贞、对名利的拒绝、对写作的操守、对美的追求等。之前狄金森曾被视作"污点"的孤独、私密、疏离、内倾、内省，都得到了广泛认可与赞誉。

考察狄金森在中国近 80 年的旅程，可以发现狄金森在中国的译介与接受同她在西方的地位与研究有关，也受到汉语文化系统的制约。中国本土的意识形态与诗学观念深刻影响狄金森翻译从无到有与基本面貌，进而影响了狄金森的文学声誉与文化形象。从历时的角度来看，当前文化气候的个人化倾向是培育狄金森热的温床。经过几十年的沉浮，狄金森终于以彻底的个体得到了赞誉。与此同时，我们可以看到狄金森的本土化形

象日渐清晰。本文在此重点考察"闺怨"和"道家"两种极具本土特色的文化形象。其一,闺怨模式体现了男性对一个美丽女人痴情等待自己的幻想。想象、重写狄金森,这种男性幻想得到充分释放——很多男性把自己当成狄金森生前苦苦等待的男人;其二,从道家角度书写狄金森,意味着把她的人生理解成渴求平静,并通过道家知足寡欲、弃区分、齐生死、哀乐圆通等消极智慧获得平静,而步入沉默、隐入无名。值得一提的是,台湾作家具有显豁的本土文化意识,为狄金森的本土化阐释、塑造狄金森的本土文化形象做出了重要贡献。

(苏筱摘)

康燕彬,原载《中国比较文学》2010年第4期

《摩尔诗歌与中国美学思想之渊源》

玛丽安·摩尔是美国现代诗歌史上最重要的代表人物之一。摩尔毕生爱好中国文化,有着特殊的中国情结,她在现代诗的创作中,明显吸收了中国艺术中的某些成分。目前国内对摩尔的评介还很少,国外仅有几部专著探讨中国文化对摩尔诗歌创作的影响。本文用大量文献资料,论证中国传统美学思想对摩尔现代诗歌创作的影响,并以一首"九油桃"来解析摩尔是如何运用中国题材,模仿中国的创造力,在诗歌创作中"中为洋用,推陈出新"的。

一方面,中国的鸟虫走兽画让摩尔走出了欧美蔑视动物题材的阴影,为她的创作提供了丰富的素材来源。在摩尔看来,中国画家的画笔下不仅真实的动物生机勃勃,连想象出来的奇异动物也惟妙惟肖,例如呼风唤雨的中国龙象征"道教奔放不羁的想象力",独角麟体的麒麟象征"瑞祥"等。可以说,中国绘画极大地开拓了摩尔的想象力。

另一方面,摩尔欣赏中国画最大的收益不是采集了东方独特的花卉动物素材,而是接触了以老庄哲学为基础的中国美学思想。中国美术家"天人合一"的美学思想和珍爱自然界每一棵草、每一个小动物的美学观为摩尔树立了表率,促使她走出以"人"为主的西方传统,能够"同伦勃朗画人物肖像一样一丝不苟"地去写心爱的动物。摩尔笔下的动物,不象征人类的任何理想或幻觉。她于1924年以后描绘的走兽有异于意大利文艺复兴大师达·芬奇《圣·基罗姆》中的狮子,或法国印象派画家窦加《协和广场》中跟随侯爵与他女儿的狗。她的跳鼠、水牛、蜥蜴不是人物的点缀和陪衬,而是不受人类支配,有独立生活习性、有血有肉的动物。20世纪20—30年代,摩尔不可能从西方找到这样客观、纯粹刻画动物的样板,这个样板只能是中国画。

摩尔如此热爱中国艺术,她有没有留下写中国艺术品的诗篇?她于1934年写的"九油桃"就是一首赞美中国瓷器艺术的杰作,并赞美了中国古代艺术家丰富的想象力。由此可见,摩尔在开拓新诗的过程中吸收了中国美学思想的养分,并且在20世纪20—30年代她已初步形成了一种"想象客观主义"的风格,即"想象的真实"。西方

人既能通过中国诗歌也能通过中国艺术品了解中国。西方现代派和中国文化之间的对话并不限于文字语言,东西方的交流相当大一部分发生在视觉世界——域外中国艺术品,同英译汉诗一样是传播中国文化的重要手段。正是伦敦大英博物馆藏《罗汉渡海图》、纽约大都市艺术博物馆藏《归牧图》、私藏清瓷麒麟瓶,打开了摩尔的视野,让她走出了西方蔑视动物题材的阴影,大胆模仿中国艺术家的创造力,写出了"九油桃"等"中为洋用"的现代派诗歌杰作。

(苏筱摘)

钱兆明、卢巧丹,原载《外国文学研究》2010年第32期

《政治东欧与文学东欧:论东欧文学与中国文学现代性的内在关联》

"东欧"作为一个冷战时期形成的地缘政治概念,不仅意味着国际区域的划分,更包含着特定的政治、历史和文化内涵。自20世纪90年代初东欧剧变后,国际政治意义上的"东欧"或许逐渐被"中欧"或"巴尔干欧洲"取代,但作为历史和文化意义上的"东欧"仍有其特殊的意义,中外文学关系视野中的"东欧"当属后者。近代以来的东欧虽分属不同的国家,但从地缘政治、历史遭遇到文化传统,都有着明显的相似和关联性。从地理位置看,东欧诸国位于欧洲大陆中东部和欧亚非咽喉要冲,夹在俄、德、法、意等大国之间,在历史上既是诸大国相互争夺、企图占领或者控制的地区,也是国际势力争取并加以同化的对象。正是在这个意义上,东欧地区是强大国际势力范围间的"破碎地带"。英国学者艾伦·帕尔默更是把保、匈、波、罗、南等国称为"夹缝中的六国",并称"今天的东欧舞台上是三种不同文明的互动:西欧的天主教/新教文明、东正教文明和伊斯兰教文明"。进一步说,构成东欧社会发展最重要、最根本的要素,就是东西方不同文化的既互相排斥、相互冲突,又相互影响、相互渗透和相互融合。

这种民族、语言与宗教信仰复杂混成的特点,熔铸了东欧诸国各自的民族文化传统,并在历史、文化特别是文学创作中积累了深厚、丰富而独特的成果。尤其是进入20世纪后,东欧文学更是取得了绚丽多彩的成就,并呈现出一些共同的特性。例如,19、20世纪之交,东欧诸国都延续着前两个世纪的浪漫主义和现实主义文学余绪;80年代的改革时期,东欧地区一度封闭的格局被打破,来自西方的各种文化和文学思潮纷纷涌入,存在主义、荒诞派文学、象征主义、印象主义、意识流、新现实主义、实证主义、符号学等纷沓而来等。这都与西欧,特别是东邻大国俄罗斯有着不可分割的联系。

关于东欧文学在中国的译介及其影响,本文将其概括如下:东欧文学在中国的译介起始于20世纪初,具体指1906年吴梼从日文转译波兰作家显克维奇的小说《灯台卒》。之后经过近百年的翻译、介绍和研究的积累,中国读者、学界和文学界对于东欧的了解在整体上也更趋于全面和深入。这近一个世纪的译介历史,大致可以以中华人

民共和国成立为界分为前后两个时期,期间前后出现了四次译介热潮,即五四新文学运动前后(民国前至20年代中期)、30年代初至抗战初期,中华人民共和国成立后的五六十年代和八九十年代的新时期。具体可参考作者的《中国现代翻译文学史(1898—1949)》等相关研究。

更为重要的是,对于中国主体而言,"东欧"不仅是一个单纯的认知对象,它是中国现代民族意识觉醒的伴生物,与中国民族主体意识的生成和演变有着不可分割的联系。相似的民族处境、历史体验、文化性格及其在文学中的表现,对于在列强压制和侵占下获得民族意识的觉醒,并在学习和反抗西方的矛盾中艰难走向独立和现代化的中国而言,不仅具有特殊的认同价值,更伴随了整个中国现代文学的进程。东欧诸国并称,不只是一种简单的指陈行为,同时也表明了中国主体对东欧诸国共同的历史命运、文化处境和民族性格的身份认同。东欧作为一种镜像,同时也折射了中华民族现代化历史境遇的认识。因为国际关系格局和意识形态等因素,东欧各国与中国之间关系的冷热亲疏、平坦曲折,不仅十分相似,而且往往相互牵连,这种关系状态,同样也反映在中国与东欧诸国的文学关系上。因此,居于中国主体立场讨论中国与东欧诸国文化和文学的关系,"东欧"不仅是对一种客观对象及其固有联系的认知,在文化价值意义上,更是一种借助他者的镜像对民族主体构成、性格特征的自我审视,是对民族文化的历史境遇和现代进程的反省,进而是对民族文学的现代转型及其内部特质,包括对汲取外来文学资源、传承与再创民族文学传统的内涵与方式的辨正与探索。

(苏筱摘)

宋炳辉,原载《中国比较文学》2010年第4期

《晚清旅美华人文学的美国形象和中国形象》

继19世纪华人三次旅美高峰之后,20世纪旅美华人更是络绎不绝。"旅美华人文学"的创作主体"旅美华人",包括"定居者"和"逗留者",前者视美国为自己生命移植的安居地,后者指称那些因为劳务、留学、旅游、外交等目的短期滞留美国的华人。"旅美华人文学"超越文学文本的语种属性,开放地、动态地涵盖了自有旅美华人创作以来的汉语和非汉语文学。晚清属于旅美华人文学发展的早期,也正是华人与美国相遇的早期阶段。这些最先与异文化相遇的旅美华人,他们文学中的"他者"形象(美国)如何呢?在他们与异文化的交流和碰撞中,他们返身审视的"自我"形象(中国)又是如何呢?该文在细读晚清旅美华人(包括留学生、华工、外交官)代表性文学作品的基础上,梳理了晚清旅美华人文学所建构的三类美国形象和中国形象。通过对容闳的《我在中国和美国的生活》、李恩富的《我的中国童年》、黄遵宪的《逐客篇》以及佚名作者的《苦社会》进行文本细读,作者梳理了晚清旅美华人文学想象美国(他者)和中国(自我)的三种模式。

其一,容闳自传中的美国和中国分别被建构为文明和落后的形象:容闳自传中的美

国形象渗透着作者强烈的价值判断，美国在容闳笔下虽然具有它的"双面性"，既有慈善、博爱的一面，也有种族歧视的缺陷，但总体而言依然是一个文明的国家；对比之下，容闳笔下的中国行政腐败、思想专制、统治暴虐，是一个落后的老大帝国。

其二，李恩富自传中的美国和中国则分别被描述为纯粹的"异"和诗意传统的中国形象：李恩富笔下的美国完全是作为一种客观自然的"异"，这种"异"的刺激来源于他对一种不同于"自我"的文明、观念等的接触和感知，不同的生活方式、礼仪习惯使他产生了强烈的他者的意识；相比之下，李恩富笔下的传统中国却带着浪漫和诗意的气质。和他笔下美国形象不曾掺杂主观价值判断一样，他笔下的中国形象也不加随意的价值判断。稍有不同的是，他笔下的中国形象也即对于传统中国的描述，好似带上了一层缅怀的感情，在西方读者面前，也并没有自惭形秽的意思。

其三，在《逐客篇》和《苦社会》中，美国和中国则主要被表述为一个背信弃约的种族主义国家和一个苦难中国的形象：华人移民虽然对美国的建设带来了巨大的功绩，但美国偏见地诬蔑华人移民，因此谴责美国背信弃义，从而在旅美华人文学史上建构一种"反话语"美国形象，是《逐客篇》《苦社会》及同时期一批"反美华工禁约文学"的普遍的文学姿态和内容；相对而言，苦难中国则主要体现在中国社会的积弱积贫、民不聊生，以及在中外关系中华人所处的"人为刀俎，我为鱼肉"的悲惨境地上。以上三种晚清旅美华人对"他者"和"自我"的文学想象，奠定了后来旅美华人文学想象美国和中国的三类模式。

（苏筱摘）

向忆秋，原载《海南师范大学学报》2010 年第 23 期

《文学作品中的近代来华美国女传教士——以〈异邦客〉、〈战斗的天使〉、〈相片〉及〈河畔淳颐园〉为例》

清末民初之际，一大批美国女传教士来到中国，开始了她们在异国他乡的传教活动。她们中有的是传教士的妻子，并身兼数职；有的则是独身的女传教士，专职于基督教信仰的传播。该文试图借助于文学作品来了解这一历史，选取几部能折射出女传教士这一特殊群体的文学作品，对其传教活动及内心世界作一番探析。

首先，该文梳理了三组表层的对话关系。其一，传教士之间的对话：传教方式及信仰认知。赛珍珠的两部传记作品《异邦客》与《战斗的天使》，详细记载了她母亲与父亲的出生、青少年生活、来华传教的经历，深入地解释了她父母的内心世界以及他们和周围世界的关系，并深刻地揭示了赛珍珠对于基督教信仰的前后微妙的变化。在赛珍珠的作品中，可以看到一种与传统基督教教义疏离的现代主义色彩。但有意思的是，随着年龄的增长和与父亲的更多接触，赛珍珠开始理解并尊重自己的父亲。其二，传教士与共产党人之间的对话：信仰与革命。包贵思于 1919 年来到中国，任教于协和女子大学、燕京大学，讲授英国文学课程，同时也秉承父母旨意在中国传教。包贵思在燕京大学有

两位得意弟子，一位是著名女作家，一位是女革命家杨刚。通过包贵思的小说《河畔淳颐园》，不难发现包贵思作为一位外国传教士对一位献身祖国解放事业的共产党员的尊重和敬仰，作为一位老师对自己的学生所选择道路的理解和支持，那就是对苦难民众的深切同情、对自己所认定事业的牺牲精神和不畏艰难的勇气，以及对异见的宽容和理解。其三，母女之间的对话：爱的取与舍。在19世纪末20世纪初来华的美国单身女传教士中，一部分人采取了一种特殊的传教方式，即收养中国女孩，或认领中国孩子为义子、义女。冰心的小说《相片》，描述的就是一位倾注了一腔热柔的母爱之情的女传教士的故事。

其次，本文进一步探讨了背后的社会、宗教等深层因素，较为全面地考察了这一群体的外在活动以及内心状态。其一，近代女传教士的海外传教行为，与18—19世纪的海外传教运动的大背景，以及19世纪流行于美国社会的"纯正妇女意识"（虔诚、纯洁、服从、爱家）密不可分。其二，部分来华女传教士在信仰体认中出现了挣扎状态，与她们在华生活的艰辛与异质文化间的冲突、20世纪初美国社会对海外传教运动的质疑，以及传教士自身信仰认知过程本身的复杂与起伏等有关。其三，20世纪前20年，教会大学具有很强的文化传播的影响力，如包贵思所在的燕京大学。其四，基于社会承担意识的有限认同，基督教与共产主义在相互碰撞中达成了一定的共识，传教士们对共产主义所宣称的崇高目的认同是有限的。并对由共产主义所付诸实践的行动而引发的基督徒之反思予以积极的肯定。总而言之，清末民初来华美国女传教士是特殊时代中的一个特殊群体，具有很大的研究意义。

（苏筱摘）

刘丽霞，原载《云南大学学报》2010年第9期

《"中心—边缘"双梦记：海外华语语系文学研究中的流散/离散叙述》

前罗马尼亚女作家赫塔·穆勒因其德语写作"爆冷"获得2009年度诺贝尔文学奖，激发了研究者对艺术创作离散问题的关注。所谓离散，指作者出于历史、政治等原因，主动或者被动离开地理/心理与文化/国族意义上的故土、故地、故乡、故国，迁徙至他者国度，甚至改用所在国（异族）的语言文字，从所在地（异地）的文化观念出发再次开始创作，这种现象属于离散文学的主题研究范畴。穆勒获奖引发的争议一方面再次说明文学艺术创作与作者的民族国家身份归属之间存在着微妙而复杂的动力关系，另一方面也把历时已久的离散叙述艺术命题重新置入了当下视野。

首先，在考察海外华语语系文学与离散叙述的关联之前，需要对华语语系文学（Sinophone Literature）进行谱系学追问与地形学追踪，在全球化进程下的全景视野中理解华语语系的存在价值及其形态表现。华语语系文学应广泛涉及大陆、港台、星马、美加等多个地区，从而构成华语语系文学研究的空间维度，侧重分析不同地域政治文化与在地文学文本审美风格生成之间的互动关系。通过对华语文学的地形学追踪，可以确认

北美华语语系文学是全球华语语系写作的主干部分，其中的离散主题的内容变迁和书写方式，在文本的历史性和社会性内涵之外还凝聚着固有的审美性和文化价值。同时，在文学表述华语族裔物理空间层面的迁移历史与流散命运之外，文化情感与心理层面上的"内离散"经验也不可忽视。以内离散为中轴，可以再生出作家所用语言和文本地域文化间的矛盾张力，可以衍生出单一属地中多国别属性的文学表达困境难题，还可以推演写作者在异国异域文化旅行过程中的身份定位与文化错位之间的迷惘。

其次，在新的文化语境下，中国文论话语有必要对中心与边缘、主流理论与少数实践的二元格局作出反思。第一重反思，针对的是长久以来围绕中国文论主流话语与海外华语语系实践两者形成的中心/边缘结构。有观点认为流散文学写作遇到的文化身份认同难题肇始于性别身份的建构，同样，流散作家所遭受的来自中心主义的歧视与偏见，其实质只是文化他者化表象下的女性化和边缘化。第二重反思，针对的是大陆学者所指称的港澳台文学或海外华文文学。海外华人学者在反观台湾文学时，也别具创意地采用"离散漂流"来概括台湾文学中独特奇诡的"眷村写作"，着意点明离散经验中"离乡—异乡—永远的家乡"的三部曲。第三重反思，则返回到了华文文学流散主题研究的共同对象上。经过若干年的发展，"离散"已经成为海外华文文学研究中熟悉的理论术语，并迅速进入意义增值、重构自身的阶段。这就意味着"离散"从一个最初来自西方文学批评的方法视角，成了改变既有认知范式、贡献新观点新思路的知识增长点。其中最突出的贡献就在于为多变时代中的身份认同问题提供出新解的可能。因为流散文学的出现在某种程度上象征着对单一民族主义观念的改变乃至挑战，所以要在自然形成的差异对立之外避免二元论的简单对抗意识。

再次，离散文学具有重要的方法论意义。无论是大陆学界常用的"流散"，还是海外华语语系的"离散"，二者在研究对象上存在着阈值相近的交集。然而在一系列的反思与回应的对照关系下可以见出，在海外华语语系的离散主题研究中，存有一个共同的基本情感趋向，概括来说就是因"离散"而生发的悲情政治叙述，尤其围绕特定时代的权力关系解读加以推演。由此形成一种新的本质化的观念先行批评，在另一种潜在权力的逻各斯中心主义影响下，有意无意间遮蔽、忽略同一历史时期内其他的共生问题，但总的来看，离散/流散方法论的应用范围逐渐扩大，海外华语语系文学的研究者不再只把视野局限在海外华人写作的对象上，而是通过省察跨国族写作、方言写作以及民族语言等多方面的问题，探讨中国现代文学研究从国家中心主义文学的单一化框架中转型而出的诸多可能性。面对全球流动性、跨语言写作以及译介学等命题，这一独特的方法视角显示出多元而新鲜的生命力。

（苏筱摘）

杨俊蕾，原载《中国比较文学》2010年第4期

五　翻译文学论文摘要

《形式的复活:从诗学的角度反思文学翻译》

文学翻译翻译什么？这一问题与雅各布森所提出的文学理论或诗学应该研究什么一样，其答案是相同的，那就是"使语言信息变成艺术作品的东西"。那是什么东西呢？上文已做了分析。费什答："不管那是什么，反正不应该是把艺术作品变成语言信息的东西。"文学翻译也该如此，不能把具有文学性的表达，仅仅译成一串信息流。用修辞学的话说，不能把原文的修辞格译成了没有修辞色彩的平语，但必须指出的是，艺术效果是一种整体效应，因此在翻译局部的字词句时，眼光不能只盯着局部，还应该有全局的观念，一方面在语境的制约下，正确地解读具有文学性的表达方式，另一方面在对原文表达方式进行形式化体现时，也要注意对相关的语境参数进行关联性建构，这样才能使译文获得一种整体性的诗学体现，原文的诗学生命才能真正活灵活现地得到"复活"或"重生"（after life）。

（古婷婷摘）

王东风，原载《中国翻译》2010 年第 1 期

《译,还是不译:文学翻译中的反复现象及处理》

无论在英语还是汉语文学作品当中，反复现象频繁出现，我们在翻译时应该具体问题具体分析。我们应该对行文中的"反复"进行判断，确定其主要功能。如果是衔接手段，在英译汉时，英文中的代词，未必一定照直翻译成代词，而是根据汉语的习惯，将其还原为其所指代的名词，从而导致名词的反复。在汉译英的时候，原文中作为衔接手段的反复无须总是一成不变地再现出来，而应按照英语的习惯，根据具体的情况翻译为合适的代词。本雅明说，"文学的本质特征不是陈述或传递信息"，因此仅仅利用翻译传递了原文的信息，那是"劣质翻译的标志"。作为修辞手段的反复，在原文中取得的是一种前景化的效果，是文学性的重要体现，因而无论是英译汉还是汉译英，译者都

应尽量再现其反复现象,只有这样才能够将原作者苦心孤诣的文学效果传达出来。

(古婷婷摘)

孙会军、郑庆珠,原载《中国翻译》2010年第4期

《傅雷的对话翻译艺术:以傅译〈都尔的本堂神甫〉为例》

文学作品中的对话翻译并非一蹴而就的简单活儿。可是,由于对话语言通常相对较容易理解,一些译者往往把容易理解当成容易翻译,结果译出了意思,未必译出了味儿、译出了声色、译出了神气。文学作品中的对话正如傅雷所说,是"文字上的口语",说白了就是我们生活中的说话,既然是说话,就要译得像"话",不露翻译腔;不但像"话"还应"闻"如其人,符合说话人的身份、地位、心理、心情和口吻,最终能够揭示或衬托人物的形象、个性和风貌。这需要译者像傅雷一样平时多留意我们的语言,留意中西文字语汇上的差异,注意不断丰富自己的口语语料库。话是反映人物心灵和思想的,话译好了,有了声色、神气,就传达了人物的生命;人物有了生命,也可以使作品摆脱一潭死气。或许正是因为这样的意识,傅雷才把对话翻译视为一大难题。傅雷的对话翻译,不但做到了恰当、得体,而且平淡之中见精彩,朴实之中显神韵。

(古婷婷摘)

宋学智、许钧,原载《外语教学》2010年第6期

《现状、问题与建议:关于中国文学走出去的思考》

中国文学走出去,是一种需要,也是一种必然。面对存在的问题,我们需要以积极的态度,寻找有效的途径,采取可行的措施,但文学交流是心灵的交流,要力戒焦躁的心态或强加的姿态,为了世界文化的繁荣与发展,敞开心灵,开拓疆域,在与异的接触中,消除误解,加深理解,消除冲突,促进沟通,在相互交流中不断丰富自身,进而共同发展,在共同发展中达到世界多元文化的和谐共存。

(古婷婷摘)

高方、许钧,原载《中国翻译》2010年第6期

《〈哀希腊〉的译介与符号化》

经过几代学人的译介和构建,拜伦连同他的《哀希腊》在本土化的进程中,其影响早已超越了文学的范畴而融入近代民族精神的建构,成为民族的潜意识和象征符号。《哀希腊》的翻译,从梁启超到查良铮,从来就没有试图用"率直的真实代替象征性真实"。百年以来,《哀希腊》在中国的译介"更多的是'直觉观念'的表达",是一种参与的(情感)工具,是中国历史语境中翻译家对公共叙述的表征和建构。可以确信,在民族救亡、民族复兴或个人意志遭到漠视的时刻,总会有人重新翻译《哀希腊》,《哀希腊》也总能给国人以希望、信心和勇气。

(古婷婷摘)

廖七一,原载《外国语:上海外国语大学学报》2010 年第 1 期

《意识形态与文化诗学的一面镜子:多丽丝·莱辛在中国大陆的译介与接受》

纵观英国作家莱辛及其作品在大陆的译介与接受历程,我们可以清晰地看到,意识形态以及文化诗学,包括赞助人体系在其间充当了非常关键的干预与促进的角色,这也使得莱辛的译介与接受在不同的历史时期呈现出不同的特点。从 50 年代的即时译介,到六七十年代的彻底停滞,再到八九十年代的重新回暖,以及 21 世纪的热闹非凡,莱辛的文学命运以及文学名声在最大程度上响应了中国大陆政治意识形态和主流文化诗学的变化与影响,它也因此而成为译介学研究中一个经典的研究个案。

(古婷婷摘)

胡安江,原载《南京社会科学》2010 年第 11 期

《清末民初(1891—1917)科幻小说翻译探究》

对科幻文类汉译历史研究,一直是中国翻译史研究的薄弱环节。对于科幻小说翻译在翻译史以及在整个世界科幻史上所处的地位,对于特殊作者、译者、文本、载体乃至出版机构的研究都是应该继续关注的问题。通过本文的梳理和分析可以看出,1891—1917 年这段时期外国科幻小说的汉译经历了"兴起—高潮—沉寂"的过程。绝大多数已有的外国顶级科幻作者的优秀作品被翻译到中国,证明了科幻小说译者群体的审美情

趣和鉴赏能力。然而，其时处于发展阶段，译者和绝大部分普通读者一样缺乏欣赏科幻作品的知识背景和接受全新文学样式的心理准备，没有成熟的现代白话文，而对预期读者的偏重决定了文言仍是最容易被接受的译语文体。文言优雅、简洁不乏流畅的特点也在某种程度上保证了本时期科幻翻译作品的质量。鉴于此，科幻小说汉译的没落乃是由于汉译本欠缺艺术性的观点是站不住脚的。除去政治及社会因素施加的负面影响，以归化为主导的翻译策略使得科幻文类最显著的特点处于隐形状态，译本丧失了原文与生俱来的文体风格优势，最终导致科幻小说无法在五花八门的通俗小说群落中突围而出。其实，时至今日科幻小说始终未能摆脱在中国文学系缘中的边缘化地位。中国传统文化将形象思维与理性思维放在对立的两端，对于人文学科的忠实远远超过对自然学科的关注，其深远的影响力决定了中国翻译市场特殊的选择倾向，也为五四之后科幻文类走向沉寂的命运埋下伏笔。中国文学体系中厚重的神话色彩以及极强的目的性，让科幻小说始终无法摆脱神秘主义和功利主义的标签，甚至被斥为异类，或是被降低应有的科学价值，而等同于科普作品或者儿童读物。新文化运动所标举的科学精神和科幻小说的探索精神对中国传统文化的振奋作用依然需要强化。

（古婷婷摘）

任东升、袁枫，原载《上海翻译》2010 年第 4 期

《新时期英美文学在中国大陆的翻译(1976—2008)》

"文化大革命"结束之后，中国大陆的外国文学翻译经历了逐渐解冻、拨乱反正和全面复兴以及蓬勃发展的过程，迎来了我国外国文学翻译史上，特别是英美文学翻译史上的又一次翻译高潮。经过多年的质量控制和市场淘汰，我国的英美文学翻译无论是在数量、质量还是在系统性方面都得到了发展，从总体上讲可以说是日渐活跃与繁荣。

（古婷婷摘）

孙会军、郑庆珠，原载《解放军外国语学院学报》2010 年第 2 期

《文学翻译中意境的伪证性认识范式研究》

意境是中国传统诗学理论中最具民族特性的审美范畴之一。如何原汁原味地传递原作的审美范式和意趣是翻译美学研究极富挑战性的命题。从汉古诗诗化语言表征和"形上"美学意义体验范式来看，文学作品意境体验存在伪证性质感可谓诗学千年以降审美形态和话语主流。然而作为意境载体的意象，从意境的发生论、生成方式和传输模式等方面加以甄别则可以发现认知源头和诗意范畴的可证性理据，这为跨文化翻译体验和表征研究克服意境的伪证性体验、表征与鉴赏提供了充分的理性真实理据。故在文学

翻译实践中，译者只有在"形式就是内容"观照下，忠于原文意象，确保审美发生源头的原汁原味，使诗歌意境的体认和重现体现某种理性质感，确保目标语读者认知、体验原作意境美学路径的正确性，从而构建文学意境美学翻译诗性与理性互为的认识观和方法论。

(古婷婷摘)

包通法、刘正清，原载《外语学刊》2010年第3期

《艾青诗歌的英文翻译》

最早的中国新诗英译本是哈罗德·阿克顿和陈世骧合译的《中国现代诗选》（1936年英国出版），其中没有收录艾青作品的英译。艾青诗歌最早的英文翻译出现在罗伯特·白英编选的《当代中国诗选》（伦敦路特利齐出版社1947年版）中。编者白英对艾青诗歌评价颇高："他（艾青）是健在中国诗人中最伟大的之一也许就是最伟大的。"选集中收录了艾青的八首诗，所占篇幅最大，但翻译质量差强人意。从20世纪50年代到70年代，用英文翻译过艾青诗歌的只有旅美学者许芥昱一人。如1963年康奈尔大学出版社出版的《二十世纪中国诗选》选入艾青的11首诗。许芥昱年纪比艾青略小，能比较充分地感受到艾青诗歌的外在氛围和内在情绪，他自己也爱好写诗，加之长年在美国教授文学，对汉语和英语都有极高的领悟力和把握力，所以他的翻译达到了出神入化的上乘境界，准确、传神、拿捏得体、腾挪自如。无论从信、达还是雅哪个标准来看，都几乎无懈可击。改革开放之后，艾青诗歌的英文翻译慢慢多了起来，中美出版社联手出版了相当厚重的专门译本，叶维廉和奚密等名家也有颇为精当的择译，甚至在香港出版了艾青《诗论》的英文小册子。

(古婷婷摘)

北塔，原载《中国现代文学研究丛刊》2010年第5期

《论误译对中国五四新诗运动与英美意象主义诗歌运动的影响》

中国的五四新诗运动和英美的意象主义诗歌运动是发生在中西两个文化系统里划时代的文学事件，二者均深受翻译的影响。而这两场表面互不相干的运动实际上有一系列内在关联：从历史背景上看，都发生在20世纪初；从文学背景上看，两个文学圈都长时间地受制于旧的诗歌传统；从起源上看，都是受了翻译的促动：英美意象主义诗歌运动是受了庞德的汉诗英译的影响，中国五四新诗运动则受了西诗汉译的影响；从动机上看，两大运动的发起者都是要推翻各自文化中的诗歌传统；从方法上看，都是利用误译

来创造一种新的诗体；在具体方法上，就是把对方的格律诗译成分行散文，借以颠覆旧格律的统治。本文分析这两大运动的起源，聚焦其主要发起人的翻译活动及其产生的影响，证明他们的诗歌翻译都存在明显的误译痕迹，而这种误译是在打破传统的目的下有意为之的。由于误译的误导，两大运动所造就的新诗体出现了双重异化的现象：既不同于源语文化的诗歌样式，也不同于目标文化的诗歌传统。通过翻译，新的诗体和诗学理念建立起来了，旧的诗学价值观被颠覆了。

（古婷婷摘）

王东风，原载《外语教学与研究》2010年第6期

Ⅲ 重要论著简介及要目

一　比较文学学科理论论著简介

《大卫·达姆罗什·新方向
——比较文学与世界文学读本》

　　自比较文学诞生至今，经过北美和西欧的长期实践，已经在数十个国家有了追随者，而同时这门学科新近扩展的全球规模和潜在的广泛影响所带来的一些重大挑战和困惑也是众所周知的。该书即是基于帮助 21 世纪的比较文学研究者面对挑战，抓住挑战带来的机遇的目的之上编纂的，所谓"新方向"正是就这样的引导而言。全书共分四章，对应涉及比较文学重大问题的四个部分，分别是：学科谱系；跨文化比较；翻译；全球化。每章分别收录了四篇来自美国学者的相关论文，纵观这些论文所得出的结论，的确是当下国内比较文学界同样热衷讨论也有所涉及的。例如有关"跨文化比较"，苏源熙在其文章中认为对"文学性"的一种新的理解可以成为跨文化比较的基础；而有关翻译，艾米丽·阿普特则提出建立一种以文学翻译和跨文化运动，而不是民族—国家为基本分析范畴的新的比较文学。虽然这些文章在结论上较之国内比较文学研究并未有所突破，但得出相似的结论一方面可以说明国内的比较文学研究确实已经与世界接轨，另一方面，相似结论不同研究的参照对于新的研究角度的发现和思维的互补、完善有着重要的作用。正如达姆罗什在本书前言中所说："希望本读本将促进中西文化间的学术对话，期待读者能在字里行间发现将在自己的研究中予以探索的众多路径。"

要目：
前言　21 世纪的比较文学
一　学科谱系
噩梦醒来缝精尸：论文化基因、蜂巢和自私的因子
一个学科的再生：比较文学的全球起源
比较的理由
比较文学研究在中国的发展及其意识形态功能
二　跨文化比较
比较的世界主义
尼罗河畔的讽喻和跨文化文学比较的其他危险

两面神既来则安：面对他者编纂文学史

跨太平洋生态学：梵语中的山狗和汉语中的猴子

三　翻译

翻译文学在文学多元系统中的位置

走向比较印度文学

翻译、共同体、乌托邦

一种新的比较文学

四　全球化

文学、民族与政治

跨越边界

进化、世界体系、世界文学

国际经典中的焦点转换

译者的忧郁：谁想当背叛者？

哈佛大学的比较文学研究：大卫·达姆罗什教授访谈

（乐曲摘）

陈永国、尹星主编，北京大学出版社2010年版，40万字

《跨越边界：从比较文学到翻译研究》

该书同样由二者"跨越边界"的共性入手，将比较文学与翻译研究联系起来。针对世纪之交围绕比较文学危机论所展开的讨论，作者认为所谓危机与终结是针对比较文学研究中那些旧有的机体而言的，而在新的视点之下，比较文学仍然能够有所作为，翻译研究即是这样的视点。巴斯奈特曾言明比较文学将让位于翻译研究，虽然这样的判断不免偏颇，但也足见比较文学研究对于翻译方面的侧重趋势。正是在这样的背景之下，作者试图通过本书从自身的研究历程出发，对比较文学研究向翻译研究侧重的历史、趋势以及未来做出完整的呈现。全书总共分为十四章，前五章集中于比较文学的相关议题，以第六章"交叉的可能：比较文学视野中的译介学研究"为转折，后八章集中于翻译研究的相关议题。每一章的章名都是由总结性的概括加上章节内容的具体说明构成的。这十四章章名的总结概括部分分别为："学科的反思""借鉴的起点""建构的设想""观念的更新""视界的融合""交叉的可能""传统的反拨""时空的跨越""他者的反观""两难的选择""规范的重建""意象的把玩""文本的游戏""未来的憧憬"。有对问题的剖析，有对现状的反省，也有对未来的展望，由此不难看出作者以比较文学研究的翻译转向为核心的写作脉络。就本书的整体来看，涉及了比较文学的发源、教育、现存的理论问题：诸如危机论、"失语症"以及翻译研究中"可译与不可译""翻译研究与译介学之争"等诸多核心部分，起到了很好的概括、总结作用。

要目：

第一章　学科的反思：当前比较文学研究中的若干问题
　　第一节　"比较文学危机论"及其反思
　　第二节　"特色主义命题"及其反思
　　第三节　"比较文学从属说"及其反思
　　第四节　翻译研究与译介学之争及其反思
　　第五节　前景与展望：未来发展蓝图
第二章　借鉴的起点：香港比较文学教学之管窥
　　第一节　现代西洋的学科建制与中西兼顾的课程
　　第二节　紧跟时代的教学与特色分明的授课
　　第三节　现存问题与未来展望
第三章　建构的设想：比较文学方法论建设的若干建议
　　第一节　坐标系的观照与文献学的训练
　　第二节　知识的定位与学科的打通
　　第三节　阅读视野的拓展与比较方法的更新
第四章　观念的更新：全球化与数字化时代米勒的文学观
　　第一节　从文学的终结到作为虚拟现实的文学
　　第二节　文学的秘密与文学阅读的缘由
　　第三节　阅读的方法与比较阅读
　　第四节　观念"反思"后的再反思
第五章　视界的融合：象征派诗人沈宝基的诗艺活动寻踪
　　第一节　幽暗间的游梦：沈宝基早年的诗艺天地
　　第二节　故国里的寻宝：沈宝基西游后的诗艺活动
　　第三节　沉舟中的梦游：沈宝基晚年的诗艺成就
　　第四节　一场幻觉的记录：未完的结语
第六章　交叉的可能：比较文学视野中的译介学研究
　　第一节　译介学的学科渊源
　　第二节　译介学研究的性质与目的
　　第三节　译介学的研究内容
第七章　传统的反拨：米勒的解构主义翻译观
　　第一节　翻译：即跨越边界
　　第二节　翻译：在可译与不可译之间
　　第三节　翻译：双重文本的产生
　　第四节　问题与反思：一个开放性的结语
第八章　时空的跨越：译经文学范式与近代英诗汉译
　　第一节　译经文学与韵体翻译传统说略
　　第二节　以文言为目标语的早期译诗
　　第三节　过渡时期的白话体译诗

第九章　他者的反观：意识形态批评与诗歌翻译研究
　　第一节　早期译诗活动中的赞助者
　　第二节　文化历史语境与早期选材问题
　　第三节　"文以载道"与翻译策略的择取
第十章　两难的选择：胡适的译诗与创作新解
　　第一节　胡适的译诗活动说略
　　第二节　胡适早期的文言体译诗
　　第三节　胡适的白话体译诗尝试
　　第四节　胡适的译诗与创作
第十一章　规范的重建：英诗汉译中新格律体实验考察
　　第一节　西诗之"步"与汉诗之"顿"
　　第二节　从"音缀"、"音组"到"以顿代步"
　　第三节　新格律体译诗理念的成熟与定型
第十二章　意象的把玩：朱湘译诗美学层面新诠
　　第一节　"桃梨之争"的缘起
　　第二节　文学争论背后的理据
　　第三节　文学争论的诗学品味
第十三章　文本的游戏：译诗可学亦可教
　　第一节　基本理念回顾
　　第二节　游戏规则说略
　　第三节　文本间的舞蹈
　　第四节　游戏后的反思
第十四章　未来的憧憬：网络时代的翻译文学研究
　　第一节　网络时代的翻译观与网络翻译文学
　　第二节　网络翻译对文学翻译批评理念的挑战
　　第三节　文学翻译的网络化与翻译软件的开发
　　第四节　网络翻译文学的意义与前景
后记

（乐曲摘）

张旭著，北京大学出版社2010年版，29.9万字

《简明比较文学原理》

　　这是一部踏实而精练的教材，正如其题定位的"简明"。与之前的主流教材相比，该书删去了以往占很大篇幅的学科史梳理和案例举隅，而是将法国学派、美国学派相关的内容放入第三章"比较文学的学派"中，与俄苏学派、中国学派并立。虽然中国学

派是否成立在学界仍然有争议，但这种并立的做法无疑是与当下比较文学研究的进程相同步的。这种紧跟学科动态的写作思路同样表现在将影响日益扩大的译介学加入媒介学的部分以及独立设置"文学的文化研究"一章。虽然本书只有28万字，但比较文学的关键问题都有涉及。不仅如此，在某些历来叙述模糊的地方还较之以往更加具体，例如在第二章"比较文学与可比性"之中，阐述完何谓可比性、比较方法的思维特点以及可比性依据后专设"比较文学可比性举隅"一节以具体实例说明可比性所在，这就使得对于可比性的认识更加直观。因为篇幅的限制，所涉及的内容只能是介绍性质的，但作为一本简明的教材，只要在内容上能及时、全面地反应学科情况，起到引导深入、发散思维的目的，那就是合格的。该书在每章之后都附有供学生消化、理解的思考练习题以及方便学生进一步深入了解的学习参考书目，正符合一本教材的定位。因此，在教学使用上本书无疑是优秀的。另外值得一提的是，本书最后独立列出一章"当代比较文学三十年"，对我国比较文学的演变轨迹和实绩进行梳理，对于学生系统理解我国比较文学的发展历程以及展望继而参与到未来的可能之中很有助益。

要目：
绪论　异质文化对话与我们的责任
第一章　什么是比较文学
　第一节　比较文学是跨民族、跨文化、跨学科的文学研究
　　一　比较文学是文学研究的一个分支
　　二　比较文学的定义
　　三　比较文学的特征
　第二节　比较文学在全球化时代的意义
　　一　全球化与比较文学
　　二　促进文化交流，推动文学发展
　　三　倡导新人文精神，化解文化冲突
　　四　维护文化多元化，有利于保护文化生态
第二章　比较文学与可比性
　第一节　何谓可比性
　第二节　比较方法的思维特点
　　一　比较法的客观性
　　二　文学现象的可比性
　第三节　文化异质心理同构
　　一　人的一致性形成文学可比性
　　二　文学实践到理论认知具有可比性
　　三　自我求证的文学昭然可比
　第四节　比较文学可比性举隅
　　一　"徒劳"的主题
　　二　"变形"作品的反思
　　三　"睿智"与二妇争子

第五节 世界文学与可比性
第三章 比较文学的学派
  第一节 法国学派
    一 法国学派的形成与发展
    二 法国学者研究的新动态
  第二节 美国学派
    一 美国学派的建构
    二 美国学派的崛起
  第三节 俄苏学派
    一 俄苏比较文学的轨迹
    二 俄苏学派的定型
  第四节 中国学派
    一 中国学派的出现
    二 中国学派的盎然生机
第四章 影响研究及其深化
  第一节 传统的影响研究
    一 影响的类型
    二 流传学
    三 媒介学
    四 渊源学
  第二节 影响研究的深化：接受研究
    一 接受理论的兴起
    二 接受理论的新建树
    三 接受研究引入比较文学
    四 接受研究与传统的影响研究
第五章 平行研究
  第一节 平行的模式
    一 类比比较
    二 对比比较
  第二节 主题学
    一 主题和主题学
    二 主题学研究的主题
    三 主题学研究的分类
  第三节 题材学
    一 神话传说题材
    二 民间文学题材
    三 其他类似题材
  第四节 文类学

一　不同文体比较
　　二　缺类研究
　　三　文学风格研究
　第五节　比较诗学
　　一　中—西文论比较
　　二　中—东文论比较
第六章　跨学科研究
　第一节　文学与哲学
　　一　文学与存在主义
　　二　文学与结构主义
　第二节　文学与心理学
　　一　文学与精神分析
　　二　文学与"意识流"
　第三节　文学与宗教
　　一　西方文学与基督教
　　二　中国文学与宗教
　第四节　文学与艺术
　　一　文学与绘画
　　二　文学与音乐
第七章　阐发研究
　第一节　阐释学的启迪
　　一　传统阐释学及其理论意义
　　二　现代阐释学与比较文学
　第二节　阐发法的出现
　　一　阐发法的含义
　　二　阐发法与中国学派
　第三节　阐发研究的勃兴
　　一　阐发研究的实践
　　二　阐发法与比较文学
第八章　文学的文化研究
　第一节　文化的系统论观照
　　一　文化系统的构成
　　二　文化系统中的文学艺术
　第二节　文学的文化制约
　　一　文学静态观照中的文化制约
　　二　文学过程中的文化制约
　　三　文学与平级子系统的相互影响
　第三节　文学在文化系统中的独特性

一　文学是"小文化"
　　二　文学的文化载体功能
　　三　文学的文化超越功能
　第四节　文学的文化批评模式
　　一　文化批评模式的理论基础与视角
　　二　文化批评模式的特点
　第五节　比较文学与比较文化
第九章　中国当代比较文学三十年
　第一节　三十年的纵向发展
　　一　睁开天目走向世界
　　二　回应西方走出躁动
　　三　调整方向立于世界
　　四　总结反思：特征和趋势
　第二节　基于文学的垦拓与建构
　　一　中外文学关系研究
　　二　翻译文学与文学翻译研究
　　三　域外汉学和形象学研究
　　四　海外华人文学与流散文学研究
　　五　新兴的文学与人类学研究
　　六　比较诗学研究
　第三节　比较诗学研究的发展与现状
　　一　学科定位
　　二　热点透视
结语　新世纪的比较文学
后记

（乐曲摘）

孟昭毅、黎跃进、郝岚编著，北京大学出版社 2010 年版，28 万字

二　比较诗学论著简介

《中法近现代诗学生成之道比较研究》

侯洪的《中法近现代诗学生成之道比较研究》是国内第一部集中对中法近现代诗学做出整体性比较研究的学术专著。该论著除去绪论和结语部分，共分为四章展开，分别从发生学比较、文本分析、发展比较和潜对话四个方面对中法近现代诗学之生成与发展予以立体式的观照与探寻。具体来讲，该论著围绕如何创建民族国家文学这一现代性目标框架，以中法近现代诗学的生成之道作为研究主体，截取中法诗学历史发展中的一个横切面，即从中法近现代诗学生成的起点出发做考察，进而从它们发展、变化的过程来审视两国现代诗学前期阶段建构的话语空间及其价值意义。而且，作者试图在当今国内中法比较诗学研究上另辟一面，在宏观上首次将中法两国诗学以整体地加以把握，并有意把中、法、日三国现代化的起点与进程做一番比较。本论著在时间范畴方面体现出了三个维度：一是从标志着两国近现代诗学文本生成的起点出发，具体展开考察和研究；二是辅以各自国家诗学生成之前的孕育阶段来分析发轫时期诗学生成的历史语境，与第一维度的主体部分形成对应；三是从两国诗学发展的历史进程，即各自民族国家现代诗学前期阶段的发生与发展中，考察它们是怎样实践和表达其对现代性和民族性之追求的政治文化与诗学自身的建构姿态，进而形成一个内涵丰富、阐释较为充分的、关于民族国家诗学生成的、相对独立完整的研究单元系统，更好地展现对中法近现代诗学之前期阶段相对完整的比较意义的建构和阐发。可以说，该论著采用多视域的文化诗学研究范式，史论结合，点面兼顾。在展示和论述中法近现代诗学演进与追求之特质以及二者异质性同构之关联与位相差异的同时，还聚焦于主体性、文艺和话语领域，挖掘出长期被忽视的中法诗学现代性生成及其文学之空间意识表达和审美经验的内在相似性与个性特征，体现了比较文学研究的对话性特质。

要目：

绪论　走向一种文化诗学的比较之旅
　　一　谱系性思考与"学"有所归
　　二　论域的时空及逻辑起点
　　三　诗学之思与相关概念性的指称说明

四　从两篇经典文本的研究与传播说起
第一章　发生学比较：中法近现代诗学生成的历史结构及其意义
　第一节　欧洲的法国与亚洲的中国
　　一　欧洲的法国：法国诗学的精神共同体
　　二　亚洲的中国：东亚世界与儒家文明圈
　第二节　中法两国的历史想象与叙事
　　一　法国的历史想象与叙事
　　二　中国的历史想象与叙事
　第三节　地缘文化与诗学的生成
　　一　意大利之于法国的中介作用
　　二　日本对中国的中介作用
第二章　文本分析：中法近现代诗学文本生成的起点之道
　第一节　两国近现代诗学首篇宣言的文本细读
　　一　法国：《保卫》的文本形态、品质与向度
　　二　中国：《刍议》的文本形态、品质与向度
　第二节　两国近现代诗学生成的文本互文性
　　一　法国近代诗学生成的文本互文性
　　二　中国现代诗学生成的文本互文性
　第三节　两国近现代诗学生成的生态场效应
　　一　法国近代诗学生成的生态场效应
　　二　中国现代诗学生成的场域论
第三章　发展比较：中法现代诗学的演进与追求
　第一节　法国：启蒙现代性与现代诗学的开创
　　一　新的跃进：诗学与启蒙精神及其现代品质的生成
　　二　开放与超越：现代诗学的品质、格局与律动
　第二节　中国：诗学与民族新文化及其中国特色的探寻
　　一　民族形式与文艺新时代
　　二　新中国与中国特色文论的探索
　第三节　诗与思的相似与发现：一种异质性同构的映射
　　一　启蒙精神与革命叙事
　　二　知识分子角色的话语：中法亲缘性
　　三　现实主义诗学的多维空间
　第四节　宗教与科学：现代诗学品质与向度的中法差异
　　一　宗教与科学：法国诗学生成的在场与挑战
　　二　科学观念与无神论：现代中国诗学生成的主导性力量
第四章　潜对话：中法近现代诗学生成的价值域思考
　第一节　诗学生成与社会转型及中介的作用
　　一　迈向现代进程的同构与差异

二　中法地缘文化的相似性结构
　第二节　诗学生成与民族国家认同的确立
　　一　民族国家认同是现代性的一个结果
　　二　知识分子及教育与社团是民族国家诗学建构的主体
　　三　国家、区域及超国家观念与诗学之构建
　第三节　诗学生成与民族语言和修辞的奠基
　　一　语言革命的双重使命与意义
　　二　诗学语言与修辞的本体论建构
　　三　跨文化视野与诗学的语言世界
　第四节　诗学生成与启蒙叙事的复调性
　　一　启蒙叙事与现代性
　　二　民族文化复兴的叙事
　　三　现代化与国家建设和民族主义研究的视野
　第五节　空间意识的表达与诗学审美的殊途同归
　　一　文学地理空间的中法叙事
　　二　文体空间到媒介空间：中法诗学的汇通
　　三　诗歌文体空间：诗与思的交融与对话
结语
参考文献
后记

（曾诣摘）

侯洪著，光明日报出版社2010年版，52万字

《语言的困境与突围：文学的言意关系研究》

　　张茁的《语言的困境与突围：文学的言意关系研究》一书分别从中西两条线索切入：一条是西方现代关于语言理论研究的最新成果，其中又重点辨析、厘清了对西方现代语言哲学两派传统与阵营分别产生出巨大影响的思想大家——海德格尔和维特根斯坦二人的语言哲学之思；另一条是中国古代语言理论的丰富成果，其中主要以儒、释、道三家为代表。通过选取上述西方现代与中国古代最富代表性的语言哲学成果来展开古今中西的对话交流，在综合辨析各自的理论渊薮与新近发展之后，归结出关于文学话语中言意关系的独特见解。该书力图突破大多数研究一概从文本内部的审美层次结构出发论述"言""象""意"三者之间的关系，跳出了只对文本做内部语音、句法、结构等修辞学研究的局限，立足从人类认知和理解的基本范式入手，抓住"象思维"这一文学、美学乃至人类哲学活动中最久远也最具活力的思维方法作为突破口。将西方现代的现象学方法与中国传统的"观物取象""现量直观"等认知方式结合起来，揭示出"象思

维"（形象化的思想）乃是人类最原始也是最基本的认知、表达与理解的方式，是抽象思维得以孕育的原发性场所。全书的写作立足于当今哲学、语言学理论大发展的背景，采用哲学、语言学和文艺学相结合的方法，试图从语言哲学本体论的高度考察文学之言意关系的核心命题。也就是说，通过引入西方现代语言哲学、美学的方法论，将之与中国传统丰富的语言哲学、文学理论展开对话与交流，冀图能够在新的历史条件下，对中国传统文化及其丰富的语言思想做出有益的当下解读，从而为深入解析这一文学经典命题提供新的理论增长点。在论述过程中，作者并非简单套用西方话语模式或将其"移植"到中国传统文学命题的研究中，而是力图寻求当代西方文艺理论与中国古代文艺思想之间的双向汇通与融合，达成中西思维方法的有效对话与交融。力图打破中国传统哲学、美学原有省去推理只以感悟、印象式的结论作结的缺憾，对中国传统文论的现代化转换以及构建中西思想文化之间的对话与交流做出一定尝试。

要目：

前言　对语言的功能与地位的反思

第一章　海德格尔："大道"与"道说"的遮蔽与澄明
　　第一节　对"存在"的追问：嵌入"无"之中的此在的超越
　　第二节　解蔽（Aletheia）与聚集（Logos）：有与无的转化
　　第三节　诗与思：通往"返乡"的表象之路

第二章　维特根斯坦的日常语言学分析："语言游戏"与"生活形式"
　　第一节　早期的逻辑图象理论
　　第二节　语言游戏与生活形式
　　第三节　从过度分析回归到基于现象的自然理解

第三章　儒、道诗学："言"与"意"的博弈
　　第一节　儒家诗学："立言"的传统
　　第二节　"立象以尽意"与"赋、比、兴"的肯定性创建
　　第三节　道家诗学："贵意"的立场
　　第四节　"道不可言"与"重言"、"寓言"、"卮言"的否定性言说

第四章　玄学、禅宗诗学："忘言忘象"与"佛以意解"
　　第一节　儒道合流："得意忘象"的玄学之风
　　第二节　禅宗："不立文字"与"不废语录话头"的悖谬

第五章　儒、释、道诗学的合流与创新
　　第一节　"象外之象"、"境外之境"——意境
　　第二节　汉语和汉语思维的特点
　　第三节　汉语文化的诗性传统

第六章　中西诗学的对话与交流
　　第一节　跨时空的对话与交融
　　第二节　差异与启示
　　第三节　会通以超胜：象与象思维

第七章　文学语言的超越性：有与无的生成转换

第一节　语言是原诗

第二节　文学语言是创造性的语言

第三节　象象生象——文学语言超越性的内在创造机制

第四节　境生象外——文学语言超越性的外在生成机制

结语　文化与意义的世界

参考文献

后记

（曾诣摘）

张茁著，中国社会科学出版社 2010 年版，23 万字

《中英诗艺比较研究》

朱徽的《中英诗艺比较研究》一书尝试用现代西方语言学和文学批评理论作为指导，对中英诗歌的艺术技巧和语言特点进行了较为系统且科学的比较研究。全书分为绪论、上编和下编三部分。绪论部分，作者围绕现代批评理论与中英诗艺之比较研究的命题展开了一番论述，简要地说明了中英诗艺间的可比性以及研究所运用的研究方法。而上编"诗艺与诗语"部分则分别从意象、语法、格律、修辞、描摹、通感、象征、张力、复义、意识流、用典、悖论、想象、移情、变异与突出、汉诗英译的语法问题、中英十四行诗这十七个方面设专章对中英诗艺展开对比与论述。下编"诗人与诗作"部分主要是从具体的问题切入对十三个中英、中美诗歌之命题展开相关的讨论。可以说，全书除了其中有部分章节涉及影响研究以外，主要是中、英、美诗艺的平行研究。作者把中国古典诗歌和英美诗歌放在纵向历史发展脉络和横向跨文化、跨语言体系中进行多维度的考察，分析其异同之处的同时又积极寻求某种诗艺的契合，着实是一部重要的比较诗学专著。

要目：

序

绪论　现代批评理论与中英诗艺比较研究

上编　诗艺与诗语

第一章　意象

第二章　语法

第三章　格律

第四章　修辞

第五章　描摹

第六章　通感

第七章　象征

第八章　张力

第九章　复义
第十章　意识流
第十一章　用典
第十二章　悖论
第十三章　想象
第十四章　移情
第十五章　变异与突出
第十六章　汉诗英译的语法问题
第十七章　中英十四行诗
下编　诗人与诗作
第十八章　《圣经·雅歌》与《诗经·国风》爱情篇章的艺术特色
第十九章　汉乐府民歌与英国民谣
第二十章　李贺与济慈诗歌的艺术特色
第二十一章　李清照与布朗宁夫人诗歌的艺术特色
第二十二章　苏曼殊与英语诗歌
第二十三章　庞德与中国古诗
第二十四章　20世纪初叶英诗在中国的传播与影响
第二十五章　五四时期中国新诗接受的英美影响
第二十六章　互涉文本：美国现代诗中的中国古诗
第二十七章　T. S. 艾略特与中国
第二十八章　艾米·洛威尔——中美文学交流的先驱
第二十九章　美国后现代诗歌与中国古诗
第三十章　中美女性自白诗歌
主要参考文献
后记

（曾诣摘）

朱徽著，四川大学出版社2010年版，46.2万字

《叶维廉与中国诗学》

闫月珍的《叶维廉与中国诗学》一书除去导言和结语部分，正文共分为十二章内容展开，并且全书最后还收录了作者整理的叶维廉研究资料汇编。具体来讲，正文十二章又分三个部分进行论述：第一部分即第一章、第二章和第三章，从诗学理论层面分析和评价叶维廉的比较诗学理论建构。第二部分即第三章、第四章、第五章、第六章、第七章、第八章和第九章，探索叶维廉对道家美学进行现代阐释的内在理路和契入角度。首先分析叶维廉阐释道家美学的跨文化视野。其次剖析叶维廉对道家美学的现代塑造：

首先是不同于海外华人学者抒情传统建构一派，而另辟蹊径对道家美学抒情性的探寻；其次是对中国美学"纯粹经验"即艺道合一倾向建构的历史语境和现代语境。三是剖析叶维廉对道家美学进行现代塑造的契入角度：首先从观物方式契入分析中国诗学美感经验；其次从语言契入分析中国诗学美感经验。第三部分即第十章、第十一章、第十二章，主要还原叶维廉诗学建构的历史语境和知识谱系，剖析其西学视野的内在理论和深远意义。可以说，该书成功地归纳出了叶维廉诗学的三方面重点：一是比较诗学理论的问题，展示了叶维廉对文化模子、历史整体性问题和文学诠释学问题的深刻见解；二是其对道家美学的现代解读和发明；三则是叶维廉对中西诗学理论的综合。

要目：
序一
序二
导言　愁渡与寻索：叶维廉生平及著述
　　一　海外华人诗学之缘起
　　二　叶维廉的学术脉络
　　三　叶维廉之学术定位
第一章　叶维廉：出入于传统与现代之间
　　一　历史记忆与精神错位
　　二　在传统与现代之间
　　三　在感性与理性之间
　　四　台湾经验
第二章　文化模子与比较诗学
　　一　模式与理性：基础主义的梦想
　　二　比较诗学的历史
　　三　文化模子：从"基本差异性"到"基本相似性"
　　四　共同文学规律
　　五　文化模子与比较诗学
第三章　历史整体性：诠释之起点
　　一　"历史整体性"与"传统生成"
　　二　历史整体性与预知
　　三　历史整体性与部分
　　四　结语
第四章　中国诗学传释学
　　一　钱钟书：嘉乾朴学与阐释循环
　　二　中国文学批评：重造诗境
　　三　中国诗歌传释学
　　四　秘响旁通：文本、文句的互为指涉
　　五　还原《隐秀》之本意
　　六　建构中国传释学之意义

第五章　跨文化对话中的道家美学
　　一　以物观物与中国诗学的美感经验
　　二　直觉：语际沟通的现代性
　　三　全球化视野中的道家美学
　　四　回归古典的可行性

第六章　抒情的纯粹境界
　　一　对中国诗歌抒情性的确认
　　二　溯源：道家和禅宗论"情"
　　三　抒情的纯粹境界
　　四　"纯粹经验"诗学传统的建构
　　五　小结

第七章　艺道合一：中国美学品格的现代建构——叶维廉阐释道家自然论的历史语境
　　一　叶维廉对道家美学自然品格的彰显
　　二　艺道合一：中国美学品格的现代建构
　　三　结语

第八章　作为道家传统的以物观物及其现代阐释
　　一　"观"的源流及其美学意义
　　二　王国维论"有我之境"与"无我之境"
　　三　叶维廉：中国山水诗与"以物观物"

第九章　中国语言观念与真实世界的呈现
　　一　西方世界的"中国语言"形象
　　二　中国诗歌的语法与意象：从菲诺洛莎说起
　　三　文言与白话：叶维廉对中国语言美感经验的考察之一
　　四　文言与英语：叶维廉对中国语言美感经验的考察之二
　　五　"离合引生"的语言策略
　　六　小结：中国文言与西方语言哲学的汇通

第十章　叶维廉与现代主义
　　一　五四传统的延续与台湾文化的根性虚位
　　二　50年代以来叶维廉参与的现代主义杂志及接触的现代派诗人
　　三　台湾现代主义：接续传统与西方
　　四　台湾现代主义：批判浪漫主义与抒情诗学
　　五　中国古典诗与英美现代主义的汇通
　　六　小结

第十一章　叶维廉与新批评
　　一　新批评：从译介到运用
　　二　静止的中国花瓶——艾略特与中国诗歌
　　三　庞德：中国诗歌的发明者
　　四　主题的结构与语言的结构

五　中国诗歌的情感处理方式
　　六　诗歌与戏剧演出
　　七　小结
第十二章　现象学与中国文艺理论沟通的可能性
　　一　刘若愚、徐复观的理论探索
　　二　叶维廉：庄子的现象哲理
　　三　从胡塞尔到海德格尔
　　四　道家美学与西方现代诗学和实用主义的汇通
　　五　阐释的现代性与语言沟通中的障碍
　　六　小结
结语　叶维廉与中国诗学
　　一　跨语际沟通：遮蔽与发明
　　二　道家与中国现代美学建构
　　三　文化归属：在记忆离散的文化空间里歌唱
叶维廉研究资料汇编
　　一　叶维廉著作年表
　　二　叶维廉文章年表
　　三　评论与访谈目录
　　四　台湾大学馆藏手稿、录音、录影资料目录
　　五　博士、硕士学位论文（2001—2006）
参考文献
　　一　叶维廉原著、论文及相关评论
　　二　中文古籍原典
　　三　中国哲学、诗学著作
　　四　期刊论文
　　五　学位论文
后记

（曾诣摘）

闫月珍著，中国社会科学出版社 2010 年版，38.9 万字

《跨文化的文学理论研究·第 3 辑》

　　由周启超主编的《跨文化的文学理论研究·第 3 辑》是一部收录了刘象愚、车槿山、周启超、徐德林、乔雨等多位著名学者共 18 篇文章的论文集。该论文集主要关注于法、德、俄苏、英、美、意、日、希腊以及印度等国之文论名家名说与中国文论之多向度跨文化的比较，是诗学领域跨文化研究的重要成果。

要目：

卷首语（周启超）

"复调"、"对话"、"狂欢化"之后与之外——当代中国学界巴赫金研究的新进展（周启超）

列维-斯特劳斯的全人类视野及对话和颠覆思想（史忠义）

跨文化：俄国现实主义文论的旅行与重建（吴晓都）

西方女性主义文论在日本与中国——女性主义文学批评本土化的比较研究（庄焰）

雷蒙德·威廉姆斯的理论遗产（徐德林）

圣伯夫：在现代性的门槛上（郭宏安）

从对话原则引出的双重推论（Une double réduction àpartir du principedialogique et àpropos de ceprincipe）（史忠义）

故事结构的逻辑语义（董小英）

哈贝马斯与霍克海默、阿多诺的"纠缠"——兼谈《启蒙辩证法》的"总体性"（盛宁）

胡适版的"欧洲各国国语史"：作为旁证的伪证（程巍）

以文学为业——罗伯特·穆齐尔的"诗人图"（徐畅）

"你是神，还是凡人？"——荷马史诗里人物辨识神人现象的文本解读（三）（陈中梅）

文学作品/文本理论研究的基本旨趣（乔雨）

在对话中生成的文本——巴赫金"文本理论"略说（周启超）

从作品到文本——谈中外文学关系研究的一个维度（车槿山）

中国比较文学发展演化的历史脉络（刘象愚）

外国文学理论学科建设总结报告（2004—2008）（乔雨）

2009年度外国文学理论学科发展报告（徐德林）

（曾诣摘）

周启超主编，北京大学出版社2010年版，32.5万字

《审美体验的重建
——文论体系的观念奠基》

理解文学，不应从静止的文本出发，也不应从作者、读者、世界的某一极出发，而是应关注文学作品所特有的鲜活的审美体验。无论古今中西，这应是文学理论不变的精神。本着上述精神，田义勇的《审美体验的重建——文论体系的观念奠基》一书在对既往的文学理论和观念进行理性审视、甄别取舍之后，大胆开拓全新的文论体系的建构基础，视野开阔且富有理论勇气。尽管本书依循"世界"—"人"—"文学"的基本架构，但其实际仍是以天人关系审视文学这一传统方法的现代翻版。不过，作者从主体的认知范式切入，对诸如世界本体、人生体验和文学观念等诸多问题，都作了独特的判

断。首先是世界本体问题。本着"求通"的主旨，作者对这一面相的讨论，能合理汲取当代哲学反对现成论、主张生存论的最新成果，既对康德、黑格尔等人的观点作了切中要害的评骘，又常常信手拈来海德格尔、伽达默尔等人的新说作具体恰好的比堪。而为了避免仅从西方视野看问题的片面与狭隘，在具体的展开过程中又会注意汇通中西，不但对《周易》及儒释道思想用力甚勤，于熊十力、牟宗三等当代新儒家的观点亦多有采录，由此不取抽象的逻辑论证，而独重感性的生命践履，所提出的世界本体即"生生不息的否定力"的判断，可谓建基于中国思想的独到发明。其次是关于人生体验问题的论述。该书从关系入手，分别探讨了人生三大问题的解决、体验与构成，原体验与再体验的关联，体验场与主体间的沟通等主题。作者以"总体与验知"为枢纽，突出"体"与"验"之间的生成性和互通性。其中对"不"的论述既汲取了传统的"道"论，又有新的衍展；对"穷"的论述不拘泥于"穷而后工"的文论意义，能以人的生存境遇为基础，逼迫出人的"有穷性"，并认定此为人生命的有限性；对"达"的论述突破了"辞达说"的语辞层面，隐然与前述世界本体论的"求通"说遥相呼应。最后，作者以上述本原论性质的阐释为基础，依次展开了对审美酝酿论、状态论、过程论和要素论的论述。其中，审美酝酿论讨论的是文学活动的起点问题，作者于此问题上举出"躁"这一通常为人所忽视的范畴，大胆斥破传统文论"褒静贬躁"的惯常论说，提出"文心孕于躁"的观点。而后各部分则或标举"兴"而浚发其真义，批斥崇"虚"避"实"的认识误区并重估其价值；或主张"原体验"与"再体验"之间的双向融通。至论述审美要素部分，作者又在传统意象论的基础上，提出了"事象"以为"意象"的根基，并将后者具体化为"物象"、"心象"和"语象"，而审美感兴之极致则为"兴象"。

要目：

序

导言　观念奠基的先行思考

第一章　理论体系自身的观念奠基

 第一节　中西理论体系观念的回顾

  一　理论体系观念审视之必要

  二　西方的理论体系观

  三　中国古代的理论体系资源

 第二节　理论体系观念的再确立

  一　盲目跟风的反理论反体系

  二　宽容适度的理论体系观

  三　文论体系建构的设想

  四　范式更新与学风转移

第二章　世界本体的观念奠基

 第一节　理解世界的各种尝试

  一　通常所谓的世界

  二　关于世界的几种说法

三　让意识流动的思路
　第二节　世界观念的新理解
　　　一　"不"：生生不息的否定力
　　　二　"是"："暂时性"的"现存"
　　　三　生与成：一体两面的交互
　第三节　世界与人关系的再思考
　　　一　秉承于"不"的实践
　　　二　天命之"畏"与"知"
　　　三　守位与求通
　　　四　大成若缺
　　　五　外：极限的突破
第三章　人生体验的观念奠基
　第一节　从世界的角度思考人
　　　一　从关系入手理解人
　　　二　人生三大问题之解决
　第二节　体验及其构成
　　　一　体验：合内外之道
　　　二　重心轻身问题
　　　三　体与验之构成
　第三节　体验的过程
　　　一　原体验与再体验
　　　二　自我同一性问题
　　　三　还原与再造
　第四节　体与验交渗的场域
　　　一　聚焦区与边缘域
　　　二　体验场：恍惚幽明之境
　　　三　主体间的沟通
第四章　文学审美的观念奠基
　第一节　文学观念的反思与确立
　　　一　直面文学行为本身
　　　二　文学是鲜活的审美体验
　　　三　激活审美感觉之必要
　第二节　文学行为发生的本原
　　　一　"不"：贯通终始之道
　　　二　"穷"：文学的根源
　　　三　"达"：文学的宗旨
　第三节　文学审美体验的酝酿
　　　一　总受贬抑之"躁"

二　"躁"与"静"之重估
　　三　"躁"而"感"
　　四　文心孕于"躁"
第四节　文学审美体验的状态
　　一　兴：审美之发端
　　二　脱庸常而超越
　　三　历超越而沉潜
　　四　崇虚避实的误区
第五节　文学审美体验的过程
　　一　偏重原体验的"即目成吟"说
　　二　偏重再体验的反思回忆说
　　三　单向独断的原体验与再体验
　　四　专制时代创作与阅读之背反
第六节　文学审美体验的要素
　　一　事象：从物到象的质变
　　二　意象：物象、心象、语象
结语
参考文献
后记

（曾诣摘）

田义勇著，复旦大学出版社2010年版，18.6万字

《环境批评的未来：环境危机与文学想象》

　　由刘蓓翻译的美国学者劳伦斯·布伊尔（Lawrence Buell）的《环境批评的未来：环境危机与文学想象》一书集中研究的是相关文学创作、批评和理论对环境问题的表达。该书与《环境的想象》（1995）和《为一个濒危的世界写作》（2001）共同组成三部曲，并试图在保持原有突出优点的同时，对第二部书的框架有所扩展和深化。该书有两个用意：一是表达出作者对相关问题加深思考后的判断；二是更为简洁清晰地为一种更具普遍性的绿色文学研究绘制路线图，说明其内部的趋势、重点和争论。而具体到内容，此书包括四大部分，分别讨论了当代环境批评的出现（第一章）及环境批评中最具特色的三个关注点——对环境想象和再现问题的探索（第二章）、对于作为艺术和生活经验中一个基本维度的地方（place）的接受兴趣（第三章）和强烈的伦理和/或政治责任感（第四章）。

要目：
译者序

序言

致谢

第一章　环境批评初露头角

第二章　世界、文本与生态批评家

第三章　空间、地方与想象：从本地到全球

第四章　环境批评的伦理与政治

第五章　环境批评的未来

术语表

参考文献

(曾诣摘)

[美] 劳伦斯·布伊尔著，刘蓓译，北京大学出版社 2010 年版，17 万字

《文学人类学教程》

叶舒宪的《文学人类学教程》是国内文学人类学学科第一部研究生层面的教材。该教材在深厚的材料积累和全球性广泛的当代理论参照下，从比较文学、文学理论和文学批评的专业范围出发，继"语言学转向"之后，勾勒出 20 世纪"人类学转向"对人文学科，特别是文学研究带来的变化线索和发展态势。在这个基础上，进一步从中国实际出发，立足于跨文化、跨学科的视野，从族群、民俗、深化、宗教信仰等多重角度拓展了比较文学的范式和发展空间，深入阐释和反思本土文学与文化现象，其学术成就和实践不但为文学研究开辟了新的生长点，也为文化学、民族学、宗教学等多方面学科构建了新的平台。教程极有说服力地批判了一个世纪以来，西方学院式文学专业教育遮蔽和压抑了本土知识的发展，形成了文本中心主义、大汉族主义、中原中心主义三大流弊，提出应更加重视文学人类学提出的活态文学，多元族群互动文学和口传文学，充分发挥其融合故事、讲唱、表演、信仰、仪式、道具、唐卡、图像、医疗、出神、狂欢、礼俗等的文化整合功能，逐步完成从仅仅局限于文学性和文学内部研究的范式，走向文学的文化语境还原性研究范式的演化，重建文学人类学的本土文学观。这种文学观的更新将大大扩展我们对本土遗产的多样性、丰富性和独特性的认识。教材根据中国文化内部多样性与多元性的构成的特征，根据中原汉民族的构建过程离不开周边少数民族的文化迁移、重播与融合运动的事实，力求突破划分多数与少数、主流和支流、正统和附属、主导和补充的二元对立窠臼，提出重建文学人类学意义上的中国文学观，倡导从族群关系的互动及其相互作用的建构过程入手，在中原王朝叙事的历史观之外，寻找重新进入历史和文学史的新途径和新材料。教材从生态人类学的视角，深入发掘了本土文化传统及边缘族群的生存经验，大大扩展了文学方面的生态写作和生态批评之理论资源和文化借鉴，并在此基础上提出中国文化研究的四重证据法：传世文献、出土文献、人类学的口传和非物质文化遗产。图像、实物和仪式的叙事，使文学和文化研究的范围远远

超出了文字的遮蔽与书本的束缚。这不仅大大启发了本土文化的自觉，引导了本土文化资源的再认识，而且以学术研究与现实承担并重的精神，阐明了这些资源作为反叛现代性的文学和思想资源，如何具有护卫人形完整和改变个体生命的力量，充分估定了其在后现代语境中所蕴含的文化价值。

要目：

序

第一编　史与论

第一章　民俗文学比较文学文学人类学——文学三范式与批评史三阶段

　　第一节　从民族文学到比较文学

　　第二节　人类学想象

　　第三节　人类学与20世纪思想史转型

　　第四节　从比较文学到文学人类学

　　第五节　文学人类学研究之始——弗雷泽的造人神话分析

　　第六节　总结：文学人类学的发生谱系

思考题

第二章　20世纪文学学科的"人类学转向"

　　第一节　引论："语言学转向"与"人类学转向"

　　第二节　学科本位与"知识/权力"的宰制

　　第三节　人类学的知识全球化：文学学科开放与更新的动力

　　第四节　人类学与比较文学的学科相关性及互动

　　第五节　从人类学到文学：问题群的移植与对应

　　第六节　什么是文学？——朝向"文学人类学"新认识

　　第七节　从"叙事治疗"看文学人类学的应用

思考题

第三章　人类学的文学观——西方知识范式对中国本土的创新与误导

　　第一节　引论：本土文化自觉与知识的合法性问题

　　第二节　什么是"文学"——追问学科建构与知识范式合法性

　　第三节　西方"文学"、"文学史"观对本土知识系统的误导性

　　第四节　重建文学人类学的本土文学观

思考题

第四章　中国文化的构成与民族文学

　　第一节　反思"中国"和"少数民族"

　　第二节　文化人类学与后现代知识重构

　　第三节　学科体制的散碎与僵化阻碍知识创新

　　第四节　整合视野：多族群互动与中国文明发生

　　第五节　中国文学与"少数民族文学"

　　第六节　文化并置与反观

　　第七节　总结：重建文学人类学的中国文学观

思考题

第二编　文学发生

第五章　惚恍与迷狂——灵感的民族志
  第一节　缪斯神话与诗人迷狂
  第二节　迷狂真相：巫师苏格拉底与凭灵萨满
  第三节　福柯的发难：谁惧怕"狂"
  第四节　灵感民族志：《格萨尔》通神艺人
  第五节　互为"民族志"：老子惚恍说与史威登堡通灵说
  第六节　萨满：迷狂叙事的多元呈现——从民族志到文学志
  第七节　总结：迷狂何为

思考题

第六章　神圣言说——汉语文学发生考
  第一节　告与诰
  第二节　各与格、格人与哲人
  第三节　格与假、徦：表演之始
  第四节　"格"的神话：登假与升天
  第五节　佳（唯）与若（诺）
  第六节　总结：汉语文学的口头发生谱系

思考题

第三编　文学功能

第七章　文学治疗
  第一节　现代性的祛魅：文化失忆与集体遗忘
  第二节　后现代的巫术还原与神话治疗
  第三节　文学治疗的民族志
  第四节　神圣治疗
  第五节　"文学—医学—文学"的循环回归及启示
  第六节　文学史中"受伤的治疗者"
  第七节　总结：文学何为：人类精神的自我救援

思考题

第八章　文学禳灾
  第一节　屠龙何为——苏美尔文学的启示
  第二节　屠龙禳灾：赫梯文学的旁证
  第三节　傈僳族的《祭龙神调》
  第四节　《鲁邦大旱》和《柬大王泊旱》
  第五节　污染—灾祸与被禳：端午、上巳、傩
  第六节　禳灾叙事与U形建构：《咏受难的正直人的诗》
  第七节　希腊禳灾仪式剧：《俄狄浦斯王》
  第八节　中国禳灾仪式剧：《窦娥冤》

  第九节 不惧灾祸惩罚：日本文学的乱伦主题
  第十节 禳灾避邪与汉藏年节习俗
  第十一节 从文学救灾传统看华夏文明
思考题
第四编 研究方法
第九章 文学人类学与国学方法更新——从一重证据法到四重证据法
  第一节 赋诗为证的稽古传统：书证的起源
  第二节 书证作为一重证据：仓颉、图提的不同待遇
  第三节 书证伪证说与物证的探寻
  第四节 三重证据法的理论建构与反思
  第五节 四重证据法的提出与应用
  第六节 总结：从证据法学、符号学看四重证据
思考题
第十章 四重证据法的立体释古——黄帝有熊与大禹熊旗之谜通解
  第一节 一重证据：鲧禹启三代的化熊与熊化
  第二节 二重证据：夏朝国旗：大禹中央熊旗考
  第三节 三重证据：黄帝号有熊之谜
  第四节 四重证据：八千年熊图腾传承
  第五节 总结：立体释古的整合性认知
思考题
后记

（曾诣摘）

叶舒宪著，中国社会科学出版社 2010 年版，45 万字

《话语权力与 20 世纪 90 年代后中国文论转型》

  葛卉的《话语权力与 20 世纪 90 年代后中国文论转型》是一种反思性研究与流派研究相交叉的反思性研究，而与这种反思性研究的设想相适应，该书的内在结构表现为内容上"阐释"与"批判"的张力：第一章至第三章主要是对话语权力理论与中国 90 年代以来文论有关问题的阐释性研究，而第四章则注重对前者的反思性批判。具体来讲，第一章主要是对话语权力的西方社会历史、思想背景作理论上的梳理。第二章则讨论了 90 年代以来中国文论对于话语权力理论的接受及其限度。而第三章是按照发生时间的先后，对"中华性""失语症""日常生活审美化"这三个命题的论争展开了话语权力视角的考察与反思。最后的第四章主要是尝试在话语权力"本土化"的引导下对西方话语权力理论自身及其在中国的应用进行反思，并在反思中凸显出"中国文论话语"建设的可能。可以说，该书借助话语权力的思维方式，全面考察和分析了西方话

语权力理论及其在中国的接受与传播，发掘出中国文论话语当前所面临的问题，进而扩展解决相关问题的新思路。

要目：

引言

第一章　话语权力理论的西方渊源
　　第一节　马克思主义——话语权力理论发生的社会思想背景
　　第二节　尼采——发现权力
　　第三节　福柯——走向话语的权力
　　第四节　萨义德——走向民族主义的话语权力理论
　　第五节　其他理论家——视角化的话语权力理论
　　第六节　小结

第二章　话语权力理论在中国的接受
　　第一节　话语权力理论在中国接受的可能性
　　第二节　中国内地学界对西方话语权力理论的探索
　　第三节　话语权力理论在中国内地学界的运用
　　第四节　港台学者对话语权力理论的研究
　　第五节　海外华人学者对话语权力理论的研究
　　第六节　话语权力理论在中国语境中的反思

第三章　话语权力理论与20世纪90年代以来的中国文论
　　第一节　20世纪90年代以来中国文论概况
　　第二节　话语权力理论与中国当代文论考察——"中华性"讨论
　　第三节　话语权力理论与中国古代文论思考——"失语症"讨论
　　第四节　话语权力理论与中国文艺学学科转型——"日常生活审美化"讨论
　　第五节　小结

第四章　话语权力理论与中国当代文论话语建设
　　第一节　话语权力理论的限度
　　第二节　20世纪90年代以来中国文论话语权力反思
　　第三节　话语权力理论视角下中国文论话语建设的反思

结语

附录一

附录二

参考文献

后记

（曾诣摘）

葛卉著，中国社会科学出版社2010年版，20.2万字

三　东方比较文学论著简介

《日本中国古典诗学研究 500 家简介与成果概览》

　　由南昌大学学者胡建次、邱美琼编著的《日本中国古典诗学研究 500 家简介与成果概览》是一部全面介绍日本中国古典诗学研究的著作，其中涉及的学者起于明治时期的开山巨匠，止于当下活跃的学术新生，既有对学者个人成果的收集与评述，也有对前后承继关系的梳理和总结，展示了近代一百年间日本汉学研究在古典诗学方面的发展脉络。

　　该著作共收录了日本近代以来从事中国古典诗学研究的日本学者五百位。整部书分为三大部分。第一部分是全书的重点，收录了五百位学者中最具代表性的六十六位名家。该部分按照研究对象的生平简介、学术著作和核心观点等三部分，归纳总结了研究对象一生的核心信息。他们的研究在所从事的领域，或是起到奠基的作用，或是全新研究视角的创新之举，对日本汉学研究界的发展产生了深远而广泛的影响。其中，许多学者的研究已经被翻译介绍到中国，在中国学界也引起了巨大的反响。例如学者星川清孝，他在日本现代楚辞学研究中，上承西村硕园、藤野岩友，下开竹治贞夫、石川三佐男等人，对日本楚辞研究起到了承上启下的承扬与创新作用。研究领域甚为广泛的学者目加田诚，对中国古代文学与现代文学都很有兴趣，对比较文学也很关心，在中国古代文学理论研究方面卓有建树。在日本学界，他第一次把《诗经》从经学框架中解脱出来，将《诗经》作为民歌翻译，指引了日本《诗经》研究的新方向。目加田诚还第一次以口语翻译《文心雕龙》，开辟了战后日本《文心雕龙》译注和研究的新局面。在日本中国古典诗学研究界占有重要位置的大野实之助，较早对李白诗歌及其传本进行了系统的研究，开日本李白研究之风气。第二、三部分则分别收录了目前所知著述较少、资料不甚完整的日本汉学学者。这些学者虽不及前一部分的大家那样著作等身，但在其所从事的研究领域还是提出了具有深远价值的学术观点，是对整体学术研究的补充与拓展，不容小觑。

　　《日本中国古典诗学研究 500 家简介与成果概览》作为一部介绍性质的索引类书籍，条目划分明确，资料充分翔实，简明扼要地展示了各家学者的核心思想与主要著作，同时也梳理出学者之间的学问承继关系，日本汉学分支、脉络的形成与发展，使一般读者可以对近百年以来的日本中国古典诗学研究主体和学术发展状况有一个整体性的了解。另外，通过对日本汉学家研究的整理，可以看出在中国古代文学研究方面，也要有世界文学的视野和比较文学的方法，全面收纳和考察世界范围内的研究成果。

要目：

日本中国古典诗学研究者简介与成果概览（一）

日本中国古典诗学研究者简介与成果概览（二）

日本中国古典诗学研究者简介与成果概览（三）

附录一　论文发表刊物与所属对应单位（所属不清刊物）

附录二　编译者述评所据主要参考论著目录

后记

（樊雅茹摘）

胡建次、邱美琼编著，江西人民出版社2010年版，50万字

《黑塞与东西方文化的整合》

赫尔曼·黑塞（1877—1962）是世界闻名的德语作家，1946年度诺贝尔文学奖的获得者。他的文学创作，关注现代文明中个人的生存困惑，倡导个体人格的自我完善，以克服战争与物质技术片面化给人类造成的负面后果。黑塞对这一重要问题的艺术反思，使得他生前就为各国读者所热爱，在国际上享有盛誉。作为近年来国内学界研究黑塞的一部综合性著作，这部著作较为全面地总结归纳了黑塞文学、思想中的特质。为方便阅读者查阅，书中所引用的黑塞作品均由著者根据德文原著译出，注释也用德文。在引用翻译时，著者也参考了黑塞小说的现有中译本。由于黑塞是具有国际影响的作家，著者在这本书的研究与写作过程中才参考引用了大量英文文献。由此可见著者对材料收集的严谨态度以及重视程度。

黑塞的作品借鉴吸收了中国古代的儒道思想、佛教文化、神秘思维等，为拯救西方现代精神危机而探索出路。同时，他的探索也为东方文明的发展提供了启示。著者认为，黑塞与东方文化的关系，特别是与中国文化的关系，是黑塞研究的一个重点，也是比较文学研究的重要课题之一。立足于国内外已有的先行研究，著者主要从两个方面对研究的进一步深入做出了尝试。首先，以新的文化观和文化交流观作为研究工作的前提。脱离原有的静态文化观点，以动态观来看待文化与文化交流。著者认为，文化的交流并非由不同文化实体自行实施，相反需要有人担任媒介或中介。无论对抗冲突还是交汇融合，都必须通过人的活动进行并加以实现；这个作为文化交流的主体的人，反过来又处在文化无所不在的渗透作用下。情况就是这样的多维化和复杂化。其次，从更高的水平上看待和处理黑塞和东方及中国文化的关系问题。基于已有成果，考察的出发点将是东西方文化相互的交融，而不再孤立地验证黑塞作品里的东方文化因素，焦点也放在东方文化因素和西方文化整合后再呈现出来的文学形态上，那是一个相对独立的艺术审

美的现象世界。整合，不等于两种文化因子如上所述的那种简单相加，甚或拼接，而是一种创造性的升华。著者分别从东方古典文学与西方文化传统入手，研究黑塞受到东西方文化影响的情况，进一步分析将东方和西方思想文化结合后，黑塞作品产生的文学升华。先从黑塞接受东方与中国文化的影响情况开始，包括他接触与阅读过哪些中国古代的典籍、他和东方文化相遇并认同的原因或契机，接着再探讨对他影响最大的西方文化的传统。全书据此分为上下两编，首先分门别类介绍黑塞通过阅读典籍的途径接触到的以中国文化为代表的东方文化，其次从内外两方面考察其积极接受东方文化的动力，最后分析黑塞对西方文化的继承与扬弃。

要目：

引言

上编　东西方文化汇流中的黑塞

第一章　黑塞和东方智慧的对话

　　（一）老子与道家

　　（二）《易经》与儒家学说

　　（三）印度宗教及禅宗

　　（四）中国古典文学

第二章　黑塞认同东方文化的契机

　　（一）文化互补的时代潮流

　　（二）非同一般的人文背景

　　（三）"通向内在"的精神追求

　　（四）世界文化一体观

第三章　黑塞与西方文化传统

　　（一）人文主义思想

　　（二）浪漫主义诗学

　　（三）审美主义潮流

　　（四）神秘主义或魔幻文化

下编　东西方文化在黑塞艺术世界的结晶

第四章　思想的蜕变与创作的转型

　　（一）《德米安》：直面人生与生命的真实

　　（二）《克林格梭尔的最后夏天》：东方的共鸣与召唤

　　（三）《幽王》：中国题材的操演

第五章　东方的朝圣与西方的拯救

　　（一）《悉达多》：梵、涅槃和道的贯穿

　　（二）《荒原狼》：用东方智慧打破二重镜像

　　（三）《纳尔齐斯与歌尔德蒙》：寻求内在的和谐

第六章　东西方文化融汇后的升华

　　（一）《东方之旅》：心灵家园的历险

　　（二）《玻璃球游戏》[上]：跨越最高技艺的顶峰

(三)《玻璃球游戏》[下]：中外音乐与易之胜境

结语

附录　黑塞在中国的译介与接受

黑塞生平大事年表

主要参考文献

后记

（樊雅茹摘）

张弘、余匡复著，华东师范大学出版社2010年版，39.7万字

《东亚汉文学关系研究》

《东亚汉文学关系研究》一书是国家社科项目"东亚汉文学关系研究"最终成果，内容为上、下两篇。上篇由高文汉撰写，下篇由韩梅撰写。著者尝试以梳理日、韩汉文学的发展、变化为基础，运用比较文学的研究方法，从韩、日汉文学的重点作家、主要文学流派的体裁、文学价值观、审美取向、表现手法、思想倾向等问题入手，以期探明中国文学对韩、日汉文学的影响，韩、日汉文学在接受过程中的变异以及它们之间的内在联系等，进而总结、归纳东亚汉文学发展的共同规律。上、下两篇遵照相同体例编撰。上篇第一节日本汉文学史略，由日本汉文学的发轫着笔，分别论述了日本平安时期、镰仓·室町时期、江户时期以及近代以降汉文学的发展变化，初步勾画出日本汉文学的成长脉络。第二节重点探讨以《昭明文选》《白氏文集》为代表的中国典籍在日本的传播与影响。第三节深入发掘了唐代以降中日文学交流的代表事件，着重考察了中日诗僧往来互动对中日文学交流的作用。同时也讨论了近代中日文学交流的变化与日本汉文学发展的关系。第四节从文化思想层面探究日本汉文学对中华文化思想的继承和摒弃，从中概括出日本汉文学中的日本传统观。第五节则比较分析了中国古典文学与日本汉文学。相比于日本汉文学的复杂多样，韩国汉文学无论是数量还是质量上都稍显逊色。下篇对韩国汉文学的梳理，从历史进程入手，分别讨论了新罗时期、高丽时期和朝鲜时期的汉文学史略。进而对历史上两地的文化交流进行了初步总结。从儒家思想、佛教文化、道家思想等三方面阐释了中国文化对韩国汉文学的影响。最后以金圣叹文学点评、朝鲜汉诗中的唐诗风以及韩国海东江西诗派为例，重点比较了韩国汉文学在小说评点、汉诗创作中对中国文学的继承，同时指出了其间产生的一些问题。

要目：

上篇

第一节　日本汉文学史略

　　一　日本汉文学的发轫

　　二　平安时期的汉文学

　　三　镰仓·室町时期的汉文学

四　江户时期的汉文学
　　　五　近代汉文学的发展
　第二节　中国典籍与日本汉文学
　　　一　中国典籍的东传
　　　二　中国古籍与奈良时期的史传和方志
　　　三　《昭明文选》在日本的传播
　　　四　《白氏文集》对日本汉文学的浸润
　第三节　中日文学交流与日本汉文学
　　　一　唐代中日间的文学交流
　　　二　空海对中日文学交流的贡献
　　　三　五山时期中日诗僧的往来
　　　四　近代中日文学交流与日本汉文学
　第四节　中国文化对日本汉文学的影响
　　　一　五山诗僧的"儒佛互补"观念
　　　二　日本汉文学与道家文化
　　　三　中岩圆月的经纶思想
　　　四　中洲文学的儒家思想
　第五节　中国古典文学与日本汉文学
　　　一　《怀风藻》与我国六朝文学
　　　二　菅原道真与白居易的诗歌
　　　三　江户汉文学与中国诗学

下篇
　第六节　韩国汉文学史略
　　　一　新罗时期
　　　二　高丽时期
　　　三　朝鲜时期
　第七节　中韩文化交流与韩国汉文学
　　　一　新罗对唐文化的全面接受
　　　二　宋、元与高丽的典籍交流
　　　三　明、清与朝鲜的使节往来
　第八节　中国文化对韩国汉文学的影响
　　　一　儒家文化与韩国汉文学
　　　二　佛教文化与韩国汉文学
　　　三　道家文化与韩国汉文学
　第九节　中国古典文学与韩国汉文学
　　　一　金圣叹文学评点在韩国的传播及影响
　　　二　朝鲜汉诗中的唐诗风
　　　三　韩国的海东江西诗派

主要参考书目

（樊雅茹摘）

高文汉、韩梅著，中国社会科学出版社2010年版，28.7万字

《中国古典小说在韩国的研究》

20世纪90年代以来，韩国的中国古典小说研究取得了引人注目的进步，涌现出大量新颖的学术观点和一大批颇有建树的学者。韩国学者闵宽东教授就是其中一员。《中国古典小说在韩国的研究》是韩国学者闵宽东以中文书写的一部关于中韩文学交流研究的著作。该书涉及文献资料极其丰富，从接受国的视角审视文学传播的接受影响情况，使读者可以看到不同于中国研究者的解读，为中韩文化交流做出突出贡献。

全书分为两大部分。第一部分是韩国之中国古典小说总论。韩国古典小说的形成与中国古典小说的关系相当密切，这一部分的研究范围是以简述中国古典小说传入韩国的过程和传入后产生的成果、在韩国古典小说史上中国古典小说史的地位等问题为主。在这一部分的论述中，著者将中国小说传入韩国的历史，分成"种植期""成长期""兴盛期""衰退期"四个时段，除了用具体的书目文献作有力的论证，还用韩国印刷业、贳册业的发展进行说明，勾勒出一条明晰的中国小说流入韩国的路线图。与此同时，论著还清晰地描绘出中国小说在韩国的传播与韩国小说的生成、发展乃至衰微的相傍相生的轨迹。闵宽东学者认为，鉴于韩国古典小说在创作过程中对中国古典小说的模仿与借鉴，在研究韩国古典小说之前，先研究中国古典小说是必不可少的工作。所以书中重点论述了中国古典小说传入韩国的过程及传入后产生的成果。其研究切入点从接受者出发，考察作品在接受国引起的反应。他将这种反应分为四类研究讨论。分别是第一类在中国和接受国都受欢迎；第二类在中国不受关注，在接受国很受欢迎；第三类是作品的某一部分在接受国特别受关注；第四类是在中国很受欢迎的作品在接受国却反响平平。第二部分是传入、翻译、出版、研究论著目录。论者大量运用了统计学的方法，将小说的书目一一注明，并对现存图书注明馆藏位置；对韩国翻译、研究中国古代小说的文献书目做了索引，为后续研究提供了大量线索、材料。

要目：
序一
序二
第一部　韩国之中国古典小说总论
一　在韩国中国古典小说之传入与地位
　　（一）韩国古典小说的产生与分类
　　（二）中国古典小说的传入与影响
　　（三）中国古典小说在韩国古典小说史上的地位

二　传入论

　　　　（一）明代以前小说

　　　　（二）明代小说

　　　　（三）清代小说

　　　　（四）版本概况与分析

　　三　出版论

　　　　（一）朝鲜时代的出版情况

　　　　1. 官刻本

　　　　2. 私刻本

　　　　（二）朝鲜时代版本目录

　　　　（三）朝鲜时代版本的分析和考察

　　四　翻译论

　　　　（一）翻译的来源

　　　　（二）朝鲜时代翻译本目录

　　　　（三）朝鲜时代的翻译状况

　　　　（四）日帝时代及光复以后的翻译状况

　　五　研究论

　　　　（一）韩国的中国古典小说研究史

　　　　（二）各时代研究史和研究类型

　　　　（三）韩国中国小说学会的情况和成果

第二部　传入、翻译、出版、研究论著目录

一　传入目录：

　　　　（一）传入的中国小说目录

　　　　（二）明代以前小说目录

　　　　（三）明代小说目录

　　　　（四）清代小说目录

二　翻译目录

　　　　（一）朝鲜时代翻译目录

　　　　（二）日帝时代以后翻译目录（1910年—最近）

　　　　（三）总翻译目录（从朝鲜时代到最近）

三　出版目录

　　　　（一）朝鲜时代出版目录

　　　　（二）日帝时代以后出版目录（1910年—最近）

　　　　（三）总出版目录（从朝鲜时代到最近）

四　研究著作目录

五　硕、博士学位论文目录

六　研究资料目录（研究史资料和研究资料目录）

七　研究中国古典小说的学者名单目录

（一）中国小说学会会员中出名学者目录
　　（二）其他学者目录（韩国古小说学会及其他学者）
八　中国小说研究相关学会与学术杂志目录
　　（一）学会和学术杂志
　　（二）研究所和学术杂志
九　中国小说学会的组织构成
作者介绍：闵宽东

（樊雅茹摘）

闵宽东著，学林出版社2010年版，25万字

《日本古代汉文学与中国文学比较研究》

　　日本汉文学是指日本学者以中国汉字创作的诗、文等文学作品，以平安时代创作为主的12世纪末之前的作品又被称为日本"古代汉文学"。这是一个时间跨度广阔、作品数量繁多的研究领域，也是一直以来中日学者共同关注的学术研究热点领域。

　　这部书就以日本平安时代的汉文学为主体，通过与中国文学的对比，研究日本古代汉文学在题材或表现上对中国文学的继承，分析其怎样进一步发展从而形成自己独特风格的。著者认为，解读一部作品，最重要的是要弄清构成这部作品的词汇以及表现的含义。同时，对作品创作的历史背景和思想背景的了解，也是解读一部作品所必要的。因此著者通过对基本词汇以及表现的分析，探讨整部作品的历史背景和思想背景，以此来研究日本古代汉文学与中国文学的关系。选择具体词汇为切入点，通过考察其使用中的不同，研究日本汉文学在接受中国词汇的同时对其进行的具有日本特色的衍生和发展。首先，著者对具体词汇和表现进行深入探讨，考察其复杂的继承与发展情况。其次，在梳理清楚具体词汇意义与用法的基础上，进而选择通过作家作品实例来研究日本古代汉文学受中国文学影响的情况。

要目：
序言
第一章　"猿声""鹿鸣"考
　　一　序言
　　二　猿声
　　三　鹿鸣
　　四　结语
第二章　"脱屣"考
　　一　序言
　　二　中国文献中的用法
　　三　日本古代汉文学中的用法

四　平安时代汉文学中用法的特点及成因

　　　五　结语

第三章　"苔"考

　　　一　序言

　　　二　产生悲伤情感的"苔"

　　　三　哀悼死亡的"苔"

　　　四　闲雅幽静的"苔"

　　　五　结语

第四章　"血泪""红泪"考

　　　一　序言

　　　二　中国文献中的用法

　　　三　日本古代汉文学中的用法

　　　四　结语

第五章　「血の涙」「紅の涙」考

　　　一　序言

　　　二　和歌中的用法

　　　三　散文中的用法

　　　四　混同的原委

　　　五　结语

第六章　"泪濡袖"考

　　　一　序言

　　　二　汉诗文中常见的用法

　　　三　"袖"的功能

　　　四　『新撰万蘖集』汉诗中的用法

　　　五　结语

第七章　「座左铭」考

　　　一　序言

　　　二　「座左铭」

　　　三　崔瑗《座右铭》与白居易《续座右铭》

　　　四　与崔瑗《座右铭》和白居易《续座右铭》的比较

　　　五　创作时期

　　　六　与大江匡房「续座左铭」的比较

　　　七　结语

第八章　「兔裘赋」考

　　　一　序言

　　　二　本文

　　　三　内容

　　　四　佛教的表现

五　兼明亲王的思想
六　结语
引用文献

（樊雅茹摘）

于永梅著，辽宁大学出版社有限责任公司2010年版，16万字

《话语转型与诗学对话：泰戈尔诗学比较研究》

泰戈尔一直是印度文学研究的重点与热点，泰戈尔研究在中国学界已经有悠久的历史，且成果颇丰。当代对泰戈尔的研究，既有资料翔实的便利，同时也有如何找出创新研究视角的挑战。学者侯传文不规避挑战，力求从中找到新的发散角度。《话语转型与诗学对话：泰戈尔诗学比较研究》，立足于著者从事文学学习研究以来，在学术生涯中对泰戈尔文学、思想等多方面持之以恒的探索，从而找到了诗学这一切入点。这部著作是对泰戈尔诗学思想的研究，对其诗学思想的发展、核心词汇以及思想体系都进行了深入的分析和细致的梳理。从一般的泰戈尔生平思想和创作的研究深入其文学理论层面，延伸到印度传统诗学、西方诗学以及中国诗学研究领域，成为具有跨文化、跨文明特点的比较诗学研究。既是东方诗学从传统向现代的话语转型研究，又是印度诗学、西方诗学和中国诗学之间的诗学对话研究。是对比较文学研究领域的开拓。这部著作主要有以下几个特点：首先是泰戈尔研究的深化。这部著作是国内第一部对泰戈尔诗学进行全面系统深入研究的学术专著，在一定程度上代表了目前泰戈尔研究学界的新水平。这部著作是对泰戈尔作为诗人和作家研究的深入，有助于深化对泰戈尔作品的艺术特点和美学品格的认识。也是目前针对泰戈尔诗学研究的补白之作。其次。这部著作是比较诗学研究领域的开拓。在比较诗学研究大多集中于中西比较研究的当下，选择印度现代诗人、印度诗学进行比较研究，具有重要的开拓意义。著者对泰戈尔诗学思想发展历程、诗学关键词与思想体系，以及各种文学问题的理论等都进行了细致的分析和深入的阐释，打开了比较诗学研究的全新视野。再次，对泰戈尔诗学的研究也是对东方文学现代转型的话语分析。著者通过对泰戈尔诗学语言特点和转型机制的研究，总结东方诗学话语转型的规律，对中国文论话语的研究与重建，都具有重要的借鉴意义。

要目：
序
绪论——泰戈尔与比较诗学研究
　　一　泰戈尔和他的时代
　　二　泰戈尔诗学文献整理
　　三　泰戈尔与比较诗学研究
　　四　泰戈尔诗学比较研究
第一章　思想历程

第一节　前期诗学思想
　　一　早期诗学著述
　　二　《文学》
　　三　主动性诗学体系的形式
第二节　中期诗学思想
　　一　中期诗学著述
　　二　《什么是艺术》
　　三　浪漫主义的深化
　　四　神秘主义的发展
第三节　后期诗学思想
　　一　后期诗学著述
　　二　《文学的道路》
　　三　批判与反思
第二章　本体研究
第一节　人格论
　　一　审美内涵
　　二　哲学底蕴
　　三　有限中的无限
第二节　情味论
　　一　形成过程
　　二　审美内涵
　　三　主体性
　　四　超越性
第三节　欢喜论
　　一　审美内涵
　　二　文学目的
　　三　哲学底蕴
第四节　韵律论
　　一　诗人的韵律
　　二　音乐家的韵律
　　三　哲人的韵律
　　四　美在韵律
第五节　和谐论
　　一　美在和谐
　　二　和谐在爱
　　三　真善美统一
第三章　各体诗学
第一节　诗歌论

一　相关著述
　　二　创作论
　　三　语言论
　　四　体式论
　　五　接受论
第二节　戏剧论
　　一　戏剧情味
　　二　想象与象征
　　三　戏剧冲突
　　四　戏剧表演
第三节　儿童文学论
　　一　儿童文学与教育
　　二　儿童文学与游戏
　　三　视童心为神圣
　　四　简谱自然
第四章　传统继承
第一节　接通民族精神血脉
　　一　寻根民族文化
　　二　弘扬民族精神
　　三　重建民族话语
第二节　承接民族诗歌传统
　　一　诗歌体式
　　二　虔诚精神
　　三　自然美
　　四　和谐美
第三节　激活民族诗学话语
　　一　话语传统
　　二　审美意识
　　三　超越精神
　　四　语言意识
第五章　现代定位
第一节　浪漫主义
　　一　天然本性
　　二　思潮回声
　　三　浪漫特征
第二节　神秘主义
　　一　诗人之神秘体验
　　二　哲人之神秘思考

三　诗哲之"诗人宗教"
第三节　唯美主义
　　一　个人气质
　　二　民族基因
　　三　同声相应
第四节　现代主义
　　一　思想拒斥
　　二　创作影响
　　三　心灵契合
第五节　生态主义
　　一　自然观
　　二　文明论
　　三　整体和谐说
第六章　西方影响
第一节　渊源与纠葛
　　一　文化渊源
　　二　思想纠葛
　　三　矛盾态度
第二节　接受与影响
　　一　泰戈尔对西方的接受
　　二　泰戈尔诗学中的西方影响
　　三　西方对泰戈尔的接受
第三节　对话与互动
　　一　诗学话题
　　二　文化题域
　　三　互动关系
第七章　中国情缘
第一节　友好情缘
　　一　交往
　　二　谈论
　　三　接受
第二节　精神契合
　　一　诗心会通
　　二　道法自然
　　三　人格和谐
　　四　诗禅一致
第三节　话语激发
　　一　契合

二　激发

　　三　对话

　　四　误读

第八章　启示与反思

　第一节　民族诗学的话语转型

　　一　诗学传统

　　二　现代语境

　　三　话语转型

　第二节　诗学对话与文化输出

　　一　对话方式

　　二　文化输出

　　三　启示与思考

　第三节　诗学的跨文明研究

　　一　比较诗学与跨文明研究

　　二　泰戈尔与诗学的跨文明研究

　　三　迎接世界诗学时代

泰戈尔诗学年表

主要参考文献

后记

（樊雅茹摘）

侯传文著，中国社会科学出版社2010年版，40.5万字

《事件与翻译：东亚视野中的台湾文学》

　　台湾文学作为中国文学特殊的一个分支，蕴藏着丰富的研究资源，但一直以来并未得到应有的重视。近年来，随着信息渠道的发达和两岸交流的增多，越来越多的研究者开始关注台湾文学，并且将其放置于世界文学的大背景中分析阐释，逐步构建了台湾文学研究的主体框架，扩展了东方文学研究的范围。

　　《事件与翻译：东亚视野中的台湾文学》是一部建立在"中国社会科学院两岸学术交流论坛——身份与书写：战后台湾文学学术研讨会"讨论基础上的论文集。与会者既有海峡两岸的本土学者，也有来自美国的汉学家。围绕"身份"这一复杂的主题，会议讨论及相关论文形成了"东亚视野中的台湾文学""战后台湾文学史论""原住民文学""眷村文学""亚文化与后殖民状态"等几个部分。"东亚视野中的台湾文学"围绕"台湾意味着什么"以及反思"学科化"建构问题，促进台湾文学在学科交叉地带的对话，深入梳理了台湾文学的历史背景、指出未来发展的问题及机遇。立足于文学的世界性视野，在"把台湾文学放置于世界文学大背景"的共识基础上，两岸学者在

从"台湾文学"到"华文文学"、"华人文学"的学科建设及研究方法的问题上，提出了不同的看法。"战后台湾文学史论"则涉及了跨学科的多种理论方法的实践问题。针对台湾文学发展的不同时期，根据其受社会形态发展变化影响而产生的不同特征，引入法律、社会学、场域等不同的学科理论，形成对战后台湾文学的历史性梳理。"原住民文学"部分则是在强势文化与弱势文化的交汇中，关注弱势文学蕴含的文化反思。"眷村文学"作为台湾文学中一个较为特殊的部分，论者就"认同"问题发表了各自的见解。

这部著作是近年来针对台湾文学较为深入且中肯的一次研讨合集。透过海内外学者的不同视角，得以展示台湾文学近百年来的面貌，是学术研究外延很有意义的拓展。

要目：
前言　一场跨域对话的实录
辑一：视野与方法
东亚视野中的台湾
华文文学的跨域建构
殖民历史的叙述方法与文化政治——日本的台湾文学研究
辑二：史料与史论
认同研究中的历史：过去的事实、社会的过程与人类经验的历史性/叙事性
台湾20世纪七八十年代以副刊为核心的文学生态与中产阶级文类
论台湾的新殖民主义
辑三：原住民文学的身份书写
我们的文学为什么要打猎：台湾当代原住民文学中的狩猎书写
台湾原住民文学的身份书写
从殖民历史的重轭到祖灵之地——试论舞鹤《余生》的世界
辑四：眷村文学的家国想象
20世纪八九十年代眷村小说（家）的家国想象与书写政治
苏伟贞《魔术时刻》及《时光队伍》的认知测绘
从《有缘千里》到《离开同方》——论苏伟贞的眷村小说
辑五：身份书写的伦理问题
"真实"在哪里？——张大春小说理论与小说创作的矛盾
陈映真的国族身份、阶级身份与文学身份
事件与翻译：赖香吟《翻译者》的身份伦理
狂欢化与叙事限度——《大学之贼》的叙事学意义及其他
女性话语·国族寓言·华人文化英雄——重读当代华语经典《桑青与桃红》

（樊雅茹摘）

黎湘萍、李娜编，中国社会科学出版社2010年版，30.5万字

《民族主义视野中的中日文学研究》

中日文学关系是学者刘舸学术研究始终关注的重点。在著作《民族主义视野中的中日文学研究》一书中,学者刘舸从民族主义的视角,以中日文学为基本研究对象,将中日文学、文化以及社会各方面进行整合性研究。这部著作既有历时性考察,也有共时性探讨,并按问题展开全书的论述框架。在具体问题的论述中,著者又运用形象学、接受美学、女性主义等分析方法,透视中、日民族精神,并从文学的角度,透过民族主义的视野对当代中日关系作出理性的梳理和反思。全书共分为上、中、下三编。上编民族主义与文化批评共分五个章节,分别讨论了对民族主义的认识,东方现代民族主义文学思潮与东方现代主义、唯美主义、无产阶级文学等的比较,民族主义与东方学的关系,民族意识在中国现当代文学中的表现以及中国比较文学建设等问题。中编民族精神与日本体验,引入中日比较研究的视角,通过对中国留日文学中的日本形象、日本女性形象变迁,战争时期中国文学中的日本书写以及当代新媒介中日本形象所表现出的民族精神特点的梳理,初步总结了时代历史变迁背景下的文学书写变迁,进而挖掘其间民族精神的细微变化。下编民族语境与个案研究,选择成仿吾、田汉、三岛由纪夫作为研究对象,透过个体特质总结整体规律,同时深入剖析个体书写中的民族情怀与自我意识。著者通过对现有民族主义研究的总结,归纳出民族主义的三个特点:民族的意识感情;由意识感情升华而来的思想观念和理论体系;以前两者为基础进行的政治、文化和社会运动,即民主主义的实践。

要目:

上编　民族主义与文化批评

第一章　关于民族主义的若干思考
　第一节　民族主义的名与实
　第二节　民族主义的益与害
　第三节　民族主义需要理性建构

第二章　东方现代民族主义文学思潮与其他文学思潮比较
　第一节　东方民族主义文学与东方现代主义文学
　第二节　东方民族主义文学与东方唯美主义文学
　第三节　东方民族主义文学与东方无产阶级文学

第三章　民族主义与"东方学"
　第一节　萨义德的"东方学"
　第二节　从对抗到对话:民族中心论话语的破除

第四章　民族意识与中国当代文学
　第一节　民族意识的内涵与历史剖析
　第二节　民族意识的当代文学表现
　第三节　民族意识的优良传统与先进文化

第五章　中国特色与中国比较文学
　　第一节　关于学科理论建设的问题
　　第二节　关于比较诗学问题
中编　民族精神与日本体验
第一章　民族的东渡：中国留日文学研究
　　第一节　中国百年旅日文学中的日本形象变迁
　　第二节　中国现当代留日文学比较：以日本女性形象为中心
　　第三节　湖南近现代留日作家创作研究
第二章　民族的伤痕：战争时期的日本记忆
　　第一节　中国当代文学中的"日本军人"形象演变
　　第二节　殖民沉积与战争记忆：台港文学中的"日本情结"比较
第三章　民族的激情与理智：中国当代媒介中的日本
　　第一节　民族精神的衬托模式：当代电影中的日本
　　第二节　民族视觉中的他者：当代漫画中的日本
　　第三节　民族情绪中的理性：近20年中国新闻报道中的日本
下编　民族语境与个案研究
第一章　外力作用下的文学理论形态：成仿吾与日本
　　第一节　文学表情：对浪漫主义的"日本过滤"式接受
　　第二节　自我表现：对厨川白村的超越性接受
　　第三节　阶级意识：对福本主义的期待性接受
第二章　多元观念的融合：田汉创作早期与外国文学
　　第一节　浪漫主义：独特"自我"的魅力
　　第二节　新浪漫主义：现代主义戏剧的追求
　　第三节　现实主义："要做中国的易卜生"
第三章　文化的冲突：三岛由纪夫创作中的对立因素
　　第一节　生的渴望与死的向往
　　第二节　女性：畏惧与赞赏
　　第三节　出世之"相"与人世之"魂"
参考文献
后记

（樊雅茹摘）

刘舸著，湖南大学出版社2010年版，21.4万字

《日本文学研究：历史足迹与学术现状——日本文学研究会三十周年纪念文集》

日本文学研究会作为研究日本文学的重要学术团体，在成立以后的三十年间，以不

断进取的姿态在学术道路上取得了令人瞩目的成就。2009 年，正值该研究会成立三十周年之际，作为参加过第一届会议并见证了日本文学研究三十年发展变迁的学者，谭晶华教授主编的这部著作，收录了中日共计四十六位学者的学术论文。这些论文涵盖了日本文学研究的各个方面，是该领域研究成果的代表集合，集中展示了三十年的研究成果，是一部极有学术价值的论文合集。

要目：
回眸与见证——改革开放时代的中国日本文学研究会（代前言）
美的创造——论日本唯美主义文学艺术
川端康成："感觉即表现"
日本文学研究会建立时日的回想
宫泽贤治随想
纪念李芒与高慧勤两先生
我与日本文学
中国几近出版两套日本文学大系
从我家的唐三彩马谈起
《日本文学》杂志创刊始末
日本文化史重构——以"文学""艺术"概念为中心
《伊豆舞女》论
鲁迅与大江健三郎
正冈子规与中国文学
翻译理论与诗美的创造——兼论日诗汉译实践
芥川龙之介作品的中国译介
作为东方主义的"支那"趣味——谷崎文学中的另一种世纪末意识
日本近代文学与都市空间表象——横光利一《上海》中"地名抹消"的意味
时代的鼓点，心灵的歌声——无产阶级短歌再评价
中日爱国心的差异——"爱故乡"与"爱国家"
夏目漱石新论——作为隐喻的植物
"白雪"入歌源流考
1935 年秋：北平幻想曲——林语堂与阿部知二的《北京》
《源氏物语》中"妒忌"的文学文化史内涵
芥川龙之介作品中的中国女性——从《南京的基督》到《春夜》
日本嵯峨天皇《折杨柳》的训读与考辨
日本文学表现中的文化认同——"仡"与"道"
菅原道真与白居易的讽喻诗
初读中野重治
川端康成文学的隐喻性与《庄子》——以《禽兽》为中心
日本人与《水浒传》
高慧勤翻译艺术研究——兼论文学翻译与形象思维的关系

《怀风藻》诗歌语言的基础性研究——诗想·诗句·诗语出源考
论中国文学对日本古典诗歌的影响——从夏蝉和秋蝉谈起
佐藤春夫《雾社》中的台湾原住民女性形象论
论狂言绮语观在日本的引入及其原因
平安朝文学中的"紫藤"意象考——从大江千里的《句题和歌》说起
厨川白村"Essay"的批评指归与言说风格
论中国旅行前的芥川龙之介汉诗
远藤周作的长篇小说《深河》中的宗教观
论"第三新人"笔下的父亲（丈夫）形象
"愁容童子"——森林中的孤独骑士
论大江文学中的"少年"形象
"天皇文化"的反讽表现——论大江健三郎《十七岁》和《政治少年之死》
试析大江健三郎小说的文体特色
作为斗士的村上春树——村上文学中被东亚忽视的东亚视角
私小说——以差异性"私"字概念为中心
编后记

（樊雅茹摘）

谭晶华编，译林出版社2010年版，51.8万字

《佛教文学概论》

佛教文学无疑是世界文学界神秘诱人的一方宝库，千百年来，以佛教素材和佛教精神为资源的创作从没有停止过，受佛教影响的作家作品，构成了中华文化与文学的重要组成部分。

这部著作是著者多年从事佛教文学研究与教学，反复斟酌的成书，是目前国内学界第一部全面梳理佛教的文学色彩和研究文学的佛教精神的专著。全书力图做到将概括性、学术性、实用性和创新性相互结合。同时以大量文学文献资料为基础，深入展开，分析了佛教文学类型、神话语言故事、佛教对中国传统文学的影响、中国传统文学中的佛教精神，文人创作的苦情意识、灵性神韵等方面，突出强调了佛教文学抚慰众生精神痛楚的特质。该书中，作者引用了许多较少为人关注的文献资料，特别是在傣族佛教文学研究方面，提出了独到的见解。该书内容丰富，涵盖范围广泛。既有对佛教文献中文学性的梳理，又有文学中佛教精神之体现的总结。作者在书中系统介绍了文学中涉及的佛教基本常识，同时作者认为探讨佛教文学的目的和深度，在于弄清佛教作为有生命力的宗教存在的缘由及其生命力所在，力图达到发掘人性中的普世价值，以寻求人性的终极关怀。

通过分析，作者总结出佛教文学的以下特征：第一，生命的自我超越性，佛教文学

关注于内向的探索，追求自我觉悟和个体超越。第二，敏感的自我伤情性，因过于敏感于人世变迁无常，从而使作品中充满了自我伤怀之作；第三，心灵的无限创造性；第四，文学创作的生命性。

要目：

序言

第一章　佛教文学导入

　第一节　释迦牟尼的文学气质

　　一　历史的释迦牟尼形象

　　二　宗教的释迦牟尼形象

　　三　文学的释迦牟尼形象

　第二节　佛教影响文学的基本思想

　　一　对事物本质的认识：性空

　　二　对人生本质的认识：苦恼

　　三　对存在本质的认识：无常

　　四　对生命形式的认识：轮回

　　五　对命运本质的认识：因果

　　六　对生命本质的认识：无我

　　七　对生命理想的认识：解脱

　　八　对生命境界的认识：涅槃

　　九　对生命活动的认识：修行

第二章　佛教的文学色彩

　第一节　佛教的文学类型

　　一　人物行藏故事

　　二　寓言神话故事

　　三　天堂地狱故事

　　四　生死轮回故事

　　五　因果报应故事

　　六　传教救度故事

　　七　修行得道故事

　第二节　佛教神话寓言故事分析

　　一　与佛、菩萨有关的神话寓言故事

　　二　其他与教义有关的寓言

　　三　神话寓言故事小结

第三章　佛典的文学理解

　第一节　佛教典籍

　　一　佛经的来历

　　二　佛经的分类

　　三　佛经的流传

第二节　佛本生故事分析
　　一　佛本生故事的思想内容
　　二　佛本生故事的文学意义
第三节　《佛说观无量寿佛经》
　　一　说此经因缘
　　二　十六观法及其文学意义
　　三　经中人物形象分析
　　四　该经传达的佛教修行的本质
第四节　马鸣与《佛所行赞》
　　一　《佛所行赞》的内容梗概
　　二　佛陀生命的完美安顿
　　三　《佛所行赞》的文学特色及其地位

第四章　佛教对中国传统文学的影响
第一节　佛教对中国语言艺术的影响
　　一　题材
　　二　文体
　　三　形式
　　四　语言
第二节　中国古代小说因果轮回形式的生命实质
　　一　因果轮回的道德训诫功能
　　二　社会无意识对生命因果轮回形式的肯定
　　三　佛教轮回生命观的显化
第三节　中国古代戏剧中"梦"的佛教生命意识
　　一　执梦为真
　　二　"情"的苏醒及困惑
　　三　生命的觉悟与寻求升华
第四节　中国古代散文中的空苦与永恒
　　一　空华泡影，感叹无常
　　二　托情山水，求证永恒
第五节　中国古代诗词曲中的真如本心
　　一　本土诗歌的"言志""缘情"
　　二　"词以境界为上"
　　三　"佛心"——对中国诗词曲境界的真正开拓

第五章　中国传统文学中的佛教精神
第一节　生命的空苦无常与悲情情绪
　　一　曹操与《短歌行》
　　二　杨升庵与《临江仙》
　　三　弘一大师与《送别曲》

四　唐诗宋词中的悲欢离合
　　五　《红楼梦》的空幻人生
第二节　生命的轮回流转与悲怜情怀
　　一　《聊斋志异》的人鬼情未了
　　二　《醒世姻缘传》的因果轮回、善恶有报
　　三　"三生石上旧精魂"的几世真醇
第三节　生命的绝望安慰与悲悯情结
　　一　大团圆情结的生命关怀意蕴
　　二　《西游记》与人生苦难的解脱
　　三　《牡丹亭》与梦幻中的美好姻缘

等六章　中国佛教文学专题
第一节　文人创作的苦情意识
　　一　李商隐
　　二　纳兰容若
第二节　晚明小品中的灵性神韵
　　一　晚明性灵小品的抒写范畴
　　二　晚明性灵小品诸家略举
第三节　诗僧创作的超越性光芒
　　一　王梵志、寒山、皎然
　　二　宋初"九僧"
第四节　山水中的佛性生命安顿
　　一　谢灵运
　　二　王维
　　三　柳宗元
　　四　苏东坡
第五节　山居诗的生命美学实证
　　一　山居诗的发展
　　二　山居诗的品格
　　三　永明延寿山居诗的生命境界实证
第六节　禅悟诗的生命境界
　　一　关于生命本原的存在
　　二　参悟途径的诗意化
　　三　悟道途中的非逻辑体验
　　四　生命本原的显化

第七章　20世纪的中国佛教文学
第一节　20世纪的中国佛教散文
　　一　梁启超的《惟心》
　　二　许地山的《空山灵雨》

三　高鹤年的《名山游访记》
第二节　20世纪中国诗歌的禅昧
　　一　苏曼殊诗歌的心性透视
　　二　孔孚山水诗的生命境界
第三节　20世纪台湾文学的佛风
　　一　周梦蝶诗歌的内在命途解析
　　二　林清玄、简媜散文之中的生命追问
第八章　傣族的佛教文学
第一节　南传佛教对傣族的影响
　　一　对傣族社会生活的影响
　　二　对傣族文化艺术的影响
第二节　贝叶经和傣族文学
　　一　贝叶文化之源流和内涵
　　二　贝叶经中的文学
第三节　傣族文学经典
　　一　《召树屯》
　　二　《兰嘎西贺》
　　三　阿銮故事与佛本生故事的关系
结束语
参考文献
后记

（樊雅茹摘）

吴正荣著，云南大学出版社2010年版，39.5万字

四 中西比较文学论著简介

《跨学科视野下的诗经研究》

  《诗经》研究一直是比较文学跨学科研究的重点。过去二十年来，先秦时代的考古资料的新发现，为《诗经》研究注入了新的活力，因此，开展《诗经》的跨学科研究十分必要，具有阶段性总结的重要意义。2009年4月1日，由香港浸会大学中文系与香港浸会大学传统文化研究中心联合主办、由香港浸会大学陈致教授主持的"杰出学人讲席：跨学科视野下的诗经研究"国际学术研讨会在香港浸会大学成功召开。本次会议邀请到了在《诗经》学方面有重要贡献、在方法上具有跨学科视野的中外知名学者，结合考古学、文献学、语言学、社会学、心理学等学科领域的学术发现，从不同角度对《诗经》研究展开了深入的讨论，启人思路，具有重要的学术价值。

  该书为此次国际学术研讨会的论文结集，收录了八位中外知名学者的研究成果，具体为：日本早稻田大学文学部的稻畑耕一郎教授对于周公庙遗址的发掘成果的介绍，香港浸会大学中文系的陈致教授对《周颂》与金文中成语的运用的辨析，山西大学文学院的刘毓庆教授从《诗经》水意象出发对古代性隔离的习俗进行的考察，台湾玄奘大学文学院的季旭升教授对于《诗经》研究走出疑古时代的呼唤，德国海德堡大学中国研究中心的梅道芬教授（Ulrike Middendorf）用心理语言学的一些关键概念来对《诗经》作出分析的尝试，美国普林斯顿大学东亚系的柯马丁教授（Martin Kern）对中古早期《诗经》的接受史的梳理，上海社会科学院历史学研究所的虞万里教授对清人四家诗研究的细致研究，以及"中央研究院"中国文哲研究所的蒋秋华教授对清代学者刘沅的《诗经恒解》的注解方式的探察。相信该书的出版，不仅有益于《诗经》研究的进一步发展和整合，亦将为经学与古史研究提供新的研究方法和综合性视角。

要目：
"香港浸会大学人文中国学术丛书"总序
序
周原妩妩——周公庙发掘与诗篇原始
从《周颂》与金文中成语的运用来看古歌诗之用韵及四言诗体的形成
《诗经》之水与中国文学中水意象的历史考察

《诗经》研究也应该走出疑古时代——以《召南·甘棠》诗的诠释为例

《诗经》之微指——以心理语言学理论分析《木瓜》《东门之墠》

毛诗之后：中古早期《诗经》接受史

从熹平残石和竹简《缁衣》看清人四家诗研究

刘沅《诗经恒解》的圣人论述

（苏筱摘）

陈致编，上海古籍出版社2010年版，27.8万字

《跨文化的传播与接受：20世纪中国文学与外国文学的关系》

该书试图回顾和总结20世纪中国文学与外国文学的关系。20世纪中国文学与外国文学的关系问题错综复杂。系统总结20世纪中国引进、消化、吸收外国文学的经验和教训，无疑是一份既有理论价值又有现实意义的重要工作。

20世纪中国文学实现了由古代文学向现代文学转型的历史任务，这是通过从被动到积极主动地向西方开放、引进吸收西方先进文化和文学经验才实现的。西方先进的文化理念和文学经验在中国传播，促进了中国新文学的诞生和发展，但其影响的范围、方式和程度，则又是受到中国历史发展进程制约的。从20世纪初梁启超的小说界革命、五四文学对西方文学的译介，到20世纪中期俄苏文学对中国文学的影响的加深，再到20世纪后半叶中华人民共和国成立后的政治斗争和改革开放对中国文学流变的巨大影响，中国文学接受外国文学影响而形成的两大传统——自由主义文学传统和左翼文学传统——它们在中国的存在、发展以及所扮演的角色和所起的作用，不是由它们自己决定的，更不是无缘无故的，归根到底是由中国社会的内在需要决定的，是中国各大政治力量博弈所产生的一个综合平衡的结果。由此可见，20世纪中国文学虽然受到了外国文学，尤其是西方文学的重大影响，但它不是外国文学的横向移植，而是在中国的土壤里生长起来的具有中国特色和中国风味的、充满活力的新的民族文学。

此外，论及20世纪中国文学在受到外国文学重大影响的条件下保持了自己的民族特色，就不能不注意到中国固有的民族文学传统在吸收外国文学营养、实现文学的现代转型过程中所起的重要作用。实现文学的现代化，就必须借鉴外国文学的经验，吸收外国文学的营养；要保持文学的民族特色，则又不能忽视中国民族文学传统的资源。因此，20世纪中国文学所要解决的一个重大问题，就是如何处理好文学的现代化和民族化的关系。

该书共有十二章，每一章专门探讨某个国家的文学与20世纪中国文学的关系，先描述这一国家的文学在20世纪中国的译介史，再在此基础上力图以新的眼光提出并深入研究它与20世纪中国文学关系中的一些重要问题。该书由武汉大学文学院的陈国恩教授、涂险峰教授、方长安教授、赵小琪教授，青岛大学文学院周海波教授，华中师范

大学文学院王泽龙教授、高欣荣教授，兰州大学文学院程金城教授，上海大学影视学院许正林教授，暨南大学华文学院莫海斌教授，华中科技大学文学院王毅教授共同合作完成。通过对20世纪中国文学与众多重要国家的文学关系进行梳理并探讨其中一些重要的理论问题，该书不仅勾勒出了20世纪中国文学与世界文学的完整图景，揭示了20世纪中国在曲折的道路上跋涉前进的足迹，而且明确了20世纪中国文学几个重要发展阶段一些与外国文学密切相关的重大问题，厘清其内在的理路，分析其成败得失的根源，从而为21世纪中国文学与外国文学的相互交流提供了宝贵的经验。

要目：

绪论

第一章　中国20世纪文学与古希腊文学
　　第一节　古希腊文学的翻译与介绍
　　第二节　文学观念与创作方法
　　第三节　创作题材与悲剧艺术

第二章　中国20世纪文学与法国文学
　　第一节　法国文学在中国的传播与接受
　　第二节　现实主义与20世纪中国小说
　　第三节　象征主义与20世纪中国诗歌

第三章　中国20世纪文学与德奥文学
　　第一节　德国文学的翻译与介绍
　　第二节　德国哲学和美学对中国文学的影响
　　第三节　歌德、布莱希特与20世纪中国文学
　　第四节　表现主义与20世纪中国文学
　　第五节　奥地利文学在中国的传播

第四章　中国20世纪文学与意大利文学
　　第一节　"文艺复兴"与五四白话运动
　　第二节　人本价值与中国现代文学
　　第三节　个人发现、爱的教育与文的自觉

第五章　中国20世纪文学与西班牙文学
　　第一节　西班牙文学在中国的传播
　　第二节　《堂·吉诃德》与20世纪中国文学

第六章　中国20世纪文学与俄苏文学
　　第一节　俄苏文学在中国的传播
　　第二节　俄国文学："为人生"、人道主义和美的典范
　　第三节　苏俄文学思潮与中国文学新现实主义规范的建立

第七章　中国20世纪文学与英国文学
　　第一节　英国文学与中国新文学观念的建立
　　第二节　英国诗歌与20世纪中国新诗
　　第三节　英国小说与20世纪中国小说

第四节　英国随笔与中国现代散文
　　第五节　英国戏剧与中国现代戏剧
第八章　中国 20 世纪文学与美国文学
　　第一节　影响的择取和接受的方式
　　第二节　朗费罗、惠特曼与中国新诗
　　第三节　美国意象派与中国新诗
　　第四节　T. S. 艾略特与中国新诗
　　第五节　白璧德及美国小说戏剧的影响
第九章　中国 20 世纪文学与拉丁美洲文学
　　第一节　拉美文学在中国的传播
　　第二节　马尔克斯与 20 世纪后期的中国文学
　　第三节　博尔赫斯与中国"先锋派小说"
第十章　中国 20 世纪文学与日本文学
　　第一节　日本文学对中国新文学的影响
　　第二节　《苦闷的象征》与五四文学
　　第三节　唯美主义与前期创造社
　　第四节　新感觉派与 1930 年代现代派小说
第十一章　中国 20 世纪文学与印度文学
　　第一节　印度文学文化与中国现代文学
　　第二节　泰戈尔对中国新诗的影响
　　第三节　佛教故事对沈从文小说的影响
第十二章　20 世纪台港澳文学与西方文学
　　第一节　台港澳文学接受西方文学的特征
　　第二节　台港澳文学与西方现实主义
　　第三节　台港澳文学与西方现代主义
　　第四节　台港澳文学与西方后现代主义
后记

（苏筱摘）

龙泉明等著，人民文学出版社 2010 年版，56.9 万字

《拉夫卡迪奥·赫恩文学的发生学研究》

　　该书以多元文化语境为依托，在 19 世纪后期到 20 世纪初期的欧洲、美国与日本宽阔的文化视野中，以"文学发生学"的思维与方法，揭示了日本近代文化史中"小泉八云文学"的"虚影与实像"，从而在相当的层面上第一次较为"真实"和"完整"地解开了一个世纪以来这个困扰着研究者思维与一般读者阅读的一个"文学谜团"，即

"小泉八云文学"的"文学属性"的归属问题，或者更直截了当地概括为："小泉八云文学难道真的是属于'日本文学'吗？"此处提及的"小泉八云文学"，就是该书论述的主人公拉夫卡迪奥·赫恩在日本写作的"文学"，为了还原它的真实面貌，该书称之为"拉夫卡迪奥·赫恩文学"。

该书的突出价值，在于把"小泉八云文学"多元文化语境中形成的哲学表述与美意识特征"还原"它的真相，把小泉八云从各种"虚影"中拯救出来而显现其"实像"。作者对小泉在美国时代与日本时代的写作原文本做了较为系统的梳理。在梳理中特别关注了他的生成语境，并且特别考察了他的思想观念的欧洲源流，例如揭示了他的"美意识"的生成与 T. Gautier 的关联，他对东方的"异国情调感"与 P. Loti 的关联，他的社会学人口论与 H. Spencer 的关联，从而突破了以往这一课题研究中大量的以由英文转译的作品作为"作品论述"的传统的模式，从而为把握与解读小泉作品提供了真实的文化语境。该书详细阐述了小泉八云从对美国社会的失望转向日本，但日本本身并没有使他获得理想的满足的心路历程。作者把"赫恩"的日本写作归类为三大部分，一是把对日本的"异国情调感受"传递到英语世界；二是对日本民族的民族性进行的若干思考；三是依据中国和日本已有的传说和民间故事，用英语世界能够接受的写作进行"重组"。这一基本的解读，则揭开了一个世纪以来小泉八云被日本文化界特别是主流意识形态界塑造为"欧美崇拜日本之神"的"虚影"，几乎完全击破了把小泉八云作为日本"大和魂"精神的偶像的"虚影"，而以他自身的文本实证出他在文化史上的"实像"——英语世界中的"日本学"研究者。这一阐述结论，将会为今后在日本文化史与文学史上真实地表示小泉八云提供极有意义的启示和引领意义。

当然，该书无意要把"小泉八云"从现在的日本文学史上勾除掉，但作者使用"赫恩文学"的名称以及全书通篇的实证性论述表明，作者向学术界提出了一个几乎被所有研究者所忽视而具有极深刻意义的问题，这也是作者依据"文学发生学"的观念对"文本"细读时必然要遇到的不可回避的问题。这个问题的本质揭示的是，无论称之为"小泉八云文学"抑或是"赫恩文学"，这一文学的本质归属实际上具有"双边文化"的基本特质。这是本书的又一大贡献。

要目：

导论

  第一节 赫恩其人

  第二节 赫恩的研究史

  第三节 本书的思路及研究方法

第一章 赫恩的"实像"与"虚像"

  第一节 关于赫恩的几个问题

    一 赫恩的眼睛

    二 "归化"与赫恩的身份认同

    三 赫恩对日本文化的"狂热"

  第二节 赫恩作品的基本传播状态

  第三节 赫恩作品在日本的传播及其形象塑造

一　赫恩作品在日本的传播
　　二　赫恩在日本的形象
　第四节　赫恩作品在中国的传播及其形象塑造
　　一　赫恩作品的汉译
　　二　"小泉八云"的虚象
第二章　赫恩文学的发生学考察（一）——"学徒期"的文学准备
　第一节　赫恩的文学观念及文学趣味
　第二节　戈蒂耶、洛蒂等法国作家的文学影响
　　一　戈蒂耶美学思想的影响
　　二　赫恩与洛蒂的"异国情调"
　第三节　赫恩对斯宾塞的崇拜
　第四节　《奇书拾零》及《中国鬼故事》的发生
　　一　《奇书拾零》的赫恩式改编
　　二　《中国鬼故事》及其故事来源考证
　　三　《中国鬼故事》文本分析
第三章　赫恩文学的发生学考察（二）——"日本创作"发生的文化语境
　第一节　"日本创作"的引路人吉卜林、洛威尔
　　一　吉卜林对赫恩的影响
　　二　赫恩与洛威尔
　第二节　日本人对赫恩创作的"中介"作用
　　一　导游真锅晃
　　二　同事西田千太郎
　　三　隐身的"中介"——妻子小泉节
　　四　赫恩的学生们
　第三节　赫恩与欧美日本学研究的关系
　第四节　怪谈类作品的发生
　　一　赫恩对日本民间文学的挖掘
　　二　赫恩对日本怪谈类作品的改编
　　三　赫恩的怪谈类作品背后的中国渊源
第四章　赫恩"日本创作"的发生学意义上的文本分析
　第一节　赫恩笔下的日本形象
　　一　东方的第一天
　　二　赫恩笔下日本的"异国情调"
　第二节　"爱日本者"的矛盾
　　一　克己与忠义
　　二　克己、忠义与神佛
　　三　赫恩的思想矛盾
　第三节　赫恩"日本创作"的学术化转型

一　作为"西方哲学家"的赫恩
　　二　赫恩在民俗学和人类学方面的创作
　第四节　《日本试解》的分析
　　一　《日本试解》的主要思想
　　二　《日本试解》的发生与矛盾
结语
参考文献
附录一　赫恩略年谱
附录二　赫恩主要著作目录
附录三　《拉夫卡迪奥赫恩作品集》分卷目录
附录四　日本主要赫恩（小泉八云）研究资料目录
后记

（苏筱摘）

牟学宛著，北京大学出版社2010年版，27.9万字

《文学接受与当代解读：20世纪中国文学语境中的俄罗斯文学》

　　回首百年以来的中俄文学交往史，20世纪中国文学的成长和发展，始终伴随着俄罗斯文学的深远影响。中国文学界和广大读者所面对的俄罗斯文学，其本身既是一种丰富多样、异彩纷呈的客观存在，又是一个处于不断发展变化中的实体。而中国文学对它的接纳，则显示出作为接受主体（接受者民族）进行选择的目光。这种选择的结果，往往既表明了某种摄取侧重和价值取向，也必然有所舍弃、排拒和失落，甚而有这样那样的偏颇或变形，并且在总体上呈现出随着历史的变迁而转换的阶段性特征。在这一过程中，接受主体的民族历史传统、文化心理积淀等"先结构"，接受民族的现实需求及其所处的时代氛围等，均发挥着重要的作用，而其中的现实需求则是最具决定意义的因素。因此，中国学界所了解的俄罗斯文学，就不可能完全等同于作为客观现象存在的俄罗斯文学本身。考察这一接受过程及其偏重和遗落，正是梳理中国文学对俄罗斯文学的接受史，乃至整个中俄文学交流史的不可或缺的内容。

　　该书对20世纪中国文学对俄罗斯文学的接受进行了细致的梳理，在当代文学语境中对20世纪俄罗斯文学进行了重新审视，并结合具体作品对中国文学视野中的俄罗斯经典作家作品进行了解读，同时还留意到了对俄罗斯文学进行文化阐释的必要性，对俄罗斯民族文化心态展开了批判性分析，因此具有重大的学术价值。中俄文学在经历了从良师益友到停滞低谷，再到复苏回归的发展变化后，重拾经典、重评作家、重构文学史成为中国学者们思考的热点。例如，白银时代文学、俄罗斯侨民文学（俄罗斯域外文学）、在苏联存在的70余年中的不同时期遭到批判和封闭的大批作品，渐渐受到广泛

的关注;"社会主义现实主义"及其名噪一时的"开放体系"显然已风光不再;包括俄国形式主义批评和巴赫金的诗学思想等在内的一度被忽略、被遗忘的理论流脉上升到文学的地表;等等。于是,中国读者心目中的20世纪俄罗斯文学面貌也发生了变化。就中国学者而言,他们一方面急切地希望了解当代俄罗斯学界在重新考量、重新估价其本国文学时所发掘的新文献、新材料,所提出的新观点、新思路;另一方面则忙于补读一部又一部的回归之作,同时还驱使自己重新面对他们早已熟悉的那些作品文本,力求经由这些阅读以获取关于俄罗斯文学的可靠的新认识。当然,由于诸种历史文化因素的制约和意识、思维的惯性,这种评价文学上的价值重估究竟能够在多大程度上获得更广泛的社会认同,尚需要未来历史的检验。

假设任何个人的接受与解读都是一种对话的素材,那么作者所希望的正是借助于这些文字和同时代人一起继续讨论、继续思索关于当代中国文学语境中的俄罗斯文学,以及关于20世纪中俄文学关系等饶有趣味的话题。

要目:

第一章　20世纪中国文学对俄罗斯文学的接受
　　一　俄罗斯文学精神与中国新文学总体格局的形成
　　二　中国文学接受俄罗斯文学的多元取向
　　三　百年俄苏文论在中国的历史回望与文化思考
　　四　白银时代俄罗斯文学在中国的接受
　　五　巴赫金的诗学理论及其在中国的流布

第二章　中国视角:重新审视20世纪俄罗斯文学
　　一　20世纪俄罗斯文学研究的现状
　　二　关于20世纪俄罗斯文学研究的反思
　　三　20世纪俄罗斯文学史的建构
　　四　20世纪俄罗斯文学经典的重新认识

第三章　当代中国语境中的俄罗斯文学研究
　　一　当代语境中的俄罗斯文学研究热点
　　二　关于俄罗斯文学的"白银时代"
　　三　白银时代诗人与作家群像
　　四　俄罗斯流亡文学与本土文学的血缘关系
　　五　俄国现代主义小说的流变

第四章　中国文学视野中的俄罗斯经典作家作品解读
　　一　普希金《黑桃皇后》的魅力与价值
　　二　第一部获得诺贝尔文学奖的俄罗斯作品
　　三　当代俄罗斯高尔基研究透视
　　四　关于高尔基思想与创作的再认识

第五章　俄罗斯文学的文化阐释
　　一　东西方问题的考量在20世纪文学中的延伸
　　二　关于俄罗斯灵魂的对话

三　弗·索洛维约夫与俄国象征主义
四　高尔基与别雷：跨越流派的交往和沟通
五　苏联文学与民族文化心态批判
附录　俄罗斯文学、世界文学与比较文学
一　我国俄罗斯文学史研究的一部权威性著作
二　新老《欧洲文学史》比较阅读印象
三　国内外国文学史编撰中存在的问题
四　"世界文学"的命运与比较文学的前景
后记

（苏筱摘）

汪介之著，北京师范大学出版社2010年版，32万字

《中国晚明与欧洲文学：明末耶稣会古典型证道故事考诠》

中国学界对明末以来入华天主教耶稣会士的研究，已持续了一个世纪，但其研究成果大多聚焦在交流史、科技史或传教史之上，在文学领域的相关研究却寥寥无几。本书作者李奭学先生，现任台湾"中央研究院"中国文哲研究所研究员、台湾师范大学翻译研究所合聘教授，他凭借着自身欧洲古典文学的深厚功力，上溯希腊上古、下涉文艺复兴时期的寓言、世说、神话与传说，首度深入析探晚明汉文天主教典籍中的证道故事，不仅钩稽其源流，并且关注文本分析。该书2005年已有繁体字版刊行，随后国内有出版社拟推出简体字版，不料延年宕月毫无音讯，作者只好取回版权，修订后改请生活·读书·新知三联书店送审付梓，2010年该书终于得以面世。该书不仅填补了十七世纪中欧文化交流研究工作上的空白，更在文学史和翻译史上打开一扇全新的视窗。

该书研究的重点，是明末传入中国的天主教西洋古典型证道故事，如利玛窦（Matteo Ricci，1552—1610）、高一志（Alfonso Vagnoni，1568—1640）、艾儒略（Giulio Meni，1582—1649）、卫匡国（Martino Martini，1614—1661），以及其他许多耶稣会士在华所写或传译的篇目等。耶稣会的证道故事是西方修辞学的产物，尤其关乎欧洲中世纪三大修辞学之一的"证道的艺术"。在导论与结论之外，该书按文类就寓言、世说、神话与传说分为四章。需要特别注意的是，第6章"另类古典"是唯一的例外，不能以上述四类文体加以分类，而是处理了耶稣会对佛教譬喻故事"不自觉"的借用的问题。其中，寓言每每寄意幽微，在明末是耶稣会士首发的比喻体裁，有开山之功；世说是一种短小精练的历史逸事，所涉以希腊上古名人为主，故事中人讲话或许嬉笑怒骂，但机智隽永，每寓启示于讽谏之中；关于中文世界最早的欧洲神话，则以阳玛诺在《圣经直解》中所用者为主，以利玛窦或高一志等人在《畸人十篇》或《十慰》里征引的为辅；西洋上古传说，则取了三条故事试析"西学"或"天学"和儒家思想之间的分合。

与繁体字版相比，该次的修订版进行了细致的修正和完善。作者重新编排了章节，

把原先编为"外一章"的"伪古典"以"另类的古典"名之，并增加了一些不可或缺的数据与讨论。为方便学术研究，书中人名地名除了少数例外，大多和初版一致，并附上了欧语原文供读者进行参照。

要目：
修订版序
自序
常用书目代称
第 1 章 导论：从语言问题谈起
历史偏见
普通话
勒铎里加
证道体裁及其他
第 2 章 寓言：误读的艺术
阅读本体
故事新诠
阅读新诠
理论与转折
故事新编
重读本体
第 3 章 世说：历史·虚构·文本性
文本特质
历史语法
操作历史
人物形象
"有用"试剖
第 4 章 神话：从解经到经解
由象征论出发
"寓"与"实"
再谈诠释的类型
"荷马问题"及其他
第 5 章 传说：言道·友道·天道
传而说之
守舌之学
辅仁之学
昭事之学
意识形态现象
第 6 章 另类古典：比喻·譬喻·天佛之争
问题

译体

故事

讽刺

第 7 章　结论：诗与哲学的调和

再见"误读"

省略荷马

书教

讲故事的人

重要书目

索引

出版后记

（苏筱摘）

李奭学著，生活·读书·新知三联书店 2010 年版，35.4 万字

《传教士汉文小说研究》

　　该书是上海古籍出版社主编的"海外汉文小说研究丛书"之一。所谓传教士汉文小说，具体而言，是指西方来华传教士为了宣扬教义或改变中国人的观念，用汉语创作或翻译的小说。该书对明末至晚清的传教士汉文小说分门别类，点面结合地做了详细论述，基本厘清了传教士汉文小说之起因、因承和发展线索，并对其文学地位与艺术价值作了客观的评价。

　　在海外汉文作品中，汉文小说是非常重要的部分。其中，东亚地区属于汉字文化圈和儒家文化圈的双重历史身份，其创作的汉文小说不仅都是用汉字写成，而且它们在道德伦理、价值观念、行为方式和知识结构等方面大都遵循儒家思想，这种"大同"现象在东亚汉文小说中得到了形象而生动的体现，并深入小说的取材、主题、结构和人物塑造等各个方面。与此同时，东亚各国汉文小说也真实反映了儒家思想文化在其传播过程中与本土文化不断交融而产生的"小异"甚至背离。全面研究其"大同"和"小异"，以及"异中之同"和"同中之异"，可以清楚地看清东亚各国文学和文化之间的相互影响和不同特色。

　　除了绪论之外，全书共分为十章，分别重点论述了：马若瑟与早期天主教传教士白话小说《儒交信》、早期基督教中文期刊的小说策略、第一部新教传教士汉文小说：米怜《张远两友相论》、高产的德国传教士——郭实腊的小说创作与评点、《中国丛报》译介的中国古典小说及其对传教士的影响、宾为霖与《天路历程》的译介、街头布道家杨格非及其汉文小说、李提摩太与《回头看纪略》的译介、传教士与中国现代儿童文学的萌蘖，以及 19 世纪传教士小说的文化解读。全书资料翔实，持论有据，具有很高的学术价值。

要目：

绪论　传教士汉文小说研究现状述略
　　一　本书的研究对象——传教士汉文小说
　　二　传教士汉文小说的学术研究价值与研究现状
　　三　本书的研究预期与难点
第一章　马若瑟与早期天主教传教士白话小说《儒交信》
　　一　作为汉学大师的马若瑟
　　二　稀见天主教传教士汉文小说《儒交信》
　　三　《旧约》索隐派神学观与《儒交信》的创作
第二章　早期基督教中文期刊的小说策略
　　一　《察世俗每月统记传》
　　二　《特选撮要每月纪传》
　　三　《东西洋考每月统记传》
第三章　第一部新教传教士汉文小说：米怜《张远两友相论》
　　一　问答体小说的先驱与中西文化的交融
　　二　长期的流传与众多的版本
　　三　中西读者的接受与影响
第四章　高产的德国传教士——郭实腊的小说创作与评点
　　一　对中国白话小说的重视与借鉴
　　二　中西方文化碰撞的产物
　　三　欧洲文化优越论及其强势话语权
第五章　《中国丛报》译介的中国古典小说及其对传教士的影响
　　一　小说作为汉语学习和了解中国习俗的教科书
　　二　《中国丛报》译介的小说
　　三　《中国丛报》的流传与影响
第六章　宾为霖与《天路历程》的译介
　　一　宾为霖的"天路历程"
　　二　翻译《天路历程》
　　三　宾为霖译本的流传与影响
第七章　街头布道家杨格非及其汉文小说
　　一　街头布道家——杨格非
　　二　圣教书局与杨格非的中文著述
　　三　《引家当道》——展示理想的中国基督徒生活的小说
　　四　武林吉与《引家当道》的韩译本
第八章　李提摩太与《回头看纪略》的译介
　　一　活跃于晚清变革时局中的传教士译者——李提摩太
　　二　从《回头看纪略》到《百年一觉》
　　三　适逢其时的乌托邦小说

第九章　传教士与中国现代儿童文学的萌蘖
　　一　福音小说
　　二　寓言与童话
　　三　亮乐月的文学贡献
　　四　重建中国现代儿童文学与儿童观
第十章　19世纪传教士小说的文化解读
　　一　文化适应政策的延续
　　二　章回小说中的问答体与中西文化的对话
　　三　传教士小说的文化属性及其在近代历史语境中的阅读
附录一　19世纪西人汉语读本中的小说
　　一　小说入选汉语读本
　　二　小说的改编及其独立的文本价值
　　三　汉语读本及其小说的文化传播意义
附录二　19世纪西人小说中的白话实验
　　一　白话小说的倡导与写作
　　二　从旧式白话到北京官话
　　三　社会影响及历史地位
附录三　西方来华传教士汉文小说书目简编

（苏筱摘）

宋莉华著，上海古籍出版社2010年版，34.5万字

《经典的嬗变：〈简·爱〉在中国的接受史研究》

　　该书以接受美学理论和比较文学方法为基础，深入考察了《简·爱》在中国的接受史和嬗变史，梳理了《简·爱》在中国的译介、阅读、阐释和跨文化经典重构历程，并剖析了其历史、政治、社会等深层动因。该书还探讨了《简·爱》与中国作家作品的影响和互文关系、《简·爱》与《呼啸山庄》及女性主义思潮在中国的百年流变之间的内在关联等课题，揭示了其背后不同文化之间的误读、碰撞和融合，探究了不同时期中国文化语境的变迁。

　　《简·爱》在中国的接受，是靠不同时代不同读者的阅读、阐释乃至重构来推动的。不同读者由于生活阅历、出身阶层、文化修养、受教育水平、性格趣味、审美习惯和意识等因素的差异，对《简·爱》的理解也会有所不同。在20世纪初叶反帝反封建的时代语境下，女性解放是我国读者对女性文学的期待视野，《简·爱》与这一期待视野相契合；在中华人民共和国成立初50—60年代特殊的政治语境下，文艺界对《简·爱》的期待视野则是以一整套阶级观念为主要内容；新时期开始后，随着思想禁锢的解除，读者对《简·爱》的期待视野则呈现多元化的色彩。此外，由于审美趣味、道

德观念、知识修养等方面的差异，即便是同一时代的读者对同一作品的期待视野也会有分歧，此所谓"仁者见之谓之仁，智者见之谓之智"。因此，该书将探索《简·爱》在中国的垂直接受和水平接受两种接受情况。所谓垂直接受是指不同时代的读者对《简·爱》的接受情况，所谓水平接受则是指同一时代的不同读者对《简·爱》的接受情况。总体说来，《简·爱》在中国的接受主体可分成普通读者、批评家和作家三种类型，其接受相应可分成三个接受层面：普通读者的感性阅读欣赏、批评家的理性阐释研究和作家的接受和借鉴。《简·爱》在中国的接受史研究，因此可分成以普通读者为主体的阅读史研究、以批评家为主体的阐释史研究和以作家为主体的影响抑或互文研究。此外，还要考虑到它的跨文化经典重构问题，一部外国文学经典经由何种传播媒介进入中国，有哪些因素在其中起作用，作品发生了怎样的嬗变，以及嬗变背后所折射出的不同文化之间的对峙和碰撞乃至交融，都是值得探讨的问题。《简·爱》在中国的形象塑造，离不开翻译、文学史、教材和电影这些传播媒介。在普通读者的接受之外，译者、批评家、教师、出版部门等对《简·爱》在中国的形象塑造起着非常重要的作用，这些因素也是本书重要的考察对象。

该书共有十章，分上下两编。上编为总体研究，共四章，纵向考察了《简·爱》在中国的接受史和嬗变史；下编为专题研究，深入探索了《简·爱》中人物群像在中国的嬗变，《简·爱》与《呼啸山庄》及女性主义思潮在中国接受和嬗变的内在关联，《简·爱》在中国的作家影响史、翻译史及跨文化经典重构等课题。该书将总体研究和专题研究相结合，力求清晰地勾勒出《简·爱》在中国的立体接受景观，为同类型外国文学经典作品在中国的接受史研究提供了一个好的范例。

要目：
绪论
上编　总体研究
第一章　初次相遇：《简·爱》在中国的接受（1917—1949）
　　一　建国前《简·爱》在中国的接受概貌
　　二　建国前《简·爱》在中国的译介概貌
　　三　建国前的文化语境与读者的期待视野
第二章　特殊政治语境下的图解：《简·爱》在中国的接受（1949—1976）
　　一　《简·爱》与"西欧古典作品热"
　　二　主流意识形态的遏制
　　三　接受个案研究
第三章　人性的复归：《简·爱》在中国的接受（1976—1993）
　　一　时代语境与《简·爱》的接受概貌
　　二　译制片的"圣经"
　　三　阅读的时代
　　四　新时期之初的《简·爱》批评
　　五　多元化批评的热潮
　　六　女性主义批评的兴起

第四章 消费主义的图景：《简·爱》在中国的接受（1993 至今）
　　一 消费主义文化生态与《简·爱》的接受特征
　　二 图像化阅读与传播媒介的多元化
　　三 甚嚣尘上的名著重译
　　四 学院化的传统精英批评
　　五 《简·爱》的网络传播与网络批评

下编　专题研究

第五章 《简·爱》中人物群像在中国的接受与嬗变
　　一 简·爱形象在中国的接受与嬗变
　　二 疯女人形象在中国的接受与嬗变
　　三 罗切斯特形象在中国的接受与嬗变
　　四 圣约翰形象在中国的接受与嬗变

第六章 女性主义思潮与《简·爱》在中国的接受与嬗变
　　一 历史的回溯
　　二 五四话语下的接受
　　三 民族国家话语下的嬗变
　　四 新启蒙主义话语与激进女性话语的争锋
　　五 学院派话语与大众话语的二元空间

第七章 《简·爱》与《呼啸山庄》从西方到中国
　　一 文学史上的《简·爱》和《呼啸山庄》
　　二 接受的关联与错位
　　三 特殊历史时期的严重误读
　　四 交相辉映的当代接受
　　五 期待视野的分歧

第八章 互文性视角：《简·爱》与中国作家作品
　　一 故事模式的借用和变异
　　二 精神层面的互文与影响
　　三 艺术风格的借鉴
　　四 用典和互文

第九章 作为翻译文学的《简·爱》
　　一 翻译文学的地位变迁与影响
　　二 文化语境与《简·爱》翻译策略
　　三 归化抑或异化
　　四 译本的形象变异与跨文化重构

第十章 通往经典之路
　　一 何谓经典
　　二 深刻而丰富的人文内涵
　　三 充满激情和诗意的艺术魅力

四　跨文化经典重构
五　读者大众的无限接受
附录一　主要参考文献
附录二　《简·爱》在我国的接受研究资料辑录（1917—2010）
后记

（苏筱摘）

徐菊著，上海文艺出版社 2010 年版，26.6 万字

《跨学界比较实践：中美学界的丁玲研究》

丁玲是中国现当代文学十分重要的女性作家之一。在 20 世纪中国文学发展的各个时期，丁玲都是学术界研究的重点。在特定历史语境下，学界对于丁玲的批评极大地影响了丁玲的创作活动，这使得中国学界的丁玲研究同作家本人的创作之间形成了交互性的特征。美国学界的丁玲研究，属于西方汉学研究的范畴。由于对现代中国投入的极大关注，西方汉学研究已经从传统汉学（Sinology）演进到了中国研究（Chinese Studies）的阶段。对中国现代文学作家们的考察，正是这一领域的重要内容之一。随着半个多世纪的发展，美国学界的丁玲研究也已有较为丰硕的成果。由于研究立场、思想方法的不同，美国学界的研究并不介入作家本人的具体创作，而是提供了一种异域的视角，并在一定程度上呈现出了客观性与超越性的特征。

该书以中国学界和美国学界的丁玲研究为对象，是对研究的再研究。丁玲研究的本质是一种知识建构。通过考察该知识体系中的所选内容、话语方式以及理论方法，将能够探察出在具体社会历史语境下影响这种知识建构的权力关系。中美学界的丁玲研究是在不同权利关系下形成的两种知识体系，两相参照将能够更好地凸显各自知识建构中的问题。依据所采用的方法和对问题强调的侧重，中美学界的丁玲研究大体可以被分别纳入三个板块：对丁玲生平历史进行的传记式研究，从意识形态立场对丁玲创作做出的批评，从性别视角对丁玲问题进行的批判与反思。全书共分为四章，并从以上三种途径对中美学界丁玲研究进行了观照，通过厘清和比较两个学界的研究思路及成果，进一步深化对于丁玲本人和丁玲研究的认识和理解。

要目：
绪论　探索丁玲研究的三种途径：历史叙述、意识形态批评与性别批判
第一章　丁玲创作及中美学界丁玲研究概况
　第一节　丁玲创作分期
　第二节　中美学界丁玲研究概况
第二章　事实与叙述：中美学界历史视角下的丁玲研究
　第一节　中美学界丁玲历史叙述的分类与分期
　第二节　时代政治图景下的个人叙述：中美学界丁玲历史叙述第一次高峰

第三节　丁玲历史叙述规范化的开始：中美学界丁玲历史叙述第二次高峰
　　第四节　历史还原与个人意识：中美学界丁玲历史叙述第三次高峰
第三章　文学家或政治家：中美学界意识形态视角下的丁玲研究
　　第一节　从个性解放到阶级批判：新时期前中国学界丁玲研究
　　第二节　艺术性与道德感：美国学界起步阶段的丁玲研究
　　第三节　从平反到重写：新时期中国学界丁玲研究
　　第四节　意识形态与叙述：美国学界转折阶段的丁玲研究
第四章　"女"作家的困境：中美学界女性主义视角下的丁玲研究
　　第一节　背景与对象：丁玲研究的女性叙述话语
　　第二节　从"Modern Girl"到"女烈士"：女性主体意识的消隐
　　第三节　贞贞和陆萍：女性主体意识的抗争
　　第四节　中美学界从女性主义视角对丁玲的全面反思
结论　丁玲研究跨学界比较的意义
参考文献
后记

（苏筱摘）

任显楷，四川文艺出版社2010年版，34.1万字

《中外文学的交流互润》

该书对中国文学与外国文学之间的相互影响和浸润做出了清晰的梳理和概括，描绘出了一幅中外文学之间交流交往的示意图。作者从"中外文学"的宏观视野出发，并没有单纯地将视野局限在东方或者西方，而是将与中国有密切交往的重要国家，如印度、日本、俄国、德国、英国、法国、美国，以及南欧、北欧、东欧等都包含在内，体现了"世界文学"的广阔胸怀和比较视域。

全书共分七章，分别介绍了佛经翻译对中国文学的影响、中国古代文学在国外的传播、清末民初的文学变革与外来影响、"三界革命"与"欧西文思"、翻译文学的勃兴、西方文学在现代中国的传播，以及俄苏、日本、印度文学在中国的重要内容。在进行具体阐述之时，注意选取最有代表性的作品进行分析，如《水浒传》等中国古典名著在日本的传播、《红楼梦》在欧美的流传和研究等，具有条理清晰、重点突出、层次分明的特点。

要目：
第一章　佛经翻译对中国文学的影响
　　第一节　汉魏六朝的佛经翻译
　　第二节　六朝志怪小说中的佛教因素
　　第三节　玄言诗和山水诗中的佛理

第四节　变文与佛教
第五节　维摩诘故事的中国化
第六节　《西游记》与印度史诗和佛经文学
第七节　陈寅恪论中印文学关系
第八节　再谈陈寅恪的中印文学关系研究

第二章　中国古代文学在国外的传播
第一节　中国古代文学在日本的流传和影响
第二节　古代日本人对白居易作品的接受
第三节　《水浒传》《红楼梦》等中国古典名著在日本
第四节　中日文化交流与日本俳句
第五节　《红楼梦》在欧美的流传和研究
第六节　列夫·托尔斯泰与先秦诸子散文
第七节　歌德与中国文学的精神联系

第三章　清末民初的文学变革与外来影响
第一节　文学革新运动产生的历史背景
第二节　现实主义精神的回归
第三节　艺术表现形式的新变化
第四节　变革中的矛盾与困惑
第五节　梁启超：近代文学革新运动的主将

第四章　"三界革命"与"欧西文思"
第一节　从龚自珍到王鹏运
第二节　黄遵宪与"诗界革命"
第三节　南社诗人的成就
第四节　"小说界革命"的兴起
第五节　谴责小说四大家
第六节　通俗小说的流行
第七节　苏曼殊、黄小配的小说创作
第八节　"文学革命"及白话文运动
第九节　戏曲改革与话剧引进
第十节　文艺理论的新进展

第五章　翻译文学的勃兴
第一节　近代翻译文学的三个阶段
第二节　林纾和他的译作
第三节　周桂笙：视野开阔的文学翻译家
第四节　徐念慈：开拓翻译新途径的前锋
第五节　苏曼殊：系统翻译外国诗歌的第一人
第六节　鲁迅留日时期的翻译活动
第七节　其他翻译家的贡献

第六章　西方文学在现代中国的传播
　第一节　英国文学在中国的译介
　第二节　美国文学在中国的流传
　第三节　法国文学在中国的传播
　第四节　德国文学在中国的传播
　第五节　北欧、东欧、南欧诸国文学在中国
第七章　俄苏、日本、印度文学在中国
　第一节　俄罗斯文学在中国的译介
　第二节　苏联文学在中国
　第三节　近现代中日文学交流二题
　第四节　再谈现代中日文学交流……
　第五节　印度文学在中国
附录　论著目录

（苏筱摘）

袁荻涌著，贵州民族出版社2010年版，28万字

《近三十年中国大陆背景女作家的跨文化写作》

跨文化写作是当今世界文学创作的重要组成部分。该书将近三十年中国大陆背景女作家的跨文化写作作为研究对象，共分为五章，从西方"他者"形象的塑造、中国"自我"形象的塑造、身份问题、女性问题、语言问题等方面对查建英、严歌苓、刘索拉、虹影等女作家的创作进行了分析和论述。该书综合使用了叙事学、形象学、空间地理学、语言学等方法，对文本和作家心理进行了分析，得出了诸多独到的见解。

该书主要讨论的女作家包括：查建英、严歌苓、虹影、刘索拉、陈丹燕、唐颖、张翎、周励、朱晓琳、王蕤、郁秀等。查建英，20世纪80年代赴美留学，现居北京和纽约，主要代表作有《丛林下的冰河》《到美国去！到美国去！》等。严歌苓，出国前主要代表作有《绿血》《一个女兵的悄悄话》等，90年代有《少女小渔》《人寰》《扶桑》等作品，近年来出版了《一个女人的史诗》《第九个寡妇》《小姨多鹤》《寄居者》《赴宴者》等作品。虹影，20世纪80年代开始创作，后赴英国，重要作品有《女子有行》《饥饿的女儿》《英国情人》《阿难》《孔雀的叫喊》《上海王》《好儿女花》等。刘索拉，20世纪80年代开始发表作品，具有影响力的作品有《你别无选择》《寻找歌王》《蓝天绿海》等，2003年出版长篇小说《女贞汤》，另有散文集《行走中的刘索拉》《曼哈顿随笔》等，现居美国和北京。陈丹燕，不定期出国，作品以描述上海风情和上海女性见长，注重对上海中西合璧、华洋杂处特点的挖掘，作品表现了中西接触对上海文明和上海精神形成所起的影响。唐颖，在新加坡和美国生活工作过，重要作品有长篇小说《美国来的妻子》《阿飞街女生》等。张翎，20世纪80年代赴加拿大留学，

主要作品有长篇小说《邮购新娘》《交错的彼岸》《望月》,中篇小说《陪读爹娘》《花事了》《雁过藻溪》,短篇小说《团圆》《盲约》等,近期发表长篇小说《金山》。周励,20世纪80年代赴美留学和经商,著有《曼哈顿的中国女人》。朱晓琳,曾在法国留学,已出版中篇小说集《永远留学》、长篇小说《夕阳诺曼底》等。王蕤,20世纪70年代出生,90年代留学美国,赴美后出版作品《哈佛情人》《从北京到加州》等。郁秀,中学期间出版《花季·雨季》,后赴美留学,在美完成的作品有《太阳鸟》《美国饭店》等。此外,该书也把一些年轻的作者如王蕤、郁秀、朱晓琳等人的创作纳入了评论范围。与查建英、严歌苓、虹影、刘索拉等上一代作家相比,这些年轻作者的创作还显稚嫩,创作数量也不多,和上一代作家群体相比还有很大的差距,但她们的写作反映出了中国女作家跨文化写作的进一步发展,也体现出了跨文化写作在全球化语境中的重要性,因此具有重要的参考价值。

要目:
引言
第一章　西方"他者"形象
　第一节　历史中的"他者"形象
　第二节　"越界"前"救世主"形象的产生及内涵
　第三节　"越界"后的西方"他者"形象塑造
　　一　地图上的他者
　　二　跨文化交际会话中的他者
　　三　"视觉盲点"和"话语权威否定"中的他者:以严歌苓作品为例
第二章　中国"自我"形象
　第一节　古典中国形象
　　一　意象中的乡土中国
　　二　文化精神中的乡土中国——以家族为核心
　第二节　悲剧中国形象
　　一　悲剧书写
　　二　超越苦难
　第三节　民间中国形象
　　一　被戏仿的中国形象
　　二　狂欢的中国形象
　　三　被拼贴的中国形象
　第四节　转型期中国形象:对"自我东方主义"的反省
第三章　东西之间与身份问题
　第一节　边缘人形象与身份问题
　　一　自传性边缘人形象
　　二　非自传性边缘人形象
　第二节　记忆与身份问题
　　一　记忆情结

二　家国记忆与个人记忆的融合
　　三　记忆与认同疑虑
第四章　跨文化写作中的女性问题
　第一节　对女性主体性的发掘和补充
　　一　对中国女性传统精神的重新认识
　　二　对现代女性理性精神的发现
　第二节　女性写作视域的拓展和深化
第五章　跨文化写作中的语言问题
　第一节　故事中的语言问题
　第二节　作家的汉语写作意识
　第三节　作家的方言意识
结语
参考文献
后记

（苏筱摘）

周颖菁著，武汉大学出版社2010年版，23.7万字

《民族性·世界性：中国当代文学专题研究》

　　该书由山东大学的牛运清教授、丛新强教授，以及山东师范大学的姜智芹教授共同编写。牛运清教授开篇明义，在引言部分以德国汉学家顾彬先生的《20世纪中国文学史》为契机，肯定了中国当代文学的重要价值和时代意义：中国文学是民族的，又是世界的，而且是世界文学的坚实组成部分；中国当代文学在继承几千年文学传统的基础上，有新的发展、新的格局；中国当代文学史中没有出现世界级文学大师，并非稀奇，不必大惊小怪，更不能成为贬低或抹杀中国当代文学的理由。因此，有关中国当代文学的悲观论调，可以休矣。

　　该书共分为六章，分别对双重性的时代文学、刘白羽对自然与人生的书写、张炜的文学世界、"新生代"小说写作、当代中国文学的世界宗教文化因素，以及中国当代作家在国外等进行了分析和阐述。在每一章的分析过程中，注意结合具体作品，层次分明，理据翔实，为中国当代文学的研究提供了比较文学的范式和全球化的视野。当今的全球化语境下，中国文学将走向何方？这是该书思考和关注的主要问题。可以肯定的是，经济全球化语境下的中国文学将面临新的机遇和挑战，将以独特的民族特征和时代风采融入世界文学之林。

要目：
绪论　文学的世界性与民族性
　　一　关于世界文学的时代

- 二 文学的民族性问题
- 三 关于"纯文学"
- 四 文体演变问题
- 五 关于文学研究

第一章 双重性的时代文学
- 一 民族性与世界性：贺敬之的新歌剧和新诗
- 二 中国版缩写本《追忆似水年华》：杨绛的散文艺术
- 三 在他乡寻找故国明月：柯岩的《他乡明月》
- 四 超越自我，挑战极限：张海迪与海伦·凯勒、厄普代克
- 五 从"古典"到"现代"：对于当代爱情诗歌的期待

第二章 世界视野中的艺术探索：刘白羽对自然与人生的书写
- 一 拥抱自然、寄情自然：刘白羽与歌德
- 二 追求雄浑气魄，崇尚浪漫主义：刘白羽与雨果
- 三 清淡、典雅、纯真之美：刘白羽与川端康成、德富芦花
- 四 英雄奏鸣曲和命运交响曲：刘白羽与但丁、茨威格

第三章 民族文化与外国滋养：张炜的文学世界
- 一 矗立着的硬鳅雕——张炜与海明威
- 二 小村与小镇构筑的人类寓言世界——张炜与马尔克期
- 三 相异的天空下，相似的道德律——张炜与托尔斯泰
- 四 吟诵大自然的双重变奏——张炜与屠格涅夫

第四章 本土语境下的个体之思："新生代"小说写作
- 一 "新生代"小说的发生背景
- 二 平面化的呈现
- 三 都市景观的表达
- 四 存在的哲理追问
- 五 "新生代"小说的文学史线索

第五章 当代中国文学的世界宗教文化因素
- 一 当代文学的世界宗教文化语境
- 二 当代文学的佛教文化因素
- 三 当代文学的基督教文化因素
- 四 当代文学的伊斯兰教文化因素
- 五 宗教精神对于中国文学的价值建构

第六章 中国当代作家在国外
- 一 东海西海，心理攸同：余华及其作品在国外
- 二 他乡与故乡：王安忆及其作品在国外
- 三 "土"让"我"走向世界：莫言及其作品在国外
- 四 旷达的灵魂：王蒙及其作品在国外
- 五 墙内开花墙外香：残雪及其作品在国外

结语　中国文学走向世界的脚步声
后记

（苏筱摘）

牛运清、丛新强、姜智芹著，山东大学出版社2010年版，28.1万字

《叶嘉莹谈词》

将西方文艺理论引入中国古典诗词研究，是叶嘉莹先生对中国古典诗词研究的重要贡献。

叶嘉莹先生结合西方文论中的阐释学、符号学和接受美学等理论对中国传统词学不断反思，将词分成了歌辞之词、诗化之词、赋化之词三大类别，并对词之美感特质进行了深入的探讨。该书是叶嘉莹先生历年著作中词学理论论述的原文摘录，在每段摘录后均标出了原文出处及页数，以便读者参阅其全篇。摘录书目中的16本专著，只是先生著作中涉及词学理论的一部分，书中篇目最早的发表于1970年，最近的发表于2008年，论文与演讲则是近期新作未及发表或已发表而未结集成书者。该书仅收录先生词论中较为宏观的论点，先生论及具体词人词作的内容拟另外结集成册。参与此书之编录者为叶嘉莹先生目前正在南开大学的部分弟子：安易、曹利云、黄晓丹、可延涛、李东宾、陆有富、靳欣、任德魁、汪梦川、熊烨、张静。

该书由本体论、批评论、词史论和其他四部分组成。其中，本体论部分探讨了词之美感特质，如"言外之蕴""弱德之美""诗词之别"；批评论部分则分别从中国传统词学批评（如浙西派词论、王国维词论等）、西方文艺批评（如诠释学、现象学、女性主义等）角度解析词之文本；词史论部分向我们展示了词由歌辞之词到诗化之词再到赋化之词的演进历程，以及词与世变、词与性别的关系。

要目：
本体论
词的美感特质
言外意蕴
弱德之美
诗词之别
词曲之别
批评论
传统词学批评
清前期词学之困惑
浙西派词论
常州派词论
王国维词论

其他词论
西方文艺批评
诠释学
现象学
符号学
新批评
接受美学
女性主义
解析符号学
意识批评
词史论
词的演进历程
歌辞之词
诗化之词
赋化之词
词与世变
词与性别
其他
摘录书目

（苏筱摘）

叶嘉莹著，南开大学出版社 2010 年版，21.4 万字

《敦煌及海外文献中的李白研究》

该书站在世界文学视野的角度，以敦煌文献和海外汉学为切入点，梳理了台湾学者及海外学者的李白研究，从而进一步深化和推动了我国的李白研究。作者王国巍先生执教于西华大学人文学院中文系，主要从事诗歌创作和中国古典文学及文化研究。全书共分为五章，分别从李白诗歌研究现状、敦煌文献中的李白诗歌研究、台湾及海外文献中的李白研究（台湾对敦煌文献中李白诗歌的研究，朝鲜、韩国、越南等的李白研究，日本的李白研究，德国的李白研究，法国的李白研究，英国、美国、加拿大的李白研究，俄罗斯的李白研究，其他国家的李白研究）、对敦煌及海外文献中李白研究的几点建议及思考、李白诗歌何以走向世界探因进行了分析和阐述。

敦煌文献和海外文献作为该书的两大材料来源，具有至关重要的意义。目前，我国的敦煌文学目录的整理研究、敦煌变文的整理研究、敦煌歌辞的整理研究都取得了显著的成就。敦煌遗书所存诗歌抄卷，多为唐代诗人的专集、选集残卷，或者是佚篇残句，它的发现为辑补《全唐诗》之佚提供了许多珍贵的材料，其中李白的部分诗歌保存在

敦煌 P. 2567 卷子中。同时，作为海外汉学的一个有机组成部分，海外诸国对于中国文化的研究也取得了较大的成果。除了近邻日本、韩国之外，欧洲各国对中国文化的研究更是一直兴盛不衰，其学术成就也令人惊叹。然而，与此兴盛的研究景况相比，我国对海外中国文化研究的反研究却长期处于较为冷淡的状态。虽然已有一些相关著作和翻译作品出版，但都比较零散，且缺乏学术研究的自觉意识。因此，中国学界对于海外汉学的研究，将是未来的重要发展方向之一。

要目：

第一章　引论
　　第一节　李白诗歌研究现状
　　第二节　敦煌及海外文献中的李白诗歌
第二章　敦煌文献中的李白诗歌研究
　　第一节　诗歌校录
　　第二节　几点质疑
　　第三节　"朝如青云暮成雪"考辨
第三章　台湾及海外文献中的李白研究
　　第一节　台湾对敦煌文献中李白诗歌的研究
　　第二节　朝鲜、韩国、越南等的李白研究
　　第三节　日本的李白研究
　　第四节　德国的李白研究
　　第五节　法国的李白研究
　　第六节　英国、美国、加拿大的李白研究
　　第七节　俄罗斯的李白研究
　　第八节　其他国家的李白研究
第四章　对敦煌及海外文献中李白研究的几点建议及思考
　　第一节　对敦煌文献中李白诗歌研究的几点建议
　　第二节　对海外文献中李白研究的思考
第五章　李白诗歌何以走向世界探因
　　第一节　盛唐文化的产物
　　第二节　李白诗歌特有的艺术个性
　　第三节　世界文学的审美认同
主要参考文献

（苏筱摘）

王国巍著，巴蜀书社 2010 年版，18 万字

《古典诗的现代性》

　　该书用西方作为参照物对中国古典遗产加以考察，以现代诗学的观点对中国古典诗

加以重读、复述与再解释，论证了自南朝文学开始，古典诗歌经唐诗中的杜甫、李贺、李商隐，到宋词中的周邦彦、姜夔、吴文英，已然形成了一个有别于传统的连贯叙述及说教倾向的独特传统，体现出了文学精神的"颓加荡"、艺术理念的"讹而新"、语言形式的"断续性"和"互文性"的特点。而这些历久弥新的现代性的品质，为中国古典诗歌在当下的现代语境里的转生提供了新的契机。全书主要分为三个部分，分别对南朝文学、唐诗（以杜甫、李贺、李商隐为例）和宋词（以周邦彦、姜夔、吴文英为例）进行了分析和概括。作者认为，传统的活力来自不断的再解释，这是一种拂拭与擦亮的行为，它将使疏离的传统与当代重新发生关系，从而激发出活性并生成新的意义。该书正是试图以西方现代诗学的观点来透视中国古典诗，仿佛借着另一个方向打过来的光，来照亮我们所熟悉的中国传统诗词，以期发现其中隐含的一些因素、一组联系和一个序列。

要目：
绪论
第一部分　南朝文学篇·概说
第一章　颓加荡
第二章　讹而新
第三章　断续性
第四章　互文性
第二部分　唐诗篇·概说
第五章　晚期杜甫：独语与冥想
外一章　苦功通神：杜甫与瓦雷里、艾略特论诗之相契
第六章　李贺：颓废的混乱
第七章　李商隐：互文的奇观
第三部分　宋词篇·概说
第八章　周邦彦：染织的绮语
第九章　姜夔：从镜像到心像
第十章　吴文英：语言的魔障
余论　从"五四"到三十年代：传统的重估与转生
主要参考书目
后序一（黄维樑）
后序二（江弱水）

（苏筱摘）

江弱水著，生活·读书·新知三联书店2010年版，23.9万字

五　翻译文学论著简介

《中西诗比较鉴赏与翻译理论（第二版）》

辜正坤教授在修订版中补录了 2003 年之后发表的学术论文若干篇，修改或增添的内容占原书篇幅的 40% 左右。同时对全书进行了系统梳理和修订，删减若干与该书主题关系稍远的文字，将一些原来用英文写的文章改写为汉语译文，同时收录作者近年来的若干新作，增加了作者对翻译中的热点理论问题的看法。经此两年多断断续续的修订，该书规模及体系结构均大为整理，理论框架亦进一步改善。

该书共分"中西诗歌鉴赏与比较理论""中西诗歌鉴赏举隅""翻译理论与技巧""翻译与学术文化"四卷，共计二十二章。全书在总体方向上创造性地提出了中西诗歌鉴赏和翻译标准系统，并将二者有机结合起来，以诗歌理论、诗歌翻译、诗歌赏析及诗歌比较构建一个多层面的框架，各部分互相贯通，互为表里。全书从宏观的角度俯瞰了东西诗歌，以典型的中国阴阳理论首次在学术界归纳了东西诗歌阴阳对立七大潮；系统总结出了中国诗歌鉴赏角度，并逐一界定讨论，探讨了诗歌的五大功能及与此相应的诗歌鉴赏五大标准，提出了翻译标准多元互补论；同时辩证分析了若干翻译经典命题；探讨了中西诗歌与当代人类命运以及翻译与学术文化，得出了若干独特的意义深远的结论。这部学术专著颇能做到深入浅出，文笔生动、流畅，富于文采，可读性强。并不生搬硬套西方理论，而是消化吸取外来理论，与我国历代文论之精华相结合。

要目：

序

再版前记

卷一　中西诗歌鉴赏与比较理论

绪论

第一章　诗歌鉴赏五象美论——汉语：汉诗媒介之妙蒂所在

 1.1 诗歌视象美

  1.1.1 语意视象美

  1.1.2 语形视象美

 1.2 中西诗音象美比较

  1.2.1 节奏与韵式、一元与多元

1.2.2 音义同构现象与汉诗音象美

1.3 诗歌义象美

1.4 诗歌事象美

1.5 诗歌味象美

 1.5.1 画味

 1.5.2 韵味

 1.5.3 气味

 1.5.4 情味

1.6 小结

第二章 中西诗义钩玄录

第三章 东西诗阴阳对立七大潮

第四章 中西诗歌鉴赏十角度

4.1 时间角度

4.2 空间角度

4.3 作者角度

4.4 作品角度

4.5 读者角度

 4.5.1 被动读者角度

 4.5.2 主动读者角度

4.6 年龄角度

4.7 性别角度

4.8 社会文化角度

4.9 阐释者角度

4.10 译者角度

第五章 中西诗功能与鉴赏五标准

5.1 诗歌的五功能及其互补性

5.2 诗歌的五功能与阴阳元泛诗的关系

5.3 诗歌五功能与鉴赏五标准

5.4 诗歌鉴赏五标准和十角度的应用

 5.4.1 论点甲：语言雕琢的诗是好诗：一吟双泪流

 5.4.2 论点乙：语言雕琢的诗不是好诗

 5.4.3 论点丙：李白、杜甫优劣论

第六章 中国诗坛的现当代复兴——中国20世纪纯抒情诗综论

第七章 比较文学学科定位与中西诗作品比较

7.1 比较文学学科定位探源

 7.1.1 比较文学学科正名的重要性

 7.1.2 传统比较文学与传统比较语言学在学理上遥相呼应

 7.1.3 Littérature Comparée 本不该翻译成"比较文学"

7.1.4 法国比较文学学派已不是核心的比较文学学派

7.1.5 元比较文学—亚比较文学—泛比较文学

7.1.6 对国际比较文学研究的批评

7.1.7 中西比较文学应该是21世纪世界比较文学研究的重心

7.2 中西诗坛两绝唱：《荒原》与《凤凰涅槃》

7.2.1 诗人与诗威

7.2.2 《奥义书》与泛神论

7.2.3 水火与生死

7.2.4 尝试与成功——《荒原》和《凤凰涅槃》语言风格略论

7.3 艾伦·坡的《乌鸦》与茅盾的《叩门》比较

卷二 中西诗歌鉴赏举隅

第八章 中西古代诗歌鉴赏举隅

李白

蜀道难

王湾

次北固山下

崔颢

黄鹤楼

高适

别董大（其一）

燕歌行

刘长卿

逢雪宿芙蓉山主人

王建

宫词一百首（选一）

十五夜望月

张祜

宫词二首（其一）

李贺

李凭箜篌引

雁门太守行

南园十三首（其五）

南园十三首（其六）

金铜仙人辞汉歌（并序）

马诗二十三首（其四）

致酒行

温庭筠

商山早行

更漏子
梦江南
罗隐
西施
绵谷回寄蔡氏昆仲
韦庄
荷叶杯
金昌绪
春怨
谭用之
秋宿湘江遇雨
无名氏
金缕衣
冯延巳
谒金门
李璟
摊破浣溪沙
王禹偁
点绛唇·感兴
林逋
园梅
范仲淹
渔家傲
张先
天仙子
晏殊
浣溪沙
踏莎行
蝶恋花
欧阳修
蝶恋花
采桑子（其四）
王安石
桂枝香·金陵怀古
晏几道
临江仙
阮郎归
苏轼

江城子·乙卯正月二十日夜记梦
水调歌头
题西林壁
念奴娇·赤壁怀古
水龙吟·次韵章质夫杨花词
卜算子·黄州定慧院寓居作
蝶恋花
黄庭坚
雨中登岳阳楼望君山二首（选一）
清平乐
贺铸
青玉案
张元干
贺新郎·寄李伯纪丞相
陆游
剑门道中遇微雨
诉衷情
卜算子·咏梅
范成大
秦楼月
杨万里
小池
张孝祥
念奴娇·过洞庭
陈亮
一丛花·溪堂玩月作
姜夔
暗香
疏影
刘克庄
贺新郎·九日
史达祖
双双燕·咏燕
吴文英
风入松
齐天乐·与冯深居登禹陵
关汉卿
［南吕］一枝花·不伏老

蒋捷
贺新郎·兵后寓吴
虞美人·听雨
第九章　西方名诗鉴赏举隅
荷马
世代如落叶
阿尔凯奥斯
进酒歌
萨福
至阿那克托里亚
夜
断章
欧玛尔·海亚姆
《鲁拜集》诗选（3 首）
第 1 首
第 3 首
第 12 首
威廉·莎士比亚
第 18 首
第 29 首
第 66 首
第 73 首
第 94 首
第 129 首
第 65 首
第 71 首
第 104 首
第 117 首
第 124 首
第 128 首
《麦克白斯》选段欣赏
龙沙
《致爱伦十四行诗》（其一）
普希金
焚毁的信（1825）
乌云
爱伦·坡
安娜贝尔·李

丁尼生

鹰

威廉・华兹华斯

咏水仙

罗伯特・弗罗斯特

雪夜林边驻脚

威廉・卡洛斯・威廉斯

红色的手推车

佛瑞诺

野忍冬花（野杜鹃花）

在巴比伦河边

第十章　诗歌评论另类编

 10.1 毛泽东诗词评论及翻译

 10.2 中国二十世纪纯抒情诗序

 10.3 后殖民主义、艺术侵权、国家大剧院与诗歌艺术

  10.3.1 艺术侵权与安德鲁的所谓现代国家大剧院模型设计

  10.3.2 后殖民主义与泡浑蛋形国家大剧院

  10.3.3 对安德鲁先生的辩词的反辩词

  10.3.4 当代建筑艺术的诗歌艺术性投射

 10.4 当代民间诗人创作随感录

 10.5 中西诗余论——中西诗与当代人类世界的命运

卷三　翻译理论与技巧

第十一章　翻译理论部分：玄翻译学引论

 11.1 何谓玄翻译学

 11.2 翻译的定义与本质

 11.3 翻译学体系框架略论

 11.4 对翻译理论术语的厘定

  11.4.1 第一原则：总要质疑译学界现行术语的合理性和合法性；总要挑战因袭、公认的观点和术语

  11.4.2 典型个案研究之一：挑战盲信

  11.4.3 第二原则：总要警惕自我辩解

  11.4.4 典型个案研究之二

  11.4.5 第三原则：总要警惕修辞手段的误用

  11.4.6 典型个案研究之三：质疑公认的比喻

 11.5 创建翻译批评标准的前导原则

  11.5.1 翻译批评的对象

  11.5.2 建立翻译理论批评标准的前导原则

  11.5.3 建立翻译对策和译作批评标准的前导原则

第十二章　翻译标准多元互补论
　12.1 翻译标准难题何以久攻不克？
　12.2 何谓立体思维方式
　12.3 具体翻译标准不可能只有一个
　12.4 具体翻译标准多元化
　12.5 翻译的绝对标准就是原作本身
　12.6 翻译的最高标准是最佳近似度
　12.7 标准系统：绝对标准—最高标准—具体标准
　　12.7.1 多元具体标准群的设立
　12.8 标准系统划分的重要性
　12.9 翻译标准系统内部的辩证关系
　12.10 近似度与原作—译作球形空间比较
　12.11 翻译标准系统中的可变主次标准问题
　12.12 多元翻译标准的互补性
　12.13 多元互补翻译标准的实际意义

第十三章　多元化翻译标准存在的客观依据
　13.1 翻译的多功能性
　　13.1.1 翻译的第一功能：摹拟信息
　　13.1.2 翻译的第二功能：揭示思维模式
　　13.1.3 翻译的第三功能：翻译活动本身的审美娱乐性
　　13.1.4 翻译的第四功能：丰富译入语和译入语国家文学与文化
　　13.1.5 翻译的第五功能：缩小世界语言距离
　13.2 人类审美趣味多样化
　13.3 读者及译者的多层次
　13.4 小结

第十四章　翻译标准多元互补论与翻译学经典命题辩证
　14.1 直译与意译问题
　14.2 诗歌可译与不可译问题
　14.3 翻译是科学还是艺术问题
　14.4 超过原作的译作是最佳译作辩
　14.5 文学翻译的最高标准是化境辩

第十五章　多元互补翻译标准与西诗汉译词曲体问题

第十六章　筛选积淀重译论与人类文化积淀重创论
　16.1 何谓筛选积淀重译论—文化积淀创作论
　　16.1.1 筛选积淀重译的学理依据：保护人类的创造性得到持续增长
　　16.1.2 不借鉴旧译的危害性
　　16.1.3 筛选积淀重译的好处
　16.2 筛选积淀重译论的法理学重构

16.2.1 筛选积淀重译论与当代西式著作权法的冲突

16.2.2 筛选积淀重译论与我国传统学术不成文法的通融性

16.2.3 建构中西合璧的有关翻译作品权益的新著作权法

16.3 筛选积淀重译法语传统的重译论的区别

16.4 筛选积淀重译论与通常的校译法的区别

16.5 筛选积淀重译与文化承传创造论的关系

第十七章 翻译批评新论与翻译界现状略评

17.1 当代译坛译道三病

17.2 当代译坛译论指弊

17.3 当代中国翻译理论建构基本学术要求刍议

17.4 从翻译标准多元互补论看理论建构问题

17.5 从彩虹翻译奖看中国当代诗歌翻译的现状

17.5.1 关于彩虹翻译奖候选人杨德豫《华兹华斯抒情诗选》译本的审读报告

17.5.2 关于彩虹翻译奖候选人屠岸《济慈诗选》译本的审读报告

17.5.3 关于彩虹翻译奖候选人王焕生《荷马史诗·奥德赛》汉译本的审读报告

17.6 翻译主体论与归化异化考辨

17.6.1 翻译主体概念厘定

17.6.2 从佛经翻译看古代翻译家的地位

17.6.3 中国当代翻译家的尴尬地位

17.6.4 翻译活动与创作活动价值比较

17.6.5 地道的译文与地道的原文——归化与异化论

17.6.6 从《金刚经》的翻译看归化与异化翻译对策的千年对阵

17.6.7 翻译家的个性往往可以决定翻译行为和翻译理论的走向

第十八章 诗歌翻译对策与技巧

18.1 以英国诗人罗赛蒂的《闪光》为例探讨英诗汉译技巧

18.2 翻译罗赛蒂此诗的理论准备

18.3 外汉翻译中的归化还原增色—减色翻译对策

18.4 翻译对策举隅

18.4.1 译文一翻译对策举隅

18.4.2 译文二翻译对策举隅

18.4.3 译文三翻译对策举隅

18.4.4 译文四翻译对策举隅

18.5 从莎士比亚商籁体诗翻译看翻译对策

18.5.1 莎士比亚商籁体诗简介

18.5.2 关于莎士比亚商籁体诗的翻译对策问题

18.6 中诗西渐译例品味

18.6.1 对西方汉学家《关雎》英译之批评

18.7 中西爱情诗翻译赘言

18.8 中国古代及近百年诗歌翻译概论与理论研究新领域
　　18.8.1 中国古代诗歌翻译成就略论
　　18.8.2 中国近百年来诗歌翻译成就与翻译观略论
　　18.8.3 中国诗歌翻译理论发展的新领域

第十九章　美文翻译技巧
　19.1 从《致切斯菲尔德伯爵书》论散文翻译技巧
　19.2 书名标题翻译问题

卷四　翻译与学术文化

第二十章　外来术语翻译与中国学术问题
　20.1 博弈论——何以当了冠军就必须去下棋
　20.2 蒲鲁东：哲学并不贫困，贫困的是人
　20.3 悲剧：属于中国还是西方
　20.4 中国人何以失掉了人格
　20.5 "元""玄"辨义——中西术语二"元"错位
　20.6 史诗未必真诗
　20.7 主客颠倒说异化
　20.8 语言何曾转向
　20.9 产品不等于"对象"
　20.10 意识形态与思想潮流
　20.11 再现表现与写实写情
　20.12 存在主义不等于人道主义
　20.13 明白清楚须借条分缕析

第二十一章　翻译与文化
　21.1 中西翻译大潮与西化一千年
　21.2 元散曲概论与英译——《元散曲150首》序
　21.3 翻译研究的文化转向与中国文化学派的兴起
　　21.3.1 对翻译研究的文学学派的评价
　　21.3.2 对翻译研究的语言学派的评价
　　21.3.3 对翻译研究的文化学派的评价
　　21.3.4 所谓国际翻译研究的文化转向纪略
　　21.3.5 中国：100年前翻译领域的文化取向
　　21.3.6 小结

第二十二章　《中西诗比较鉴赏与翻译理论》答疑
　22.1 诗歌 *Wild Nights* 的翻译
　　22.1.1 如何看待"忠实"这个概念？
　　22.1.2 原作风格与译作风格如何兼容？
　　22.1.3 关于狄金森 *Wild Nights* 一诗译文的评论
　22.2 辜正坤就 *Wild Nights* 译文答江先生

22.2.1 英语名词的复数形式有没有办法用汉语表达？
　　22.2.2 英语本色能够翻译吗？
　　22.2.3 是先形似而后神似还是先神似而后形似？
　　22.2.4 "Wild Nights"这个词组是否只能"惟一"地翻译成"暴风雨夜"？
　　22.2.5 朱生豪先生将"Wild Nights"译成"狂暴的夜晚"有没有道理？
　　22.2.6 Wild Nights 是情诗还是宗教性思辨诗？
　　22.2.7 翻译能够等同于归化么？
　　22.2.8 如何看待翻译中的约定俗成论
　　22.2.9 白话文白话诗也可以是陈词滥调
　　22.2.10 中学老师的批阅、鉴定趣话
　　22.2.11 江先生的批阅、鉴定趣话
　　22.2.12 什么叫作"形式"？
　　22.2.13 世界上没有半个人在音节之间寻找形似的么？
　　22.2.14 世界上真的不存在"二音诗、三音诗、四音诗、五音诗……"么？
　　22.2.15 中国也有二音、三音、四音、五音……诗！
　22.3 诗歌翻译批评
　　22.3.1 误译问题
　　22.3.2 汉语表达问题
篇终结语　诗论与译论合璧：万理万教相贯同源互补论
参考文献
再版后记
附录　辜正坤教授主要著、译、校、编著作书目

（古婷婷摘）

辜正坤著，清华大学出版社 2010 年版，72.1 万字

《翻译：理论、实践与教学——郭建中翻译研究论文选》

　　全书分上编、下编和附录三部分。上编汇集了作者 30 多年来正式发表的大部分重要论文，共计 32 篇。其中"汉译英的翻译单位问题"、"汉英/英汉翻译：理念与方法"和 "Pragmatic Translation in the Chinese Context" 等文章，论证作者从不同的理论角度，从亲身翻译实践中总结出来的宝贵经验，是作者颇具匠心的文章，具有实际翻译操作的指导意义。论文按写作时间顺序排列，也可以追踪作者的学术研究轨迹。这些文章也表达了作者对国内外一些翻译问题的深入研究和创新思维，有极高的学术价值。所探讨的问题如直译/意译、可译性/不可译性、异化/归化等。

　　下编选入了作者为自己的专著和重要译作写的序言、后记以及作者为学术界同行的专著写的涉及翻译方面的序言，共计 13 篇。这些文章，既中肯评议了朋友专著的学术

价值，也阐述了作者本人的翻译（思想）观点，具有同样重要的学术意义。

附录部分，选入了全国各地学者为郭建中教授的著作写的序言、评论及对他的访谈文章。

作者把翻译纯理论的概念融入应用翻译理论的研究领域。具体来说，结合西方翻译纯理论的概念和中国传统翻译理论的观点，总结自己在汉英/英汉翻译中的实践经验，发展了汉英/英汉翻译在语言操作方面的五个层次和文化操作四个方面的系统的理念与方法。书中体现了作者郭建中明确的翻译观：不管是英译中，还是中译英，在忠实于原文意思的前提下，译文必须通顺易懂。在翻译过程中，必须用译入语的表达方式来替代源语的表达方式。在文化操作方面，"归化"抑或"异化"，则视原作者的目的、文本类型、翻译目的、译文读者对象等可变因素而定，并认为，可以把归化与异化的概念纯粹作为话语策略来考虑，但不排除话语策略的选择对文化移植和译者对外国文化与外语文本道德态度的影响，因而提出了直译、意译、异化、归化的重新定义和组合，把语言与文化、形式和内容分开来处理；同时，撇开意识形态问题，只就方法论问题进行探讨。

要目：
上编
英语定语从句的理解与翻译
译文如何重现原著风格：从《傻瓜吉姆佩尔》的三种译本谈起
辛格谈翻译
论西方的翻译对等概念
关于直译与意译的新观念：介绍比克曼和卡洛的《翻译〈圣经〉》
英汉翻译错误探源：比较一部小说的三种译文
对可译性/不可译性问题的探索（2008年修改稿）
汉语歇后语翻译的理论与实践——兼谈《汉英歇后语词典》
翻译：理论、实践与教学
Teaching Translation Theory
翻译中的文化因素：异化与归化
中国翻译界十年（1987—1997）：回顾与展望
论解构主义翻译思想
论奎因的翻译不确定性概念
美国翻译研讨班和庞德翻译思想
韦努蒂及其解构主义的翻译策略
简评《西方翻译理论精选》
汉译英的翻译单位问题
关于路名标识的拼写问题
关于Science Fiction的翻译问题
应当重视非文学翻译的研究——评黄忠廉、李亚舒著《科学翻译学》
再谈街道名称的书写法

汉英/英汉翻译：理念与方法
彼得·纽马克：实践型的翻译理论家——关于《论翻译》
重写：科普文体翻译的一个实验——以《时间简史》（普及版）为例
译学文化转向的意义与向语言学回归的必然
街道路名书写的国家标准与国际标准
韦努蒂访谈录
Pragmatic Translation in the Chinese Context
让译诗展翅飞翔——谈飞白的译诗理论与实践
异化与归化：道德态度与话语策略——韦努蒂《译者的隐形》（第二版）评述
重新定义：直译、意译与异化、归化
下编
《文化与翻译》序言
《鲁滨孙漂流记（第一版）》译序
《鲁滨孙漂流记（修订版）》译序
《当代美国翻译理论》引言
《当代美国翻译理论》结束语
《摩尔·弗兰德斯》译序——笛福及其《摩尔·弗兰德斯》
《科普与科幻翻译：理论、技巧与实践》自序
为陈刚《西湖诗赞》序
为史企曾主编《史氏汉英翻译大词典》序
为杨士焯编著《英汉翻译教程》序
为陈秀主编《浙江翻译家研究》序
为毛华奋《汉语古诗英译比读与研究》序
为蒙兴灿《五四前后英诗汉译的社会文化研究》序
附录
科学的小说小说的科学：访著名科幻小说翻译家郭建中教授　李亚舒
茫茫太空觅知音——科幻小说翻译家郭建中及其翻译观　穆雷
《钱江晚报》2000年6月5日新书上架——读《当代美国翻译理论》
多元语境下的翻译研究——读《当代美国翻译理论》　许钧
"一双透明的眼睛"——评郭建中编著的《当代美国翻译理论》　王东风　孙会军
学者风范郭建中　吕锦忠
《科普与科幻翻译：理论、技巧与实践》序——科学与文学之间　李亚舒
《科普与科幻翻译：理论、技巧与实践》序　方梦之
科普、科幻译文津梁——简评《科普、科幻翻译》　姜云生
新时期浙江翻译文学探析（节选）　傅守祥
世界科幻小说协会秘书长李·伍德女士给郭建中获得1991年度世界科幻小说"恰佩克翻译奖"的授予书原文

（古婷婷摘）

郭建中著，浙江大学出版社2010年版，54.3万字

《文学翻译漫谈与杂评》

该书从微观的角度，对涉及文学翻译的一些主要问题作了深入细致的分析评论。作者从翻译实践的角度，对文学翻译中存在的某些问题谈了一点看法，特别是对如何严格按照原文进行翻译提出了一些自己的见解。并从微观上解析译作如何再现原作的思想性和艺术性，即通过构成作品整体的一个个具体的"零部件"——词语、词组、句子乃至标点符号表达出来的。书中集中地具体评析一两部作品的不同译文，通过解剖麻雀般的微观对比，看看在文学作品翻译方面有哪些尚不能为读者满意的地方，以《基督山伯爵》的英、汉译本和鲁迅的部分文学作品的英译为重点，但是作者并不是在进行译作评价，而是基于对原作理解基础上的微观、客观对比。

要目：

第一章 浅谈译者的修养与权力——向有志于翻译的青年朋友进一言
  一 认真、细心是前提；望文生义是大忌，马虎大意是顽敌
  二 理解，理解，再理解
  三 下笔要掌握分寸，过犹不及
  四 形象思维的重要性
  五 译者的权力
第二章 漫谈书名、篇名的翻译
  一 书名的翻译
  二 篇名的翻译
第三章 基督山情结（之一）——基督山在巴黎的首次露面
第四章 基督山情结（之二）——基督山与美瑟蒂丝（上）
第五章 基督山情结（之三）——基督山与美瑟蒂丝（下）
第六章 基督山情结（之四）——基督山与海蒂
第七章 基督山情结（之五）——基督山、海蒂与阿尔贝
第八章 基督山情结（之六）——其他篇章拾零
第九章 略谈翻译鲁迅与鲁迅的翻译（上）
  一 引言
  二 翻译鲁迅
第十章 略谈翻译鲁迅与鲁迅的翻译（下）
  一 鲁迅的翻译
附录 佳译共欣赏，范例相与析——对《毛泽东选集》中美国白皮书译文的认识
后记
引文书目
参考书目

（古婷婷摘）

何悦著，大连理工大学出版社 2010 年版，41 万字

《翻译审美与佳作评析》

翻译过程是发现美、欣赏美和创造美的过程，翻译审美的目的在于再现原语中的美。该书总结了审美再现的一般规律：对审美客体（原语）的全部审美信息的理解——对理解的转化——对转化结果的加工——对加工结果的再现。

全书基本模式是译文评赏与翻译审美两大主线交错，将原文与译例对照，进行综合性评析。每章凸显一个翻译美学问题，分别是翻译审美意识之培养、汉语音律美、汉语四字格之美、汉语整饬美、汉语模糊美、汉语意合美、汉语简约美、英汉修辞美、语言文字功力之培养、英语音韵美、英语平行美、英语句式美、英语形合美、英语繁复美。前八章为汉译英翻译佳作赏析，后六章为英译汉翻译佳作赏析，其中译例既有广为流传的经典作品，又有感悟人生的现代散文，包括《荷塘月色》《背影》《落花生》等。每一章先把中英对照原文列出来，作者在紧扣章节主题的基础上对译文和原文进行对比分析，最后上升到理论总结，并在理论升华的同时列举能证明本章主题的其他英汉译作，准确概括了汉语和英语各自的美，以及在翻译中如何保留这两种语言的原始美做出了理论总结。通过对翻译佳作的对比和赏析，找出原文同译文之间的差异，从而提高译者的译文鉴赏能力、翻译审美能力和翻译实践能力。译作例证翔实而数量庞大，理论升华准确而到位。

要目：
绪论　中国译论的翻译美学观
1. 翻译审美意识之培养
　1.1 佳作欣赏：一个女人是这样衰老的（The Way a Woman Withers）
　1.2 佳作评析：美学理念观照的汉英翻译
　1.3 翻译审美：翻译审美意识之培养
2. 汉语音律美
　2.1 佳作欣赏：荷塘月色（Moonlight over the Lotus Pond）
　2.2 佳作评析：从原文作者内心出发，把握作者感情走向
　2.3 翻译审美：汉语音律美
3. 汉语四字格之美
　3.1 佳作欣赏：辫子和英国诗（Chinese Pigtail and English Poetry）
　3.2 佳作评析：地道的原文，地道的译文
　3.3 翻译审美：汉语四字格之美
4. 汉语整饬美
　4.1 佳作欣赏：没有秋虫的地方（A Place without Autumn Insects）
　4.2 佳作评析：翻译是一种审美体验
　4.3 翻译审美：汉语整饬美
5. 汉语模糊美

5.1 佳作欣赏：欲说还休（Nearly Said）

5.2 佳作评析：读者为先

5.3 翻译审美：汉语模糊美

6. 汉语意合美

6.1 佳作欣赏：背影（The Sight of Father's Back）

6.2 佳作评析：恍悟于比较阅读之时——从 Parataxis 到 Hypotaxis

6.3 翻译审美：汉语意合美

7. 汉语简约美

7.1 佳作欣赏：落花生（Peanuts）

7.2 佳作评析：朴素的风格，相似的功能

7.3 翻译审美：汉语简约美

8. 英汉修辞美

8.1 佳作欣赏：智慧与财富（Wisdom and Wealth）

8.2 佳作评析：强化语篇建构意识

8.3 翻译审美：英汉修辞美

9. 语言文字功力之培养

9.1 佳作欣赏：Of Studies（谈读书）

9.2 佳作评析：浅近的文言，古雅的风格

9.3 翻译审美：语言文字功力之培养

10. 英语音韵美

10.1 佳作欣赏：The Dover Beach（多佛海岸）

10.2 佳作评析：欣赏原文的美

10.3 翻译审美：英语音韵美

11. 英语平行美

11.1 佳作欣赏：The Perplexity of Youth（青春的困惑）

11.2 佳作评析：欣赏原文的美

11.3 翻译审美：英语平行美

12. 英语句式美

12.1 佳作欣赏：Altogether Autumn（人间尽秋）

12.2 佳作评析：文学翻译的审美再现

12.3 翻译审美：英语句式美（非人称主语句）

13. 英语形合美

13.1 佳作欣赏：Why the Americans Are so Restless（为什么美国人总是这样马不停蹄）

13.2 佳作评析：翻译不仅仅需要准确

13.3 翻译审美：英语形合美

14. 翻译繁复美

14.1 佳作欣赏：El Dorado（不断延伸的地平线）

14.2 佳作评析：理解透彻才能表达灵活

14.3 翻译审美：英语繁复美

参考文献

后记

（古婷婷摘）

马蓉编著，宁夏人民出版社2010年版，26万字

《文学中的科学翻译与艺术翻译：文学作品中言外之意的翻译研究》

该书研究的是言外之意的文学翻译，在于译界少有人涉猎和研究。以言外之意的文学翻译为研究对象，突出言外之意翻译的生成和表达问题。作者将言外之意分为四种：含蓄式、寄寓式、意象式和意境式。在此基础上，这四种形式又归纳为两大类型，即意向型和审美型。意向型言外之意的翻译，借助语用推理较为有利；而审美型言外之意的翻译，则有赖于审美意象图示的把握。因此，翻译过程中就体现了语用学理论的应用与审美心理艺术处理的结合。这样，在文学翻译这一领域内，科学翻译和艺术翻译就找到了契合点。在言外之意的文学翻译表达层面，也是言外之意翻译的实践层面，该书根据认知语境——推理机制和审美意象图示机制，借助赵彦春的一价译元推理翻译模式和二价译元推理翻译模式，提出了翻译意向型言外之意的语义、语义—语用、语用三个层面，以及受制于语境关联、基于三个层面的意向型言外之意的上下推移翻译原则，为直译、意译提供了依据。对于审美型言外之意的翻译，作者在霍姆斯双图示翻译模式和姜秋霞的格式塔意象再造审美翻译模式的基础上，提出了审美言外之意的审美意象图示翻译模式，从意义翻译的实际出发，确定翻译转换的中介是审美意象图示，原文和译文是这个图示的不同语言表述。审美意象图示翻译模式弥补了姜秋霞关于文本整体审美意象模式过于宏观和概括的不足，对翻译实践具有更强的指导力。

要目：

第一章 绪论

1.1 翻译研究的意义观

1.1.1 语文学范式翻译研究时期的意义翻译

1.1.2 语言学范式翻译研究的意义观

1.2 言外之意翻译研究的匮乏和不足

1.2.1 直觉感悟性

1.2.2 语用片面性

1.3 本研究的目的与方向

1.4 本书研究方法和创新点

1.4.1 本书研究方法

1.4.2 创新点

1.5 本研究的基本框架

第二章　言外之意界说

2.1 言外之意的哲学探索

2.1.1 从言意之辩到言外之意

2.1.2 从哲学的符号学到语言学的语用学

2.2 言外之意的概念

2.2.1 意义、言内之意和言外之意

2.2.2 言内之意和字面意义

2.2.3 言外之意和含意

2.2.4 言内之意和言外之意的关系

2.3 言外之意的主要类型及其本质特征

2.3.1 意境式

2.3.2 象征式（意象式）

2.3.3 含蓄式（修辞式）

2.3.4 寄托式（情景式）

2.4 结语

第三章　推理机制在言外之意文学翻译中的运作过程

3.1 推理机制运作过程中翻译的本质

3.1.1 翻译是以译者和译文读者作为主体的语言符号行为

3.1.2 翻译是译者或读者主体和客体相互作用的过程

3.1.3 翻译作为认知过程是译者一种综合能力的体现

3.2 推理机制的运行模式

3.2.1 文献回顾

3.2.2 言外之意翻译推理模式的提出

3.2.3 推理模式的诠释和刻画

3.3 结语

第四章　言外之意文学翻译过程中的审美意象图示机制

4.1 图示

4.1.1 图示理论

4.1.2 图示的特征

4.1.3 图示的分类

4.2 认知图示——认知语境的表征方式

4.2.1 认知图式

4.2.2 认知图式的概念

4.2.3 认知图式的运行方式

4.3 审美意象图示——象征式言外之意的表征

4.3.1 审美意象图示的概念

4.3.2 审美意象图示的形成

4.3.3 审美意象图示的结构

4.4 审美意象图示的联结——意境式言外之意的体现

4.5 审美意象图示生成审美意义的唯一途径

4.6 结语

第五章 意向型言外之意推理中认知语境的建构和重构

5.1 言外之意翻译过程中语境的建构

5.1.1 语境的语言学研究和翻译研究

5.1.2 言外之意翻译中认知语境的概念

5.1.3 翻译中认知语境的特征

5.1.4 言外之意翻译中认知语境的建构基础

5.1.5 认知语境的建构过程

5.2 认知语境的重构

5.2.1 认知语境与语用预设

5.2.2 语用预设的概念

5.2.3 语用预设的特征

5.2.4 语用预设的翻译

5.3 结语

第六章 文学作品中言外之意的翻译

6.1 意向型言外之意的翻译层面和翻译原则

6.1.1 翻译语义层面

6.1.2 翻译语义—语用层面

6.1.3 翻译语用层面

6.1.4 意向型言外之意翻译的总体原则

6.2 审美型言外之意的翻译

6.2.1 审美意义的翻译模式

6.2.2 审美型言外之意的翻译实例

第七章 结论

7.1 言外之意的现代语言学概念和翻译视角分类

7.2 两个机制、一个翻译原则和一个图示翻译模式

7.3 认知语境的建构模式和重构方法

7.4 文学翻译是科学翻译和艺术翻译的契合

7.5 需要进一步研究的问题

参考文献

后记

（古婷婷摘）

卢玉卿著，南开大学出版社 2010 年版，18 万字

《创造与伦理:罗蒂公共"团结"思想观照下的文学翻译研究》

文学是想象的产物,该书从想象入手来研究文学翻译,研究想象在文学翻译中的作用。从批判文学翻译中存在的"逻各斯中心主义"倾向入手,对文学翻译中想象的作用加以研究,从而可以更加准确地把握文学翻译的"诗化"本质。在新实用主义哲学家理查德·罗蒂(Richard Rorty)看来,想象可以成为实现公共正义、创造人类"团结"的力量,从这个角度来说,将想象引入文学翻译的研究,便有可能保有文学本身所特有的"反逻各斯"倾向,实现"自我"与"他者"的和谐共存,达成文学翻译的"团结"。

首先,作者从学理上分析论证想象超越理性束缚的可能性和可行性,及其在文学翻译中发挥作用可能的表现形式。其次,在学理分析的基础上,通过剖析具体的翻译行为和个别译本,进一步阐释这种理论探索的合理性、必要性及其可能形成的结果。想象如何一步步实现文学翻译的"团结",主要探讨想象在文学翻译的三个阶段中,如何发生作用。第一阶段,在面对"他者"时,想象通过移情"飞离在场",实现"自我"对"他者""设身处地"的认同。第二阶段,想象的"居间统合"如何能够促成"自我"与"他者"的平等交流,继而达成翻译的"诗化"统一。第三阶段,如何通过"意象再造"来构建出文学翻译的"团结",需要靠想象的创造来成就。

最后,作者得出结论:文学翻译在想象的呵护下,由于能促成"他者"的伦理,促成"自我"与"他者"的"团结",同时显现出文本"诗化"的本质,因此,它可以保证文学作品在新的语境中生机勃发,生意盎然。

要目:

绪论
  一 研究背景与意义
  二 研究现状及分析
  三 研究依据及对象
  四 研究思路与内容简介
第一章 想象、翻译与"团结"
  一 想象的"沉沦"与"复兴"
    (一)想象的定义
    (二)想象的历史回顾
    (三)"后形而上学"语境下的想象
  二 罗蒂的公共"团结"
    (一)罗蒂和他的新实用主义哲学

(二) 罗蒂的公共"团结"
三 创造"团结"的想象与翻译
(一) 想象是一种"再描述"的官能
(二) 翻译是一种"再描述"
小结

第二章 想象的"飞离在场"实现翻译的"设身处地"
一 "在场"与翻译的"化异为我"
(一) 何为"在场"
(二) 主客二分——"在场"的表现形式
(三) "在场"导致翻译的"化异为我"
二 想象的"飞离在场"与翻译的"设身处地"
(一) 何为想象的"飞离在场"
(二) 移情——想象"飞离在场"的实现方式
(三) 想象"飞离在场"实现翻译的"设身处地"
小结

第三章 想象的"居间统合"促成翻译的"诗化"统一
一 想象的"居间统合"
(一) "诗化"空间的建立
(二) "诗意"统一的实现
二 "间"的缺失与翻译
(一) 理性至上与"间"的缺失
(二) "间"缺失下的翻译
三 想象的"居间统合"实现翻译"诗化"统一
(一) "诗化"空间保证翻译的"间"性
(二) "诗意"统一的实现——杂合的译本呈现
小结

第四章 "意象再造"构建翻译的"团结"
一 何为"意象"
(一) "意象"的定义
(二) "意象"的历史回顾
(三) "意象"的作用
二 "意象再造"
(一) "意象"复制的不可实现
(二) "通而不同"的"意象再造"
(三) "再造意象"的"通而不同"
(四) "意象再造"的意义——文学翻译的"团结"
小结

结语

参考文献

（古婷婷摘）

赵颖著，中国社会科学出版社2010年版，17.6万字

《文学翻译批评：理论、方法与实践》

全书共分九章，分别从翻译批评的性质、观念、原则、标准、形态、角度、方式、方法、实践等九个方面入手，系统而全面地探究文学翻译批评。建立了有关文学翻译批评教科书式的理论体系，并注重理论和具体实践的结合，在翻译批评实践一章列举了思想内容批评、翻译艺术批评、形式主义批评、形似与神似批评、翻译风格批评、意境批评、接受美学批评、阐释学批评、女性主义批评、生态批评、空间批评等具体批评实践案例，内容详细而全面。

要目：

第一章　翻译批评的性质
　第一节　翻译批评与翻译鉴赏
　第二节　翻译批评与翻译理论
　第三节　翻译批评与翻译实践
　第四节　翻译批评与哲学
第二章　翻译批评的观念
　第一节　翻译批评与本体论
　第二节　翻译批评的可能与限度
　第三节　翻译批评的权利话语
　第四节　翻译批评的文化氛围
　第五节　翻译批评的学科构成
第三章　翻译批评的原则
　第一节　科学准确
　第二节　客观公正
　第三节　忠实地再现原文
　第四节　精湛的翻译艺术
第四章　翻译批评的标准
　第一节　翻译批评标准的设定
　第二节　设立批评标准的依据
　第三节　批评标准与价值评判
　第四节　翻译批评标准的多元性和同一性
　第五节　几种具体性批评标准
　第六节　文学翻译作品的批评标准

第五章　翻译批评的形态
　第一节　翻译与社会
　第二节　翻译与译者
　第三节　翻译与译本
　第四节　翻译与读者
第六章　翻译批评的角度
　第一节　艺术风格
　第二节　思想内容
　第三节　整体把握
第七章　翻译批评的方式
　第一节　审美体验
　第二节　理性分析
　第三节　价值判断
　第四节　中国传统的翻译批评方式
　第五节　西方译论中的主要批评方式
第八章　翻译批评的方法
　第一节　自然科学方法
　第二节　比较文学方法
　第三节　边沿学科方法
第九章　翻译批评实践
　案例一　思想内容批评
　案例二　翻译艺术批评
　案例三　形式主义批评
　案例四　形似与神似批评
　案例五　翻译风格批评
　案例六　意境批评
　案例七　比较批评
　案例八　定量分析批评
　案例九　原型批评
　案例十　互文批评
　案例十一　格式塔批评
　案例十二　接受美学批评
　案例十三　阐释学批评
　案例十四　目的论批评
　案例十五　社会历史批评
　案例十六　意识形态批评
　案例十七　文化学批评
　案例十八　女性主义批评

案例十九　生态批评

案例二十　空间批评

后记

（古婷婷摘）

赵秀明、赵张进著，吉林大学出版社2010年版，46.7万字

《文学翻译批评论稿（第二版）》

全书借鉴文学批评建设的路子来构想文学翻译批评的建设，抓住翻译理论、翻译批评与翻译史及其相互关系问题，把理论批评与鉴赏结合起来，在此基础上，把全书的理论构架分成九部分：绪论：建立文学翻译批评的条件和设想；理论的准备：从文学批评到文学翻译批评；翻译批评的性质、类型与功用；翻译批评的主体、方法与操作程序；翻译批评的原则、标准与评级；翻译批评的文本、文体与互文性；文学翻译批评与文化参与；文学翻译批评的写作类型；结论：翻译批评的学科地位与前景展望；等等。这九个部分既比较全面，又构成了有逻辑关系的系统，而且每一部分既有自己研究的新成果，又提出了许多值得深入研究的问题。这部著作的出版一定会对文学翻译批评和译学理论建设起到很好的推动作用，对文学翻译的学科构建有重要意义。

修订内容如下：第二章：扩充了西方批评的晚近发展部分；第四章：扩充和加深了翻译批评方法各部分；第五章：增加了德国功能学派赖斯的批评观点；第六章：增加了互文的详尽分类和另类，增加了文本的封闭型和开放型结构，新增了附录语篇分析方法；第七章：读者反应一节新增了三种批评中心的转移，完善了附录意识形态运行模式；第八章：添加了文学翻译批评的文风问题一节；第九章：扩充和完善了朝向翻译批评学科的构建思路，新增了"翻译批评与翻译教学"一节。使全书内容更加全面完善，理论体系更加完整。

要目：

第一章　绪论：建立文学翻译批评的条件和设想

　　1. 译作问世
　　2. 人员准备
　　3. 译作研究
　　4. 评论发表
　　5. 学派论争
　　6. 规律探索
　　7. 学科建设

　附录　文学批评的基本设定

第二章　理论的准备：从文学批评到文学翻译批评

　第一节　批评概念：语源与演变

　　1. 西方批评概念的诞生与演变

2. 西方批评概念的含义与功能

第二节　文学批评：问题与流派

1. 马克思主义文学批评

2. 心理分析文学批评

3. 语言学文学批评

4. 形式主义文学批评

5. 神话—原型文学批评

6. 存在主义文学批评

附录　诗歌鉴赏批评十难

第三节　翻译批评：传统与借鉴

1. 西方翻译批评简史或三大翻译批评传统

　1）语文学批评传统

　2）结构主义批评传统

　3）解构主义批评传统

2. 当前翻译批评思潮的三个转向

　1）从作者中心和译者中心转向读者中心的讨论，落实到读者反应的基点上

　2）从文艺鉴赏型和科学分析型转向文化评论型的批评，而以文化批评为重点

　3）从规定性和描写性转向解释性的理论说明，目前仍然以描写性为基本方式

3. 中西学术交汇语境下的中国翻译批评发展策略

附录　《圣经》传统解读十法

第三章　翻译批评的性质、类型与功用

第一节　翻译批评的性质和特点

1. 翻译在本质上是一种实践活动

2. 翻译批评需要实证研究基础

3. 翻译批评的活动方式是知性的

4. 翻译批评是审美与研究的统一

第二节　翻译批评的类型和角度

1. 为理论的批评

2. 为创作的批评

3. 为翻译的批评

第三节　翻译批评的功能和作用

1. 导读功能

2. 评价功能

3. 导引功能

附录　习见翻译批评类型

第四章　翻译批评的主体、方法与操作程序

第一节　翻译批评者的主体认知因素

1. 文化认知回归：文化概念与文学翻译批评基础

1）作为文明单元的文化
2）作为文学内容的文化
3）作为语言信息的文化
4）作为文本意义的文化
5）作为翻译对象的文化

2. 批评主体重建：文学翻译批评者的七大要素
1）精通两种语言及其相关的文化
2）懂得翻译方法并具有鉴别力
3）具有相当的文学鉴赏力
4）对于原作和译作要有研究
5）同情心和解释力
6）超越与达观态度
7）评论者的风度

附录　文学翻译批评者十忌

第二节　翻译批评的基本方法
1. 翻译批评方法论之考察
1）文学翻译批评研究的合目的性与合规律性的结合
2）文学翻译批评在方法上的阐释性与论证性的结合
3）文学翻译批评的个案性与其普遍性、启发性的结合
4）文学翻译批评的审美个性与社会认识价值的结合
5）文学翻译批评的独立批判性与文化参与功能的结合

2. 翻译批评的基本方法举例
1）细读法
2）取样法
3）比较法
4）逻辑法
5）量化法
6）阐释法
7）互文法
8）历史法
9）模型法
10）评价法

第三节　翻译批评的操作程序
1. 研读原作
2. 研读译作
3. 对比研究
4. 效果评价
5. 价值判断

6. 评论角度

附录　文学风格之分类参照

第五章　翻译批评的原则、标准与评级

第一节　确立基本原则

1. 客观性原则

2. 全面性原则

3. 准确性原则

4. 简洁性原则

5. 一贯性原则

第二节　参考标准模式

1. 关于信达雅的三维模式

2. 关于神似、形似的二维模式

3. 关于化境的一维模式

第三节　设定工作标准

1. 语言要素

2. 思想倾向

3. 文化张力

4. 文体对应

5. 风格类型

6. 审美趣味

第四节　译作品级的划分与评定

附录　英汉汉英文学翻译分级试评

第六章　翻译批评的文本、文体与互文性

第一节　文学文本与文学阅读

1. 文本、文本性质与文本类型

2. 文学文本的产生与阅读层次

3. 文本的封闭型结构与开放型结构

附录　语篇分析者的基点共识

第二节　文学文体与文体类型

1. 原发的基本类型

2. 派生的杂交类型

3. 元语言：翻译中的文论

附录　诗歌翻译评判参照标准

第三节　翻译中的文体变异与互文性

1. 翻译中的文体变异

2. 互文性与翻译

3. 互文的另类：缺乏原译的"回译"

　　1）关于这部小说的英文写作抑或潜势翻译

2）关于这部小说的汉语"回译"与文化回归
　　3）关于这部小说的读者与译者
　　4）关于小说写作与翻译的关系
　附录　文学翻译笔法十忌
第七章　文学翻译批评与文化参与
　第一节　文学翻译批评的参照因素
　　1. 翻译方向
　　　1）顺译
　　　2）逆译
　　　3）合译
　　　4）回译
　　2. 翻译途径
　　　1）转译
　　　2）重译
　　　3）复译
　　　4）古本复原：失本后的本体诉求
　附录　鲁迅论转译、重译与复译
　第二节　文学翻译批评的背景变量
　　1. 文化态势
　　2. 互动方式
　　　1）流向
　　　2）态度
　　　3）平衡
　　3. 介入机制
　　　1）外国文学的译入
　　　2）中国文学的译出
　　　3）民族文学的移植
　　　4）往复翻译——文化反哺的特例
　附录　意识形态的运行模式
　第三节　文学翻译批评的读者反应
　　1. 读者问题的提出
　　　1）作者中心论的文学批评
　　　2）文本中心论的文学批评
　　　3）读者中心论的文学批评
　　2. 读者类型的划分
　　　1）基于读者身份的分类
　　　2）考虑工作定义的分类
　　3. 读者反应的研究

1）译者本位中的读者
　　2）不同的阅读侧重
　　3）综合的分析评价
　附录　女性文学及其翻译批评的误区
第八章　文学翻译批评的写作类型
　1. 写作问题之极端重要性
　2. 批评类写作之种种资源
　　1）书评
　　2）书信
　　3）随笔
　　4）论文
　　5）专著
　　6）评传
　3. 文学翻译批评的文风问题
　附录　习见文学翻译批评的十大结语关键词
第九章　结论：翻译批评的学科地位与前景展望
　第一节　翻译批评的学科地位
　1. 实践层面
　2. 评论层面
　3. 理论层面
　附录　佛经译论十大范畴
　第二节　翻译批评的回顾与展望
　1. 中国传统翻译批评之优劣考察
　2. 在世界文学文化大视野中看发展
　3. 朝向翻译批评学科的构建思路
　第三节　翻译批评与翻译教学
　1. 一切学问都应当能进入课堂
　2. 翻译批评作为一种分析方法
　3. 国别文学、比较文学与世界文学
　附录　关于《红楼梦》翻译批评的若干要点
主要参考文献

（古婷婷摘）

王宏印著，上海外语教育出版社 2010 年版，34 万字

《译逝水而任幽兰：汪榕培诗歌翻译纵横谈》

　　该书是关于翻译家汪榕培先生诗歌翻译研究的第一本专著。作者从声韵别样译、诗

歌中西译、对话补偿译、借鉴开拓译、译者译而论等五个方面入手，以强烈的理论意识和清楚明了的概括倾向总结了当代诗歌翻译家汪榕培的翻译倾向：以"传神达意"为翻译纲领，以"诗体译诗"为翻译范式，以"非常译"为翻译策略，以"文化输出传播和交流"为翻译追求。其译诗特点主要表现为双行体式、形式整一、典故淡化、主题革新。并将汪榕培的翻译和国内外译者相比较，如国内和杨宪益相比较，国外以汪榕培的"浅化"翻译和戴维斯的"厚重""深化"翻译相比较，加强了研究的效果和深度。

要目：

总论
  翻译标准多元化
第一章 声韵别样译
  以韵促译的汪译陶诗
  再议"以韵促译"——汪榕培其译如其人
  声韵相关何处是，"通感"遥指"陌生化"——汪榕培韵体译诗之后
第二章 诗歌中西译
  从陶诗的悲情论诗体译诗的净化功能
  诗体译诗——"诗可以愤"的翻译解构与建构
第三章 对话补偿译
  字句成诗话汪译——秘响旁通的对话性翻译
  汪榕培古诗英译中的损失与补偿刍议
第四章 借鉴开拓译
  "永远未完成"——翻译之"轻"，复译之"重"
  英译乐府诗中的"视域融合"翻译观
第五章 译者译而论
  读汪译《形影神》，辨"传神达意"观
  "不隔"悄然"化境"——汪榕培文化翻译践行
  "译可译，非常译"的"形美"表述
附录一 心系典籍，情依翻译——访谈汪榕培老师
附录二 汪榕培教授译著作品编录（1982—2010）
后记 写作是一种缘分

（古婷婷摘）

蔡华著，北京师范大学出版社 2010 年版，24 万字

《多元调和：张爱玲翻译作品研究》

全书以较少被人关注的张爱玲翻译作品及其译者角色为探讨对象，运用多角度分析方法对其进行了全方位的探讨，为人们展示出张爱玲翻译实践所特有的价值和贡献。研

究方法上既进行了定性分析，也进行了定量分析，对张爱玲翻译作品的海外认同度进行实证调查，即通过对当代英语本族语者进行问卷调查得出相关结论。其研究范围包括张爱玲以翻译名义出版的作品，还有张爱玲同一部作品的中文版和英文版都纳入研究范围，研究作家自译这一独特现象。

作者认为张爱玲翻译的总体特征表现为"多元调和"，"调和"不仅是张爱玲的美学追求，同时也是她的翻译追求，其对调和的追求体现在各个层面和各种因素上，因此称之为"多元调和"，并将其视为杂合的理想途径。如她对翻译与创作的调和，对翻译主体（译者主体与读者主体、译者主体与作者主体）的调和与对翻译策略的调和，等等。多元调和的翻译艺术使其翻译呈现出多种面貌：既有忠实于原作的译作，也有译、创结合的译作；既考虑读者的接受度，又不是一味迎合；虽关注译作的跨文化流传，却不屈从于正统的文学评判标准，从而为翻译实践和翻译研究提供了丰富的素材。

要目：

第一章　绪论

　1.1 研究背景

　1.2 研究目的与意义

　1.3 研究方法与范围

　　1.3.1 研究方法

　　1.3.2 研究范围

第二章　张爱玲翻译之路

　2.1 张爱玲的创作背景与作品

　2.2 张爱玲的翻译背景与译作

　2.3 张爱玲翻译与创作的互动

　　2.3.1 翻译对创作的影响

　　　2.3.1.1 散文翻译对张爱玲创作的影响

　　　2.3.1.2 小说翻译对张爱玲创作的影响

　　2.3.2 创作对翻译的影响

　2.4 张爱玲对翻译的思考

　　2.4.1 张爱玲作的译者序

　　2.4.2 张爱玲介绍译作的文章

　　2.4.3 论及翻译的张爱玲散文和信件

　　2.4.4 其他人的回忆文章

第三章　张爱玲与文学翻译中的多元调和

　3.1 文学翻译的多元

　　3.1.1 宏观层次上的多元

　　　3.1.1.1 文化因素

　　　3.1.1.2 诗学和意识形态

　　　3.1.1.3 社会、历史因素

　　3.1.2 中观层次上的多元

3.1.2.1 翻译性质
3.1.2.2 翻译主体
3.1.2.3 翻译目的
3.1.2.4 翻译原则与翻译标准
3.1.2.5 翻译策略
3.1.3 微观层次上的多元
3.1.3.1 翻译单位
3.1.3.2 翻译技巧
3.1.4 其他翻译理论中的"多元"
3.2 文学翻译与杂合
3.3 多元调和——杂合的理想途径
3.3.1 调和与杂合
3.3.2 张爱玲与多元调和

第四章 张爱玲对翻译与创作的调和
4.1 中西译论中的翻译与创作
4.1.1 中国学者论翻译与创作
4.1.2 西方学者论翻译与创作
4.1.2.1 古典译学范式
4.1.2.2 近现代译学语言学范式
4.1.2.3 当代译学文化整合范式
4.2 张爱玲的翻译与创作
4.2.1 译中有作
4.2.1.1 翻译中的创造性发挥
4.2.1.2 翻译中的再创作
4.2.2 亦译亦作
4.2.2.1 值得关注的自译现象
4.2.2.2 亦译亦作的张爱玲自译
4.2.3 作中有译

第五章 张爱玲对翻译主体的调和
5.1 翻译主体与主体间性
5.2 张爱玲对译者主体与读者主体的调和
5.2.1 处于中心地位的读者
5.2.2 "不低估读者的理解力"
5.3 张爱玲对译者主体与作者主体的调和
5.3.1 基于情感移注的翻译
5.3.2 作为对话的翻译
5.3.3 自译作品中译者与作者主体的调和
5.3.3.1 拒绝僭越的自译者

5.3.3.2 张爱玲自译作品中对主体的调和

第六章 张爱玲对翻译策略的调和

6.1 英译汉作品

6.1.1 流水句与欧化句的并用

6.1.2 四字格与欧化词语搭配的共存

6.1.3 西方韵律与东方音调的交响

6.2 汉译英作品

6.2.1 人名称谓翻译

6.2.2 颜色词翻译

6.2.3 拟声词与元语言翻译

6.2.3.1 拟声词翻译

6.2.3.2 元语言翻译

6.2.4 习语翻译

6.2.5 意象翻译

第七章 当代英语读者对张爱玲译作认同度的实证调查

7.1 调查概况

7.1.1 调查目的

7.1.2 调查内容

7.1.3 问卷设计

7.1.4 调查对象与方法

7.2 数据与分析

7.3 调查局限

7.4 调查结论

第八章 场域对张爱玲翻译的影响

8.1 场域中的翻译话语

8.2 20世纪五六十年代英译汉文学场

8.2.1 港台地区及东南亚的英译汉文学场

8.2.2 中国内地的英译汉文学场

8.3 20世纪五六十年代汉译英文学场

8.3.1 文学场中的汉译英作品

8.3.2 文学场中的张爱玲汉译英作品

8.4 当代汉译英文学场

8.4.1 张爱玲重返汉译英文学场的原因

8.4.2 当代汉译英文学场的状况

8.5 惯习的影响

8.5.1 个人生活轨迹

8.5.2 教育背景

8.5.3 创作风格与文学主张

第九章　结论
　　9.1 研究回顾
　　9.2 研究意义
　　9.3 研究局限与发展空间
附录
附录一　张爱玲翻译年表
附录二　当代英语读者对张爱玲译作认同度的调查问卷
参考书目
后记

（古婷婷摘）

杨雪著，浙江大学出版社 2010 年版，22.5 万字

《浙江翻译家研究》

　　全书以研究翻译家为"经"，以研究催发翻译事业繁荣的经济、社会原因为"纬"，聚焦于唐宋时期、清末民初、民国时期以及中华人民共和国成立后这几个历史阶段中所涌现出来的诸多浙江籍翻译家的翻译活动和译学观点，探究浙江作为翻译家故乡深刻的历史、经济及地缘原因。地域社会的离合变迁、"大传统"与"小传统"交互作用催生了灿若群星的浙江翻译家方阵。其主要生成原因有：深厚的地域文化积淀；频繁的对外交流；发达的留学教育和教会教育。其翻译特点有：有记载的翻译活动最早；历史上浙江翻译名人最多，尤其在近现代，就各类词典和传略的粗略统计，约占1/5；翻译内容涉及的领域最广。全书涉及的历史范围从唐宋佛经翻译到明清科技翻译到五四运动至中华人民共和国成立前、后，涉及释赞宁、李之藻、李善兰、王国维、鲁迅、茅盾、陈望道、朱自清、郁达夫、徐志摩、冯雪峰、柔石、朱生豪、梁实秋、朱维之、董乐山、夏衍、赵萝蕤、王佐良、冯亦代、吴景荣、叶水夫、李俍民、王道乾、草婴等25位翻译家。作者采用的全景式的写法，从古到今，顺流而下；同时，有在翻译史的几个横断面上对几个重要时期的重点人物予以高度关注，写法上颇见力度。在挖掘并掌握大量史料的基础上，以史带论，史论结合，把20多位浙江籍翻译家的翻译活动及其翻译思想点画得栩栩如生、通透可见。

要目：
第一章　佛经翻译背景下的浙江翻译家
　　第一节　佛经翻译简论
　　第二节　释赞宁——中国千年佛经翻译的总结者
　　第三节　释赞宁——倡"六例"、括译经
第二章　明清科技翻译背景下的浙江翻译家
　　第一节　李之藻——明末清初科技翻译的开创者

第二节　李善兰——明清科技翻译的集大成者
第三章　"五四"运动至建国前的浙江翻译家
　　第一节　王国维——融汇东西文化与文学的先行者
　　第二节　鲁迅——左翼译家军领军人物、中国现代翻译文学奠基人
　　第三节　鲁迅——"硬译"理论的首倡者
　　第四节　茅盾——浙江左翼译家军的领军人物
　　第五节　陈望道——共产党宣言的首译者
　　第六节　朱自清——译名厘定的先行者
　　第七节　郁达夫——日本文学的译介者
　　第八节　徐志摩——杰出的诗歌翻译家
　　第九节　冯雪峰——马克思主义文艺理论翻译家
　　第十节　柔石——浙江左翼译家军
第四章　浙江莎剧翻译家
　　第一节　朱生豪——莎剧翻译的最高峰
　　第二节　梁实秋——莎剧全集首译者
第五章　建国后的浙江文学翻译家
　　第一节　朱维之——《圣经》和弥尔顿诗歌翻译家
　　第二节　董乐山——《西行漫记》的首译者
　　第三节　夏衍——杰出的俄国文学翻译家
　　第四节　赵萝蕤——《荒原》首译者
　　第五节　王佐良——文化翻译的先驱
　　第六节　冯亦代——海明威的译介者
　　第七节　吴景荣——英汉辞典编撰家
　　第八节　叶水夫——俄苏文学翻译家
　　第九节　李俍民——著名苏联文学翻译家
　　第十节　王道乾——著名法国文学翻译家
　　第十一节　草婴——托尔斯泰小说全集的翻译者
参考文献
后记

（古婷婷摘）

温中兰、贺爱军、于应机编著，上海交通大学出版社2010年版，36.4万字

《翻译话语与意识形态：中国1895—1911年文学翻译研究》

　　晚清文学翻译与翻译文学之研究，属于断代史研究。作者率先在中国国内建立了翻

译社会学模式，在考察晚清宏观文化语境的基础上，通过不同的典型个案，从翻译方式、翻译方法、翻译主体、翻译目的和翻译话语与意识形态等方面较为全面而又深入地研究了中国翻译史上的第一次翻译高潮。

翻译史包括翻译实践史和翻译理论史，该书所研究的翻译实践史包括三个层次：1. 翻译实践史的原始状态，即客观存在的翻译事实，包括翻译主体、文本、时间、地点、受众，以及与之相关的思潮或运动等，以自然状态呈现，甚至因为历史原因而有待于人们去发现；2. 翻译史实践，乃是研究者根据现有的文献与考证，试图恢复或还原翻译语境，对翻译现象所作的梳理、历史描述与解释，及研究与撰述工作；3. 翻译史学，就是对翻译史实践的归纳总结与理论建构，总结特征与规律，研究其态势与走向，在此基础上建构科学的翻译史理论。

该书在考察中国近代社会文化的基础上，以时间为经，以具有代表性的个案为纬，史论结合，以论为主，分析翻译如何通过话语的形式，既受到意识形态的制约，又生产出新的意识形态，即翻译与意识形态的互动关系。原语的意识形态与译语的意识形态、译者的意识形态一致时，此时的译本意识形态功能起到的"维护"译语社会主流意识形态话语的作用；当不一致时，翻译主体在翻译中则会采取删节、淡化、保留、增改等翻译策略来对译本进行改写。

该书基本研究目标：1. 探讨清末文学翻译的基本特点；2. 阐述翻译主体在翻译中的作用；3. 分析意识形态与文学翻译之间的关系；4. 探索翻译史的研究方法和理论框架。在个案选取上颇具代表性：翻译方法上，既有以林纾为代表的"译述"或"意译"，苏曼殊、陈独秀为代表的"伪译"，也有以周氏兄弟为代表的"直译"；翻译方式上，有合译与独立翻译，既有直接对原文的翻译，也有转译；翻译主体上，既有一点不懂外语的林纾，也有通外语的周氏兄弟；翻译目的上，林纾从无意为之到具有明确意识形态追求的译述，苏曼殊、陈独秀假借翻译——"伪译"——鼓吹"无政府主义"，周氏兄弟开始追求"文学性"；文本类型上，长篇与短篇兼有；译本语言上，既有林纾与周氏兄弟的文言，也有苏曼殊、陈独秀的白话。

要目：

导论

第一章　研究方法与理论模式
　　第一节　翻译史研究方法现状
　　第二节　翻译社会学模式

第二章　社会文化语境
　　第一节　近代中国社会转型中的"西学"话语策略
　　第二节　近代中国翻译的文本类型与翻译主体

第三章　文学（翻译）话语：从边缘到中心
　　第一节　小说在文学系统中的位置
　　第二节　（翻译）小说的作用
　　第三节　启蒙规划中的小说与小说翻译
　　第四节　（翻译）小说：从边缘到中心

第五节　晚清小说翻译综论
第四章　归化的颠覆：林纾的翻译
　　第一节　林纾的合译
　　第二节　个案研究
　　第三节　归化的颠覆
第五章　伪译：革命话语——《悲惨世界》的翻译
　　第一节　副文本描述
　　第二节　翻译分析
　　第三节　伪译分析：革命话语
第六章　异化的萌芽：周氏兄弟的翻译实践
　　第一节　周氏兄弟初期的翻译
　　第二节　周氏兄弟翻译方法上的转向
　　第三节　《域外小说集》
　　第四节　《域外小说集》(1909)的失败：多视角的解释尝试
结语
参考文献

（古婷婷摘）

王晓元著，上海外语教育出版社2010年版，39.6万字

《生成与接受：中国儿童文学翻译研究(1898—1949)》

中国儿童文学翻译研究，不仅对儿童文学研究很重要，而且也是中国翻译史一个不可或缺的部分。该书吸纳描述性翻译研究、儿童文学研究和比较文学的一些研究方法，对儿童文学翻译活动的生成、接受与影响进行考察，以作者编制的《清末民初(1898—1919)儿童文学翻译编目》和《民国时期(1911—1949)儿童文学翻译编目》为基础，首先对1898—1949年研究时段内的儿童文学概貌展开描述。研究发现，不同的时段，中国儿童文学翻译都具有一些共同的特点：欧洲一直是我国儿童文学译介的中心，其中又以英、法及俄/苏为代表；亚洲的译介则主要以日本和阿拉伯（《一千零一夜》）为中心；美洲则主要以美国为中心；在1898—1949年时间段内，30年代(1930—1939)是译介的最高峰。然后从诗学、赞助者、语言和译者性情等四个视角对儿童文学翻译活动的生成过程进行描述与分析。接受部分则以谢弗莱尔的比较文学接受学的研究模式为基础，选取了夏丏尊译《爱的教育》、鲁迅译《表》和"俄罗斯/苏联儿童文学在中国"等三个具体个案，对儿童文学翻译作品在中国的接受进行考察。影响部分则利用比较文学影响研究中的渊源学和流传学，从技巧影响、内容影响、形象影响等三个方面具体考察儿童文学翻译作品对中国儿童文学创作所产生的影响。并对今后中国儿童文学翻译研究进行展望。

要目：

第一章　绪论

　　1.1 文献综述

　　　　1.1.1 西方儿童文学翻译研究概述

　　　　1.1.2 中国儿童文学翻译研究概述

　　　　1.1.3 小结

　　1.2 本研究的理论框架及研究方法

　　1.3 本书的研究目标

　　1.4 关于本研究的几点说明

第二章　中国儿童文学翻译概貌

　　2.1 1898—1919 儿童文学翻译概貌

　　　　2.1.1 时间和区域分布

　　　　2.1.2 译者及出版机构

　　　　2.1.3 翻译内容：主要译作分类

　　　　2.1.4 日本在本时期儿童文学翻译活动中的重要地位

　　2.2 1911—1949 儿童文学翻译概貌

　　　　2.2.1 整体描述（不区分具体时段）

　　　　2.2.2 不同时段的翻译概貌

　　2.3 小结

第三章　诗学与儿童文学翻译

　　3.1 诗学简介

　　3.2 儿童观、儿童文学观

　　　　3.2.1 中国儿童观、儿童文学观的嬗变

　　　　3.2.2 儿童观、儿童文学观与儿童文学翻译

　　3.3 儿童文学翻译观：儿童文学翻译方法检视

　　　　3.3.1 增减、删改与改编（清末民初）

　　　　3.3.2 重述：郑振铎、世界少年文学丛刊

　　　　3.3.3 直译与忠实

第四章　赞助者与儿童文学翻译

　　4.1 赞助者

　　4.2 儿童文学翻译活动中的赞助者考察

　　　　4.2.1 有影响力的个人

　　　　4.2.2 出版机构

　　　　4.2.3 大众传媒

　　4.3 总结与反思

第五章　语言与儿童文学翻译

　　5.1 文言还是白话？

　　　　5.1.1 白话文运动与国语运动

5.1.2 早期的白话尝试和两难的抉择：裘毓芳与鲁迅

5.2 儿童文学翻译中的欧化现象

 5.2.1 欧化问题回顾

 5.2.2 儿童文学翻译中的欧化现象

5.3 儿童文学翻译中的语言特征期待

 5.3.1 浅显（易懂）

 5.3.2 流利

 5.3.3 生动

第六章 译者性情与儿童文学翻译

6.1 性情与翻译研究简介

6.2 周作人与鲁迅的性情特征

 6.2.1 周作人的性情：恬淡、闲适

 6.2.2 鲁迅的性情：责任感、战士

6.3 周作人和鲁迅的儿童文学翻译活动简介和比较

6.4 性情与儿童文学翻译

第七章 儿童文学翻译作品在中国的接受

7.1 接受理论与比较文学接受研究简介

 7.1.1 接受理论

 7.1.2 比较文学接受学

7.2《爱的教育》在中国

 7.2.1《爱的教育》在中国被翻译和接受的情况简介

 7.2.2《爱的教育》风靡缘由分析

7.3《表》在中国

 7.3.1《表》在中国被译介和接受的情况简介

 7.3.2《表》畅销的缘由

7.4 俄/苏儿童文学在中国

 7.4.1 俄/苏儿童文学作品在中国的译介

 7.4.2 俄/苏儿童文学译介小结

 7.4.3 俄罗斯、苏联儿童文学在中国持续译介的缘由

7.5 小结

第八章 儿童文学翻译作品的影响

8.1 影响研究

8.2 外国儿童文学翻译对中国儿童文学的影响研究之现状

8.3 影响存在的证据：笔述渊源

8.4 影响产生的方面：流传学

 8.4.1 技巧影响

 8.4.2 内容影响

 8.4.3 形象影响

8.5 影响研究之复杂性

第九章 总结

9.1 本研究总结

9.2 本研究的意义

9.3 本研究的不足之处

9.4 中国儿童文学翻译研究展望

征引文献

附录1 清末民初（1898—1919）儿童文学翻译编目

附录2 民国时期（1911—1949）儿童文学翻译编目

附录3 鲁迅儿童文学翻译编目

附录4 周作人儿童文学译介编目

附录5 世界少年文学丛刊目录

附录6 世界少年文库目录

附录7 儿童文学译作广告选录

后记

（古婷婷摘）

李丽著，湖北人民出版社2010年版，28.3万字

《中国近代翻译思想的嬗变：五四前后文学翻译规范研究》

从晚清到五四是中国文化的转型期，也是文学翻译异常繁荣、翻译规范急剧变化的时期，翻译可以视为文化转型的中介和缩影。近代中国的文化转型属于"后发外生"型，起步晚，受西方影响大。"外在刺激"和"异质文化"的需求决定了这一历史时期文化译介活动在国民文化生活中不可替代的重要性，"翻译从根本上改变了中国近现代的政治、经济、思想和社会文化面貌"。

该书试图用历史语境化的观念，还原清末民初翻译的历史场景，梳理和概括晚清翻译家有意无意遵循的翻译规范，探索在文化转型时期传统翻译规范的演变与消亡，人们在新旧过渡时期对翻译规范的探索、尝试，以及经典化翻译文本和社会体制与现代翻译规范话语的相互关系。揭示清末民初翻译家与既定翻译规范之间的互动，考察一些前卫的翻译家，如鲁迅与胡适等对新兴翻译诗学的尝试、探索和修正，并通过赞助体制推出的翻译范本，促进现代翻译规范确立的动态过程。

要目：

绪言

一 文化转型与翻译研究

二 规范与翻译规范

第一章 文化转型期的翻译个案：以《哀希腊》为例

第一节 梁启超与拜伦诗歌的政治化
  一 《哀希腊》与文化潜能
  二 《哀希腊》的"意译"与改造
  三 拜伦形象的建构
第二节 马君武译诗中的"讹"与主流意识
  一 "讹"的定义与分类
  二 "讹"与翻译的界定
  三 "讹"与译诗的政治寄托
  四 "讹"与归化表现策略
第三节 从"晦"看苏曼殊译诗的价值取向
  一 苏曼殊译诗中的"晦"
  二 从革命者到诗僧
  三 译诗的艺术化转向
  四 意识形态与乌托邦
第二章 晚清文学翻译:"信"的失落与语言的"变格"
 第一节 翻译规范及研究途径
  一 社会学与规范的定义
  二 翻译规范
  三 规范的研究途径
 第二节 "信"的失落与翻译规范的重构
  一 规范及研究视角
  二 实用理性与强国模式
  三 达旨与译意
  四 形式因袭与归化
  五 翻译批评:何为翻译?
 第三节 文学翻译语言的"正格"与"变格"
  一 文学翻译语言的"正格"
  二 文学翻译语言的"变格"
  三 言、文与雅、俗的消长
  四 文言的"回光返照"
 第四节 晚清公共叙述与翻译规范
  一 社会叙述理论
  二 概念叙述与"陆沉"、"睡狮"和"老大帝国"
  三 概念叙述、公共叙述与翻译规范
第三章 五四文学翻译规范
 第一节 文学翻译对"信"的重构
  一 对晚清翻译的质疑
  二 对"信"本质的追问

三　赞助系统与"信"的确立和传播
第二节　现代白话规范的草创
一　白话规范的话语建构
二　翻译与五四白话
三　白话规范与思想革命
第三节　从政治到艺术模式的演变
一　形式的异化
二　主题的泛化与多元
三　翻译诗学的确立
第四章　现代文学翻译话语的形成
第一节　从《域外小说集》看翻译规范
一　《域外小说集》：备受关注的译作
二　翻译规范与《域外小说集》的文本描述
三　《域外小说集》与主流翻译规范
第二节　胡适译诗与翻译规范
一　主流政治话语与译诗主题的嬗变
二　译诗与现代文学观念
三　译诗与语言规范
第三节　《新青年》与现代翻译叙述
一　《新青年》与翻译
二　翻译的外部诗学
三　翻译的内部诗学
四　文学翻译经典的建构
第五章　《哀希腊》的译介与符号化
一　拜伦《哀希腊》的本土化
二　译介与中国文学的互文性
三　翻译与精神自由
后记
参考文献

（古婷婷摘）

廖七一著，南开大学出版社 2010 年版，25.5 万字

《译坛异军：创造社翻译研究》

该书从社团流派切入研究现代文学史上的翻译问题，创造社不是最早关注文学翻译的群体，却是在相关领域最容易引起争议和麻烦、相比较而言也容易把问题引向深入的

群体。该书史料掌握充分而翔实,论述缜密,细节丰满。既是有关创造社"翻译"研究,也是有关"创造社"的研究。创造社在前后近十年的历史发展进程中,译介实践始终都是创造社同人热衷从事的事业,是文学社团活动的重要组成部分。创造社的翻译从一开始就从译介者的个体感性出发,比较关注世界名著,对审美现代性的关注使其译介活动对《新青年》和文学研究会等既有的洋溢着工具理性色彩的译介活动构成了反动。通过文学翻译和翻译文学,现代中国实现的不仅是文学上的转型,更有国人思维上的转型。新的语言、新的文学与新的思维构成了三位一体,已经不能单纯地将文学翻译和翻译文学视为附加的因素,它就是中国现代文学的血脉之一。

要目:

序——不仅仅是翻译

导言

  一 创造社翻译研究的对象与范畴

  二 创造社与中国现代文学翻译

  三 创造社翻译与中国现代文学

第一章 创造社译介活动的历史进程

 第一节 个性之窗:初期创造社同人的译介活动

 第二节 象征之风:中期创造社同人的译介活动

 第三节 马列思潮:后期创造社同人的译介活动

第二章 在对立与冲突中确立自身的译坛异军

 第一节 创造社与文学研究会翻译问题论争

 第二节 创造社与胡适的翻译纠葛

 第三节 创造社与鲁迅的译介分歧

第三章 创造社三鼎足的翻译观

 第一节 郭沫若的译诗观

 第二节 成仿吾的译诗观

 第三节 郁达夫的翻译观

第四章 创造社翻译的互文性研究

 第一节 《流浪者的夜歌》的翻译

 第二节 《孤寂的高原刈稻者》的翻译

第五章 郭沫若与《鲁拜集》的翻译

 第一节 互文性与《鲁拜集》的翻译

 第二节 郭沫若与胡适译文比较

 第三节 从《鲁拜集》的翻译看翻译标准的量化问题

参考文献

后记

(古婷婷摘)

咸立强著,人民出版社 2010 年版,26 万字

《幻想与现实：二十世纪科幻小说在中国的译介》

该书着重考察中国在20世纪对科幻小说这一通俗小说门类的译介与接收状况，通过对典型文本的分析，由点及面，对各时期科幻小说的译介背景和特征进行深入的探讨，考察译介过程中翻译与政治、经济、科技、文化、文学等不同系统之间复杂微妙的关系，从而揭示不同历史时期制约或推动科幻小说的翻译与接受的种种因素，以及科幻翻译对本土科幻文学发展的深远影响。

作者通过对五个典型文本的分析，对1900—1999年一百年间科幻小说这一通俗小说类型在中国的译介、传播和影响进行了考察。该书集中讨论了科幻小说在中国译介的四次浪潮的产生背景和原因，以及在译介过程中产生的一些特有现象，从而勾勒出20世纪科幻小说在中国的译介和传播轨迹。得出如下结论：作为最早介绍到中国来的现代小说的类型之一，科幻小说在中国文学的现代化进程中所起到的积极作用是不容忽视的。中国科幻文学的萌生与成长，同外国科幻小说的翻译有着直接的关系。因此，对于"科幻小说在中国的译介"的研究，在20世纪中国翻译文学史上具有一定的意义。本书是对科幻翻译史的首项专题研究。

要目：

Introduction

Rationale for the Study

Translation history and its Position in Holmes' Map

The Def'mition and Divisions of Translation History

Theoretical Preliminaries

Polysystem Theory

Norm Theory

Multiple Causality Theory

Literature Review

Previous Research on Translation History

Research on SF Translation in the West and China

Overview of the Book

Part One Science Fiction and Its Development as a Literary Genre in China

The Name and Nature of Science Fiction

The Development of Chinese SF in Tile 20th Century

The Budding of Chinese SF in Late Qing and Republic Periods

The First Tide of Chinese SF in the 1950s

The Golden Age of Chinese SF in the 1980s

The Flourish of Chinese SF in the 1990s

Part Two An Exploration into SF Translation in 20th-century China: Five Case Studies

YuejieLvxing（《月界旅行》，1903）: Epitome of the First Wave of SF Translation
    Jules Verne and De la Terre a la Lune (1865)
    Lu Xun, the Translator
    China in the Early 20th Century
    The Influence of Japan
    The Rise of Publishing Industry
    The Early 20th-Century Literature
    Tradition Versus Innovation
    The Rise of New Fiction
    Translation Tendencies in Early 20th-Century China
    The Wave of Literary Translation
    The Trend of Free Translation

Weilai Shijie（《未来世界》，1934）: An Exceptional Case in the Low-tide Period of SF Translation between 1920s and 1940s
    H. G. Wells and *The Shape of Things toCome* (1933)
    The Chinese Society in the Republic Era
    The Influence of the May Fourth Movement
    The Threat of War in the 1930s
    Literary Tendencies in the Republic Era
    Translation Norms in the Republic Era

Shuilu Liangqi Ren（《水陆两栖人》，1958）: The Soviet Model and the Second Wave of SF Translation
    Alexander Belyaev and the Soviet SF Tradition
    The Soviet SF Tradition
    Alexander Belyaev and The Amphibious (1928)
    The Chinese Society in the Early PRC Years
    Socialist Construction and the March Toward Science
    The Publishing Industry after 1949
    The Chinese Literature in the Early PRC Years
    Translation Norms in the Early PRC Years

Wo, Jiqiren（《我，机器人》，1981）: Opening up to the Outside World in the Golden Age of Chinese SF
    Isaac Asimov and I, Robot (1950)
    The Chinese Society in the Late 1970s and Early 1980s
    Literary Tendencies in the Late 1970s and Early 1980s
    Translation Norms in the Late 1970s and Early 1980s

Shenjing Liulangzhe（《神经流浪者》，1999）: Cyberpunk's First Encounter with China in the Fourth Wave of SF Translation

William Gibson and *Neuromancer* (1984)
The Chinese Society in the 1990s
Economic and Scientific Advancement in the 1990s
The Influence of Globalization
Literary Trends in the 1990s
Translation Tendencies in the 1990s
Part Three Translation and the Spread of a Genre in China
Science Fiction as an Imported Genre
Translation and the Birth of the SF Genre
Translation and the Literary Evolution in the Genre
The Concept of the Genre vs. The Policies of Translation
From "science" to "fiction": (mis) Conception of the Genre and its Influence on SF Translation
Cultural Elements and neologisms in SF vs. the Policies of Translation
Conclusion
Significance of the Study
Possibilities for Future Research
BIBLIOGRAPHY

（古婷婷摘）

姜倩著，复旦大学出版社2010年版，17.8万字

《译不尽的莎士比亚：莎剧汉译研究》

该书首先探讨莎士比亚诗剧的美学特征；其次对莎士比亚戏剧的三位主要译者进行研究；再次对莎剧的文化因素进行研究，并探讨文化因素在翻译中的不同处理方法；最后从戏剧学的角度对莎士比亚戏剧中所涉及的戏剧符号及其翻译进行研究，从而探讨译文是否适合在舞台演出，演出效果如何。

该书具有如下创新点：1. 对莎士比亚戏剧的三个影响重大的全译本（朱生豪、梁实秋、方平）进行系统的研究，探讨译者的文学主张、文学创作、戏剧观念和翻译思想对其翻译策略和翻译效果的影响，并对三个译本做出综合性评价；2. 利用相关戏剧理论考察莎剧中的主要戏剧符号与戏剧手段，如剧中称呼语、人物名称、舞台提示、独白等，并探讨莎士比亚戏剧中可表演性因素的传译；3. 从宏观上考察影响戏剧翻译的三大因素：语言特征、文化维度和戏剧手段，探索其在莎剧翻译中的作用，并对莎剧的复译过程进行探讨，进而指出莎剧复译过程中需要注意的问题，以便使莎剧的生命得以延续。

要目：

第一章　绪论

1.1 研究目的与意义

1.2 研究综述

1.3 研究方法

1.4 创新与突破

1.5 本书的基本结构

第二章 莎士比亚的创作与传播

2.1 莎士比亚的戏剧创作

2.1.1 莎士比亚的生平

2.1.2 莎士比亚的创作

2.1.3 莎剧体裁的分类

2.2 莎士比亚在世界

2.2.1 莎士比亚戏剧批评与研究

2.2.2 莎剧版本问题

2.2.3 世界范围内莎剧的翻译情况

2.3 莎士比亚在中国

2.3.1 莎士比亚在中国的研究

2.3.2 莎士比亚在中国的译介情况

2.3.3 莎士比亚在中国舞台上

2.3.4 莎剧《李尔王》的汉剧改编

2.4 本章小结

第三章 莎士比亚的语言风格与翻译

3.1 莎士比亚的词汇与语法

3.1.1 莎士比亚的词语运用特点

3.1.2 莎士比亚的语法

3.2 莎士比亚戏剧的修辞艺术

3.2.1 双关与文字游戏

3.2.2 重复

3.2.3 矛盾修辞法

3.3 莎剧中的对话艺术

3.3.1 通俗生动

3.3.2 庄严崇高

3.3.3 语言错乱

3.4 莎剧文体传译

3.4.1 无韵诗

3.4.2 用韵的翻译

3.4.3 散文体

3.4.4 信札的翻译

3.4.5 歌谣的翻译

3.5 本章小结

第四章 莎剧翻译中的文化维度

　4.1 莎士比亚戏剧中典故的翻译研究

　　4.1.1 圣经故事

　　4.1.2 神话典故

　　4.1.3 时事与历史典故

　4.2 日常生活习俗

　　4.2.1 游戏与运动

　　4.2.2 生活习惯

　4.3 莎士比亚戏剧中的意象

　　4.3.1 意象的作用

　　4.3.2 意象的翻译

　4.4 宗教

　　4.4.1 莎士比亚本人的宗教信仰问题

　　4.4.2 莎剧中的宗教因素

　4.5 莎剧伦理因素的翻译

　　4.5.1 莎剧中的家庭伦理观念

　　4.5.2 莎剧中的任性观念

　　4.5.3 莎士比亚戏剧中的社会伦理问题

　　4.5.4 莎剧中的性概念与粗俗语言的翻译

　4.6 本章小结

第五章 戏剧手段的可传译性

　5.1 剧本与戏剧翻译

　　5.1.1 剧本与演出

　　5.1.2 戏剧的特点

　　5.1.3 戏剧翻译的标准

　　5.1.4 可表演性

　5.2 戏剧手段及翻译

　　5.2.1 独白艺术

　　5.2.2 戏剧称呼语翻译比较

　　5.2.3 人物名称翻译研究

　　5.2.4 莎剧中的艺术手段

　5.3 本章小结

第六章 莎剧译者研究与总体评价

　6.1 朱生豪的时代及莎剧首译

　　6.1.1 朱生豪的诗才

　　6.1.2 朱生豪的莎译原因与动力

　　6.1.3 朱生豪的莎剧翻译及后续译本

6.1.4 朱译莎剧的评价
6.2 梁实秋的人文主义莎剧翻译
6.2.1 梁实秋的人文主义思想
6.2.2 梁实秋的文学观念
6.2.3 梁实秋译莎动机与过程
6.2.4 梁译莎剧的评价
6.3 方平面向舞台重译莎剧
6.3.1 对中国莎学的贡献
6.3.2 方平莎剧译本中的舞台提示
6.3.3 诗体译莎梦圆
6.3.4 方平的翻译思想
6.3.5 方译莎剧的评价
第七章 结语：论莎剧的复译
7.1 多元系统理论概述
7.2 中国莎剧复译问题
7.3 莎剧复译的理论分析
参考文献
后记

（古婷婷摘）

李春江著，天津社会科学院出版社2010年版，34.6万字

《翻译与文化身份：美国华裔文学翻译研究》

该书以汤亭亭和谭恩美小说作品为个案，借用后殖民理论来研究美国华裔文学作品中的文化翻译及该类作品的汉译与文化身份之间的关系，以文化身份与翻译之间的关系为切入点来揭示美华文学文化翻译及汉译中所隐藏的权力问题，探讨翻译作为殖民与解殖民（decolonization）的重要手段发挥效用的途径，指出译者通过翻译对源语和目的语社会中的特定文化身份进行了塑造，而译者本人的文化身份则对此塑造过程具有一定的影响。书中着重探讨美华文学中作家通过文化翻译对中国文化身份的塑造以及这些作家的文化身份对此塑造过程的影响。美华作家矛盾的身份构成使得他们在再现中国文化时既具有结构西方霸权文化价值观、宣扬中国文化之博大精深的一面，又有迎合刻板印象、凭借文化霸权不负责任地误现中国文化内容的一面。而美华文学汉译者对美华作家基于民族主义立场的形象改造，汉译者对这些作家强烈的民族认同感导致他们在翻译过程中操纵文本，使美华作家看起来更像"自己人"，从而扭曲了其真实身份。

要目：

第一章 绪论

1.1 后殖民理论简述

1.2 后殖民语境下的文化身份观及身份的政治

1.3 文献综述

第二章 汤亭亭、谭恩美小说作品文化翻译及汉译

2.1 美华文学的双峰:汤亭亭与谭恩美

2.2 美华作品中的文化翻译

2.3 汤亭亭、谭恩美小说在我国大陆和台湾地区的译介

第三章 美华文学文化翻译中中国文化的折射影像

3.1 文化译者身份的成因:话语权的争夺

3.2 属下发声的努力

3.3 东方主义的阴影

第四章 美国本土文化身份的塑造

4.1 语言的"污染":权威身份的质疑与挑战

4.2 美国华裔杂合身份的塑造

第五章 民族主义立场上的形象改造

5.1 文化、语言的"修正"

5.2 "明晰化"的误区

5.3 "锦上添花"还是"画蛇添足"?

第六章 翻译与民族文化:流失与重建

6.1 传统的迷失与身份的模糊

6.2 文化重建与身份重构

第七章 结论

附录

参考文献

后记

(古婷婷摘)

刘芳著,上海交通大学出版社2010年版,17.5万字

《文化可译性视角下的"红楼梦"翻译》

以《红楼梦》的俄译本来论证文化的可译性,全书充满了辩证法的思想,作者在肯定文化可译的同时设置了它可译的限制(或限度),在文化层面把可译与不可译这对对立的矛盾统一了起来。在处理归化和异化这两种截然相反的翻译策略时也运用了辩证法的思想。该书主要以《红楼梦》的俄译为语料,以语际对比为手段,揭示中俄文化的异同及其对翻译的制约,论述民族文化的可译性和可译性限度,在研究译者对各种文化现象的处理基础上总结译者的文化翻译策略。作者在讨论了理论问题之后,首先确定

文化翻译的策略应为"异化为主,归化为辅",然后通过各种译本的对照,采用大量正面和负面的译例证明文化是可译的,但有限度。《红楼梦》是非常难译的,但是如果采用适当的翻译策略还是可译的。作者认为虽然文化的民族性给可译性带来一定的限制,但是文化的普同性和开放性则决定了文化的可译性,文化的时代性在一定程度上也会提高文本的可译程度,但是由于文化的民族性和时代性,可译性会受到一定的限制。

要目:
前言
第一章 绪论
 1.1 可译性研究的历史回顾和现状
  1.1.1 西方的可译性研究
  1.1.2 俄罗斯的可译性研究
  1.1.3 国内的可译性研究
   1.1.3.1 1949年前的研究
   1.1.3.2 1949年后的研究
 1.2 文化翻译研究点评
  1.2.1 21世纪初的文化翻译研究
  1.2.2 俄汉翻译分论研究
  1.2.3 古典文学外译研究
 1.3《红楼梦》的译介
  1.3.1《红楼梦》——中国文化的百科全书
  1.3.2《红楼梦》的文化研究
  1.3.3《红楼梦》的外译
  1.3.4《红楼梦》译评及其不足
第二章 语言、文化和翻译
 2.1 关于文化
  2.1.1 文化的定义
  2.1.2 文化的结构
  2.1.3 文化的基本特征
   2.1.3.1 文化的普同性
   2.1.3.2 文化的民族性
   2.1.3.3 文化的时代性
   2.1.3.4 文化的开放性
  2.1.4 文化的类型
 2.2 语言与文化
  2.2.1 语言——文化的一部分
  2.2.2 语言——文化的载体
  2.2.3 语言和文化的互动
   2.2.3.1 文化对语言的影响

2.2.3.2 语言对文化的影响
2.3 文化和翻译
 2.3.1 传统的翻译研究
 2.3.2 译论的文化转向
 2.3.3 文化研究语境下的翻译定义
 2.3.4 翻译和文化的互动

第三章 文化的可译性
3.1 可译性及相关概念
 3.1.1 可译性及相关概念的定义
 3.1.2 术语使用中的问题
 3.1.3 语言/文化不可译论产生的原因
3.2 文化之可译
 3.2.1 问题的提出
 3.2.2 翻译——文化的传译
3.3 文化可译性的论证
 3.3.1 文化普同性和文化可译性
 3.3.2 文化开放性和文化可译性
 3.3.3 文化时代性和文化可译性
 3.3.4 翻译标准和文化可译性
 3.3.5 译者的创造性和文化可译性
 3.3.6 读者的能动性和文化可译性

第四章 文化的可译性限度
4.1 文化和可译性限度
 4.1.1 文化的民族性和可译性限度
 4.1.2 文化的时代性和可译性限度
4.2 中俄文化的差异
 4.2.1 中俄文化差异的类型
 4.2.2 中俄物质文化的差异
 4.2.3 中俄制度文化的差异
 4.2.4 中俄行为文化的差异
 4.2.5 中俄精神文化的差异
4.3 文化差异的语言表现形式及其对可译性的限制
 4.3.1 语音层面的可译性限制
 4.3.2 字形层面的可译性限制
 4.3.3 语法层面的可译性限制
 4.3.4 词汇层面的可译性限制
  4.3.4.1 词汇层面的可译性限制
  4.3.4.2 习语层面的可译性限制

4.3.5 身势语层面的可译性限制
4.3.6 修辞对可译性的限制
    4.3.6.1 辞格对可译性的限制
    4.3.6.2 体裁对可译性的限制

第五章　翻译的文化策略和《红楼梦》的译本比较
  5.1 归化和异化策略的论争
    5.1.1 文化翻译策略的定义
    5.1.2 归化论和异化论的立场
  5.2《红楼梦》的译本
    5.2.1《红楼梦》的俄译史和译者
    5.2.2《红楼梦》主要英译本及其译者简介
  5.3《红楼梦》俄译本的比较和译者文化翻译策略
    5.3.1 鲁德曼节译本
    5.3.2 帕纳秀克 58 译本
    5.3.3 帕纳秀克 95 译本
  5.4 文化翻译策略的选择原则
    5.4.1 异化为主
    5.4.2 归化为辅

第六章　《红楼梦》俄译本中的文化误译
  6.1 关于误译
    6.1.1 误译产生的原因
    6.1.2 误译的定义
    6.1.3 误译的分类
  6.2 文化误译分析
    6.2.1 文化时代性导致的误译
    6.2.2 文化民族性导致的误译
      6.2.2.1 物质文化差异导致的误译
      6.2.2.2 制度文化差异导致的误译
      6.2.2.3 行为文化差异导致的误译
      6.2.2.4 精神文化差异导致的误译

结束语
语料
工具书
参考文献
后记

（古婷婷摘）

李磊荣著，上海译文出版社 2010 年版，26.7 万字

Ⅳ 大事记

2010 年度中国比较文学大事记

张雨轩

1月：

1月8日至10日，由中国社会科学院文学理论研究中心与深圳大学文学院联合主办的"理论的旅行与视界的会通"全国学术研讨会在深圳举行。会议围绕外国文学理论跨文化旅行与中国现代文论的建设，比较诗学学科的中国情境、突破与发展，文论研究视界互动会通的可能性、空间与路径等问题，展开了热烈的讨论，取得了较为丰硕的学术成果。

此外，在这次会议上，"文学理论与比较诗学研究分会"宣告成立。

1月14日，"中国文学海外传播"学术研讨会暨工程启动仪式在北京师范大学英东学术讲堂举行。会议邀请了近百位国内外文坛和学术界知名作家、学者、批评家和翻译家切磋畅谈，就"中国文学的本土经验与海外传播"这个议题进行深入探讨，以期能够通过启动"中国文学海外传播"工程的契机，借鉴海外中国文学研究的国际化视野，追踪海外中国文学研究动态，拓展中国文学在海外的研究空间，探讨未来中国文学海外传播的策略，促进中国文学研究领域的国际学术交流。

在这次学术会议上正式启动的"中国文学海外传播"工程，由北京师范大学文学院与俄克拉荷马大学孔子学院共同申请，由北京师范大学文学院与美国俄克拉荷马大学知名杂志《当代世界文学》（*World Literature Today*）、俄克拉荷马大学出版社负责实施。这一项目2009年7月获得国家汉办批准立项，目前项目经费已经到位。项目包括三个方面的内容。第一，在三年内出版10卷本"今日中国文学"英译丛书。丛书作品从当代中国优秀文学中选出，邀请世界优秀的翻译家担任翻译工作，由俄克拉荷马大学出版社承担出版和发行任务。第二，在美国创办 *Chinese Literature Today*（《今日中国文学》）英文学术杂志。这份杂志以推动中国文学的海外传播，增强中国文学的国际影响力为宗旨。它奉行"学术论文，随笔写作"的风格，刊发当下中国优秀文学作品，介绍当代中国优秀作家，提炼和阐发中国文学中具有世界意义和感召力的话题，报道中国文学资讯，也关注中国文学与世界文学的联系。第三，在北京举办"中国文学海外传播"国际学术研讨会。

据了解，以孔子学院为平台，由中外合作，在海外出版英文版中国当代文学丛书、创办英语杂志以向普通海外读者推广中国文学文化尚属首次，这也是中国文学研究学术交流史上的创举。

1月16日,上海交通大学外语学院主办的《当代外语研究》杂志2010年正式出版发行。《当代外语研究》杂志定位为纯学术刊物,主要刊载外国语言学、外国文学等各领域基础研究和应用研究方面具有创新性、高水平、有重要意义的研究成果,旨在传承学术、促进交流、启发教学,突出外语教学领域的改革和科研创新,展示国内外在相关领域的改革实践和理论研究成果,推动中国外语教学和学术研究的健康发展,为相关领域交流及国际学术交流服务。

1月28日,中国外国文学学会在京理事会在中国社会科学院外国文学研究所举行。此次理事会有两个主要议题:一是贯彻民政部和社科院科研局相关文件精神,组织在京理事学习实践科学发展观;二是商议年中学会学术研讨会召开的地点和中心议题。

1月30日,中国外国文学学会俄罗斯文学研究会和中国社会科学院外文所《世界文学》编辑部联合主办的"契诃夫与我们"——纪念契诃夫诞辰150周年学术研讨会暨童道明先生创作的戏剧《我是海鸥》首演式在北京蓬蒿剧场成功举行。来自中国社会科学院外国文学研究所、北京大学、北京师范大学、北京外国语大学、北京第二外国语学院、首都师范大学,以及莫斯科师范大学的专家学者参与了此次会议,会议由中国外国文学学会俄罗斯文学研究会会长石南征研究员主持。

在研讨会上中国社会科学院荣誉学部委员吴元迈先生首先作了题为《契诃夫与现实主义诗学》的演讲,分析了现实主义在契诃夫笔下发生的深刻变化。《我与海鸥》的剧作者,中国社会科学院外文所俄罗斯文学研究室童道明研究员就"契诃夫与《海鸥》"这一主题进行了阐发,认为契诃夫的《海鸥》表现了精神追求者的痛苦和彷徨,必然在人们心中引发了共鸣。北京外国语大学王立业教授通过对契诃夫早期小说名篇《一个小官员之死》的文本细读,赞颂了短篇小说巨匠契诃夫的卓绝才华。《外国文学动态》主编苏玲女士演讲的题目是《从自杀到他杀》,把契诃夫的经典剧作《海鸥》和俄罗斯当代著名作家阿库宁的同名剧作进行比较。中国社会科学院外文所俄罗斯文学研究室徐乐博士介绍了21世纪俄罗斯契诃夫学的现状和热点问题。最后,来自莫斯科师范大学语文系的教授,中国俄罗斯文学研究界的老朋友阿格诺索夫教授做了热情洋溢的即兴发言,阐明了契诃夫艺术和整个俄罗斯文学中完善生活、完善世界的诗学主旨。

会后,蓬蒿剧场演出了童道明先生的话剧《我是海鸥》。这部剧延续了契诃夫的经典名剧《海鸥》中对爱情和艺术的思考,为中国文坛和学界对契诃夫文学遗产的继承和发扬献上了一份厚礼。在座的许多知名教授和文学专家,如张建华教授、吴泽霖教授、张冰教授、程正民教授、吴晓都研究员等在观后感中积极评价了这部新剧作。

2月:

2月3日23时26分,中国资深翻译家,诗人、德语文学翻译界前辈,上海翻译家协会名誉理事钱春绮先生因病医治无效,在上海病逝,享年88岁。

2月3日至4日,教育部重大攻关项目马克思主义理论研究和建设工程重点教材《外国文学史》大纲编写专家组会议在华中师范大学文学院召开。会议确定了教材采用"东西方文学合一"体例进行编写。

2月22日,"大江健三郎新作《水死》中日研讨会"在中国社会科学院举行。中国社会科学院外文所、北京大学等多家单位的学者，野莽、梅洁等作家，日本东京大学小森阳一教授、日本女子美术大学岛村辉教授以及多家出版机构和新闻媒体的代表也参加了此次研讨会。小森教授首先介绍了《水死》的主要内容，并提出这部小说可以视为对大江以往作品的总结和重估。岛村辉教授则认为，《水死》是大江所有作品的"小宇宙"。他重点讨论了小说中出现的"红皮箱"的意义以及它与日本著名诗人宫泽贤治的关系，提出构成近代思想核心的夏目漱石的《心》与宫泽贤治的"红皮箱"，都是这部小说的阅读关键，并坦言，将文字意识形态化可谓日本战后的一项重要问题。中国社会科学院外文所许金龙编审则认为，大江先生在《水死》中表达出了深深的忧虑。许金龙提出，日本当下"向右转"的根本问题在于时代精神，这种精神无疑是右翼势力的精神支柱。而《水死》这样的作品正是为了摆脱困境所作的努力，提倡一种追求民主主义的新时代精神。

3月：

3月7日至11日，"华文传媒与海外华文文学"国际学术研讨会在广州暨南大学召开。

加拿大华文作家协会会长陈浩泉，中国世界华文文学学会监事长、复旦大学中文系教授陆士清，以及来自中国内地、中国香港、中国台湾地区及泰国、马来西亚、新加坡、菲律宾、加拿大和美国等国家的近60位华文传媒界与文学界的知名专家学者共聚一堂，就海外华文文学形成、格局和趋势以及如何推进和加强海外华文文学的创作和研究等热点话题进行了研讨。

3月19日至21日，由北京日本学研究中心和立教大学日本学研究所共同主办的"东亚视阈中的《今昔物语集》和预言文学"国际学术研讨会在北京日本学研究中心召开。中心主任徐一平教授和立教大学小峰和明教授致辞，由来自日本、越南、韩国和中国的著名说话文学研究者小峰和明、NguyenThioanh、李市俊和李铭敬分别作了基调讲演。这次研讨会的首倡者小峰和明教授在基调讲演中指出，日本的研究者应该站在东亚的视角上重新审视日本文学，除此之外他还提出重新审视作为翻译文学的《今昔物语集》以及《今昔物语集》在东亚的翻译，并提出预言文学的概念，成为这次研讨会的一个主要基调。来自中、日、韩三国的学者在会上作了发表，主要探讨了东亚的佛教文学传播及其文化意义。最后，张龙妹教授《关于〈圣母行实〉的天启》的发表，探讨了汉译天主教文学在东亚的传播，并与佛教说话文学中的同类预言说话作比较，为以后的说话文学研究提供了一个具有重要意义的方向。

4月：

4月3日，第八届沪上高校比较文学与世界文学博士生论坛在上海师范大学文学院举行。来自复旦大学、华东师范大学和上海师范大学比较文学与世界文学专业的30余名博士生，以及十多位教授、博导齐聚一堂，可谓沪上高校比较文学专业师生的一次学术交流盛会。此次论坛进一步完善了组织模式，更加突出博士生的主体性。

4月21日，上海外国语大学俄语中心在上海外国语大学松江校区俄语楼隆重揭牌。俄语中心主要以图书馆和多媒体中心的形式运作。藏书类型主要有文化艺术、科学教育、语言、历史、社会和现代俄罗斯等；多媒体应用主要包括俄文网络资源、教学录像、电影等丰富的多媒体材料。

4月23日至25日，由扬州大学文学院承办的中国中外文艺理论学会第七届年会暨"文学理论前沿问题"学术研讨会于扬州隆重召开。此次会议由中国中外文艺理论学会、扬州大学文学院、中国社会科学院文学研究所文学理论研究室共同主办。来自美国威斯康星马奎特大学、中国社会科学院文学研究所、北京大学、清华大学、南京大学、复旦大学、中国人民大学、北京师范大学、山东大学等国内外130余个高校和科研院所的近200名专家学者出席了会议，会议收到论文150余篇。与会代表在广泛交流和平等对话的基础上，就当下文学理论研究中的诸多前沿问题、文学理论的研究现状及其危机、文学理论的发展方向及其对策等展开了热烈的讨论和深入的探讨。

5月：

5月4日，北京大学俄语系举办了"庆祝龚人放教授从教六十周年暨'五四'科学讨论会"。会议隆重庆祝了龚人放先生九十五华诞，左少兴、赵欣、顾稚英、杜凤珍、乔振绪、何端孙六位教师八十华诞。

5月15日至17日，由浙江大学中国现当代文学与文化研究所主办的"百年中国文学与中国形象"国际学术研讨会在杭州召开，与会中外专家、学者近百人，提交论文70余篇。与会学者分别就百年中国文学现代民族国家形象的塑造、全球化语境下中国形象的塑造与传播、民族文化与文学的现代性、中国形象演变与文学传达、西方文学与世界华文文学中中国形象等进行了专题探讨。与会代表立足开放、开阔的现代文化视野和立场，以客观、理性的态度解析中国与世界的关系，进一步明确中国形象塑造的文学维度、策略和方式，并在研讨西方文化对中国产生影响的同时，也就如何从中国文化视域认识现代作家对西学的接纳、融会、误读甚或拒绝，中西文化、文学不同的认识、把握和表达方式，不同的价值立场，取向和标准等广泛地交流了意见。

5月22日至23日，由全国美国文学研究会主办、南开大学承办的"全国美国文学研究会第十五届年会暨学术研讨会"在南开大学省身楼举行。来自全国各地包括香港、台湾地区138所高校的与会专家、学者、青年教师及在校硕、博士研究生约400人参加了大会。此次年会是美国文学研究会成立以来规模最大的一次年会，主题是"美国文学与美国文学研究：历史、现状与未来"。会议收到论文超过340篇，下设分议题共十个，与会学者围绕主题，对中国视角下的美国文学研究、教学和翻译，美国文学创作的核心主题和价值取向，美国经典等内容进行了热烈讨论。

6月：

6月4日至5日，陀思妥耶夫斯基研究中心成立仪式暨"陀思妥耶夫斯基思想学术研讨会"在北京第二外国语学院举行。首都及天津各高校、科研院所的数十名学者参加了会议。中心依托二外俄语系，是陀氏研究者进行跨文化、多学科交流的平台。"陀思妥耶夫斯基思想学术研讨会"在仪式结束后举行，与会学者分别从陀氏的世界影响、宗教哲学思想、文学文本研究以及历史意义等方面进行了探讨。

6月5日至6日，"2010年中国外语战略论坛"在上海外国语大学虹口校区举行。论坛主题为"国家战略视角下的外语与外语政策"。

6月4日至7日，"现代主义与东方文化国际学术研讨会"在浙江大学召开。此次会议是继耶鲁大学（1996 年）与剑桥大学（2004 年）先后举办同名国际研讨会之后，在中国内地召开的一次国际学术盛会。大会由浙江大学外语学院现代主义研究中心、美国新奥尔良大学文学院、杭州师范大学外语学院、上海外国语大学联合主办。参会专家 130 余名，分别来自 12 个国家，包括 6 个东方国家和 6 个西方国家。

6 月 11 日至 13 日，由上海外国语大学跨文化研究中心主办、德国柏林洪堡大学教育学院协办的跨文化研究学科发展研讨会在上海外国语大学隆重举行。此次会议的主题是交流跨文化研究学术思想，推动跨文化研究学科发展。会议研讨的主要内容包括三个方面：跨文化研究的核心概念、跨文化研究学科发展现状以及跨文化研究的学科发展方向。

6 月 26 日，中国人民对外友好协会、中国俄罗斯友好协会与北京俄罗斯文化中心、北京外国语大学俄语学院共同在北京俄罗斯文化中心举办了《中国现代诗选 60 首》《中国当代诗歌》发行活动暨中俄诗歌朗诵会。两本诗选的出版，一方面是为庆祝中俄两国建交 60 周年，另一方面是在"语言年"的框架内，为中俄两国人民打开了解对方诗歌文化的窗口。

6 月 27 日，上海外国语大学中亚研究中心成立大会在上海外国语大学虹口校区会议中心第二报告厅举行。来自外交部、商务部和中国社会科学院、上海社会科学院、同济、华师大、沪上国际问题研究机构的 60 多位专家学者以及上海外国语大学有关部门院系负责人、科研机构研究人员出席了上外中亚研究中心成立大会。

6 月 25 日，"文化和友谊的使者、著名翻译家戈宝权先生逝世十周年纪念会"在中国社会科学院外国文学研究所召开。

7 月：

7 月 3 日至 5 日，由中国俄语教学研究会、教育部外指委俄语分会、黑龙江大学俄语学院、俄语语言文学研究中心以及黑龙江省俄语学会共同举办的 2010 年哈尔滨论坛如期举行。该论坛配合 2010 年俄罗斯"汉语年"活动展开，旨在促进中国俄语学术界的交流和对话。此次论坛为期三天，共有来自全国各高校的百余名俄语学术界人士加入"外语教学论坛"、"俄罗斯文学论坛"和"语义学论坛"等分论坛等一系列学术活动中，通过深入的学术交流和思想对话，代表们互相学习，彼此促进，为中国俄语事业的发展和中国俄语教学的不断进步贡献力量。

7 月 16 日，由全国法国文学研究会、广东外语外贸大学、武汉大学外国语学院联合发起的"纪念加缪逝世 50 周年学术研讨会"在武汉大学外国语学院举行。法国文学研究会吴岳添会长、罗国祥副会长，著名翻译家罗新璋、施康强、徐和瑾和来自全国高等院校、科研机构和出版社的 30 余位专家学者出席了会议。与会学者纷纷就宗教信仰与人间信仰、卢梭提出的"公意"是否应该译成"全体意志"、加缪是否是存在主义者、以及从地域上或是从文化上来看加缪算是法国人还是阿尔及利亚人等问题各抒己见，畅所欲言，呈现出浓厚的学术气氛。

7 月 17 日至 18 日，由中国外国文学学会主办、东北师范大学承办的"当代文化视野中的外国文学经典暨纪念列夫·托尔斯泰逝世 100 周年"学术研讨会在长春召开。三十多家高校、研究机构和出版社的六十余名代表出席会议，与会学者围绕"文学经典"以及"列夫·托尔斯泰"这两个关键词，提交了学术论文四十余篇。

7月18日，俄苏文学翻译家、《安娜·卡列尼娜》的译者谢素台逝世，享年85岁。

7月23日至27日，"当代外国文学的历史书写与叙事格调"学术研讨会（2010年当代外国文学学术研讨会）在青岛大学召开。来自全国科研机构、高校、出版社和报刊编辑部的260余位外国文学专家、学者、翻译家、作家、编辑欢聚一堂，就"当代外国文学的历史书写与叙事格调"这一中心议题，进行了广泛而深入的探讨与交流。这次研讨会共收到论文256篇。这些论文论及了英、美、加、澳、苏、法、德、日等国以及拉美和南非的当代文学，展示了中国当代外国文学研究的最新成果。

8月：

8月18日，在"中非联合研究交流计划"项下，由中国社会科学院西亚非洲研究所承办的"纪念非洲独立50周年非洲发展与中非合作学术研讨会"在京举行。来自11个非洲国家的学者、部分非洲驻华使节以及中方学者代表等共60余人出席。研讨会为期两天，主要议题为非洲发展的理论反思、非洲经济发展问题、非洲政治发展问题、中国与非洲的发展、中非发展合作前景。研讨会由"中非联合研究交流计划项目"主办，中国社会科学院西亚非洲研究所承办。

8月18日至21日，主题为"都市·传说·历史：学术互动中的日本文学研究"的中国外国文学学会日本文学研究会第十二届年会暨国际学术研讨会在延边大学如期举行。130余名中外学者齐聚一堂，就各自相关的研究课题展开了广泛而深入的交流。

8月22日至23日，2010年中国文学传播与接受国际学术研讨会在湘潭市梦泽山庄隆重开幕。研讨会由湖南科技大学人文学院和武汉大学文学院联合主办，湖南科技大学人文学院承办。来自美国、日本、马来西亚、中国大陆和中国台湾等国家和地区的一百五十余位专家、学者出席了大会，围绕中国文学传播与接受这一中心议题进行了广泛而深入的研讨与交流。会议收到学术论文140多篇。

8月25日，乌克兰当代著名诗人斯吉尔达的诗集《中国的呼吸》中文译本发布会在乌克兰驻华大使馆隆重举行。

8月28日，由北京大学比较文学研究所博士同窗会、北京大学出版社与清华大学外语系共同主办、日本国际交流基金会后援，"中国三十年日本文学研究的成就与方法国际研讨会——庆贺严绍璗先生七十华诞"在北京大学英杰国际会议中心举行。来自北京大学、清华大学、中国人民大学、北京师范大学、中国社会科学院、北京外国语大学、北京语言大学、南开大学、中央民族大学、中国传媒大学、北京第二外国语大学、北京科技大学、天津师范大学、华南师范大学、首都师范大学、石河子大学、浙江工商大学、宁波大学、国家图书馆、中华书局等单位的60余位学者参加了会议，日本东京大学、早稻田大学、大手前大学、东洋大学、中央学院大学的七位教授专程来参加这次学术研讨，日本广岛大学校长也特派了代表到会。会议主要由川本皓嗣教授的《詩をどう読むか—斎藤茂吉「死に近き母」をめぐって》、严安生教授的《对中国近现代文学的文本重读和"门外文谈"》、藤原克己教授的《「虚幻の美」をめぐる中日比较文学的考察》以及严绍璗教授的《我是如何进入日本文化研究领域的——我的四十年的学术体验》四个主题演讲构成。此外，王晓平教授、丘鸣教授、王宝平教授、王志松教授以及河野贵美子女士也分别就日本文学研究等问题做了主题发言。

另外，为了配合会议的召开，北京大学出版社出版了《严绍璗学术研究·严绍璗先生七十华诞纪念集》一书，全书共分上、下两编，主要探讨严绍璗先生的学术成就与相关领域的成果。

9月：

9月2日至5日，中国社会科学院外国文学研究所在北京国际饭店举办第二届中日青年作家交流会——"中日青年作家会议2010"。中国的年轻作家以及著名评论家和学者大约90人以及来自日本代表团的作家、评论家和翻译家共计15人，一同参加了本次会议。

研讨会首日主要围绕着"全球化中的文学"和"越境与文学"两个议题展开。中日两国青年作家分别就自己的创作心得、对全球化文学的理解以及越境文学的概念和意义等问题进行了深入探讨。研讨会次日则围绕着"越境写作与评论""通过翻译阅读中国，通过翻译传达日本——过去、现在以及未来"这两个议题展开学术性探讨。

9月8日，泰戈尔作品译者、翻译家吴岩（原名孙家晋）因病去世，享年92岁。

9月17日，上海外国语大学阿拉伯语专业迎来了设立50周年的庆典。庆典期间，东方语学院还组织举办了《东方大讲堂》的第三十四讲至第三十六讲等系列讲座。

9月17日至19日。由北京大学外国语学院、南京师范大学外国语学院、中美比较文化研究会主办，河北师范大学外国语学院承办的中国比较文学学会中美比较文化研究会第七届年会暨学术研讨会在河北省石家庄市隆重召开。这次会议以"中美文学／文化传统：经典阐释与当代认同"为主题，立足于当下意识形态的高度，从文化研究的视角，对中美文化交往史上的经典案例进行了多角度、多层面的重新审视与评估，展现出一种开放、多元、积极的精神，有力地促进了中美文化交流与相互理解。

9月21日，"复旦大学法语国家研究中心"揭牌仪式，暨"法语——通往成功的语言"国际论坛在复旦大学光华楼吴文正厅举行。多位国际知名的法语界专家、学者应邀出席会议。来自法国、加拿大、越南、柬埔寨、瑞士、比利时、布隆迪、贝宁等各国高校，以及北京大学、中国人民大学、外交学院、北京外国语大学、南京大学、云南大学、广东外语外贸大学、西安外国语大学、四川外语学院、华东师范大学、上海外国语大学、上海外贸大学和复旦大学等院校的400余位师生参加了大会。此次论坛主要由"法语，一门学习和研究的语言"、"法语，走向职场成功的语言"和"法语，一门文化交流的语言"三个专题研讨会构成。

10月：

10月8日至10日，"外国文论与比较诗学研究会"第二届学术研讨会在上海举行。会议由中国社会科学院外国文学研究所理论室、复旦大学外文学院和上海财经大学外语系联合主办。来自全国高校和研究机构的70余位从事外国文论和比较诗学研究的老中青学者与会。学者们围绕外国文论与比较诗学研究"十二五"规划、"当代国外马克思主义文论大家读本"建设和"当代国外学文本／作品理论读本"建设等议题进行了热烈而充分的讨论。

10月16日，经国家教育部批准建立的首批独立学院——四川外语学院成都学院举行十周年庆典大会。

10月16日至18日，第十届亚洲儿童文学大会在浙江师范大学儿童文化研究院召开。此次大会的主题是世界儿童文学视野下的亚洲儿童文学。与会专家呼吁，让中国儿童文学尽快走出纯市场化的怪圈。在会前出版了由浙江师范大学儿童文化研究院院长方卫平教授主编的《在地球的这一边——第十届亚洲儿童文学大会论文集》，并将此书赠送给与会者。此外，外研社少儿分社还向大会赠送了包括《太阳落在身边》《云上的绿叶》在内的数百册儿童文学图书。据了解，亚洲儿童文学大会以促进亚洲国家和地区的友好，促进文化交流，发展亚洲儿童文教和出版事业为宗旨，每2—3年在亚洲不同的地方举行。

10月20日至21日，江苏省2010年比较文学年会暨"汉学主义"研讨会在南京大学举行。20日全天及21日上午为"汉学主义：理论探索"研讨会，由省内外专家做相关专题报告，22日下午为年会，由省内中青年学者作主题发言。

10月22日至24日，"跨文化戏剧：东方与西方"国际研讨会在南京大学召开。该研讨会由南京大学外国语学院、当代外国文学与文化研究中心和中国—北欧文化研究中心共同举办。来自美国、德国、挪威以及国内和台湾地区多所高校的专家学者齐聚南京大学就跨文化戏剧的理论和实践问题展开深入讨论。主要议题包括：跨文化戏剧的理论问题，西方戏剧在中国和亚洲的改编和演出，西方的跨文化戏剧演出，比较戏剧，戏剧翻译，表演与表演性，等等。与此同时，由南京大学中国—北欧文化研究中心，联合挪威易卜生国际、南京大学戏剧影视艺术系和英语系共同举办的中国大学生易卜生戏剧节在南京大学仙林和鼓楼校区先后上演。来自国内北京、上海、广州、西安和南京等城市的7所高校的大学生戏剧团体连续三个晚上奉献了精彩的演出。

10月23日至24日，由全国高校外语学刊研究会主办、解放军国际关系学院承办的"全国高校外语学刊研究会2010年年会"在南京市金鹏饭店召开，来自全国28个高校编辑部的60位代表参加了会议。这次会议就"十二五"期间全国高校外语学刊的发展战略、新时期高校外语学刊建设的机遇与挑战等议题进行了深入的研讨交流。

10月29日，中国德语文学学会第十四届年会暨"德语文学：在历史与现实之间"学术研讨会在西安外国语大学召开。此次会议为期三天，议题着重突出德语文学研究的文学史意识，并强调其与文化历史语境的互动性一面，探讨文学文本与社会历史进程的相互关系，即文学可以涵盖作为另一种历史材料的文本意义，也可以阐释其作为思想史文本或现代性反思的另类功能。

10月29日至30日，"当代汉语写作的世界性意义"国际研讨会暨首届博雅文学论坛在北京大学英杰交流中心召开。中国作家协会主席铁凝、北京大学党委副书记杨河等出席了开幕式并致辞，国内外近百名学者与作家参加了此次会议并做不同专题的发言。

10月29日至31日，由中国英语诗歌研究会（筹）主办，中南大学外国语学院承办的"第二届全国英语诗歌学术研讨会"在长沙举行。此次研讨会的主题为"英语诗歌（研究）的历史维度"。来自全国各地包括香港地区60余所高校的专家、学者及在校硕、博士研究生近200人参加了大会。会议收到论文120余篇，下设子议题共十二个。为期两天的研讨会中，与会者围绕主题，对历史视角下的英语诗歌研究、翻译、教学，英语诗歌创作的核心主题和价值取向，诗学与哲学的关系等内容进行了热烈讨论。会议期间，研讨会还于中南大学铁道校区国际报告厅举办了诗歌朗诵会，百余名师生共赴雅集，朗诵赏析中外佳篇，品味诗歌之美。

11月：

11月3日，首届东北亚语言文学与翻译国际学术论坛在辽宁师范大学举行。该论坛由辽宁省作家协会中外文化交流委员会联合辽宁师范大学、东北大学、美国佐治亚州立大学、辽宁省翻译学会等多家高校、科研机构、出版单位共同举办，旨在促进东北亚地区各国之间的语言文学与翻译研究成果的交流及繁荣。此次论坛上，与会专家学者围绕语言研究、文学研究、比较文学、地域民族文化等议题展开讨论。论坛主席由辽宁省作家协会中外文化交流委员会主任、中国资深翻译家范岳出任；论坛副主席、辽宁省作家协会副主席高海涛以"语言·翻译·文学批评"为题，全面分析了当前文学批评的趋向。会议还通过了《东北亚语言文学与翻译国际学术论坛章程》。

11月6日，中国英汉语比较研究会第九次全国学术讨论会暨国际英汉比较与翻译研讨会在宁波举行。230多位国内外专家学者出席了本次开幕式。与会者围绕"梳理·整合·创新"的主题，就"英汉对比与语言哲学"、"英汉翻译与语篇对比"以及"中西文化与典籍翻译"三大研究领域的具体相关议题展开热烈讨论。会议旨在对学科发展情势、现有各种理论进行有效梳理和整合，并从历史总结中探索适合中国国情的研究新途径。

11月19日至21日，由《外国文学研究》编辑部、湖北省外国文学学会和中南财经政法大学外国语学院联合主办的"库切研究与后殖民文学"国际学术研讨会在武汉隆重召开，来自9个国家的150多位学者出席了这次会议。此次大会论文主要集中在"库切身份及其创作关系研究""库切作品的翻译研究""库切及其他后殖民作家的文本分析""库切批评思想及后殖民理论研究"四个方面。

11月20日，由教育部人文社科重点研究基地俄语语言文学研究中心、北京大学、中国俄语教学研究会、中国译协和黑龙江大学联合主办的"曹靖华文学翻译奖·第二届全球俄汉翻译大赛"举行颁奖典礼。大赛起于2010年1月1日，止于2010年7月30日，引起了海内外俄语工作者、学习者和爱好者的广泛关注。大赛共收到来自社会各阶层、各行业人士和高校俄语师生的参赛译文256份，其中国外组1份，中学生组1份，社会群体组17份，大学生组237份；从参赛人员的职业来看，有教师、学生、公务员、科研人员、商人、军人、自由职业者等；还有部分单位积极组织，以团体身份参赛。

11月6日至8日，由澳门翻译员联合会与澳门大学共同主办、澳门大学承办的国际翻译家联盟第六届亚洲翻译家论坛在澳门大学举行。其主题为："翻译与跨文化交际：历史、现状与展望"，下设8个分会场专题：（1）翻译和跨文化研究；（2）澳门暨亚洲的翻译历史和跨文化交流；（3）旅游翻译和媒体翻译；（4）外交翻译/口译；（5）国际贸易和法律翻译/口译；（6）文学翻译；（7）翻译教学和译员培训；（8）翻译技术和出版。

11月9日，由中国社会科学院外文所东南欧拉美文学研究室主任陈中梅研究员发起的"秘索思（Mythos）与逻各斯（Logos）学术研讨会"在北京举行。会上，陈中梅首先做了主题发言,并对解析西方文化基质的"W = M + L（= λ + s）"模式做了详细的说明,其中包括核心词汇的词源学解析、西方学人的各种"二元"观、西方学思的理论缺陷、"W = M + L（= λ + s）"模式的理论意义以及实用性评估。李永平、史忠义、叶隽、李川等许多参会人员均就"秘索思和逻各斯"的相关问题与陈中梅研究员进行了热烈的讨论,其中涉及的话题有:秘索思和逻各斯的二元关系问题;M-L 对整个人类思维模式的深层次解答;秘索思体现的生命、诗意的一面;词源所体现的文化;黑格尔寻找的终极体系受到当代质疑的缘由;命运的"元概念"意义的丢失;基督教关注人与神的关系和人与自然的关系,但基督教是否在丢弃"命运";用"概念"来思维;秘索思在荷马等古代诗人的作品中经常指真实可信的叙述,而逻各斯则经常与不真和虚假结缘的原因等。

11 月 14 日,"北京大学比较文学发展三十年——北京大学比较文学与比较文化研究所创建二十五周年纪念论坛"在北京大学中关新园 7 号楼 305 会议厅举行。会议开幕式由北京大学中文系比较文学与比较文化研究所所长严绍璗先生主持。出席会议的嘉宾有北京大学常务副校长吴志攀、北京大学中文系党委书记蒋朗朗以及国内外比较文学领域的众多知名学者。

11 月 27 日上午,"仲跻昆《阿拉伯文学通史》首发式暨全国阿拉伯文学研讨会"在北京大学隆重召开。会议由北京大学外国语学院阿拉伯语系主办,中国阿拉伯文学研究会、中国阿拉伯友好协会和译林出版社协办。《阿拉伯文学通史》由译林出版社出版,共 1000 多页,100 多万字,所涉及的内容从阿拉伯古代最早的诗歌一直延续到当代,从诗歌到小说、从散文到戏剧,涉及现当代 18 个阿拉伯国家的作家和作品。不仅西方学界尚无同类的研究成果,即使在阿拉伯文学评论界也还没有人做这样的工作。皇皇巨著,凝聚了仲跻昆教授几十年来的辛勤汗水,为中国的阿拉伯文学研究做出了巨大贡献,为后辈学人奠定了坚实的学术基础。首发式后,与会代表就"仲跻昆的学术成就"、"建国六十年来阿拉伯文学的翻译与研究"和"阿拉伯文学的发展与变化"等议题进行了充分的研讨。

12 月:

12 月 10 日,中国社会科学院外文所和译林出版社联合主办的"文学翻译与翻译文学——《小说中的小说》《散文中的散文》《诗歌中的诗歌》首发式暨研讨会"在北京举行。该研讨会分两部分,第一部分是首发文丛介绍。这次首发的文丛共分《小说中的小说》（欧洲卷）、《小说中的小说》（亚非美洲卷）、《散文中的散文》、《诗歌中的诗歌》四册,实际上是对《世界文学》创刊五十周年之际出版的散文精选和诗歌精选所做的一种增补。其中,散文卷收录的 75 篇囊括了近年来在国内文学爱好者中备受热捧的翁贝托·埃科和约翰·厄普代克等作家难得一见的散文名篇;诗歌卷集结了莎士比亚、波德莱尔、里尔克、米沃什等大师历经时间打磨依旧熠熠生辉的经典作品;而短篇小说卷收录的 89 篇作品则是从三千多篇中精挑细选出的优质佳作,值得一提的是,由王蒙翻译的美国作家约翰·契弗的小说《自我矫治》也被收录其中,这是身为作家的王蒙迄今唯一翻译过的外国小说。第二部分是"文学翻译和翻译文学"问题的探讨。童道明、郭宏安、罗新璋、叶廷芳、吴岳添等外文所老一代学者、翻译家,文学评论家止庵、黄集伟等纷纷从各自的翻译或阅读经验出发，对文学翻译的"直译"和"意译"、"信达雅"等问题，发表自己的高见；作家阎连科，诗人蓝蓝、树才、周庆荣、莫非等则从文学创作者的角度出发，畅谈了自己对于文学翻译感悟和体会；外文所副所长吴晓都研究员也对出版界和翻译界对文学的坚守表达了一份真诚的敬意；而中国社会科学院外文所希伯来文学专家钟志清博士，更是以阿摩司·奥兹主要译者的身份，将自己在从事文学翻译过程中锤炼字句的苦乐，对文字的赤诚，以及对原著作家的敬畏与愧疚，一一娓娓道来。

12月11日晚，著名日本文学翻译家、研究者叶渭渠，因心脏病突发去世，享年81岁。

12月17日至19日，第15届中外传记文学研究会年会在南方医科大学召开。此次大会主题为"传记文学的跨学科研究"，旨在拓展中外传记文学研究的理论疆域、丰富传记文学的阐释视角，提升国内传记文学创作水平。来自全国各地近70名传记研究专家出席了本次大会。

12月19日，天津市外国文学学会和比较文学学会2010年年会在天津理工大学外国语学院隆重召开，年会主题为"跨文化视域中的经典研究"。来自各高校的9位专家分别作了主题发言。其中，南开大学外国语学院索金梅教授、天津理工大学外国语学院徐颖果教授和舒伟教授，天津师范大学文学院的甘丽娟副教授分别以"庞德《诗章》中的仁爱""美国作家舍伍德·安德森作品中的老庄思想""论童话文学的本体论特征""东方文学学科史的建构与研究——以纪伯伦的作品在中国译介和研究为个案"为题作了精彩发言，赢得了与会代表的高度评价。

12月22日23时50分，资深翻译家、外国文学专家、著名莎士比亚研究专家、国际莎士比亚协会会员刘炳善在开封逝世，享年83岁。

12月25日至26日，由《当代外国文学》编辑部和杭州电子科技大学外国语学院联合主办的全国"当代英语小说与大众文化"专题学术研讨会，在杭州电子科技大学下沙校区科技馆召开。30多所高校和出版机构的60多位专家学者出席研讨会。

研讨会上，上海外国语大学乔国强教授、杭州师范大学李公昭教授、南京大学杨金才教授、苏州大学朱新福教授、华东师范大学朱振武教授和杭州电子科技大学陈许教授，分别作了题为"从小说《拉维尔斯坦》看贝娄犹太性的转变"、"争取双赢的战争：种族歧视下的非裔美国军人"、"当代英语小说研究的若干命题"、"托尼·莫里森小说的族裔文化语境"、"鲁迅文学翻译奖空缺引发的思考"和"通俗文化视野中的美国西部小说研究"的主题报告。

会议期间，与会代表还分组就"当代英语小说的类型化"、"当代英语小说的地域化"、"当代英语小说的市场化"、"当代英语小说的多元化"、"通俗小说的文学价值"、"通俗小说何以流行及其启示"和"大众文化与主流文化的相互关系"等议题进行了研讨。

V 文献索引

一 2010 年度期刊论文索引

说明：本索引中的期刊，指的是拥有"国际标准连续出版物号"和"国内统一连续出版物号"的学术类刊物，按作者名、题名、刊期顺序编排。

（一）比较文学学科理论

陈丽英：《比较文学的"身份漩涡"刍议——读狄泽林克〈比较文学导论〉》，《中国比较文学》2010 年第 1 期。

陈思和：《比较文学与精英化教育》，《中国比较文学》2010 年第 1 期。

陈广琛：《第 19 届国际比较文学学会（首尔）年会侧记》，《中国比较文学》2010 年第 4 期。

陈惇：《季羡林：中国比较文学的引路人》，《南京师范大学文学院学报》2010 年第 1 期。

陈召荣：《评〈香港中文大学比较文学文化丛书〉——兼论港台比较文学的研究策略》，《外国文学研究》2010 年第 3 期。

陈海燕：《外国文学课堂教学改革的思考》，《合肥师范学院学报》2010 年第 2 期。

丁国旗：《祈向"本原"——对歌德"世界文学"的一种解读》，《文学评论》2010 年第 4 期。

董洪川、许梅花：《胡适与比较文学》，《中国比较文学》2010 年第 1 期。

段祥贵：《比较视域与本科阶段比较文学教学新路径》，《语文学刊》2010 年第 8 期。

方汉文：《中国化比较文学理论体系的营构》，《中国文学研究》2010 年第 4 期。

方艳：《高校比较文学专业课程双语教学改革的理论与实践》，《武汉科技大学学报》（社会科学版）2010 年第 12 期。

何云波：《越界与通融——论比较文学跨学科对话的途径与话语的通约性》，《中国比较文学》2010 年第 3 期。

何明星：《钱钟书比较文学研究的特质》，《学术研究》2010 年第 11 期。

贺爱军、方汉文：《比较文学研究的学术创新——评谢天振〈译介学导论〉》，《外国文学研究》2010 年第 2 期。

季水河：《雄姿英发的比较文学"湘军"——湖南比较文学三十年回顾》，《湖南社会科学》2010年第1期。

孔许友：《比较文学中平行研究的得失与变异学维度的提出》，《山西师大学报》（社会科学版）2010年第3期。

凌宇：《关于区域文化与文学研究几个问题的思考》，《重庆师范大学学报》（哲学社会科学版）2010年第1期。

李伟：《比较文学：文学史分支的学理依据》，《文学评论》2010年第5期。

李琪：《韦斯坦因的比较文学"中道"及其学理价值》，《学术交流》2010年第2期。

刘洪涛：《世界文学观念在20世纪50—60年代中国的两次实践》，《中国比较文学》2010年第3期。

刘立辉：《构建中国比较文学研究的新视野——评邹建军〈多维视野中的比较文学研究〉》，《中国比较文学》2010年第3期。

刘燕：《"双语教学"：高校比较文学专业研究生培养模式探讨——以北京第二外国语学院跨文化研究院为例》，《北京第二外国语学院学报》2010年第12期。

李丹：《跨文化文学接受中的文化过滤与文学变异》，《湖南师范大学社会科学学报》2010年第6期。

孟昭毅：《中国当代比较文学三十年——寻找文学性原点》，《广东社会科学》2010年第5期。

聂华苓：《个人创作与世界文学》，《读书》2010年第2期。

潘正文：《世界文学观在20世纪上半叶中国的发展与演变》，《中国比较文学》2010年第3期。

邱华栋：《大江健三郎：创造世界文学之一环的亚洲文学》，《理论与创作》2010年第1期。

阮航：《也谈比较文学教材建设》，《西南交通大学学报》（哲学社会科学版）2010年第3期。

苏敏：《比较文学学科合并之思考——合并之合理性、方式、基础、目标》，《重庆师范大学学报》（哲学社会科学版）2010年第1期。

石黎华：《传播视野下的比较文学形象学研究问题初探》，硕士学位论文，南昌大学，2010年。

汤岩：《跨文化意识的培养：英美文学课程的目标追求》，《黑龙江高教研究》2010年第12期。

王宁：《"世界文学"从乌托邦想象到审美现实》，《探索与争鸣》2010年第7期。

王向远：《比较文学学术系谱中的三个阶段与三种形态》，《广东社会科学》2010年第5期。

汪太伟：《对苏珊·巴斯奈特〈二十一世纪比较文学反思〉的质疑》，《重庆师范大学学报》（哲学社会科学版）2010年第1期。

徐扬尚：《论比较文学的可比性》，《江西社会科学》2010年第6期。

肖四新：《从学科层面反思比较文学》，《学术研究》2010年第4期。

［德］约翰·沃尔夫冈·冯·歌德：《歌德论世界文学》，查建明译，《中国比较文学》2010年第2期。

杨乃乔：《复旦大学比较文学与世界文学专业硕士与博士生精英化培养规划》，《中国比较文学》2010年第1期。

乐黛云：《朱光潜对中国比较文学的贡献》，《社会科学》2010年第2期。

乐黛云、邹赞：《回顾与前瞻：中国比较文学新视野——北京大学博士生导师乐黛云先生访谈》，《社会科学家》2010年第5期。

岳峰：《反思·对话·展望——中国比较文学教学研究会第四届年会暨学术研讨会综述》，《中国比较文学》2010年第1期。

袁丽梅：《纵横与跨越——张旭新著〈跨越边界：从比较文学到翻译研究〉评介》，《中国比较文学》2010年第4期。

袁玉梅、王彤：《中国比较文学研究的新思维——读邹建军〈多维视野中的比较文学研究〉》，《外国文学研究》2010年第1期。

周丹：《论后现代语境下比较文学的文学性》，《南昌大学学报》（人文社会科学版）2010年第4期。

张沛：《比较文学·比较诗学·人文之道》，《北京大学学报》（哲学社会科学版）2010年第5期。

邹建军、杜雪琴：《以世界文学为基本对象的比较文学研究》，《中国比较文学》2010年第4期。

曾繁仁：《乐黛云教授在比较文学学科重建中的贡献》，《北京大学学报》（哲学社会科学版）2010年第5期。

赵小琪：《比较文学的主体间性论》，《安徽大学学报》（哲学社会科学版）2010年第2期。

（二）比较诗学

安琪：《史学、文学与人类学：跨学科的叙事与写作》，《文艺理论研究》2010年第1期。

柏倩：《论道与狂欢用狂欢化理论分析欧阳修诗文和词的分裂状态》，《语文学刊》2010年第11期。

北塔：《后期象征主义诗歌中的拯救话语和印度宗教哲学》，《外国文学》2010年第6期。

曹瑞娟：《李靓哲学生态观及其诗歌的生态解读》，《南昌大学学报》（人文社会科学版）2010年第4期。

曹瑞娟：《宋代哲学生态观与宋诗中的生态伦理精神》，《学术论坛》2010年第6期。

曹顺庆、邱明丰：《中国文论的西化历程》，《西南民族大学学报》（人文社会科学版）2010年第1期。

曹顺庆、王庆：《中国古代文论与西方当代文论的对话》，《当代文坛》2010年第3期。

曾小月：《中国古代诗歌用典的符号学分析》，《重庆大学学报》（社会科学版）2010年第3期。

陈乐：《〈纳尼亚传奇：狮子、女巫、魔衣柜〉的三重解读：宗教、奇幻与生态视角的解读》，《名作欣赏·下旬》2010年第8期。

陈莉：《元代散曲中的狂欢化色彩》，《内蒙古民族大学学报》（社会科学版）2010年第6期。

陈希：《论中国现代诗学对契合论的接受》，《学术研究》2010年第12期。

陈小碧：《新写实的"两副面孔"——现代主义和现实主义》，《中国比较文学》2010年第2期。

陈学广：《中国中外文艺理论学会第七届年会暨"文学理论前沿问题"学术研讨会综述》，《文学评论》2010年第5期。

陈颖、李潇颖：《从生态批评的视角解读狄更斯作品中回归自然的主题》，《名作欣赏》2010年第21期。

陈玉珊：《2009年"海外华文文学与诗学"全国博士生学术论坛综述》，《暨南学报》（哲学社会科学版）2010年第3期。

陈玉珊：《"海外华文文学与诗学"全国博士生学术论坛综述》，《文学评论》2010年第4期。

崔日义：《韩国朝鲜后期诗坛接受袁枚诗学之状况》，《苏州大学学报》（哲学社会科学版）2010年第2期。

代迅：《异域中国文论西化的两种途径——世界主义文论话语探究》，《江西社会科学》2010年第6期。

党圣元：《新世纪中国生态批评与生态美学的发展及其问题域》，《中国社会科学院研究生院学报》2010年第3期。

邓晓芒、残雪：《文学创作与理性的关系——哲学与文学的对话》，《学术月刊》2010年第5期。

杜松柏：《自然主义与清代文人小说的生存意识》，《社会科学家》2010年第5期。

范永康：《福柯的系谱学与当代文论转型》，《内蒙古社会科学》（汉文版）2010年第2期。

方克强：《文学人类学与鲁迅研究》，《文艺理论研究》2010年第6期。

方维规：《"文学社会学"的历史、理论和方法》，《社会科学论坛》2010年第13期。

方新蓉：《"以意逆志"与英美新批评》，《东北师大学报》（哲学社会科学版）2010年第1期。

付建舟：《泰纳文艺理论在现代中国的传播与接受》，《天津社会科学》2010年第5期。

付文中、张娜：《生态视阈下〈白鲸〉的"平衡与失衡"主题》，《疯狂英语》（教师版）2010年第3期。

盖生：《本间久雄的〈新文学概论〉对中国20世纪初文学原理文本书写的影响》，《湖南社会科学》2010年第3期。

高楠：《全球化语境中文艺学建构的西论中化》，《文艺理论研究》2010年第1期。

葛红兵、许峰：《文化产业振兴、新媒介热升温与马克思主义文论中国化进程——2009年文艺理论批评的三个热点问题》，《当代文坛》2010年第1期。

郭媛媛：《跨界中的"去"与"留"——传播学视角中的新移民文学》，《世界华文文学论坛》2010年第3期。

洪治纲：《生态视野与文学史的重估——读吴秀明新著〈中国现当代文学史与生态场〉》，《中国图书评论》2010年第6期。

胡吉星：《比较文学视域下的古代"教化"范畴阐释》，《大连理工大学学报》（社会科学版）2010年第3期。

赵新顺、胡明：《关于新俄文学理论的接受与传播：瞿秋白与弗理契》，《鲁迅研究月刊》2010年第10期。

金生翠：《精神分析学视域下的文学研究》，《甘肃联合大学学报》（社会科学版）2010年第2期。

靳义增：《异质性与通约性：法国古典主义文论与中国复古主义文论比较》，《广西师范大学学报》（哲学社会科学版）2010年第5期。

井伟：《柏拉图的"灵感说"与严羽的"妙悟说"》，《语文学刊》2010年第22期。

孔帅：《艾·阿·瑞恰兹与中庸之道》，《宁夏社会科学》（社会科学版）2010年第6期。

孔怡、杨全：《中西诗学的"象"与禅观的意义》，《首都师范大学学报》2010年第5期。

寇鹏程：《比较文论研究的新创获——读代讯〈西方文论在中国的命运〉》，《西南大学学报》（社会科学版）2010年第5期。

黎兰：《钱钟书与前期海德格尔》，《厦门大学学报》（哲学社会科学版）2010年第1期。

李碧云：《〈查特莱夫人的情人〉之生态批评》，《名作欣赏·下旬》2010年第7期。

李贵苍、江玉娇：《文学与自然的对话——自然文学与环境文学的异同》，《外国文学》2010年第2期。

李健彪：《人类学视野下的回族民间故事多元文化背景研究——以西安回族民间故事为例》，《陕西师范大学学报》（哲学社会科学版）2010年第3期。

李健：《外国文论与比较诗学研究会成立大会暨首届学术研讨会综述》，《文学评论》2010年第3期。

李江梅：《生态审美视域中的当代文学的自然生命》，《当代文坛》2010年第3期。

李昕：《反思中西比较诗学之名与实》，《名作欣赏》2010年第12期。

李轶婷：《〈镜与灯〉文学批评四种理论在〈诗品〉中的体现》，《山西煤炭管理干部学院学报》2010年第3期。

李有光：《诗之用在我——论中西解释思想中的自我理解》，《湖北师范学院学报》

2010 年第 5 期。

梁工：《女性主义文论与"圣经"批评的互动关系》，《文学评论》2010 年第 2 期。

梁工：《生态神学与生态文学的互文性》，《解放军外国语学院学报》2010 年第 4 期。

廖明君、叶舒宪：《文学人类学：一门新兴交叉学科——叶舒宪教授访谈录》，《民族艺术》2010 年第 4 期。

蔺九章：《论文化地理学视阈中的河朔诗派》，《广西社会科学》2010 年第 12 期。

刘慧：《生态伦理视阈下扬克的悲剧》，《外国文学研究》2010 年第 32 期。

刘小新：《文学地理学——从决定论到批判的地域主义》，《福建论坛》（人文社会科学版）2010 年第 10 期。

刘彦彦：《评陈洪〈结缘：文学与宗教〉》，《文学评论》2010 年第 2 期。

刘毅青：《王国维中西诗学会通的现代检讨：以徐复观为中心》，《文学评论》2010 年第 3 期。

罗瑞宁：《论文学的生态关怀》，《文艺理论研究》2010 年第 3 期。

罗益民、蒋跃梅：《莎士比亚十四行诗的拓扑学宇宙论》，《中华文化论坛》2010 年第 1 期。

罗振亚：《评谭桂林〈本土语境与西方资源——现代中西诗学关系研究〉》，《文学评论》2010 年第 1 期。

马建辉：《〈讲话〉：马克思主义文艺理论中国化、时代化、大众化的典范》，《湖南社会科学》2010 年第 6 期。

马建智：《中西诗学比较的依据和路径》，《名作欣赏·中旬》2010 年第 3 期。

马秀鹏：《中西文学意象的理论阐释》，《南京农业大学学报》（社会科学版）2010 年第 3 期。

梅新林：《世纪之交文学地理研究的进展与趋势》，《浙江师范大学学报》（社会科学版）2010 年第 3 期。

宓瑞新：《"身体写作"在中国的旅行及反思》，《妇女研究论丛》2010 年第 4 期。

聂珍钊：《文学伦理学批评：基本理论与术语》，《外国文学研究》2010 年第 1 期。

潘明霞、曹萍：《"系统诗学"与"语录体诗话"——古希腊与中国先秦文论比较》，《学术界》2010 年第 12 期。

彭晓波：《抑郁症患者：祥子性格的心理学分析》，《名作欣赏》2010 年第 5 期。

彭修银、侯平川：《试论中国化马克思主义文艺理论的话语张力》，《中南民族大学学报》（人文社会科学版）2010 年第 1 期。

祁永芳：《文艺学自然科学方法论再反思》，《理论与创作》2010 年第 6 期。

钱翰：《回顾结构主义与中国文论的相遇》，《法国研究》2010 年第 2 期。

钱叶春：《哈尼族古歌〈求福歌〉的文化诗学研究》，《民族文学研究》2010 年第 2 期。

秦林芳：《在文化中心主义阴影的笼罩下：丁玲〈访美散记〉的文化学考察》，《学海》2010 年第 4 期。

饶芃子：《问题意识·个案研究·集群会通：2009 年"海外华文文学与诗学"全国

博士生学术论坛的学术总结》,《暨南学报》(哲学社会科学版) 2010 年第 3 期。

任增强:《海外孔子诗学思想研究略览》,《东方论坛》2010 年第 3 期。

邵卉芳:《从"陌生化"理论看唐诗的语言美》,《语文学刊·下半月刊》2010 年第 3 期。

佘爱春:《中西文化语境中的周作人文艺思想——黄开发〈人在旅途〉与卜立德〈一个中国人的文学观〉之比较》,《理论月刊》2010 年第 8 期。

石群山:《生态与魔力:东西小说的叙事启示》,《广西社会科学》2010 年第 12 期。

宋希芝:《明清传奇双线模式的结构主义叙事学解读》,《东岳论丛》2010 年第 11 期。

孙永良:《文学理论:现状、前沿与发展——中国中外文艺理论学会第七届年会暨"文学理论前沿问题"学术研讨会综述》,《社会科学战线》2010 年第 6 期。

谭君强:《比较叙事学:"中国叙事学"研究之一途》,《江西社会科学》2010 年第 3 期。

谭君强:《论比较叙事学研究》,《思想战线》2010 年第 6 期。

田川流:《文学与艺术的契合与互动》,《文艺报》2010 年 6 月 4 日。

王洪岳:《基督教神学与中国现代主义诗学》,《贵州社会科学》2010 年第 1 期。

王建波:《中西古典文论中关于文学构思活动阐释异同之一种——刘勰的"神思"说与柏拉图的"灵感"说之比较》,《语文学刊》2010 年第 2 期。

王进:《从文化阐释到历史厚描:文化人类学视域中的文化诗学批评》,《云南社会科学》2010 年第 3 期。

王宁:《"后理论时代"中国文论的国际化走向和理论建构》,《北京大学学报》(哲学社会科学版) 2010 年第 2 期。

王宁:《从单一到双向:中外文论对话中的话语权问题》,《江海学刊》2010 年第 2 期。

王萍、王冬梅:《空灵意境的营造与动态结构的平衡——中西诗学话语中的空白观对比研究》,《东北师大学报》(哲学社会科学版) 2010 年第 2 期。

王倩:《原型批评在当代中国的发展》,《文艺理论研究》2010 年第 5 期。

王小强:《意义追寻中的价值生成与流变:马克思主义文艺批评中国化历程的多重视角探析》,《中国海洋大学学报》(社会科学版) 2010 年第 6 期。

王瑛:《历史意识与文学史写作:论宇文所安的中国文学史研究》,《当代文坛》2010 年第 4 期。

文浩:《论中国马克思主义文论对接受美学的接受》,《文艺理论与批评》2010 年第 3 期。

席建彬:《走向汉语比较诗学:关于当代海外华文文学诗性品质的思考》,《暨南学报》(哲学社会科学版) 2010 年第 3 期。

熊元义:《推进马克思主义文艺理论中国化、时代化、大众化》,《学习与探索》2010 年第 1 期。

徐立钱:《穆旦与燕卜逊的诗学渊源》,《求索》2010 年第 3 期。

徐扬尚：《中国文论意象论话语的"他国际遇"——意象论话语在日本、朝鲜、美国》，《华文文学》2010年第2期。

杨慧：《瞿秋白现实主义文学思想的建构——基于〈"现实"〉中俄文本对勘的视角》，《厦门大学学报》（哲学社会科学版）2010年第6期。

杨剑龙：《论西方文艺中心论与中国文学批评传统》，《文艺理论研究》2010年第1期。

杨力：《本我，自我，超我：论张生的人格结构》，《名作欣赏》2010年第6期。

杨明明：《日尔蒙斯基早期比较文艺学思想演变》，《北方民族大学学报》（哲学社会科学版）2010年第2期。

杨向荣、刘永利：《文化社会学：文学理论研究的新范式》，《湘潭大学学报》（哲学社会科学版）2010年第2期。

杨向荣：《生态学视域下的中国新时期报告文学》，《文艺理论与批评》2010年第3期。

杨一铎：《文学特征论：形式、文笔与诗法：俄国形式主义与中国古代文论之比较》，《江西社会科学》2010年第4期。

叶俊：《刍议东西方跨文化视阈下的"作者之死"》，《语文学刊·下半月刊》2010年第8期。

叶舒宪：《典范转移：从民族文学到文学人类学》，《文艺报》2010年5月5日。

叶舒宪：《文学人类学的中国化过程与四重证据法：学术史的回顾与展望》，《社会科学战线》2010年第6期。

殷国明：《"通而不同"：跨文化语境中的理论追寻与创新》，《文艺理论研究》2010年第6期。

俞兆平：《浪漫主义在中国的四种范式》，《天津社会科学》2010年第6期。

俞兆平：《论林语堂浪漫美学思想》，《天津社会科学》2010年第1期。

袁梦倩：《身体话语与"文革"书写：〈芙蓉镇〉的文化政治学探析》，《社会科学论坛》2010年第6期。

苑英奕：《中国"底层叙事"与韩国"民众文学"的概念比较》，《文艺理论与批评》2010年第2期。

张广奎、李燕霞：《"诗无达诂"的艾柯诠释学思考》，《兰州大学学报》（社会科学版）2010年第6期。

张华：《伯明翰文化学派对中国当代文论的影响》，《学习与探索》2010年第5期。

张丽红：《人类学对国学传统的开拓与创新：以叶舒宪先生文学研究的"四重论据法"为例》，《吉林师范大学学报》（人文社会科学版）2010年第6期。

张淑萍、曹进：《昨日神话——罗兰·巴特"今日神话"说的儒学格义》，《重庆工商大学学报》（社会科学版）2010年第1期。

张万敏：《西方文论与中国古代文论的现代转换》，《长春师范学院学报》（人文社会科学版）2010年第1期。

张新军：《可能世界叙事学的理论模型》，《国外文学》2010年第1期。

张永清：《从"西马"文论看当代马克思主义文论话语形态的建构》，《文学评论》2010年第5期。

张玉能：《接受美学的文论与当代中国文论建设》，《福建论坛》（人文社会科学版）2010年第2期。

张玉能：《欲望美学的文论与当代中国文论建设——仿象理论与真实性》，《上海师范大学学报》（哲学社会科学版）2010年第2期。

张玉能：《欲望美学文论与当代中国文论建设——仿象理论的"超现实"和"超真实"的片面化》，《江汉大学学报》（人文科学版）2010年第1期。

赵建红：《理论旅行：赛义德文论与当代中国语境》，《文艺理论研究》2010年第5期。

仲米磊：《钱钟书的比较诗学观：试以〈通感〉、〈诗可以怨〉为例》，《河南教育学院学报》（哲学社会科学版）2010年第1期。

周波：《中国文论研究的跨文化反思》，《山东师范大学学报》（人文社会科学版）2010年第6期。

周和军、曹艳春：《"自由联想"与"兴"的可通约性》，《前沿》2010年第5期。

周和军：《"内心独白"与"独言"的可通约性》，《名作欣赏》2010年第8期。

朱婷婷：《超文本文学理念的巴赫金符号学解读》，《外语与外语教学》2010年第1期。

朱印海：《对中西马克思主义文艺理论观念发展的比较研究》，《内蒙古社会科学》（汉文版）2010年第31期。

朱印海：《中西马克思主义文艺观念政治意识化的比较分析》，《学习与探索》2010年第1期。

庄桂成：《钱谷融接受高尔基文学思想之反思——以〈论"文学是人学"〉为例》，《江汉大学学报》（人文科学版）2010年第5期。

邹建军、周亚芬：《文学地理学批评的十个关键词》，《安徽大学学报》（哲学社会科学版）2010年第2期。

邹慕晨：《论东西方戏剧"陌生化"手段的异同》，《名作欣赏·中旬》2010年第12期。

（三）东方比较文学

安勇花：《由汉诗解读夏目漱石的〈草枕〉》，《延边大学学报》（社会科学版）2010年第4期。

陈彝秋：《论中国选本对朝鲜〈东文选〉文体分类与编排的影响》，《南京师大学报》（社会科学版）2010年第3期。

陈多友：《论川端康成初期文学中的佛教思想》，《日语学习与研究》2010年第2期。

陈剑晖：《执着与坚守精神的象征：方修的人格色彩、心理特质及马华文学史研究》,《华文文学》2010 年第 2 期。

陈访泽、张继文:《古典诗歌中的实体隐喻认知对比研究——以日本短歌与中国唐诗中的"心"为例》,《西安外国语大学学报》2010 年第 2 期。

陈力君:《师者与他者：鲁迅笔下日本形象之镜观》,《学术月刊》2010 年第 7 期。

柴红梅:《日本现代主义诗歌的发生与大连——以诗刊〈亚〉为中心》,《沈阳师范大学学报》（社会科学版）2010 年第 3 期。

柴红梅:《大庭武年侦探小说与大连之关联——以〈小盗儿市场杀人〉为例》,《学术交流》2010 年第 6 期。

常立霓:《中亚东干文学中的韩信何以成为"共名"——中国文化在中亚的传承与变异之一例》,《华文文学》2010 年第 3 期。

郭丹彤、王亮:《〈阿吞颂诗〉译注》,《古代文明》2010 年第 4 期。

古远清:《论方修的马华文学史研究》,《华文文学》2010 年第 2 期。

何书勉:《〈儒林外史〉与〈绿野仙踪〉讽刺手法之比较》,《名作欣赏》2010 年第 5 期。

黄景春:《秦汉魏晋神仙思想的继承与嬗变——兼谈小南一郎"新神仙思想"说存在的问题》,《武汉大学学报》（人文科学版）2010 年第 3 期。

韩梅:《韩国古典小说批评与金圣叹文学评点》,《解放军外国语学院学报》2010 年第 3 期。

靳丛林、李明晖:《竹内好：凭借鲁迅的历史反省》,《中国现代文学研究丛刊》2010 年第 3 期。

金进:《台湾与马华现代文学关系之考辨——以〈蕉风〉为线索》,《中国比较文学》2010 年第 2 期。

孔庆东、[缅] 黄娇娇:《武侠文化在缅甸的传播——以〈神雕侠侣〉为例》,《华文文学》2010 年第 2 期。

李莲姬:《战争对村上文学的影响——从精神分析的角度试论》,《黑龙江教育学院学报》2010 年第 4 期。

李振声:《中国当代文学阅读视野中的日本现当代小说》,《中国比较文学》2010 年第 3 期。

陆士清:《扶桑枫叶别样红——略谈日华作家华纯的散文创作》,《世界华文文学论坛》2010 年第 2 期。

柳晟俊:《朝鲜前期成侃〈真逸遗藁〉与其诗的王维诗风考》,《社会科学战线》2010 年第 7 期。

马骏:《〈古事纪〉文体特征与汉文佛经：语体判断标准刍议》,《日语学习与研究》2010 年第 3 期。

马淑贞:《"差异的面纱"：早期马华小说"异族"想象方法的透视》,《世界华文文学论坛》2010 年第 2 期。

马蕊:《对人性的深入思考和剖析：比较芥川龙之介的〈鼻子〉和萨特的〈隔离审讯〉》,《名作欣赏》2010 年第 4 期。

牛水莲：《庐隐与宫本百合子笔下女性形象之比较》，《郑州大学学报》（哲学社会科学版）2010 年第 3 期。

潘碧华：《疏离与沿袭：马华文学与中国现代文学关系研究》，《外国文学研究》2010 年第 2 期。

彭程：《海外华文文学研究关键词的阐释边界辨析——以黎紫书短篇小说创作为例》，《暨南学报》（哲学社会科学版）2010 年第 3 期。

彭姗姗：《封闭的开放：泰戈尔 1924 年访华的遭遇》，《清华大学学报》（哲学社会科学版）2010 年第 4 期。

普慧：《论佛教与古代汉文学思想》，《文艺研究》2010 年第 6 期。

全华凌：《明代士人接受韩文述论》，《理论与创作》2010 年第 3 期。

全华凌：《论宋元明士人接受韩文的时代特色及其文化动因》，《东南学术》2010 年第 3 期。

孙郁：《"他人的自我"与"自我"：木山英雄对鲁迅、周作人研究的启示》，《解放军艺术学院学报》2010 年第 2 期。

孙德彪：《朝鲜诗人对元好问诗词、诗选的接受与评价》，《民族文学研究》2010 年第 2 期。

孙玉霞：《杜甫与丁茶山诗歌内容管窥：时代的画卷与诗人的忧思》，《北京第二外国语学院学报》2010 年第 4 期。

孙立春：《日本近现代小说翻译史的特征及其对中国文学的影响》，《重庆工商大学学报》（社会科学版）2010 年第 3 期。

孙虎堂：《日本汉文小说的研究现状与研究理路》，《国外社会科学》2010 年第 4 期。

石祥：《学术本位，文化观照——评王晓平〈日本诗经学史〉》，《中国比较文学》2010 年第 3 期。

司志武：《中日三篇"牡丹灯记"的对比分析》，《日语学习与研究》2010 年第 3 期。

宋达：《对东方古典文学的翻译和研究：当代北欧学界重建世界文学史的趋势》，《首都师范大学学报》（社会科学版）2010 年第 3 期。

谭桂林：《池田大作与俄罗斯文学》，《湖南大学学报》2010 年第 2 期。

汪燕岗：《论韩国汉文小说的整理及研究——以中国大陆、台湾地区的研究为主》，《社会科学战线》2010 年第 5 期。

王本朝：《日本经验与中国新文学的激进主义》，《晋阳学刊》2010 年第 3 期。

王初薇：《多维文化视域中的鲁迅——"中日视野下的鲁迅"国际学术研讨会述要》，《中国现代文学研究丛刊》2010 年第 3 期。

王晓平：《日藏汉籍与敦煌文献互读的实践——〈镜中释灵实集研究〉琐论》，《艺术百家》2010 年第 4 期。

王兵：《论近藤元粹的中国诗学批评》，《日本研究》2010 年第 1 期。

伍燕翎、潘碧丝、陈湘琳：《从〈蕉风〉（1955—1959）诗人群体看马华文学的现代性进程》，《外国文学研究》2010 年第 2 期。

吴双：《从拯救到媚俗——青野季吉的文艺观与中国当代文坛柔弱现象》，《当代文坛》2010 年第 4 期。

肖伟山：《〈三国演义〉与韩国传统艺术盘骚俚》，《内蒙古民族大学学报》（社会科学版）2010 年第 2 期。

肖百容、蒙雨：《郁达夫的情爱书写与日本文学好色审美传统》，《广西师范大学学报》（哲学社会科学版）2010 年第 2 期。

夏敏：《日本观与文学观的绞缠——郭沫若前期文学道路与日本影响的复杂性》，《郭沫若学刊》2010 年第 1 期。

［日］坂井建雄：《关于鲁迅在仙台上的解剖学史课》，解泽春译，《鲁迅研究月刊》2010 年第 4 期。

尹锡南、朱莉：《梵语诗学在中国的译介、研究和批评运用》，《南亚研究季刊》2010 年第 1 期。

尹奇岭：《泰戈尔访华与革命文学初潮：从 1924 年泰戈尔访华讲学受到抵制说起》，《安徽大学学报》（哲学社会科学版）2010 年第 3 期。

杨经建：《东方的"忧郁"：川端康成与 20 世纪中国文学》，《江苏社会科学》2010 年第 3 期。

杨经建、李兰：《存在主义文学的东方化表述——论村上春树和王小波的小说》，《湖南大学学报》（社会科学版）2010 年第 3 期。

杨炳菁：《论村上春树的翻译》，《日语学习与研究》2010 年第 2 期。

杨焄：《韩国历代拟朱熹词探微》，《华东师范大学学报》（哲学社会科学版）2010 年第 3 期。

杨会敏：《朝鲜文人许筠赋作论析——兼论与中国赋体文学之关联》，《广西师范大学学报》（哲学社会科学版）2010 年第 3 期。

游俊豪：《马华文学的族群性：研究领域的建构与误区》，《外国文学研究》2010 年第 2 期。

于在照：《中国古典诗歌与越南古代汉文诗》，《深圳大学学报》（人文社会科学版）2010 年第 4 期。

张韶闻：《唯美·淳朴·忧郁——〈雪国〉与〈边城〉之景观描写比较》，《河南教育学院学报》（哲学社会科学版）2010 年第 3 期。

张奚瑜：《日本作家的世界文学想象：以大江健三郎为中心的考察》，《探索与争鸣》2010 年第 7 期。

周棉：《留学生与马克思主义文艺理论在中国的传播》，《江苏社会科学》2010 年第 3 期。

赵维江：《汉文化域外扩散与高丽李齐贤词》，《民族文学研究》2010 年第 2 期。

赵维国：《论〈三国志通俗演义〉对朝鲜历史演义汉文小说创作的影响》，《文学评论》2010 年第 3 期。

赵美玲：《试论〈三国演义〉在泰国》，《电影评介》2010 年第 5 期。

常彬、杨义：《百年中国文学的朝鲜叙事》，《中国社会科学》2010 年第 2 期。

常立霓：《中华文化在中亚的传承与变异——吉尔吉斯斯坦作家 A. 阿尔布都〈惊

恐〉之个案分析》,《名作欣赏》2010 年第 2 期。

陈彝秋:《论中国赋学的东传——以〈东文选〉辞赋的分类与编排为中心》,《南京社会科学》2010 年第 3 期。

陈益源:《越南汉文学中的东南亚新世界:以 1830 年代初期为考察对象》,《深圳大学学报》(人文社会科学版)2010 年第 1 期。

杜冰:《中国的〈徒然草〉研究现状》,《名作欣赏·下旬》2010 年第 1 期。

郭惠芬:《从文学视角看当代新加坡华人的文化与社会变迁》,《世界民族》2010 年第 1 期。

葛亮:《全球化语境下的"主体"(他者)争锋——由〈我爱比尔〉论"第三世界"文化自处问题》,《文史哲》2010 年第 2 期。

郭燕:《论〈西厢记〉在朝鲜半岛和日本的流传与接受》,《戏剧》2010 年第 1 期。

胡建次、王乃清:《20 世纪以来日本学者中国古典诗学研究的特征》,《南昌大学学报》(人文社会科学版)2010 年第 2 期。

计璧瑞:《论殖民地台湾新文学的文化想象:在日文写作中》,《台湾研究集刊》2010 年第 1 期。

矶部彰:《日本江户时期诸藩及个人文库中国烟粉小说的收藏情况》,《上海师范大学学报》(哲学社会科学版)2010 年第 2 期。

金敏镐:《朝鲜时代〈燕行录〉所见中国古典小说初探》,《上海师范大学学报》(哲学社会科学版)2010 年第 2 期。

金明淑:《李光洙和川端康成作品中的女性形象比较》,《中央民族大学学报》(哲学社会科学版)2010 年第 2 期。

凌鼎年:《海内外微型小说的双向交流正在形成》,《世界华文文学论坛》2010 年第 1 期。

刘舸、成希:《台湾香港当代文学中"日本形象"比较》,《湖南大学学报》(社会科学版)2010 年第 1 期。

李广民:《侵华日军中"笔部队"的"文学报国"》,《外国问题研究》2010 年第 1 期。

李宏艳:《古代两河流域智慧文学研究综述》,《古代文明》2010 年第 1 期。

刘世德:《〈三国志演义〉朝鲜翻刻本试论——周曰校刊本研究之二》,《文学遗产》2010 年第 1 期。

李玉双:《夏目漱石小说〈心〉的〈圣经〉意象》,《山东外语教学》2010 年第 1 期。

马金科、谭红梅:《试论朝鲜古代汉诗用事范围的特殊性》,《解放军外国语学院学报》2010 年第 1 期。

农瑞群、梁伟华、何明智:《旦歌:跨越中越边界的骆越天谣》,《广西民族大学学报》(哲学社会科学版)2010 年第 2 期。

钦鸿:《谈曾心的微型小说创作》,《世界华文文学论坛》2010 年第 1 期。

邱美琼:《小川环树的宋诗研究》,《外国问题研究》2010 年第 1 期。

孙德彪:《欧阳修在朝鲜文坛的影响考述》,《南京师范大学文学院学报》2010 年第 1 期。

孙德彪：《欧阳修在朝鲜文坛的影响考述》，《北京理工大学学报》（社会科学版）2010 年第 1 期。

苏明：《"支那"之痛：现代留日作家的创伤性记忆》，《中国现代文学研究丛刊》2010 年第 1 期。

沈文凡、全崴：《黄巢〈自题像〉探赜与索隐——兼论韩国南羲采〈龟磵诗话〉对唐诗的举证价值》，《福州大学学报》（哲学社会科学版）2010 年第 1 期。

施晔：《近代留日小说中的东京镜像：以向恺然〈留东外史〉为代表》，《社会科学》2010 年第 3 期。

施晔：《从〈东京梦〉到〈留东外史〉：清末民初留日小说的滥觞和发展》，《明清小说研究》2010 年第 1 期。

徐冰：《由爱恨交织到决裂的心路历程：中国现代作家的对日认识》，《东北师大学报》（哲学社会科学版）2010 年第 2 期。

杨春艳：《〈庭园〉中的中国传统文化情结》，《名作欣赏·中旬》2010 年第 2 期。

尹锡南：《芭拉蒂·穆克吉的跨文化书写及其对奈保尔的模仿超越》，《国外文学》2010 年第 1 期。

杨义：《中国现代文学与东亚人文地理》，《中国社会科学院研究生院学报》2010 年第 2 期。

张安琪：《日本平安时代对白居易诗歌的接受》，《湖北成人教育学院学报》2010 年第 2 期。

郑传锐、王树森、余恕诚：《论唐代对外交往诗歌的文化意义》，《安徽大学学报》（哲学社会科学版）2010 年第 1 期。

钟放：《"日本学"与"韩国学"双璧同辉——评〈东亚汉文学关系研究〉》，《外国问题研究》2010 年第 1 期。

张冀：《体验·尚武·"为人生"——论五四新文学理论建构中的日本中介因素》，《南京师大学报》（社会科学版）2010 年第 2 期。

张晶：《论马华诗歌对中国的地理想象》，《安徽大学学报》（哲学社会科学版）2010 年第 2 期。

仲跻昆：《阿拉伯文学在新中国的六十年》，《西亚·非洲》2010 年第 4 期。

曾利君：《新时期文学魔幻写作的两大本土化策略》，《文学评论》2010 年第 2 期。

邹旻：《汉末魏初诗文论重心的转移与文学价值的发现——试论铃木虎雄文学自觉说的内涵及其判断依据》，《西北农林科技大学学报》（社会科学版）2010 年第 1 期。

赵杨：《中韩近代新小说的"新"与"旧"》，《解放军外国语学院学报》2010 年第 2 期。

张哲俊：《〈游行柳〉与中日墓树之制》，《国外文学》2010 年第 1 期。

罗振亚：《日本俳句与中国"小诗"的生成》，《中国社会科学》2010 年第 1 期。

王晓平：《亚洲汉文学文献整理和一体化研究——以韩国写本〈兔公传〉释录为中心》，《天津师范大学学报》（社会科学版）2010 年第 1 期。

张体勇：《鉴真东渡与日僧西行——以〈东征传〉与〈天平之甍〉中的人物形象为中心》，《济南大学学报》（社会科学版）2010年第6期。

邱美琼：《日本学者横山伊势雄的宋诗研究》，《船山学刊》2010年第4期。

卜朝晖：《遣唐留学生阿倍仲麻吕和唐代的诗人们：阿倍仲麻吕和王维》，《广西大学学报》（哲学社会科学版）2010年第5期。

翁敏华：《中日古典戏剧形态比较——以昆曲与能乐为主要对象》，《文学评论》2010年第6期。

马晓虹、张树武：《四大名著在日、韩的传播与跨文化重构》，《东北师大学报》（哲学社会科学版）2010年第6期。

陆凌霄：《孙悟空形象塑造与印度神话无关》，《中央民族大学学报》（哲学社会科学版）2010年第6期。

杨雨蕾：《明清朝鲜文人的江南意象》，《浙江大学学报》（人文社会科学版）2010年第6期。

王红霞：《韩国高丽诗人李仁老对李白的接受》，《天府新论》2010年第6期。

西垣勤：《论托尔斯泰与武者小路实笃》，《日本研究》2010年第2期。

叶琳：《综论大江健三郎文学的译介与研究》，《南京社会科学》2010年第11期。

马骏：《〈古事记〉文体特征与汉文佛经：佛典双音词考释》，《日语学习与研究》2010年第5期。

陈明：《印度佛教创世神话的源流——以汉译佛经与西域写本为中心》，《外国文学评论》2010年第4期。

严明：《朝鲜李朝古体汉诗论》，《上海师范大学学报》（哲学社会科学版）2010年第6期。

李哈布：《塔哈·侯赛因的〈山鲁佐德之梦〉与鲁迅的〈补天〉对比研究》，《东方论坛》2010年第5期。

仝婉澄：《久保天随与中国戏曲研究》，《文化遗产》2010年第4期。

王云：《〈牡丹亭〉中的皮格马利翁诉求》，《戏剧艺术》2010年第6期。

李亚娟：《晚清留日学生刊物与小说刊载》，《明清小说研究》2010年第4期。

王言锋：《谈东北近现代小说中的朝鲜人形象》，《社会科学论坛》2010年第22期。

周密、肖玲：《川端康成和张爱玲的悲剧意识比较——从百子与曼璐的悲剧历程说起》，《名作欣赏·下旬》2010年第11期。

李晓辉：《殊途而同归的选择：中日近代政治小说再研究》，《内蒙古民族大学学报》（社会科学版）2010年第6期。

陈广宏：《明代文学东传与江户汉诗的唐宋之争》，《上海师范大学学报》（哲学社会科学版）2010年第6期。

孟庆利：《论〈奥州小道〉里汉诗文的演变》，《甘肃联合大学学报》（社会科学版）2010年第6期。

陆薇薇：《日本河童的中国元素》，《民族艺术》2010年第4期。

李时人、刘廷乾：《越南古代汉文诗叙论》，《上海师范大学学报》（哲学社会科版）2010年第6期。

周萍萍：《关汉卿"士妓恋"作品与近松门左卫门"町妓恋"作品之比较》，《日本研究》2010年第3期。

梁思音：《〈阅微草堂笔记〉与佛教的因果不虚论》，《语文学刊·上半月刊》2010年第11期。

闫德亮：《试论〈搜神记〉中的佛教神话——兼论中国佛教神话的兴起与发展》，《中州学刊》2010年第6期。

武继平：《佐藤春夫与创造社作家们的恩怨》，《郭沫若学刊》2010年第3期。

李光贞：《又一部史与实结合的完美力作——评〈东亚汉文学关系研究〉》，《山东外语教学》2010年第6期。

张蕾：《日本近现代作家与大连》，《日本研究》2010年第3期。

金中：《日本当代汉诗概况及课题》，《日本研究》2010年第3期。

王贺英：《论日本西行法师和歌中的佛教思想》，《沈阳师范大学学报》（社会科学版）2010年第6期。

马骏：《〈古事记〉文体特征与汉文佛经：佛典句式探源》，《日语学习与研究》2010年第6期。

许云和：《〈通志〉"梵竺四曲"考略》，《江西师范大学学报》（哲学社会科学版）2010年第6期。

孔哲：《东亚文学与文化国际学术研讨会综述》，《东方论坛》2010年第6期。

崔雄权：《疏离：鲁迅与韩国新文学——从鲁迅研究的东亚视角谈起》，《鲁迅研究月刊》2010年第6期。

崔雄权：《故国与田园：郑梦周与陶渊明的归隐意识》，《延边大学学报》（社会科学版）2010年第5期。

常立霓：《东干文学与伊斯兰文化》，《北方民族大学学报》2010年第4期。

窦秀艳：《东亚文学与文化研究中心首届学术研讨会综述》，《东方论坛》2010年第2期。

韩梅：《韩国古代文人眼中的中国——以〈朝天记〉、〈朝京日录〉、〈入沈记〉为中心》，《东岳论丛》2010年第9期。

黄可兴：《20世纪初壮族韦杰三与越南黄玉柏文学创作比较》，《广西民族大学学报》（哲学社会科学版）2010年第5期。

何锡章：《评李怡〈日本体验与中国现代文学的发生〉》，《文学评论》2010年第4期。

李琳：《昭君出塞故事的中外文学演绎》，《西北民族大学学报》（哲学社会科学版）2010年第3期。

李小荣：《陈允吉先生的佛教文学研究——以〈佛教与中国文学论稿〉为中心》，《武汉大学学报》（人文科学版）2010年第4期。

李庆：《两种日本现存〈传奇汇考〉抄本考》，《文化遗产》2010年第3期。

刘守华：《佛典譬喻经与中国民间故事》，《文化遗产》2010年第3期。

刘伟：《超越"竹内鲁迅"：木山英雄对"政治与文学框架"的突破》，《东岳论丛》2010年第31期。

刘伟：《李长之〈鲁迅批判〉对竹内好〈鲁迅〉的影响》，《中国现代文学研究丛刊》2010年第5期。

陆晚霞：《〈徒然草〉与老庄思想的影响：以明理否定论为中心》，《外国文学评论》2010年第3期。

沐昀：《本土立场与东方视野——吕赫若日记初探》，《中国现代文学研究丛刊》2010年第5期。

倪祥妍、方汉文：《跨文化视阈中的"零余者"——郁达夫和葛西善藏比较研究》，《学术界》2010年第10期。

苏永延：《正直地叙述现实关系的画卷：重读菲律宾华文〈商报小说选〉》，《光明日报》2010年8月26日。

司俊琴：《中亚东干讽刺文学与俄罗斯讽刺文学传统》，《北方民族大学学报》（哲学社会科学版）2010年第4期。

谭红梅：《朝鲜朝汉文小说男性作家笔下的女性形象》，《延边大学学报》2010年第43期。

石圆圆：《"风物"的怀念和演绎：论周作人对日本地方文学的寄情书写》，《中国比较文学》2010年第4期。

佟金丹：《自色悟空——从爱情描写透视徐訏小说的佛教思想》，《兰州学刊》2010年第8期。

徐静波：《金子光晴的近代中国图像》，《外国问题研究》2010年第3期。

王海远：《日本近代〈楚辞〉研究述评》，《北方论丛》2010年第4期。

王洋：《试论日本禅文化对一休宗纯汉诗创作风格的影响》，《黑龙江教育学院学报》2010年第10期。

王成：《松本清张的推理小说与改革开放后的中国》，《日语学习与研究》2010年第4期。

王立、刘畅：《〈水浒传〉侠女复仇与佛经故事母题》，《山西大学学报》（哲学社会科学版）2010年第5期。

王志松：《90年代出版业的市场化与"情色描写"——与日本翻译文学的关系》，《日语学习与研究》2010年第4期。

王恒来：《〈格萨尔〉与印度两大史诗的言语模式比较》，《西藏研究》2010年第4期。

王昕：《从哀伤美到中日民族文化——〈边城〉与〈古都〉比较》，《辽宁师范大学学报》（社会科学版）2010年第5期。

王天慧、尚侠：《横光利一的中国认识与文本依据——以长篇小说〈上海〉为中心》，《东北师大学报》（哲学社会科学版）2010年第5期。

王海远：《论日本古代的楚辞研究》，《学术交流》2010年第10期。

杨焄：《汉籍东传与韩国檃括词的创作》，《中山大学学报》（社会科学版）2010年第5期。

杨晓慧：《试论佛教对王维的救赎》，《贵州文史丛刊》2010年第4期。

杨越：《管窥〈松尾芭蕉俳文〉之中国道家"休闲与审美"的文化因素》，《黑龙江教育学院学报》2010年第10期。

杨建军：《中亚华裔东干文学与俄罗斯文化》，《北方民族大学学报》（哲学社会科学版）2010年第4期。

曾琼：《略论东方现代宗教民族主义文学》，《湘潭大学学报》（哲学社会科学版）2010年第5期。

张蕾：《近现代日本文学和大连》，《大连海事大学学报》（社会科学版）2010年第9期。

张哲俊：《日本文学中陶门柳的隐仕融合》，《外国文学评论》2010年第3期。

张振亭：《朝鲜北学派文人对王士禛"神韵说"的主体间性批评》，《苏州大学学报》（哲学社会科学版）2010年第31期。

张宇：《越南贡使与中国伴送官的文学交游——以裴文禩与杨恩寿交游为中心》，《学术探索》2010年第4期。

张鸿勋：《中国、印度、阿拉伯民间故事比较论——以〈一千零一夜〉、〈故事海〉为例》，《河北学刊》2010年第30期。

张忠锋：《柿本人麻吕的"天皇即神思想"与古代中国的神仙思想》，《西安外国语大学学报》2010年第18期。

张思齐：《东方文学三大基石论》，《广东社会科学》2010年第5期。

张志强：《一个致力中国出版史研究的日本人——樽本照雄和他的晚清小说及商务印书馆史研究》，《编辑学刊》2010年第5期。

郑小枚：《原始史诗之生相——世界三大民族原始史诗在文字学视野中的呈现》，《国外文学》2010年第3期。

周韬：《论佛教思想对平安朝"物哀"精神的影响——以〈源氏物语〉为例看从"真·诚"到"物哀"的衍化》，《名作欣赏·下旬》2010年第10期。

（四）中西比较文学

陈杰：《从〈达摩流浪者〉看凯鲁亚克对佛教思想的接受》，《外国文学研究》2010年第32期。

陈南先：《俄罗斯文学"文革"前在中国的译介和传播》，《当代文坛》2010年第5期。

陈靓：《第十二届国际易卜生年会综述》，《外国文学动态》2010年第2期。

常润芳：《欧·亨利作品在中国的译介与影响》，《中州学刊》2010年第6期。

杜娟：《张爱玲与伍尔夫女性主义之比较》，《山西高等学校社会科学学报》2010年第22期。

范莹芳：《边缘族群的自我身份构建——析〈女勇士〉中主人公与作者的双重成

长》,《名作欣赏·下旬》2010 年第 8 期。

樊爱萍:《异域而同声——"八事"与英美意象派理论关系探究》,《名作欣赏·中旬》2010 年第 9 期。

付江涛:《文化的冲突身份的尴尬——〈吃一碗茶〉主人公斌来解读》,《名作欣赏·中旬》2010 年第 10 期。

顾钧:《哥伦比亚中国现代文学读本中的鲁迅》,《鲁迅研究月刊》2010 年第 6 期。

顾华:《局外人的不安与愤怒——试论当代美国华裔女诗人的创作》,《沈阳师范大学学报》(社会科学版) 2010 年第 4 期。

葛文婕:《华裔女作家林小琴的戏剧〈苦甘蔗〉中的中西悲剧元素》,《电影评介》2010 年第 14 期。

管艾艾:《早期美国华裔文学研究综述》,《语文学刊》2010 年第 6 期。

胡梦婕:《中国现代作家的童趣缺失——浅析三篇同名中西童话〈爱丽丝漫游记〉的差异》,《理论与创作》2010 年第 4 期。

胡亮宇、侯业智:《试论莎士比亚对曹禺早期戏剧创作的影响》,《海南师范大学学报》(社会科学版) 2010 年第 23 期。

黄燕:《从〈西游记〉和〈白鲸〉看中西文化核心价值之差异》,《中州学刊》2010 年第 4 期。

郝田虎:《弥尔顿在中国:1837—1888,兼及莎士比亚》,《外国文学》2010 年第 4 期。

郝稷:《霍克思与他的〈杜诗初阶〉》,《杜甫研究学刊》2010 年第 3 期。

何云贵:《老舍与哈代》,《当代文坛》2010 年第 5 期。

靳新来、彭松:《海外钱钟书文学研究的维度与启示》,《文学评论》2010 年第 5 期。

纪海龙、方长安:《1970 年代美英的中国"十七年文学"选本论》,《福建论坛》2010 年第 9 期。

蒋领敏:《布莱希特剧作体系对中国剧作家的启示》,《戏剧文学》2010 年第 10 期。

姜德成、仪爱松:《文学与他者:赛珍珠的两个世界和双重文化视角》,《前沿》2010 年第 16 期。

克里木江·阿布都热依木:《普希金与维吾尔现代文学》,《俄罗斯文艺》2010 年第 3 期。

康燕彬:《狄金森在中国的译介与本土化形象建构》,《中国比较文学》2010 年第 4 期。

李杰:《海勒作品在中国的译介、研究及影响》,《河北学刊》2010 年第 30 期。

李伟民:《重构与对照中的审美呈现——音舞叙事:越剧〈马龙将军〉对莎士比亚〈麦克白〉的变身》,《南京社会科学》2010 年第 10 期。

李玲:《一沙一世界,一花一天国——布莱克〈天真的预言〉汉译的文化解读》,《外国语文》2010 年第 26 期。

李建梅:《从"新民"小说到"人的文学":清末到"五四"域外小说输入研究》,《河北学刊》2010 年第 2 期。

李建立：《1980年代"西方现代派"知识形态简论——以袁可嘉的译介为例》，《当代文坛》2010年第1期。

郎润芳、贾海娥：《惊人的美貌 坎坷的人生——海伦与珠牡的命运比较》，《西北农林科技大学学报》（社会科学版）2010年第6期。

刘俊：《"新移民海归文学"：新立场、新视野、新感受、新文学——以施雨和她的〈上海"海归"〉为例》，《华文文学》2010年第4期。

刘华丽：《余华作品中的圣经文化痕迹》，《电影评介》2010年第11期。

林旭文：《意义的焦虑——〈丛林猛兽〉与〈伤逝〉之比较》，《海南大学学报》（人文社会科学版）2010年第28期。

刘淑梅：《"道德自我完善"与"道德自我立法"——试析康德的道德哲学对托尔斯泰小说的影响》，《俄罗斯文艺》2010年第3期。

刘志芳、郭静怡：《当代美国华裔女性自传体小说与文化批评》，《社会科学家》2010年第7期。

刘汝兰：《郭风与安徒生》，《中国文学研究》2010年第3期。

刘雪梅：《从跨文化视角解读诺贝尔文学奖女作家——以赛珍珠、多丽丝·莱辛、赫塔·穆勒为中心》，《名作欣赏·下旬》2010年第10期。

刘克东、段儒云：《〈残月楼〉中的女性形象——加拿大文化与中国文化的双重影响》，《世界华文文学论坛》2010年第3期。

刘观女：《郁达夫与王尔德的唯美主义观比较研究》，《语文学刊》2010年第7期。

刘静：《意识形态与"五四"前后外国文学经典的输入》，《中州学刊》2010年第4期。

刘丽霞：《文学作品中的近代来华美国女传教士——以〈异邦客〉、〈战斗的天使〉、〈相片〉及〈河畔淳颐园〉为例》，《云南大学学报》（社会科学版）2010年第5期。

连秀丽：《西方形式主义与〈文心雕龙〉的形式美学观》，《文艺评论》2010年第4期。

梁香伟、黄斐、李荣：《殊途同归：异质文化之思考——赛珍珠的〈东风·西风〉与多丽丝·莱辛的〈野草在歌唱〉比较分析》，《电影评介》2010年第13期。

梁艳：《华裔美国诗人李力扬诗歌研究》，《黑龙江教育学院学报》2010年第10期。

罗义华、邹建军：《寻找东方主义：当代中国美华文学研究的文化症结——以哈金研究为例》，《中华文化论坛》2010年第3期。

罗闻：《易卜生在中国的历史命运》，《传承》2010年第21期。

陆维玲：《疯狂是理智的同义语——美国女诗人普拉斯和中国作家萧红对读》，《合肥工业大学学报》（社会科学版）2010年第4期。

吕菲：《在传统与现代之间游走——对吕碧城旅居海外词的分析》，《中国青年政治学院学报》2010年第5期。

马文颖：《论外来影响下中国现代文学中的海派和京派》，《中国比较文学》2010年第4期。

孟庆澍：《经典文本的异境旅行——〈骆驼祥子〉在美国（1945—1946）》，《河大学学报》（社会科学版）2010 年第 5 期。

彭丽萍、陈进武：《试论中国作家对〈爱丽丝漫游奇境记〉的接受：以沈从文与陈伯吹为例》，《名作欣赏·中旬》2010 年第 9 期。

潘蕾：《古英语诗歌的发展与中国新诗散文化之比较》，《山西大学学报》（哲学社会科学版）2010 年第 33 期。

钱兆明、卢巧丹：《摩尔诗歌与中国美学思想之渊源》，《外国文学研究》2010 年第 32 期。

钱锡生、季进：《探寻中国文学的"谜楼"：宇文所安教授访谈录》，《文艺研究》2010 年第 9 期。

覃丹：《威廉斯〈春日寡妇怨〉与王昌龄〈闺怨〉之比较——兼论〈春日寡妇怨〉的中国古典诗歌渊源》，《名作欣赏·下旬》2010 年第 8 期。

邱瑾：《从〈传宗〉与〈吾家有女〉谈华裔的中国文化承袭》，《电影评介》2010 年第 11 期。

任增强：《美国学者高友工的杜诗研究》，《杜甫研究学刊》2010 年第 3 期。

任增强：《美国汉学家论〈诗大序〉》，《贵州师范大学学报》（社会科学版）2010 年第 5 期。

宋洁、张虹、刘丽敏：《宗教与爱情：〈荆棘鸟〉与〈穆斯林的葬礼〉之比较》，《名作欣赏·下旬》2010 年第 7 期。

宋剑华：《论现代主义文学的中国化阐释与运作》，《天津社会科学》2010 年第 5 期。

宋炳辉：《政治东欧与文学东欧——论东欧文学与中国文学现代性的内在关联》，《中国比较文学》2010 年第 4 期。

宋达：《对东方古典文学的翻译和研究——当代北欧学界重建世界文学史的趋势》，《首都师范大学学报》（社会科学版）2010 年第 3 期。

孙桂荣：《经验的匮乏与阐释的过剩——评周蕾〈妇女与中国现代性——西方与东方之间的阅读政治〉》，《中国现代文学研究丛刊》2010 年第 4 期。

石燕京：《不一样的"海洋咏叹调"——郭沫若和海涅笔下的海洋意象之比较》，《郭沫若学刊》2010 年第 2 期。

石杰：《鲁迅与库切小说的批判精神之比较》，《海南师范大学学报》（社会科学版）2010 年第 4 期。

苏鑫：《菲利普·罗斯研究在中国》，《广西社会科学》2010 年第 8 期。

佟迅：《〈牡丹亭〉、〈罗密欧与朱丽叶〉悲剧美学特征之比较》，《电影评介》2010 年第 12 期。

吴奕锜、陈涵平：《论新移民文学中的文化混杂形象》，《安徽大学学报》（哲学社会科学版）2010 年第 5 期。

易小平：《人性的复苏与扭曲：〈诗经·东山〉与〈奥德赛〉比较》，《中国文学研究》2010 年第 3 期。

王澄霞：《借得西江水催开东苑花——曹禺〈日出〉与小仲马〈茶花女〉之比较》，《扬州大学学报》（人文社会科学版）2010 年第 14 期。

王敏：《以〈战城南〉题材比较中西文学史观》，《宁夏大学学报》（人文社会科学版）2010年第3期。

万涛：《论美国华裔文学的沉默主题：以谭恩美小说为例》，《江西社会科学》2010年第7期。

吴童：《中国神话与希腊神话悲剧特征寻异》，《求索》2010年第7期。

吴道毅：《方法与路径：评〈"误读"的方法：新时期初西方现代主义文学的传播与接受〉》，《外国文学研究》2010年第32期。

吴进珍：《再论超验主义：梭罗与陶渊明的自然观之比较》，《疯狂英语：教师版》2010年第3期。

汪介之：《20世纪俄罗斯文学经典的重新认识》，《南京师范大学文学院学报》2010年第2期。

王辽楠：《论〈圣经〉对〈浮士德〉的影响》，《外国文学研究》2010年第32期。

王立礼：《从生态批评的角度重读谭恩美的三部作品》，《外国文学》2010年第4期。

王桢：《真爱的救赎与人伦的皈依——〈茶花女〉与〈杜十娘怒沉百宝箱〉之比较研究》，《西南民族大学学报》（人文社会科学版）2010年第31期。

王慧、孔令翠：《歌德在中国的译介与接受——以郭沫若为例》，《国外理论动态》2010年第10期。

吴奕锜、陈涵平：《毕熙燕：在身份重建中拷问女性命运——以〈绿卡梦〉和〈天生作妾〉为例》，《名作欣赏·下旬》2010年第7期。

吴俊忠：《俄罗斯文学研究的"蓝英年现象"》，《深圳大学学报》（人文社会科学版）2010年第1期。

万永坤：《谭恩美代表作品对中国神话传说的运用与改写探讨》，《名作欣赏·下旬》2010年第8期。

武桂杰：《霍尔眼中的中国形象研究：当中国文化"旅行"到"他文化"中》，《学习与探索》2010年第5期。

许晶晶：《论卞之琳诗歌中中国传统诗歌同西方象征主义的交融》，《西安外国语大学学报》2010年第3期。

徐颖果：《重塑华裔女性形象：美国华裔女剧作家林小琴戏剧〈纸天使〉》，《戏剧文学》2010年第8期。

薛小惠：《语言就是力量：从〈女勇士〉看一位华裔美国女性的身份寻求》，《外语教学》2010年第1期。

谢群、李晶、李玮琳：《中国"十一五"期间北欧文学研究》，《外国文学研究》2010年第6期。

向忆秋：《晚清旅美华人文学的美国形象和中国形象》，《海南师范大学学报》（社会科学版）2010年第4期。

熊辉：《翻译诗歌与中国新诗之"变"》，《西南大学学报》（社会科学版）2010年第5期。

熊权：《穆旦诗歌与西方反讽诗学——对诗歌语言的悖论修辞、戏拟和语境的分析》，《河北大学学报》（哲学社会科学版）2010年第6期。

燕世超、罗洁：《在异国土地上破茧成蝶：评美华作家黄宗之、朱雪梅新作〈破茧〉》，《名作欣赏·下旬》2010年第7期。

杨迎平：《施蛰存小说与弗洛伊德理论》，《小说评论》2010年第4期。

杨经建：《左翼文学创作中的马雅可夫斯基"情结"》，《文史哲》2010年第5期。

杨俊蕾：《"中心—边缘"双梦记：海外华语语系文学研究中的流散/离散叙述》，《中国比较文学》2010年第4期。

杨仁敬、王程辉：《巴思对阿拉伯神话和希腊神话的滑稽性改写——评巴思小说〈茨默拉〉》，《外国文学》2010年第4期。

杨燕翎：《安妮宝贝与杜拉斯小说艺术比较》，《社会科学战线》2010年第10期。

杨晓帆：《重识郑振铎早期文学观中的情感论——对文齐斯德〈文学批评原理〉的译介与误读》，《河北学刊》2010年第30期。

颜敏：《拓展、深化与超越——2009年华文文学研究综述》，《世界华文文学论坛》2010年第3期。

袁联波、穆兰：《表现主义与当代中国实验性话剧》，《西南民族大学学报》（人文社会科学版）2010年第7期。

钟明奇：《人性相同，文心相通：以〈聊斋志异〉与〈十日谈〉情爱观之比较为中心》，《文艺理论研究》2010年第4期。

曾琴：《美刺与宣泄——中西方文学创作的美学法则比较》，《名作欣赏·下旬》2010年第9期。

张默瀚：《诗意掩映下的中西梦想典型的精神指向分析——以易卜生和曹禺典型"梦想"为例》，《海南师范大学学报》（社会科学版）2010年第1期。

张全之：《"国家的与超国家的"：无政府观念对郭沫若、郁达夫早期创作的影响》，《东岳论丛》2010年第31期。

张静：《后殖民语境下的华裔英语文学研究》，《山东外语教学》2010年第31期。

张辉：《1920年代：冯至与中德浪漫传统的关联》，《国外文学》2010年第3期。

张体坤、周安华：《从散漫"自由"观念到系统意识形态：论西方自由主义与中国现代文学的"自由"观念》，《中国文学研究》2010年第3期。

张智韵：《论冯乃超早期诗歌对魏尔伦诗歌音乐性的接受》，《西安外国语大学学报》2010年第3期。

张波：《美国华裔女性身份建构的心路历程——以谭恩美小说〈喜福会〉的母女关系为视角》，《青海师范大学学报》（哲学社会科学版）2010年第5期。

张和龙：《国内贝克特研究述评》，《国外文学》2010年第3期。

张祯：《女性运动中的集体性出逃——从嫦娥和美狄亚的中西比较中看女性角色的历史性演变》，《名作欣赏·下旬》2010年第9期。

张碧、邢昭：《"两难"结构的中西变体与"大团圆"结构的文化社会机制——高乃依戏剧与元剧结构比较研究》，《西南民族大学学报》（人文社会科学版）2010年第9期。

詹乔：《论华裔美国英语叙事文本中的中国形象》，《暨南学报》（哲学社会科版）2010 年第 4 期。

郑燕虹：《肯尼斯·雷克思罗斯与〈道德经〉》，《外国文学评论》（社会科学版）2010 年第 3 期。

周建新：《庞德的〈神州集〉与中国古典诗歌现代化》，《华北电力大学学报》2010 年第 3 期。

周佩瑶：《白璧德人文主义视野下的中国想象》，《中国现代文学研究丛刊》2010 年第 5 期。

褚连波：《〈十日谈〉与〈法苑珠林〉对〈月下小景〉的影响研究》，《广东社会科学》2010 年第 5 期。

赵晶辉：《英美及中国多丽丝·莱辛研究中的"空间"问题》，《西安外国语大学学报》2010 年第 3 期。

赵伟：《〈中国现代文学研究丛刊〉海外中国现代文学研究梳理》，《中国现代文学研究丛刊》2010 年第 4 期。

朱振武、杨瑞红：《福克纳短篇小说在中国》，《上海大学学报》（社会科学版）2010 年第 5 期。

（五）翻译文学

安凌：《论李健吾莎士比亚戏剧改译本的民族化特质：从文学翻译的互文性看改译者的创造》，《外语与外语教学》2010 年第 2 期。

包彩霞：《汉诗英译中的互文参照》，《湘潭大学学报》（哲学社会科学版）2010 年第 2 期。

包通法、刘正清：《文学翻译中意境的伪证性认识范式研究》，《外语学刊》2010 年第 3 期。

北塔：《艾青诗歌的英文翻译》，《中国现代文学研究丛刊》2010 年第 5 期。

卞杰、包通法：《论钱钟书的"诱""讹""化"翻译观》，《江南大学学报》（人文社会科学版）2010 年第 9 期。

蔡新乐：《海德格尔〈荷尔德林的赞美诗《伊斯特》〉中的本体论的翻译思想》，《外国语文》2010 年第 1 期。

曹丹红：《西方诗学视野中的节奏与翻译》，《中国翻译》2010 年第 4 期。

曹军、曹青：《许渊冲诗歌翻译美学探微》，《合肥师范学院学报》2010 年第 5 期。

陈橙：《论中国古典文学的英译选集与经典重构：从白之到刘绍铭》，《外语与外语教学》2010 年第 4 期。

陈吉荣：《汉语重叠词的突显意义及其在翻译中的识解型式：〈干校六记〉重叠词英汉语料的比较分析》，《上海翻译》2010 年第 4 期。

陈静：《情景组合论对古诗英译的启发》，《合肥工业大学学报》（社会科学版）2010 年第 3 期。

陈利：《从许渊冲的"三美"观解读唐诗〈春望〉的英译文》，《甘肃联合大学学报》（社会科学版）2010年第3期。

陈蜜：《莫扎特和傅雷的"灵犀"：论傅雷的艺术赏析及文学翻译观》，《语文学刊·上半月刊》2010年第12期。

陈鹏文：《异化：文学翻译的适选之路》，《青海师范大学学报》（哲学社会科学版）2010年第5期。

陈奇敏：《从文学翻译的快乐原则看〈归园田居（其一）〉英译》，《湖北社会科学》2010年第2期。

陈婉琳：《含蓄的语言与翻译文学技巧赏析》，《名作欣赏·下旬》2010年第7期。

程斐：《各绽奇葩　馥郁清香——浅析杨译霍译〈红楼梦〉第三回中之异同》，《西安文理学院学报》（社会科学版）2010年第6期。

程华平、程华林：《传统文学观念与外国小说的近代接受》，《中国比较文学》2010年第1期。

崔溶澈：《韩文本〈红楼梦〉回目的翻译方式》，《红楼梦学刊》2010年第6期。

党争胜：《从翻译美学看文学翻译审美再现的三个原则》，《外语教学》2010年第3期。

邓笛：《编译文学：也应该得到承认的文学》，《外语与外语教学》2010年第6期。

邓伟：《归化与欧化：试析清末民初翻译文学语言的建构倾向》，《文艺理论研究》2010年第3期。

邓伟：《试论清末民初小说翻译的欧化倾向》，《山西师大学报》（社会科学版）2010年第1期。

丁志斌：《诗歌翻译的美学取向》，《外国语文》2010年第1期。

董静：《从翻译规范论视角浅析〈狼图腾〉英译本》，《甘肃联合大学学报》（社会科学版）2010年第4期。

董琇：《赛珍珠以汉语为基础的思维模式：谈赛译〈水浒传〉》，《中国翻译》2010年第2期。

董琇：《中国传统哲学对赛珍珠翻译的影响》，《同济大学学报》（社会科学版）2010年第4期。

杜洪峰：《从切斯特曼的翻译规范论看文学翻译中译者对翻译策略的把握：以索尔·贝娄的小说 Hidden Within Technology's Empire, a Republic of Letters 的翻译为例》，《西安电子科技大学学报》（社会科学版）2010年第5期。

杜娟：《〈红楼梦〉跨文化语际传释中的互文性》，《红楼梦学刊》2010年第1期。

杜丽萍：《民族文化美的再现与传播：论陕北民歌英译的再创造性》，《交响》2010年第3期。

段彦艳、边春华：《〈西湖七月半〉卜译本的诗学探究》，《名作欣赏·下旬》2010年第7期。

方开瑞：《宗教典籍汉译对于小说汉译的借镜作用》，《中国翻译》2010年第1期。

封小雅：《论旅游宣传资料诗词典故翻译的主题信息凸显》，《广西民族大学学报》

（哲学社会科学版）2010年第1期。

符赛男：《关联理论在文学翻译中的运用及存在的问题》，《北京航空航天大学学报》（社会科学版）2010年第6期。

傅运春：《顺应理论对小说翻译的解释力》，《贵州大学学报》（社会科学版）2010年第1期。

高方、许钧：《现状、问题与建议：关于中国文学走出去的思考》，《中国翻译》2010年第6期。

高方：《翻译的选择与渐进的理解：勒克莱奇奥〈沙漠〉的译介与评论》，《南京社会科学》2010年第6期。

高旼喜：《〈红楼梦〉韩译时面临的难题——以"文化空白"为中心》，《红楼梦学刊》2010年第6期。

高兴：《六十年曲折的道路：东欧文学翻译和研究》，《文学理论与批评》2010年第6期。

高志强：《现代性张力结构与多重对话格局：〈小说月报〉（1921—1931）翻译文学与中国文学现代进程》，《天津社会科学》2010年第6期。

耿强：《文学译介与中国文学"走出去"》，《解放军外国语学院学报》2010年第3期。

龚明德：《郭译〈少年维特之烦恼〉一处"差错"之我见》，《郭沫若学刊》2010年第1期。

顾正阳、唐添俊：《古诗词英译中的名山秀水文化》，《甘肃联合大学学报》（社会科学版）2010年第4期。

顾正阳、余双玲：《古诗词典英译文化理论探索：马意象的翻译》，《西安电子科技大学学报》（社会科学版）2010年第4期。

关宝艳：《〈法国文学他化译丛〉笔札》，《学术研究》2010年第2期。

郭晶萍：《〈葬花吟〉7种英译本的人称视角和时态比读：〈红楼梦〉英译本研究之四》，《河海大学学报》（哲学社会科学版）2010年第2期。

韩佳霖、夏廷德：《基于语料库的〈尤利西斯〉意识流语言特点翻译》，《大连海事大学学报》（社会科学版）2010年第6期。

何琳、赵新宇：《意识形态与翻译选材——以文革为分期的〈中国文学〉选材对比研究》，《天津外国语学院学报》2010年第6期。

何艳东：《得与失：Bassnett诗歌翻译移植观的再思考》，《沈阳师范大学学报》（社会科学版）2010年第4期。

洪涛：《〈红楼梦〉翻译研究与套用"目的论"、"多元系统论"的隐患：以〈红译艺坛〉为论析中心》，《红楼梦学刊》2010年第2期。

洪涛：《〈西游记〉的喜剧元素与英语世界的翻译转移现象》，《武汉大学学报》（人文科学版）2010年第2期。

洪溪珧：《文学文体学管窥下小说中语言变异的文体功能及其翻译》，《前沿》2010年第4期。

胡安江：《意识形态与文化诗学的一面镜子：多丽丝·莱辛在中国大陆的译介与接受》，《南京社会科学》2010年第11期。

胡安江：《中国古代旅行书写与翻译研究的传统角色》，《外语学刊》2010年第1期。

胡安江：《中国文学"走出去"之译者模式及翻译策略研究：以美国汉学家葛浩文为例》，《中国翻译》2010年第6期。

胡莉莉：《从巴赫金对话理论看鲁迅文学翻译之"硬译"》，《西安电子科技大学学报》（社会科学版）2010年第5期。

胡曼莉：《论波德莱尔〈腐尸〉的风格与翻译》，《法国研究》2010年第4期。

胡天恩：《社会符号学视角的诗歌译者主体性》，《华东理工大学学报》（社会科学版）2010年第1期。

胡显耀、曾佳：《翻译小说"被"字句的频率、结构及语义韵研究》，《上海外国语大学学报》2010年第3期。

胡作友、张小曼：《〈文心雕龙〉英译，一个文化的思考》，《学术界》2010年第9期。

华满元：《从〈女勇士〉看美国华裔作家作品的回译》，《高等函授学报》（哲学社会科学版）2010年第10期。

华少庠、甘玲：《郭译〈浮士德〉中中国古典诗体的运用》，《郭沫若学刊》2010年第1期。

华少庠：《论〈红楼梦〉德译本"好了歌"中"神仙"一词的翻译》，《红楼梦学刊》2010年第6期。

黄立波：《新月派的翻译思想探究：以〈新月〉期刊发表的翻译作品为例》，《外语教学》2010年第3期。

黄宁夏、杨萍：《从〈葬花吟〉翻译透析林语堂的翻译风格》，《西安外国语大学学报》2010年第4期。

黄勤、王晓利：《基于语料库的〈红楼梦〉中的元话语"又"及其英译对比研究》，《西安外国语大学学报》2010年第18期。

黄勤、王晓利：《论傅雷的艺术翻译观》，《西安外国语大学学报》2010年第1期。

黄友义：《汉学家和中国文学的翻译：中外文化沟通的桥梁》，《中国翻译》2010年第6期。

黄远鹏：《诗歌含义纬度翻译探讨：以〈红楼梦〉卷头诗英译为例》，《太原理工大学学报》（社会科学版）2010年第1期。

贾焕杰：《阐释学观照下的复译和误译》，《前沿》2010年第6期。

贾晓英、李正栓：《乐府英译文化取向与翻译策略研究》，《外语教学》2010年第4期。

江艺：《外诗汉译中的诗学对话与融合意识：以余光中为个案的研究》，《长春师范学院学报》（人文社会科学版）2010年第1期。

姜德成、仪爱松：《〈红楼梦〉中的宗教文化及其译文翻译研究》，《高等函授学报》（哲学社会科学版）2010年第10期。

姜勇：《等效理论与〈水浒传〉中单数自指语的翻译》，《郑州航空工业管理学院学报》（社会科学版）2010年第5期。

蒋林：《梁启超的小说翻译与中国近代小说的转型》，《兰州大学学报》（社会科学版）2010年第5期。

焦鹏帅：《诗歌翻译取决于译者目的：伊恩·梅森访谈录》，《外语研究》2010年第6期。

揭延媛：《诗歌翻译的文化缺省补偿——关联翻译理论阐释》，《云南师范大学学报》（对外汉语教学与研究版）2010年第1期。

金萍：《社会文化意识与小说翻译策略：对〈大卫·科波菲尔〉两个中译本的对比研究》，《甘肃社会科学》2010年第6期。

金文：《谈翻译的归化与异化》，《天津职业院校联合学报》2010年第12期。

金中：《古池，蛙纵水声传：一词加一句形式的俳句翻译》，《外语研究》2010年第1期。

靳吉丽：《从目的论看〈水浒传〉英译的翻译策略：对比两个英译本》，《黑龙江教育学院学报》2010年第12期。

兰军：《论接受美学视角下译者的主体性——兼析莎士比亚第十八首十四行诗的四个汉译本》，《宁夏大学学报》（人文社会科学版）2010年第4期。

蓝红军、穆雷：《2009中国翻译研究综述》，《上海翻译》2010年第3期。

蓝仁哲、张冲、高兴等：《文学翻译六人谈》，《文艺报》2010年10月25日。

雷秋慧：《汉语儿童文学作品语言变异现象及翻译：兼评〈月迹〉英译文》，《甘肃联合大学学报》（社会科学版）2010年第1期。

李成团：《诗歌翻译的语用视角：语境补缺与语用充实》，《外语教学理论与实践》2010年第2期。

李崇月、曾喆：《汉语古诗词中的话语轮换及其翻译》，《贵州大学学报》（社会科学版）2010年第4期。

李凤：《娜塔丽·萨洛特在中国的翻译和研究》，《经济与社会发展》2010年第2期。

李公文、罗文军：《论清末"拜伦"译介中的文学性想象》，《西南大学学报》（社会科学版）2010年第2期。

李海振：《〈红楼梦〉日文全译本对中医药文化的翻译》，《红楼梦学刊》2010年第6期。

李红菱：《译文入化境，淡抹最相宜——谈文学翻译中的异化》，《大连海事大学学报》（社会科学版）2010年第4期。

李洪华、周海洋：《战争文化语境下的域外现代派文学译介：以里尔克、艾略特、奥登为中心》，《南昌大学学报》（人文社会科学版）2010年第1期。

李磊：《依据关联翻译论探讨汉诗英译的凝炼美》，《山东外语教学》2010年第1期。

李磊荣：《〈红楼梦〉俄译本中的文化误译》，《中国俄语教学》2010年第29期。

李丽：《鲁迅儿童文学译作中的欧化现象考察》，《湖北大学学报》（哲学社会科学版）2010年第6期。

李丽华、严峻：《政治立场与民族认同的选择：文学翻译归化与异化之争的本质》，《江西社会科学》2010年第12期。

李林波：《论创作取向的翻译：以庞德、斯奈德等人英译中国古诗为例》，《外语教学》2010年第3期。

李梅英、张显翠：《英美新批评派在中国的早期译介与接受》，《长春师范学院学报》（人文社会科学版）2010年第2期。

李明清：《梁实秋〈威尼斯商人〉译本研究》，《外国语文》2010年第26期。

李宁：《〈福乐智慧〉中柔巴依的英译：兼与菲茨杰拉德之柔巴依英译比较》，《民族文学研究》2010年第1期。

李琼：《〈红楼梦〉习语翻译策略的对比研究》，《高等函授学报》（哲学社会科学版）2010年第12期。

李汝成、王薇、王红莲：《回到文学的本体："回归文本：外国文学阅读、翻译与研究"学术研讨会综述》，《当代外国文学》2010年第3期。

李思清：《翻译文学与新时期中国的历史关联——读赵稀方〈二十世纪中国翻译文学史·新时期卷〉》，《中国比较文学》2010年第4期。

李万春、王蕾：《苏联卫国战争文学在中国的译介和传播》，《俄罗斯文艺》2010年第1期。

李晓红：《诗歌翻译中的审美移情与艺术生成》，《浙江学刊》2010年第4期。

李言实：《解构主义理论观照下庞德翻译思想再研究：以〈神州集〉为个案》，《太原理工大学学报》（社会科学版）2010年第4期。

梁倩、范祥涛：《认知取向的转喻翻译研究——以小说〈老人与海〉的汉译为例》，《南京理工大学学报》（社会科学版）2010年第23期。

梁伟：《〈红楼梦〉佛教内容维译中的语境因素与顺应策略》，《新疆大学学报》（哲学·人文社会科学版）2010年第5期。

梁益宁：《"异化"策略与文学翻译"陌生化效果"的实现》，《疯狂英语》（教师版）2010年第3期。

梁志芳：《翻译·文化·复兴：记上海"孤岛"时期的一个特殊翻译机构"复社"》，《上海翻译》2010年第1期。

廖七一：《〈哀希腊〉的译介与符号化》，《外国语》（上海外国语大学学报）2010年第1期。

刘嫦：《功能翻译视角下学衡派译诗的动态"充分度"思考》，《西南交通大学学报》（社会科学版）2010年第3期。

刘大先：《少数族裔文学翻译的权力与政治》，《西南民族大学学报》（人文社会科学版）2010年第2期。

刘丹、熊辉：《外国诗歌的"翻译体"与中国新诗的形式建构》，《社会科学战线》2010年第3期。

刘丹：《〈桃色的云〉与鲁迅的翻译语言观》，《四川戏剧》2010年第2期。

刘福莲：《论林译〈浮生六记〉中修辞手段的处理》，《中南大学学报》（社会科学版）2010 年第 6 期。

刘华文：《诗歌翻译中的格物、感物和体物》，《外语研究》2010 年第 4 期。

刘冀斌：《隐喻认知观对中国〈哈姆雷特〉翻译研究的启示》，《贵州社会科学》2010 年第 2 期。

刘江凯：《西洋镜下看戏：中国当代戏剧的英译》，《戏剧》2010 年第 4 期。

刘金龙、高莉敏：《论冰心翻译的"读者意识"与翻译原则》，《北京航空航天大学学报》（社会科学版）2010 年第 4 期。

刘金龙、高莉敏：《戏剧翻译的文化之维》，《四川戏剧》2010 年第 4 期。

刘金龙、赵刚：《冰心翻译思想研究》，《理论月刊》2010 年第 2 期。

刘进才：《圣书译介与白话文体的先声》，《理论与创作》2010 年第 4 期。

刘孔喜、杨炳钧：《文学作品复译的原型观》，《西安外国语大学学报》2010 年第 3 期。

刘名扬：《〈红楼梦〉藻饰性色彩词语的俄译处理》，《红楼梦学刊》2010 年第 6 期。

刘全福：《在"借"与"窃"之间：文学作品重译中的伦理僭越现象反思：以〈呼啸山庄〉两个汉译本为例》，《东南大学学报》（哲学社会科学版）2010 年第 4 期。

刘性峰：《论诗歌的翻译标准"传神达意"——以汪榕培译〈枫桥夜泊〉为例》，《哈尔滨工业大学学报》（社会科学版）2010 年第 2 期。

刘艳青：《〈文心雕龙〉中西方文论术语问题原因分析及对策》，《前沿》2010 年第 19 期。

刘扬：《论文学作品翻译中形而上质的再现》，《外语教学》2010 年第 5 期。

刘云虹：《从林纾、鲁迅的翻译看翻译批评的多重视野》，《外语教学》2010 年第 6 期。

刘泽权、陈冬蕾：《英语小说汉译显化实证研究：以〈查特莱夫人的情人〉三个中译本为例》，《外语与外语教学》2010 年第 4 期。

刘泽权、谭晓平：《面向汉英平行语料库建设的四大名著中文底本研究》，《河北大学学报》（哲学社会科学版）2010 年第 1 期。

刘兆林：《〈三国演义〉中人名英译研究：从归化和异化的角度》，《电子科技大学学报》2010 年第 12 期。

龙云：《文学翻译中文化误读的类型剖析》，《西北民族大学学报》（哲学社会科学版）2010 年第 3 期。

卢华国、张雅：《译诗缘何而"音美"？——诗歌翻译中的语音象似性》，《北京第二外国语学院学报》2010 年第 4 期。

罗丹：《从杨译〈老残游记〉看翻译中的交互主体性》，《北京第二外国语学院学报》2010 年第 32 期。

罗剑：《中国古典诗词翻译中的意境再现——评孟浩然〈春晓〉四种英译》，《高等函授学报》2010 年第 4 期。

罗文军：《最初的拜伦译介与军国民意识的关系》，《中国现代文学研究丛刊》2010 年第 2 期。

吕黎：《语言的操演性与跨文化交流中的语言流向——以胡缨的〈翻译的传说〉为

例》,《中国现代文学研究丛刊》2010 年第 4 期。

马燕菁:《从〈红楼梦〉看汉日语人称代词差异——基于人称代词受修饰现象的考察》,《红楼梦学刊》2010 年第 6 期。

毛玲莉:《诗歌翻译创作空间中的意象与局限》,《兰州大学学报》（社会科学版）2010 年第 38 期。

蒙曜登:《论文化修辞能量及其跨文化传达：以〈九月九日忆山东兄弟〉及其俄译为例》,《中国俄语教学》2010 年第 2 期。

孟建新、刘君婉:《协调理论在诗歌翻译中的应用：以〈长恨歌〉的译本为例》,《中北大学学报》（社会科学版）2010 年第 3 期。

母燕芳:《翻译适应选择论中译者的适应与选择：以朱自清散文〈匆匆〉的三种英译本的语言维翻译为例》,《太原理工大学学报》（社会科学版）2010 年第 4 期。

穆婉姝、程力:《生态翻译学视域下的鲁迅翻译思想》,《东北师大学报》2010 年第 5 期。

聂玉景:《可表演性：话剧翻译的座标——评〈茶馆〉两个版本的翻译》,《四川戏剧》2010 年第 1 期。

彭劲松、李海军:《早期西方汉学家英译〈聊斋志异〉时的误读》,《社会科学家》2010 年第 8 期。

彭甄:《翻译与创作：文本"越界"和建构——B.T 别林斯基翻译思想研究之二》,《中国俄语教学》2010 年第 2 期。

钱静、陈学广:《从语际翻译看文学语言的特性——也谈诗的可译与不可译》,《外语学刊》2010 年第 5 期。

屈妮妮:《诗歌翻译中的理解与表达：〈关雎〉的两个英译本的对比与分析》,《西北农林科技大学学报》（社会科学版）2010 年第 3 期。

任东升、袁枫:《清末民初（1891—1917）科幻小说翻译探究》,《上海翻译》2010 年第 4 期。

任淑坤:《文学作品的可译性与不可译性——以五四时期的一场论争为中心》,《河北学刊》2010 年第 30 期。

任显楷:《包腊〈红楼梦〉译本前八回英译本考释》,《红楼梦学刊》2010 年第 6 期。

任晓霏、毛瓒、冯庆华:《戏剧对白翻译中的话轮转换：戏剧翻译研究的一项戏剧文体学案例分析》,《外语教学理论与实践》2010 年第 1 期。

任晓妹:《石川啄木短歌"呼子と口笛"的翻译研究：周作人译著里存在的问题》,《日语学习与研究》2010 年第 1 期。

任笑:《归化与异化在文学翻译作品中的作用分析》,《天津职业院校联合学报》2010 年第 4 期。

邵斌:《翻译即改写：从菲茨杰拉德到胡适——以〈鲁拜集〉第 99 首为个案》,《北京第二外国语学院学报》2010 年第 12 期。

邵红杰:《浅析晚清小说翻译中的政治倾向性》,《河南教育学院学报》（哲学社会科学版）2010 年第 5 期。

邵世翠：《翻译理论在傅东华译〈飘〉中的运用》，《天津职业院校联合学报》2010年第12期。

石平：《〈红楼梦〉人物对话英译的言语行为分析》，《学术界》2010年第2期。

石云龙：《经典重译，旨求臻境——评黄源深译作〈最后一片叶子〉》，《解放军外国语学院学报》2010年第2期。

［德］史华慈：《〈红楼梦〉德译书名推敲》，姚军玲译，《红楼梦学刊》2010年第6期。

侣楠楠：《德语儿童文学汉译策略初探》，《郑州航空工业管理学院学报》（社会科学版）2010年第6期。

宋达：《翻译的魅力：王尔德何以成为汉译的杰出文学家》，《中国文学研究》2010年第2期。

宋莉华：《近代来华传教士译介成长小说述略》，《中国现代文学研究丛刊》2010年第6期。

宋学智、许钧：《傅雷的对话翻译艺术：以傅译〈都尔的本堂神甫〉为例》，《外语教学》2010年第6期。

孙波：《读徐梵澄译〈薄伽梵歌论〉中的案语提示》，《世界宗教文化》2010年第1期。

孙迪：《从框架理论看杨宪益夫妇对鲁迅〈呐喊〉的翻译》，《北京航空航天大学学报》（社会科学版）2010年第3期。

孙会军、郑庆珠：《新时期英美文学在中国大陆的翻译（1976—2008）》，《解放军外国语学院学报》2010年第2期。

孙会军、郑庆珠：《译，还是不译：文学翻译中的反复现象及处理》，《中国翻译》2010年第4期。

孙建成：《翻译托马斯·威尔和杰拉尔丁·威尔作品的体会》，《中国翻译》2010年第1期。

孙开建：《从接受美学视域看林译〈茶花女〉》，《名作欣赏·下旬》2010年第11期。

孙立春：《从〈罗生门〉的翻译看中国文学与翻译文学的关系》，《日语学习与研究》2010年第6期。

孙莉萍、高世全：《以动"置"静，以静"助"动——浅谈戏剧翻译中动态表演性原则与英语教学》，《电子科技大学学报》（社会科学版）2010年第1期。

孙雪瑛、周睿：《诠释学视角下的误译——浅析当代哲学诠释学对文学翻译的启示》，《黑龙江教育学院学报》2010年第29期。

谭建香、唐述宗：《钱钟书先生"化境"说之我见》，《语言与翻译》2010年第1期。

唐均、王红：《〈好了歌〉俄译本和罗马尼亚译本比较研究》，《红楼梦学刊》2010年第6期。

唐均、徐婧：《"飞白"在〈红楼梦〉四个英译本中的翻译》，《红楼梦学刊》2010年第6期。

唐均、杨旸：《黄新渠〈红楼梦〉编译本的中英文对应问题》，《红楼梦学刊》2010

年第 6 期。

天一：《由翻译引起的争论？——就"Reflections on Comparative Literature in the Twenty-First Century"的译文及其引发的争论与有关学者商榷》，《中国比较文学》2010 年第 1 期。

田怡俊、包通法：《辜鸿铭译者文化身份与翻译思想初探》，《上海翻译》2010 年第 1 期。

涂卫群：《文学杰作的永恒生命——关于〈追忆似水年华〉的两个中译本》，《文艺研究》2010 年第 12 期。

万兵：《从文体学视角看格律诗的翻译：以许渊冲英译李商隐的〈无题〉为例》，《天津外国语学院学报》2010 年第 6 期。

万颖：《论主位提取与汉译英文本的重塑：〈荷塘月色〉译例分析》，《电影评介》2010 年第 3 期。

汪剑钊：《生命的繁殖：一个原文本与五个目标文本——以帕斯捷尔纳克诗作〈二月〉的翻译为例》，《江汉大学学报》（人文科学版）2010 年第 3 期。

汪小英：《叙事角度与中国古诗英译的文化意义亏损——以许渊冲的英译〈春江花月夜〉为例》，《外语学刊》2010 年第 4 期。

汪余礼：《重新译解"To be, or not to be..."——兼析哈姆雷特的心灵历程与悲剧性格》，《江汉大学学报》（人文科学版）2010 年第 1 期。

汪珍、胡东平：《伦理视角下的〈狂人日记〉译本研究》，《哈尔滨工业大学学报》（社会科学版）2010 年第 3 期。

王成：《"直译"的"文艺大众化"：左联"文艺大众化"讨论的日本语境》，《中国现代文学研究丛刊》2010 年第 4 期。

王程辉：《新松恨不高千尺——以〈美国文学概况〉的翻译为例》，《中国翻译》2010 年第 31 期。

王丹凤：《苏轼词英译中词汇特点的传达》，《甘肃联合大学学报》（社会科学版）2010 年第 1 期。

王东风：《论误译对中国五四新诗运动与英美意象主义诗歌运动的影响》，《外语教学与研究》2010 年第 6 期。

王东风：《形式的复活——从诗学的角度反思文学翻译》，《中国翻译》2010 年第 1 期。

王方路：《重攀高峰，享受诗意人生——唐诗三百首白话英语双译探索》，《名作欣赏》2010 年第 5 期。

王贵明：《文学翻译批评中对译与作的"质"和"构"的认知》，《中国翻译》2010 年第 3 期。

王红：《翻译文学研究的新收获——读秦弓〈二十世纪中国翻译文学史·五四时期卷〉》，《中国比较文学》2010 年第 4 期。

王宏：《〈梦溪笔谈〉译本翻译策略研究》，《上海翻译》2010 年第 1 期。

王加兴：《俄国文学名著注释本对汉译的重要参考作用——以〈叶甫盖尼·奥涅金〉注释本为例》，《外语学刊》2010 年第 5 期。

王家新：《汉语的容器》，《读书》2010年第3期。

王颉、王秉钦：《漫话宗教神话与翻译》，《上海翻译》2010年第1期。

王金波、王燕：《被忽视的第一个〈红楼梦〉120回英文全译本：邦斯尔神父〈红楼梦〉英译文简介》，《红楼梦学刊》2010年第1期。

王晶：《胡适译诗思想嬗变之发微》，《中国石油大学学报》（社会科学版）2010年第2期。

王璟、罗选民：《张爱玲翻译的〈老人与海〉》，《外语教学》2010年第6期。

王静、兰莉：《翻译经典的构建——以梁译〈莎士比亚全集〉为例》，《外语教学》2010年第1期。

王静、周平：《意识形态对辜鸿铭翻译的操控》，《外语学刊》2010年第2期。

王巨川：《"五四"时期翻译活动与反殖民意识》，《文学评论》2010年第2期。

王俊棋：《在古今中西之间：郭沫若翻译的全景呈现——读〈郭沫若翻译研究〉》，《郭沫若学刊》2010年第1期。

王蕾：《语言的"不可译性"与文学翻译变异的必然性》，《宁夏大学学报》（人文社会科学版）2010年第1期。

王觅：《我国少数民族文学创作和译介寻求新突破》，《文艺报》2010年2月1日。

王明树：《"辖域"对原语文本理解与翻译的制约：以李白诗歌英译为例》，《外国语文》2010年第3期。

王沛：《从语义修辞格视角研究〈红楼梦〉回目翻译》，《高等函授学报》（哲学社会科学版）2010年第10期。

王鹏飞、曾洁：《谁解一声两歌：〈红楼梦〉人物对话中双关语英译的比较分析》，《红楼梦学刊》2010年第6期。

王鹏飞、屈纯：《承袭与超越的佳作：〈红楼梦〉王际真译本复译研究》，《红楼梦学刊》2010年第6期。

王蓉、蔡忠元：《试论小说〈围城〉中隐喻的翻译策略》，《南京理工大学学报》（社会科学版）2010年第1期。

王瑞、陈国华：《莎剧中称呼的翻译》，《解放军外国语学院学报》2010年第1期。

王田：《简析霍克斯英译版〈红楼梦〉中林黛玉形象的裂变》，《红楼梦学刊》2010年第3期。

王晓平：《日本文学翻译中的"汉字之痒"》，《日语学习与研究》2010年第5期。

王欣：《〈落叶哀蝉曲〉英译中的意象传递》，《沈阳师范大学学报》（社会科学版）2010年第2期。

王友贵：《20世纪中国翻译研究：论共和国首29年法国文学翻译》，《外国语言文学》2010年第1期。

王云霞、李寄：《论傅雷的后期翻译》，《外国语文》2010年第3期。

王长国：《中译外：中国文学走向世界的瓶颈——兼与王宁教授商榷》，《探索与争鸣》2010年第12期。

王振平：《论比较文学与翻译的关系》，《内蒙古民族大学学报》（社会科学版）2010

年第 5 期。

王治国：《民族志视野中的〈格萨尔〉史诗英译研究》，《西北民族大学学报》（哲学社会科学版）2010 年第 5 期。

王治国：《译介译作并重，译评译论兼通——郑振铎翻译理论研究》，《宁夏社会科学》2010 年第 6 期。

韦建华：《接受美学与文学翻译之"度"的把握》，《西北工业大学学报》（社会科学版）2010 年第 2 期。

韦泱：《屠岸与莎翁十四行诗：写在〈莎士比亚十四行诗集〉中文全译本初版六十周年之际》，《文汇读书周报》2010 年 3 月 12 日。

魏家海：《伯顿·沃森英译〈楚辞〉的描写研究》，《北京航空航天大学学报》（社会科学版）2010 年第 1 期。

魏家海：《汉诗英译风格的"隐"与"秀"》，《天津外国语学院学报》2010 年第 17 期。

魏家海：《美国汉学家伯顿·沃森英译〈诗经〉的翻译伦理》，《大连海事大学学报》（社会科学版）2010 年第 3 期。

魏家海：《宇文所安的文学翻译思想》，《北京理工大学学报》（社会科学版）2010 年第 12 期。

魏建刚、赵贵旺、高苗青：《从文化翻译看中国民间文学英译中诸悖论的统一》，《江西师范大学学报》（哲学社会科学版）2010 年第 2 期。

温赤新：《英汉叙事语篇逻辑连接差异对比实证分析研究——以三个经典英语短篇小说及其中译本为例》，《黑龙江教育学院学报》2010 年第 6 期。

文月娥：《巴赫金对话理论视野下的林纾翻译解读》，《西安电子科技大学学报》（社会科学版）2010 年第 6 期。

吴健：《借助〈浮生六记〉林译本看译者主体性的体现》，《山西高等学校社会科学学报》2010 年第 2 期。

吴礼敬：《元散曲英译：回顾与展望》，《合肥工业大学学报》（社会科学版）2010 年第 24 期。

吴晓明：《从关联理论角度探讨杨宪益〈红楼梦〉译本中习语的英译》，《名作欣赏》2010 年第 6 期。

武柏珍、沈荃柳：《文学作品中的隐喻翻译研究》，《哈尔滨工业大学学报》（社会科学版）2010 年第 12 期。

肖丽：《美国华裔文学在中国的译介》，《长春师范学院学报》（人文社会科学版）2010 年第 3 期。

肖娴：《〈世说新语〉及其英译本词汇衔接比较与语篇翻译》，《江西师范大学学报》（哲学社会科学版）2010 年第 6 期。

肖跃田：《文学翻译中灵感思维的认识与体现》，《外语教学》2010 年第 3 期。

谢金梅、杨丽：《谁解桃花意：论〈红楼梦〉中"桃花行"的三种英译》，《红楼梦学刊》2010 年第 6 期。

谢淼：《学院与民间：中国当代文学在德国的两种译介渠道》，《中国文学研究》2010年第3期。

徐曼曼、韩江洪：《论〈秘密花园〉李文俊译本中儿童本位意识的体现》，《合肥工业大学学报》（社会科学版）2010年第2期。

徐敏慧：《沈从文小说英译述评》，《外语教学与研究》2010年第3期。

徐欣：《基于多译本语料库的译文对比研究：对〈傲慢与偏见〉三译本的对比分析》，《外国语：上海外国语大学学报》2010年第2期。

许宏、王英姿：《亦步亦趋：卞之琳的诗歌翻译思想——从卞译〈哈姆雷特〉谈起》，《解放军外国语学院学报》2010年第2期。

许先文：《季羡林译学思想述评》，《学海》2010年第2期。

闫爱花：《文学翻译中的图式空缺与图式移植》，《郑州航空工业管理学院学报》（社会科学版）2010年第2期。

颜碧宇：《从译者移情角度看翻译对郭沫若创作的影响——以郭译〈浮士德〉为例》，《中国成人教育》2010年第17期。

燕忠忱、邓涛、汪滟：《从翻译美学角度评〈声声慢〉的两个译本》，《疯狂英语》（教师版）2010年第3期。

杨传鸣：《从中西思维透析〈红楼梦〉及其英译本的重复手段》，《苏州大学学报》（哲学社会科学版）2010年第6期。

杨丁弋：《从功能对等的视角剖析〈红楼梦〉四个译本中"汤"的汉英对译》，《红楼梦学刊》2010年第6期。

杨锋兵、孙雪雷：《寒山诗被"垮掉的一代"所接受之原因探赜——以加里·斯奈德英译本为例》，《社会科学论坛》2010年第3期。

杨坚定、董晖、孙鸿仁：《基于语料库的〈离婚〉四种英译本文化负载词的误译对比研究》，《名作欣赏》2010年第6期。

杨坚定、孙鸿仁：《鲁迅小说英译版本综述》，《鲁迅研究月刊》2010年第4期。

杨立生、曾健敏：《论诗歌汉英翻译中的意境趋同》，《名作欣赏·下旬》2010年第7期。

杨莉：《古诗歌"意境"翻译的可证性研究》，《中国翻译》2010年第31期。

杨柳、黄劲：《历史视界与翻译阐释——以王维的〈鹿柴〉为例》，《中国翻译》2010年第6期。

杨平：《创造性翻译与文化挪用：庞德的儒经译介评析》，《天津外国语学院学报》2010年第1期。

杨琪：《英语小品文标题翻译的最佳关联性探析》，《东北农业大学学报》（社会科学版）2010年第2期。

杨全红：《傅雷"神似"译论新探》，《外语与外语教学》2010年第3期。

杨迎平：《施蛰存的小说翻译对其小说创作的影响》，《中国比较文学》2010年第2期。

杨玉英：《评郭沫若〈立在地球边上放号〉的四个英译本》，《郭沫若学刊》2010

年第1期。

杨玉英:《文学变异学视角下的郭沫若〈英诗译稿〉》,《郭沫若学刊》2010年第2期。

杨镇源:《论"忠实"之后的文学翻译伦理重构》,《当代文坛》2010年第4期。

杨镇源:《论德里达"延异"概念对文学翻译批评"忠实"伦理观之消解》,《当代文坛》2010年第1期。

姚嘉五、钟书能:《翁显良译诗及其比照面》,《北京第二外国语学院学报》2010年第10期。

姚珺玲:《〈红楼梦〉德文译本底本三探——兼于王薇、王金波商榷》,《红楼梦学刊》2010年第3期。

叶隽:《文化史语境中的应时德诗汉译之意义》,《中国文学研究》2010年第2期。

应承霏:《儿童文学作品中景物描写的翻译》,《郑州航空工业管理学院学报》(社会科学版)2010年第6期。

由元:《〈尤利西斯〉汉译本的选词——兼论文学翻译策略》,《沈阳师范大学学报》(社会科学版)2010年第3期。

游洁:《论霍译本〈红楼梦〉中双关语的翻译——基于德拉巴斯替塔的双关语翻译理论》,《长春师范学院学报》(人文社会科学版)2010年第2期。

于桂玲:《从〈舞,舞,舞〉的三种译本谈译者的翻译态度》,《外语学刊》2010年第6期。

于桂玲:《作者、译者及读者:从村上春树"ダンスダンスダンス"的翻译谈起》,《日语学习与研究》2010年第6期。

余继英:《评价意义与译文意识形态:以〈阿Q正传〉英译为例》,《外语教学理论与实践》2010年第2期。

余双玲:《古诗词曲英译中声音文化的展现》,《重庆工商大学学报》(社会科学版)2010年第4期。

俞森林、凌冰:《东来西去的〈红楼梦〉宗教文化——杨译〈红楼梦〉宗教文化概念的认知翻译策略》,《红楼梦学刊》2010年第6期。

禹玲、汤哲声:《翻译文学的生活化——胡适与周瘦鹃翻译风格的共同性》,《中国文学研究》2010年第3期。

袁榕:《文学翻译中陌生化和本土化的策略取向与冲突》,《解放军外国语学院学报》2010年第3期。

袁帅亚:《诗歌翻译中"忠实"标准的多元取向:以朗费罗〈金色的夕阳〉的两种翻译为例》,《郑州航空工业管理学院学报》(社会科学版)2010年第3期。

袁馨:《英文原著与中文译著的艺术风格差异对比》,《陕西青年职业学院学报》2010年第3期。

曾洪伟:《〈批评、正典结构与预言〉中译本指谬——兼及哈罗德·布鲁姆其他论著的翻译》,《学术界》2010年第4期。

曾利沙:《论古汉语诗词英译批评本体论意义阐释框架——社会文化语境关联下的

主题与主题倾向性融合》，《外语教学》2010年第2期。

曾思艺：《传神之作——评黄国彬译〈神曲〉》，《名作欣赏》2010年第5期。

曾祥敏：《郭沫若翻译活动对其早期新诗创作之影响——以郭氏自述为考察视角》，《西南交通大学学报》（社会科学版）2010年第5期。

张放：《汉译〈麦田里的守望者〉把原作语言风采丢失多少》，《中国图书评论》2010年第6期。

张继光、张蓊荟：《原型理论视角下的当代散文翻译研究》，《东北师大学报》（哲学社会科学版）2010年第5期。

张俊杰：《美感移植：王维〈送元二使安西〉英译本比读》，《名作欣赏》2010年第24期。

张联：《翻译创作谈：文学研究亟待关注的世界》，《当代作家评论》2010年第6期。

张曼、李永宁：《老舍作品在美国的译介与研究》，《上海师范大学学报》（哲学社会科学版）2010年第2期。

张琦：《从〈什么是作者?〉的两个译本谈开去》，《当代外国文学》2010年第1期。

张瑞娥、董杰：《多维视角下二元翻译因素的并置与转换——以〈红楼梦〉判词的英译为例》，《天津外国语学院学报》2010年第2期。

张珊珊：《"飞白"作为补偿手段在英译汉中的应用——〈哈克贝利·费恩历险记〉译本的对比分析》，《郑州航空工业管理学院学报》（社会科学版）2010年第5期。

张世红：《从〈西风颂〉的两个译本比较看经典名作复译的必要性》，《国际关系学院学报》2010年第3期。

张万敏：《对中国翻译文学史书写的几点思考》，《名作欣赏·中旬》2010年第3期。

张万敏：《论郁达夫的译者主体性：以日本作家作品的翻译选材为例》，《长春师范学院学报》（人文社会科学版）2010年第4期。

张万敏：《中国古代文论的通天塔：对中国古代文论译介问题的几点思考》，《名作欣赏·中旬》2010年第11期。

张薇：《浅谈庞德对李白诗歌英译的得与失》，《西藏民族学院学报》（哲学社会科学版）2010年第4期。

张卫晴、张政：《"巧笑倩兮，美目盼兮"：蠡勺居士译作中女性形象翻译策略探析》，《外语教学》2010年第4期。

张卫晴、张政：《蠡勺居士〈昕夕闲谈〉诗歌翻译策略探析》，《解放军外国语学院学报》2010年第1期。

张文瑜：《文学文体学在小说反讽翻译中的应用》，《语言与翻译》2010年第2期。

张旭：《融化新知与诗学重诂：白话文学语境中"学衡派"英诗复译现象考察一例》，《外语研究》2010年第6期。

张艳丰：《译者主体性与散文翻译——〈英国乡村〉两种译本的个案研究》，《山西大学学报》（哲学社会科学版）2010年第2期。

张映先、张人石：《〈红楼梦〉霍克思英译本中避讳语翻译的伦理审视》，《红楼梦学刊》2010年第2期。

张政、张卫晴:《文虽左右,旨不违中:蠡勺居士翻译中的宗教改写探析》,《中国翻译》2010年第2期。

张志强:《后殖民翻译理论观照下的赛珍珠〈水浒传〉译本》,《中国翻译》2010年第2期。

章艳:《文化翻译中的"调和兼容":哈金非母语文学创作对中译外的启示》,《外语教学理论与实践》2010年第3期。

赵国月、杨正军:《浅议文学翻译美学》,《中北大学学报》(社会科学版)2010年第5期。

赵进明:《"妆未梳成不许看"——从文学翻译中的"兼顾"原则说起》,《社会科学论坛》(社会科学版)2010年第16期。

赵小兵、马冲宇:《论文学译者的创造性》,《重庆大学学报》2010年第16期。

赵琰:《文学作品中意象翻译的扩增策略》,《甘肃联合大学学报》(社会科学版)2010年第1期。

赵玉兰:《重译〈金云翘传〉的动因及对一些问题的思考》,《东南亚纵横》2010年第3期。

钟玲:《中国诗歌英译文如何在美国成为本土化传统:以简·何丝费尔吸纳杜甫译文为例》,《中国比较文学》2010年第2期。

周红民:《意境能翻译吗?》,《上海翻译》2010年第2期。

周蕾、黄乙玲:《诗歌翻译中文化意象的传递与重构》,《南昌大学学报》(人文社会科学版)2010年第3期。

周亮亮、彭辰宁:《文学翻译中的忠实与对等》,《河海大学学报》(哲学社会科学版)2010年第1期。

周明芳、贺诗菁:《〈红楼梦〉翻译中的文化差异》,《复旦学报》(社会科学版)2010年第1期。

周小玲:《意识形态影响下的翻译原文本选择》,《广西社会科学》2010年第1期。

周宣丰:《文学翻译批评的"互文性景观"》,《首都师范大学学报》(社会科学版)2010年第6期。

周学恒:《从目的论看文学翻译中的有意误译现象》,《名作欣赏·下旬》2010年第11期。

周晔:《"隐秀"美学风格之传译——以海明威〈永别了,武器〉汉译为例》,《外国语文》2010年第1期。

朱纯深:《从词义连贯、隐喻连贯与意象聚焦看诗歌意境之"出":以李商隐诗〈夜雨寄北〉及其英译为例》,崔英译,《中国翻译》2010年第1期。

朱小美、陈倩倩:《从接受美学视角探究唐诗英译——以〈江雪〉两种英译文为例》,《西安外国语大学学报》2010年第4期。

朱燕萍:《〈荷塘月色〉两个英译本的对比赏析》,《郑州航空工业管理学院学报》(社会科学版)2010年第6期。

朱益平:《阐释学三大原则对文学翻译的启示——以〈德伯家的苔丝〉多译本为

例》,《江西社会科学》2010年第1期。

庄华萍:《赛珍珠的〈水浒传〉翻译及其对西方的叛逆》,《浙江大学学报》(人文社会科学版) 2010年第6期。

卓杨、张玉双:《跨文化交际中文学翻译风格的统一性》,《社会科学战线》2010年第11期。

祖利军:《〈红楼梦〉英译的若干问题研究》,《外国语言文学》2010年第4期。

左耀琨:《再谈〈红楼梦〉中古器物的汉英翻译问题》,《中国翻译》2010年第3期。

二 2010年度集刊论文索引

说明：本索引中的所谓"集刊"，指的是"以书代刊"类的连续出版物，按作者名、题名、刊期顺序编排。

（一）比较文学学科理论

Cao Shunqing, Wang Lei, "Failed Prediction and Outdated Prescription",《比较文学：东方与西方》第12辑。

Cao Shunqing, "Variation Theory: A Breakthrough in Research of World Comparative Literature Theory",《比较文学：东方与西方》第13辑。

Sun Jingyao & Duan Jing, "Bassnett's Struggle: With Whom Does She Struggle? For What Does She Struggle?",《比较文学：东方与西方》第12辑。

Wang Ning, "The Crisis of Comparative Literature and the Rise of World Literature",《比较文学：东方与西方》第12辑。

Wang Xiangyuan, "The Focus of Comparative Literature in the World Has Shifted to China",《比较文学：东方与西方》第12辑。

陈国恩：《防止学科本位主义的倾向——关于现当代文学与海外华文文学的一点思考》，《中国现代文学论丛》第5卷。

陈思和：《比较文学与精英化教育——为严绍璗老师七十寿辰而作》，《中国学研究》第13辑。

范劲：《为了一种新实证主义》，《跨文化对话》第26辑。

季进：《世界文学视域中的中外文学关系研究》，《跨文化对话》第26辑。

孟华：《"皮之不存，毛将焉附"——试论国际文学关系研究的地位与作用》，《中国学研究》第13辑。

宋炳辉：《中外文学关系研究的主体立场及方法刍议》，《跨文化对话》第26辑。

谭五昌：《跨文化、跨学科的开拓性的文学研究——10卷本〈王向远著作集〉简评》，《励耘学刊·文学卷》2010年第2期。

王宁：《中外文化交流中的中国话语权》，《跨文化对话》第26辑。

王腊宝:《文学性:民族性还是世界性》,《英美文学研究论丛》第 13 辑。

王蕾:《相对主义的相对性:论佛马克的文学史观和比较文学观》,《文学理论前沿》第 7 辑。

王宁:《"世界文学":从乌托邦想象到审美现实》,《中国中外文艺理论学会年刊 2010 年卷文学理论前沿问题研究》。

王向远:《应在比较文学研究中提倡"比较语义学"的方法》,《跨文化对话》第 26 辑。

谢天振:《论比较文学的翻译转向》,《中国学研究》第 13 辑。

叶隽:《"双边文学关系"的研究范式问题——兼论中外文学关系研究的核心问题》,《跨文化对话》第 26 辑。

张冰:《多元共生、海纳共存——李明滨教授、严绍璗教授与李福清院士谈中外文学交流》,《中国学研究》第 13 辑。

张西平:《原点实证的方法是展开域外汉学(中国学)研究的基本路径——〈耶稣会在亚洲〉档案文献研究为中心》,《中国学研究》第 13 辑。

张西平:《中外文学关系研究中应该注意的展开的两个问题》,《跨文化对话》第 26 辑。

赵冬梅:《从比较文学的角度谈华文文学研究》,《世界华文文学研究》第 6 辑。

周冰心:《上下循系,纵横列谱——评王向远著〈比较文学系谱学〉》,《东方丛刊》2010 年第 71 辑。

(二) 比较诗学

Duan Lian, "Yiqu: Implied Meaning and Its Conceptualization-A Comparative Approach to Chinese Poetics from Chinese and Western Perspectives",《比较文学:东方与西方》第 12 辑。

安静:《多样的美学,多样的世界——在第十八届国际美学大会上柯蒂斯·卡特先生访谈录》,《东方丛刊》2010 年总第 73 辑。

曹坚:《梅厄·斯腾博格的诗学——圣经作为"意识形态文学"和"无误解文本"》,《圣经文学研究》第 4 辑。

曾繁仁:《试论生态美学的研究对象》,《跨文化对话》第 26 辑。

陈鸥帆:《语言就是命运:探索比较文学诗学研究的终极视域——评赵奎英新著〈中西语言诗学基本问题比较研究〉》,《东方丛刊》2010 年总第 71 辑。

陈跃红:《中国比较诗学六十年(1949—2009)》,《中国学研究》第 13 辑。

丁宁:《吴宓与 T. S. 艾略特浪漫主义诗学观之比较》,《诗学》2010 年第 2 辑。

杜维明、乐黛云:《是多元现代性,还是一元现代性有多元发展?》,《跨文化对话》第 26 辑。

黄卫星:《伊格尔顿的审美文化理论与中国当代审美文化研究》,《文学理论前沿》第 7 辑。

李媛媛:《美学多样性与中国美学的贡献——访实用主义美学家理查德·舒斯特曼教授》,《东方丛刊》2010年总第73辑。

刘方喜:《超越后现代"文化研究":"审美生产主义"建构的西方语境》,《东方丛刊》2010年总第72辑。

牛月明:《中日文论"新学语"流变研究的资料与方法臆探》,《中国中外文艺理论学会年刊2010年卷文学理论前沿问题研究》。

宋旭红:《试论中世纪基督教神学美学的独特性》,《文学与新闻传播研究》第5辑。

王文:《接受美学视阈下的庞德对中国古典诗歌意境的重构》,《跨语言文化研究》第1辑。

王向远:《中日"文"辨——中日"文"、"文论"范畴的成立与构造》,《文化与诗学》2010年第1辑(总第10辑)。

杨玉娟:《美学、美学大会与中国美学的发展——访国际美学协会秘书长高建平研究员》,《东方丛刊》2010年总第73辑。

尹锡南:《梵语诗学庄严论与西方诗学修辞论比较》,《东方研究2010》,阳光出版社2010年版。

张汉良:《从"全球符号学"到"灾难符号学"》,《跨文化对话》第26辑。

郑澈:《钱钟书中外文论比较研究》,《语言文学文化论稿》第3辑。

朱志方:《从中西比较的观点看中国传统价值和思维方式》,《比较哲学与比较文化论丛》第2辑。

(三) 东方比较文学

陈信雄:《法显〈佛国记〉与中外文明交流——标志中国与印度陆、海两通的千古巨碑》,《国际汉学》第20辑。

蔡勇庆、李忠敏:《〈去吧,摩西〉的契约叙事与生态意蕴》,《东方丛刊》2010年总第71辑。

曾琼:《中文印度现当代文学史述评——以〈印度现代文学〉为主》,《东方研究2010》,阳光出版社2010年版。

池水涌:《浅谈盘索里文学的美学特征》,《韩国研究论丛》第22辑。

董炳月:《殖民地的性别——佐藤春夫台湾题材作品中的隐喻》,《东亚文学与文化研究》第1辑。

符杰祥、齐迹:《鲁迅与盐谷温所著中国小说史之考辨》,《上海鲁迅研究》2010年秋。

高诗源:《印尼稻谷起源神话文本类型与文化功能初探》,《东方研究2009》,阳光出版社2010年版。

郭童:《阿格叶耶诗歌创作简论》,《东方研究2010》,阳光出版社2010年版。

郭颖:《俞樾与〈东瀛诗选〉》,《东亚文学与文化研究》第1辑。

郭勇：《中岛敦的文字观与庄子哲学》，《中国学研究》第 13 辑。

国晖、张晓希：《中日古代流散汉诗及其特点——以唐诗及五山文学汉诗为例》，《东方丛刊》2010 年总第 73 辑。

贺雷：《浅论福泽谕吉的早期经历对其思想的影响》，《中国学研究》第 13 辑。

侯传文、倪蕴佳：《〈源氏物语〉女性悲剧意识初探》，《东亚文学与文化研究》第 1 辑。

胡斌：《身体的多维度审美——〈国风〉与〈雅歌〉之比较研究》，《诗学》第 2 辑。

黄根春：《天国概念的演变：从耶稣到保罗》，《圣经文学研究》第 4 辑。

黄俊杰：《作为区域史的东亚文化交流史——问题意识与研究主题》，《跨文化对话》第 26 辑。

黄仕忠：《日本明治时期（1868—1912）的中国戏曲研究考论》，《世界汉学》2010 年春季号。

黄薇：《〈传道书〉文学结构的讨论》，《圣经文学研究》第 4 辑。

纪佳音、孙锦：《当代世界文学的区域性交流与生成——"东方文学与东亚文学"国际学术研讨会论文精粹》，《东方丛刊》2010 年总第 71 辑。

姜永红：《论雷努边区长篇小说的叙事艺术》，《东方研究 2010》，阳光出版社 2010 年版。

金勇：《泰国泰文〈三国〉的研究回顾》，《东方研究 2009》，阳光出版社 2010 年版。

晋永美：《朝鲜文人李粟谷之〈精言妙选〉与经典文献诠释艺术》，《北京大学中国古文献研究中心集刊》第 9 辑。

隽雪艳：《藤原定家的歌论与白居易》，《中国学研究》第 13 辑。

孔菊兰：《象征主义与民间故事的完美结合》，《东方研究 2010》，阳光出版社 2010 年版。

黎湘萍：《思想家的"孤独"？：关于陈映真的文学和思想与战后东亚诸问题的内在关联》，《励耘学刊·文学卷》第 1 辑。

黎跃进：《中国与阿拉伯传统文学宏观比较》，《东方丛刊》2010 年总第 73 辑。

李俄宪：《日本社会文学初论——从明治初期日本左翼文学的视点出发》，《外国语言文学文化论丛》第 2 辑。

李丽秋：《东亚文学史比较的大胆尝试》，《国际汉学》第 19 辑。

李美敏：《独立后印度英语文学的美学特征——以安妮塔·德赛为例》，《中国中外文艺理论学会年刊 2010 年卷文学理论前沿问题研究》。

李美敏：《文化的斋戒与盛宴——以安妮塔·德赛的〈斋戒·盛宴〉为例》，《东方丛刊》2010 年总第 71 辑。

李谋：《评缅甸第一部小说——〈天堂之路〉》，《东方研究 2009》，阳光出版社 2010 年版。

李讴琳：《无法实现的民航——论安部公房〈方舟樱花号〉》，《东方研究 2010》，阳光出版社 2010 年版。

李强:《读工藤贵正新著〈汉语语境中的厨川白村现象〉》,《上海鲁迅研究》2010年秋。

李岩:《丽末鲜初"朝天录"的文化心理成因简析》,《中国学研究》第13辑。

李怡:《论赖特俳句中的标点符号的切断功能》,《外国语言文学文化论丛》第2辑。

厉盼盼:《〈雅歌〉对沈从文创作的影响》,《圣经文学研究》第4辑。

梁工:《妇女主义理论、创作及其圣经阅读》,《东方丛刊》2010年第1期总第71辑。

廖波:《印地语新小说代表作〈无后王〉评析》,《东方研究2010》,阳光出版社2010年版。

林国华:《域外奇书——内扎米·阿鲁兹依的〈四类英才〉漫议》,《跨文化对话》第26辑。

林琼:《从〈宝镜〉看缅甸古典小说的传统》,《东方研究2009》,阳光出版社2010年版。

林荧泽:《韩国经学整理工作以及韩国经学的时代性》,《北京大学中国古文献研究中心集刊》第9辑。

刘朝华:《留驻贝拿勒斯的权利——〈恒河码头〉的一种解读》,《东方丛刊》2010年总第71辑。

刘介民:《越南民俗艺术中的中国元素》,《东方研究2009》,阳光出版社2010年版。

刘萍:《关于儒学的"原典批评"——以武内义雄的论语研究为中心》,《中国学研究》第13辑。

刘妍、李春洁:《身体的出场、规训与突围——论村上春树的"身体写作"》,《东方丛刊》2010年总第72辑。

孟庆枢:《解读村上春树的思考》,《东方丛刊》2010年总第72辑。

牟学苑:《拉夫卡迪奥·赫恩(小泉八云)〈中国鬼故事〉考》,《中国学研究》第13辑。

牛林杰、刘惠莹:《论近代珍本小说〈英雄泪〉及其艺术特色》,《韩国研究论丛》第22辑。

郄莉莎:《印度尼西亚哇扬戏的"印度起源说"》,《东方研究2009》,阳光出版社2010年版。

史阳:《菲律宾阿拉安—芒扬原住民的神话与神话观》,《东方研究2009》,阳光出版社2010年版。

舒斌:《日本短歌界的一缕清风——俵万智作品赏析》,《外国语文论丛》第4辑。

孙远志:《中外文化交流史上的一朵奇葩——论〈梁祝〉在海外》,《东方研究2009》,阳光出版社2010年版。

唐孟生:《苏菲诗人苏尔坦·巴胡》,《东方研究2010》,阳光出版社2010年版。

唐仁虎:《宗教诗篇与文学诗篇之间:〈罗摩功行之湖〉——兼与〈罗摩衍那〉比较》,《东方研究2010》,阳光出版社2010年版。

陶德民:《内藤湖南的"支那论"的变迁——以对华"监护人"意识的形成为中

心》,《中国学研究》第13辑。

陶德民:《日本近代汉学研究——兼及文化认同和"文化基因"说》,《当代海外中国研究》第1辑。

涂晓华:《1942—1945年田村俊子的上海时代》,《中国学研究》第13辑。

王爱军:《"羊"的隐喻冒险》,《东方丛刊》2010年第2辑(总第72辑)。

王春晖、张凡:《论法华院在唐代中韩文化交流中的作用》,《黄海学术论坛》第14辑。

王春景:《灵魂解脱的道路——论R.K.纳拉扬〈摩尔古迪之虎〉的宗教寓意》,《东方丛刊》2010年第1辑(总第71辑)。

王海远:《近当代日本的〈楚辞〉研究》,《中国学研究》第13辑。

王鸿博:《〈如意郎君〉中的女性书写与文化政治》,《东方丛刊》2010年第1辑(总第71辑)。

王今晖:《韩国古典诗话内的中国元素研究述评》,《东亚文学与文化研究》第1辑。

王靖:《爱的说教——解读班吉姆笔下的〈毒树〉》,《东方研究2010》,阳光出版社2010年版。

王立新:《古典时代与东方文学研究中的古典学品质与方法——以古典希伯来文学研究为例》,《东方丛刊》2010年第1辑(总第71辑)。

王青:《荻生徂徕对〈四书〉的解释——以〈大学〉、〈中庸〉为中心》,《中国学研究》第13辑。

王荣珍:《被遮蔽的真相——浅析沙希·塔鲁尔〈骚乱〉的叙事方式对作品主题的影响》,《东方研究2010》,阳光出版社2010年版。

王荣珍:《人非圣贤——浅论〈番石榴园中的喧哗〉中的印度文化观》,《东方丛刊》2010年总第71辑。

王荣珍:《浅析〈伟大的印度小说〉的历史人物评价策略》,《东方研究2010》,阳光出版社2010年版。

王新新:《〈1Q84〉中的非后现代因素——兼及村上春树的"新的现实主义"》,《东方丛刊》2010年第2辑(总第72辑)。

王彦:《越南道德教育对儒家伦理道德的继承》,《东方研究2009》,阳光出版社2010年版。

王燕:《"东方文学与东亚文学:相互交流与区域文学之生成"国际学术研讨会综述》,《东方丛刊》2010年总第71辑。

王玉英、赖晓晴:《后现代语境下村上春树文学语言的增值策略——以〈海边的卡夫卡〉为例》,《东方丛刊》2010年总第72辑。

王振忠:《朝鲜燕行使者所见十八世纪之盛清社会——以李德懋的〈入燕记〉为例(上)》,《韩国研究论丛》第22辑。

魏彬:《韩国民俗中的中华文化因素》,《文学与新闻传播研究》第5辑。

吴杰伟、史阳:《菲律宾伊洛戈族史诗〈拉姆昂传奇〉初探》,《东方研究2009》,阳光出版社2010年版。

夏露：《越南汉文古典小说的史传特征》，《东方研究 2009》，阳光出版社 2010 年版。

肖伟山：《〈三国演义〉派生作品〈五关斩将记〉小考》，《中国学研究》第 13 辑。

谢昂：《浅论〈金云翘传〉女性形象的特点》，《东方研究 2009》，阳光出版社 2010 年版。

谢昂：《浅谈〈征妇吟曲〉与〈征妇吟演歌〉的对比》，《东方研究 2010》，阳光出版社 2010 年版。

熊燃：《解读〈可能〉——试析布拉达·云的小说思想》，《东方研究 2009》，阳光出版社 2010 年版。

徐兴庆：《文献解析与中日文化交流研究》，《北京大学中国古文献研究中心集刊》第 9 辑。

杨彬、李素杰：《江户以前中国小说东传日本的阶段性特征》，《中国文学研究》第 15 辑。

尹锡南、欧东明、刘颖：《梵语诗学韵论与西方现代诗学比较——以欢曾和马拉美、德里达等人为例》，《东方丛刊》2010 年总第 71 辑。

尤海燕：《日本和歌敕撰与儒家礼乐思想》，《东亚文学与文化研究》第 1 辑。

于荣胜：《中日近现代小说"家"的文学观念比较》，《中国学研究》第 13 辑。

袁圆：《也谈藤屋市兵卫的理性主义——〈日本永代藏〉中的藤市》，复旦大学外文学院主编：《复旦外国语言文学论丛·研究生专刊》，复旦大学出版社 2010 年版。

翟景运：《论崔致远〈桂苑笔耕集〉在唐代骈文史上的地位》，《东亚文学与文化研究》第 1 辑。

张叹凤：《韩国学者的疑问：鲁迅漠视朝鲜？》，《现代中国文化与文学》第 8 辑。

张玮：《安纳德长篇小说语言的民族特色》，《东方丛刊》2010 年总第 71 辑。

张忞煜：《试析印度近现代各语种文学发展中的不均衡现象》，《东方研究 2010》，阳光出版社 2010 年版。

张亚冰：《〈被子〉之审美反应论——〈被子〉中文本召唤与读者反应之互动结构》，《东方研究 2010》，阳光出版社 2010 年版。

张亚冰：《伊斯玛德·玖达伊的女性主题短篇小说评析》，《东方研究 2010》，阳光出版社 2010 年版。

张艳萍：《在比较中看〈圣经·约伯记〉的文化人类学内涵》，《东方丛刊》2010 年总第 73 辑。

张玉安：《印度尼西亚的罗摩歌舞剧》，《东方研究 2009》，阳光出版社 2010 年版。

赵坚：《历久弥新：〈论语〉在日本》，《国际汉学》第 20 辑。

赵玉兰：《对〈金云翘传〉和〈征妇吟曲〉的文化诗学解析》，《东方研究 2009》，阳光出版社 2010 年版。

周砚舒：《评读私小说研究的三篇经典评论》，《东方研究 2010》，阳光出版社 2010 年版。

朱文信：《第二轴心时代的福音书——〈室利·罗摩克里希那言行录〉》，《跨文化对话》第 26 辑。

朱璇：《试从"达摩"思想看印度伦理观》，《东方研究 2010》，阳光出版社 2010 年版。

朱一飞：《〈万叶集〉七夕和歌中的中国思想——以牛郎织女会面的交通工具"船"为中心》，《复旦外国语言文学论丛·研究生专刊·2010》。

诸海星：《二十世纪韩国宋代文学研究状况简介》，《中国诗学》第 14 辑。

祝帅：《美学理论视野中的圣经诠释：以〈旧约〉中耶稣基督预表的诠释为例》，《圣经文学研究》第 4 辑。

（四）中西比较文学

Duan Junhui, "A Study of American Critical Humanism: Irving Babbitt, Lionel Trilling and Edward Said",《比较文学：东方与西方》第 12 辑。

Ji Zheng, "The Construction and Revision of American Literary Canon——A Study of The Norton Anthology of American Literature 1979—2003",《比较文学：东方与西方》第 13 辑。

Li Weifang, "The Influence of Johnson on Liang Shiqiu's Human Nature Theory of Shakespeare Criticism",《比较文学：东方与西方》第 13 辑。

Liu Yi, "Gothic Architecture and Gothic Fiction: An Intertextual Approach",《比较文学：东方与西方》第 13 辑。

Liu Yi, "Resistance, Absorption, Hybridity and Reconstruction: On Chinese-Amercian Culture in Chinese-American Women Writers' Literary Texts",《比较文学：东方与西方》第 12 辑。

Ma Jianjun, "Virginia Woof's Aesthetics of Feminism and Androgyny: A Re-reading of A Room of One's Own",《比较文学：东方与西方》第 13 辑。

Wu Fusheng, "The Concept of Decadence in Fin de Siecle English Literature",《比较文学：东方与西方》第 13 辑。

Zhan Junfeng, "Studies of Male Identity in the West: a Theoretical Overview",《比较文学：东方与西方》第 13 辑。

班晓琪：《哲学思想在西方儿童文学中的投射》，《跨语言文化研究》第 1 辑。

包慧怡：《身为艺术家的批评家——奥斯卡·王尔德其论、其文、其人》，《复旦外国语言文学论丛·研究生专刊·2010》。

蔡殿梅：《〈洛丽塔〉的后现代艺术特色之我探》，《美国文学研究》第 5 辑。

蔡明谚：《里尔克在 1950 年代的台湾现代诗坛附表：里尔克在台港文坛译介情形一览表（1945—1965）》，《新诗评论》2010 年第 1 辑（总第 11 辑）。

蔡霞、石平萍：《"疾风无形"：生态女性主义批评视角下的〈喜福会〉》，《美国文学研究》第 5 辑。

曹步军：《〈悲悼〉的历史与人文重构》，《美国文学研究》第 5 辑。

曹航:《新质的诞生——乔叟〈众鸟之会〉的独创性因素解读》,《英美文学研究论丛》2010 年秋第 13 辑。

曾桂娥:《解构与建构——吉尔曼女权主义乌托邦》,《英美文学研究论丛》2010 年春第 12 辑。

曾梅、王婷玉:《非洲民间和神话故事在莫里森〈柏油娃娃〉中的体现》,《美国文学研究》第 5 辑。

曾梅:《非洲宗教和哲学观在托尼·莫里森作品中的体现》,《英美文学研究论丛》2010 年秋第 13 辑。

常耀信:《在象征主义目光的审视下》,《美国文学研究》第 5 辑。

陈才忆:《〈美洲越橘〉与梭罗健康自然的生活观》,《外国语文论丛》第 4 辑。

陈萃、王湘云:《〈老人与海〉的生态主义解读》,《美国文学研究》第 5 辑。

陈广兴:《中国美国文学研究的深化和创新——杨仁敬教授访谈录》,《英美文学研究论丛》2010 年春第 12 辑。

陈国恩、孙霞:《"革命文学"论争与俄苏文学文论传播中的期刊》,《现代中国文化与文学》第 8 辑。

陈萍萍:《浅析中西乌托邦文学之异同》,《跨语言文化研究》第 2 辑。

陈戎女:《荷马史诗的传统与独创——评口头程式理论》,《跨文化对话》第 26 辑。

陈世丹:《纳博科夫小说创作的戏仿与游戏》,《英美文学研究论丛》2010 年春第 12 辑。

陈婷波:A Study on Mark Twain's Local Color Features,《外国语文论丛》第 4 辑。

陈娴:《"种族的记忆,文学的救赎"——论奥兹克的"礼拜式文学"》,《英美文学研究论丛》2010 年秋第 13 辑。

陈小强:Symbols in Bernard Malamud's The Magic Barrel,《外国语文论丛》第 4 辑。

陈小伟:《安东尼亚:一位"双性同体"的女性》,《跨语言文化研究》第 2 辑。

程锡麟、王安:《当代西方菲茨杰拉德研究综述》,《英美文学研究论丛》2010 年秋第 13 辑。

杜平:《旅行与想象:西方中世纪游记中的东方形象——以〈马可·波罗游记〉和〈曼德维尔游记〉为例》,《外国语文论丛》第 4 辑。

段祥贵:《从缺席到在场:本雅明笔下的"女性闲逛者"》,《东方丛刊》2010 年总第 72 辑。

范跃芬:《消解叙事:〈一次展览上的画〉中的噩梦与记忆》,《英美文学研究论丛》2010 年秋第 13 辑。

方永:《简论中西政治哲学的形而上学基础的不同》,《比较哲学与比较文化论丛》第 2 辑。

冯文坤:《"与物为春"与"骄奢之目"——论中西自然观中人与自然间的构成关系》,《外国语文论丛》第 4 辑。

付京香:《略论西方女性主义文学批评的缘起及其三大主要流派》,《外国语言文化研究》第 1 辑。

盖莲香、张舒阳：《从色彩的符号意义看东西方文化——以紫色为例》，《外国语言文化研究》第1辑。

高奋：《弗吉尼亚·伍尔夫生命诗学》，《英美文学研究论丛》2010年春第12辑。

宫珂：《美国黑人宗教歌谣的几个特点》，《美国文学研究》第5辑。

谷玮洁：《俄罗斯民族的东西方观——评20世纪六七十年代苏联文学的国际题材创作》，《外国语文论丛》第4辑。

顾悦：《被抛弃的恐惧与低下的自我价值感——〈推销员之死〉的家庭系统解读》，《美国文学研究》第5辑。

郭婷婷、申富英：《永不停步的孤独行者——布莱恩特〈致水鸟〉中水鸟形象浅析》，《美国文学研究》第5辑。

郭晓霞：《十字架上的女性基督：析五四女性文学中的耶稣形象》，《圣经文学研究》第4辑。

郭英剑：《美国华裔文学研究：现状与问题》，《英美文学研究论丛》2010年春第12辑。

郭英杰、赵青：《一位不容忽视的美国现代诗人——重读E.E.卡明斯的"怪诞"诗歌》，《美国文学研究》第5辑。

郭英杰、赵青：《以"文化韵味"谱写的诗——评爱华德·埃斯特林·卡明斯的"怪诞"诗歌》，《跨语言文化研究》第2辑。

贺银花、原一川：《哈金〈等待〉中生命的"延异"》，《外国语文论丛》第4辑。

侯璐：《从中西文化审视替罪羊意象》，《外国语文论丛》第4辑。

胡选思：《多克托罗后现代派历史小说中的叙事手法》，《跨语言文化研究》第2辑。

胡怡君：《知识认知方式的变革——以福柯与贝克特为例》，《复旦外国语言文学论丛·研究生专刊·2010》。

胡志红、陈婷波、赵金兰、周姗：《〈道德经〉的西方生态旅行：得与失——生态批评视野》，《外国语文论丛》第4辑。

华翔、吕洪波：《试论〈羚羊与秧鸡〉中的异化主题及其表现手法》，《外国语言文学文化论丛》第2辑。

黄彩虹、阮炜：《阴阳失衡 两顾无依——〈酸甜〉的文化身份解读》，《英美文学研究论丛》2010年春第12辑。

黄芙蓉、傅利：《记忆、传承与重构——论〈中国佬〉作为修正历史的叙事》，《美国文学研究》第5辑。

黄芙蓉：《论〈麦可·K的生命与时代〉中生存意义的追寻》，《英美文学研究论丛》2010年秋第13辑。

黄慧贞：《耶稣事工的"物质性"：一个女性主义角度的阅读》，《圣经文学研究》第4辑。

黄少婷：《一个南方女郎的冰宫雪国之旅：小析F.司各特·菲茨杰拉德的〈冰雪宫殿〉》，《复旦外国语言文学论丛·研究生专刊·2010》。

黄宗英：《〈一根直中带曲的好拐杖〉——罗伯特·弗罗斯特诗歌格律技巧管窥》，

《美国文学研究》第 5 辑。

嵇敏：Edna Pontellier-Kate Chopin's Typical Character，《外国语文论丛》第 4 辑。

江吉娜：《宗教嘲讽的意图——探究〈帕克的后背〉》，《复旦外国语言文学论丛·研究生专刊·2010》。

江艳妍：《菲茨杰拉德对美国富裕阶层的批判》，《复旦外国语言文学论丛·研究生专刊·2010》。

江志全、范蕊：《什么样的戏剧能够吸引观众——谈萨特的情景剧及其对我国当代戏剧的启示》，《黄海学术论坛》第 15 辑。

蒋道超：《理性的无奈主体的虚构——再谈〈路的尽头〉中的主题》，《英美文学研究论丛》2010 年春第 12 辑。

金衡山：《解放的含义：从〈喜福会〉（电影）到〈面子〉和〈挽救面子〉》，《英美文学研究论丛》2010 年秋第 13 辑。

赖品超：《以道与灵塑造人性：一个不东不西的拯救论与儒耶对话》，《基督教思想评论》第 11 辑。

蓝凡：《宗教生命：作为莎士比亚历史"他者"参照的汤显祖——杜丽娘与朱丽叶的性爱世界》，《戏曲研究》第 81 辑。

李保杰：《当代美国西语裔文学的嬗变》，《美国文学研究》第 5 辑。

李常磊：《美国国内精神分析视野下的福克纳研究》，《美国文学研究》第 5 辑。

李公昭：《墓地狂欢——论〈巨屋〉悖论式的叙述策略》，《英美文学研究论丛》2010 年秋第 13 辑。

李贵森：《西方戏剧创作理论的现代诠释与解读》，《中国中外文艺理论学会年刊 2010 年卷文学理论前沿问题研究》。

李慧：《基督教（题材）文学在中国的接受和研究现状》，《美国文学研究》第 5 辑。

李佳蔚：A Comparative Study on The Knight's Tale and The Wife of Bath's Tale，《外国语文论丛》第 4 辑。

李嘉娜：《论莱维托夫的诗歌创作思想》，《美国文学研究》第 5 辑。

李樛木：《狄金森与中国跨文化传播、想象与理解》，《英美文学研究论丛》2010 年春第 12 辑。

李美芹：《主流文化祭坛上的"替罪羊"——浅析〈最蓝的眼睛〉中佩科拉的悲剧命运》，《美国文学研究》第 5 辑。

李璞：《味—淡—味——试论法国汉学家弗朗索瓦·于连〈淡之赞〉中的中国诗歌思想》，《国际汉学》第 20 辑。

李维屏：《伍尔夫的创新精神和小说艺术的变革》，《英美文学研究论丛》2010 年春第 12 辑。

李晓华：《浅析〈红字〉中人名对立统一的象征意义》，《长江论丛》第 1 辑。

李晓明：《文学传统中自然形象的生态批评思考》，《美国文学研究》第 5 辑。

李秀清：《吉卜林小说〈基姆〉中的身份建构》，《英美文学研究论丛》2010 年秋第 13 辑。

李杨：《现代与后现代价值观的冲突——〈影迷〉和〈体育记者〉主题比较》，《英美文学研究论丛》2010年秋第13辑。

李英、张学燕：《艾米莉·狄金森诗歌中的死亡意象》，《美国文学研究》第5辑。

李有成：《家国想象——离散与华裔美国文学》，《英美文学研究论丛》2010年春第12辑。

李忠敏：《卡夫卡对克尔凯郭尔的神学批判——以亚伯拉罕为例》，《圣经文学研究》第4辑。

梁平：《〈游园惊梦〉与〈弗兰德公路〉平行技巧之比较》，《世界华文文学研究》第6辑。

梁晓冬：《女艺术家创作身份的重构——论拜厄特〈占有〉中对女主人公拉莫特的神话性塑造》，《英美文学研究论丛》2010年秋第13辑。

林力丹：《全球化与后东方主义——兼论萨缪尔·贝克特小说的中国文化根源》，《英美文学研究论丛》2010年春第12辑。

林莉：《历史困境中浪荡子的欲望狂欢表演——论菲利普·罗斯小说〈萨巴斯的剧院〉》，《美国文学研究》第5辑。

凌津奇：《谈全球化背景下的华裔美国文学研究》，《英美文学研究论丛》2010年春第12辑。

刘春芳：《记美国黑人女剧作家爱丽丝·乔尔瑞斯及其女权主义戏剧的开山独幕剧〈弗洛伦斯〉》，《语言文学文化论稿》第3辑。

刘建军、刘蕊：《理查德·威尔伯诗歌中的隐喻之美》，《英美文学研究论丛》2010年春第12辑。

刘进："What We Talk About When We Talk About Love": A Deconstructive Reading of Toni Morrison's Song of Solomon，《外国语文论丛》第4辑。

刘立辉、陈星君：《天父神话的断裂处——重读福克纳的〈干旱的九月〉》，《美国文学研究》第5辑。

刘立辉：《〈等待戈多〉：信仰和理性真空状态下的等待行为》，《英美文学研究论丛》2010年春第12辑。

刘平：《与神共在——海舍尔犹太教圣经观述评》，《圣经文学研究》第4辑。

刘芹利：On Food and Eating in Three Chinese American Women Writers' Novels，《外国语文论丛》第4辑。

刘文松：《美国犹太大屠杀叙事再现和重构历史的方法》，《英美文学研究论丛》2010年秋第13辑。

刘玉、曾纳：《托妮·莫里森〈天堂〉中集体记忆的建构》，《美国文学研究》第5辑。

鲁枢元：《诗人与自然之死——关于梭罗与陶渊明的比较研究》，《跨文化对话》第26辑。

罗坚：《略论尼采的悲剧美学观》，《东方丛刊》2010年总第73辑。

麻晓蓉：《无法割裂的文化脐带——试论〈典型的美国佬〉中折射出的儒家思想》，

《外国语文论丛》第4辑。

马海波、王小平：《试论〈等待戈多〉中的时间结构》，《长江论丛》第1辑。

马琳、王霄：《浅析修辞在扎巴罗斯基〈雷雨〉中的运用》，《2009外国语言与文化研究》2010年第3辑。

马珊：《美国诗人肯尼斯·雷克斯罗斯诗歌中的天人合一思想》，《跨语言文化研究》第1辑。

马云飞：《先秦儒家与古希腊死亡观比较》，《长江论丛》第1辑。

蒙雪琴：《〈通天铁路〉：重建人与自然和谐之路之表征》，《外国语文论丛》第4辑。

苗勇刚、贾宇萍：《路在何方？——论莱斯利·西尔科〈典仪〉中印第安种族身份的重构策略》，《美国文学研究》第5辑。

倪豪士：《〈史记〉中的轶事初探：以希罗多德的〈历史〉为参照》，《北京大学中国古文献研究中心集刊》第9辑。

聂爱萍：《〈蓝色海豚岛〉的生态女权主义思想》，《美国文学研究》第5辑。

潘守文、胡文征：《美墨文化冲突与〈开花的犹大树〉》，《美国文学研究》第5辑。

庞好农、薛璇子：《赖特文学视阈下非洲裔美国文化的嬗变》，《美国文学研究》第5辑。

蒲若茜：《华裔美国小说中的族裔历史再现》，《美国文学研究》第5辑。

祁喜鸿：《从海丝特·白兰的形象看霍桑的女性观》，《跨语言文化研究》第2辑。

钱玲珠：《圣母玛利亚的叙事与女性神学》，《基督教思想评论》第11辑。

钱婉约：《求知与漠视的变奏——晚明中国人的欧洲认识及西学观》，《炎黄文化研究》第11辑。

钱兆明：《美国文学的世界性因素》，《英美文学研究论丛》2010年春第12辑。

秦天弋：Struggling between Submission and Evasion —A Feminist Reading of "Flowering Judas"，《外国语文论丛》第4辑。

邱瑾：《经典、遗产与消费文化——从BBC"经典连续剧"看文学经典的改编现象》，《北外英文学刊·2009》。

任虎军：《美国犹太小说研究与译介在中国》，《英美文学研究论丛》2010年秋第13辑。

任远：《从〈诺桑觉寺〉看奥斯丁的小说观念》，《复旦外国语言文学论丛·研究生专刊·2010》。

尚必武：《追寻叙事的动力——詹姆斯·费伦的修辞性叙事理论研究》，《英美文学研究论丛》2010年秋第13辑。

尚晓进：《罗马的隐喻：原罪与狂欢——谈〈牧神雕像〉与霍桑的国家意识形态批评》，《英美文学研究论丛》2010年春第12辑。

申富英：《论〈尤利西斯〉中的莎士比亚》，《英美文学研究论丛》2010年秋第13辑。

沈大力：《中国瓷偶与龙文化在欧洲的传播——兼论文化差异及对"它者"的审美》，《跨文化对话》第26辑。

沈清松：《亚里士多德灵魂理论的"迁徙"和其早期的中国式阐释》，《西学东渐研究西学东渐与文化自觉》第3辑。

沈雁：《〈黑暗昭昭〉的〈圣经〉戏仿》，《英美文学研究论丛》2010年春第12辑。

史晓丽：《〈麦克白〉和基督教文化》，《基督教思想评论》第11辑。

史晓丽：《19世纪莎士比亚戏剧评论思路回溯》，《语言文学文化论稿》第3辑。

舒笑梅：《从单性到双性：格·斯泰因的〈埃达〉解读》，《外国语言文化研究》第1辑。

宋荣培：《利玛窦向中国文人介绍西方学术思想的意义》，《基督教思想评论》第11辑。

苏丽娟：An Analysis of the Grandmother in "A Goof Man Is Hard to Find"，《外国语文论丛》第4辑。

隋刚、熊净雅：《"上帝之网"中的诗意生存》，《英美文学研究论丛》2010年春第12辑。

隋刚、熊净雅：《试析〈礼拜天早晨〉一诗中的几种张力》，《语言文学文化论稿》第3辑。

孙宏：《德莱赛与老舍小说中的城市化之路》，《英美文学研究论丛》2010年春第12辑。

孙坚：《在科学和艺术间畅游——理查德·鲍威尔斯小说述评》，《美国文学研究》第5辑。

孙蕾：《异域的"他者"，原始的"他者"——后殖民理论视角下〈紫色〉的文本分析研究》，《外国语言与文化研究·2009》。

孙立恒：《爱的遗言：同性恋文化研究视角下的〈海上无路标〉》，《跨语言文化研究》第2辑。

孙向晨：《在儒耶对话中寻找生态神学的新进路——评〈儒耶对话与生态关怀〉》，《基督教思想评论》第11辑。

索金梅：《庞德〈诗意〉中的西方》，《美国文学研究》第5辑。

唐惠润：《对罗伯特·弗罗斯特〈修墙〉一诗的功能分析》，《外国语言文化研究》第1辑。

陶学靖：On the Role of Maternal Love in Black Children's Growth: From Toni Morrison's The Bluest Eye，《外国语文论丛》第4辑。

滕学明：《重读〈开始人生〉：一部新现实主义杰作》，《语言文学文化论稿》第3辑。

田俊武：《从背叛天主到遁入东方道教——尤金·奥尼尔的宗教意识发展历程》，《英美文学研究论丛》2010年秋第13辑。

田鹰：《寻找运气的男孩——D. H. 劳伦斯〈木马优胜者〉解析》，《外国语言与文化研究·2009》。

万信琼：《论司各特历史小说的叙事模式》，《励耘学刊·文学卷》2010年第1辑。

汪玉枝：《论丁尼生诗歌中的死亡意象》，《英美文学研究论丛》2010年秋第13辑。

汪志勤：《两极对照下劳伦斯〈公主〉的文本建构》，《英美文学研究论丛》2010

年秋第 13 辑。

王程辉:《论约翰·巴思〈羊孩儿吉尔斯〉小说中的戏仿》,《美国文学研究》第 5 辑。

王凤:《可靠性何在?——〈喧嚣与骚动〉中的叙述策略分析》,《英美文学研究论丛》2010 年秋第 13 辑。

王光林:《走出二元对立的樊笼——论毛翔青的小说〈酸甜〉》,《英美文学研究论丛》2010 年春第 12 辑。

王吉鹏、赵艳君:《论鲁迅对外国人"中国叙述"的审视》,《上海鲁迅研究》(2010 年秋)2010 年第 3 期。

王健:《福克纳种族观背后的南方情结》,《英美文学研究论丛》2010 年秋第 13 辑。

王金娥:《浅析艾米莉·狄金森在诗歌发表中的思想历程》,《美国文学研究》第 5 辑。

王敬民、田会轻:《经典的褪魅与返魅:哈罗德·布鲁姆诗学轨迹探析》,《美国文学研究》第 5 辑。

王丽婷:《从〈海上花〉到张爱玲小说中西结合的发展》,《中国学研究》第 13 辑。

王莉:《〈撒拉与亚伯拉罕〉:玛莎·诺曼对〈圣经〉故事的现代演绎》,《美国文学研究》第 5 辑。

王萌:《基督教意识在李光洙长篇小说〈无情〉中的体现》,《外国语言与文化研究·2009》。

王倩、贾丝玉:《狼图腾——〈狼群中的朱莉〉中的狼意象》,《语言与文化研究》第 5 辑。

王素英:《"洪水"般的工业革命:毁灭与再生——〈弗罗斯河上的磨坊〉的"洪水"结局新解》,《英美文学研究论丛》2010 年秋第 13 辑。

王习:《陌生的蝴蝶夫人:布莱希特戏剧理论在〈蝴蝶君〉中的实践》,《复旦外国语言文学论丛·研究生专刊·2010》。

王秀梅:《欲望的被压制者——〈押沙龙,押沙龙!〉中查尔斯·邦恩形象分析》,《美国文学研究》第 5 辑。

王弋璇:《空间与权力——欧茨小说〈狐火:一个少女帮的自白〉的"圆形监狱"》,《美国文学研究》第 5 辑。

王祖友:《格特鲁德·斯泰因作品中的"重复"艺术》,《美国文学研究》第 5 辑。

尉晓娟:《"恶之花":浅议两位法国作家笔下的上海》,《复旦外国语言文学论丛·研究生专刊·2010》。

翁珲珲:《莫里森笔下弱小黑人女性的叛逆声音》,《语言与文化研究》第 5 辑。

邬璟璟:《从〈蝴蝶夫人〉到〈蝴蝶君〉的颠覆性发展》,《复旦外国语言文学论丛·研究生专刊·2010》。

吴冰:《谈亚裔美国文学教学》,《北外英文学刊·2009》。

武月明:《飞蛾扑火:重读福克纳的〈八月之光〉》,《美国文学研究》第 5 辑。

肖腊梅:《狄金森爱情诗歌中的清教色彩》,《美国文学研究》第 5 辑。

谢丹：Energy in Language in Ezra Pound's Poetics，《外国语文论丛》第 4 辑。

谢文娟：《一部后现代史诗剧——论〈美国天使〉的戏剧手法》，《美国文学研究》第 5 辑，郭继德主编，山东大学出版社 2010 年版。

谢晓东：《"天命"与"契约"——孔子与洛克的政治正当性（legitimacy）观念比较》，《比较哲学与比较文化论丛》第 2 辑。

熊霄、杨希：《〈老人与海〉中性别元素的隐喻》，《外国语言文学文化论丛》第 2 辑。

徐弢：《略论耶佛对话的两个维度》，《比较哲学与比较文化论丛》第 2 辑。

徐显静、杨永春：《论〈玻璃山〉中的越战政治意蕴》，《英美文学研究论丛》2010 年秋第 13 辑。

徐晓林：《〈伊坦·弗洛美〉中的异化主题》，《复旦外国语言文学论丛·研究生专刊·2010》。

徐颖果：《〈美国华裔文学选读〉的编写与使用》，《美国文学研究》第 5 辑。

徐贞：《浅谈孔子与柏拉图的音乐观》，《中国学研究》第 13 辑。

许可：《浅析亚里士多德和谐伦理观》，《长江论丛》第 1 辑。

许相全：《圣经与中国传统恩典观之比较》，《圣经文学研究》第 4 辑。

薛玉凤：《华人"坦白运动"的幽灵——华裔美国女作家伍慧明的新作〈向我来〉评析》，《美国文学研究》第 5 辑。

闫军利：《历史的牺牲品：令人同情的夏洛克》，《跨语言文化研究》第 2 辑。

严绍璗：《日本〈竹取物语〉的生成研究——关于华夏文化与这一文本发生的综合语境的研讨》，《北大中文学刊·2010》。

阎红、曾德波：《〈宠儿〉中的多角度叙事法和主题的关系》，《外国语文论丛》第 4 辑。

杨彩霞：《诗性与神性的完美交融——斯坦贝克〈愤怒的葡萄〉的"圣经意识"》，《基督教思想评论》第 11 辑。

杨蕾、阎洁：《说话的树和行走的山——〈魔戒〉中的道家思想》，《跨语言文化研究》第 1 辑。

杨莉：《论拜伦的文学影响——以普希金、库切和巴赫金为例》，《英美文学研究论丛》2010 年秋第 13 辑。

杨启平：《马华女性小说在第三世界女性主义中的文学意义》，《世界华文文学研究》第 6 辑。

杨仁敬：《八十年来美国的海明威评论》，《美国文学研究》第 5 辑。

杨盛兰：《"骡子"的隐喻与女性的失语症》，《跨语言文化研究》第 1 辑。

杨亦军：《乔治·桑田园小说的诗学探微》，《外国语文论丛》第 4 辑。

姚娜娜：《18 世纪英国小说与中产阶级的道德建构》，《跨语言文化研究》第 1 辑。

姚云帆：《形象、方法与马克思主义——〈拱廊计划〉卷宗 N（Convolute N）部分片段的解读》，《文化与诗学》2010 年第 1 辑（总第 10 辑）。

殷企平、陈姗姗：《〈金河王〉的生态批评解读》，《英美文学研究论丛》2010 年春第 12 辑。

犹家仲：《奥列金的〈圣经〉解释中的意义观》，《跨文化对话》第 26 辑。

于海洋：《奇幻小说〈坟场之书〉之成长主题分析》，《语言与文化研究》第 5 辑。

于丽娟：《柏拉图〈理想国〉中的和谐思想及启示》，《长江论丛》第 1 辑。

袁仑：《艾德娜和肖邦的进步与困境》，《复旦外国语言文学论丛·研究生专刊·2010》。

袁先来：《本杰明·富兰克林的民族文化建构》，《英美文学研究论丛》2010 年秋第 13 辑。

张春娟：《后现代语境下的尼采虚无主义》，《跨语言文化研究》第 1 辑。

张春娟：《作为世俗批评的人文主义：萨义德人文主义思想研究》，《跨语言文化研究》第 2 辑。

张道建：《北美汉学界的两宋词论研究》，《文化与诗学》2010 年第 1 辑（总第 10 辑）。

张辉：《阿伦特：现代世界诗人何为？——试论〈黑暗时代的人们〉》，《北大中文学刊·2010》。

张慧：《梦幻般的人类远古史——〈亚当之前〉的两段文字的文体分析》，《外国语言文学文化论丛》第 2 辑。

张慧爽：《〈小飞侠〉的童话逻辑》，《语言与文化研究》第 5 辑。

张建：《〈蝴蝶君〉——对性别和种族固有模式的颠覆》，《复旦外国语言文学论丛·研究生专刊·2010》。

张剑：《文学、历史、社会：当代北爱尔兰诗人谢默斯·希尼的政治诗学》，《英美文学研究论丛》2010 年春第 12 辑。

张龙海：《美国东方主义语境下的华人形象》，《英美文学研究论丛》2010 年春第 12 辑。

张曼：《契合与投射：庞德与中国古诗的关系——以"The River-Merchant's Wife: A Letter"为例》，《英美文学研究论丛》2010 年秋第 13 辑。

张梦霞：《诗也？真也？——论格拉斯自传作品〈盒式相机〉》，《复旦外国语言文学论丛·研究生专刊·2010》。

张沛：《自觉·绝望·忍受——关于〈哈姆雷特〉一段台词的阐释》，《跨文化对话》第 26 辑。

张全之：《无政府主义与启蒙主义之关系对中国文学之影响》，《现代中国文化与文学》第 7 辑。

张睿：《超越善与恶：托妮·莫里森〈秀拉〉中二元对立模式的破解》，《美国文学研究》第 5 辑。

张生珍：《尤金·奥尼尔戏剧生态意识研究》，《英美文学研究论丛》2010 年秋第 13 辑。

张世保：《从"德性"与"理性"角度看中西政治实践的基础——以牟宗三和蒋庆的论述为中心》，《比较哲学与比较文化论丛》第 2 辑。

张顺赴：《初探〈玻璃动物园〉一剧的抒情诗气质》，《外国语文论丛》第 4 辑。

张思齐：《欧美各国的诗经研究概说》，《诗经研究丛刊》第 18 辑。

张万民：《欧美诗经论著提要》，《诗经研究丛刊》第 18 辑。

张西平：《中国近代文学中的基督教小说探源——清代来华传教士马若瑟的〈儒交信〉研究》，《现代中国》第 13 辑。

张小平：《梦想·回归·族群的否定——休斯、杜波依斯与图默短篇小说中的"私刑"再现》，《广东外语外贸大学学报》2010 年第 3 期。

张新颖：《边缘上的变奏——田纳西·威廉斯剧作中同性恋维度的精神分析》，《英美文学研究论丛》2010 年秋第 13 辑。

张亚婷：《寻找母亲：〈诺维奇的朱丽安的启示〉中的母性重建》，《跨语言文化研究》第 2 辑。

张艳超、朱晓红：《亚洲妇女神学和后殖民主义批评——以郭佩兰的后殖民主义批评方法为例》，《基督教思想评论》第 11 辑。

张颖、苏芳：《她自己的花园——〈秘密花园〉的女性主义解读》，《美国文学研究》第 5 辑。

张玉红：《重构黑人文化身份——赫斯顿小说的民俗文化视野》，《英美文学研究论丛》2010 年春第 12 辑。

章雪富：《救赎乃是一种记忆的降临——论奥古斯丁〈忏悔录〉第十卷的圣父位格》，《基督教思想评论》第 11 辑。

赵冬：《基督教文化与中国现当代文学：存在与研究现状述评》，《北外英文学刊·2009》。

赵晶：《萨姆·谢泼德研究综述》，《美国文学研究》第 5 辑。

赵令霞：《解读〈纯真年代〉中的男性凝视——从梅·韦兰身上折射出的华顿女性意识》，《美国文学研究》第 5 辑。

赵沛然：《从童话要素和两面性角度分析〈第 672 夜的童话〉》，《复旦外国语言文学论丛·研究生专刊·2010》。

郑丽：《〈雨王亨德森〉中的〈圣经〉人物探析》，《美国文学研究》第 5 辑。

郑闽江：《〈花鼓歌〉的中国文化元素及电影叙事机制》，《美国文学研究》第 5 辑。

周小进：《传统构架下的后现代主义手法——评欧茨的〈浮生如梦〉》，《英美文学研究论丛》2010 年秋第 13 辑。

周玄毅：《中西政治文化中的朋友之道——以先秦儒学和古希腊哲学为例进行的比较》，《比较哲学与比较文化论丛》第 2 辑。

周怡：《〈牛虻〉在中国的传播及其对塑造现代人格的意义》，《英美文学研究论丛》2010 年春第 12 辑。

朱卫强：《善恶人生：在自信和骄傲中赢得人权和尊严——卢梭〈忏悔录〉浅议》，《跨语言文化研究》第 2 辑。

朱晓红：《生态女性主义视域中的基督论——罗伊特基督论述评》，《基督教思想评论》第 11 辑。

朱媛：《色彩蕴含的矛盾——论小说〈红与黑〉书名的象征意义》，《复旦外国语言文学论丛·研究生专刊·2010》。

朱振武、杨瑞红:《中国福克纳短篇小说研究三十年回溯》,《美国文学研究》第5辑。

邹惠玲:《跨越中心与边缘界限的归家之旅——从〈爱药〉看厄德里克对印第安民族摆脱边缘化困境的思考》,《美国文学研究》第5辑。

(五) 翻译文学

Hu Minxia, "On Building Expertise in Simultaneous Interpreting",《比较文学:东方与西方》第12辑。

Huang Wenjuan, "On the Significance of Extra-linguistic Preparation of Interpreting",《比较文学:东方与西方》第13辑。

Ren Wen, "Deconstructing Liaison Interpreters' Invisibility",《比较文学:东方与西方》第12辑。

白雪飞:《翻译与权益:从韦努蒂翻译思想谈起》,《文化与诗学》2010年第1辑(总第10辑)。

蔡健:《含英咀华——论双重文化视阈中的张爱玲的翻译》,《复旦外国语言文学论丛·研究生专刊·2010》。

曹坚:《试析亚兰文昂克罗斯圣经翻译的诠释风格:以〈创世记〉2:4—3:24为例》,《圣经文学研究》第4辑。

陈明:《中国古文英译要准确理解汉语古今词义的差异》,《外国语文论丛》第4辑。

陈清贵、刘波:《论近代四川翻译与社会历史的关系》,《外国语文论丛》第4辑。

程树华:《翻译单位在翻译过程中的运用与研究》,《外国语文论丛》第4辑。

方梦之:《达旨·循规·共喻——应用翻译三原则》,《翻译教学与研究》第1辑。

冯天喻:《入华新教传教士译介西学术语述评》,《西学东渐研究西学东渐与文化自觉》第3辑。

高攀:《浅谈林纾与口译者的合作翻译模式》,《复旦外国语言文学论丛·研究生专刊·2010》。

高永伟:《〈新牛津英汉双解大词典〉的翻译商榷》,《翻译教学与研究》第1辑。

龚雪萍:《论双语转换中冲突性的消融》,《外国语文论丛》第4辑。

郭新、盖梦丽:《英汉翻译中对含义的处理》,《外国语言文化研究》第1辑。

郭英杰、赵青:《鸠摩罗什和圣·奥古斯丁翻译艺术的差异性探析》,《跨语言文化研究》第1辑。

胡静:《种子移植——论中国古诗英译》,《复旦外国语言文学论丛·研究生专刊·2010》。

胡筱颖:《文化翻译的博弈论分析》,《外国语文论丛》第4辑。

黄新渠:《新发现威廉·莎士比亚九首〈无题〉诗翻译》,《外国语文论丛》第4辑。

李立茹：《英汉翻译中的正反转换》，《跨语言文化研究》第1辑。

李娜：《试论翻译伦理学的哲学背景》，《外国语文论丛》第4辑。

李群：《从文学翻译的层次说解读〈天演论〉》，《语言与文化研究》第5辑。

李巍、菊莹：《关于汉译英结构转换模式的分析》，《语言文学文化论稿》第3辑。

李文革：《清末翻译风尚对鲁迅早期翻译的影响》，《跨语言文化研究》第1辑。

李艳丽：《清末日译小说之"德""情"取舍》，《中国文学研究》第14辑。

李游：Fusion of Horizons in Literary Translation，《外国语文论丛》第4辑。

梁君华：《试论〈红楼梦〉英译本对人物视角的传译》，《翻译教学与研究》第1辑。

刘阿英：《"忠实"与"通顺"——由一次英译汉作业引发的思考》，《语言文学文化论稿》第3辑。

刘金龙、刘晓民：《跨文化视角下的古诗词曲英译研究——评顾正阳教授〈古诗词曲英译文化探索〉》，《翻译教学与研究》第1辑。

刘军平：《塑造民族认同锻造国民特性——从中西比较角度看严复的翻译文化思想》，《比较哲学与比较文化论丛》第2辑。

陆香：《一语双关，译出灵秀之美——例析双关语翻译中等效原则的运用》，《外国语言文化研究》第1辑。

罗莹：《殷铎泽西译〈中庸〉小议》，《国际汉学》第20辑。

麻争旗：《影视翻译语境论——对译制问题的语言学思考》，《外国语言文化研究》第1辑。

马衡：《晚明福音书汉语译介的若干特点》，《圣经文学研究》第4辑。

马会娟、陆勇：《机器翻译及翻译辅助软件在西方的应用、问题与前景》，《北外英文学刊·2009》。

马乐梅：《和合本"定本"观念的翻译角度批评》，《跨语言文化研究》第1辑。

马乐梅：《论〈圣经〉引文翻译策略》，《跨语言文化研究》第2辑。

马小鹤：《摩尼教〈下部赞〉第二首音译诗译释——净活风、净法风辨析》，《天禄论丛·2010》。

聂友军：《张伯伦的〈古事记〉英译与研究》，《中国学研究》第13辑。

裴晓睿：《也谈文学翻译中的变异问题》，《东方研究2009》，阳光出版社2010年版。

彭传忠：Role of Nonverbal Elements in Consecutive Interpretation，《外国语文论丛》第4辑。

秦弓：《现代翻译文学的建树与价值》，《现代中国文化与文学》第7辑。

任源梅：《卖花女语言的转变与翻译——关联理论与〈卖花女〉中的两个中译本》，《外国语言与文化研究·2009》。

桑宜川：Corporeality in Translation：An Intersemiotic Perspective，《外国语文论丛》第4辑。

申雨平：《翻译单位的宏观与微观》，《北外英文学刊·2009》。

孙法理：《喜读黄新渠先生〈红楼梦〉汉英双语精简本》，《外国语文论丛》第4辑。

孙坤、王荣：《佛经译场——中国最早的外语学校》，《翻译教学与研究》第1辑。

孙迎春：《翻译策略五分法》，《外国语言文学文化论丛》第 2 辑。

谈珩：《文字的艺术——试论释义派翻译理论的"忠实"标准在文学翻译中的困境》，《复旦外国语言文学论丛·研究生专刊·2010》。

谭渊：《"道"与"上帝"——〈道德经〉翻译与传播中基督教神学的介入》，《翻译教学与研究》第 1 辑。

唐建军：《从哈贝马斯的语言哲学看译作与原作关系的理性重建》，《翻译教学与研究》第 1 辑。

王风：《周氏兄弟早起著译与汉语现代书写语言（上）》，《北大中文学刊·2010》。

王恒：《翻译与创作关系论——以郭沫若的翻译实践和作品创作为例》，《外国语文论丛》第 4 辑。

王红：《"文化翻译"的必要性和重要性》，《跨语言文化研究》第 2 辑。

王林、张小平：《论权力关系下的译文风格——以严译〈天演论〉为例》，《外国语文论丛》第 4 辑。

王少娣：《林语堂的语言观及翻译语言特点综述》，《翻译教学与研究》第 1 辑。

王伟：《简析目的翻译论——以中国大专院校校名的英译为例》，《语言文学文化论稿》第 3 辑。

王西强、张笛声：《文化交通时代的翻译探索：论曾朴的翻译思想》，《跨语言文化研究》第 1 辑。

王晓平：《日本文学翻译中的"汉字之痒"》，《中国学研究》第 13 辑。

王晓平：《文学交流史中翻译之位相》，《跨文化对话》第 26 辑。

王雪明：《文学翻译中的中西接受美学比较》，《翻译教学与研究》第 1 辑。

吴冰：《华裔美国文学中的翻译文坛》，《英美文学研究论丛》第 12 辑。

吴嘉茜：《咀英嚼华——李清照〈如梦令〉五个英译版本的比较》，《复旦外国语言文学论丛·研究生专刊·2010》。

吴珊珊：On the Translation of "Better City, Better Life" —From the Perspective of Skopos Theory，《外国语文论丛》第 4 辑。

吴文安：《对外翻译的问题与策略》，《北外英文学刊·2009》。

武勇：《对汉语俗语的英文翻译的研究》，《跨语言文化研究》第 2 辑。

熊辉：《论叶公超的翻译文学批评》，《文化与诗学》2010 年第 1 辑（总第 10 辑）。

熊茜超：《不忠之美——浅议林译书名的翻译》，《复旦外国语言文学论丛·研究生专刊·2010》。

熊月之：《晚清逻辑学译介述论》，《西学东渐研究西学东渐与文化自觉》第 3 辑。

徐晓梅：《翻译即是背叛？——母语译为外语特殊性的描述性研究》，《跨语言文化研究》第 1 辑。

闫军利：《诗歌翻译的审美途径——以〈红楼梦〉诗一首比较探究》，《跨语言文化研究》第 1 辑。

晏胜：《以诗解诗——浅析庞德"语言能量"翻译观》，《外国语言文学文化论丛》第 2 辑。

杨关锋：《浅议英汉双语词典的翻译特点与方法》，《跨语言文化研究》第 2 辑。

杨柳：《从归化与异化角度谈意汉熟语翻译及文化差异》，《外国语言文化研究》第 1 辑。

杨天昊：《〈西游记〉两英译本中委婉语的翻译初探》，《外国语言与文化研究·2009》。

杨颖育：《比较文学视野中的翻译研究》，《外国语文论丛》第 4 辑。

于航：《汉语数量夸张词"三"和"九"的英译策略研究》，《翻译教学与研究》第 1 辑。

袁行霈：《"五经"的意义与重译的空间——在"五经"研究与翻译国际学术委员会上的致辞》，《炎黄文化研究》第 11 辑。

战敏：《韩汉语法成分和语序的比较及其在翻译中的应用》，《复旦外国语言文学论丛·研究生专刊·2010》。

张冬梅：《诗歌翻译中的再创作——〈长干行〉三种译文的比较》，《翻译教学与研究》第 1 辑。

张洁：《从安德烈·勒菲维尔的改写理论审视林纾的翻译》，《外国语文论丛》第 4 辑。

张京鱼、任军锋：《逆向翻译中母语迁移现象研究》，《跨语言文化研究》第 2 辑。

张敏：《韩国译学源流考》，《韩国研究论丛》第 22 辑。

张霄军：《译文质量模糊综合评价方法》，《跨语言文化研究》第 2 辑。

张小平：《翻译目的对翻译策略的影响——以杨译〈红楼梦〉为例》，《外国语文论丛》第 4 辑。

张义宏：《翻译单位问题论争焦点透析》，《跨语言文化研究》第 1 辑。

张子清：《华裔美国文学的价值与译介》，《英美文学研究论丛》第 12 辑。

郑峰：《衔接方式与主述位结构对英汉翻译译文的影响》，《翻译教学与研究》第 1 辑。

周岷、周及徐：《〈老子〉第八十章六种英文译本述评》，《外国语文论丛》第 4 辑。

周以量：《大众媒介视域中的文学传播与表现——以〈源氏物语〉在我国的翻译和传播为例》，《中国学研究》第 13 辑。

朱丽英：《试探互文性视角下译者的主体性》，《跨语言文化研究》第 2 辑。

邹燕舞：《从归化和异化理论看法国化妆品品牌的翻译》，《外国语文论丛》第 4 辑。

祖云鹏：《浅谈对科幻译者的培养》，《外国语文论丛》第 4 辑。

三　2010年度比较文学专题文集及要目索引

《东亚合作与交流》
吴敏：《中国现代戏剧小说中的韩国沦亡叙事》

《现代性、传统变迁与汉语神学》
关瑞文：《评刘小枫的汉语基督神学》
赖品超：《从中国佛教看圣经的神学分歧》
赖贤宗：《基督教与佛教——汉语基督神学和基督教与佛教的宗教对话之重省》
李秋零：《圣三一神汉语译名辨析》
刘小枫：《现代语境中的汉语基督神学》
王晓朝：《理解和疑问——读刘小枫〈现代语境中的汉语基督神学〉》
魏育青：《以〈罗马书释义〉汉译看交际样式、语言特点和翻译问题》
杨剑龙：《基督教文化与中国文化关系的深入探讨——"翻译与归纳：基督文化与中国文化的相遇"国际研讨会纪要》
张庆熊：《从基督教和儒家比较的角度看和谐社会的建构》
张庆熊：《翻译和生活世界》
张宪：《从交互文化理解看翻译》
朱雁冰：《翻译——一个方法学上和理念上的探索过程》

《严绍璗学术研究：严绍璗先生七十华诞纪念集》
王立群：《打通与超越：严绍璗的学术历程》
周阅：《严绍璗先生的东亚文学关系与日本中国学研究——为纪念严先生七十寿辰而作》

《跨越东西方的思想：世界语境下的中国文化研究》
方旭东：《〈论语〉中的"仁"：有关英译的讨论》
刘耘华：《徐光启姻亲脉络中的上海天主教文人：以孙元华、许乐善二家族为中心》
莫芝宜佳：《杨绛和西方文化：探险——苦难中的安慰——转化》

石云里、吕凌峰：《中"道"与西"器"——以明清对西方交食推算术的吸收为例》

《走向世界的中国文学研究》

高建平：《全球化背景下的中国美学》
蒋寅：《李攀龙〈唐诗选〉在日本的流传与影响——日本接受中国文学的一个侧面》
黎湘萍：《思想家的"孤独"——关于陈映真的文学和思想与战后东亚诸问题的内在关联》
李玫：《一个有待破解的谜：中国古代戏曲与印度古代戏剧的关系》
刘平：《日本左翼戏剧对中国左翼戏剧的影响》
杨匡汉、许福吉：《由意象到图像：母题的生长与演进——海外华文文学母题研究之一》
杨早：《20世纪早期上海通俗小说中的西方形象》
张中良：《翻译文学在现代文学史上的地位——以五四时期为例》
赵京华：《动荡时代的生活史与心灵记录——周作人与松枝茂夫的往来通信》
周瓒：《翻译与性别视域中的自白诗》

《传承·创新》

陈思：《"边缘"与"中心"的抗争——从权利话语的视角探析女性、翻译及女性主义翻译研究》
蒋骞：《翻译杂合性探微——兼评〈文学翻译杂合研究〉》
蒋庆胜：《英语同音同形异义双关语翻译方法探析》
夏维红：《异化之"异"——韦努蒂"异化"翻译思想研究》
肖岚婷：《论文学翻译过程中意境的体会及体现》
杨加伟：《文化研究的入侵：透视翻译研究的文化转向》
赵汗青：《反思文学翻译中的"杂合"现象——以语言学为视角》
周岷：《〈道德经〉首章四种英译本述评》

《首都外语论坛》

范岭梅：《〈黑暗的心脏〉中结构"延迟解码"》
郝澎：《从五个汉译本看〈杰·阿尔弗瑞德·普洛弗洛克的情歌〉的难点》
李悦、包通法：《美是真的不完全及其翻译观》
谈薇：《〈绮梦春色〉中的妇女形象解析》
王成：《〈我是猫〉在中国的经典化过程》
杨波：《康德的"审美观念"和"天才"说对意境论的启发》
于江霞：《英语翻译之美学探讨》
于明清：《果戈里入世的神秘主义》
张盼慧、包通法：《从体验视角浅谈〈红楼梦〉英译中的隐喻翻译》
张清：《杜拉斯笔下的"中国情人"》

《学科视野下的外语教育教学研究》

柏舟：《汉化莎士比亚——诗歌翻译的风格选择与意境再造》

罗师勇：《小议许渊冲"三美"理论在诗词翻译中的体现》

谢屏：《从翻译看马克思主义中国化探索过程的肇始》

姚丹丹：《从双性同体角度重新诠释〈安东尼与克里奥佩特拉〉中的克里奥佩特拉形象》

詹婷：《从艾略特"猫"诗到韦伯的"猫"剧：女性原型形象的发展》

《四川外语学院成都学院十周年校庆论文集》

陈勉：《"亨利式结尾"的结构主义解读：两种叙事模式的争夺与依靠》

焦云韫：*Nida's Theory and Cross-Cultural Translation*

李玲：《批评者眼中的译者》

刘芳：《模因论视角下的英语习语翻译》

唐楷：《也谈 Slowly 一诗的汉译》

唐弦韵：《文字作为媒介在施林克小说〈朗读者〉中所起的作用》

王瑾：《电影名字的翻译比较——翻译中的"忠实"问题》

王玲：《从公示语不规范英语翻译说起》

张婕：《在身份的迷惑与寻找中塑造的"他者"形象——对赛珍珠作品〈东风·西风〉的解读》

朱丹：《庞德汉诗英译的后现代认同》

《外国语研究文集》

Deng Hong：On the Passive in English and Chinese and Its Translation.

Wang Fei：Translation and Cultural Prosperity.

蔡文：《在孤独中抗争与超越——简论厄内斯特·海明威的〈老人与海〉》

和灿欣：《一个商业时代里的文化符号——解读希尔顿〈消失的地平线〉中的"香格里拉"形象》

黄俊娟：《格式塔心理学与诗学翻译》

李琼：《〈红楼梦〉习语中民族色彩的翻译处理方法》

林华：《从目的论角度看旅游文本的翻译策略》

刘炜、宋小平：《海明威短篇小说〈我的老头儿〉解析》

徐琼：《毛姆的女性观及他笔下的女性形象》

张玉兰：《论英语谚语的美学属性》

朱云莉：《互文性在汉语"对举反义词"翻译中的应用》

《跨文化研究前沿》

Liu Lihua：The Function of Translation in China in the Globalization Era Revisited.

Peng Ping：Transmutation of Modern China's Attitude to Western Culture from the Perspective of Translation.

Xia Tingle: Maze or Bridge: A Word on the Necessity of Compensation in Cultural Translation.

姚燕:《跨文化态度——一种跨文化交往的伦理》

《外交学院 2009 年科学周论文集》
吕惠:《凯瑟琳·安·波特小说中的性别、种族、阶级》
王晓侠:《萨洛特作品中的语言学——一种"向性真实"的表达》
杨柳:《好莱坞电影中华裔男性刻板形象浅析》
于倩:《奴隶制的梦魇——〈马奇〉的创伤解读》

《研究生英语教学与研究 2010》
李杰:《他者的凋零——从女性主义角度论乔特鲁德》
倪庆行、李志岭:《〈茅屋为秋风所破歌〉的翻译对比兼论译本综合翻译等值观》
武田田:《文化流放中的托尼·莫里森和〈宠儿〉》
余艳娥:《房子与身份认同——解读〈典型的美国佬〉》
朱宪春:《习语翻译:从归化走向异化》

《全球化时代的世界文学与中国"当代世界文学与中国"国际学术研讨会论文集》
曹顺庆:《从比较文学学科发展史看文化软实力较量》
陈惇:《穆木天与象征主义》
陈跃红:《学术处境与范式重构——浅议中国比较文学的身份认同与问题意识》
陈众议:《为有源头活水来——当代外国文学与中国文学三十年》
何云波:《全球化与 20 世纪中国文论话语转型》
孟华:《皮之不存,毛将焉附——试论国际文学关系研究的地位与作用》
童庆斌:《当代中国文学怎样能具有世界性》
王宁:《"世界文学"与翻译》
蔚雅风:《写一首中文诗,使其歌唱——创意的翻译空间》
杨慧林:《文学研究与宗教研究的"比较"意识和"对话"精神》
杨俊杰:《歌德的遗嘱:关于世界文学》
伊沙:《中国当代诗歌:从"全球化"说开去》
余中先:《〈世界文学〉与中国的外国文学翻译》
张汉良:《世界文学与第三世界文学的再反思》
张炯:《世界格局与中国近三十年文学》
张柠:《第三世界与中国当代文学》
张欣:《寻找上帝的人性——当代欧美耶稣小说》
张遇:《三十年来世界文学译介与〈译林〉》
赵勇:《面向世界:中国当代文学还缺少什么》

《在地球的这一边：第十届亚洲儿童文学大会论文集》
邓名韵：《东方美人鱼？〈小美人鱼〉在华文世界的变身/变声——翻译与改写研究》
霍玉英：《译介的考量与影响——西方儿童图画书在〈儿童乐园〉》
马力：《返回始源——未来世界儿童文学发展的方向》
彭懿：《从两本中国图画书看东方的美学追求》
钱淑英：《东方魔幻：全球化与本土突围》
饶远：《让童书在亚洲漂流》
韦苇：《评价儿童文学，东方可否有自己独立的标准？》
谢鸿文：《当代中国台湾少年小说呈现的世界图像》
赵霞：《中国儿童文学研究的国际视野与本土化问题》
周龙梅：《日本三大童话巨匠的作品在中国的译介与传播》

《当代美国戏剧研究：第十四届全国美国戏剧研讨会论文集》
陈立华：《谁的鼓声穿透了时空——追溯尤金·奥尼尔在中国内地的传播与接受》
陈尧：《论奥尼尔〈诗人的气质〉和〈更庄严的大厦〉中错位的拜伦式想象》
崔辰：《从文本到银幕的戏剧张力——谈戏剧〈怀疑〉的电影改编》
丁芳：《论〈小镇风情〉的时空处理及其与中国戏曲的差异》
樊金琪：《囿于人性迷宫中的〈欲望号街车〉》
郭跃华：《〈蝴蝶君〉中的霸权主义意识形态》
何蕾：《戏剧〈推销员之死〉中的悲剧思想》
黄玲林：《论〈推销员之死〉中烟消云散的"谎言"》
靳雅琴：《残缺的家庭失衡的心理——论〈玻璃动物园〉悲剧人物的现实意义》
李晶：《空间的性别 性别的空间——论〈琐事〉中家庭空间的政治关系》
李双艳：《自我之困境——浅析剧作〈天边外〉中人物的悲剧》
林丽：《〈等待戈多〉与〈车站〉中分裂的自我与生存之荒》
刘红卫：《论阿瑟·米勒剧作〈都是我的儿子〉中的伦理价值观的冲突》
刘慧、李姝娟、沈训娇：《永远在路上——从〈毛猿〉看奥尼尔的基督教意识》
刘松涛、黄婷婷：《〈蝴蝶君〉——沉亡于幻想中的蝴蝶》
刘娅：《〈等待老左〉——令人共鸣的戏剧语言》
卢秋平、赵淑芳：《论〈推销员之死〉中洛曼悲剧命运的原因》
罗晓燕：《第14届全国美国戏剧研讨会成果述评》
彭家海、安璐璇：《从〈榆树下的欲望〉看尤金·奥尼尔的美国现代悲剧思想》
彭雅琼：《男性传统被解构了吗——剧作〈费芙和她的朋友们〉中的女人们》
苏晖：《〈外国文学研究〉杂志与我国改革开放以来的美国戏剧研究》
谭华：《探索"送冰的人来了"接受之谜》
王莉：《阿瑟·米勒作品中的生态思想》
王娜：《"欲望"的伦理化——论〈榆树下的欲望〉的曲剧改编》
谢群：《在善的追寻中迷失——关于〈奇异的插曲〉的伦理学解读》

杨捷：《悲剧性：悲剧教学中的一个审美原则——以尤金·奥尼尔的悲剧为个案》
杨梅：《进入天堂的凯歌——〈允准上天堂的运动员之狂喜〉》
张连桥：《易卜生与奥尼尔戏剧人物的自我观念——以〈培尔·金特〉和〈无穷岁月〉为例》
张生珍：《自然主体性：尤金·奥尼尔戏剧生态意识探析》
张辛：《从剧本到电影——试论〈欲望号街车〉的现实主义倾向》
郑飞：《试用语料库分析〈悲悼〉中海岛的意象》

《多元文化格局中的民族文学研究：中国社会科学院民族文学研究所建所30周年论文集》
朝戈金：《从荷马到冉皮勒：反思国际史诗学术的范式转换》
郎樱：《西域歌舞戏对中原戏剧发展的贡献》
莎日娜：《〈卖油郎独占花魁〉蒙译本的译文变化》
汤晓青：《比较文学视阈下的中国各民族文学关系研究》
张春值：《朝鲜族移民小说与身份认同》

《莎士比亚戏剧研究》
郝戎：《永远的莎士比亚》
沈林：《莎剧的重现与再生》

《文本与视觉的互动：英美文学电影改编的理论与应用》
顾瑶：Circulating Romeo and Juliet: location, intention and images.
胡亚敏：《岁月流逝中悄然变化的越南战争——论小说〈沉静的美国人〉及两部电影改编》
黄佳、孙祯祥：《视觉的文学思想者——电影〈法国中尉的女人〉的改编艺术》
李平：The Reinvented Identity of Salome: from Seductress and Murderess to Goddess of L Jove.
梁颖：《女性的乌托邦还是反乌托邦？——评〈女仆的故事〉的电影改编》
吕晓志：《超越文字：影像叙事的魅力——以〈纯真年代〉为例》
万永芳：《论基于文学改编的电影对英美文学教学的辅助》
王红：《菲利普·罗斯〈人性的污点〉——小说与同名改编电影评析》
王欣：《〈白雪公主〉的四副面孔》
王予霞：《外国文学教学改革与影像文化》
韦照周：《〈洛丽塔〉小说和电影对比研究》
吴辉：《改编的艺术——以莎士比亚为例》
许苗：《论电影与文学作品在英美文学教学中的互动》
许娅：《克莱夫：福斯特笔下的柏拉图式同性恋——从小说和电影的比较看同性恋身份的不同建构》

刘玉红、罗耀光：《恐怖是一门技术——论〈德勒兹与恐怖电影〉》
叶宁：《紧贴时代的"重现"——从〈地心游记〉看科幻小说的电影改编》
于雷：《"疯癫"与"或然历史"——论电影〈法国中尉的女人〉之反历史叙写》
张璟慧：《"化"的方式：中国古典美学中的"乱里春秋"与艺术创作——藉从戏剧〈李尔王〉到电影〈乱〉的改编试论艺术创作的方式》
赵秀福：《形象、直观的再现——论1994年电影版〈小妇人〉》
朱建新：《作为一种文学批评的电影改编——以对亨利·詹姆斯小说〈华盛顿广场〉的改编为例》

《走过十年：江苏省文艺评论家协会成立十周年优秀论文集》
付少武：《论生死母题在西方戏剧中的表现形态》

《在曲折中开拓广阔的道路：中国当代文学六十年国际学术研讨会论文集》
梁丽芳：《从英译作品看六十年来中国当代文学在北美的接受情况》
柳泳夏：《"他者"华人的中国性（Chineseness）想象——以旧金山华人文学为中心》

《论学武夷：中国现代文学研究会第四次青年学者研讨会论文集》
咸立强：《翻译·译入语与文学汉语的现代性想象》

四 2010年度比较文学专著索引

（一）比较文学学科理论

曹顺庆主编：《比较文学教程》，高等教育出版社2010年版。

曹顺庆、王向远主编：《中国比较文学年鉴》，中国社会科学出版社2010年版。

曹顺庆：《比较文学——东方与西方12》，四川大学出版社2010年版。

陈永国、尹星主编，大卫·达姆罗什主编：《新方向——比较文学与世界文学读本》，刘蓓译，北京大学出版社2010年版。

高旭东主编：《多元文化互动中的文学对话：中国比较文学学会第九届年会暨国际学术研讨会》，北京大学出版社2010年版。

刘介民编译：《见证中国比较文学30年1979—2009：John J, Deeney（李达三）、刘介民往来书札》，广东高等教育出版社2010年版。

孟昭毅、黎跃进、郝岚：《简明比较文学原理》，北京大学出版社2010年版。

赵小琪主编：《比较文学教程》，北京大学出版社2010年版。

张健主编：《全球化时代的世界文学与中国："当代世界文学与中国"国际学术研讨会论文集》，中国社会科学出版社2010年版。

张旭：《跨越边界：从比较文学到翻译研究》，北京大学出版社2010年版。

中国社会科学院文学研究所编：《世界文学中的现实主义问题》，知识产权出版社2010年版。

（二）比较诗学

陈奇佳、宋晖：《被围观的十字架：基督教文化与中国当代大众文学》，中国社会科学出版社2010年版。

费小平：《家园政治：后殖民小说与文化研究》，北京大学出版社2010年版。

范丽娟：《穿越时空的对话——中英浪漫主义诗学比较研究》，黑龙江人民出版社2010年版。

葛卉：《话语权力与20世纪90年代后中国文论转型》，中国社会科学出版社2010年版。

侯洪：《中法近现代诗学生成之道比较研究》，光明日报出版社2010年版。

季玠：《野地里的百合花——论新时期以来的基督教文学》，中国社会科学出版社2010年版。

［美］劳伦斯·布伊尔：《环境批评的未来：环境危机与文学想象》，刘蓓译，北京大学出版社2010年版。

马奔腾：《禅境与诗境》，中华书局2010年版。

权雅宁：《文化自觉与三十年文学论稿》，中国社会科学出版社2010年版。

田义勇：《审美体验的重建：文论体系的观念奠基》，复旦大学出版社2010年版。

吴作奎：《冲突与融合：中国现代批评文体论》，武汉大学出版社2010年版。

王柯平主编：《中国现代诗学与美学的开端》，上海锦绣文章出版社、上海文艺出版集团2010年版。

王惠：《荒野哲学与山水诗》，学林出版社2010年版。

万晴川：《中国古代小说与民间宗教及帮会之关系研究》，人民文学出版社2010年版。

闫月珍：《叶维廉与中国诗学》，中国社会科学出版社2010年版。

叶舒宪：《文学人类学教程》，中国社会科学出版社2010年版。

杨华基、刘登翰主编：《阐释的焦虑：当代台湾理论思潮解读（1987—2007）》，福建人民出版社2010年版。

章辉：《后殖民理论与当代中国文化批评》，河南大学出版社2010年版。

张茁：《语言的困境与突围：文学的言意关系研究》，中国社会科学出版社2010年版。

张晶：《禅与唐宋诗学》，新星出版社2010年版。

张成权：《道家、道教与中国文学》，安徽大学出版社2010年版。

朱徽：《中英诗艺比较研究》，四川大学出版社2010年版。

周启超主编：《跨文化的文学理论研究》，北京大学出版社2010年版。

（三）中西比较文学

陈致主编：《跨学科视野下的诗经研究》，上海古籍出版社2010年版。

江弱水：《古典诗的现代性》，生活·读书·新知三联书店2010年版。

龙泉明等：《跨文化的传播与接受：20世纪中国文学与外国文学的关系》，人民文学出版社2010年版。

李奭学：《中国晚明与欧洲文学：明末耶稣会古典型证道故事考诠》，生活·读书·新知三联书店2010年版。

牟学宛：《拉夫卡迪奥·赫恩文学的发生学研究》，北京大学出版社2010年版。

牛运清、丛新强、姜智芹：《民族性·世界性：中国当代文学专题研究》，山东大学出版社2010年版。

任显楷:《跨学界比较实践:中美学界的丁玲研究》,四川文艺出版社 2010 年版。

孙艳娜:《莎士比亚在中国》,河南大学出版社 2010 年版。

宋莉华:《传教士汉文小说研究》,上海古籍出版社 2010 年版。

唐蔚明:《显现中的文学:美国华裔女性文学中跨文化的变迁》,南开大学出版社 2010 年版。

王国巍:《敦煌及海外文献中的李白研究》,巴蜀书社 2010 年版。

汪介之:《文学接受与当代解读:20 世纪中国文学语境中的俄罗斯文学》,北京师范大学出版社 2010 年版。

徐菊:《经典的嬗变:〈简·爱〉在中国的接受史研究》,上海文艺出版社 2010 年版。

闫立飞:《历史的诗意言说:中国现代历史小说文体研究》,天津社会科学院出版社 2010 年版。

袁荻涌:《中外文学的交流互润》,贵州民族出版社 2010 年版。

叶嘉莹:《叶嘉莹谈词》,南开大学出版社 2010 年版。

祝宇红:《"故"事如何"新"编:论中国现代"重写型"小说》,北京大学出版社 2010 年版。

周颖菁:《近三十年中国大陆背景女作家的跨文化写作》,武汉大学出版社 2010 年版。

张晔主编:《后现代英语女性文学译介描述性研究》,黑龙江人民出版社 2010 年版。

(四) 东方比较文学

安勇花:《夏目漱石的汉诗世界》,延边大学出版社 2010 年版。

蔡美花主编:《中韩文论关联研究》,延边大学出版社 2010 年版。

常文昌主编:《世界华语文学的"新大陆":东干文学论纲》,中国社会科学出版社 2010 年版。

高文汉、韩梅:《东亚汉文学关系研究》,中国社会科学出版社 2010 年版。

胡建次、邱美琼编著:《日本中国古典诗学研究 500 家简介与成果概览》,江西人民出版社 2010 年版。

侯传文:《话语转型与诗学对话:泰戈尔诗学比较研究》,中国社会科学出版社 2010 年版。

姜景奎、郭童编:《多维视野中的印度文学文化:刘安武先生八十华诞纪念文集》,阳光出版社 2010 年版。

姜振昌、刘怀荣主编:《东亚文学与文化研究》,中国社会科学出版社 2010 年版。

金玉兰:《中韩〈三国志演义〉体裁演变研究》,民族出版社 2010 年版。

李小荣:《汉译佛典文体及其影响研究》,上海古籍出版社 2010 年版。

黎湘萍主编:《事件与翻译:东亚视野中的台湾文学》,中国社会科学出版社 2010 年版。

刘舸:《民族主义视野中的中日文学研究》,湖南大学出版社 2010 年版。

刘艳萍：《姜敬爱与萧红小说创作之比较研究》，延边大学出版社2010年版。
［韩］闵宽东：《中国古典小说在韩国的研究》，学林出版社2010年版。
任明华：《越南汉文小说研究》，上海古籍出版社2010年版。
孙玉霞：《朝鲜诗人丁茶山的诗歌创作研究：兼论与杜诗之比较》，旅游教育出版社2010年版。
孙虎堂：《日本汉文小说研究》，上海古籍出版社2010年版。
申昌顺：《中韩小说的女性形象比较研究》，黑龙江朝鲜民族出版社2010年版。
谭晶华主编：《历史足迹与学术现状——日本文学研究会三十周年纪念文集》，译林出版社2010年版。
王富仁主编：《东亚文化与中文文学》，首都师范大学出版社2010年版。
王燕、卢茂君：《井上靖中国题材历史小说研究》，九州出版社2010年版。
吴正荣：《佛教文学概论》，云南大学出版社2010年版。
汪燕岗：《韩国汉文小说研究》，上海古籍出版社2010年版。
徐日权：《中朝文学交流研究》，延边人民出版社2010年版。
于永梅：《日本古代汉文学与中国文学比较研究》，辽宁大学出版社2010年版。
张弘、余匡复：《黑塞与东西方文化的整合》，华东师范大学出版社2010年版。
张晓希：《日本古典诗歌的文体与中国文学》，南开大学出版社2010年版。

（五）翻译文学

蔡华：《译逝水而任幽兰：汪榕培诗歌翻译纵横谈》，北京师范大学出版社2010年版。
辜正坤：《中西诗比较鉴赏与翻译理论》，清华大学出版社2010年版。
何悦：《文学翻译漫谈与杂评》，大连理工大学出版社2010年版。
姜倩：《幻想与现实：二十世纪科幻小说在中国的译介》，复旦大学出版社2010年版。
李春江：《译不尽的莎士比亚：莎剧汉译研究》，天津社会科学院出版社2010年版。
李丽：《生成与接受：中国儿童文学翻译研究（1898—1949）》，湖北人民出版社2010年版。
李磊荣：《文化可译性视角下的"红楼梦"翻译》，上海译文出版社2010年版。
卢玉卿：《文学中的科学翻译与艺术翻译：文学作品中言外之意的翻译研究》，南开大学出版社2010年版。
刘芳：《翻译与文化身份：美国华裔文学翻译研究》，上海交通大学出版社2010年版。
廖七一：《中国近代翻译思想的嬗变：五四前后文学翻译规范研究》，南开大学出版社2010年版。
马蓉编著：《翻译审美与佳作评析》，宁夏人民出版社2010年版。
明明：《文学翻译与中西文化交流：以海明威作品翻译为例》，中国石油大学出版社2010年版。
王晓元：《翻译话语与意识形态：中国1895—1911年文学翻译研究》，上海外语教育出版社 2010 年版。

王方路：《唐诗三百首白话英语双译探索》，复旦大学出版社 2010 年版。

王明树：《"主观化对等"对原语文本理解和翻译的制约：以李白诗歌英译为例》，汕头大学出版社 2010 年版。

王宏印：《文学翻译批评论稿》，上海外语教育出版社 2010 年版。

温中兰、贺爱军、于应机编著：《浙江翻译家研究》，上海交通大学出版社 2010 年版。

许钧等：《文学翻译的理论与实践：翻译对话录》，译林出版社 2010 年版。

咸立强：《译坛异军：创造社翻译研究》，人民出版社 2010 年版。

杨雪：《多元调和：张爱玲翻译作品研究》，浙江大学出版社 2010 年版。

张晔主编：《后现代英语女性文学译介描述性研究》，黑龙江人民出版社 2010 年版。

赵颖：《创造与伦理：罗蒂公共"团结"思想观照下的文学翻译研究》，中国社会科学出版社 2010 年版。

赵秀明、赵张进：《文学翻译批评：理论、方法与实践》，吉林大学出版社 2010 年版。

五 2010年度中国各主要大学比较文学博士、硕士论文索引

说明：

1. 该论文索引的资料数据主要来自中国知网中国博士学位论文全文数据库、中国优秀硕士学位论文全文数据库、万方中国学位论文文摘数据库、国家图书馆硕博士学位论文库以及北京大学学位论文库、北京师范大学学位论文库等高校学位论文库。

2. 该索引原则上只收录"比较文学与世界文学"学科的比较文学类博士/硕士论文，也酌情收录其他学科方向（诸如文艺学、中国现当代文学、中国古典文学、英语语言文学等）的比较文学类论文，对于其他学科方向的比较文学类选题论文，一律在括号中加以注明。

3. 本索引的论文主要以作者毕业学校为单位，按照大学顺序排列，每行按照"作者名、导师名：论文名·毕业学校及所在专业（只注出非比较文学专业）"的格式，学校之间按照拼音排序，同毕业学校之间论文排名不分先后。

4. 因收集整理者学力水平限制，该索引定有错漏之处，敬请读者批评补正。

（一）博士论文索引

蔡青、赵沛林：《后殖民语境下美国华裔女性文学中的疾病书写分析》，东北师范大学（现当代文学）

李明信、逄增玉：《鲁迅与李光洙文学观比较》，东北师范大学（现当代文学）

安载鹤、孟庆枢：《日本近代以来〈聊斋志异〉的受容及其研究》，东北师范大学（日语语言文学）

张艳花、徐志啸：《毛姆与中国》，复旦大学

唐海东、陈思和：《异域情调·故国想像·原乡记忆》，复旦大学

田晋芳、徐志啸：《中外现代陶渊明接受之研究》，复旦大学

许丽青、陈思和：《钱钟书与英国文学》，复旦大学

盖建平、陈思和：《早期美国华人文学研究：历史经验的重勘与当代意义的呈现》，复旦大学

朱骅、杨乃乔：《赛珍珠与何巴特的中美跨国写作》，复旦大学

高天、陈思和：《中西古典文献中的战争叙事》，复旦大学

吴岚、陈思和：《"世界文学"视域下的中日现代文学比较研究》，复旦大学

潘秋云、吴兆路：《越南汉文赋对中国赋的借鉴与其创造》，复旦大学（古代文学）

王海远、徐志啸：《中日〈楚辞〉研究及比较》，复旦大学

宋贞和、黄霖：《〈西游记〉与东亚大众文化》，复旦大学（古代文学）

杨玲、陈庆元：《林译小说及其影响研究》，福建师范大学（古代文学）

刘宏照、张春柏：《林纾小说翻译研究》，华东师范大学（英语语言文学）

代云红、方克强：《中国文学人类学基本问题研究》，华东师范大学（文艺学）

金学品、陆晓光：《呈现与解构》，华东师范大学

杨波、关爱和：《晚清旅西记述研究（1840—1911）》，河南大学（现当代文学）

肖曼琼、蒋洪新：《翻译家卞之琳研究》，湖南师范大学（英语语言文学）

文浩、周启超：《接受美学在中国文艺学中的"旅行"：整体行程与两大问题》，湖南师范大学（文艺学）

张涛、王学谦：《理论与立场：海外中国现代文学研究"三家"论》，吉林大学（现当代文学）

张卓、张福贵：《跨文化交流与当代留学生文学研究》，吉林大学（现当代文学）

刘立娟、张福贵：《东南亚华文文学流脉的跨文化研究》，吉林大学（现当代文学）

陈云哲、张福贵：《跨界的想象与无界的书写》，吉林大学（现当代文学）

王宏刚、饶芃子：《在中西比较的视野中看中国古典悲剧的民族特色》，暨南大学（文艺学）

蒙星宇、王列耀：《北美华文网络文学二十年研究（1988—2008）》，暨南大学（文艺学）

侯金萍、饶芃子：《华裔美国小说成长主题研究》，暨南大学（文艺学）

丁国旗、蒋述卓：《中国隐逸文学之日本接受研究》，暨南大学（文艺学）

石培龙、赵学勇：《第二媒介时代的文学景观》，兰州大学（现当代文学）

卢玉卿、崔永禄：《文学作品中言外之意的翻译研究》，南开大学（英语语言文学）

吕敏宏、王宏印：《手中放飞的风筝》，南开大学（英语语言文学）

袁梅、单承彬：《中国古代神话中智慧导师阿尼玛原型及其承传移位》，曲阜师范大学（古代文学）

常如瑜、鲁枢元：《荣格：自然、心灵与文学》，苏州大学（文艺学）

王晶、梅子涵：《从文学经典到数码影像》，上海师范大学（现代当文学）

张俊、何兆熊：《对〈红楼梦〉中称呼语的所指和意图的研究：认知语用视角》，上海外国语大学（英语语言文学）

史节、卫茂平：《布莱希特诗歌作品中的中国文化元素》，上海外国语大学（德语语言文学）

郭海霞、史志康：《曼斯菲尔德与乔伊斯短篇小说的比较研究》，上海外国语大学（英语语言文学）

薛春霞、乔国强：《论菲利普·罗斯作品中美国化的犹太性》，上海外国语大学（英语语言文学）

付明端、张定铨：《从伤痛到弥合》，上海外国语大学（英语语言文学）

王厚平、冯庆华：《美学视角下的文学翻译艺术研究》，上海外国语大学（英语语言文学）

施佳胜、张健：《经典阐释翻译——〈文心雕龙〉英译研究》，上海外国语大学（英语语言文学）

耿强、谢天振：《文学译介与中国文学"走向世界"》，上海外国语大学（翻译学）

谢云才、吴克礼：《文本意义的诠释与翻译》，上海外国语大学（俄语语言文学）

周羽、王文英：《清末民初汉译小说名著与中国文学现代转型》，上海大学（现当代文学）

赵美玲、董乃斌：《中国古典诗歌在泰国当代的传播与影响》，上海大学（古代文学）

王青、李德凤：《基于语料库的〈尤利西斯〉汉译本译者风格研究》，山东大学（英语语言文学）

余婉卉、涂险峰：《"学为世界人"的迷思——晚清民国文学中的留学生形象》，武汉大学

程静、吴泓缈：《中西创世纪神话对比研究》，武汉大学（法语语言文学）

中英伦葩、杜青钢：《让·雅克卢梭〈遐思录〉中的水与山及其道家思想》，武汉大学（法国文学）

纪海龙、方长安：《"我们"视野中的"他者"文学》，武汉大学（现当代文学）

张晶、赵小琪：《东南亚华文诗歌的中国想象》，武汉大学

葛红、韩理洲：《宇文所安唐诗史方法论研究》，西北大学（古代文学）

白玉陈、李岩：《朝鲜近代爱国启蒙运动时期小说理论的革新与梁启超》，中央民族大学（少数民族语言文学）

王国彪、文日焕：《车天辂汉诗研究》，中央民族大学（少数民族语言文学）

赵妍、李岩：《比较文学视野下的中朝乐府诗研究》，中央民族大学（少数民族语言文学）

金慧子、文日焕：《韩中巾帼英雄小说比较研究》，中央民族大学（朝鲜古典文学）

孙玉霞、李岩：《丁茶山与杜甫诗歌创作的比较研究》，中央民族大学（少数民族语言文学）

龙玉霞、徐岱：《走向人类学诗学》，浙江大学（文艺学）

（二）硕士论文索引

王佳佳、章池：《弗洛伊德精神分析批评在中国的发展与实践研究》，安徽师范大学（文艺学）

刘钰、梅晓娟：《郑振铎诗歌创作与郑译泰诗关系研究》，安徽师范大学（英语语

言文学）

陶锋、周方珠：《论目的论在文学翻译中的适用性》，安徽大学（外国语言学及应用语言学）

黄超、周方珠：《功能主义翻译观观照下的译者风格》，安徽大学（外国语言学及应用语言学）

梁薇、田德蓓：《中国文化海外传输——林语堂的文化翻译》，安徽大学

毛锦、田德蓓：《福尔摩斯探案小说汉译的文化研究》，安徽大学

王惠珍、田德蓓：《论张爱玲"食人"式翻译特色及其心理成因》，安徽大学

潘俊梅、吴家荣：《赛珍珠三部作品中的中国他者形象之演变》，安徽大学

范倩倩、赵凯：《中西古典悲剧同异性探微》，安徽大学（文艺学）

张小荣、朱万曙：《中西戏剧传统与田汉早期戏剧关系》，安徽大学（戏剧戏曲学）

河贞美、蒋朗朗：《中国当代小说在韩国的接受情况研究》，北京大学（现当代文学）

张良博、武立红：《从多元系统论的角度论〈新青年〉的翻译活动》，北京林业大学（英语语言文学）

梁雅玲、郭海云：《一位西方作家视阈中之中国——对赛珍珠小说中国形象的后殖民解读》，北京交通大学（英语语言文学）

张一弛、程丽华：《比较文学视野下的生命意志的主题研究——比较〈小癞子〉与〈摩尔·弗兰德斯〉的异同》，长春理工大学（外国语言学及应用语言学）

郑颗颗、杨洁：《接受美学观照下的小说翻译》，长沙理工大学（外国语言学及应用语言学）

陈颖、成松柳：《美籍学者孙康宜的中国古典诗词研究》，长沙理工大学（中国古代文学）

黄河卫、张喜华：《西方人眼中完美的中国形象——东方主义视域中的〈消失的地平线〉》，长沙理工大学（英语语言文学）

陈学岚、陈爱华：《芥川龙之介与鲁迅的比较研究》，重庆大学（外国语言学与应用语言学）

罗燕、徐铁城：《论外国文学翻译的第三类语言》，重庆大学（外国语言学及应用语言学）

杨德玲、范定洪：《接受美学视角下儿童文学的文化翻译研究》，重庆大学（外国语言学及应用语言学）

张治慧、徐铁城：《文学翻译经典的构成要素》，重庆大学（外国语言学及应用语言学）

辛建飞、贺微：《哲学阐释学视角下文学翻译中的译者主体性及其他》，重庆师范大学（英语语言文学）

曾珠、周晓风：《海外移民视野下的"文革书写"——论严歌苓的"文革"题材创作》，重庆师范大学（中国现当代文学）

梁爽、靳明全：《论欧阳予倩戏剧艺术的日本观照》，重庆师范大学

华裕涛、张晶:《意识形态对英译〈水浒传〉的操纵》,东北林业大学(英语语言文学)

孙雅丹、林岚:《村上春树小说的语言特色及翻译特色》,东北师范大学(日语语言文学)

田晓宁、刘建军:《国内菲利普·罗斯的翻译和介绍研究》,东北师范大学

金凤龄、林岚:《东亚古代文献中司水的诸神》,东北师范大学(日语语言文学)

韩芳、刘研:《苏童〈碧奴〉与阿特伍德〈珀涅罗珀记〉的比较研究》,东北师范大学

胡怡晴、赵沛林:《莎士比亚"十四行诗"和李商隐〈无题〉诗的比较研究》,东北师范大学

鄂巍、宋世彤:《从〈闪亮闪亮〉看美国日裔的成长》,东北师范大学(英语语言文学)

沙原、修树新:《近十年中美评论视野中的莫里森小说〈秀拉〉》,东北师范大学(英语语言文学)

刘春玉、程革:《东西小说的叙事伦理研究》,东北师范大学(文艺学)

代步云、黄凡中:《五四文学中宗教精神探析》,东北师范大学(中国现当代文学)

于洋、孙佩霞:《中国の「行旅诗」と『古今和歌集』の「羁旅歌」の比较研究》,大连外国语学院(日语语言文学)

毕晓燕、邹振环:《近代文献翻译史上的"伍译"》,复旦大学(历史文献学)

朴彗廷、张业松:《周作人的宗教观——以萨满教、儒教、基督教为主》,复旦大学(中国现当代文学)

陈文烨、张业松:《消费时代的异国之恋——90年代汉语小说中的一种文化现象解读》,复旦大学(中国现当代文学)

徐艳、严锋:《皮格马利翁之恋——周作人对古希腊神话的译介》,复旦大学

蔡健、王建开:《"多元调和":张爱玲翻译的女性主义视角研究》,复旦大学(英语语言文学)

孙丽、葛桂录:《交流与融合》,福建师范大学

张杰、葛桂录:《晚清诗人眼中的英国形象》,福建师范大学

徐静、葛桂录:《镜像与真相——翟理思〈中国文学史〉研究》,福建师范大学

陈夏临、葛桂录:《"爱美家"的"中国梦"——哈罗德·阿克顿爵士与中国》,福建师范大学

郭志云、辜也平:《从文艺思潮到艺术方法——茅盾与西方现代主义研究》,福建师范大学(中国现当代文学)

曾奕晖、林元富:《华裔美国人的第三空间身份建构》,福建师范大学(英语语言文学)

张二菊、蔡春华:《20世纪二三十年代谷崎润一郎在中国》,福建师范大学

沈婷婷、邱岭:《〈源氏物语〉与〈长恨歌〉的比较文学研究》,福建师范大学

陈丽婷、李小荣:《王安石与〈维摩经〉、〈楞严经〉关系研究》,福建师范大学

（古代文学）

廖凯军、苏文菁：《明代游记、小说与戏曲中的海外国家形象》，福建师范大学

赖康生、钟平：《从接受理论角度看文学翻译中的创造性叛逆》，赣南师范学院（英语语言文学）

张建秀、李国庆：《从语篇体裁的社会目的看戏剧翻译策略的选择》，广东商学院（英语语言文学）

仝一菲、唐高元：《文学翻译中译者的显身》，广西师范大学（英语语言文学）

张园园、刘铁群：《论新移民女作家张翎的小说世界》，广西师范大学（中国现当代文学）

岳海东、黄伟林：《别有新声在异邦——论后殖民语境中的北美新移民文学》，广西师范大学（中国现当代文学）

殷羽、李江：《论华裔作家施玮的灵性写作》，广西师范大学（中国现当代文学）

唐丽、肖百容：《莎士比亚对废名的影响研究》，广西师范大学（中国现当代文学）

张健、肖百容：《鲁迅与易卜生——鲁迅对易卜生的继承和发展》，广西师范大学（中国现当代文学）

曹瑜、丁来先：《马尔库塞新感性理论与中国女性文学感性化写作》，广西师范大学（美学）

李晓鸥、雷锐：《美国华文文学文革题材小说研究》，广西师范大学（中国现当代文学）

蔡乾、吴锡民：《博尔赫斯小说中的中国形象》，广西师范学院

叶惠英、吴锡民：《杜鲁门·卡波特研究在中国》，广西师范学院

梁素素、刘加媚：《论中国文化对庞德诗歌创作的影响》，广西师范学院（英语语言文学）

刘晶晶、吴锡民：《克莱门茨〈大学比较文学〉研究》，广西师范学院

耿海霞、谢永新：《村上文学研究在中国（1989—2009）》，广西师范学院

罗秋明、金丽：《当代罗城基督教信徒口述耶稣形象初探》，广西民族大学

马春芬、陆军：《〈茶馆〉两个英译本的语域等效实现研究》，哈尔滨工程大学（英语语言文学）

王治红、陆军：《乔治·斯坦纳阐释学视角下〈茶馆〉英译本的译者主体性研究》，哈尔滨工程大学（英语语言文学）

张琪、姚志忠：《系统功能语法视角下的古诗饮酒五不同英译本的翻译对比研究》，哈尔滨工程大学（英语语言文学）

杨丹、王立欣：《基于语料库的诗歌翻译标准研究》，哈尔滨工业大学（外国语言学及应用语言学）

郭颖、贾玉新：《从孙悟空和阿克琉斯的形象塑造看中西价值取向》，哈尔滨工业大学（外国语言学及应用语言学）

张伟卓、张文英：《多元系统理论视角下的中国近代文学翻译史研究》，哈尔滨理工大学（英语语言文学）

杨音、甄艳华：《伍尔夫诗学对中国现当代文学的影响》，哈尔滨理工大学（英语语言文学）

刘海波、马天俊：《斯大林时期文学与马克思主义哲学》，黑龙江大学（马克思主义哲学）

陶乐、胡燕春：《夏志清文学研究中的西方因素》，黑龙江大学

于嘉怿、柴文华：《论白璧德对中国文化的理解及其影响》，黑龙江大学（中国哲学）

宋琳、张予娜：《关于井上靖〈苍狼〉中成吉思汗征服欲的分析》，湖南大学（日语语言文学）

谭玮、张予娜：《井上靖中国历史题材小说〈敦煌〉中的中国形象研究》，湖南大学（日语语言文学）

刘燕妮、何江波：《从语性理论看 Matilda 三个中译本的文体风格再现》，湖南大学（英语语言文学）

袁琴英、张云：《翻译伦理观照下的诗歌翻译允准条件》，湖南大学（英语语言文学）

赖志伟、胡辉杰：《论王小波对卡夫卡的接受与疏离》，湖南大学（中国现当代文学）

肖菲、詹志和：《论老舍笔下的英国形象》，湖南师范大学

刘婷婷、赵炎秋：《金庸与司各特小说人物对比研究》，湖南师范大学

彭玉林、肖运初：《"五四"前后翻译文学对创作的影响——以茅盾为例》，湖南师范大学（英语语言文学）

周媛、吴培显：《跨文化视阈下不同的女性书写——张爱玲、赛珍珠小说比较论》，湖南师范大学（中国现当代文学）

邓竞艳、岳凯华：《张炜与俄国文学》，湖南师范大学（中国现当代文学）

陈海然、岳凯华：《选择与开掘——俄苏文学传统视野中的周立波》，湖南师范大学（中国现当代文学）

李娴静、黄振定：《接受美学指导下的儿童文学翻译》，湖南师范大学（翻译学）

冯娟、黄振定：《论田汉译著的本土文化特色》，湖南师范大学（英语语言文学）

张立红、蒋洪新：《林纾翻译小说的译介学研究》，湖南师范大学

罗虹、周文革：《从翻译伦理看林译小说中"误译"的理据》，湖南科技大学（外国语言学及应用语言学）

李晓烨、贾勤：《中西方酒诗中酒文化的对比研究》，湖北工业大学（外国语言学及应用语言学）

陈剑、袁筱一：《译者的视域》，华东师范大学（法语语言文学）

施秋蕾、张锷：《衔接与翻译》，华东师范大学（英语语言文学）

王珏、张春柏：《文学研究会（1921—1932）的翻译活动》，华东师范大学（英语语言文学）

杨艳、梁超群：《女性主义翻译的中国化解读——〈简·爱〉三译本的比较研究》，华东师范大学（英语语言文学）

任延玲、陆钰明：《〈牡丹亭〉个性化唱词的英译研究》，华东师范大学（语言学及应用语言学）

吴晓冬、陆钰明：《译者主体性视野下的鲁迅小说英译本研究》，华东师范大学（语言学及应用语言学）

包元瑾、傅惠生：《〈吉姆爷〉陌生化语言特色的翻译研究》，华东师范大学（语言学与应用语言学）

王琳、傅惠生：《〈一个青年艺术家的画像〉的语言变异及其在译文中的再现》，华东师范大学（语言学与应用语言学）

孙敏、范劲：《翻译或创造》，华东师范大学

高婧、范劲：《德语童话的中国漫游——以格林童话为代表谈其在中国的译介、传播、接受和影响》，华东师范大学

李馨宁、范劲：《论赛珍珠小说中的中国知识分子形象》，华东师范大学

伍娟娟、杜心源：《二十世纪二三十年代新月派对布鲁姆斯伯里的接受》，华东师范大学

杨忠闱、田全金：《别雷在中国（1921年—21世纪初）》，华东师范大学

李江、殷国明：《民国时期教会大学的文学教育与新文学之间的关系——对沪江大学校刊〈天籁〉（1912—1936）的一种考察》，华东师范大学（中国现当代文学）

许歆、马以鑫：《论严歌苓小说中的性别权力》，华东师范大学（中国现当代文学）

张晓、林在勇：《论英国汉学家韦利的〈楚辞·九歌〉研究》，华东师范大学（中国古代文学）

薛雪、程华平：《清后期白话长篇小说中的西方人形象（1840—1911）》，华东师范大学（中国古代文学）

丁瑾、顾伟列：《论德国学者莫宜佳中国古代中短篇叙事文学研究》，华东师范大学（中国古代文学）

刘洋、黄勤：《从后殖民理论视角论林纾的翻译》，华中科技大学（外国语言学及应用语言学

兰芬芳、陈玉红：《从原型模因理论看圣经原型在西方文学中的传播》，华中科技大学（外国语言学及应用语言学）

邓薇薇、王树槐：《〈红楼梦〉两译本中模糊语翻译对比研究》，华中科技大学（英语语言文学）

佟剑锋、王乾坤：《佛教的涅槃与文学的审美》，华中科技大学（中国现当代文学）

肖祥、胡亚敏：《"他者"与西方文学批评》，华中师范大学（文艺学）

张文、苏晖：《拜伦诗歌中的东方想象与自我建构》，华中师范大学

王博、胡亚敏：《当代涉外爱恋小说中的美国男性形象》，华中师范大学

杨蕾、邹建军：《论司各特苏格兰小说的生态意识》，华中师范大学

张雨、范志慧：《论文学翻译中译者的创造性发挥》，河北大学（英语语言文学）

付慧君、任淑坤：《从模糊语言看中国古诗英译》，河北大学（英语语言文学）

陈少娟、史锦秀：《赫·乔·威尔斯在中国的译介与影响》，河北师范大学

张志青、张俊才：《李健吾戏剧与法国文学——以福楼拜、莫里哀为例》，河北师范大学（中国现当代文学）

刘军、李伟昉：《20世纪初自然主义在中国的传播及变异学分析》，河南大学

冯志红、李伟昉：《生态视角下的库切小说》，河南大学

裴冉冉、胡全章：《诗界革命旗帜下的康有为海外诗研究》，河南大学（中国现当代文学）

陈璐、侯运华：《流浪者在天涯——试论中国近代留学生题材小说》，河南大学（中国现当代文学）

刘彦龙、刘进才：《论欧化对第一个十年中国新诗的影响》，河南大学（中国现当代文学）

荆子蕴、关合凤：《多丽丝·莱辛〈裂缝〉的生态女性主义解读》，河南大学（英语语言文学）

王建文、蔡新乐：《〈匹格梅梁〉的三个文本——儒家思想视角下的变形初探》，河南大学（英语语言文学）

谭云英、李渝凤：《李安电影文本的后殖民解读》，海南大学（英语语言文学）

唐洁、孙周年：《流浪方舟——论勒克莱齐奥与三毛的流浪书写及流浪精神》，江南大学

张宜琳、肖向东：《茨威格与施蛰存小说女性人物心理探析》，江南大学

陈春霞、肖向东：《苏童与麦卡勒斯小说的南方情结及呈现方式比较研究》，江南大学

林佳、肖向东：《论日本自然主义文学与张资平小说的艺术特质》，江南大学

胡德侠、包通法：《诗性智慧视野下翻译文学中译者主体性研究》，江南大学（英语语言文学）

张杰、张璘：《福尔摩斯走进中国——多元系统视角下的晚清侦探小说翻译》，江苏大学（外国语言学及应用语言学）

李静、戴玉群：《从语义和语用的视角看文学翻译的科学途径》，江苏科技大学（外国语言学及应用语言学）

袁真、吴可：《兔鸭之谜》，江西财经大学（英语语言文学）

袁莉莉、李玉英：《〈阿Q正传〉汉英语篇衔接手段的对比研究与翻译策略》，江西师范大学（英语语言文学）

田彬彬、尹允镇：《朱耀燮的中国题材作品研究》，吉林大学（亚非语言文学）

李晓晨、杨冬：《鲁迅与卡夫小说社会批判主题与反讽艺术的比较》，吉林大学

张琳、白杨：《余华小说叙事中的博尔赫斯印迹》，吉林大学（中国现当代文学）

鞠玲英、闫华（龙吟）：《中国凤凰意象的诗意流播之研究》，暨南大学（古代文学）

朱敏、王列耀：《花踪文学奖与马华新世代作家群》，暨南大学（现当代文学）

林金平、吴奕锜：《论20世纪70年代以来的新马华文女性文学》，暨南大学（现当代文学）

甘乐乐、闫月珍：《〈小说月报〉（1921—1931）俄国文学译介研究》，暨南大学（文艺学）

罗传清、刘新中：《东西小说的语言风格研究》，暨南大学（汉语言文字学）

曾珊、费勇：《边界与回归》，暨南大学（文艺学）

刘创明、费勇：《〈达摩流浪者〉与禅宗》，暨南大学（文艺学）

陈晓玲、苏桂宁：《中西文化互观下的姚木兰与斯佳丽——〈京华烟云〉与〈乱世佳人〉女主人公形象比较研究》，暨南大学（文艺学）

江媚、蹇昌槐：《杜拉斯的东方小说与支那帝国》，集美大学

阿曼古丽·衣明、姑丽娜尔·吾布力：《从翻译文学视角研究翻译家托乎提·巴克》，喀什师范学院（中国少数民族语言文学）

袁永平、樊得生：《拉康理论视域下的〈文心雕龙〉枢纽论》，兰州大学

徐艳、张进：《欧美文化视域下近代中国人的身体形象》，兰州大学

张璐、崔新京：《中西文学逆境英雄形象比较研究》，辽宁大学

刘洋、姜蕾：《解析〈典型的美国佬〉中华裔移民的文化身份认同》，辽宁大学（英语语言文学）

吴佳娣、杜林：《戴维·洛奇在中国》，辽宁师范大学

刘洋、董广才：《意象图式理论视角下的〈围城〉幽默英译研究》，辽宁师范大学（英语语言文学）

卢冬梅、董广才：《郁达夫〈故都的秋〉英译研究》，辽宁师范大学（英语语言文学）

殷珊、杨健平：《论王国维的悲剧美学思想》，牡丹江师范学院（文艺学）

张贵子、张明林：《从文学文体学角度看英语话剧风格的翻译》，宁波大学（英语语言文学）

王彦、刘志中：《试析中西文论中情景关系的不同内涵》，内蒙古大学（文艺学）

包兴星、高明霞：《本雅明艺术生产论对中国文学理论的影响》，内蒙古大学（文艺学）

樊丽、高明霞：《马尔库塞艺术形式论对中国文学批评美学观念的影响》，内蒙古大学（文艺学）

李晓红、魏玉梅：《〈送友人〉及英译文的系统功能语言学分析》，内蒙古大学（外国语言学及应用语言学）

刘艳青、刘志中：《〈文心雕龙〉文论术语英译问题研究》，内蒙古大学（文艺美学）

肖旭、王松涛：《英雄主义——比较〈三国演义〉中的关羽与〈老人与海〉中的圣地亚哥》，内蒙古大学（英语语言文学）

陆明芳、李亚白：《从弗洛伊德的人格结构看托尔斯泰及其作品中的人物》，内蒙古师范大学

李娜、李亚白：《美国华文文学中的他者形象》，内蒙古师范大学

李春香、王艳凤：《荷马史诗与〈江格尔〉原始思维比较》，内蒙古师范大学

高峰、王艳凤：《〈江格尔〉与〈伊利亚特〉审美比较》，内蒙古师范大学

龚利春、王艳凤：《〈江格尔〉与〈伊利亚特〉主要英雄之比较》，内蒙古师范大学

乌云其木格、王艳凤：《〈江格尔〉与荷马史诗之女性比较》，内蒙古师范大学

马慧、马晓华：《魔幻现实主义在中国的传播与接受》，内蒙古师范大学

李圆圆、李文军：《当代中国草原文学对西方现代、后现代元素的借鉴吸收》，内

蒙古师范大学

于立辉、郭剑敏：《二三十年代留苏知识分子的文学革新思想研究》，内蒙古师范大学（中国现当代文学）

岳文丽、郭剑敏：《五四新文学运动时期留美学生的文学革新思想研究》，内蒙古师范大学（中国现当代文学）

江英、孟广明：《中西意象理论比较初论》，南昌大学

任孝霞、杜吉刚：《比较文学辨"异"研究》，南昌大学

石黎华、孟广明：《传播视野下的比较文学形象学研究问题初探》，南昌大学

罗丽文、文师华：《社会性别视野下〈红楼梦〉与〈源氏物语〉之比较研究》，南昌大学

袁超、吴晓龙：《林译〈黑奴吁天录〉研究》，南昌大学（中国古代文学）

李慧懿、张渝生：《传统华人形象的颠覆与重塑——论〈喜福会〉中华人女性形象的塑造》，南昌大学

陆友平、孟广明：《人性乌托邦世界的理想构建与爱情悲剧的诗意化书写——沈从文〈边城〉与斯托姆〈茵梦湖〉的比较》，南昌大学

刘叶琳、贾德江：《评价理论在童话翻译中的应用》，南华大学（外国语言学及应用语言学）

曹军、袁亦宁：《从〈呼啸山庄〉两个中译本看英语文学文本汉译的结构转换》，南京航空航天大学（英语语言文学）

赵茜暖、成春有：《通过文学翻译的多译本比较看异文化翻译手法的使用》，南京农业大学（日语语言文学）

胡庭树、郁仲莉：《归化与异化视角下的唐诗形式翻译》，南京农业大学（英语语言文学）

王海霞、顾飞荣：《西方侦探小说中会话含义的传译》，南京农业大学（英语语言文学）

万么项杰、扎布：《〈五卷书〉与世界文学》，青海师范大学（少数民族语言文学）

武菲菲、魏韶华：《"老舍文学"中的异国形象——以英国和日本为中心》，青岛大学（中国现当代文学）

臧光亚、秦洪武：《基于语料库的儿童文学翻译语言研究》，曲阜师范大学（英语语言文学）

谢永贞、孙华祥：《一个文化闯入者的身份探求——〈华女阿五〉的后殖民解读》，曲阜师范大学（英语语言文学）

夏爽、谢安庆：《唐诗在中外艺术歌曲中的音乐文学特征探析》，曲阜师范大学（艺术学）

陈孝娥、吴舜立：《道家思想对19世纪前日本古代文学的影响》，陕西师范大学

严月英、吴舜立：《变形视域建构——卡夫卡与安部公房文学比较研究》，陕西师范大学

王隆博、陈学超：《探究严歌苓创作的人性世界》，陕西师范大学（中国现当代文学）

张昊、康林：《村上春树在我国的译介与研究》，上海外国语大学

肖艳、郑敏宇：《文学翻译中的误译问题》，上海外国语大学（俄语语言文学）

胡成蹊、陈伟：《文学译者的人文素养》，上海外国语大学（法语语言文学）

李思琪、王文新：《〈包法利夫人〉两个中文译本的比较分析》，上海外国语大学（法语语言文学）

付莹喆、谢天振：《张爱玲翻译活动研究》，上海外国语大学（翻译学）

蔡雯、陈坚林：《目的论下的儿童文学翻译》，上海外国语大学（英语语言文学）

陈德峰、徐海铭：《基于〈红楼梦〉及其翻译对介词"在"和"in"的对比研究》，上海外国语大学（英语语言文学）

李曼、吴刚：《林语堂翻译思想研究》，上海外国语大学（英语语言文学）

陆子晋、吴刚：《论文学翻译中文化因素的处理》，上海外国语大学（英语语言文学）

芮雪梅、李美：《赖斯翻译批评理论关照下的〈麦田里的守望者〉译本研究》，上海外国语大学（英语语言文学）

宋春艳、方永德：《从译者主体性角度分析李清照词的英译》，上海外国语大学（英语语言文学）

宋宛蓉、鲍晓英：《关联理论框架下〈红楼梦〉隐喻翻译的效度》，上海外国语大学（英语语言文学）

孙瑞、张琳：《朱生豪翻译风格研究》，上海外国语大学（英语语言文学）

童洁萍、冯庆华：《中西思维模式视角下的鲁迅作品翻译》，上海外国语大学（英语语言文学）

石洁、任生名：《福克纳在中国的译介及中国当代小说中的福克纳因素》，上海外国语大学

高凡凡、查明建：《王尔德在20世纪中国的译介与接受研究》，上海外国语大学

周思谕、李美：《清末民初对〈福尔摩斯探案集〉的译介》，上海外国语大学（英语语言文学）

云帆、孙黎：《殖民地上的男性气概：对毛姆的东方小说中男性主体的分析》，上海外国语大学（英语语言文学）

刘晓玲、谭业升：《中西"离家"童话的一项认知语言学研究》，上海外国语大学（英语语言文学）

张敏、张彤：《尤内斯库作品在中国1978年至今》，上海外国语大学（法语语言文学）

殷晓君、于漫：《中国寻根文学与拉美土著文学的联系——〈黑骏马〉和〈广漠的世界〉》，上海外国语大学（西班牙语言文学）

阮贞、石凯民：《等值理论视角下的文学作品翻译》，上海交通大学（外国语言学及应用语言学）

刘慧丹、胡开宝：《基于语料库的莎士比亚戏剧中话语标记"Well"的汉译研究》，上海交通大学（英语语言文学）

吕梁、刘佳林：《〈物种起源〉对〈艺术哲学〉的双重影响》，上海交通大学（文

艺学)

欧阳细玲、谭卫国：《伟大翻译家梁实秋研究》，上海师范大学（外国语言学及应用语言学）

张燕、梅子涵：《阿丽思在中国的沉重脚步——以阿丽思为例，略窥中国初创期的文学童话》，上海师范大学（中国现当代文学）

陈钰、朱宪生：《俄苏文学"红色经典"在中国——以〈钢铁是怎样炼成的〉为例》，上海师范大学

童亮亮、任一鸣：《近现代中国域外游记中的伦敦都市形象》，上海社会科学院（文艺学）

贺潇潇、杨剑明：《中西方文化对田汉戏剧观形成与戏剧创作的影响》，上海戏剧学院（戏剧戏曲学）

罗洁、燕世超：《〈华文文学〉对东南亚文学的传播与研究》，汕头大学（文艺学）

何倩、邓利：《西式的古典——论梁实秋对西方文艺思想的接受与改造》，四川师范大学（中国现当代文学）

杨晓丽、刘朝谦：《庄子与克尔凯郭尔痛感比较研究》，四川师范大学（文艺学）

李玮炜、杨亦军：《跨文化语境下的自然诗学观比较》，四川师范大学

谭永利、孙恺祥：《以冰心译〈吉檀伽利〉为例对双性同体的翻译观的阐释》，四川师范大学（英语语言文学）

杨易唯、杨亦军：《尤金·奥尼尔的悲剧创作与酒神精神》，四川师范大学

何艺杰、杨亦军：《索尔·贝娄作品的犹太性、异化主题及叙述手法》，四川师范大学

刘红艳、刘朝谦：《女性主义视角下〈钟形罩〉和〈无字〉中的癫狂女性形象研究》，四川师范大学（文艺学）

陈小强、肖明翰：《〈愤怒的葡萄〉中的圣经影响》，四川师范大学（英语语言文学）

栗丽进、杨艳如：《从傅雷的高老头译本看释意理论的应用》，四川外语学院（法语语言文学）

付爱、高伟：《新月社诗歌翻译选材研究》，四川外语学院（英语语言文学）

黄庆华、费小平：《"对岸的诱惑"：虹影小说〈K〉译本中的"中国形象"研究》，四川外语学院（英语语言文学）

李丹、费小平：《〈中国现代小说史〉大陆版"中译本"删节现象背后的意识形态问题研究》，四川外语学院（英语语言文学）

井永洁、张旭春：《〈世界公民〉里的中国形象》，四川外语学院

赵潞梅、张旭春：《"二拍"的结构主义研究》，四川外语学院

刘圆、晏红：《作为"Renaissance"与"新潮"的〈新潮〉》，四川外语学院

刘菲菲、晏红：《从沉沦到升华——精神分析学视域中的郁达夫小说人物伦理心态研究》，四川外语学院

秦妮、刘爱英：《论〈女勇士〉中华裔女性的重生》，四川外语学院（英语语言文学）

沈佳君、廖七一：《论晚清翻译小说对吴趼人小说创作的影响》，四川外语学院

（英语语言文学）

李翔、廖七一：《胡适短篇小说翻译研究》，四川外语学院（英语语言文学）

李运佳、廖七一：《对闻一多诗歌翻译形式探索的研究》，四川外语学院（英语语言文学）

毛琳茹、祝朝伟：《论戏剧翻译的"表演性"原则》，四川外语学院（英语语言文学）

蒲姗姗、杨全红：《林语堂译者主体性研究》，四川外语学院（英语语言文学）

王改霞、陈历明：《读者因素对文学翻译的影响》，四川外语学院（英语语言文学）

王薇、杨全红：《改写理论视角下清末民初〈福尔摩斯探案全集〉的翻译及其对〈霍桑探案集〉创作的影响》，四川外语学院（英语语言文学）

魏丽杰、廖七一：《冰心翻译思想探究》，四川外语学院（英语语言文学）

夏维红、廖七一：《翻译他者，构建自我》，四川外语学院（英语语言文学）

杨加伟、廖七一：《规范、主体性与诗形构建——徐志摩译诗选材与策略研究》，四川外语学院（英语语言文学）

陈莹、盖光：《文学活动的生态审美视域与生态伦理叙事》，山东理工大学（文艺学）

李承芝、魏建：《余华小说在韩国的接受》，山东师范大学（现当代文学）

张楠、刘在良：《和合本〈圣经〉的异化翻译及对中国现当代文学的影响》，山东师范大学（英语语言文学）

黄晓丽、曾繁亭：《〈静静的顿河〉在当代中国的接受研究（1949—2008）》，山东师范大学

魏桂秋、王化学：《狄更斯在中国的接受与影响》，山东师范大学

马春光、吕周聚：《论穆旦诗歌的存在主义思想》，山东师范大学（中国现当代文学）

袁华玉、朴银淑：《韩国儿童文学的产生与基督教的影响关系研究》，山东大学（亚非语言文学）

温彤、任怀平：《美学视阈下的戏剧翻译研究》，山东大学（英语语言文学）

郭秀、孙迎春：《翻译家徐志摩研究》，山东大学（英语语言文学）

刘桂云、王克友：《从多元系统理论的角度解读我国五四以来儿童文学的译介》，山东大学（英语语言文学）

杨雪、王勇：《东方主义在〈中国佬〉中的彰显与消解》，山东大学（英语语言文学）

柳明明、孙迎春：《文体学视角下的张培基散文风格翻译探究》，山东大学（英语语言文学）

王海燕、孙昌坤：《论加里·史耐德翻译的寒山诗》，山东大学（英语语言文学）

程令花、任怀平：《从文化交流的角度探讨归化异化在文学翻译中的地位》，山东大学（英语语言文学）

于聪聪、朴银淑：《日帝时期韩国小说中的中国人形象研究》，山东大学（亚非语言文学）

王凤玲、金哲：《金亿汉诗翻译研究》，山东大学（亚非语言文学）

刘惠莹、牛林杰：《论基督教思想在〈高永规传〉中的表现形态》，山东大学（亚非语言文学）

王琦、宋凯：《中日狐狸信仰异同比较》，山东大学（日语语言文学）

赵建慧、郑仰成：《从目的论视角看科幻小说翻译》，山西大学（英语语言文学）

任俊经、苏春生：《瞿秋白游记中的苏俄形象研究》，山西大学（中国现当代文学）

齐小霞、张耀平：《乔伊斯与鲁迅短篇小说共同之处的比较研究》，山西大学（英语语言文学）

刘彩云、孙福兰：《于连与方鸿渐爱情观比较研究》，山西大学（法语语言文学）

刘婧、李丽：《论儿童文学翻译的审美再现》，山西师范大学（外国语言学及应用语言学）

刘静、李丽：《前景化理论与文学翻译》，山西师范大学（外国语言学及应用语言学）

吕芳、李丽：《从英汉动词使役表达析〈论语〉两个英译本的翻译》，山西师范大学（外国语言学及应用语言学）

马樱、高永晨：《走向跨文化人格：林语堂文化身份的动态建构》，苏州大学（英语语言文学）

李梓云、赵利民：《新历史主义——从中心到边缘的文化叙述与中国文学解读》，天津师范大学（文艺学）

崔数珍、张林杰：《中国现代小说中的韩国人形象》，天津师范大学（现当代文学）

张妍、宋鸿鸣：《文学翻译中自译者的主体性研究》，天津师范大学（英语语言文学）

李悦佳、郝蕊：《〈忠五郎的故事〉与〈画皮〉在比较创作学上的初探索》，天津师范大学

傅陈茜、王占斌：《背叛抑或坚守：林语堂30年代翻译活动研究》，天津商业大学（外国语言学及应用语言学）

侯海霞、杜耀文：《翻译家鲁迅的研究》，太原理工大学（外国语言学及应用语言学）

穆智玲、刘兵：《以〈围城〉英译本为例看文学翻译中的文化误读现象》，太原理工大学（外国语言学及应用语言学）

储海燕、朱汉雄：《从操控理论分析儿童文学翻译策略》，武汉理工大学（英语语言文学）

彭丹、魏家海：《阐释学视阈下译者主体性研究》，武汉理工大学（英语语言文学）

王冠琪、甘文平：《凝视与被凝视——评〈战场〉和〈战争的悲伤〉中南越人与北越人的形象》，武汉理工大学（英语语言文学）

马雪梦、何杰英：《西方视角下的中国传统文化描写——从跨文化读谭恩美的〈喜福会〉》，武汉理工大学（英语语言文学）

陈剑平、徐晓亚：《对〈红楼梦〉和〈茶花女〉中两位另类女主人公命运的思考》，外交学院（外国语言学及应用语言学）

刘小梅、祝菊贤：《从发生现象学阐释中国古典意境》，西北大学（美学）

闫瑞卿、袁峰：《管窥中西文化的会通》，西北大学（文艺学）

蒋宏、山夫旦、张天佑：《先秦情诗与古希腊情诗比较研究——以〈诗经·风〉中的情诗与萨福情诗为主》，西北民族大学

雷秋慧、吕文澎：《儿童文学翻译中译者接受与译文生成研究》，西北师范大学

（英语语言文学）

张雅、赵登明：《〈哈姆雷特〉概念隐喻翻译认知分析》，西北师范大学（英语语言文学）

任苾蓉、唐跃勤：《从解构主义视角看诗歌翻译》，西南交通大学（外国语言学及应用语言学）

曾祥芳、王维民：《及物性分析〈春江花月夜〉及其三个英译本》，西南交通大学（外国语言学及应用语言学）

赵志芳、王鹏飞：《郭沫若英语诗歌汉译中的创造性叛逆》，西南交通大学（外国语言学及应用语言学）

雷洋、胥瑾：《在多维视角下研究詹·马·巴里的小说〈彼得·潘〉的中译》，西南石油大学（外国语言学与应用语言学）

余晓静、陈本益：《论中印古代文学中蛇形象的演变》，西南大学

肖伟华、熊辉：《尤金·奥尼尔的译介与中国戏剧的现代化》，西南大学

纪颜颜、向天渊：《英伦百合与中国水仙的契合——伍尔夫与张爱玲"非个人化"艺术之比较》，西南大学

陈琳、陈本益：《"玄"——魏晋玄言诗与英国玄学派诗比较研究》，西南大学

李雅博、李永东：《西方视界中的中国近三十年文学》，西南大学（中国现当代文学）

扎西吉、拉巴次仁：《藏族儿童文学翻译研究》，西藏大学（藏语语言学）

陈平焰、罗婷：《美国华裔生存状态的多维度透视——汤亭亭创作研究》，湘潭大学

严雯、季水河：《歌德对宗白华艺术人生观的影响》，湘潭大学

李丽华、王建香：《文化的混血儿——赛珍珠〈分家〉中王源的形象解读》，湘潭大学（英语语言文学）

赵亮、舒奇志：《从福尔摩斯的翻译看西方叙事技巧在清末民初的移植与影响》，湘潭大学（外国语言学及应用语言学）

廖天茂、敬蓉：《孔子与柏拉图之功用诗学比较》，云南大学

张公、李宝龙：《论高丽朝诗人对苏轼诗的接受与发展》，延边大学（古代文学）

崔美玲、李官福：《〈春香传〉的中国文化因子》，延边大学

李楠、李宝龙：《高丽金克己汉诗创作与中国诗歌关联研究》，延边大学（古代文学）

金雪梅、朴正阳：《洪良浩与中国文学关联研究》，延边大学

韩美花、金宽雄：《许莲顺的〈蝴蝶〉与梅里美的〈塔芒戈〉中的空间结构比较研究》，延边大学

孙学敏、于春海：《高丽朝对中国赋的借鉴与发展》，延边大学（古代文学）

关晓云、朴延华：《李齐贤与十四世纪前期的元丽关系》，延边大学（专门史）

金福花、朴正阳：《〈阳村集〉与中国文学关联研究》，延边大学

卢荻、孙德彪：《明诗在朝鲜的传播》，延边大学（古代文学）

胡爽、孙德彪：《朝鲜诗家对明诗的批评》，延边大学（古代文学）

崔银姬、朴玉明：《中美朝鲜战争小说中的英雄形象比较研究——以〈无名高地有了名〉和〈猪排山〉为中心》，延边大学

朴春女、金宽雄：《中—法小说中青年野心家形象比较研究》，延边大学

徐蔡花、金宽雄：《金学铁的日本观研究》，延边大学

金香、金宽雄：《奇一的英译本〈九云梦〉的底本探析》，延边大学

李蓓蓓、许国新：《茅盾翻译思想与实践研究》，扬州大学（英语语言文学）

刘剑钊、孙生茂：《从后殖民理论视角看〈骆驼祥子〉伊文·金译本的文化流失》，扬州大学（英语语言文学）

陈蕙茎、黎昌抱：《文学自译研究——以林语堂〈啼笑皆非〉为个案》，浙江财经学院（英语语言文学）

杨曦、黎昌抱：《梁实秋翻译思想研究》，浙江财经学院（英语语言文学）

陈佩佩、王之光：《文学翻译中的意识形态操控和翻译改写》，浙江大学（英语语言文学）

饶文凤、胡志毅：《原罪、本罪、博爱与世俗人性——曹禺的〈雷雨〉与基督教关系之辨析》，浙江大学（中国现当代文学）

汪翠萍、王福和：《加缪小说中的异域想象——以〈局外人〉和〈鼠疫〉为例》，浙江工业大学

顾云飞、韩洪举：《〈天路历程〉与〈西游记〉主题比较研究》，浙江师范大学

董洋萍、洪岗：《操控视角下鲁迅、梁实秋翻译思想对比研究》，浙江师范大学（英语语言文学）

严雨莹、陈玉兰：《李商隐诗歌今译研究》，浙江师范大学（中国古代文学）

陈伟、叶定国：《从泰特勒翻译三原则的角度审视林语堂〈浮生六记〉的翻译》，郑州大学（外国语言学及应用语言学）

孙艳、刘榜离：《从语域理论看〈西游记〉的英译本》，郑州大学（外国语言学及应用语言学）

赵一丁、刘榜离：《从阐释学看冰心译本〈吉檀迦利〉中的译者主体性》，郑州大学（英语语言文学）

革霖、陈观亚：《〈围城〉与〈我是猫〉的陌生化体现》，郑州大学（中国语言文学）

孙然颖、王胜利：《生活的选择——〈京华烟云〉中人物形象的海德格尔此在观点分析》，郑州大学（英语语言文学）

刘园、张森宽：《从林译〈巴黎茶花女遗事〉看译入语意识形态和诗学对翻译的影响》，中南大学（法语语言文学）

郭娜、张映先：《从语境视角看〈红楼梦〉称谓语翻译》，中南大学（外国语言学及应用语言学）

何玲、张映先：《社会符号学视角下〈红楼梦〉霍克斯译本的对联翻译研究》，中南大学（外国语言学及应用语言学）

黄利利、范武邱：《从译者主体性看〈书剑恩仇录〉的翻译》，中南大学（外国语言学及应用语言学）

刘利晓、贾文波：《接受美学视阈下模糊语言在〈红楼梦〉翻译中的审美再现》，中南大学（外国语言学及应用语言学）

孟兰、屠国元、杨文地：《图式理论视阈下李清照词英译研究》，中南大学（外国语言学及应用语言学）

潘华方、屠国元：《巴金的儿童文学翻译美学思想研究兼评〈快乐王子及其他故事〉中译本》，中南大学（外国语言学及应用语言学）

万金香、李延林：《图式理论对因果复合句翻译的阐释》，中南大学（外国语言学及应用语言学）

吴银红、廖晶：《从"三美"角度看〈古诗十九首〉中叠字的英译》，中南大学（外国语言学及应用语言学）

肖艳波、廖晶：《从读者期待视野看林纾〈黑奴吁天录〉的翻译》，中南大学（外国语言学及应用语言学）

许由太、屠国元：《操纵理论视角下〈罗密欧与朱丽叶〉翻译比较研究》，中南大学（外国语言学及应用语言学）

杨丽丽、张龙宽：《翻译目的的实现》，中南大学（外国语言学及应用语言学）

尹秋燕、张映先：《女性主义翻译理论框架下张爱玲译著中"女性意识"研究》，中南大学（外国语言学及应用语言学）

张红芹、廖晶：《阐释学视角下文学自译中译者主体性》，中南大学（外国语言学及应用语言学）

张瑶、贾文波：《论权力话语理论对〈骆驼祥子〉两个英译本的阐释》，中南大学（外国语言学及应用语言学）

罗瑞、张旭：《翻译中的规范》，中南大学（英语语言文学）

王立、张旭：《韵文翻译中的规范》，中南大学（英语语言文学）

袁娜、张旭：《翻译诗学与汉语新格律诗》，中南大学（英语语言文学）

郑夏兰、张旭：《徐志摩译诗音乐美解读》，中南大学

刘颖思、孟泽：《影响、接受与融通——跨文化语境下杨绛小说〈洗澡〉研究》，中南大学

郑丽华、叶绪民：《关汉卿与莎士比亚悲剧创作比较研究》，中南民族大学（文艺学）

赵冰、刘宝俊：《汉英〈红楼梦〉亲属称谓翻译对比研究》，中南民族大学（汉语言文字学）

杨歌放、彭修银：《试论中国现代文学思潮的流变与日本的渊源关系》，中南民族大学（文艺学）

李媛媛、张思洁：《基于文本类型学的三种非文学文本翻译策略研究》，中北大学（英语语言文学）

张丽燕、王晋华：《伍尔夫和丁玲作品中的女性意识解读》，中北大学（英语语言文学）

李桂萍、王晋华：《从文化视角看〈梁祝〉与〈罗密欧与朱丽叶〉》，中北大学（英语语言文学）

王艳、王晋华：《厄内斯特·海明威和杰克·伦敦作品中的自然观之比较》，中北大学（英语语言文学）

邓琴、胡志红：《基于多元系统理论的安徒生童话百年汉译研究》，中国地质大学（外国语言学及应用语言学）

张兆龙、李志清：《乡土与人：让·吉奥诺德普罗旺斯和沈从文的湘西》，中国海洋大学（法语语言文学）

霍瑞彤、罗顺江：《论翻译文学的产生和发展及其对中国现代文学的影响》，中国海洋大学（法语语言文学）

丁燕燕、徐莉娜：《从〈飘〉的两个中译本论译者主体》，中国海洋大学（外国语言学及应用语言学）

余秀婷、邓红风：《从词汇层面看儿童文学的翻译》，中国海洋大学（外国语言学及应用语言学）

刚秀霞、任东升：《圣经汉译中的变译现象研究》，中国海洋大学（英语语言文学）

邵会、薛海燕：《〈茶花女〉汉译本比较研究》，中国海洋大学（中国古代文学）

杨伦、王庆云：《赛珍珠〈水浒传〉翻译研究》，中国海洋大学（中国古代文学）

张有志、李光在：《韩中普罗文学运动中关于大众化论争的比较研究》，中国海洋大学（亚非语言文学）

孙晓丽、李光在：《老舍〈骆驼祥子〉和蔡万植〈浊流〉小说中的女性形象比较研究》，中国海洋大学（亚非语言文学）

王洪波、李光在：《中韩现代小说基督教救赎意识的比较研究》，中国海洋大学（亚非语言文学）

顾白雪、李光在：《20世纪90年代中韩女性文学追求及创作手法比较论》，中国海洋大学（亚非语言文学）

柯子刊、林少华：《村上春树文学：中国元素与暴力之间》，中国海洋大学（日语语言文学）

何红、刘典忠：《多元系统理论视野下林纾的翻译》，中国石油大学（英语语言文学）

王霞、刘典忠：《从目的论看儿童文学的翻译》，中国石油大学（英语语言文学）

徐鹏、王书亭：《从〈柳林风声〉看童话翻译中的儿童本位原则》，中国石油大学（英语语言文学）

成美、金春仙：《6.25战争时期朝鲜战争题材小说研究》，中央民族大学（少数民族语言文学）

王海英、何克勇：《试论英汉文学翻译中方言对译的可行性》，中央民族大学（语言学及应用语言学）

杨爱娣、郭英剑：《从王熙凤和斯佳丽的婚姻看小说中对女性的塑造》，中央民族大学

张建青、郭英剑：《原型批评视域下伊丽莎白和白流苏的"灰姑娘情结"研究》，中央民族大学

金艳丽、郭英剑：《用叙事心理学解读托妮·莫里森的小说〈宠儿〉中黑人的自我建构过程》，中央民族大学

陈斌斌、白薇：《〈天望〉：一部华人移民女性的成长史》，中央民族大学（中国现

当代文学)

孙月宁、高文平:《论翻译文本在比较文学研究中的有效性》,中山大学(英语语言文学)

兰天、陈元:《东西方的对立——对〈巴尔扎克和中国小裁缝〉的解读》,中山大学(法语语言文学)

韩烨、蒲志鸿:《亨利·米修在东方的心灵之旅——米修作品〈野蛮人在亚洲〉中〈野蛮人在中国〉的分析》,中山大学(法语语言文学)

六 2010年度港澳台期刊论文论著博硕论文索引

说明：本索引中的文献主要依据台湾书目整合查询系统、大陆国家图书馆台湾华艺、台湾"国家"图书馆、OAI博硕士论文联邦查询系统、TAO台湾学智慧藏、港澳期刊网、台湾汇文网（Hermes）、港澳台地区各高校博硕士论文及期刊索引等资料库进行资料查找和搜集工作。由于资料存放位置受限和境外网络访问权限的问题，不免有遗漏或错误的地方，还请读者批评指正。

（一）期刊论文

比较文学学科理论

赖俊雄：《文学与市场——当马克思在伦敦遇到莎士比亚》，《全国新书资讯月刊》2010年第139期。

罗善、洪慧、幽兰：《艺术作品的独立自主性和文艺价值的极限：以路易·费迪南·塞林为例的研究》，《哲学与文化》2010年第3期。

比较诗学

蒋兴仪、魏建国：《从悲剧场景到悲剧伦理：纪杰克和拉冈的观点》，《师大学报：语言与文学类》2010年第1期。

李鸿琼：《纯真美学、现代、全球，无所从来》，《英美文学评论》2010年第17期。

苏子中：《过度/过渡从感动的身体、赤裸的身体到奉献的身体》，《英美文学评论》2010年第17期。

杨明苍：《〈玛洁丽·凯普之书〉中的感官诗学》，《英美文学评论》2010年第16期。

张隆溪：《Contextualization and Cross-Cultural Understanding》，《台湾东亚文明研究学刊》2010年第1期。

张小虹：《快照伍尔夫·惊吓现代性》，《英美文学评论》2010年第16期。

左乙萱：《艾莲：修娃特与女性文学传统：理论之演变》，《明道通识论丛》2010

年第10期。

曾秋桂：《児童文学の見地から見た芥川龍之介の児童文学作品—台湾における日本語教育への応用を考えて》，《淡江日本论丛》（台湾）2010年第21期。

东方比较文学

МихайловаМ. В.：《ЛИТЕРАТУРА ПОЗДНЕГО НАРОДНИЧЕСТВА И КРИТИКА КОНЦА XIX-НАЧАЛА XX ВЕКА》，《俄语学报》2010年第17期。

陈美瑶：《戦後女性文學におけるセクシュアル？フアンタジ—河野多惠子の「幼児狩り」を軸として》，《台大日本语文研究》2010年第20期。

陈明姿：《『今昔物語集』の本朝部における怪奇（亡靈）說話と中國古代の怪奇（亡靈）說話—亡靈が生前の妻（夫）と再会する說話を中心にして》，《台大日本语文研究》2010年第20期。

范淑文：《漱石题画詩中之绘画意境——与王维之《辋川集》作比较》，《台大日本语文研究》2010年第19期。

顾锦芬：《宮沢賢治の書簡に見る死生観と生死観》，《淡江日本论丛》2010年第21期。

黄翠娥：《从历史小说的观点来论井上靖的〈苍狼〉的结构》，《台大日本语文研究》2010年第19期。

黄翠娥：《司马辽太郎的中国观——有关流民文化的探讨》，《辅仁外语学报》2010年第7期。

黄净慧：《孟克里夫的通俗闹剧与英国作品中的印度》，《东吴外语学报》2010年第30期。

黄美娥：《"文体"与"国体"——日本文学在日治时期台湾汉语文言小说中的跨界行旅、文化翻译与书写错置》，《汉学研究》2010年第2期。

黄如萍：《志賀直哉「いたづら」論—漱石「坊つちやん」に触れつつ—》，《台湾日本语文学报》2010年第27期。

林慧君：《新垣宏一小說中的台湾人形象》，《台湾文学学报》2010年第16期。

林立萍：《日本昔話を読むための基本語彙の構築—柳田國男〈日本昔話集（上）〉を試みに—》，《台湾日本语文学报》2010年第28期。

邱雅芳：《殖民地新故鄉—以真杉靜枝〈南方之墓〉、〈南方的語言〉的臺灣意象為中心》，《文史台湾学报》2010年第2期。

沈美雪：《小林李坪の『臺灣歲時記』—台湾の風土を見つめた日本語の俳句歲時記》，《淡江日本论丛》2010年第22期。

王雯：《是"场上之曲"还是"案头文学"？——周贻白、青木正儿戏剧观比较研究》，《戏曲研究通讯》2010年第6期。

翁圣峰：《日治时期职业妇女题材文学的变迁及女性地位》，《台湾学志》2010年第1期。

吴佩珍：《台湾皇民化时期官方宣传的建构与虚实：论真杉静枝〈沙韵之钟〉翻案

作品》,《台湾文学学报》2010年第17期。

张宜桦:《江戸川乱歩「陰獣」の考察―探偵小説家である〈私〉をめぐって―》,《台湾日本语文学报》2010年第28期。

曾秋桂:《村上春樹『風の歌を聴け』における「風」の形象の一考察》,《台湾日本语文学报》2010年第27期。

曾秋桂:《児童文学の見地から見た芥川龍之介の児童文学作品―台湾における日本語教育への応用を考えて》,《淡江日本论丛》(台湾)2010年第21期。

中西比较文学

Oscar ChenyiLabang:"The Horrors of a Disconnected Existence: Frustration, Despair and Alienation in the Poetry of T. S. Eliot",《文山评论:文学与文化》2010年第2期。

БуровцеваН. Ю.:«ИНТЕРТЕКСТУАЛЬНОСТЬ И СМЫСЛ: НОВЕЛЛА С. Д. КРЖИЖАНОВСКОГО "КУНЦ И ШИЛЛЕР"»,《俄国语文学报》2010年第11期。

ЛюХуан-синь:«‹БЕЖИН ЛУГ› И. С. ТУРГЕНЕВА И‹СЧАСТЬЕ› А. П. ЧЕХОВА: "НЕСХОДСТВО СХОДНОГО"»,《俄语学报》2010年第16期。

Н. Ю. Буровцева:«‹Этовесёлое, лёгкоеимя-Пушкин…›(Пушкин в творчестве АндреяБитова и БеллыАхмадулиной)»,《淡江外语论丛》2010年第16期。

蔡佳瑾:《"歌唱的痛"——论童妮?莫里森小说〈爵士乐〉中的凝视与声音》,《英美文学评论》2010年第16期。

蔡淑惠:《巅峰情感的受虐欲:叶琳内克小说〈钢琴教师〉》,《文山评论:文学与文化》2010年第2期。

陈大为:《阴影里的明灭——美国垮掉派对李亚伟"莽汉诗歌"的影响研究》,《国文学报》2010年第48期。

陈国荣:"The Concept of Virginity and Its Representations in Eighteenth-Century English Literature",《文山评论:文学与文化》(台湾)2010年第3卷第2期。

陈辉:《〈往年记事〉与〈伊戈尔远征记〉之间探异》,《俄国语文学报》2010年第11期。

陈迈平:《出世的精神,入世的文学——介绍匈牙利作家彼得·艾斯特哈兹的两部新作》,《新地文学》2010年第11期。

董崇选:"The Nietzschean and Foucauldean Prospero: Shakespeare's Vision of Power",《兴大人文学报》2010年第45期。

董崇选:"The Two Lears: Shakespeare's Humanist Vision of Nature",《兴大人文学报》2010年第44期。

杜国英:《亘古的沧桑,永恒的秘密——〈蚁道〉的文本分析》,《俄国语文学报》2010年第11期。

方美芬:《法国文学译介在台湾》,《全国新书资讯月刊》2010年第134期。

傅柏翰:«АБАЙ-КАЗАХСКИЙ ПУШКИН»,《俄国语文学报》2010年第11期。

韩惠俐:《安娜·阿赫玛托娃的诗歌人生》,《俄国语文学报》2010年第11期。

何玉方："Stylistics and Its Relevance to the Study of Literature: Edgar Allan Poe's 'The Tell-Tale Heart' as an Illustration",《师大学报:语言与文学类》2010年第2期。

黄士元:《歌德的小说〈择属亲合〉中的语言和神话》,《中外文学》2010年第2期。

黄馨逸:《荒谬剧演出应用在法语教学情境之探究——以尚·达迪厄(Jean Tardieu)的两出语言实验短剧为例》,《欧洲语文学报》2010年第3期。

黄馨逸:《以达迪厄及其剧作〈售票口〉为法国文学及语言教学媒介之探讨》,《长荣大学学报》2010年第2期。

黄雅芬:《信与不信,由你:查克斯·恩达〈红色之心〉之相像/相异知识(信仰)本体模式》,《淡江外语论丛》2010年第15期。

雷强:《"言无言"——论贝克特小说三部曲中的语言哲学思想》,《中外文学》2010年第39卷第1期。

黎活仁:《虚无、权力意志等尼采命题:商禽诗的研究》,《台湾诗学学刊》2010年第16期。

李敏智:"Cultural Interpretations of the American Fairy Tale 'Wonderful Wizard of Oz'",《英语教学与文化》2010年第6期。

李细梅:«ПРОБЛЕМА АВТОРА, ПОВЕСТВОВАТЕЛЯ, РАССКАЗЧИКА В РАННЕЙ ПРОЗЕ А. И. СОЛЖЕНИЦЫНА»,《俄国语文学报》2010年第11期。

卢莉茹:"Writing Natural History: Alexander Wilson's Delineation of Early America's 'Lovely Face of Nature'",《台大文史哲学报》2010年第72期。

邱彦彬:《反胃的社会主义?论辛克莱〈丛林〉的生命政治》,《英美文学评论》2010年第16期。

宋荣培:《利玛窦向中国文人介绍西方学术思想的意义》,《鹅湖月刊》2010年第415期。

孙小玉:"Encountering the Other: Federico García Lorca's New York Life Narrative and his 'Poet in New York'",《中山人文学报》2010年第29期。

王宝祥:"Necessary Monster: H. Leivck's Drama The Golem",《戏剧研究》2010年第6期。

王復生:«ГЛАМУРНАЯ "ЛИТЕРАТУРА" ОКСАНЫ РОБСКИ»,《俄国语文学报》2010年第11期。

王梅春:"Genre, Narrative, and History in Timothy Findley's 'The Wars'",《台大文史哲学报》2010年第72期。

王明月:"'Adieu, Adieu, Remember Me': The Death of Hamlet the Dane",《中山人文学报》2010年第29期。

王智明:《福尔摩沙及其背叛:情感断层与离散矛盾》,《中外文学》2010年第4期。

翁嘉声:《古代希腊小说与旁经使徒行传》,《兴大历史学报》2010年第22期。

吴瑜云:"Medea's Mirror: The Demanded Rehabilitation of Female Despair in Euripidean Tragedy",《淡江外语论丛》2010年第16期。

谢作伟:《"超感生的表面"——梅尔维尔〈皮耶〉中的感官书写》,《英美文学评论》2010 年第 17 期。

徐俪娜："Social and Cultural Alienation in Toni Morrison's 'Tar Baby'"，《中山人文学报》2010 年第 29 期。

徐诗思：《有色身体与感性规训：路易莎·梅·艾尔科特反蓄奴书写中的家帝国主义》，《中外文学》2010 年第 2 期。

徐振亚：《回望巨人——陀思妥耶夫斯基社会历史观再探》，《俄国语文学报》2010 年第 11 期。

鄢定嘉：《契诃夫〈圣诞节庆故事〉的谐拟手法分析》，《俄语学报》2010 年第 17 期。

杨丽敏：《〈解剖新义〉之逃逸路线 性别/文本权术策略》，《英美文学评论》2010 年第 17 期。

杨琼莹：《当代卡塔卢尼亚女性侦探小说中的性别、身分认同与暴力：以奥莉薇、西摩及玛荷纳的作品为例》，《文山评论：文学与文化》2010 年第 1 期。

姚海星：《由文本的几个小问题看契诃夫的〈樱桃园〉》，《俄语学报》2010 年第 17 期。

张登翰："The Conflict/Continuity between Renaissance and Neoclassicism: Multi-voiced Presentation of the Human Capability in Pope's Essay on Criticism"，《兴大人文学报》2010 年第 45 期。

张惠慈：《自然超自然主义 卡莱尔〈衣服哲学〉里的物质与科学》，《英美文学评论》2010 年第 17 期。

张期敏：《迪立罗的感官书写〈坠落人〉之探讨》，《英美文学评论》2010 年第 17 期。

张淑丽：《众声喧哗时的"非常"与"日常"——莎迪·史密斯的〈白牙〉与伦理的偶然与必然》，《英美文学评论》2010 年第 16 期。

张文郁：《果戈里中篇小说〈外套〉之时间特点》，《俄国语文学报》2010 年第 11 期。

朱贞品：《德国乡土文学与台湾乡土文学渊源之比较》，《淡江外语论丛》2010 年第 16 期。

翻译文学研究

邱汉平：《翻译与文学生产：全球化时代的东亚案例》，《师大学报：语言与文学类》2010 年第 1 期。

珊奴、王三庆：《十七世纪来华耶稣会士的三部传教译作》，《辅仁国文学报》2010 年第 30 期。

谢淑媚：《翻译与跨文化沟通》，《欧洲语文学报》2010 年第 3 期。

徐安妮：《戏剧翻译初探——以德国当代青少年剧作的中译为例》，《台德学刊》2010 年第 18 期。

曾建纲：《论杨牧英诗中译之问题：以邓约翰〈良辰〉（The good-morrow）为例》，

《兴大人文学报》2010年第44期。

杜欣欣：《文学、翻译、批评：从贝尔曼翻译评论看马若瑟之〈赵氏孤儿〉》，《编译论丛》2010年第2期。

谢淑媚：《德语青少年文学译作之跨文化沟通问题——以奥地利女作家诺斯特林格的青少年小说中译本为例》，《东吴外语学报》2010年第31期。

刘素勋：《论霍克斯的〈红楼梦〉文化翻译伦理》，《翻译学研究集刊》2010年第13期。

王佑心：《夏目漱石の「翻訳」に関する言説の一考察―『坪内博士と「ハムレット」』をめぐって―》，《台湾日本语文学报》2010年第28期。

（二）博硕论文索引

蔡佳吟：《漱石文学における三角関係―？切りを視座として―》，硕士学位论文，东吴大学（日本语文学系）

蔡家琪：《松本清张短篇推理小说研究》，硕士学位论文，中国文化大学（日本语文学系）

蔡丽瑛：《从照护文學看照护家族从长夜盼到曙光―从〈恍惚的人〉（1972），经〈黄落〉（1995），到〈介护入門〉（2004）》，硕士学位论文，南台科技大学（应用日语系）

蔡伶琴：《呂赫若文学の研究——家族関係を中心として——》，硕士学位论文，东吴大学（日本语文学系）

蔡念纯：《日本统治期的台湾文学——吕赫若和坂口零子的比较研究》，硕士学位论文，长荣大学（应用日语学系硕士班）

蔡佩珊：《探讨三浦绫子小说中的罪与宽恕——以〈冰点〉位中心》，硕士学位论文，"国立"高雄第一科技大学（应用日语所）

蔡宛铮：《战时体制下西川满的文学表现——以〈台湾纵贯铁道〉为中心》，硕士学位论文，台湾大学（日本语文学研究所）

蔡谕薇：《中日翻译的拟音语、拟态语研究——以育儿漫画绘图日记〈我家3姐妹〉为例》，硕士学位论文，铭传大学（应用日语学系硕士班）

曾素慧：《安房直子的奇幻世界 = Awa Naoko's fantasy world》，硕士学位论文，"国立"台东大学（儿童文学研究所）

曾雅伶：《〈好色一代女〉中的动态世界》，硕士学位论文，辅仁大学（日本语文学系）

曾玉蓉：《森鸥外的官僚批判意识——依其身分及社会背景的官僚批判变化为中心》，硕士学位论文，台湾大学（日本与文学研究所）

陈丽娟：《青少年小说中非裔美国人族裔文化之再现：以〈我叫巴德，不叫巴弟〉为例 = The reappearance of African American Ethnic culture in adolescent novel：the example of "Bud，not buddy"》，硕士学位论文，"国立"台东大学（儿童文学研究所）

陈荣崴：《日中两国语言"鬼"的研究——自语汇对照的观点而论》，硕士学位论文，长荣大学（应用日语学系硕士班）

陈薇如：《论〈杜瓦特家族〉与〈杀夫〉中的女性形象 = Sobre las imágenes femeninasen La familia de Pascual Duarte y La mujer del carnicero = Approach to the female images in the family of pascual duarte and the butcher's wife》，硕士学位论文，淡江大学（西班牙语文学系）

陈玮伶：《安徒生童话故事中的死亡意涵 = The meanings of death in Anderson's fairy》，硕士学位论文，"国立"台东大学（儿童文学研究所）

陈文森：《默默呼唤童年：析论〈默默〉象征之意涵 = Momo summons childhood: analysis of the symbolic meaning of "momo"》，硕士学位论文，"国立"台东大学（儿童文学研究所）

陈怡慈：《安房直子童话研究：以台湾五本中译本为例 = The research of the AWA naoko's fairy tales: take five Chinese version published in Taiwan for example》，硕士学位论文，"国立"台东大学（儿童文学研究所）

陈艺文：《横光利一文学における「東洋」と「西洋」—『上海』と『旅愁』から探究して—》，硕士学位论文，东吴大学（日本语文学系）

陈昭利：《在太宰治文学中所观察的对于人性的描绘及其分析——以作品〈人间失格〉为中心》，硕士学位论文，长荣大学（应用日语学系硕士班）

程怡雯：《籾山衣洲在台文学活动与汉诗文研究》，硕士学位论文，中兴大学（台湾文学研究所）

崔家怡：《隐形的世界：托尔金〈魔戒〉之神学与文学议题探讨 = Invisible world: a study of J. R. R. Tolkien's The Lord of the Rings's theological and literary issues》，硕士学位论文，"国立"暨南国际大学（外国语文学系文学组）

崔祐凤：《台湾体验的引扬文学——从西川满到吉田修一》，硕士学位论文，东海大学（日本语言文化学系）

顾锦芬：《新美南吉童話の探究：臺灣にぉける日本兒童文學受容の一分野として考察する》，硕士学位论文，中国文化大学（日本研究所）

管美燕：《芥川龙之介文学中的中国城市书写》，博士学位论文，辅仁大学（跨文化研究所比较文学博士班）

郭家仪：《吉川英治历史小说〈宫本武藏〉之研究》，硕士学位论文，中国文化大学（日本语文学系）

何浩东：《三角関係に陥った男性主人公の恋の行方——夏目漱石の前三部作を中心に》，硕士学位论文，东吴大学（日本语文学系）

荒井敬史：《近代中日两性观与恋爱论述：译介、接受、扩展》，硕士学位论文，辅仁大学（跨文化研究所翻译学硕士班）

黄如伶：《摆荡在真实幻境之间：以柴纳·米耶维〈伪伦敦〉为例 = The oscillation between reality and fantasy: on china mie'ville's un lun dun》，硕士学位论文，"国立"台东大学（儿童文学研究所）

黄如伶：《乔斯坦·贾德作品〈纸牌的秘密〉〈苏菲的世界〉研究 = Research on Jostein Gaarder's The solitaire mystery and Sophie's world》，硕士学位论文，"国立"台东大学（儿童文学研究所）

吉田蓝：《描写他者——以日文的台湾原住民表向》，硕士学位论文，东海大学（日本语文学系）

江立诗：《有岛武郎的儿童文学之儿童形象——以〈一串葡萄〉〈差点溺死的兄妹〉〈火灾与狗儿〉为中心》，硕士学位论文，中国文化大学（日本语文学系）

江育錡：《巴代小说研究》，硕士学位论文，"国立"中正大学（台湾文学研究所）

姜林倩怡、黄心雅：《琳达·荷根小说〈鲸族人〉中的历史、创伤与治疗 = History, trauma and healing in Linda Hogan's People of the Whale》，硕士学位论文，"国立"中山大学（外国语文学研究所）

蒋孟芳：《从文本翻译看口译的误译研究》，硕士学位论文，"国立"高雄第一科技大学（应用日语研究所）

金城惠：《真杉静枝论——以战争时期为中心》，硕士学位论文，辅仁大学（日本语文学系）

赖又萁：《蜻蛉日记中的兼家意识》，硕士学位论文，辅仁大学（日本语文学系）

李亭慧：《从渡边淳一的文学作品中看饮食文化——以〈无影灯〉〈化身〉〈化妆〉为中心》，硕士学位论文，淡江大学（日本语文学系硕士班）

梁瀞文：《林芙美子私小说作品〈放浪记〉之虚与实——作者林芙美子的意图之解明》，硕士学位论文，铭传大学（应用日语学系硕士班）

梁钧筌：《"新世界"话语及其想像研究——以〈台湾日日新报〉中的汉诗文为探讨核心》，硕士学位论文，"国立"中正大学（台湾文学研究所）

梁龄元：《有吉佐和子作品中的女性相互关系——以〈纪之川〉〈香华〉〈连舞〉〈乱舞〉〈母子变容〉为中心》，硕士学位论文，淡江大学（日本语文学系硕士班）

林蒂妮：《〈我是猫〉论——以猫和苦沙弥的关系为中心》，硕士学位论文，长荣大学（应用日语学系硕士班）

林慧雯：《漱石文学における「絵画」の意味——第一の三部作『三四郎』、『それから』、『門』から見て》，硕士学位论文，东吴大学（日本语文学系）

林宛谕：《戦後の川端文学における老人の心理—『山の音』と『眠れる美女』を中心に—》，硕士学位论文，东吴大学（日本语文学系）

林宪宏：《日本外地文学中的台湾书写——以日据时期的台湾为例》，博士学位论文，辅仁大学（跨文化研究所比较文学博士班）

林银芬：《放逐的力量：唐娜·乔·娜波莉文本中的阴性主体 = The power from exile: The feminine subjects in Donna Jo Napoli》，硕士学位论文，"国立"台东大学（儿童文学研究所）

林姿莹：《大冈升平作品中的战争批判——论〈圣荷西的圣母〉》，硕士学位论文，台湾大学（日本与文学研究所）

林子玲：《漱石文学における植民地言説——朝鮮、満洲へ渡航したことの意味を

中心に一》，硕士学位论文，东吴大学（日本语文学系）

林子玲：《漱石文学における植民地言説—朝鮮、満洲へ渡航したことの意味を中心に—》，硕士学位论文，东吴大学（日本语文学系）

刘廉英：《安房直子童话中的动物角色研究 = A study on the role of animals in Naoko Awa's literary fairy tales》，硕士学位论文，"国立"台东大学（儿童文学研究所）

刘灵均：《安西冬卫诗集〈军舰茉莉〉研究——日本现代主义诗中的性别与殖民主义》，硕士学位论文，台湾大学（日本与文学研究所）

刘秀华：《傻瓜哲学：以撒·辛格之傻瓜系列故事研究 = Fool philosophy: A research on Isaac Bashevis Singer's fool series stories》，硕士学位论文，"国立"台东大学（儿童文学研究所）

刘治萍：《从剧本到绘本：析论莎士比亚〈罗密欧与朱丽叶〉的改编创作观 = Poetics of adaptation from the script to the picture: book on Shakespeare's Romeo and Juliet》，硕士学位论文，"国立"台东大学（儿童文学研究所）

罗雅徽：《芥川龙之介文学中的影像要素——以〈南京的基督〉〈少年〉〈海市蜃楼〉为中心》，硕士学位论文，铭传大学（应用日语学系硕士班）

吕明纯：《东亚图景中的女性新文学（1931—1945）——以台湾、满洲国为例》，博士学位论文，"国立"清华大学（中国文学系）

潘姵儒：《帝国传道者的殖民地原住民书写——山部歌津子〈蕃人ライサ〉研究》，硕士学位论文，"国立"清华大学（台湾文学研究所）

彭国展：《小泉八云对日本文化之理解——以小泉文学中昆虫的象征性为中心》，硕士学位论文，中国文化大学（日本语文学系）

彭培馨：《〈白鲸记〉中的科技灾难合自由发声：梅尔维尔合海德格的遭逢 = The disaster of technology and the voice of freedom in moby-dick: melville with heidegger》，硕士学位论文，"国立"交通大学（外国文学与语言学研究所文学组）

邱若婷、余幼珊：《济慈与中古世纪相思病 = Keats and medieval lovesickness》，硕士学位论文，"国立"中山大学（外国语文研究所）

童华仁：《从历史教训到文化消费——在日本〈三国志〉文本中变迁的中国》，硕士学位论文，"国立"中山大学（中国与亚太区域研究所）

王妍蓁：《青春冲突与阅读力量：轮盖瑞·施密特〈星期三战争〉= Youth, confict and reading strength: comment on "The Wednesday wars" by Gary D. Schmidt》，硕士学位论文，"国立"台东大学（儿童文学研究所）

王英娟：《庄司总一〈陈夫人〉与辜颜碧霞〈流〉的家族书写比较》，硕士学位论文，"国立"中正大学（台湾文学研究所）

翁淑仪：《禅の研究——隠元隆琦の『隠元禅師語録』を中心として—》，硕士学位论文，义守大学（应用日语学系硕士班）

吴世豪：《乔治·欧威尔的〈动物农庄〉中的政治含义 = George Orwell's Animal Farm: a study of its political overtones》，硕士学位论文，立德大学（应用英语研究所文学组）

萧旭君：Conflicts and Compromises in D. H. Lawrence's The Rainbow and Amy Tan's The Joy Luck Club，硕士学位论文，东吴大学（英文学系）

萧毓亲：《活在〈幻想〉的女性——樋口一叶后期文学中女性的反抗表现》，硕士学位论文，"国立"政治大学（日本语文学系硕士班）

叶郁菜：《志贺直哉的青春与其文学》，硕士学位论文，长荣大学（日本研究所硕士班）

游念玲：《〈更级日记〉研究——在狂言绮语文艺观下之孝标女的态度》，硕士学位论文，辅仁大学（日本语文学系）

游少武：《漱石前期三部曲中的色彩表现——以红、青、白为中心》，硕士学位论文，台湾大学（日本与文学研究所）

游书昱：《吉行淳之介文学中的身体书写》，硕士学位论文，辅仁大学（日本语文学系硕士班）

余晓琪：《〈魔法森林〉〈吸墨鬼〉〈发条钟〉中互文性研究＝A study of intertextuality in enchanted forest chronicles，ink drinker and clockwork：or all wound up》，硕士学位论文，"国立"台东大学（儿童文学研究所）

詹佳颖：《志贺直哉短篇犯罪小说研究——以〈剃刀〉与〈范的犯罪〉为中心》，硕士学位论文，中国文化大学（日本语文学系）

张家祯：《中西伊之助台湾旅行及书写之研究——兼论1937年前后日本旅台作家的台湾印象》，硕士学位论文，静宜大学（台湾文学系）

张文聪：《一叶作品中女性意识的变化》，硕士学位论文，台湾大学（日本与文学研究所）

张姿吟：《东野圭吾的推理小说研究：以〈白夜行〉为中心＝東野圭吾の推理小説に関する研究：「白夜行」を中心として》，硕士学位论文，中国文化大学（日本语文学系）

张姿吟：《东野圭吾的推理小说研究——以〈白夜行〉为中心》，硕士学位论文，中国文化大学（日本语文学系）

钟瀚阁：《石桥湛山之研究：以〈小日本主义〉为中心＝石橋湛山の研究：小日本主義を中心に》，硕士学位论文，中国文化大学（日本语文学系）

周淑琴：《观教育，话孩童：灰谷健次郎〈天之瞳〉系列书研究》，硕士学位论文，"国立"台东大学（儿童文学研究所）

（三）专著

封德屏、张锦忠：《形式主义》，（台北）行政院文化建设委员会2010年版。

森本真由美：《图解日本古典文学》，陈令娴译，（台北）易博士文化、城邦文化出版社2010年版。

吴雅凤：《浪漫主义》，（台北）行政院文化建设委员会2010年版。

萧立君、邱贵芬：《女性主义文学批评》，（台北）"行政院"文化建设委员会2010

年版。

高行健、柯庆明、项洁:《文学与美学》,(台北)"国立"台湾大学出版中心2010年版。

夏菁:《欲望与思考之旅:中国现代作家的南洋与英美游记研究》,(台北)文史哲出版社2010年版。

李文卿:《共荣的想象:帝国殖民地与大东亚文学圈》,(台北)稻乡出版社2010年版。

刘效鹏:《亚里斯多德诗学论述》,(台北)秀威资讯科技出版社2010年版。

潘小娴:《村上春树的三张面孔》,(台北)秀威资讯科技出版社2010年版。

何文敬:《我是谁?美国小说中的文化属性 = Who am I? cultural identity in American fiction》,(台北)书林出版社2010年版。

谢国平、曾守得:《从台湾儿童文学看世界:乡土、时代与文化》,(台中)静宜大学外语学2010年版。

陈炳焜:《日本近代文学管窥:兼及日中比较文学》,(台北)尚昂文化事业国际有限公司2010年版。

涂成吉:《由疏离到关怀:梭罗的文学与政治》,(台北)秀威资讯科技出版社2010年版。

翁德明:《古法文武勋之歌:〈昂密与昂密勒〉的语文学评注》,"国立中央"大学出版中心2010年版。

杨丽敏:《二十世纪英国文学研究在台湾:1950—2000(英国篇)》,(台北)"国立"政治大学英国语文学系2010年版。

朱静宇:《王蒙小说与苏俄文学》,(台北)文史哲出版社2010年版。

蜂矢宣郎:《南方憧憬:佐藤春夫と中村地平》,(台北)鸿儒堂2010年版。

赖俊雄:《列维纳斯与文学 = Levinas and literature》,(台北)书林出版社2010年版。

李静:《不冒险的旅程:非典型批评集》,(台北)秀威资讯科技出版社2010年版。

李宜涯:《圣诞前的创作:20年代基督教文学研究》,(台北)秀威资讯科技出版社、红蚂蚁图书经销2010年版。

刘洪涛:《二十世纪中国文学的世界视野 = Modern Chinese literature and its global vision》,(台北)秀威资讯科技股份有限公司2010年版。

阮斐娜:《帝国的太阳下:日本的台湾及南方殖民地文学》,(台北)梦田出版社2010年版。

施惠淇:《东方文学》,(台中)畅谈国际文化2010年版。

谭桂林:《池田大作与世界文学》,中文大学出版社2010年版。

童袖瑜:《生命的奋斗:吕赫若小说研究》,"国立"彰化师范大学出版社2010年版。

王德威、黄英哲、涂翠花、蔡建鑫:《华丽岛的冒险:日治时期日本作家的台湾故事》,(台北)梦田出版社、家庭传媒城邦分公司2010年版。

王绣线:《芥川龍之介ソ兒童文學ズコゆサソ研究 = Research on Ryunosuke Ak》,(台北)Airiti Press Inc. 2010年版。

翁德明:《中世纪法文音韵的源头与流变:以第九至第十五世纪之文学文本为例》,(台北)"国立中央"大学出版中心2010年版。

伍红玉:《童话背叛的历史:西方童话与中国社会(1922—1937)》,(台北)台湾学生书局2010年版。

谢雯仔:《西方美学》,(台中)畅谈国际文化2010年版。

亚西特:《俄罗斯奇幻文学 = Фантастика в русской литературе》,(台北)"国立"政治大学斯拉夫语文系2010年版。

杨小滨:《否定的美学:法兰克福学派的文艺理论与文化批评》,(台北)梦田出版社、城邦文化出版社2010年版。

张汉良:《符号学与诠释学》,(台北)文建会出版社2010年版。

周树华、苏子中:《西方传统文学研究方法》,(台北)"行政院"文化建设委员会2010年版。

(四) 2010年度港澳台比较文学专题文集及要目索引

黄忠慎主编:《文化、经典与阅读:李威熊教授七十华诞祝寿论文集》,秀威资讯科技股份有限公司

陈室如:《壮游与天游——康有为境内旅游诗研究》
黄忠慎:《郭店楚简〈五行〉与〈子思子〉思想之比较研究》
刘国平:《利益聘礼的施行与演变》
彭维夫:《论台湾客家神鬼传说的伦理意义——以台中东势民间故事为对象》
王年双:《日治时期吴凤传说的建构》
许又方:《汉魏晋南北朝"骚"、"赋"分合述论——一个文学与文化观点的考察》
张清泉:《从天命、天爵之义理关系谈儒家的生命教育》

丁原基、王国良、林伯源、林庆彰、许清云、陈恒嵩主编:《第一届中国古典文献学国际学术研讨会论文集》,圣环图书股份有限公司

朴现圭:《〈文献雕龙〉在韩国的流传》

"国立"成功大学主编:《感官素材与人性辩证国际学术研讨会论文集》,台湾文学馆

蔡玫姿:《论郭沫若留日小说耳目感官·编排梦境的尝试》
陈满铭:《论意·象之互动——以古典诗歌为例作考察》
李依清:《气味、记忆与历史——以骆以军小说谈起》
路应昆:《歌如言,言如歌:戏曲数唱》
孙绍振:《"真情实感"论在理论上的十大漏洞》
童正道:《从弗洛伊德学说看张爱玲小说人物的歇斯底里——以曹七巧、麦太太为例》

万胥亭：《小说作为一种"美学方法"："感觉体"的"组构"与"疆域性"的"表现"——司马中原与黄春明的乡土小说》
王伟勇：《关于"歌妓"之感官书写——以宋词为例》
颜智英：《从"感官"、"心灵"与"性别"的观点考察关汉卿散曲中的女性形象》
杨小滨：《当代两岸诗中的身体与性》
张锦忠：《情感与隐喻：马哈迪时代的抒情诗人——以陈强华的〈蓝色诗集〉为例》
重水千惠：《关于邱妙津作品里日本文学的"引用"——与村上春树〈挪威的森林〉的互文（intertextuality）为中心》

彭瑞金、郑炯明主编：《高雄文学发声国际学术研讨会论文集》，高雄市文化局
曾进丰：《地方感与家屋想像——论余光中的高雄地理诗写》
金良守：《钟理和的大陆流浪和故乡感觉的重构》
金尚浩：《观照的美学——论郑炯明诗所呈现的日常性》
林镇山：《福尔摩沙群芳录——论叶石涛的〈石榴花盛开的房屋〉和〈邂逅〉》
彭瑞金：《文学"大高雄"的省思与架构》
王家祥：《〈倒风内海〉中的族群与生态——历史再现的写实与浪漫》
王信允：《历史魅影的灵魂记忆与书写——1940年代叶石涛小说中的历史叙事与余生图像》
谢贵文：《神、鬼和祖先——卓肇昌传说的一种解读》
薛建蓉：《身体叙述与城市记忆——从诗人黄金川的作品看起》
张德本：《锦连诗学的超现实与图像电影诗实验》
钟荣富：《理性与感性交织的诗章——论曾贵海诗的语言》

（五）2010年度港澳台相关会议提交的比较文学论文

说明：此一部分列举的港澳台地区的会议不全是比较文学的会议，但从提交的论文性质来看，很多论文具有比较文学的特色或使用了比较文学的研究方法，所以在此列出供读者参考。论文列举以会议为单位，会议则按照召开的时间先后进行编排。

《台湾旅游文学暨文化旅游学术研讨会》2010年3月
黄靖岚：《文学旅游？从阅读文学带动地方旅游谈钟肇政自传式小说〈浊流三部曲〉》
潘圣：《异域空间里的漫游者——论张连修日治作品中的旅行书写》

《语言文学课程与教学学术研讨会》2010年4月
陈广芬：《从先秦古籍"方"字论中国传统伦理意涵的根源》
陈梅香：《李贺南山意象及其语言奇诡性之关涉》
许淑华：《对外汉字理论与教学策略探讨》

《第三十八届中区中文研究所硕博士论文研讨会》2010 年 5 月

陈柏颖：《初探〈老子〉语言观与神话语言观的异同——"以盘古开天辟地"神话为例》

黄佳颖：《论〈醒梦骈言·遇贤媳虺蛇难犯遭悍妇狼狈堪怜〉与〈聊斋·珊瑚〉之关系》

黄铃雅：《季节赋在〈封神演义〉与〈西游记〉中的时间塑造与内容特色》

廖佳仪：《论刘师培受西学影响的〈大学〉新诠》

林睿姗：《析论陈若曦〈最后夜战〉与洪醒夫〈散戏〉》

许晟伟：《王国维"性"、"理"观析探》

《妈祖国际学术研讨会》2010 年 7 月

蔡田明良：《日本福井县普门寺天妃妈祖观音像及其起源——江户时代日本之妈祖与普陀山观音》

蔡文玲：《妈祖故事的文化传承与时代意义》

蔡相辉：《妈祖信仰的宗教本质》

阮忠仁：《天上圣母经思想的民间文化性质——积善余庆》

王宏铭：《从佛教观点看妈祖度化因缘》

七 2010年度海外学者发表在中国刊物上的中文论文论著索引

［美］莫莱蒂：《对世界文学的猜想》，诗怡译，《中国比较文学》2010年第2期。

［美］J. 希利斯·米勒：《世界文学面临的三重挑战》，生安锋译，《探索与争鸣》2010年第11期。

［加］梅尔巴·卡迪-基恩：《叙事与身体思维：体验认知研究》，罗小云等译，《外国语文》2010年第1期。

［日］加藤三由纪：《重读八十年代文学：以"重返八十年代文学现场"为根据》，孙放远译，《当代作家评论》2010年第1期。

［日］松浦恒雄：《特刊在中国现代戏剧中的作用：以民国初年的特刊为中心》，《学术研究》2010年第3期。

［马来西亚］李树枝：《现代主义的理论旅行：从叶芝、艾略特、余光中到马华天狼星及神舟诗社》，《华文文学》2010年第6期。

［马来西亚］许文荣：《马华小说和诗歌对中国文化的背离和回望》，《厦门大学学报》（哲学社会科学版）2010年第3期。

［马来西亚］黄熔：《特殊地缘景致下的女性衷曲：商晚筠小说的创作主题研究》，《世界华文文学论坛》2010年第1期。

［马来西亚］金进：《文字鬼魅·殖民书写·红楼笔法：李永平小说创作中文化因素之论析》，《华文文学》2010年第1期。

［马来西亚］金进：《台风蕉雨中的迷思与远蹦——试论马华作家商晚筠小说中的台湾文学影响》，《世界华文文学论坛》2010年第1期。

［马来西亚］许文荣：《马华文学中的三江并流：论中国性、本土性与现代性的微妙同构》，《华文文学》2010年第1期。

［菲］云鹤：《传媒带领下的菲华文学与寻找新媒介的动力》，《世界华文文学论坛》2010年第2期。

［韩］宋贞和：《日本大众文化中三藏的女性化》，《明清小说研究》2010年第2期。